이영도

1972년생. 경남대학교 국어국문학과 졸업. 1998년 여름, 컴퓨터 통신 게시판에 연재했던 첫 장편 『드래곤 라자』가 출간되어 100만 부를 돌파함으로써 한국 판타지 문학의 붐을 일으켰다. 이후 『퓨처워커』, 『폴라리스 랩소디』, 『눈물을 마시는 새』, 『피를 마시는 새』, 『그림자 자국』, 『오버 더 초이스』 등의 장편소설을 연이어 발표하였다. 『드래곤 라자』는 여러 차례 게임 및 만화와 라디오 드라마로도 제작되었으며, 일본과 중화권에 수출되어 100만 부 이상의 판매고를 올렸다. 2004년에는 판타지 소설 최초로 고등학교 문학 교과서에 수록되기도 하였다. 2022년에는 『눈물을 마시는 새』가 한국 단행본 역사상 최고 선인세로 영어, 독어, 불어, 일어, 스페인어, 이탈리아어, 아랍어를 비롯한 전 세계 17개 언어권에 수출되며 화제를 모았다. 그가 발표한 작품은 대부분 드라마형 오디오북으로 제작되었는데, 이중 『눈물을 마시는 새』가 한국 전자출판 우수상을 수상하기도 하였다. 그 외에 중단편집 『오버 더 호라이즌』, 『별뜨기에 관하여』, 중편소설 『시하와 칸타의 장—마트 이야기』가 있다.

그림 이수연
디자인 김다희

어스탐경의임사전언

차례

실제와는 좀 다를지도 모르는 막 #1 —— 34
실제와는 좀 다를지도 모르는 막 #2 —— 58
실제와는 좀 다를지도 모르는 막 #3 —— 81
실제와는 좀 다를지도 모르는 막 #4 —— 101
실제와는 좀 다를지도 모르는 막 #5 —— 103
실제와는 좀 다를지도 모르는 막 #6 —— 148
실제와는 좀 다를지도 모르는 막 #7 —— 174
실제와는 좀 다를지도 모르는 막 #8 —— 209
실제와는 좀 다를지도 모르는 막 #9 —— 256
실제와는 좀 다를지도 모르는 막 #10 —— 288
실제와는 좀 다를지도 모르는 막 #11 —— 330
실제와는 좀 다를지도 모르는 막 #12 —— 367
실제와는 좀 다를지도 모르는 막 #13 —— 474
실제와는 좀 다를지도 모르는 막 #14 —— 487

 마침내 콰이스톨 기사단의 단장 티끌거울 경은 미네골 숲의 사란디테가 가져간 질문에 대답했다. 만신전의 기사단장은 작가 어스탐 로우의 집필 활동이 지금껏 그래왔던 것처럼 앞으로도 순조롭게 이어지길 바라지만 그 사실과 별개로 작가의 생사 여부에 대해선 어떤 견해도 피력하지 않겠다고 대답다. 이제 만신전에 보내는 질문의 전달자에서 티끌거울 경이 보내는 공식 답변서로 바뀐 사란디테는 당황하지 않았다. 그녀가 만신전의 기사들에 대해 어느 정도 알기에 아무짝에도 쓸모없는 대답이 돌아올 것을 예상할 수 있는 드문 인물 중 한 명이었기 때문이기도 하지만, 그보다는 자신이 기사단에 전달한 질문 자체에 기막혀하고 있었기 때문이다.
 "저 헤엄치고 있는 남자의 몸이 젖었을지 뽀송뽀송할지는 만져보지 않아서 모르겠다? 저 노래 부르고 있는 여자가 귀머거리인지 아닌지

는 말을 안 나눠봐서 모르겠다?"

카쉬넙 백작 더스번 칼파랑은 이것이 자신의 의무인가 의심하면서 변명하기 시작했다.

"예리한 비유라고 하긴 힘들군. 지금 글을 쓰고 있다고 해서 필자가 꼭 살아있으리라는 법은 없어. 예를 들어 공동 집필 같은 경우가 있지. 희귀한 사례를 들며 억지를 부리는 것이 아니오. 사전 같은 것이 제작될 때 필자의 부음을 받는 일은 간혹 일어나는 일이지. 사전의 집필진이라면 공부 많이 한 학자들일 테니 대개 연배가 높겠지? 그러니까 저자의 명복을 빌면서 동시에 작품의 완결을 기원하는, 얼핏 보면 기괴해 보일 수 있는 말을 실제로 입에 담게 되는 경우가…… 제길. 집어치워. 그래. 어스탐 로우는 어스탐과 로우가 아니오. 한 사람이지."

"그리고 우리 어스탐 로우 작가님은 목하 열심히 집필 중이시고요?"

"어스탐 경. 전해 듣기론 기복은 있지만 하루에 오백에서 칠백 단어는 쓰고 있다더군."

"하지만 사람들은 그 어스탐 경이 살아있는지 죽었는지 도저히 말할 수 없어 무려 콰이스톨 기사단에 그걸 물어보기로 했다?"

"겉보기엔 생존파의 전망이 밝아 보이는군."

"가입은 어떻게 하면 돼요? 사망파와의 투쟁에 대한 전망은?"

"그건 밝다고 하긴 어렵겠네. 심장을 칼에 찔린 다음 4년 동안 글을 쓸 수 있는 사람을 두 명 정도 더 찾아야 하니까. 동일 사례가 세 건이라면 호소력이 있지 않을까."

"……마법?"

"일단은 아니오. 현재 경이 부리고 있는 행패를 보면 단언은 못 하겠지만."

사란디테는 당혹했다.

"아니, 잠깐만요. 이게 다 무슨 소리야. 마법이 아니라고요? 그런데 지금 글을 쓰고 있다고요? 4년 전에 심장을 찔렸는데? 글을? 지금? 쓴다고? 도대체 무슨 글?"

"임사전언."

"하?"

더스번 경의 현재 모습을 화폭에 옮긴다면 '자기 위엄에 추호의 관심도 없는 사람' 정도의 화제를 붙여볼 수도 있을 것이다. 물론 대다수의 사람들은 체중이 아닌 배수량을 물어야 할 것 같은 경의 자태를 보며 그보다 훨씬 폭력적인 제목을 떠올릴 테지만.

"휴름 자작이며 그라이만 대중의 사랑을 한 몸에 받던 유명 작가인 어스탐 로우는 4년 전 할라도 백작 눌드 레초의 별장에 체류 중 누군가로부터 공격을 받았소. 심장을 찔려 죽어가던 어스탐 경은 자신이 살기 어렵다고 판단하고는 가증스러운 범인의 정체를 알리기 위해 손가락에 피를 묻혀 임사전언을 쓰기 시작했지. 그때 시간이 없는 작가에게 자주 일어나는 일이 일어난 거요. 당시의 경보다 시간이 부족한 작가도 상상하기 어려우니 당연하다면 당연한 일이지."

"시간이 없는 작가에게 자주 일어나는 일이요?"

더스번 경은 미약하게 남아있는 위엄을 일소하는 어조로 말했다.

"장편은 단편을 쓸 시간이 없는 작가가 쓰는 거잖소."

어스탐 경이 자신의 피로 글을 쓴 기간은 4년 전 사건 발생 이후 한두 시간뿐이었기에 할라도 백작의 별장 오소리 옷장엔 검붉게 말라붙은 피 글자가 빽빽이 쓰여있는 소름 끼치는 벽과 바다 같은 건 존재하지 않았다. 사람이 당황하면 보이는 모습들에 어느 정도 경험이 있는 사란디테는 바닥에 쓰러져 피로 글을 쓰고 있는 어스탐 경을 최초로 목격한 이들이 당황하여 필기구부터 가져다주었다는 사실을 관대하게 받아들였다. 뒤이어 달려온 다른 이들이 합세하여 어스탐 경을 부축하고 자리에 앉히는 과정에서 피 묻은 발로 마구 밟는 바람에 초반의 글들도 남겨둘 가치가 없게 되었다. 하지만 그 내용이 소실되진 않았다. 사람들이 가져다준 의자와 탁자에 앉아 건네받은 필기구로 글을 쓰던 중 바닥 꼬락서니를 본 어스탐 경이 짐승 같은 신음을 내며 다시 썼기 때문이다.

그리고 어스탐 경은 주변의 어떤 접촉에도 반응하지 않은 채 먹지도, 자지도 않고 글만 썼다. 어떤 충격적인 사건이라 해도 4년 동안 계속해서 경악하는 건 생물학적으로 불가능한 일인 데다 어스탐 경이 그토록 주변을 무시하자 사람들도 호들갑을 떨기가 어려워졌다. 사란디테는 그 또한 납득할 수 있었지만, 그래도 오소리 옷장에서 만난 사람들이 무의식적으로 보여주는 '어느 집에든 죽지도 살지도 않은 채 글만 쓰는 사람 한두 명쯤은 있지 않나?' 하는 태도엔 질릴 수밖에 없었다. 하지만 사란디테를 무엇보다 따지고 싶은 기분에 빠져들게 하는 건 그 사실이 아니었다.

"대충 계산을 해봤는데 백작님 말씀대로라면 어스탐 경은 지금껏 육십만 단어에서 팔십만 단어는 썼어요. 팔십만 단어면……?"

"보통 하는 말로 '장편 오만 단어'니까 그걸로 단순 계산하면 열두 권에서 열여섯 권이겠지만 실제론 여덟 권에서 아홉 권 정도라더군. 하루 종일 열심히 쓴 글을 다음 날 다 폐기하고 다시 쓰는 일도 있곤 해서—"

"아홉 권! 책을 아홉 권이나 썼는데 아직 범인이 누군지 모른다고요?"

"쳇. 그래. 상식적으로 보면 찔린 자는 찌른 자의 이름을 쓰겠지. 그런데 이야기의 경우엔 그러면 곤란하잖소. 사건 발생, 임사전언 확인, 체포 및 처벌. 끝. 이게 이야기야? 아니잖아. 그러니 작가는 임사전언을 묘사할 때 온갖 방식을 동원하여 최대한 아리송하게 만드는 거요. 그리고 그게 해석되는 과정을 독자에게 보여주는 거지. 임사전언이 모호해야 하는 이유나 그것이 해석되는 과정의 핍진성 등을 통해 허구의 완성도와 작가의 역량 등이 드러나는 것이고. 지금 어스탐 경은 완전히 작가답게 행동하고 있는 셈이지."

"아니, 자작은 이야기를 짓는 것이 아니라 실용적인 이유에서…… 직업병이라는 거예요?"

더스번 경은 위엄이라는 말과 죽을 때까지 싸우기로 결심한 사람처럼 보였다.

"임사전언이지만 본인의 마지막 작품이기도 하잖아."

"마지막 작푸우우움……"

"아마 경도 글 쓰기 시작하자마자 깨달았겠지. '잠깐. 이게 내 마지막 글이네?' 그러니 가진 재주 안 가진 재주 전부 동원하게 되었고. 난 안 읽어봤지만 실제 인물들을 뒤틀어 만든 등장인물들과 가상의 등장인물이 잔뜩 등장하고 실제 사건을 뒤튼 사건들과 가상의 사건들이 잔뜩 이어지는 대하소설이라더군. 명예 훼손에 빠듯한 정도가 아니라 그냥 대놓고 선을 넘어버린 경우가 수두룩하지만, 지금의 어스탐 경보다 더 죽일 테면 죽여보든가 상태인 작가도 없을 테니."

사란디테는 그 표현에서 어떤 문제점도 발견할 수 없었다.

"표현이 좀 그렇지만 그 상태를 꽤 즐겼다고 말해도 되겠군요. 계속 즐기진 않는 거예요? 확실히 끝?"

"다른 유명 작가들과 경의 작품에 정통한 문학자, 경의 애독자 등이 검토했는데 여덟 명 중 여섯 명이 곧 범인의 정체가 선언되며 완결이 된다고 확신했다더군. 나머지 두 명도 반반으로 봤고. 이런 건 전문가를 믿을 수밖에 없잖소."

"그러고 나면 자작은 죽는 건가요? 최후의 역작을 탈고했으니까?"

"하…… 그래. 그럴 거란 근거는 하나도 없지. 일단 지금 상황부터가 하나도 말이 안 되고. 예상보다는 기대요. 그래. 그게 나를 포함하여 이 상황에 어쩔 수 없이 관련하게 된 자들이 기대하는 결말이지. 임사 전언 완결, 휴름 자작의 비장미 넘치는 사망, 절규하는 살인자의 체포 및 정의의 실현, 그리고 오랫동안 미뤄둔 상속의 개시. 그러면 나도 짜증 나는 의무 벗어던지게 되고. 지난 4년 동안 내가 유산 관리인 노릇을 하고 있었거든. 잠깐. 내가 짜증 난다고 말한 건 그게 정식 지위가 아니었기 때문이오. 유산 관리인으로 지명되는 건 당연히 명예로운 일이지. 그런데 자작이 아직 공식적으로 죽은 것이 아니기 때문에 난 남의 재산을 무단으로 점유하고 있는, 정말 야릇한 꼬락서니였거든. 범인이 상속권자 중 한 사람일 가능성이 있으니 일단 편법 같은 걸 써서라도 피상속인의 재산이나 권리 같은 것을 동결해두자는 결정이 나온 건 나도 이해하겠는데 왜 경이나 그라이만과는 아무 관련도 없는 외국인인 내가 선택되었는지는 나도 몰라서 설명을 못 해주겠소. 어쩌면 그게 이유인지도 모르겠군. 아무 관계가 없다는 거. 어쨌든 왕비 전하를 경유해서 온 요청인지라 전하의 낯을 봐서라도 거절할 수 없었어."

사란디테는 회의감 가득한 시선으로 더스번 경을 보았다. "정말 모르세요?"

"뭐?"

"아니, 됐어요. 그러면 제가 움직이게 된 이유는 뭐죠? 아, 그런 걸 묻는 건 아니에요. 왜 백작님이 아니라 다른 사람이 티끌거울 경의 답변을 운반해야 하는지는 저도 알아요. 티끌거울 경은 백작님을 봐도 안전할지 몰라도 다른 여자 기사들이 타락하니까."

"제발…… 그 헛소리 좀……"

"제가 묻는 건 왜 지금이냐는 질문이에요. 그런 걸 물어보려면 4년 동안 기회가 얼마든지 있었을 텐데 왜 하필 지금, 많은 이의 소망대로 일이 풀린다면 모든 것이 끝나게 될 지금에 와서 질문하는 거죠?"

"경의 상태가 미증유의 것처럼 보이긴 하지만 사실 그 상태를 가리키는 말이 있긴 하니까."

"역시. 언데드?"

"이쪽에서 비밀로 했기에 누군진 모르겠지만 임사전언의 완결이 가까워진 지금 누군가가 문제 제기를 했던 모양이오. 애석하지만 경의 모습을 보고 우리가 떠올릴 수 있는 말은 언데드뿐이다. 그런데 언데드의 증언에 무슨 가치가 있는가. 완결된 임사전언이 누구를 범인으로 지목하든 우린 그게 어스탐 경이 반드시 전하고 싶은 진실인지 선량한 이를 파멸시켜 악의 승리에 일조하려는 언데드의 사악한 술수인지 구분할 수 없다. 따라서 우리는 우리가 상대하고 있는 것이 언데드인지 아닌지부터 확실하게 해야 한다. 다행히 우리 모두는 이 질문에 대한 적합한 답변자를 알고 있다."

"아하. 말 되네. 콰이스톨 기사들을 실제로 만난 사람은 드무니까 또 그런 오해를…… 잠깐만. 그런데 그 질문 딱……"

"그래. 딱 봐도 진범이 할 만한 항의로 보이지. 그러니 문제 제기를 한 사람의 명예를 고려해서 나한테도 비밀로 한 것일 테고. 티끌거울 경의 대답을 전하면서 왜 언데드라고 대답하지 않냐는 표정을 짓는 사람을 찾아보는 것도 재미있을지 모르겠군."

말을 맺으려던 더스번 경은 문득 자신이 마지막에 붙인 말이 농담이라는 것을 상대가 이해했는지 의심스러워졌다.

자신들이 보낸 질문에 대한 답변을 전달받기 위해 모인 사람들은 사란디테의 입에서 흘러나오는 콰이스톨 기사단장 티끌거울 경의 목소리에 경탄했지만 그 내용에 대해서는 당혹감과 실망감을 한껏 피력했다. 전달이 끝나고 사란디테가 입을 닫자 더스번 경이 부루퉁한 표정으로 말했다.

"보나 마나 이런 대답일 거라 예상했지만 내가 티끌거울 경 자신은 아니니까 문의는 해봤습니다. 내 예상이 맞아서 유감입니다. 사실 만신전의 기사들에게 뭔가를 문의하는 건 좋은 생각인 경우가 거의 없습니다. '그게 아닙니다, 더스번 경. 그런 식이 아니라고.'라는 티끌거울 경의 항의가 들리는 것 같습니다만 여기에 경은 없으니 그냥 내가 애용하는 답을 또 써먹죠. 아니, 답이 아니라 질문입니다. 두 가지 질문을 드리죠. 첫째. 여러분 중에 혹시 신들에게서 세상이 왜 이 모양인지 설명 들으신 분 계십니까? 둘째. 주인이 함구하는 것에 대해 종이 공공연히 거론하는 것을 보신 분은? 대답은 하지 않아도 됩니다."

더스번 경이 설명하는 동안 사람들의 표정을 살피던 사란디테는 실망했다. 그녀는 그럴듯한 기색을 보여주는 사람을 찾을 수 없었다. 여기에 범인이 없는 것인지, 아니면 범인이 놀랄 만한 자기 통제력을 가진 사람인지 고민하던 사란디테는 후자를 고르기로 했다. 자신이 찌른 사람이 죽은 채로 글을 쓰는 꼴을 4년 동안 보면서 발광하지 않았으니 그렇게 보아도 될 것이다.

충격이 떠나며 염려가 그 자리를 계승했다. 자신들이 만신전의 기사들에게 신들의 비밀을 누설하라고 요구하는 결례를 저지른 것인가 두려워하는 사람들을 향해 더스번 경은 고개를 가로저었다. '이미 언급했듯 티끌거울 경은 내 설명을 완전히 잘못된 것으로 간주할 것이 분명하다. 나는 그런 식으로 이해해두는 것이 편리하기에 그 설명을 채용했을 것이다. 그러니 당신들이 한 문의가 내 잘못된 논리에 따라 결례가 될 일은 없을 거다.' 거기서 끝냈다면 좋았을 테지만 더스번 경은 '설령 그게 결례가 맞다 해도 그 사람들은 크게 신경 안 쓸 거다. 워낙 경험이 많을 테니.'라는 쓸데없는 말을 덧붙임으로써 사람들을 그들이 빠져나가려던 불안의 늪에 다시 밀어넣었다.

비관주의를 표현하려는 화가가 눈독 들일 소재들을 방 안에 남겨두고 밖으로 나오자마자 더스번 경은 사란디테에게 말했다.

"하지 마. 부탁한 일 잘 처리해줘서 고맙다는 인사 들을 수 있는 상황에서 멈춰. 우리는 외국인이고 여기서 사법권 같은 건 없소. 범인을 체포하고 재판하고 처벌하는 건 전부 체스키다 폐하의 수사관인 엔파 백작과 폐하의 법관들이 할 일이오. 자신 또한 용의자라는 이유로 할 라도 백작이 이 건에 한해 자신의 사법권을 포기했으니까. 국가 단위의 문제가 된 거요. 그러니 우리는 신경 쓸 필요도 없고 써서도 안 돼. 자칫하면 내정 간섭 소리 들을 수 있어."

"물론이죠. 그런데 백작님은 어스탐 경의 동생에 대해 어떻게 생각하세요? 어스탐 경이 미혼이니까 휴름 자작위는 그분에게 넘어가겠죠?"

"이봐."

"어스탐 경의 고모도 간과해선 안 되겠죠. 남편 잃은 여자가 여자 없는 조카의 살림을 맡아주면서 더부살이 하고 있는 거니까 살해할 이유가 전혀 없다는 것이 오히려 맹점이 될 수 있죠. 어쨌든 그런 자리는 서러운 일이 발생할 소지가 있으니까."

"야."

"그런데 어스탐 경의 여성 편력은 어땠죠? 아니면, 남성 편력? 그래서 여자가 없나? 제가 보기에 할라도 백작 부부께선 자신들이 서로 소원하다는 걸 감출 의사도 없는 것 같던데."

"그래. 좀 맞자."

"이제 어스탐 경 뵐 수 있어요?"

"못 보오. 경은 누가 보고 있으면 글 못 쓰는 부류의 작가라더군. 남들에게 글 쓰는 모습 보여준 건 사건 당일뿐이었고 그 이후론 누가 보고 있으면 절대로 안 써. 이게 작가의 이유라면 수사관의 이유는 이렇소. 누가 범인인지도 모르는데 아무나 피해자에게 접근시킬 순 없지. 어차피 집필용 소모품 외엔 경에게 뭘 가져다줄 필요도 없어서 접촉은 극도로 제한되고 있소."

"그건 그렇지만 저는—"

"당신이 당시 이곳에 있지도 않았고 아무 관계도 없는 외국인이라는 건 경을 접견할 수 있는 합리적인 이유가 안 돼. 지금 어스탐 경의 목을, 하다못해 손목이라도 자르고 싶어 혈안이 되어 있을 범인이 자기 대신 일을 처리해줄 대리인을 고른다면 당시 오소리 옷장에 없었고 아무 관계도 없는 외국인 같은 사람을 먼저 고려할 테니까."

"힝."

"어차피 작가의 이유만으로도 충분해. 그걸 스벤터 경의 관점에서 보면 작가에게 누굴 접근시켜 집필을 지체시키는 건 범인 지목을 늦추는 행동밖에 안 되잖아. 그림이 한 점 있으니 그걸로 만족하시오. 경의 현 상황을 공표하지 않은 탓에 그 그림도 아직 대중에 공개되지 않은 귀한 그림이오. 내 생각엔 잘 그린 것 같아."

사란디테는 그 초상화가 훌륭한 작품이라는 것에 쉽게 동의할 수 있었다. 누가 보더라도 급하게 임시로 가져다 놓았다는 것을 알 수 있는 어정쩡한 위치의 탁자 뒤편 의자에 앉아 4년 전에 무슨 색이었을지 쉽게 가늠할 수 있는 회갈색 옷을 두르고 경험 많은 의사가 한눈에 사망 판정을 하더라도 크게 책잡히지 않을 몰골을 한 채 두 손으로 이마를 짚고 원고를 노려보고 있는 왜소한 남자의 모습은 충분히, 아니 과하게 인상적이었다.

"글을 쓰고 있는 모습이면 더 좋았을 테지만 화가가 작업하는 동안 어스탐 경이 한 번도 그런 자세를 취하지 않았기에 이런 모습이오. 스벤터 경은 이 모습을 남기긴 해야 할 것 같다는 의견에 일리가 있다고 생각하고 그리도록 허락했지만 어스탐 경이 조금도 움직이지 않는 걸 보곤 자기 결정을 바로 후회했다고 하더군. 경은 곧장 중단하라고 명령했지만, 그러자 이런 희귀한 소재를 그릴 수 있게 된 화가가 반발하고 나섰지. 온 세상에 대고 사건에 대해 떠드는 건 시작에 불과할 것이며 그 후에도 쓸 수단 못 쓸 수단 가리지 않겠다고 나오니 스벤터 경도 두 손 들고 중지 명령을 철회했지. 그래서 이 그림이 끝까지 그려질 수 있게 된 것이고."

"그 화백에게 감사해야겠네요. 이 별장 안까지 들어왔는데 아무것도 못 보고 가게 되면 정말 아쉬웠을 텐데. 저도 완결이 머지않았다는데 굳이 자작을 방해하고 싶진 않네요. 그러면 떠나기 전에 책은 볼 수 있을까요? 다 보긴 어렵겠지만."

"두 가지 질문이 있는데, 일단 어딜 떠난다는 거요?"

"제 일 끝났잖아요. 티끌거울 경의 답변 전달했으니까."

"그라이만은 예스러운 나라거든."

"응? 예스러운? 아……" 사란디테는 이해했다. "나그네에겐 무조건 하룻밤의 잠자리와 두 잔의 술, 세 번의 식사?"

"현지인이 아닌 내 계산이라 정확하지 않을 수 있지만…… 물 탄 귀리죽이 이 빠진 접시에 담겨 나오는 건 열흘 뒤일 것 같군."

"우와, 열흘이나? 그러면 최소치는?"

더스번 경은 그라이만의 접대 관습상 만신전의 답변 운반자 사란디테가 할라도 백작 눌드 레초에게 당신의 환대를 계속 받느니 들쥐와 함께 노숙하겠다고 선언하는 꼴이 되지 않는 최소한의 체류 기간을 가늠해보았다. 사흘일 것 같다는 대답에 사란디테는 짧게 웃음을 터뜨렸다.

"진짜 예스럽네. 잘됐네요. 그 정도면 그 책 어찌어찌 다 읽을 수 있을지도."

"그게 두 번째 질문인데, 무슨 책?"

"자작이 지난 4년 동안 집필한 그 대하임사전언 말이에요. 어스탐 경의 상태가 공표되지 않았다고 하니까 그것도 아마 정식으로 출판되진 않았겠지만 여러 전문가들이 검토했다고 하셨죠? 그 말씀은 사본이 몇 질 있다는 뜻인 것 같은데요?"

더스번 경은 콧방귀를 뀌었다.

"그러니까 심심풀이 삼아 읽어보시겠다? 그리고 이 몸의 똑똑한 머리로 지난 4년 동안 아무도 알아내지 못한 범인이 누군지 추리해내겠다? 이봐. 상황이 워낙 독특해서 바로 알아차리긴 어렵겠지만 그거 강력 범죄의 강력 증거요. 말장난이 아니라 사실 범죄사에 유례가 있을까 의심스러울 정도로 강력하지. 상식적으로 생각해보시오. 스벤터 경이 그런 중요한 증거를 외부자인 당신한테 내줄 것 같아?"

그라이만 국왕 체스키다 7세의 성지를 받아 어스탐 로우 피습 사건의 수사 책임자가 되어 지난 4년 동안 수사단을 흔들림 없이 이끌어온 엔파 백작 스벤터 날바이는 두꺼운 사본 두 권을 꺼내다가 더스번 칼파랑 백작의 표정을 보고 눈을 끔뻑거렸다. 잠시 후 스벤터 경은 그다지 크지 않은 체구―사실 키가 좀 작다 뿐이지 몸은 꽤 실팍한 편이었지만 더스번 경과 대비되자 어쩔 수 없이 작아 보였다.―를 최대한 부풀리며 심각한 얼굴로 말했다.

"더스번 경. 이건 강력 범죄의 강력 증거입니다. 어떤 분과 약조했는진 모르겠습니다만, 그래, 분명히 경이 그런 약속을 할 만한 인사일 거라 믿고, 경이 체면을 잃는 것은 나도 바라지 않지만, 그래도 어스탐 경의 애호가인 경의 지인에게 선물할 것을 내어드리는 건, 글쎄, 수사단장으로서 도리가 아닌 것 같은데."

"지당한 말씀입니다. 그러니 우리한테도 내어주시지 않을 거라 생각했습니다만."

"응? 경은 어스탐 경의 유산 관리인이잖습니까. 이것도 어스탐 경의 유산이지."

더스번 경은 사란디테를 고통스럽게 곁눈질했다. 스벤터 경은 고개를 갸웃했다.

"유족 대리인?"

"아니, 그건 만신전에 대해서 그렇다는 것이지 어떻게―"

말들이 몇 번 더 왕래한 후 데스번 경이 책임자에게 퇴짜를 맞게 하기 위해 사란디테를 데려온 거라는 것을 이해하게 된 스벤터 경은 너털웃음을 터뜨렸다. 스벤터 경은 사본 중 한 권을 집어 들더니 사란디테를 향해 내밀었다. 그리고 스벤터 경은 데스번 경을 보지도 않은 채 그를 향해 손사래를 쳤다.

"괜찮습니다. 사본을 만든 건 전문가들을 위한 검토 자료를 제작하기 위해서만이 아니라 진범의 원고 훼손 시도를 미연에 방지하려는 목적도 있으니까. 사본이 여럿 있다면 원본을 파괴해봐야 쓸모가 없지. 그리고 그런 사본들을 때때로 분산 배치하는 건 나쁠 것이 없고. 출납대장에 서명은…… 됐어. 내가 하지. 떠날 때 반환하게, 사란디테."

데스번 경은 스벤터 경의 말에 대해 생각해보았다. "흐음. 진범이 원본을……"

"아, 그래요. 무슨 말 할지 알고 있습니다. 우리도 생각이란 걸 할 줄 아니까. 당연히 범인의 관점에선 결말 부분만 못 쓰이게 방해하거나 파괴하는 것이 더 효율적이고 안전하다고 생각할 수도 있지. 하지만 좋은 글은 앞뒤가 호응하는 거 아닙니까. 나는 그리 알고 있습니다. 그리고 휴름 자작은 좋은 작가이고. 나야 문학과는 데면데면한 작자라 어느 부분이 그 부분이라고 지적하는 건 절대 불가능하겠지만, 지금껏 어스탐 경이 쓴 원고에는 다가올 결말을 개연성 있는 것으로 만드는 복선이나 암시 같은 것들이 들어 있을 테지요. 그걸 뒤집어 말하면?"

"끙. 무슨 말인지 알겠습니다. 여러모로 고려를 많이 하셨군요."

"그거 말곤 할 게 없으니까."

더스번 경과 사란디테 모두 수사단이 4년째 어스탐 경의 탈고를 기다리고 있다는 건 다른 수단이 없기 때문이라는 것 정도는 짐작할 수 있었기에 그게 무슨 말이냐고 묻진 않았다. 하지만 스벤터 경은 이미 습관이 된 듯 받지도 않은 추궁에 바로 대응했다.

"이게 이야기라면 모든 용의자의 현장 부재 증명이 가능한 것처럼 보이고 아무도 자작을 죽일 수 없는 것처럼 보였을 테지. 하지만 두 분도 허구와 현실은 다르다는 것 정도는 알 겁니다. 그래요. 당시 오소리 옷장에 있던 자들 중 현장 부재 증명이 가능한 이는 거의 없습니다. 하다못해 사건 발생 추정 시간에 부엌에서 설거지하고 있던 하녀들도 자기들 중 누가 거기 있었는지 제대로 기억하지 못해요. 손님들이 데려온 하녀들이 뒤섞인 데다 남의 집 하녀들을 상대로 자기 연애운이 박살 난 것이 아니라는 걸 입증해보고 싶어진 시종과 마부 등도 얼쩡거렸으니까. 살해 방식도 그렇지. 기회를 잡아 가슴에 일격? 너무 단순하잖아. 뭔가 범인을 추정할 만한 전문성이나 특이성이 없어요. 어스탐 경의 초상화를 봤죠? 범부들이 난 저 사람 작가일 줄 알았다고 떠들 어댈 비실비실한 체구잖습니까. 그리고 어스탐 경은 술도 제법 마셨고. 심장에 칼 꽂는 게 쉬운 일이 아니라 해도 이 경우 여자라서 불가능하다는 소리는 못 합니다. 여러 번 찌르진 않았으니까 치정이나 원한일 가능성은 낮다는 억지를 부려볼까요? 젠장. 그것도 독자를 납득시키는 것이 지상 과제인 소설에 나오는 소리지. 난 전문 암살자의 소행인가 싶은 치정 사건 현장을 예전에 두 번이나 봤습니다."

더스번 경은 자신 또한 카쉬냅의 통치자로서 너무 평이해서 수사가 힘든 현실 범죄에 익숙하다고 동조했다. 하지만 스벤터 경은 즉각 사건의 비현실성 때문에 생긴 고통도 토로했다.

"피 묻은 옷은 잔뜩 있고! 어스탐 경의 모습에 놀라 피가 낭자한 바닥에 주저앉거나 기절한 사람들, 안 넘어졌지만 그 때문에 어스탐 경을 부축하고 앉힐 수 있었던 사람들, 제기랄. 앉아서 글만 쓰는 경을 붙잡고 누가 이런 짓을 했냐고 물은 사람들! 거의 모든 이들의 몸과 옷에 경의 피가 묻었습니다. 너무하잖아, 이거."

사란디테가 동정심을 담아 말했다.

"그렇네요. 너무 충격적이고 혼란스러워서 증거가 많이 훼손되었겠군요. 어, 일단 시체가 움직이고 있으니까 증거 보전 같은 건 아무래도 생각하기 어려웠겠죠."

아무 곳으로도 나아가지 못했기에 수사 방향이 흔들릴 일도 없었던 수사단의 단장은 어깨를 늘어뜨렸다.

"기회의 측면에서 보면 당시 오소리 옷장에 있던 인물 중 자작을 죽일 기회가 없는 인물을 찾는 것이 더 어려울 지경입니다. 수단도 이미 말했듯이 더럽게 단순해서 범인 추정에 도움이 안 되고. 그러니 꼴 보기 싫은 동기밖엔 추적할 것이 없는데, 여기선 어스탐 경이 모든 걸 망가뜨리고 있어요. 나보단 문학과의 관계가 원만한 사람이 설명해줬는데 지금껏 집필된 원고를 읽어보면 모든 관계자에게 동기가 있는 것처럼 보인다더군요. 어떻게 이렇게까지 여러 사람들을 수상하게 만들었나 혀를 내두르고 싶어진다나. 이야기라면 그래야겠지. 수긍할 수 있어요. 하지만 피해자가 살인자의 최고 조력자 노릇을 하고 있는, 그것도 외견상으론 살인자를 파멸시키는 행동을 하면서 그러고 있는 이 불경하리만큼 황당한 꼴을 보고 있어야 하는 수사 책임자의 건강 상태는 어떨 것 같습니까?”

오소리 옷장의 복도를 걷던 사란디테는 장편 아홉 권 분량을 욱여넣은 탓에 대단히 묵직한 사본을 고쳐 안으며 말했다.

“그런데 엔파 백작은 왜 동기를 꼴 보기 싫은 거라고 말씀하신 거죠? 제일 중요한 것 아니에요?”

더스번 경은 입술을 씰룩거리며 사란디테의 품에서 사본을 집어 들어 옆구리에 꼈다.

“스벤터 경이 수사관의 소양을 가진 사람이기 때문이겠지.”

“어머, 축하드려요!”

“……내가 이렇게 복이 많지. 잘난 척 설명할 기회가 숨 쉴 틈 없이 찾아오니. 일단 정정부터 하자면, 범죄 수사나 재판에 있어 동기는 가장 중요한 것이 아니오. 왜냐하면 사람은 모두 다르니까. 당신도 이 세상엔 어떻게 저걸 참나 싶은 사람과 어떻게 저것도 못 참나 싶은 사람이 있다는 것은 겪어 알 테지.”

“흐으음.”

“허구를 비평하면서 등장인물의 동기가 약하다느니 동기가 모호하다느니 하는 소릴 하는 평자들이 있지. 그게 잘못되었다는 말은 아니오. 허구는 허구이고 현실은 현실이니까. 기준이 다르지. 바꿔 말하면 현실에서 동기는 약할 수도, 모호할 수도, 이해할 수 없을 수도 있다는 거요. 우리 현실에서 공작 부인을 죽인 범인은 꽃향기가 나는 어린 처녀에게 홀딱 빠져 새장가를 꿈꾸게 된 공작도, 공작 부인이 자기 친모를 독살하고 그 자리를 훔쳤다는 걸 알게 된 의붓딸 공녀도 아니라 마님이 죽으면 마님의 관에 사산한 자기 아기 시체를 몰래 집어넣어 도둑 장례를 치러줄 수 있다고 생각한 정신이 온전치 못한 시녀일 수 있지."

"……실제?"

"저기 굴러가네."

"아, 좀 흘려도 괜찮아요. 품위는 워낙 남아돌아서. 어쨌든 요지는 알 것 같네요."

"그래. 그러니 범인의 동기에 집중하는 수사관은 불특정 다수의 독자들을 납득시켜야 하는 허구에선 탁월한 수사관일지 모르지만 특정 범인을 추적해야 하는 현실에선 3류, 잘해야 2류 수사관이오."

"그 특정 범인의 동기는 세상에서 그 자신만이 이해할 수 있는 것일 수도 있으니까…… 흠. 그건, 존중이라면 존중이네요. 좀 충격적이지만 그럴 법하네요."

사란디테는 문득 생각난 듯 더스번 경의 옆구리를 바라보다가 입을 벌렸다.

"설마 그래서 백작님은 그거 안 읽으신 거예요?"

"무슨 말이야?"

"피살자조차 살인자의 동기를 이해할 순 없다? 그러니 결말만 보면 된다?"

더스번 경은 책을 사란디테에게 내밀며 턱으로 옆을 가리켰다. 사란디테는 자신에게 주어진 방에 도달했음을 발견했다.

"그것부터 바로 떠오를 테지만 만찬에서 이 별장 칭찬은 되도록 적게 해. 지금 너무 많이 하면 보잘것없는 사람이 주제넘은 집에 산다고 말하는 것이 될 위험이 있으니까. 그건 잠자리가 쾌적했다는 말과 함께 이틀째에 주로 하는 거요. 여자들과 대화할 때 머리나 옷차림은 괜찮지만 장신구 이야기는 조심해야 하오. 사람은 눈에 안 들어오고 보석만 보인다는 뜻이 될 수 있으니까. 호박과 자고새와 술지게미에 대해선 최대한 건조하게 말하지 말고 그냥 피해. 귀부인에 대한 호칭으로 마님은 위험하오. 틀린 건 아니지만 외국인인 당신이 그러면 자칫 자프람 전쟁에 대한 비아냥이 될 수—"

"어떡해요, 백작님? 제가 예전에 들었는데 콰이스톨 기사의 말을 전달한 자는 사흘 동안 누워만 있어야 한대요!"

"자기 편의를 위해 낭설 생성하지 마."

그리고 더스번 경은 온갖 비분절음을 남용하며 불평하는 사란디테를 내버려둔 채 떠났다. 콧날을 찡그린 채 방 안으로 들어선 사란디테는 창가에 서 있는 여자를 발견했다. 자신을 보자마자 성큼성큼 다가오는 여자를 물끄러미 보던 사란디테는 적절한 순간에 맞춰 입을 열었다.

"마님! 정말 예쁜 귀고리네요! 그런데 술지게미를 섞은 자고새 호박 젬에 대해 어떻게 생각하세요? 이 아름다운 별장에 어울리는 요리 아닐까요?"

"나는 살인자가 아니야."

당혹한 사란디테는 우선 탁자 위에 책을 내려놓았다. 무게 탓에 소리가 너무 육중해서 약간 창피한 느낌마저 들었다.

"저기, 할라도 백작 부인. 전 수사관도 뭣도 아닌데요. 아시다시피 만신전의 답변 전달자죠."

"그래? 그러면 카쉬냅 백작이 식사도 잠자리도 필요 없고 접어서 운반하기도 쉬운 종이 대신 여자에 만신전의 답변을 담아 온 이유가 도대체 뭘까?"

더스번 경이 콰이스톨 기사단의 기사들 중 특정 성별에게 얼마나 위험한 존재인지 말하려던 사란디테는 할라도 백작 부인 에이바 레초가 무슨 말을 하는지 깨달았다.

"부인? 설마 여성 범인의 신병을 구속하려면 여자가 필요해서 제가 온 거라고 생각하시는 건가요?"

레초 부인이 오 하듯 입술을 둥글게 만들었다.

"이게 유도신문이라는 거야? 이런 식으로 허위 자백을 받아내는 것이구나?"

"아뇨, 아뇨. 그게 아니라, 음. 여성 구속자가 필요하다면 엔파 백작께선 그라이만에서 얼마든지 신뢰할 만한 사람을 구하실 수 있을 텐데요. 왜 굳이 외국인을?"

"누굴 바보로 알고. 스벤터 경이 여자를 데려오면 범인이 여자라고 선언하는 형국이 되잖아. 그래서 카쉬냅 백작이 대신 여자를 데려온 거지. 만신전의 답변을 전달할 사람이 필요하다는 핑계를 대고!"

사란디테는 틀린 말은 아니지만 굳이 그런 번거로운 방법을 써야 하나 생각했다. '스벤터 경은 그냥 임사전언의 완결이 가까워졌으니 범인이 여자일 경우를 대비하여 여자 구속자를 준비하겠다고 말하면 되잖아. 응? 설마 방문객을 열흘이나 먹여주고 재워주는 나라에선 그런 것도 문제가 되는 거야? 귀부인을 함부로 범죄자 취급하면 안 돼?'

레초 부인이 말했다.

"하지만 그건 무리한 억지지. 왜 종이가 아닌 여자인지에 대한 변명도 준비했어?"

"종이엔 입이 없죠, 부인. 여자한테는 있고요."

"어?" 당혹하던 레초 부인이 정신을 차렸다. "아니! 왜 글이 아니라 목소리여야 하는데?"

"실수로 성전이 만들어지는 것을 막기 위해."

"뭐라고?"

사란디테는 빙긋 웃었다.

"저도 언젠가 어느 콰이스톨 기사님에게 질문을 한 적이 있죠. 혹시 서간이라는 문물이 있는 걸 모르시냐고. 그 기사님은 농담조로 종이에 뭘 썼다가 실수로 성전을 만들까 무섭다고 대답하셨어요. 전 그분들이 이상한 우상이나 부적 같은 것이 만들어지는 걸 경계하시는 거라고 생각하기로 했죠."

칙서나 어필(御筆)이 어떤 대접을 받는지 아는 레초 부인은 사란디테가 무슨 말을 하는지 이해했다.

"만신의 종이 작성한 친필 문서…… 같은 걸 함부로 만들면 안 된다고?"

"사람들이 그런 문서를 굉장한 신통력이 있는 뭔가로 여길 수도 있고 그걸 숭배하거나 심지어 몰래 거래를 할 수도 있죠. 만신을 섬기는 분들인데 그런 사태가 벌어지면 신들을 볼 낯이 없잖아요. 그래서 콰이스톨 기사들은 만신전의 기사로서 대답해야 할 땐 반드시 자기 입으로 말하고 그게 여의치 않을 경우엔 다른 사람에게 담아 보내는 방식을 써서라도 육성으로 대답하죠."

"정교한 변명이네."

"사실이니까 그렇죠."

"나는 스벤터 경을 칭찬한 건데."

사란디테는 두 팔을 탄원하듯 펼쳐 보였다.

"부인. 아무리 티끌거울 경과 제가 같은 여자라고 해도 제가 그렇게 완전히 다른 목소리를 낼 수 있을 거라고 생각하시나요? 세상엔 가끔 기절초풍할 재주를 보여주는 사람들도 있으니까 그건 넘어가더라도, 제가 콰이스톨 기사의 대답을 위조할 만큼 자기 안위에 무관심해 보이나요?"

"네가 전달한 것이 진짜 콰이스톨 기사단장의 대답이라는 것은 믿어. 더스번 경은 스벤터 경의 부탁을 받아들여서 익더귀를 만신전에 데려간 거지. 더스번 경 자신이 대답을 전달하면 된다는 걸 다른 어리석은 사람들은 떠올리지 못할 줄 알고!"

"아…… 예. 그런데 카쉬냅 백작은 정말 그럴 수 없는데요. 만신전에 들어가실 수 없으니까."

"뭐?"

사란디테는 농담하지 않기로 했다.

"파임 교단에서 카쉬냅 백작을 기피 인물로 지정하고 팔비노 교주는 각하를 악마로 규정한 건 아시죠, 부인? 콰이스톨 기사들은 모든 신을 섬기기 때문에, 음, 그분들도 사정이 있는 거죠. 파임 교도나 팔비노 교도의 면전에서 공공연하게 카쉬냅 백작과 접촉할 순 없어요. 그럴 때 편리하게 쓸 수 있는 비둘기가 저예요. 콰이스톨 기사단과 각하를 중재할 수 있는 다른 인사들은 모두 엄청나게 지위가 높거나 책임이 막중하거나 해서 쉽게 움직일 수 없지만 저는 어쩌다 보니 양쪽과 안면이 있고 신분도 한미해서 행동의 여파도 별로 없죠."

"……구체적인데."

"또 엔파 백작 각하를 칭찬하시는 건가요?"

입술을 깨문 채 시선을 여기저기로 보내던 레초 부인이 임사전언의 사본을 발견했다. 부인은 승리감에 가까운 표정을 지었다.

"스벤터 경은 보름 동안 심심풀이 삼아 읽으라고 그 책을 네게 준 것이고?"

"보? 예. 보름 동안. 그렇죠."

레초 부인의 표정을 본 사란디테는 백작 부인의 머릿속에서 자신이 현장에 합류해서 수사 자료를 넘겨받은 비밀 수사관이 되었다는 것을 알게 되었다. '어머, 감격스러워라. 부임 연설해야 하나?'

"내가 제때 왔네. 그걸 읽기 전에 내 말을 먼저 들어. 사란디테. 나는 살인자가 아냐! 저 더러운 자는, 죽을 자리도 제대로 못 찾는 저 못된 글쟁이는 살아있을 때 평생 그랬던 것처럼 독자에게 아첨하는 거야. 사란디테. 생각해봐. 이런 상황이라면 백작 부인은 용의자 1번이나 2번이잖아? 아니, 내가 말한 상황이라는 건, 그러니까, 무게감? 관심도? 그런 거 말이야. 부엌데기보단 백작 부인이 살인자인 편이 흥미롭잖아?"

"무슨 말씀을 하시는 건지는 알겠는데요."

레초 부인은 단검인 양 손가락을 뻗어 탁자 위의 사본을 겨냥했고 사란디테는 부인의 눈에 눈물이 맺히는 것을 보았다.

"직접적으로는 한 마디도 쓰지 않아. 못돼가지고서. 진짜 이상한 대변자에, 의미심장한 듯한 대사에, 아무 내용도 없는데, 알맹이는 전부 허구로, 현실에선 분위기로만, 그렇게! 그딴 식으로! 그게 뭐야? 할라도 백작 부인이 황혼을 등지자 칠흑의 여인이 그들을 직시했다? 늪의 거무튀튀한 물 사이로 얼비치는 옛날 옛적에 죽은 짐승의 뼈처럼 하얀 부인의 손가락? 내 피부가 좋은 게 불만이야? 그렇게 희지도 않잖아, 봐!"

잽싸게 몸을 젖힌 덕분에 사란디테는 레초 부인이 급히 내민 손바닥에 따귀를 맞는 봉변을 당하진 않았다. 그녀는 백작 부인의 살결을 칭찬하면서 어스탐 경의 묘사를 비판하는 어려운 작업에 착수하지는 않았다.

"자수를 많이 하시나 보군요. 부인. 바늘은 피부에 별로죠. 실도 의외로 그렇고."

눈썹을 치켜올리는 레초 부인을 향해 사란디테는 두 손을 펼치며 농담이었다는 시늉을 해 보였다.

"저 안에 부인께서 보시기에 유쾌하지 않은 부분들이 있나 보군요. 유감입니다, 부인. 하지만 다시 말하는데 전 여성 범인을 체포하러 온 사람이 아니에요. 제게 변호하셔도 아무 의미가 없는데요."

"그래. 그 말대로야. 넌 날 체포하지 못할걸. 난 어스탐 경을 죽이지 않았으니까!"

사란디테는 어깨를 으쓱일 수밖에 없었다. 그녀의 대답을 기다리던 레초 부인은 약간 당황해하다가 도전적인 시선을 보낸 다음 몸을 옮겼다. 그대로 방을 나서려던 레초 부인은 뭔가 생각난 듯 걸음을 멈추더니 탁자에 나뭇잎 쌈지 같은 것을 내려놓고는 그대로 방을 떠났다.

사란디테는 어깨를 주무르며 의자에 털썩 앉았다.

레초 부인이 알았다면 실망할지 모르지만 사란디테는 할라도 백작부인이 살인자일 가능성이 아니라 보름의 환대 기간에 대해 생각하고 있었다. '열흘도 아니고 보름이라고! 아니겠지. 그건 역시 지체 높은 귀부인의 감각에서 나온 말이겠지. 환대 기간은 열흘이 맞을 거야. 보름이면 이쪽에서 숙박비를 지불해야지 어떻게 공짜로 먹고 자나. 열흘이 맞아. 그리고 사흘 만에 떠나겠다고 말해도…… 무례가 되지는…… 불안하네. 보름 소리 듣고 나니. 그러면 넉넉하게 닷새로 할까?' 고민하던 사란디테는, 그러나 빨리 결정을 내렸다. '아냐. 사흘이야. 백작님도 유산 관리인으로서 여길 오가면서 경험해보고 한 말씀일 테니까. 좋아. 사흘.'

사란디테는 탁자로 다가가 임사전언의 사본과 백작 부인이 남겨놓은 쌈지를 들어 올렸다. 사본의 무게감을 느끼며 사란디테는 사흘이라면 서두르는 것이 좋겠다고 생각했다. 창가로 의자를 옮긴 사란디테는 먼저 책을 무릎에 얹은 다음 넓은 나뭇잎으로 만든 쌈지를 열어 보았다.

'응? 과줄? 경고는 경고이고 손님 대접은 대접인 건가? 흐음. 잘됐네. 책 읽으면서 먹을까?'

사란디테는 과줄 하나를 꺼내어 씹어보았다. 그녀는 만족한 소리를 내며 책을 펼쳤고, 신음했다.

작가에게 원한이 있는 편집자가 조판한 판형이 있다면 이럴 듯했다. 여백은 파리 한 마리도 마음 편히 앉기 힘들 정도이고 글자 크기는 밀알 크기에 행간에 이르러선 읽다가 방심하면 중간에서 윗줄이나 아랫줄로 넘어갈 지경인 글이 3단으로 배열되어 있었다. 물론 가독성을 최악으로 만들겠다고 맹세한 어느 분노한 편집자의 작업물이 아니라 평생 출판과 무관한 삶을 살았던 어느 수사단원이 지면 절약만을 목표로 결정한 판형일 테지만, 이게 맞냐는 말이 절로 나오는 모습이었다.

'좋아, 포기.' 빠른 결정 후 사란디테는 책을 덮었다. 그녀는 창턱에 팔꿈치를 괴고 창밖을 보며 다른 손은 과줄 더미를 공략하게 놔둔 채 사흘 동안 어떻게 시간을 보낼지 고민했다.

그날 저녁 오소리 옷장의 대식당에서 카쉬냅 백작 더스번 칼파랑은 펼친 책에 시선을 고정한 채 비틀비틀 대식당으로 걸어 들어오는 사란디테를 보며 입술을 일그러뜨렸다.

실제와는 좀 다를지도 모르는 막 #1

<막이 열린다.>

밤, 오소리 옷장의 복도, 더스번과 사란디테가 배경 중앙의 방문 앞에 서 있다. 더스번이 두꺼운 책을 옆구리에 낀 채 서 있고 사란디테가 더스번의 반대쪽 팔을 두 손으로 붙잡고 매달리듯 하고 있다.

사란디테   어스탐 로우는 신이에요, 소설의 신! 티끌거울 경께서 왜 자작이 언데드라고 대답하지 않은 것인지 알겠어요. 만신전에 어스탐 로우의 자리가 있었던 거예요!

더스번   (책이 사란디테의 반대편으로 가도록 계속 움직인다.) 콰이스톨 기사 달려올 잠꼬대는 잠자리에 들어간 다음에 해!

사란디테   그 책 주면 갈게요. 제발! (책을 노리지만 획득에 실패한다.) 돌려줘요! 여자가 다리를 부여잡고 울부짖는 모습이 보고 싶으신 거예요? 백작님한텐 그런 거 안 통한다는 것 제가 제일 잘 아는데!

더스번   (방백한다.) 이 인간은 왜 뻔한 소릴 하는 거지. (사란디테를 향해) 이봐. 책을 줄 수는 있소. 하지만—

사란디테   약속할게요!

더스번   뭔 줄 알고!

사란디테   이번엔 어느 처녀를 대신해서 괴물에게 바쳐지면 되는데요? 상관없어요. (한 손으로 치맛자락을 잡아들고 다른 팔을 구부리며 절한다.) 사란디테의 제물 대행 용역, 성원에 힘입어 금일부로 연중무휴 결정!

더스번   (괴로워한다.) 누가 들으면 맨날 괴물한테 던져주는 줄 알겠네, 젠장.

더스번이 책을 내민다. 사란디테가 책을 잡지만 더스번이 책을 놓지 않는다. 책을 몇 번 당기던 사란디테가 성난 얼굴로 한쪽 손을 자신의 가슴 쪽으로 가져간다.

더스번   (경고하듯) 어이.

사란디테 헛? (놀라서 손을 내린다.)

더스번   밤새도록 책 읽고 내일 아침에 눈 벌게진 채로 아침 먹으러 오기만 해봐. 그랬다간—

사란디테 알았어요. 내일 아침 안 먹을게요. 여기선 아침 점심엔 얼굴 안 비쳐도 괜찮다면서요.

더스번이 무의식중에 책을 놓고 얼굴을 감싸 쥐려 한다. 사란디테가 두 팔로 책을 껴안고 급하게 무대 우측으로 퇴장한다. 더스번이 무대 우측을 노려보다가 고개를 내젓고 방문을 열고 퇴장한다. 무대 좌측에서 종이 뭉치를 든 유레솔이 등장한다. 몇 걸음 걸은 후 유레솔이 혼란스러운 표정으로 방문과 무대 우측을 차례로 본 후 다시 몸을 돌리다가 관객을 발견하고 놀란다.

| 유레솔 | 아, 이런. 안녕하세요. 저는 유레솔이라고 합니다. 낮에 자고 밤에 일하는 사람이라 아직 여러분을 뵙지 못했네요. 절 소개할 사람도 없어서 이렇게 직접 소개해야 하는군요. 그리고 저 분들이 도대체 뭐 하는 분들인지도 모르겠네요. 음. 그렇죠. 아…… (고개를 꾸벅한다.) 예. 그럼 계속 즐겨주세요.

유레솔이 무대 좌측으로 퇴장한다.

<막이 닫힌다.>

휴름 자작령의 출납 장부를 검토하던 더스번 경이 눈을 치켜떴다. 장부를 가져온 세티카 로우는 도전적으로 턱을 내밀었는데, 다른 사람이 보기엔 명예에 살고 죽는 정통 그라이만 귀족의 모습으로 보이는 것이 아니라 턱이 깨질 것을 각오한 사람처럼 보인다는 것을 깨닫지 못하는 듯했다.

"이상한 부분이 있습니까, 각하?"

"아니, 평범해서."

"예?"

더스번 경은 의자 등받이에 몸을 기댔다.

"할 수 없지. 휴름 자작은 그걸 의무로 여길 테니. 이번에도 안 보이면 말하려고 했는데 역시 안 보이는군. 지출 부분에 약혼자에게 보내는 선물 비용 같은 것이 없는데. 규수들을 초대한 무도회나 소풍 같은 대목도 보이지 않고."

당황해하던 세티카는 곧 더스번 경의 말을 이해했다.

"아, 아아, 결혼 말씀이군요. 배려에 감사드립니다. 약혼은 하지 않았습니다. 규수들께 여흥을 제공할 의무를 이행하지 않는 것은 폐가 될까 저어해서입니다. 제가 형을 죽인 범인으로 밝혀진다면 제게 뭔가를 제공받았다는 것이 추문이 될 수도 있지 않습니까."

"흠. 불러봐야 어차피 아무도 안 올 거다?"

"시험해보진 않았습니다만." 대답하던 세티카는 피식 웃었다. 더스번 경이 의문을 담아 바라보자 세티카는 급히 설명했다. "죄송합니다. 제 형이라는 자가 그런 걸 자기 의무라고 생각했을 것 같지 않아서요."

"그렇게 생각하오?"

"어스탐 로우의 관심사는 하나뿐이었습니다. 어스탐이죠."

더스번 경은 익숙하다거나 지루하다는 기분을 드러내지 않으려 애썼다.

"아아, 그래. 그러고 보니 생각나는군. 못 보던 중에 묻고 싶은 것이 하나 생겼지. 그래도 경에게 소중한 것이 있는 것 아니오? 글 말이오. 작가잖소. 지금도 저리 쓰고 있고."

"글이요? 글을 귀하게 여기는 자가 저런 짓을 어떻게 합니까?"

"응?"

"글은 산 자가 쓰는 겁니다. 이 쓸데없이 긴 사후경직은 작가 나부랭이라면 감히 글에 대해 저지를 생각도 할 수 없는 불경입니다. 하지만 저자는 그런 것 모르죠."

"사후경직이라. 꼭 죽었다고 할 수도 없잖소. 티끌거울 경도 대답을 거부했지."

세티카는 고개를 돌려 더스번 경을 외면한 채 미소 지었다.

"그러면 각하께선 남의 장원 사정에 왜 관여하시는 겁니까?"

"쳇."

"점잖지 못한 역할 맡게 되어 난처하신 것 충분히 이해합니다. 어리석은 피붙이가 누를 끼치게 된 것 정말 송구하게 생각하고 있고요. 그러니 각하를 비난하는 건 아닙니다. 저 인간은 죽었습니다. 그저 제대로 살지 못한 자가 제대로 죽지도 못하고 있을 뿐이죠."

더스번 경은 장부를 덮고 세티카를 향해 밀었다.

"알았소. 어쨌든 유산 관리를 맡고 있는데 형의 재산 좀 쓰라고 말하는 것도 그리 내키진 않았어. 당신이 쓸 마음 없다면 나야 편하지. 소문의 위력을 아니 묻는데, 출판계 쪽에서 많이 귀찮게 하오?"

세티카는 넌더리가 난다는 얼굴이 되었다.

"온 세상 사람들이 완결이 가깝다는 걸 아는 것 같습니다. 사본을 여덟 부나 돌렸으니 당연하다면 당연한 일이겠죠. 글을 다룬다는 자들이 정말 못 배운 사람처럼 굴더군요. 막대한 고료를 내세우는 자들은 제가 통제할 수 있습니다만……"

"그래. 젠장. 아무래도 한정판이라고 해야 할까. 그런 걸 스무 질 정도는 인쇄해야 할 것 같소. 무시할 수 없는 도서관들이, 흐음. 예닐곱 군데는 되고 각 도서관에 두 질씩은 납본해야 할 테니. 비싸게 먹히겠지만 그런 곳에선 납본 보상비도 잘 쳐주니까 큰 문제는 되지 않을 거요."

"역시 그렇게 되는군요."

"대중 출판이야 명예 훼손 문제를 들어 거부할 수 있다 하더라도 그곳들은 도리가 없잖소. 금서나 맹서도 잘만 관리하는 곳들인데 대중에 노출될까 무섭다는 소리는 못 하고, 그쪽에서 보존해야 할 가치가 있다고 판단했다는데 이쪽에서 그 판단에 자신 있냐고 물어보는 것도 우스꽝스러우니."

"예. 저도 대충 그 정도로 생각하고 있습니다만……"

"응? 아아, 육필 원고? 그건 안 되지. 할라도 백작의 것이니까. 눌드 경이 결정할 문제지."

세티카는 깜짝 놀랐다. "예?"

"응?"

"전 각하께서 그걸 상속권자에게 줄 거라고 생각했는데요."

더스번 경의 얼굴엔 그라이만 사람에게 이런 설명을 해야 한다는 것이 믿기지 않는다는 심정이 명확히 드러났다.

"어, 글쎄. 형태가 기괴하긴 하지만 저걸 문객의 모양새가 아니라고 할 수도 없지 않소. 어쨌든 눌드 경이 집필 장소를 제공하고 있는 건 확실하지. 자의는 아닐 테고 숙식 제공도 없긴 하지만 무려 4년의 기간 동안. 그러니 창작의 후원자로서—"

세티카가 손바닥으로 탁자를 탕 내리치는 바람에 더스번 경은 말을 멈췄다.

"뭐라고 하셨습니까? 창작의 후원자요?"

"그렇게 말했는데."

"저건 글쓰기가 아닙니다. 창작이 아닙니다! 당사자의 모든 것을 불살라 만들었다 해도 화장터의 연기는 고인의 예술적 표현이 아닌 것처럼!"

"그런가?"

"저치가 생전에 써 갈겼던 그 지저분한 것들은, 예. 그걸 글이 아니라고 할 순 없습니다. 하지만 지금 쓰고 있는 저건 결코 아닙니다. 할라도 백작 각하께서 그걸 원하신다면 가지셔도 저는 불만이 없습니다. 하지만 각하께서는 창작의 후원자 자격으로 그걸 가지실 수는 없습니다!"

"불만이 없다면 됐군."

세티카는 호흡을 가다듬느라 경련을 일으킬 지경이 되어 힘들게 말했다.

"말 나온 김에 덧붙인다면 납본을 받을 도서관들, 그 도서관들이 어떤 도서 분류법을 쓰든 그 글을 문학으로 분류하는 것은 유족으로서 반대합니다. 대단한 곳들이니 귓등으로도 안 들을 테지만, 거기에 제가 동의하는 건 아닙니다."

"펴낸이의 말로 어스탐 로우의 형제 세티카 로우는 이 글을 문학으로 규정하는 것에 반대했다고 명기해두도록 하지. 아니면 이 글이 문학이 아닌 이유라는 주제로 당신이 수필이나 소논문 같은 걸 쓰면 어떻겠소? 함께 엮을 테니. 유족의 의견이니 충분히 실을 만하지."

눈을 커다랗게 뜬 세티카는 반색했다. 그는 그 제안에 따르겠다고 열정적으로 대답했다. 거듭해서 감사를 표하던 세티카는 자신이 조금 전에 한 행동을 떠올렸다. 자신이 많은 괴수들의 사인이며 여러 드래곤들의 잊고 싶은 추억이며 팔비노 교도에 따르면 인간계를 거니는 악마인—그 외에 '흡혈귀를 무는', '지진을 겁탈한', '죽음이 표절하는' 등등이 있다.—기사 앞에서 탁자를 내리쳤다는 것을 깨달은 세티카의 얼굴이 허옇게 변했다.

형제의 유사성도 작용한 탓에 어스탐 로우의 마지막 초상화와 상당히 흡사한 모습이 된 세티카 로우와 헤어진 후 더스번 경이 찾아간 곳은 오소리 옷장의 자랑거리라 할 수 있는 대단한 규모의 서재였다. 더스번 경이 죽상이 된 채 사란디테가 방에 틀어박혀 조식도, 중식도 먹지 않는 건 할라도 백작가를 모욕하려는 것이 아님을 설명하는 동안 눌드 경은 서가로 가득한 벽을 둘러보다가 잔잔하게 웃었다.

"어제 만찬엔 참석하지 않았습니까. 그걸로 충분하다고 생각합니다. 아시다시피 이곳엔 조찬 모임도, 오찬 모임도 없으니 상관없지 않을까요. 사란디테도 그걸 알고 그런 것일 테고. 조금도 모욕으로 생각하지 않습니다. 오히려 부러움을 느낍니다. 더스번 경. 내겐 예전 일이라서."

"예?"

"나도 침식을 도외시하며 자작의 글을 읽던 시절이 있었다는 거죠."

"아, 그렇겠군요."

눌드 경은 서가의 한쪽 방향을 바라보았다. 여러 해 동안 여러 번 확인했기에 서가의 그 부분이 어스탐 경의 저작으로 가득 차 있다는 것을 알고 있던 더스번 경은 굳이 그 시선을 따라가진 않았다.

"한 작가의 창작 여정을 오랫동안 따라다닌 독자가 전부 그렇게 되는 건지는 모르겠습니다만 내 경우엔 변화가 있었습니다. 그러니까, 경험이 많아지면 그것들을 서로 비교할 수 있게 된다는 거지요. 모든 것이 여럿 중의 하나로 바뀝니다. 나이 듦의 저주와 같죠."

"이 글은 좀 독특하지 않습니까?"

"무디고 엉성한 의견을 말해도 된다면 휴름 자작의 글 중 으뜸이 되긴 어렵다고 생각합니다."

"그래요? 놀랍군요. 마지막 글이니 최고로 열심히 쓰지 않겠나 막연히 생각했는데."

"백조의 노래?"

"예."

"때론 실제가 허구보다 놀랍긴 합니다만…… 일반적으로 실존 인물은 가상의 인물만큼 흥미롭기가 어렵습니다. 아니, 충성스럽기 어렵다고 바꿔 말하겠습니다. 실존 인물이 충성하는 건 자기 자신이지 어떤 작품이 아니죠."

"오. 그건 그렇군요."

"예. 자작은 드높은 명성에 부끄럽지 않은 문재를 보여주고 있습니다. 하지만 자작의 마지막 작품에 등장하는 인물 중 상당수는 이 작품을 위해 조형된 인물이 아니라 자기 삶을 사는 인물입니다. 그건 문제가 아니라고 할 수도 있겠지요. 실화 기반으론 절대 좋은 문학이 쓰여질 수 없다는 말을 들으면 나부터 코웃음 칠 겁니다. 반례들을 여럿 떠올릴 수 있죠. 내가 말하고픈 것은 이겁니다. 실화 기반으로 좋은 글을 쓰는 작가도 많지만 자작은 그런 작가가 아니었습니다."

"그렇습니까. 무슨 말인지 알 것 같습니다."

"배경과 전개, 결말도 그가 고른 것이 아니지요. 그걸 생각하면 자작이 안됐다는 생각도 조금은 듭니다. 그리고 독자가 작가를 동정하게 됐다면 그걸 최고로 유쾌한 독서 경험이라고 할 순 없겠죠."

"세티카에게 육필 원고는 할라도 백작에게 드릴 생각이라고 했습니다. 불만은 없다더군요."

"예? 내게요? 어째서?"

더스번 경은 좌절감 속에서 눌드 경이 안목이 넓은 사람이길 소원해보았다. 다행히 눌드 경은 그런 사람이었다.

"아아. 더스번 경. 우리 그라이만 사람들의 고루함에 대한 이야기를 많이 들어서 생각을 너무 많이 했나 보군요. 잘했습니다. 확신하는데 경이 들은 건 우리의 가장 개방적인 모습일 테니. 그리고 고리타분한 우리가 보기에 창작의 후원자에게 작가가 헌정해야 하는 건 육필 원고가 아닌 초판본입니다. 책으로 정리해서 증정하는 것이 적절한 예의죠."

"아하. 초판본? 그런 겁니까?"

"예. 서예나 회화라면 몰라도 악보나 원고는 아니죠. 음. 악보는 약간 애매하군요. 육성하기 힘든 합창단이나 고가의 악기들은 과거엔 신전 같은 곳에서만 볼 수 있는 것이었죠. 그래서 악보는 대량으로 만들 이유가 별로 없는 것이었기에 친필 악보를 그냥 신전에 바치곤 했죠. 현대에도 연주가 저렴해진 건 아니라서 유사한 경향이 어느 정도 있는 걸로 압니다. 하지만 육필 원고라면 상속권자가 가지는 것이 맞을 겁니다. 불만이 없다고 했다고요? 이걸 경에게 받는 뜻밖의 선물로 간주하고 싶은 생각은 간절하지만 경이 두려워서 세티카가 자기 권리를 포기했을 가능성을 무시할 수 없군요. 미안하지만 다시 확인해주세요."

"쯧. 뭘 잘 모르면서 지레짐작으로 행동하여 일을 번거롭게 만들었나 보군요. 하지만 가지고 싶은 걸 억지로 포기하는 건 아닌 것 같습니다." 더스번 경은 얼굴을 문질렀다. "4년 동안 보고 있지만 참 이해가 안 됩니다. 형제가 왜 저런가 하고. 내가 형제가 없어서 모르는 건가 싶기도 하고."

눌드 경은 서가를 물끄러미 보았다. "형은 선점자라죠."

"예?"

"아니, 미안합니다. 나 또한 형제가 없다 보니 형제에 대한 내 견해는 대개 학술적이랄까, 그러니까 책에서 얻은 것들을 기반으로 합니다."

"선점자라는 건, 가족 내에서 자리를 선점하고 있었다는 말입니까?"

"그렇죠. 자리, 부모의 애정, 자원이나 그 입수 수단…… 옷 한 벌도 원래 형의 것이었고 동생은 그걸 물려받는 입장이죠. 형은 선점자이고, '네 동생은 어리니까' 같은 소리를 들으며 분배자의 지위에까지 등극하죠. 그가 선점하고 있던 것을 동생에게 나눠주도록 부모가 분배의 거부권을 주는 척하는 겁니다. 반면 동생은 뭔가를 얻으려면 그건 대개 형이 선점하고 있는 것들이죠. 운명이 결정한 적수인 겁니다. 그런데 이 적수는 대개 힘이 더 좋고 수완도 낫죠. 부모도 확실한 아군으로 볼 순 없고. 저쪽과 보낸 시간이 더 기니까. 이것이 주목해야 할 점이라고 하더군요. 보통 부모가 세상에서 가장 강력한 아군이라 생각하지만 세상의 동생들에겐 그렇지 않다는 거죠. 아니, 동생들에게도 부모가 세상에서 제일 강력한 아군인 건 똑같지만 동생의 경우 그들의 부모에겐 더 전통적인 동맹이 있다는 거죠. 그래서 온 세상의 형제들은 핏줄이 같다 해도 다를 수밖에 없다더군요. 입장이 다르기 때문에. 그리고 이건 시간이 역전되지 않는 한 영원하죠."

"그건 재미있군요." 더스번 경은 정말 그렇다고 생각했다. "동생한테 형은 태어나 보니 이미 존재했던 눈꼴신 적수였던 것이군요. 예. 그럴듯하군요. 그래서 세상에 둘밖에 안 남은 형제였는데도 세티카는 형을 계속, 저런 상태가 되어도 계속 경멸할 수 있는 것이다? 흠. 내 혼란이 많이 해소되는 설명입니다. 그래서 자기 형의 마지막 원고를 그렇게 부르는 것이다……."

"교수형 당한 범죄자는 조형 예술품이 아니라고 하던가요?"

"이번에 내가 들은 비유는 화장터의 연기였습니다."

"그래도 형제, 그렇지만 형제, 그러니까 형제. 비유를 찾아내는 그 모습이 두 사람이 형제임을 증명한다고 말하면 세티카가 어떤 얼굴이 될지 궁금하긴 하군요. 산 자가 쓰지 않으면 글이 아니다?" 눌드 경은 손을 좌우로 내밀며 주변의 서가들을 가리켜 보였다. "여기 있는 책의 저자 중 대부분은 죽었습니다."

"예? 어, 그렇긴 하겠지만 그게 적절한 반론일까요. 쓸 때는 살아있지 않았습니까."

"내가 글을 읽을 땐 되살아난단 말입니다. 어차피 내가 글을 읽을 땐 수십, 수백 년의 시간을 뛰어넘어 되살아나 내게 말을 거는데 쏠 당시의 상태가 무엇이 중요합니까."

더스번 경은 '허.'라고 생각했다.

"내게 글은, 물론 항상이라곤 할 수 없지만 상당수 죽은 자의 것이었고 난 그 점 때문에 곤란했던 적은 없어요. 글은 글이고 작가는 작가입니다. 별개지요. 세티카가 말하고픈 바가 무엇인지 이해는 할 수 있지만 나는 공감할 수 없습니다. 그러므로 그에게서 자신의 권리를 행사할 기회를 뺏고 싶진 않습니다."

"알겠습니다. 결자해지해야겠죠. 세티카에게 물어보도록 하겠습니다."

사란디테가 스벤터 경에게 받은 사본은 어스탐 경이 약 오십 일 전까지 쓴 내용을 담고 있었다. 머리카락이 헝클어지고 눈꺼풀이 붓고 입술이 메마른 사란디테가 자신의 방에 나타나 사본을 건네며 지난 오십 일 동안 쓰인 나머지 원고를 요구하자 스벤터 경은 두려움을 느꼈다. 왜냐하면 사란디테가 세계로부터 부당하게 핍박받고 있는 비극적 여주인공처럼 보이려 애쓰고 있었고, 자신이 그렇게 보인다고 정말로 믿는 것 같았기에. 스벤터 경은 쓰러진 적을 등 뒤로 한 채 투기장에서 걸어 나오는 장렬한 여주인공처럼 보인다는 말을 참았다.

"그걸 정말 하룻밤 만에 다 읽은 거요?"

"자애로우신 각하, 제발요! 그거 강력 범죄의 강력 증거라는 거 저도 잘 알아요. 절대로 훼손하지 않을게요. 아니, 여기서 각하의 감시하에 봐도 좋아요. 각하께서 들고 계시고 전 눈으로만 봐도 돼요!"

"터무니없는 소리."

"기사도는 어떻게 된 건가요! 오호라, 우리 모두가 못내 두려워하던 종말의 시간이 다가오고—"

"아니, 휴름 자작의 육필 원고는 나도 함부로 못 보는 거라고! 우리가 수사 자료로 쓰는 건 필사본이오."

사란디테의 눈이 번뜩였다.

"필사본이 있어요?"

"당연히 그런 것을 바로바로 만들어야 하잖소. 당신 말대로 훼손이라도 되면 어떡해. 그래서 필경사가 필사 작업을 끝내자마자 육필 원고는 바로 금고에 집어넣고 우리는 필사본을 보오. 당신이 본 책도 그 필사본을 토대로 만들어졌고."

"아하, 그러면 원본은 잘 보관되어 있다는 거죠? 안전하게?"

스벤터 경은 성격이 좀 다른 두려움을 느끼고 의아해졌다. '이상한데. 왜 이자가…… 행인에 대한 관찰을 마치고는 저질러도 되겠다고 판단한 강도처럼 보이는 거지?'

"그래. 그러니까, 물론 그게 필사본이라도 조심해야 하지만, 내주는 것에는 문제가 없소. 검토가 끝나고 내용상 안전하다고 판단되면 이곳 사람들에게 보여주기도 하고……."

왜 계속 말하면 안 될 것 같은 느낌이 드는지 의아해하며 스벤터 경은 말끝을 흐렸다.

잠시 후 사란디테는 종이 무더기를 들고 복도를 걷게 되었다. 그녀가 받은 필사본은 깔끔한 글씨로 정서되어 있었고 그녀가 읽은 책보다는 훨씬 판형에 여유가 있었기에 사란디테가 보기엔 복도를 걸으면서도 글을 읽을 수 있을 것 같았다. 사란디테는 가능한 일을 사양하지 않았다.

그러나 사란디테는 필사본을 읽으며 자신의 방까지 돌아가겠다는 계획을 곧 포기했다. 복부에서 격통이 느껴졌기에.

고개를 들고 급히 주변을 살피던 사란디테는 더스번 경의 뒷모습을 발견했다. 그녀는 더스번 경의 뒤편으로 다가간 다음 쪼그리고 앉아 한쪽 손만 높이 들어 더스번 경의 어깨를 건드렸다. 머리 위로 더스번 경의 주먹이 지나간 후 사란디테는 똑바로 섰다.

"새터네이 단검이 뭐죠?"

더스번 경은 사란디테의 퀭한 눈과 흐트러진 머리카락을 노려보다가 한숨을 쉬었다.

"신비로운 대장장이 일족이 마법적인 강철을 이용하여 비전의 수법으로 만든 막칼."

"과연."

"다 잊어버려. 그건 야지아족 고사에서 나온 이야기오. '아무 칼로 귀하를 찌른 것 아니오. 이건 새터네이 단검이오.' '아, 그렇소? 폐를 끼쳤군. 꽥.'이라는 장면에서 나오지."

"너무 축약한 것 같지만…… 그러니까 살인자가 사람 찌르고는 '미안하다'도 아니고 '어서 뒈져라'도 아니고 '당신 품격에 맞는 귀한 칼

준비했음을 알아달라'고 말한 거예요? 그리고 피살자는 '이게 무슨 짓이냐'도 아니고 '저승에서 만나자'도 아니고 '그런 걸 구하느라 고생하게 해서 미안하다'고 대꾸한 다음 죽었다는 것이고?"

"그 고사는 여러 방식으로 해석할 수 있어. 두 허영심 덩어리의 대화일 수도 있고, 상대를 허영심 덩어리라고 믿는 두 사람의 대화일 수도 있지. 새터네이 단검이라는 건 실존하지 않는다는 것을 알면 해석의 방식이 더욱 늘어나고. 내가 알기로 현대 그라이만이나 그 인근 지역에서 그 어휘를 쓰는 간단한 용법으론 이런 것이 있소. 누가 칼을 들었다고 말하면, 그건 칼을 들었다는 뜻이오. 누가 새터네이 단검을 들었다고 말한다면, 저 새끼가 사람 하나 죽이려고 결심하고 자기 합리화를…… 잠깐, 어스탐 경 죽는 장면 나왔어?"

"안 나왔어요."

"누가 새터네이 단검을 들었어?"

"여러 명이. 해석이 그렇게 많다면서 무슨 그런 질문을. 무엇보다 엔파 백작께서 저보다 먼저 읽으셨잖아요."

결정적인 장면이 이미 쓰였다면 체포가 이루어졌을 거라는 것을 이해한 더스번 경은 몸을 돌려 걸어가는 사란디테에게 고함을 질렀다.

"사과! 밥! 잠!"

"보류! 추진! 미정!"

말을 끝낸 사란디테는 그대로 달려갔다. 더스번 경은 수염을 잡아당겼다.

식사를 추진 중이라는 사란디테의 말은 사실이었고 ― 으윽, 배고파! ─그녀는 어딘지도 모르는 오소리 옷장의 부엌을 자신 있게 찾아 나섰다. 하지만 대식당 근처일 것, 화재 차단이 용이할 것, 바깥에 있을 식량 저장고와의 동선이 짧을 것 같은 단서들을 이용하면 어렵잖게 주방을 찾아낼 거라 예상했던 사란디테는 잠시 후 본관 현관에 우뚝 서서 처량한 얼굴로 좌우를 둘러보게 되었다. 사란디테가 쓰린 배를 필사본으로 꾹 누를 때 누군가가 말을 걸었다.

"밖으로 나가야 해. 사란디테. 집필실 주변 구역이 폐쇄되어서 구조가 이상해지는 바람에 주방을 쉽게 찾으려면 식량 저장고 쪽에서부터 찾는 것이 낫지. 하지만 나가지 말고 이리 올라와."

사란디테는 현관의 왼쪽 계단참을 올려다보았다.

"올코아 부인?"

"더스번 경의 고함 소리 듣고 나와봤어." 사란디테가 왼쪽 계단을 오르자 네모파니 올코아는 그대로 앞서 걸어가며 말했다. "지금 주방 사람들 식사 시간이야. 아, 그래. 그러니까 대충 섞여 들어가서 뭘 좀 얻어먹겠다는 심산이었겠지. 안 돼."

"전 평민이라서 하녀들을 그렇게 불편하게 하지는─"

"그 사람들은 네가 다른 귀족 저택에서 만났을 하인 하녀들이 아니야. 죽은 사람이 글 쓰고 있는 집에서 일하고 있는 사람들이지."

"어?"

"게다가 여기엔 그 살인자가 있고. 겁에 질려 있지 않겠어? 하지만 그만두지 못해서 불만도 많아. 어쨌든 그 사람들도 용의자에서 제외할 수 없으니까 엔파 백작이 다들 붙잡아뒀거든. 지금에 와선 사람 구하기 힘들어서 아예 안 내보내려는 핑계에 가깝게 되었지만. 그 사람들도 그런 눈치는 있어. 윗사람에겐 대들긴 어렵겠지만 너 같은 사람에겐…… 글쎄. 그 사람들 앞에서 그걸 들고 '이건 손이 허전해서 들고 다니는 것이고 나도 글은 모른다' 같은 소릴 하는 것이 영리한 행동일 것 같진 않네."

"살려주셔서 고맙습니다. 통찰력이 대단하시네요."

"통찰력? 무슨. 사정이 비슷한 사람을 알아서 아는 거야. 아, 다 왔어."

올코아 부인이 방문을 열었다. 안을 본 사란디테는 좀 어색하게 배치되어 있는 화로와 솥, 번철, 식기, 조미료 단지 등을 보곤 이곳이 건물 완공 후 만든 간이 주방 같은 곳임을 깨달았다. 올코아 부인은 손수건을 꺼내 자연스럽게 머리를 감싸고는 창문을 열고 통에서 땔감을 집어 화로에 쌓으며 설명했다.

"유레솔이 밤낮이 바뀐 생활을 하고 있는 것도 비슷한 이유가 있거든. 아무래도 다른 사람들하고 접촉하는 것이 껄끄럽지."

"유레솔이 누구죠?"

"몰라? 아, 이름을 모르는 건가? 네가 들고 있는 그거 유레솔이 쓴 건데."

"아하. 필경사 이름이 유레솔인가요? 그렇군요. 그 사람이 낮에 필사 작업을 하다가 잠시 멈추고 다른 사람들과 함께 식사를 하면…… 그건 쉽지 않겠네요. 모두들 그 사람이 읽은 원고의 내용을 궁금해할 텐데. 성격에 따라선 밥도 안 넘어갈 수 있겠네요."

"그렇겠지? 따로 식사하게 할 수도 있지만 그래도 낮에 깨어있으면 누군가와 맞닥뜨릴 수 있지. 그래서 아예 낮에 자고 밤에 일하는 거야. 다행히 본인도 그걸 마음에 들어 하는 편이고. 그러면 원고의 보안에도 더 좋고, 유레솔이 밤에 작업을 하면 그 전날 쓰인 탐의 글을 스벤터 경이 아침에 바로 볼 수 있다는 장점도 있지."

사란디테는 수긍했다. "그렇군요."

"유레솔이 밤에 혼자 챙겨 먹을 수 있게 해주려고 스벤터 경이 이곳을 마련해줬어. 그래서 이따금 이곳을 방문하는 나 같은 사람도 그 덕을 보고. 낮엔 내가 여기서 간식거리 같은 것 만들어 먹고 대신 밤에 유레솔이 먹을 것들 밑준비를 해두거나 해. 앉아."

"아뇨. 제가—"

"가만있어. 뭐가 어디 있는지도 모르면서."

손사래를 쳐 사란디테를 앉힌 올코아 부인은 거침없이 음식을 준비했다. 그 모습을 보며 사란디테는 입술을 꿈틀거렸고 곧 올코아 부인이 빙긋 웃었다. 그녀는 지나가는 말처럼 말했다.

"사란디테. 거친 남자 좋아하지 마. 생각 없는 모습을 호탕한 모습이라고 착각해서 결혼하면 어떻게 되는지 알아? 시답잖은 일로 결투를 벌여서 미망인 호칭 선물해주지. 하! 멍청한 년. 그 꼴을 당하고도 그런 멍청이를 위해 새터네이 단검을 들다니. 그렇게 어리지도 않았으면서."

임사전언을 통해 알고 있던 이야기를 먼저 언급해주는 올코아 부인을 본 사란디테는 용기를 냈다.

"저기, 정말 부군의 결투 상대를 그걸로 만들려고 하셨어요?"

올코아 부인은 놀라서 사란디테를 돌아보았다.

"뭐? 아니, 설마 탐도 그렇게 썼어? 나한테 설명 다 들었으면서?"

"어? 부인께선……?"

"아, 나는 그거 안 읽었어. 원래부터도 난 탐 글 별로 읽지 않아. 글 읽고 하는 건 내 취향이 아니거든. 그래도 그건 읽어보려고 했어. 중요한 거니까. 그런데 띄엄띄엄 읽으니까 앞에서 읽었던 내용이 희미해지더라고. 그런 데다 실제 인물이 아닌 인물이 나오기 시작하니 뭐가 뭔지 헷갈려서. 그래서 어차피 결말만 알면 되는 거라고 생각하고 그냥 포기했지. 얼마 전에 책으로 만들어졌을 때 다시 한번 읽어볼까 했는데 그건 글자가 너무 작아서 도저히 못 보겠더라고."

"아아, 그러셨군요."

"흐음. 그랬군. 그 괘씸한 녀석이 고모의 악명을 그냥 써먹었군. 내가 사실을 알려주지. 사란디테. 나는 배를 찌르려고 했던 거야. 여자 힘으로 단검을 휘두르거나 찌르려 해선 남자한테 손목을 잡힐 수도 있으니까 단검은 몸에 딱 붙이고 몸을 상대에게 던져야 한다고 어디서 들었거든. 그대로 했어. 다만 흥분해서 신장 차이를 생각하지 못했던 거지. 다리를 찌르고 말았어. 그런데 내 얼굴이 많이 무서웠던 모양이야. 칼에 서툰 여자가 아니라 고환을 노리는 여자라고 생각하더라고."

"읽으면서 그렇게 된 거 아닌가 생각하긴 했죠."

"그래? 응. 그리하여 상해로 유폐 8년. 요리, 청소, 세탁, 재봉에 있어 그라이만의 어떤 하녀에게도 뒤지지 않는 전과자 귀족 탄생. 그래서 이렇게 잘하는 거지. 그 말 하고 싶었지?"

올코아 부인은 순식간이라고 표현해도 될 만한 속도로 수프 두 그릇과 치즈에 맥주 두 잔까지 내왔다. 사란디테에게 음식을 권한 그녀는 자신도 먹으면서 유폐에서 풀려난 후 어느샌가 아버지의 집도, 남동생의 집도 아닌 조카의 집이 된 친정으로 돌아와 서툰 하녀들의 악몽으로 군림하며 살게 된 네모파니 올코아에 대해 마저 이야기했다.

"그런데 이젠 그 조카가 이런 기막힌 횡포를 부리고 있는 거지. 내 인생! 안 마실 거야?"

"저 지금 하루 이상 깨어있는 상태라 이거 마시면 바로 곯아떨어질 것 같아서요. 드시겠어요?"

올코아 부인은 사란디테의 맥주잔을 가져가 흡족하게 비웠다.

"탐 글 잘 쓰지? 올케가 물려준 재주 같아. 나도 그렇지만 탐의 아버지도, 할아버지도 글하곤 내외하는 사람들이었거든."

"예. 자작님 정말 대단하세요. 제가 어젯밤 내내 무슨 생각 했는지 아세요? 이 글 끝까지 읽어도 끝이 안 날 테고 어차피 완결이 쓰일 때까지 기다려야 하니까 그만 덮고 자자고 몇 번이나 생각했어요. 그리고 저 지금 이 상태죠."

"그럼 누가 범인인지 알려주는 비정한 짓은 하면 안 되겠네."

"막말이 여기까지 올라왔어요!"

"와. 꿈쩍도 안 하네."

"에헴. 아? 부인. 전 여성 범죄자를 체포하기 위해 온 여자 수사관이 아니에요."

"응? 아, 그런 사람이 식사를 거르고 밤을 새우며 책을 읽지는 않겠지. 그냥 그런 여자인 거지. 그러니까 죽은 사람이 글 쓰고 있고 주변에는 그 살인자가 있는 집에서 독서에 푹 빠질 수 있는 여자."

"하하, 뭐, 자작님은 집필 삼매경이시고, 범인이 절 노릴 이유도 없지 않나요?"

"범인이 제정신이 아닐 수 있잖아. 사실 제정신인 것이 이상하지. 자기가 죽인 사람이 저러고 있는 것부터가 미칠 노릇인데 4년 내내 자기 이름이 언제 나올까 전전긍긍했을 거 아니야. 4년이라니, 원. 상상해보면 끔찍하지 않아? 누가 목을 맨 모습을 보게 되는 건 그나마 낫지, 눈이 뒤집힌 채 칼을 휘두르고 다니는 누군가와 맞닥뜨릴 수도 있잖아."

"그건 정말 개전의 정이 없는 처사군요."

올코아 부인의 눈이 휘둥그레졌다. "뭐?"

"그렇잖나요. 사람을 찌른 데다 그 결말을 미리 폭로해서 집필까지 망치다니."

올코아 부인은 웃음을 터뜨렸다. 잠시 후 그녀는 멈추지 않는 자신의 웃음에 당황했다. 그녀는 눈물을 줄줄 흘리면서 웃었다.

"미안, 푸홉, 미안해. 개전의, 힛! 그렇구나. 폭로? 폭로! 그렇구나. 하, 핫하, 나 몰라. 왜 이래. 나, 으핫하하! 어떡해!"

사란디테는 손수건을 내밀며 담담하게 말했다.

"그럴 때가 있죠."

얼굴을 감싸쥐고 몸을 웅크린 채 등을 들썩거리는 올코아 부인을 내버려두고 일어선 사란디테는 식기를 정리하기 시작했다. 달그락거리는 소리에 부인은 힘들게 몸을 일으켰다.

"아니, 아니, 놔둬. 내가, 내가 할 테니까. 또 어질러야 해. 유레솔 식

사. 그러니 그냥 놔두고 가봐."

"제가 거들죠. 뭐 하실 건데요?"

"아니. 너는 자야지. 졸린 하녀 발효종 단지 깨먹는다는데 밤을 새운 사람을 발효종 근처에 어떻게 보내. 아까 그 계단참에서 얼굴 보자마자 먹이고 바로 재워야겠다고 생각했어."

이어서 올코아 부인은 '잠은 죽어서 자면 된다는 건 헛소리다. 우리 조카를 봐라.' 같은 말로 사란디테가 입을 다물게 만들었다. 할 수 없이 사란디테는 거듭 감사하며 몸을 돌렸다.

실제와는 좀 다를지도 모르는 막 #2

<막이 열린다.>

밤, 오소리 옷장의 복도, 더스번과 사란디테가 배경 중앙의 방문 앞에 서 있다. 좌측에 선 사란디테가 우측에 있는 더스번을 무시한 채 주변을 두리번거리며 말한다.

사란디테   그래서 올코아 부인이 그러잖아요. 그냥 그런 여자라고. 기둥에 묶인 공물인 척하다가 가까이 다가온 거대 원숭이한테 웃으면서 손가락 세우는 여자.

더스번   말도 안 되는 소릴. 네모파니 올코아가 그 섬에서 있었던 일을 어떻게 알아서? 그리고 그때 당신은 손가락을 세운 것이 아니라 너 고개 가로젓기만 해봐 하는 비장한—

사란디테   의미가 그랬다는 거예요, 의미가. (계속 주변을 살피며 방백한다.) 그런데 그 유레솔은 어디 있는 거야? (더스번에게) 저 이제 신부 들러리는 못 할 인상인가 봐요. 그러니까 레초 부인도 제가 자기를 잡으러 온 사람이라고 생각한 거지. 다 백작님 때문이에요.

더스번   그래서? 여기 사람들에게 요조숙녀인 척할 일은 없으니 밤에 그 필경사 작업하는 거 옆에서 봐도 된다고? 그게 무슨 논리야?

사란디테   저녁에 한숨 자고 일어나서 괜찮아요.

더스번　누가 걱정하냐! (방문을 가리킨다.) 당장 들어가서 다시 자. 안 졸려도 자. 내일 아침엔 무슨 일이 있어도 할라도 백작 부부에게 감사와 사과를—

사란디테　(더스번을 향해 맹렬한 기세로 한 걸음 다가간다.) 트리아가 아네지를 알아볼지 말지 확인 못 하면 저 죽어요!

더스번　(당황하여 무대 우측을 향해 한 걸음 물러난다.) 응? 트, 트리아? 아네지? 그게 누군데?

사란디테와 더스번이 무대 우측으로 조금씩 이동하며 대화를 이어간다.

사란디테　호잘리스의 기사 트리아와 세도웬의 공주 아네지요. 앙지프 욜탄 마레스납의 두건에 검은 실로 수를 놓은 건 아네지가 아니라 아네지, 그러니까 세도웬의 아네지가 아니라 칠흑의 아네지—

더스번　잠깐만! 호잘리스는 어디고 세도웬은 또 어디야. 가상의 인물들이 나온다는 건 들었는데 설마 가상의 지명도 나오는 거요? 앙지— 뭐? 칠흑? 아니, 그자들이 어스탐 경과 무슨 관련이 있는 건데?

사란디테　아! 트리아는 할라도 백작이 확실해요. 어스름의 궁전에서 트리아가 알무드를 받은 곳이 왼쪽 눈인데 눌드 경은 오른쪽 눈이 보라색이니까.

더스번　무슨 소릴. 눌드 경의 눈은 양쪽 모두 녹색—

사란디테　아니죠! 그래서 오른쪽인 거예요! 바다뱀의 거울!

더스번　보라색이, 어, 거울?

사란디테　왜 거울이겠어요? 역시 헬리보리계와 랏트아계는 거울상인 거죠! 그렇잖으면 레조우가 오른손으로 간장치기를 할 순 없죠. 내가 그걸 놓칠까. (흡족하게 웃는다.) 그런 반전인 거죠. 랏트아계의 눌드 경이 헬리보리계의 트리아예요. 아네지 공주는 랏트아계의 누군지 아직 확정되진 않았어요. 제가 알고 싶은 것이 그것이고요. 제 생각엔 세티카 로우인 것 같아요. 칠흑의 아네지면 어떡해요?

더스번　거울상이 무슨— 뭐? 잠깐, 잠깐만! 세티카가 공주라고? 그게 무슨 소리야?

사란디테　(더스번을 향해 성큼 다가간다.) 사실은 칠흑의 아네지일 수도 있어요!

더스번　(흠칫하며 물러나 무대 우측으로 퇴장한다. 목소리만 들린다.) 칠흑? 아, 칠흑인가. 그런데, 공주?

사란디테　(더스번을 좇아 우측으로 퇴장한다. 목소리만 들린다.) 그래요! 칠흑의 아네지는 어느 손이 우세손인지 언급되지 않았으니까 왼손잡이일 가능성이 있어요! 그렇다면 랏트아계에선 오른손잡이! 헬리보리계의 왼손잡이와 랏트아계의 오른손잡이는 굳이 언급할 필요가 없으니까— (목소리가 점점 작아지다가 사라진다.)

무대 좌측에서 종이 뭉치를 든 유레솔이 등장한다. 감탄한 표정으로 무대 우측 방향을 보던 유레솔이 몸을 돌리다가 관객을 본다.

유레솔   아, 또 뵙네요. 안녕하세요. 그나저나 저분 참 대단하군요. 간장치기가 뭘까요? 제가 옮겨 쓰긴 했을 텐데 뭔지 모르고 써서 그런 건지 기억이 안 나네요. 그거 왼손으로 하는 건가 봐요. 예. 그렇겠죠. 어…… (안고 있던 종이 뭉치를 내려다본다.) 아참! 죄송합니다. 이만 실례할게요. 이거 챙길 때 눈에 들어온 것들이 좀 있는데, 아, 이게 뭔지 모르시겠구나. 이건 자작님이 어젯밤부터 조금 전까지 쓴 거예요. 아무래도 분위기가 심상찮아요. 빨리 가서 작업해야 할 것 같아요. 예. (고개를 꾸벅한다.) 그럼 계속 즐겨주세요.

유레솔이 무대 좌측으로 퇴장한다.

<막이 닫힌다.>

지난 4년 동안 대강 정해진 규칙에 따르면 어스탐 경의 원고가 취합되는 것은 보름에 한 번씩이었지만 약 40일 전부터, 그러니까 사본을 전달받은 전문가들의 회신이 도착했을 때부터 그 규칙은 변경되었다. 완결이 다가오고 있었고 원고 한 장 한 장이 중요해졌기에 스벤터 날바이 백작은 매일 아침 유레솔에게서 어스탐 경의 육필 원고와 그 필사본을 받아 보고 있었다. 여전히 애석하다는 얼굴을 한 유레솔로부터 '어제 원고는 폐기된 것 같습니다. 이건 그제 원고부터 이어서 보시면 돼요.'라는 보고를 받는 일이 일어나기는 했지만 다행히 그 횟수는 현저히 줄어든 상태였다. 유레솔은 그 이유에 대해서도 설명해 주었다. '인생과 같은 것 같아요. 백작님. 유년기엔 무한히 많은 가능성을 가지고 있지만 중년이 되면 지금 가는 길을 따라가는 것만으로도 전력이 요구되고 곁눈질은 호사가 되죠.' 스벤터 경은 유레솔에게 당신

몇 살이냐고 거의 물어볼 뻔했다.

다행히 오늘 아침 원고와 필사본을 내미는 유레솔은 애석해하진 않았다. 그런데 평온하지도 않았다. 의아해하며 그녀를 보던 스벤터 경은 필경사의 얼굴을 덮고 있는 것이 흥분이라는 걸 깨닫곤 긴장했다. 스벤터 경은 손으로 필사본을 가리키며 묻는 시선을 보냈다. 그러자 유레솔은 자신 있게 고개를 끄덕였다. 스벤터 경은 비명을 지르고 싶어졌다.

"누군데!"

"예?"

스벤터 경은 이를 악물고 욕설을 참았다. '아, 그래. 책을 넘겨주면서 결말을 이야기하는 교양 없는 사람이 되라고 요구하다니. 내가 잘못했네.' 스벤터 경은 어스탐 경의 원본을 금고에 넣는 절차를 무시한 채 바로 유레솔의 필사본을 읽기 시작했다.

즉시 친숙한 두통이 스벤터 경을 엄습했다. 경이 이제는 자기 글씨보다 더 친근하다고 말하곤 하는 유레솔의 글씨는 오늘도 훌륭했다. 오직 내용이 문제였다. '토할 것 같아. 돈을 써가면서 이런 고통을 자기한테 가하는 사람들이 있다고? 도대체 자기를 얼마나 싫어하는 거지?' 물론 일반적인 독자가 아닌, 내용에 대해 아무런 관심을 느끼지 못한 채 결말만 기다리다가 예전에 인내심이 바닥난 수사관의 반응이다.

악전고투 끝에 필사본을 다 읽은 스벤터 경은 떨리는 손을 움켜쥐어 입을 틀어막았다. 잠시 후 스벤터 경은 목이 잠겨 말했다.

"그래서 누군데?"

"뭐가요?"

스벤터 경은 침을 삼키느라 애를 먹었다. "네 명 중에 누가 휴름 자작을 찌른 범인이냐고."

"그건 모르죠."

스벤터 경은 원고를 집어 들어 금고에 넣고 자물쇠를 채우려다가, 열쇠를 떨어뜨렸다가, 집어 들려던 열쇠를 발로 찼다가, 다시 열쇠를 집어서 자물쇠를 채웠다. 붉어진 얼굴로 헉헉거리던 스벤터 경은 마지막으로 열쇠를 갈무리한 후 목청을 가다듬었다.

"그렇군. 그럼 오늘 아침 유레솔은 어찌하여 이렇게 즐거우실까?"

"누가 아네지인지 드디어 밝혀졌잖아요."

"응, 응. 그렇네. 경사스럽게도 눌드 경은 세티카 로우가 사랑하는 아네지라는 걸 드디어 알게 되었네. 그렇다면 역시 레초 부인이 검은 아네지인 거네."

"칠흑의 아네지죠."

스벤터 경은 콰이스톨 기사가 되고 싶어졌다. 모든 신의 도움이 간절했다.

"칠흑의 아네지. 그래서, 어스탐 로우는 그 앙지프인 것이고?"

"예? 앙지프 욜탄 마레스납이요?"

"아니었어? 그럼 레조우였어? 난 올코아 부인이 레조우인 줄 알았는데."

"레조우 슈라가인은 올코아 부인 맞아요. 백작님 정말 모르셨군요?"

"미안해. 용서해줘. 응. 난 아직도 이쪽의 휴름 자작이 저쪽의 누구인지 모르겠어. 남은 사람은 그 앙지프 어쩌고밖에 없지 않나 생각했는데."

"진작 말씀하시지. 어스탐 경은 바다뱀의 거울이에요."

스벤터 경은 쾨이스톨 임시기사나 단기기사, 기사대행 같은 자격이 있을까 궁금해졌다.

"아? 아아. 거울이야? 사람이 아니고 거울이구나. 그렇구나. 그런데 왜 거울을 죽이고 싶어 하지?"

"죽이는 것이 아니라 깨트리는 거죠. 그러면 랏트아계에서 헬리보리계로 갈 수 없게 되고요."

"아? 아아. 죽이는 것이 아니라 깨트리는 거라고? 이쪽에서 저쪽으로 갈 수 없게? 누가 살인으로 예술하고 시체와 차 마시는 그 좋은 곳에 그렇게 가기 싫은 건데?"

"아니죠. 휴름 자작이 죽게 되는 이유는 랏트아계에 있어요. 헬리보리계가 아니라. 전에도 말씀드렸잖아요. 네 사람 모두 동기를 가지고 있다고. 예. 깨트리려고 한 것이 아니라 죽이려고 하는 거죠. 그런데 깨지는 거죠."

스벤터 경은 쾨이스톨 기사들을 저주했다. 이 세상의 꼬락서니를 보니 그자들이 만신께 뭔가 큰 결례를 범한 것이 분명하다.

"깨트린 것이 아니라 죽인 거라고? 그런데 깨진 것이고?"

"비운은 서운한 행운이기에 천운이어도 소명은 수명이 서명한 사명이 아니니까."

"가봐."

"예?"

"가서 자라고. 유레솔. 지난밤에도 고생했어."

"아아, 예. 그럼, 음."

유레솔은 머뭇거리다가 양손으로 치마를 들어 올리는 시늉을 하며 고개를 꾸벅했다.

"수고하셨습니다, 각하! 축하드려요!"

놀란 스벤터 경은 급히 의자에서 일어나 가슴에 손을 얹고 허리를 숙였다.

"엔파 백작 부인이 언제 마지막으로 했는지 기억 안 나는 소릴 해준 건 고마운데, 왜?"

"예? 어, 그렇죠. 휴름 자작은 지난밤 제가 옮겨 적는 동안에도 글을 썼을 테고 지금도 쓰고 있을 테니 이르면 오늘 저녁, 늦어도 내일 오후엔 범인이 누군지 적시할 테죠. 그럴 가능성은 낮다고 보지만 만약 오늘 저녁이라면 제가 아직 자고 있을 시간일지도 모르니 미리 축하를—"

지난 4년 동안 정립되었던 규칙이 또 하나 깨졌다. 스벤터 날바이 백작이 그녀를 내버려두고 떠나는 바람에 방에 홀로 남게 된 유레솔은 누구에게 인사하고 자러 가야 하는지 알 수 없게 되었다.

우연히 지나친 사람들 모두의 눈을 휘둥그레지게 만들면서, 일부 따라오는 사람들에겐 '무슨 일인지도 모르면서 도와주려고 선뜻 나서는 친절함을 경애하오. 그리고 당신은 더 큰 경애를 받을 방법을 알고 있소.'의 의미를 담아 "고마워, 꺼져!" 같은 소리를 던지며 스벤터 경이 달려간 곳은 오소리 옷장 별관에 있는 객실 중 하나였다. 안에 있던 젊은 기사는 백작에게 인사를 하려다가 그의 표정을 보곤 긴장했다.

"인신 구속을 개시합니까?"

"예. 전하."

"알겠습니다. 인장 확인하지요."

젊은 기사가 종이를 꺼내자 스벤터 경은 품에서 한쪽 단면이 불규칙한 원통을 하나 꺼냈다. 백작에게서 통을 받은 기사는 자신 또한 비슷한 통을 하나 꺼내어 불규칙한 단면들을 맞댔다. 그러자 요철이 완벽히 맞으며 두 원통은 하나의 긴 원통이 되었다. 기사가 종이 위에 원통을 놓고 굴리자 통에 아무것도 바르지 않았는데도 종이 위에 문양들이 나타났다. 그것이 나타난 이상 더 확인할 것도 없었지만 그래도 기사는 문양을 꼼꼼하게 살피는 시늉을 했다. 그러다가 기사는 고개를 돌렸다.

"잠깐만요. 더스번 경은 유산 관리인이니 협조하겠지만 만신전에서 온 그 사람은 어떻게 합니까?"

"괘의치 않을 것 같습니다. 임사전언 내용에 관심이 많은 것 같더군요."

"흠. 그렇습니까. 백작의 판단을 믿겠습니다."

다시 종이를 살피려던 기사는 그건 좀 과하다고 판단했다. 그래서 기사는 자세를 바로 하고 목소리를 가다듬었다.

"그라이만의 왕자 티데이스는 그에게 주어진 권한으로 엔파 백작 스벤터 날바이가 체스키다 국왕 폐하의 고귀한 왕권을 국지적으로,

부분적으로 대행하는 것을 승인한다. 엔파 백작 스벤터 날바이가 고귀한 왕권을 대행할 수 있는 지역은 오소리 옷장이라는 당호로 알려져 있는 할라도 백작 눌드 레초 소유의 건축물 일체로 한정한다. 그리고 엔파 백작 스벤터 날바이가 대행할 수 있는 고귀한 왕권은……."

무장한 병사들이 오소리 옷장 내부를 돌아다니며 체스키다 7세의 섭정이 된 스벤터 날바이 백작의 결정에 따라 오소리 옷장은 앞으로 사흘 동안 외부와 격리된다는 말을 전하고 다니자 그런 일이 있을 것을 알거나 예상했던 사람들은 당혹하는 대신 긴장했다. 그것은 임사 전언의 완결이, 정확히 말하자면 범인 확정이 임박했다는 의미였다. 스벤터 경이 총독이 되지 못한 것은 할라도 백작령에 속하는 오소리 옷장이 총독령이 될 수 없기 때문이며, 그래서 스벤터 경은 무려 오소리 옷장만을 대상으로 하는 국지적 섭정이 되어야 했다. 그런 사정을 이해할 수 있는 사람들은 온갖 농담의 대상이 될 이력을 얻게 된 스벤터 경을 동정했다.

한편 더스번 칼파랑 백작을 찾아간 병사는 그 소식과 함께 스벤터 경이 만나고 싶어 하니 서재로 와달라는 요청도 전달했다. 더스번 경이 서재로 찾아가자 눌드 레초 백작이 경을 맞이했다.

"나도 스벤터 경이 불러서 왔습니다. 세티카도 부른 것 같더군요."

"그렇군요. 왜 부른 건지 알 것도 같군요."

자리에 앉은 더스번 경은 이곳에 두 사람만 있다는 것을 깨닫곤 잠시 고민하다가 말했다.

"저기, 눌드 경. 사란디테에게 뭘 좀 들었는데요. 그러니까, 휴름 자작은 자신이 쓰고 있는 이야기에서 자신을 포함하여 주변 사람 모두를, 그, 별세계 같은 곳에서 다른 인격으로 살던 사람들로 만들어놓았습니까?"

"사람이 아닌 경우도 있지만, 예."

더스번 경은 눌드 경의 두 눈 — 양쪽 모두 녹색인 — 을 보며 말했다.

"실제와 용모가 다른 사람이 몇 명 있다고 들었는데요."

"예." 더스번 경의 표정을 본 눌드 경이 설명했다. "내 오른쪽 눈은 보라색이 아니고, 세티카 로우의 왼쪽 뺨엔 반점이 없고, 올코아 부인의 머리카락은 붉고 희지 않으며, 할라도 백작 부인에겐 미인점이 없지요. 양심적인 수사관 스벤터 경은 절대로 그 말을 입에 올리지 않지만, 네 명의 용의자입니다."

"실제와 용모가 다르다는 이유만으로? 그게 뭐, 시비를 피하기 위해 실제 이름을 조금 비트는 작가의 버릇 같은 거라는 겁니까?"

"내용을 보더라도 네 명에게 할애된 부분이 가장 많습니다. 무엇보다도 랏트아계의 인물과 헬리보리계의 인물이 정확하게 대응한다고 말할 수 있는 것이 그 네 명뿐입니다. 나머지 사람들 중엔 아리송한 경우는 있어도 확실하게 대응되는 인물은 없어요."

"아, 랏트, 헬리. 예. 그렇군요."

"그 용모의 특징들은 실제 인물이나 사건과 관계없다는 주의 사항 같은 건 아니라고 생각합니다. 사실 이건 실제 인물과 사건에 대한 이야기니까 그런 건 무의미하죠. 내 생각엔 어스탐 경이 각 인물의 상징으로 넣어둔 것 같습니다. 어떤 상징인지에 대해선 어느 정도 생각이 있습니다만 아직 경에게 자신 있게 말할 정도로 정리하진 못했습니다."

더스번 경은 눌드 경의 성실한 대답에 감사하는 몸짓을 했다.

"예. 알겠습니다. 음. 그런데 경은 자작이 실존 인물을 다루다 보니, 뭐랄까, 작가로서 기를 좀 못 펴는 것 같다고 생각한다고요?"

"아, 지금도 훌륭하죠. 하지만 가상 인물들이었다면 훨씬 근사했을 거라 나는 확신합니다. 어스탐 경의 다른 작품들을 보면 내가 무슨 말을 하는지 알 겁니다."

"……그렇다면 경이 쓴 글을 휴름 자작이 마음에 들어 하지 않았다는 것도 사실입니까?"

"그 부분 나쁘지 않았다고 생각합니다. 거울이라는 거죠. 우리가 진정한 자신, 추하고 약하고 죽을 때까지 고독할 모습을 직면하게 될 때 받는 충격으로 바꿔놨죠. 분명히 괜찮아요. 하지만 역시 내가 본 가장 참신한 문장은 아닙니다."

"그러니까 막 만든 별장에 최초로 초대해서 먹이고 재워준 다음 직접 쓴 글을 보여줬더니 사람들 다 듣는 곳에서 그렇게 말했다는 것이군요."

"아니요. 임사전언에서처럼 그렇게 말하진 않았습니다. 4년 전 그땐 어스탐 로우로서 말했지요. 바다뱀의 거울이 될 예정은 없었으니까요. 자작은 글을 쓰면서 거울의 성격을 드러내기 위해 자신이 했던 말을 바꿨습니다. 조금 전에도 바꿨다고 하지 않았습니까."

"그랬군요. 그러면 실제로는?"

"사람은 언제 무슨 일을 당할지 모르니 이런 건 미리미리 태워두라고 했습니다."

말문이 막히는 바람에 무슨 대답을 해도 어색해질 처지에 빠진 더스번 경을 구한 건 방문을 두드리는 소리였다. 문이 열리고 스벤터 경과 세티카 로우가 함께 들어왔다. 세티카가 더스번 경으로부터 굉장히 떨어진 자리에 앉은 후 스벤터 경은 세 사람에게 와줘서 고맙다고 말하고 헛기침을 했다.

"자, 문제는 이렇습니다. 변호사는 살인이 없는데 살인자 처벌이 어떻게 가능하냐고 따질 테죠."

눌드 경이 손을 들었다.

"섭정 각하. 통촉하여 주시옵소서. 너무 많이 건너뛰는 것 같습니다."

"제발 스벤터 경이라 부르세요. 어명입니다! 알겠습니다. 내가 마음이 급했나 보군요. 어디 봅시다. 보통은 언급할 필요도 없는 말이긴 합니다만 살인자를 처벌하려면 당연히 살인이 저질러졌어야 합니다. 어스탐 경의 사망에 대해 이견이 없어야 하죠. 그런데 글을 다 쓴 휴름 자작이 풀썩 쓰러져 미동도 하지 않게 되는, 우리 모두가 내심 바라고 있다는 것을 인정할 수밖에 없는 일이 벌어지지 않는다면? 문제가 어려워지죠. 아무리 배짱 좋은 검시관이라 해도 의자에 잘 앉아있는 사람을 대상으로 사망 증명서를 발부하긴 힘들 겁니다. 사망하지 않았다면? 살인이 없는 거죠. 그러면 고인이 우리에게 범인을 알려줬는데도 우리는 범인을 처벌할 수 없게 됩니다. 강력 증거가 아무 쓸모가 없게 되는 거죠."

더스번 경이 고개를 끄덕였다.

"그 가상의 변호사는 변론할 필요도 없겠군요. 재판이 시작되지도 못할 테니."

"그렇군요. 어쨌든 그렇기 때문에 나는 작은 것까지 신경 써야 합니다. 그러니까 여러분이 고인을 위해서 고인을 확실한 시체로 만드는, 아주 기묘한 자비의 일격을 고려하고 있을 가능성을 말입니다."

세티카 로우가 웅얼웅얼 말했다. 확신할 수 없었지만 스벤터 경은 세티카가 직분이 있으니 이해한다는 말을 했다고 가정하기로 했다.

"이해해줘서 고맙군. 그러니 여기서 말해두겠습니다. 여러분은 그럴 필요가 없습니다. 왜냐하면 사망 판정을 받지 않을 거니까요."

세 사람은 깜짝 놀랐다. 스벤터 경이 계속 말했다.

"사망 판정은 포기하고 금치산으로 판정하면 됩니다. 그건 문제없이 가능할 겁니다. 그러면 작위 계승과 재산 상속 문제를 해결할 수 있게 되겠지요. 그리고 나서 자작을, 아니, 전 자작을 휴름으로 데려가는 거죠. 거기서부터는 계승자가 결정하면 됩니다."

눌드 경이 손을 내저었다.

"아니, 잠깐만요. 그건, 예. 그렇게 처리할 수 있죠. 그런데 사망 판정을 받지 않겠다면 살인자를 처벌하지 않겠다는 말입니까?"

"범인은 상해죄로 처벌할 겁니다."

"상해요?"

"예. 영구적인 장애를 남긴 중상해라고 할 수 있죠."

눌드 경은 이것저것 계산해보는 표정을 짓더니 말했다.

"어떻게 따지더라도 최대 15년이겠군요. 변호사의 수완이 비상하다면 10년도…… 가능할 것도 같고. 물론 10년도 짧다고는 할 수 없지만, 그게 고인의 유지를 존중하는 것인지 모르겠군요. 용서하는 유언장인 겁니까?"

대답하려던 스벤터 경은 세티카의 얼굴을 보곤 말 상대를 바꿨다.

"법학에서 나오는 이야기일세. 어떤 비범한 사람이 생전에 '내가 만약 누군가에게 살해당한다면 나는 그 살해자를 용서한다. 그자를 처벌한다고 해서 내가 되살아나는 것도 아니잖은가. 그러니 그자가 벽에 똥칠할 때까지 살다가 가게 놔둬라.' 같은 유언장을 작성하고 공증까지 마쳐놓고서 누군가에게 살해당해 죽는다면 우리는 고인의 뜻에 따라 그 살해자를 용서하는가? 아니지. 고인의 뜻을 거스르며 살해자를 처벌하지. 왜냐하면 피살자는 법이 아니니까. 대강 이런 이야기야. 그리고, 예. 눌드 경. 바로 그 이야기를 꺼내려던 건 아니었지만 대충 그런 이야기를 할 생각이었습니다."

눌드 경이 조심스럽게 말했다.

"그 뜻은 알겠습니다. 하지만 다른 문제도 있을 것 같은데요. 이게 살인에 한없이 가깝다는 점 말입니다. 아무래도 결투 촉진 이야기가 또 나오지 않겠습니까?"

스벤터 경은 이번엔 더스번 경을 보며 눈살을 찌푸렸다.

"그런 이야기가 있습니다. 그라이만에선 사형을 잘 언도하지 않아서 결투를 장려하고 있다는 거죠. 그러니까 사형에 소극적인 정부에 대한 기대를 버리고 자기 손으로 직접 범죄자를 처단하려고 나서는 피해자나 피해자 가족들을 양산한다는 거죠. 이건 또한 민간에 정의 구현의 부담을 떠넘기는 정부의 나태를 비난하는 여론을 만들어내고 있기도 해요. 그리고 이런 경우 언제나 그렇듯이 정반대 의견도 있습니다. 내 밑은 내가 닦는 것이 명예로운 일이다. 사람을 죽이는 건 사람과 결혼하는 것만큼 개인적인 일이며, 이걸 정부에 요구하는 건 정부에게 자기 결혼 상대를 찾아달라는 소리만큼 미친 소리다. 정부는 더더욱 물러나야 한다. 혈채를 강탈하고 유족을 절대로 벗어날 수 없는 영구 채무자로 만들어버리는 무도한 사형제는 즉각 폐지하라. 우리는 우리끼리 서로 죽여야 직성이 풀리니."

듣고 있던 세 사람은 사용된 어휘나 말투에서 스벤터 경이 평소 느끼던 고충을 충분히 가늠할 수 있었다. 눌드 경이 부드러운 어조로 말했다.

"그게 왕의 법정에서 이루어질 일이라서 걱정이 되어 한 말입니다. 일부러 폐하께 부담을 돌렸다는 말을 듣고 싶지는 않아요."

"아, 잘 압니다. 눌드 경. 하지만 어떤 불평쟁이도 나타나지 않는 경우는 없잖습니까. 그런 자들은 경이 폐하께 이 건을 돌리지 않았을 경우 더 어휘 선택이 자유로워졌을 테지요. 나는 경의 온당하고 명예로운 처신을 언제라도 누구 앞에서라도 지지하고 나설 겁니다."

"감사한 말씀, 더없는 영광으로 알겠습니다. 미숙한 전언은 철회하겠습니다."

"고맙습니다. 어쨌든, 이 사건이 살인에 얼마나 가깝든, 사망 증명서가 없는 한 이건 살인이 아닙니다. 그리고 우리가 귀중하게 여기고 존중하여 떠받쳐야 하는 건 죄형법정주의 원칙입니다. 우리 법엔 사람을 죽지도 살지도 않은 상태로 만든 죄 같은 건 없어요. 법으로 정한 죄로만 처벌받는다. 그게 정의롭습니다."

더스번 경이 찬동하고 나섰다. "그건 나도 충분히 동감할 수 있는 말이군요."

"그리고 이건 이미 말했듯이 어스탐 경이 글을 다 쓴 후에도 저 상태를 유지할 때의 이야기입니다. 만약 어스탐 경이 글을 다 쓰고 타계한다면, 그러니까 이견의 여지 없이 사망한다면 피습 후 죽기까지 4년이 걸렸든 14년이 걸렸든 무조건 살인입니다. 사인이 너무나도 분명하니까."

할 말을 마친 스벤터 경은 듣고 있던 세 사람 모두가 마지막의 마지막까지 아무도 경거망동하지 말길 바란다는 자신의 요청도 바로 이해했음을 확신하자 곧바로 서재를 떠났다. 그러자 튕긴다는 표현이 적절한 모습으로 자리에서 일어선 세티카 로우는 눌드 경이 놀랐을 아랫사람들을 단속하고 사흘 동안의 저택 봉쇄에 대처하는 것에 방해되지 않도록 자신도 바로 물러가겠다고 중얼거렸다. 밖으로 나온 세티카가 서재 문을 닫으려 할 때 문이 그의 손길에 저항했다.

이야기 속 영웅이 투기장에 섰을 때 그 맞은편에서 거대한 문이 열리는 장면을 떠올리게 하는 모습으로 거대한 기사가 문을 열고 나오자 세티카의 얼굴에서 핏기가 사라졌다.

"카쉬냅 백작 각하. 어제 제가 범한 무례는 변명의 여지가 없지만,

저는 결코 각하에 대해—"

"금치산자의 글도 글이 아니오?"

세티카의 얼굴이 험악해졌다.

"저자의 법적 지위가 무엇이든 저자가 하고 있는 건 문학 활동이 아닙니다!"

더스번 경은 함께 걷자는 몸짓을 하곤 걸음을 옮겼다. 세티카는 두 팔을 거칠게 흔들며 말했다.

"극광! 예. 그렇죠. 비할 데 없이 아름답고 장엄하고 보는 사람에게 거대한 감동을 준다 해도 극광은 예술품이 아닙니다. 수사적으로 자연의 예술품이라고 말하는 거야 상관없습니다만 진짜 예술은 아닙니다. 그것이 만들어지는 과정에 사람이 없으니까요. 살아있는 사람의 표현 의지와 무관하게 만들어진, 그냥 존재하게 된 아름다움일 뿐입니다. 대중이 어떻게 믿든 예술은 결코 아름다움이 아니고—"

"방화나 살인은?"

"예?"

"낙서와 문신부터 시작해야 하나. 무슨 말을 하는 건지 알 테니 넘어가 주시오. 방화나 살인은 산 자의 표현 행위이니 예술이 될 수 있소?"

더스번 경의 말을 이해한 세티카가 완고한 표정으로 복도 바닥을 응시했다.

"흥. 그 주장을 외면할 순 있지만 반박할 순 없습니다. 그런 행동을 한 자를 벌줄 때 우리는 범죄를 처벌하는 것이지 그게 예술임을 부정하는 건 아닙니다."

"그래서 암살가인가?"

"예? 암살가? 암살자가 아니고요?"

"그 공주가 명망 높은 암살가라면서. 내가 지금 이름을 정확히 기억하지 못하는 그 동네에선 고도로 정교한 암살은 예술로 인정된다지? 나는 사란디테가 뭘 잘못 읽어서 그런 소리를—" 세티카의 얼빠진 얼굴에 더스번 경은 잠시 말을 멈췄다가 질문했다. "혹시 자작의 임사전언을 읽지 않은 거요?"

세티카는 바퀴벌레를 씹은 기억을 토로하듯 말했다.

"처음 몇 줄은 읽었습니다. 4년 전 그때 어쩔 수 없이."

"처음 몇 줄? 그럼, 그 이후로는?"

"안 읽었습니다."

"왜?"

더스번 경은 기분이 묘해졌다. 세티카는 왜 춘화를 안 보냐는 질문을 받은 성직자처럼 보였다.

"그건 글이 아니니까요."

"⋯⋯자작의 다른 글들은? 그러니까 전작들. 그건 읽었소?"

"살아있을 때 긁적인 것들 말입니까? 거의 다 읽었습니다. 그렇잖았다면 그자가 오물만 싸질렀다는 걸 제가 어떻게 알겠습니까. 암살가라니. 또 그자가 늘어놓을 소리를 늘어놓고 있나 보군요. 나는 죽었고, 그로써 암살가의 작품이 되었다? 수준 참."

"그런 뜻일까?"

세티카는 귀찮다는 듯이 말했다.

"그런 소리거나, 아니면 더 유치한 다른 소리겠지요. 안 봤으니 모르겠습니다."

더스번 경은 그 말을 받아들이기로 했다.

"알겠소. 어제 내가 예법에 무지해서 허튼소리 했던 것 같아. 할라도 백작이 말하길 자신이 육필 원고를 가질 수 있으면 물론 좋겠지만 그건 유족이 가지는 것이라더군. 그래서 그걸 의논하려고 했는데 어제는 당신과 이야기할 시간을 내질 못해서 지금 말하오."

"그렇습니까. 대답은 같습니다. 할라도 백작 각하께서 원하시면 가지셔도 됩니다. 전 필요 없습니다."

"당신도 상속권자가 받을 줄 알았다고 말하지 않았소?"

"가지고 싶어서 그렇게 말한 것이 아닙니다. 취한 형이 토하고 기절했으면 맨정신인 동생이 걸레 들고 나서야 되는 거 아니냐는 의미로 한 말입니다. 전 불쏘시개를 많이 얻게 될 거라고 생각하고 있었죠. 그런데 날바이 섭정 각하께선 그래도 좀 즐겨야겠다고 생각하신 걸까요?"

세티카는 창밖을 보며 말했다. 더스번 경은 그를 따라 밖을 보았고 무장한 병사들이 오소리 옷장 마당을 이리저리 달려가는 모습을 발견했다. 그런데 움직이는 숫자가 예사롭지 않았거니와 병사들의 무장 수준이 본관에 들어왔던 병사들에 비해 훨씬 높았다. 연장들이 가득 담긴 수레가 지나는 광경을 지나 마갑까지 채운 말에 탄 기사들이 속보로 달려가는 광경에 이어 화살이 가득 담긴 통을 가져다놓고 전통에

배분하고 있는 병사들의 모습에 이르자 더스번 경도 어이가 좀 없다는 기분이 되었다. 세티카가 어리둥절하여 말했다.

"이곳에 있는 사람들을 통제하려고 저 정도까지 필요한 겁니까? 할 수 있으니까 위엄을 부려보는 거라 해도 정도가……."

더스번 경과 세티카는 서로를 바라보았고, 아무도 '반역'이라는 말을 꺼내진 않았다. 먼저 움직인 것은 더스번 경이었다.

본관 밖으로 달려나온 더스번 경은 곧 스벤터 경을 찾아냈다. 조금이라도 좋은 시야를 얻기 위해 그런 건지 스벤터 경은 별장 부지를 두른 낮은 돌담 위에 서서 주변을 둘러보며 고함을 지르고 있었다. 더스번 경은 주변을 오가는 병사와 말, 소, 수레 등을 깡그리 무시한 채 스벤터 경을 향해 직진했고 그래서 주변 사람들은 기겁하며 피하거나 고삐를 잡아당기거나 해야 했다. 그 소동에 스벤터 경도 접근하는 더스번 경을 발견했다.

돌담에서 뛰어내린 스벤터 경이 자세를 회복하자 더스번 경은 바로 질문했다.

"이게 다 뭡니까? 할라도 백작령에서 오소리 옷장 사람들을 통제하려면 무소불위의 왕권이 필요해서 섭정이 된 것 아닙니까?"

"예. 그렇습니다. 더스번 경. 그 이유도 있지요."

"도?"

"그러니까, 그게, 지휘 체계 단순화 문제도 있습니다. 일이 어려워요, 예."

"지휘 체계?"

"그렇죠. 체계. 여기엔 수사단 소속 외에 눌드 경의 기사와 병사들도 있고, 그리고 백작 일곱, 후작 각하 넷, 그리고, 예. 그분들을 내가 통제해야 하다 보니. 예. 그러다 보니. 하하, 참 별일도 다 있죠?"

말을 제대로 하라고 다그치려던 더스번 경은 스벤터 경의 눈에 핏발이 서 있는 것을 보고는 경이 상당한 압박감을 참으며 평정을 보이려 애쓰고 있음을 깨달았다. 더스번 경은 팔짱을 끼고 기다리기로 했다. 스벤터 경이 한숨을 쉬었다.

"여기를 방문하겠다는 자가 있습니다."

"방문이요?"

"오지 말라고 했습니다."

"그랬더니?"

"정확하게 기억은 못 하지만 밀물한테 그렇게 말하는 건 우매하다는 부분은 확실히 기억나는군요."

더스번 경은 누가 오소리 옷장을 방문하려는 것인지, 그리고 그 방문 목적이 무엇인지 깨달았다.

"쳇. 육필 원고. 유와르 사서군요."

그 직후 방문자는 멀리 떨어진 산 정상에서 머리를 드러내어 더스번 경의 예측이 맞았음을 확인시켜주었다. 대단한 기세로 몸의 나머지가 나타났고 곧 방문자는 산꼭대기에 섰다. 더스번 경은 입술을 부는 소리를 조금 냈다.

"여전히 풍채 참 좋군요."

유와르 사서가 산등성이를 쿵쿵 내려왔다.

실제와는 좀 다를지도 모르는 막 #3

<막이 열린다.>

시간과 장소가 불명. 배경 중앙에 문이 있으며 무대 좌측과 우측에 등받이 없는 의자가 하나씩 놓여 있으며 두 의자 위엔 함이 하나씩 놓여 있다. 좌측 의자의 좌측엔 스벤터가 서서 표정과 몸짓으로 걱정과 두려움을 드러내며 좌측 먼 곳을 바라보고 있다.

무대 우측에서 등을 구부리고 한 팔을 앞으로, 한 팔을 뒤로 뻗은 채 다리를 크게 들어 올리며 정체불명의 인물이 살금살금 등장한다. 새카만 복장을 하고 모자 챙에서 새카만 천을 늘어뜨리고 있어 얼굴도 성별도 확인할 수 없다. 정체불명의 인물이 스벤터를 향해 살금살금 다가간다.

무대 우측에서 등을 구부리고 한 팔을 앞으로, 한 팔을 뒤로 뻗은 채 다리를 크게 들어 올리며 네모파니가 살금살금 등장한다. 네모파니의 복장을 하고 모자 챙에서 성긴 그물을 늘어뜨리고 있어 누군지 명백히 알아볼 수 있다. 네모파니가 정체불명의 인물의 뒤를 살금살금 따라간다.

스벤터가 고개를 가로젓고 발을 구르고 손톱을 물어뜯고 머리를 감싸 쥐는 동안 스벤터를 경계하며 걸어간 정체불명의 인물이 좌측 의자에 도달하여 한쪽 무릎을 꿇고 앉는다. 정체불명의 인물을 따라간 네모파니가 그 우측에 한쪽 무릎을 꿇고 앉는다.

정체불명의 인물이 스벤터를 경계하며 조심스럽게 함을 열고 단검을 꺼낸다.

정체불명의 인물이 일어나 네모파니의 앞을 지나친다. 정체불명의 인물이 등을 구부리고 한 팔을 앞으로, 단검을 쥔 팔을 뒤로 뻗은 채 다리를 크게 들어 올리며 무대 우측으로 살금살금 걸어간다. 네모파니가 일어나 등을 구부리고 한 팔을 앞으로, 한 팔을 뒤로 뻗은 채 다리를 크게 들어 올리며 정체불명의 인물의 뒤를 살금살금 따라간다.

무대 우측에 도달한 정체불명의 인물이 우측 의자에 도달하여 한쪽 무릎을 꿇고 앉는다. 정체불명의 인물을 따라간 네모파니가 그 좌측에 한쪽 무릎을 꿇고 앉는다.

정체불명의 인물이 조심스럽게 우측 의자 위의 함을 열고 단검을 집어넣은 다음 일어나 무대 우측으로 퇴장한다.

네모파니가 우측 의자로 다가가 조심스럽게 함을 열고 단검을 꺼낸다.

네모파니가 등을 구부리고 단검을 쥔 팔을 앞으로, 한 팔을 뒤로 뻗은 채 다리를 크게 들어 올리며 무대 좌측으로 살금살금 걸어간다.

네모파니가 좌측 의자에 도달하기 직전 조바심으로 힘들어하던 스벤터가 좌측 의자 위의 함 위에 털썩 주저앉는다.

네모파니가 똑바로 선다. 네모파니가 성긴 그물을 들어 올리곤 기가 막힌 표정으로 스벤터의 뒤통수를 보다가 깜짝 놀라서 허둥지둥 다시 그물을 내린다. 네모파니가 손에 든 단검과 스벤터의 뒤통수를 번갈아 본다. 성긴 그물을 통해 네모파니의 당혹한 얼굴이 잘 보인다.

네모파니가 등을 구부리고 단검을 쥔 팔을 앞으로, 다른 팔을 뒤로 뻗은 채 다리를 크게 들어 올리며 무대 우측으로 살금살금 걸어간다. 중앙의 문 앞에 도달한 네모파니가 문을 열고 퇴장한다.

문 닫히는 소리에 스벤터가 고개를 돌린다. 미심쩍은 얼굴로 무대 우측을 보다가 관객을 보다가 위를 올려다보며 소리의 출처를 찾던 스벤터가 무엇인가에 놀란 듯 무대 좌측을 홱 돌아본다. 스벤터가 급히 의자 위의 함에서 일어나 무대 좌측으로 달려서 퇴장한다.

<막이 닫힌다.>

 서두름 없이 걷고 있음에도 불구하고 오소리 옷장과의 거리를 대단한 속도로 줄이고 있는 유와르 사서를 보며 사란디테는 고개를 갸웃했다.
 "무슨 종족이죠? 해마—성게—오징어—게—조개—거북이?"
 "혼자라서 종족명은 없어. 어쨌든 당사자 주장에 따르면 그렇소. 심해에서 오는 것들은 족보가 이상한 경우가 많지."
 "저 몸으로는 책 다루기도 쉽지 않을 것 같은데 어쩌다가 사서가 됐대요?"
 "얍얍얍 도서관의 직원 복지 제도가 마음에 든 것 같소."
 "도서관 창립자가 유쾌한 분이셨나 보네요."
 "유쾌? 흠. 난 일일 이용증 받은 적이 있어서 이름을 알고 있지만 당신이 들은 이름은 내가 말한 이름이 아닐 거요. 쉠쉠쉠 도서관 이용증

이 없는 사람한테는 다르게 들리거든. 의미 없는 소리로."

"아아…… 역시 그런 도서관들 중 하나군요. 그럼 사서는 명분이고 실제로 다루는 것은 책이 아니라 귀중한 책 훔치러 오는 인간들과 지식을 먹으려고 숨어 들어오는 괴물들의 해골이겠군요. 해골 까기 관원이 점잖지 못하다면 그냥 수위나 경비라고 하지, 왜 사서?"

"당신이 말한 일이 대내 업무 범위에 있는지 모르겠지만 대외적으론 사서 맞소. 도서를 다루니까. 눗눗눗 도서관의 관장이 도서관에 비치해야 한다고 결정한 자료의 구매나 수증을 담당하고 있지."

"설득력은 좋을 것 같네요."

이미 늦었지만 그래도 유와르 사서가 도달하기 전에 오소리 옷장의 마당에 방어 진형 비슷한 것이라도 펼치기 위해 아우성치는 장교와 병사들을 방해하지 않도록 더스번 경과 사란디테는 별관 벽과 느릅나무 정원수 사이의 약간 으슥한 곳에 서 있었다. 악을 쓰는 기사 한 명을 바라보던 사란디테가 주변을 어정쩡하게 가리키며 더스번 경에게 어처구니없다는 표정을 지었다. 더스번 경이 설명했다.

"스벤터 경이 준비한 건 백작 이상 귀족만 열 명이 넘는 큰 병력이었다더군. 애석하게도 대군을 움직일 땐 계획대로 되는 게 없지. 소환한 병력 대부분이 한나절에서 하루 거리까진 와 있다고 하니 운용이 나쁘다고 하기도 어렵소. 그냥 유와르 사서가 너무 빨리 온 거지."

"아뇨. 제 말은 사람이 적다는 것이 아니라, 저런 것과 싸워 사람들을 다치고 죽게 만드는 한이 있다 해도 어스탐 경의 육필 원고는 내줄 수 없다는 건가요? 강력 범죄의 강력 증거인 건 알지만, 그래도 그게 이 나라의 국보 같은 것은 아니잖아요. 장차 그렇게 될지 모르지만, 설령 그렇게 된다 하더라도……."

더스번 경의 가늘어진 눈을 본 사란디테가 말꼬리를 흐렸다. 조금 후 그녀는 이마를 짚었다.

"무력 시위?"

"다치고 죽게 만들어?"

"누굴 유혈에 굶주린 사람인 것처럼 말하지 마세요! 어이가 없네. 무슨 무력 시위를 그렇게 돈 펑펑 써가면서 해요? 그라이만 사람들은 위신에 미쳤다는 거예요? 아니, 말하고 보니 진짜 이상하네. 책 가지고 미친 짓 할 각오가 되어 있다는 걸 보여줘서 얻는 것이 뭐죠? 책 가지고 미친 짓 할 사람들이 되는 것뿐이잖아요."

"금지는 가능한 것을 대상으로 하니까."

"하? 그게 무슨 말이에요. 그래요. 수레한테 항해를 금지할 필요는 없고 유모를 뽑으면서 남자는 오지 말라는 말은 할 필요가 없죠. 그런데?"

"어스탐 경의 임사전언은 현재로선 스벤터 경을 통해 왕의 관리하에 있다고 할 수 있소. 그런데 왕은 검열이 가능하지."

"검……!"

"교육은 국가의 대계라 보통의 도서관들과 정부들은 상호 협조 관계지만 규모가 달라도 너무 다른 저런 도서관들의 경우엔 이야기가 달라지지. 저런 도서관들 상당수는 지식의 보존에 있어 잠재적인 적이라고 생각해서 그러는지 상대에게 검열 능력이 있다고 판단하면 사나워지는 경향이 있어. 공연한 피해 의식이라고 할 수도 없소. 왕들도 자신의 검열권을 반지성주의자의 그릇된 미신으로 치부하는 저 도서관들이 탐탁지 않을 테니까. 도덕적 우위가 어느 쪽에 있는지 나는 말 못 하겠소. 누구의 입도 막아선 안 된다는 말도, 어린애한테 독약병 위치를 알려줘선 안 된다는 말도 다 틀린 말은 아니잖아."

"어우."

"그러니 드물게 이럴 때가 오면 난리가 나는 걸로 알고 있소. 서로 자신이 우위에 있다는 걸 보여주기 위해 총력을 기울이지. 저쪽 대전사도 저런 것인 이상 이곳이 그라이만이 아니라 해도 너무 심한 대응 수준은 아니오. 그라이만이라서 좀 과한 대응 수준이 되었다는 것은 부정하지 못하겠지만." 더스번 경은 코를 한 번 울렸다. "문제는 지금은 꽤 유감스러운 대응 수준이라는 것이고."

엔파 백작이 소환한 병력이 아직 도착하지 않았다는 것을 떠올린 사란디테는 입을 가렸다.

"설마? 백작님?"

더스번 경은 흔해빠진 일에 대해 말하듯 중얼거렸다.

"들판으로 걸어올 땐 서로 욕지거리나 하다가 헤어질 거라 확신했지. 그런데 들판에 도착해서 죽 펼쳐 선 다음 비교해 보니 우리 쪽 횡렬이 저쪽 횡렬보다 훨씬 기네? 그러면 갑자기 눈빛이 바뀌지. 자기는 좋은 사람이니까 쉽게 이길 수 있는 상대에겐 관대하게 행동할 거라 막연히 믿어 왔지. 그런데 정말로 상대가 쉽게 이길 수 있을 것처럼 보인다? 많은 경우 '죽여!' 소리 내뱉으며 잔혹해지지."

"백작님?"

"좋은 점은 저쪽이 혼자라서 군중 심리 같은 것과는 관계없다는 점이오. 나쁜 점은 저건 사람이 아니라는 것이고. 그래. 당신이 갈망하던 광경을 보게 될 가능성이 좀 높아지긴 했네."

유와르 사서가 오소리 옷장의 대문 앞에 도달하여 걸음을 멈췄다. 건물 6층 높이에 있는 해마 얼굴을 올려다보느라 사란디테는 더스번 경에게 화도 못 냈다.

사란디테와 마찬가지로 고개를 잔뜩 젖혀 해마 얼굴을 올려다보던 이들은 곧 당황해야 했다. 유와르 사서는 굵은 촉수 하나를 내밀었고 사람들은 거기에 의학적 수련을 받지 않은 이도 어렵잖게 물에 빠져 죽었다는 진단을 내릴 수 있는 시체가 쥐어져 있음을 발견했다.

머리와 사지를 축 늘어뜨린 채 촉수에 휘감겨 있던 시체가 갑자기 오른팔만 움직여 유와르 사서를 가리켰다. 시체는 고개를 푹 떨군 채로 말했다.

"이 몸은 자격 없는 자들이 그 이름을 거론할 수 없는 도서관에서 사서의 대임을 맡아 그 직무를 다하기 위해 주야로 경주하고 있는 사서 유와르다. 그대들의 건강과 수명은 그대들이 귀의한 신이 결정할 문제이거나 그대들 이외의 그 누구도 결정할 수 없는 문제일 테니 이 몸의 축복은 유보한다. 이곳이 오소리 옷장인가?"

사람들의 시선이 일제히 엔파 백작에게로 향하지는 않았다. 어떤 광경에선 눈을 떼기가 극히 어렵기 때문에. 하지만 스벤터 경은 세계가 자신을 주목하고 있는 듯한 기분을 느끼며 숨을 들이마셨다.

"그대의 건강과 수명의 결정권자가 공평무사함을 알고 대답하는데, 나는 스벤터 날바이 섭정—백작이고 이곳은 오소리 옷장이지만 그 둘 중 어느 쪽도 자격 없는 자들이 그 이름을 거론할 수 없는 도서관의 유와르 사서를 초대한 적이 없다."

"이 몸은 그 부재했던 초대가 존재를 획득하는 상황을 가정한다 한들 이 몸을 추동할 권능까지 획득할 수 있을지 의심스럽다. 이 몸이 준수하는 위계에 따르면 유와르 사서가 땅 위를 걷게 하는 것은 자격 없는 자들이 그 이름을 거론할 수 없는 도서관의 관장이 내리는 지시다."

"유와르 사서가 그가 받은 지시를 이행하는 과정에서 참고할 수 있도록 내가 받은 나의 지시를 삼가 고지한다. 스벤터 날바이 섭정—백작의 선언을 이해할 수 있는 자들 중 그 누구도 향후 사흘 동안 스벤터 날바이 섭정—백작의 허락 없이 오소리 옷장의 경계를 넘을 수 없다. 잠정적인 조치로 오소리 옷장을 둘러싼 돌담을 그 경계의 시각적 표지로 삼는다. 나는 나의 지시를 거역하는 모든 존재를 배제한다."

"가정하여 말하는 것임을 전제하며 이 몸은 스벤터 날바이 섭정—백작에게 구태여 묻는데 그대는 자살을 지지하는 신의 추종자인가, 미필적 고의에 의한 배교에 거리낌이 없는 것인가? 또한 그대가 신의 인도를 사양한 자일 경우를 가정하여 이 몸은 그대를 이끄는 그대에게 묻는데 그대의 소멸을 슬퍼할 이들을 슬프게 하고 그대의 소멸을 기뻐할 이들을 기쁘게 하는 것이 그대가 완성하길 바라는 도덕인가?"

느릅나무 뒤에서 사란디테는 두 손바닥을 내보이며 더스번 경에게 환한 표정을 지었다. 더스번 경은 고개를 끄덕였다.

"유감이오. 사란디테."

"민란이 왜 일어나는지 아세요, 백작님?"

"당신은 내 영민도 아니잖아."

"유와르 사서는 그냥 '내 집게발 크지?'로 끝낼 생각인 거죠?"

"그것참 무단히 좋은 비유네. 일단 그렇게 보이는 건 인정하오."

"일단은 뭐예요. 백작님이 유혈극을 원하는 거 아니에요?"

"난 그냥 지금 우리가 듣고 있는 건 유와르 사서의 목소리가 아니라 저 시체의 목소리라는 걸 염두에 두고 싶은 것뿐이야. 깜빡하기 쉬운 거니까."

"아."

사란디테는 더스번 경의 말을 이해했다. 의사 전달에 있어 음색과 표정 등은 단어만큼 중요하며, 같은 단어를 정반대의 의미로 말하는 것이 가능한 것도 바로 그 때문이다. 그리고 그들은 지금 유와르 사서의 말을 듣고 있지만 그 음색은 듣고 있지 않다.

유와르 사서가 들고 있는 익사체 쪽으로 주의를 옮긴 사란디테가 입을 벌렸다.

"말하는 시체? 백작님?"

"응?"

"여기엔 글 쓰는 시체가 있는데?"

"뭐? 아냐. 겉모습이 비슷할 뿐이야. 완전히 달라. 저걸 움직이고 있는 건 유와르 사서요. 어스탐 경을 움직이고 있는 건 어스탐 경이고.

농부가 세워둔 허수아비와 자기가 직접 서 있는 농부만큼 달라. 허수아비는 그냥 짚과 막대기와 헝겊이고 농부가 세워뒀으니 거기 서서 새를 쫓고 있지만 사실은 새가 뭔지도, 자기가 뭘 하고 있는지도, 아니, 자기라는 것도—"

어떤 이들은 귀가 보이지 않는다는 이유로 물고기가 귀머거리일 거라 예단하지만 실제 수중 생물은 소리에 민감한 경우가 많다. 뱃사람들은 물고기가 내는 꾸르륵거리는 소리나 돌고래의 울음소리에 익숙하며 빛이 없는 심해에 거주하는 존재들이 소리를 무시하는 것도 앞뒤가 맞지 않는 일이다. 어쨌든, 유와르 사서는 스벤터 경과 대화하기에 충분할 정도로 귀가 밝을 뿐만 아니라 더스번 경이 조금 높인 목소리를 알아들을 정도로 귀가 밝았다. 아니면 주변이 너무 고요했던 것인지도.

쿵 하는 소리에 땅이 울렸다. 뒤로 한 걸음 물러난 유와르 사서는 해마 머리의 상당 부분을 게딱지와 거북이 껍데기 사이에 숨겼다. 촉수가 흔들리는 바람에 팔다리를 맥없이 우쭐거리면서 시체가 말했다.

"죽음이 경원하는 비대한 야수?"

더스번 경은 눈을 감고 잇몸이 전부 드러나도록 얼굴을 찡그렸다. 유와르 사서는 느릅나무 방향을 정확히 향한 채 나무 뒤편을 보기 위해 몸을 좌우로 다급하게 기울였다. 터덜터덜 걸음을 옮긴 더스번 경은 유와르 사서의 시야에 몸을 온전히 드러낸 다음 손을 들어 올려 호의적으로 흔들었다.

"오랜만이오. 유와르 사서. 요즘 그쪽 날씨는 여전히 축축—"

다시 쿵 소리가 울리는 바람에 더스번 경은 말을 맺지 못했다. 뒤로 물러난 유와르 사서의 몸은 그런 여건을 가지고도 진저리치는 심정을 잘 드러냈고 앞으로 한껏 내민 촉수에 쥐어져 있는 익사체는 질색하는 음색을 완벽하게 냈다.

"찬탈자! 이탈자! 수탈자! 박탈자! 겁탈자!"

"운율을 즐기는 걸 나쁘다고 하진 않겠는데—"

"파멸의 대가리를 휘감아 유열의 관이 되는 끈적거리는 독사! 어스름 속에서 잿빛 피부에 매달리는 불길한 거머리! 숭고함을 타락시키고 신성함을 고사시키는 악취를 풍기는 염소!"

"그래. 제길. 잘 알았으니까 제발—"

"카쉬냅 백작 더스번 칼파랑!"

"야!"

더스번 경은 얼굴을 떨구었다.

그날 아침 유레솔이 스벤터 경에게 전달한 마지막 필사본을 다 읽은 사란디테는 아쉬움이 가득한 한숨을 내쉰 후 탁자 맞은편에 있던 눌드 경에게 필사본을 건넸다. 사란디테가 먼저 읽을 수 있도록 양보했던 눌드 경은 필사본을 받아 들고 차분히 읽기 시작했다.

조금 후 눌드 경은 서재 밖에서 기다리던 병사를 불렀다. 병사가 필사본을 받아 들고 떠나자 눌드 경이 말했다.

"예상했던 대로 올코아 부인의 동기는 그거였군."

눌드 경은 당혹했다. 사란디테가 원고 이야기를 하고 싶어 할 줄 알고 꺼낸 경의 서두에 그녀가 보인 반응이 예상외였다.

"각하께선 이런 일에 익숙하세요? 그러니까 별장 대문 앞에 토목공학 규모의 심해 괴수가 버티고 서서 익사한 시체를 흔드는 상황이요."

눌드 경은 사란디테의 말에 대해 진지하게 생각해보는 표정을 짓더니 고개를 끄덕였다.

"세부 사항은 완전히 다르지만 비슷한 일을 겪은 적은 있네."

"있으시다고요? 어떻게?"

"애서가라서."

"죄송합니다. 제가 식견이 부족해서."

"아니, 아니야. 이런 이야기를 하게 될 거라곤 예상 못 해서 어떻게 이야기를 시작해야 하나 고민하느라 잠시 머뭇거린 걸세. 음. 나는 언젠가 희귀한 서적들이 출품된 경매장을 방문했다가 어떤 책을 놓고 다른 입찰자와 경쟁을 벌인 일이 있어. 처음엔 책 생각밖에 못 해서, 아니, 솔직히 말하지. 어렸던 탓에 그걸 자존심 싸움이라고 여기고 상대를 제대로 보지 않고 호가에만 열중했네. 그런데 누가 내 옆구리를 찌르더니 상대를 잘 보라는 시늉을 하더군. 그 입찰자는 몸 전체를 가리고 있었지만 자세히 보니 사람이 아니라는 것을 알 수 있었지. 뭔가를 깨달았고, 머리가 쭈뼛 서더군. 당황해서 그랬는지 그런 일을 실제로 겪게 된 애서가가 취해야 하는 행동에 대해 들었던 것들이 하나도 떠오르지 않았어. 그래서 그냥 생각나는 대로 행동했네. 그쪽을 향해 입만 벙긋거리며 '도서관?'이라고 말했지. 정말 얼간이같이 보였을 거야. 그 입찰자는 고개를, 음. 윗부분을 살짝 까딱거렸어. 나는 바로 호가를 중단했고 상대가 책을 낙찰받았지. 내가 경매장을 떠날 때 누군가가 내게 쪽지와 상자를 건넸네. 쪽지엔 이렇게 쓰여 있었지. 도서관에서 드리는 약소한 기념품입니다."

눌드 경은 탁자 위로 기어오를 듯한 기세의 사란디테를 향해 손을 내흔들었다.

"상자 내용물에 대해선 절대로 말해줄 수 없네. 내가 책을 포기한 것을 조금도 애석해하지 않게 되었다고만 말해두지."

"절대로?"

"절대로."

"알겠습니다…… 예. 각하께선 그런 도서관의 관원을 만난 경험이 있으시군요."

"그래. 형태와 태도는 과거에 내가 만났던 자와 전혀 다르지만 유와르 사서 또한 비슷한 행동 논리를 가지고 있는 것으로 보이더군. 협상을 할 줄 안다는 평판을 유지해야 다음번 협상을 시도할 수 있다는 걸 아는 존재로 보여. 카쉬냅 백작에 대한 그 언사들은…… 글쎄. 꽤나 진심 어린 혐오인 것 같지만, 그게 진심이라 한들 그걸 다른 방향으로 이용하지 말라는 법은 없겠지."

"다른 방향이요?"

"부적절한 환영단 선정에 의해 자신이 모욕을 받았음을 주장하면 유와르 사서는 스벤터 경에 대해 윤리적 우위를 확보할 수도 있지 않겠나."

"그런가요? 전 그런 생각을 해봤어요. 이곳과 아무 연관이 없는 카쉬냅 백작이 유산 관리인으로 지명된 이유는 그런 도서관에서 임사전언을 노릴 가능성에 대비하기 위한 것 아닐까 하는."

눌드 경은 어리둥절한 얼굴이 되었다.

"어…… 뭐? 더스번 경이 책임지고 있는 문서라면 신비한 도서관들도 경거망동하지 않을 것이다? 그거 말은 되는 것 같군. 그래서 내가 그런 관원에 익숙한 건지 물은 건가?"

"정확히는 이런 상황이 올 것을 예상하신 거냐고 여쭤보려는 거였어요. 경험이 있으시다는 대답을 들을 줄은 몰랐어요."

"그렇군. 그런데 시기적으로 맞지 않는 것 같은데. 더스번 경이 위촉된 건 사건 직후였네. 그때 우린 사태가 앞으로 며칠이나 갈지도 몰랐어. 우리가 임사전언 초반만 보고 바로 기이한 관원들이 찾아올 물건이라고 판단했다는 건가? 그때 그런 생각을 할 수 있었다고? 아니, 이렇게 말하고 보니 그것도 가능할 것 같기는 한데……."

사란디테는 눌드 경을 만류하는 시늉을 했다.

"사실 좀 끼워 맞추는 식의 이야기였어요. 그냥 카쉬냅 백작이 욕을 먹고 있는 걸 보니 백작님은 왜 관계도 없는 이곳에 와서 저렇게 욕을 먹나 하는 생각이 들었어요. 그래서 백작님이 여기 있게 된 이유를 이해해보려다가 도서관들과 왕들의 알력 이야기를 떠올리곤 그런 생각을 해봤죠."

사란디테의 가설에 대해 생각해보던 눌드 경이 고개를 갸웃했다.

"미안하네. 나는 이 상황에서 왜 그런 설명이 필요한 건지 모르겠는데."

"역시."

"응?"

"아뇨…… 하아. 백작님은 어스탐 경이나 그라이만과는 아무 관련이 없는 자신이 왜 유산 관리인이 되었는지 모르겠다고 투덜거리시더라고요. '아니, 시체가 글을 쓰고 있다는데 백작님을 부른 이유를 모르신다고요?' 하고 쏘아붙이고 싶었죠."

눌드 경은 숨을 멈췄다. 경은 가늘게 뜬 눈으로 사란디테를 보다가 못 믿겠다는 투로 말했다.

"잠깐만. 더스번 경이 모르고 있다고?"

"역시 아무도 설명을 안 했군요. 모두들 자명한 이야기를 왜 하나 싶으셨던 것이겠죠."

"정말 몰라?"

"예. 모르세요. 백작님 입으로 언데드 이야기까지 하면서 몰라요. 그 모습 보니 정말 답답해서. 역시 그런 거죠? 시체가 글을 쓰고 있으니 이건 뭔가 부정한 의식이 벌어지고 있는 것이거나 끔찍한 재난의 전조일지도 모른다, 어쩌면 어스탐 경이 글을 다 쓴 순간 펑 하는 소리가 울리고 유황 냄새가 풍기면서 형용할 수 없는 무엇인가가 나타날지도 모른다, 그런 끔찍한 상황에 대비하려면 무적경이나 필살경, 혹은 만능경 같은 인물이 여기에 있어야 한다. 그런데 만능은 인간의 부름에 응하지 않잖아. 그리고 필살은 모순 같은데. 아무리 필살이라도 죽은 자를 죽일 수 있나? 할 수 없군. 무적을 부르자."

"그렇게까지 상세하진 않았는데…… 정말 모른다고? 아니, 이런……."

 눌드 경은 집필실과 그 앞 복도 문에 설치한 커다란 빗장을 떠올렸다. 그건 안쪽에 있는 걸 더 염려하던 시절에 급히 만든 것들이었으며, 이제는 유레솔이 그곳을 드나들 때마다 경비병들이 속으로 욕을 하게 되는 요소가 되어 있다. 사란디테가 스스로를 설득하듯 말했다.

 "어쩌겠어요. 흡혈귀 물어뜯고 스핑크스한테 수수께끼 내고 드래곤한테 박치기하고 다니느라 상식이 기능부전이라 시체가 글 쓰고 있다고 해도 그러려니 하고 넘어가 버리는 본인이 문제지. 실례되는 말씀 드리자면 제가 여기서 뵌 분들도 비슷한 것 같던데요. 뭐랄까, 이런 일을 오래 겪으시다 보니 이해심이 다들 커지신 것 같아요."

 "으흐음. 대단히 신경 쓰이는 다른 이야기들은 아쉽지만 잠시 넘어가고, 그래…… 그렇군. 무슨 말인지 알겠네. 역시 자신이 겪어봐야 아는 건가."

 "예. 모두들 곧 다가올 완결과 범인 이야기만 하시더라고요. 뭔가가 나타난다거나 무슨 일이 벌어진다거나 하는 이야기는 쏙 사라진 거죠?"

 눌드 경은 어처구니없다는 투로 고개만 흔들었다. 사란디테는 자리에서 일어나려는 시늉을 했다.

 "덕분에 의문을 풀게 되었습니다. 감사합니다, 각하. 그런데 말씀을 듣다 보니 여쭙고 싶은 것이 조금 더 생겼는데, 잠시만 더 폐 끼쳐도 될까요?"

 눌드 경은 좋을 대로 하라는 몸짓을 했다. 사란디테는 고개를 숙여 보이고 다시 의자에 바로 앉았다.

"경매장에서 각하의 옆구리를 찌른 사람은 누구였나요?"

"누구겠나. 날 위해 어스탐 경을 찌른 사람이지."

사란디테는 눈을 크게 떴다. 눌드 경이 어색하게 미소 지었다.

"농 삼아 말해봤는데 거북했나. 사과하지. 내 옆구리를 찌른 건 에이바 에클리오였네."

"아, 아뇨. 좀 이상해서요. 말씀 들었을 때 그건 어스름의 궁전에서 트리아가 알로이다 마라스타를 모욕하기 전에 제지를 받은 장면인가 보다 생각했어요. 그런데 거기서 트리아를 제지한 건 레조우 슈라가인이잖아요. 칠흑의 아네지는 거기 있지도 않았는데. 아, 이걸 먼저 여쭸어야 하네요. 휴름 자작은 그 경매장 이야기를 알았나요?"

"올코아 부인에게 들었을 거야. 올코아 부인은 할라도 백작 부인에게 들었을 테고. 올코아 부인이 유폐형을 치른 곳이 에클리오 가문의 장원이었지."

"아하! 그래서 올코아 부인께서 오소리 옷장에 왔던 것이군요. 약간 의아했어요. 보통 작가를 초대하는데 고모까지 오는 건가 생각했거든요. 로우 가문의 현재 안주인이 올코아 부인이라서 그런가 했는데 올코아 부인과 할라도 백작 부인께서 예전에 안면이 있으셨던 것이군요."

"그래. 의아한 점을 말한다면 다른 자들은 세티카가 온 것에 더 놀랄걸. 형의 글을 끔찍하게 싫어하거든. 세티카는 내가 어스탐 경의 글을 좋아한다는 이유로 나를 미친 사람이라고 공공연히 말하지."

"와우. 그런데 세티카 로우가 온 건…… 역시 각하께 빚이 있어서인가요?"

눌드 경은 일어나 한쪽 서가로 다가갔다. 잠시 후 눌드 경은 책 한 권을 가져와 사란디테 앞에 내려놓았다. 사란디테는 표지의 저자명을 가만히 바라보았다. 아네지 세도웬.

"이게 그 책이군요. 세티카 로우의 동기."

"세티카에겐 그런 이야기 하지 말게. 그는 임사전언을 읽지 않았어."

"예? 안 읽었나요?"

"그래. 산 사람이 쓰지 않은 것을 글로 대접해줄 순 없다는 모양이야. 읽는 것도 거부하고 있어. 어쨌든 그러니 그의 동기에 대해 말하면 무슨 소린지 몰라 당황할 거야."

"그렇군요. 알려주셔서 감사합니다. 흐음. 이런 필명을 쓴 줄은 몰랐는데. 임사전언엔 필명 이야기는 없었죠. 한 대 맞은 기분이네요."

"이런 필명을 쓰면 작가가 어스탐 로우의 동생이라는 걸 사람들이 어떻게 아냐고 출판업자가 물었을 때 세티카의 눈빛 정말 대단했지. 출판업자가 단번에 입을 다물었어. 나는 그자가 그렇게 입을 다물 수도 있다는 걸 처음 알았고. 이 책의 판매 성과에 대한 임사전언의 서술은 정확해. 그 때문에 세티카는 나한테 큰 빚을 졌다고 여기는 것 같아. 내 판단이었으니 그럴 필요 없는데."

입을 벌렸다 닫았다 하며 아네지 세도웬이라는 저자명을 바라보던 사란디테는 날강거리는 책섶과 닳은 모서리, 갈라진 책등을 확인했다. 눌드 경이 말했다.

"왜 트리아를 제지한 것이 칠흑의 아네지가 아니라 레조우 슈라가인인지는 나도 몰라서 뻔한 대답밖에 못 하겠군. 자작은 그게 좋은 이야기라고 생각한 것 아닐까? 게다가 그건 헬리보리계의 이야기잖나. 두 세계가 거울상이라고 해서 사건들까지 거울상으로 일어나는 건 아냐."

"흐음……" 사란디테는 코를 발름거렸다. "알겠습니다, 각하."

밖으로 나와 문을 닫은 사란디테는, 그대로 떠나는 대신 닫힌 서재 문을 잠시 바라보았다.

"날 위해 어스탐 경을 찌른 사람?"

사란디테는 숨을 크게 들이마신 다음 빠르게 달려갔다. 할 일이 있었다.

실제와는 좀 다를지도 모르는 막 #4

<막이 열린다.>

시간과 장소가 불명. 배경은 전체적으로 검어서 특정할 것이 아무것도 없다.
무대 좌측에서 소녀 에이바와 소년 눌드가 등장한다. 두 사람이 그대로 무대 우측으로 천천히 걸어간다.

소년 눌드 에이바. 사랑이 뭘까?

소녀 에이바 그게 뭔데, 눌드?

소년 눌드 그게 내가 너한테 받는 거래.

소녀 에이바 그렇다면 그건 좋은 거네.

소녀 에이바와 소년 눌드가 무대 우측으로 퇴장한다. 잠시 후 젊은 에이바와 젊은 눌드가 무대 우측에서 등장한다. 젊은 눌드가 아기가 들어있는 듯한 강보를 안고 있고 젊은 에이바가 그 안을 들여다보고 있다. 두 사람이 그대로 무대 좌측으로 천천히 걸어간다.

젊은 에이바 각하. 사랑이 뭘까요?

젊은 눌드 그게 뭡니까, 부인?

젊은 에이바 그게 우리 가족을 만들었대요.

젊은 눌드　그렇다면 그건 고마운 것이군요.

　　　　젊은 에이바와 젊은 눌드가 무대 좌측으로 퇴장한다. 잠시 후 에이바와 눌드가 상복 차림을 한 채 무대 좌측에서 등장한다. 에이바가 소년의 옷을 가슴에 끌어안고 있고 눌드가 목마를 질질 끌고 있다. 두 사람이 그대로 무대 우측으로 천천히 걸어간다.

눌드　할라도 백작 부인. 혹시 사랑이 뭔지 아시는지 여쭈어도 될까요.
에이바　무슨 말씀을 하시는 건지 모르겠습니다. 할라도 백작 각하.
눌드　그게 세상에서 사라졌다고 들었습니다.
에이바　그렇다면 그건 아무것도 아니군요.

　　　　눌드와 에이바가 무대 우측으로 퇴장한다.

　　　　<막이 닫힌다.>

실제와는 좀 다를지도 모르는 막 #5

<막이 열린다.>

시간이 불명. 오소리 옷장의 복도. 배경 중앙에 문이 있다. 무대엔 아무도 없다.
무대 좌측에서 에이바가, 무대 우측에서 눌드가 동시에 등장한다. 두어 걸음 걷던 두 사람이 서로를 발견하고 즉시 동시에 관객 방향으로 돌아선다.
눌드가 부동자세를 취하고 있는 동안 에이바가 두 팔을 벌리고 고개를 숙여 자기 옷매무새를 확인하는 시늉을 하다가 눈썹 위에 손바닥을 올려 먼 곳을 보는 시늉을 한다.

에이바   (방백한다.) 할라도 백작 각하가 왜!

에이바가 부동자세를 취하고 있는 동안 눌드가 두 손을 허리에 얹고 등을 젖혀 몸을 펴는 시늉을 하다가 이곳저곳을 손가락으로 가리키며 뭔가 지시하는 듯한 시늉을 한다.

눌드   (방백한다.) 할라도 백작 부인이 왜!

곤란하다는 듯 팔짱을 끼고 한 손을 들어 손으로 턱을 쥔 에이바와 눌드가 이곳저곳을 바라보지만 서로를 쳐다보지는 않는다. 조금 후 두 사람 모두 머리를 감싸 쥐고 괴로워한다.
중앙의 문이 열리며 더스번이 등장한다. 문을 닫은 더스번이 좌우를 보다 에이바와 눌드를 발견하곤 움찔한다. 두 사람의 상태를 조금 살피던 더스번이 고개를 가로젓는다. 더스번이 관객 방향을 향해 한 걸음 걸어와 정확히 무대 중앙에 선다.

더스번　(두 다리를 벌리고 두 팔을 좌우로 펼치고 머리를 뒤로 젖히고 우렁차게) 벽!

에이바와 눌드가 고개를 돌리곤 더스번을 발견하고 반가워한다. 에이바와 눌드가 배를 조금 내민 여유 있는 태도로 더스번을 향해 다가간다. 에이바가 더스번의 앞쪽을, 눌드가 더스번의 뒤쪽을 지나치는 동안 더스번이 계속 하늘만 보고 있다. 에이바가 무대 우측으로, 눌드가 무대 좌측으로 퇴장한다. 다시 바로 선 더스번이 알아들을 수 없는 소리로 투덜거리다가 관객을 발견한다.

더스번　어, 흠. 그래. 맞소. 소원해 보인다고? 사란디테가 한눈에 알아본 거지. 그리고 모두들 양식 있는 분들일 테니 부부를 한 지붕—

중앙의 문이 열리며 아역 배우가 등장한다. 더스번 경의 옆에 선 아역 배우가 고개를 꺾어 더스번을 올려다보다가 더스번의 손을 잡는다.

아역 배우　왜 부수는 거야?
더스번　(경악하여 아역 배우를 내려다보다가 아역 배우의 손을 조심스럽게 쥔 채 중앙의 문을 열고는 머리만 집어넣어 말한다.) 어이! 뭐야? 지금 투얄이 등장했는데? 작가가 또 바꿨어? 투얄 나오는 거야? 그런데 왜 지금?

단원   (목소리만 들린다.) 엑? 도굴 장면 없어졌는데? 이를 어째!

중앙의 문이 열리며 단원이 다급한 기세로 뛰어나온다. 단원이 아역 배우를 안아 올리곤 황급히 중앙의 문으로 퇴장한다. 입을 벌린 채 그 모든 광경을 믿을 수 없다는 투로 보던 더스번이 움찔한다. 더스번이 눈치를 보듯 관객을 곁눈질하다가 바로 서서 헛기침을 한다.

더스번   허흠! 흠! (조금 빠르게 말한다.) 그리고 모두들 양식 있는 분들일 테니 부부를 한 지붕 아래에 갇힌 두 명의 도망자로 만든 딱하고 가슴 아픈 사연은 내 입으로 언급할 필요가 없겠지. 그럼 계속 즐겨주시오.

더스번이 문을 통해 급히 퇴장한다.

<막이 닫힌다.>

 원고들을 추려 다시 탁자 위에 올려놓은 스벤터 날바이 백작은 두 손으로 이마를 짚고 있는 어스탐 경의 정수리를 혐오스럽게 노려보다가 촛대를 들어 올리고 몸을 돌렸다. 경이 방 밖으로 나오자 대기하고 있던 수사단 소속 경비병들은 즉시 큼직한 빗장을 같이 집어 들기 위해 빗장 양쪽에 자리를 잡았다. 그렇게 소임에 열중하면서도 뜨거운 기세로 그를 곁눈질하는 경비병들의 모습을 보자 스벤터 경은 압박감을 느꼈다. 촛불을 불어 끈 경은 촛대를 옆의 탁자에 내려놓으며 혼잣말을 중얼거렸다.
 "아직 멀었나."
 욕설로 분류해야 할 한숨들을 못 들은 체하며 스벤터 경은 자리를 떠났다. 한 번 더 왔다간 경비병들의 험악한 얼굴을 마주하게 될지도 모른다는 생각이 들자 스벤터 경은 우울해졌다.

아직 점심 무렵이다. 유레솔이 예측한 가장 빠른 완결 시각에도 이르지 못했다. 그런데 자꾸 집필실을 찾아와 원고를 들여다보는 건 완결을 더 늦추는 짓일 따름이다. 어스탐 경은 누가 방에 들어오면 글을 안 쓰니까. 스벤터 경은 다음번엔 경비병들이 정말로 '당장 돌아가! 유레솔이 아닌 작자!'라는 표정을 지을 거라고 확신했다. 집필실에 들어가는 사람이 유레솔 한 명뿐인 상황에 완전히 익숙해진 경비병들은, 이제 유레솔이 아닌 다른 누군가가 거기 들어가는 것을 거의 부도덕한 일인 것처럼 느끼고 있었다. 그게 수사단장인 스벤터 경이라서 들어갈 권한이 있다는 걸 이해한다고 하더라도. '그러니까 난 저 녀석들이 부도덕을 저지르게 만들고 있고 실질적으로 완결까지 늦추고 있는 자인 거지. 그리고 내가 들락거릴 때마다 묵직한 빗장을 들고 씨름해야 하고. 좋은 표정 볼 일이 없지. 젠장.'

복도를 나온 스벤터 경은, 창문으로 보이는 유와르 사서의 모습에 다시 복도로 들어가고 싶어졌다.

뒤에서 들려오는 빗장 집어 드는 끙 하는 소리가 스벤터 경을 멈춰 세웠다. 스벤터 경은 복도 경비병들이 자기 일을 하도록 내버려두고 어렵게 걸음을 옮겼다.

하지만 밖으로 나갈 결심을 한 것은 아니다. 스벤터 경은 자신이 무엇을 찾는지 정확히 알지 못한 채 주위를 두리번거렸다. 결국 화장실에 좀 오래 들른다는 핑계를 써야 하나 고민하고 있을 때 누군가가 경의 어깨를 건드렸다. 스벤터 경은 반가워하며 몸을 돌렸고, 아무도 보이지 않아 어안이 벙벙해졌다. 그때 아래에서 소리가 들려왔다.

"바보야, 정신 차려!"

쪼그리고 앉아있던 사란디테가 얼굴을 붉힌 채 일어났다.

"아뇨, 각하께 한 말이 아니라 저 자신에게 한 말이에요. 신경 쓰지 않으셔도 돼요."

"이거, 무슨 장난을 친 건가?"

"예! 장난을 친 거예요. 등이 보이자 아무 생각 없이. 그리곤 각하께 무슨 짓을 했나 싶어서 자책한 것이고요. 버릇없이 굴어서 죄송합니다."

"아니, 괜찮소. 날바이 아씨도 이젠 안 하는 장난 오랜만에 당하니 좋네. 벌써 일곱 살이나 먹어서."

"……내일모레면 손잡고 사위에게 걸어가시겠네요. 혹시 바쁘신가요?"

"세상에서 제일 한가한 기사가 숙녀의 부름에 응하오."

스벤터 경은 실망했다. 사란디테는 어렸을 때 키우던 고양이 이야기를 꺼내지도 않았고 최근에 푹 빠진 놀이의 신묘하고 복잡한 규칙들에 대한 이야기도 꺼내지 않았다. 그녀는 바닥에 놓아두었던 단지를 들어 올렸다.

"카쉬넵 백작에게 좀 가져다주실 수 있으실까요? 제가 가져다드리려던 참인데 마침 각하가 보여서요. 엔파 백작께 이런 걸 시킬 정도로 제가 무지하진—"

스벤터 경은 단지를 받아 들었다.

"신경 쓰지 마. 어이쿠, 무게가 제법 있는데? 이런 걸 들고 가려고 했소?"

"제 소견으론 각하께서 이걸 들고 가는 모습을 보여주면 저 유와르 사서라는 자가 각하를 좀 높게 볼 것 같아요."

"그래? 그렇다면 고마운데, 이게 뭐요?"

"소금입니다."

스벤터 경은 소금 단지를 들고 가면 너를 짭짤하게 절여버리겠다는 선언으로 보이는 건가 하는 생각밖에 할 수 없었다. 사란디테는 미안해하는 미소를 지었다.

"설명을 드려야겠지만 제가 할 수 없네요. 뭐가 있는데 그게 뭔지 몰라서. 죄송해요. 이 말도 무슨 말인지 모르시겠죠. 카쉬냅 백작이 다 설명해 줄 거예요. 그럼—"

사란디테가 대화를 끝낼 듯한 기미를 보이자 다급해진 스벤터 경이 말했다.

"그런데 더스번 경은 누가 뒤에서 건드리면 바로 주먹을 날리는 거요?"

스벤터 경은 다시 실망해야 했다. 사란디테는 그대로 몸을 돌려 달아났다.

'이럴 때 눈치 없이 이야기 길게 늘어놓는 눈치 좀 없나? 엉?' 돼먹잖은 투덜거림을 삼키며 스벤터 경은 본관을 나섰다. 밖으로 나오자 가슴 뜨거워지는 광경이 보였다. 방어 진지를 만들기 위한 연장들(급조한 방어 진지가 과연 쓸모 있을까 의심스러워지는 체구의 유와르 사서가 나타난 이후 그 존재 의미가 많이 퇴색한 물건들이다.)이 담겨 있던 통에서 곡괭이를 집어 든 더스번 경이 그걸 딸랑이 흔들듯 흔들며 유와르 사서를 어르고 있었다.

"그래. 들어와. 응? 자, 자! 한 걸음만. 농농농 도서관의 유와르 사서는 아무것도 무섭지 않아요. 그렇지? 눈 딱 감고! 자! 더스번 칼파랑 여기 있네!"

"잔학한 허위와 메마른 불모가 서로를 학대하며 지른 단말마의 소름 돋는 메아리! 파렴치한 거짓 맹세와 최저가로 팔아치운 위증이 썩어 들어가는 피투성이 석묘! 번롱하는 안개와 기망하는 신기루가 붙어먹어 배태된 태생부터 녹슨 미늘!"

"이야, 유와르 사서 말도 잘하네. 그래, 그래. 걸음마도 잘하지? 응? 보여줄래? 한 걸음만? 난 거기로 못 가거든. 착한 어른은 현지 법규를 존중해야 한단다?"

더스번 경이 보여주는 외국인의 바른 품행에 스벤터 경은 감동으로 눈물이 날 것 같다고 생각했다. 더스번 경에게 다가가던 스벤터 경은 충분한 거리를 두고 멈춰 서서 헛기침을 하고, 헛기침을 다시 하고, 최근 목이 나빠진 것 같다고 혼잣말을 했다. 더스번 경은 유와르 사서에게 기다리라는 듯한 손짓을 해 보이곤 스벤터 경에게 다가와 속삭였다.

"얼굴을 보니 아직 안 쓴 모양이군요. 그 필경사가 빨라도 저녁이라고 했다면서요. 그리고 그럴 가능성은 낮다고도 했고."

스벤터 경도 목소리를 낮췄다.

"그래도 가만 기다리기가 힘들군요. 그런데 경은 지금 재미있는 거냐고 묻지 않을 수 없군요. 그렇다면 참 좋겠습니다."

"나도 그럴 의리가 없다는 건 압니다만 어쩔 수 없군요."

"예?"
"저런 기운 없는 모습을 보니 마음이 좋지는 않습니다."
"……예?"
"저 녀석은 저거 하나뿐이라 늙으면 어떤 모습이 되는지도 몰라서 확신은 못 하지만, 혹시 늙은 것인가 싶기도 하고. 그래서 괜히 기운 북돋아주고 싶어지는 거죠. 보다시피 반응이 별로군요. 무리하게 하는 건 아닌가 걱정도 좀 되는데……"
스벤터 경은 이 대화는 결코 시작된 적이 없다는 표정으로 단지를 턱으로 가리켰다.
"사란디테가 이걸 경에게 가져다주라고 하더군요. 소금이라던데."
"소금이요?"
"예. 내가 들고 가면 유와르 사서 앞에서 위신이 설 거라나."
"음? 염장 해산물이면, 담가버리겠다는 선언으로—"
"그리고 뭐가 있는데 뭔지 모르겠다고, 하지만 경은 뭔지 알 테니 설명을……"
더스번 경의 눈썹이 꿈틀거렸다. 그는 배신당했다는 듯이 유와르 사서를 노려보았다.
"씨발! 기운이 없는 것이 아니라 힘 아끼고 있는 거였어?"
더스번 경은 곡괭이를 던져 땅에 꽂고는 당혹한 스벤터 경에게서 소금 단지를 받아 들며 속삭였다. "그 여자 개코죠." 더스번 경은 단지를 바닥에 내려놓고는 그 안에서 소금을 한 움큼 집어 들어 머리 위로 휙 집어 던졌다. 사방에 소금이 떨어지는 동안 더스번 경은 다시 소금을 집어 들고 이곳저곳으로 집어 던졌는데 그 기세와 다급함이 화재 현장에서 물 뿌리는 사람에 못지않았다. 스벤터 경은 기사와 병사들이 미친 사람을 보듯 데스번 경을 쳐다보는 것을 무시한 채 눈을 감고 고자의 형태와 무게에 대해 생각했다.

활에 대한 스벤터 경의 유익하지만 시의적절한지는 의심스러운 사유는 오래가지 못했다. 썩은 나무 밑동이 바스라질 때 날 법한 냄새가 언뜻 풍기더니 몸을 울리게 하는, 음정은 대단히 낮지만 음량은 엄청난 소리가 울려 퍼졌다. 눈을 뜬 스벤터 경은 한참 후 부드러운 목소리로 저게 뭐냐고 물었다. 데스번 경은 손과 몸에 묻은 소금을 털어내느라 짜증을 내며 말했다.

"경이 예측한 대로 역시 이런 것이 있었군요. 냄새를 맡았다는 건 알겠는데 그게 소금 뿌려야 할 종자라는 건 어떻게 짐작하고 가져온 겁니까? 섭정의 중임에 부족함 없는 지혜로군요. 좀 조용히 해! 작년에 먹은 것까지 게워낼 소리 그만 내고! 유와르 사서를 봐서 어딘가의 사서일 거라는 것도 짐작했고요. 예. 경의 예측대로 어딘가의 사서 맞습니다. 하지만 나도 저 녀석 이름은 말할 수가 없어요. 종이가 있으면 써서 보여줄 순 있지만. 그래! 소리 줄이니까 좋잖아! 거기서 얌전히 기다려! 당연히 그런 의문이 떠오르겠지만, 아니오. 땅에 쓰는 건 어렵습니다. 땅은 그냥 태울 수가 없잖습니까. 그래서 처리하기가 더러워요. 자칫 오소리 옷장이 저주받은 별장이 되었다간 눌드 경도 낭패일 테고."

스벤터 경은 온화하게 말했다. "저녁이군요. 어스탐 경에게 가보겠습니다."

"아닙니다. 시간이 말도 안 되게 흐른 것이 아니라 저 녀석 때문에 어두워진 겁니다. 해를 보세요. 지금은 맨눈으로 그냥 볼 수 있습니다."

"아⋯⋯ 보이는군요."

"그래서 난 저 녀석을 지칭해야 할 때 보통 어둑이 사서라고 부릅니다. 왜! 그게 싫으면 네가 하나 지어서 알려주든가! 소리 줄이라고 했지! 저 녀석 직장은 말해줄 수 있지만 그것도 도움이 안 되겠지요. 도서관입니다."

"도서관이군요."

"예. 그런 재수 없는 도서관이 둘 있습니다. 그냥 '도서관.' 둘이서 서로 상대에게 이름 붙여주지 못해 안달하죠. 어쨌든 저 녀석은, 쯧. 섭정의 명령을 어기고 경계를 넘어섰다고 하기 어렵군요. 지금 여기 있는 건 소금으로 현실에 비친 자신의 그림자이지 자신의 본질이 아니라는 그 개떡 같은 소릴 늘어놓으면 성가셔질 테니. 지금은 밖에 나가 있기도 하고, 경이 괜찮다면 따지는 건 관두죠. 괜찮을까요?"

스벤터 경은 더없이 관대한 상태였다. "괜찮겠지요."

"알았습니다. 유와르 사서는 나 말고 저 녀석하고도 다퉈야 해서 적당히 사리고 있었던 모양입니다. 어쩌면 다른 관원이 더 올 수도 있고. 혹시 이쪽 병력을 보고도 눈 돌아간 짓을 안 한 것도 그 때문인가?"

"다른 관원이 더 올 수 있군요."

더스번 경은 곡괭이를 뽑아 들어 어깨에 걸치고는 대문을 향해 걸어갔다. 유와르 사서와 어둑이 사서를 번갈아 바라본 더스번 경은 명확한 동작으로 어둑이 사서를 향해 섰다.

"더 오냐?"

"이 몸이 보매 바야흐로 어스탐 로우 자작의 임사전언이 걸어갈 길 앞엔 세 갈래 갈림길이 나타날 터이나 휴름 자작 어스탐 로우의 임사전언이 소실의 삭풍을 피하고 망각의 비를 긋기에 합당한 피난처로 이르는 길은 오직 하나뿐이니 그것은 자격 없는 자들이 그 이름을 거론할 수 없는 도서관의 수장고로 이어지는 길일진저."

더스번 경은 유와르 사서를 향해 손을 흔들어주고는 스벤터 경에게 돌아왔다.

"하나 더 오나 보군요."

"하나 더 오는군요."

이 방, 저 방을 기웃거리던 사란디테는 개인 예배실로 보이는 곳에서 레초 부인의 목소리가 흘러나오는 것을 들었다. 활짝 열려있는 문에서 촛불 빛이 흘러나오고 있었지만 사란디테는 안으로 들어서는 대신 문 옆에 서서 잠시 귀를 기울였다. 그리고 사란디테는 안에서 흘러나오고 있는 것이 하타시아에게 자신을 구해달라고 간원하는 기도 소리임을 확인했다. '그렇군. 역시 레초 부인이 하타셈이었네.' 하타시아교는 이교도가 성전에 들어가는 문제에 까다롭지 않다는 걸 떠올린 사란디테는 결심하고 열린 문 앞에 섰다.

할라도 백작 부인 에이바 레초는 시녀로 보이는 처녀 한 명과 함께 성상이 놓인 벽감 앞에 무릎을 꿇고 정신없이 기도를 하고 있었다. 사란디테는 열려있는 문을 살짝 두드렸고, 하타시아의 가호를 간원하던 두 여인은 뒤를 돌아보더니 서로를 끌어안으며 비명을 질렀다. 사란디테는 자신의 모습이 시커먼 그림자로 보인다는 것을 깨달았다. 점등 시간이 아직 멀었는데 바깥이 급격하게 어두워지는 바람에 사용인들은 다급하게 불을 밝힐 준비를 하고 있었고 이 주변은 아직 어두웠다.

"할라도 백작 부인. 놀라게 해드려 죄송해요. 저 사란디테예요."

시녀를 부서지라 부둥켜안고 동시에 부서질 지경에 처해 있는 백작 부인이 반응했다. "사, 사란디? 테?"

"기도 중에 방해하고 싶진 않았지만 말씀 들어보니 좀 끼어들어도 되겠다 싶어서. 그렇게 염려하실 필요는 없어요. 생긴 건 저래도 할라도 백작 각하의 말씀대로 협상할 줄 안다는 것을 보여주는 것의 중요성을 아는 자들일 거예요."

"무슨? 협상? 응?"

"저기, 그러니까 도서관을 대리해서 온 자들이에요. 어스탐 경의 임사전언 육필 원고를 넘겨받고 싶어서. 예. 그러니까 귀중한 원고를 기증받고 싶어서 온 도서관 직원들이에요. 신분이 높은 부인께선 익숙하실 거예요. 후원을 바라면서 인사하러 오는 신전 사람들이나 대학교에서 오는 사람들이 있지 않나요? 예. 그 사람들이 무서울 리가 없잖아요. 오히려 그 사람들이 이쪽 비위를 맞추려고 하지. 그렇죠?"

"저게 이쪽 비위를 맞추고 싶은 자들이 고를 대리인이야?"

사란디테는 합당한 지적이라고 생각했다.

"그렇죠······. 제가 비유를 잘못했네요. 하지만 저쪽이 무시하는 건,

그러니까, 자기들이 무시한다는 걸 알려주고 싶어 하는 건 체스키다 폐하의 비위인걸요. 음. 말이 좀 어렵긴 하네요. 그러니까 저 사서들을 보낸 도서관들은 여기 안 계신 체스키다 폐하께 을러대고 있는 거래요. 자기들은 그런 소리 듣지도 않을 테니 절대 자기들한테 왕의 검열권 같은 소리는 하지 말라고. 여기 있는 사람들을 겁주려는 것이 아니고요. 어쩌면, 만약 육필 원고의 소유권자가 나선다면 자기들이 원하는 걸 순순히 넘기라는 식으로 그 사람에게 협박을 할 수는 있겠네요. 협상용으로 말이죠. 하지만 백작 부인께선 육필 원고의 소유권자가 아니시잖아요? 그러니 저 사서들이 부인께 위해를 가하거나 그런 시늉을 할 일은 없을 것 같아요."

사란디테는 어느샌가 두 사람이 확연하게 안도했음을 발견하고 놀랐다. 자신의 숨겨진 설득력을 찬양하려던 사란디테는 조금 후에 상황을 이해했다. 두 사람은 끔찍한 광경을 목격하게 되자 시간을 뛰어넘어 4년 전으로 돌아간 것이다. ─ 부정한 의식, 재난의 전조. ─ 그러니까 그들은 자신들이 목적물이라고만 생각하고 임사전언 육필 원고가 목적물이 될 수 있다는 생각은 미처 하지 못했다. 사실 사란디테가 할 말은 '저자들이 원하는 건 육필 원고'라는 말 한마디면 충분했다.

"예. 그렇죠. 그런데 한 가지 말씀드릴 것이 있어요. 제가 소금이 필요했는데 거기 있다는 것을 알고 있어서 급한 대로 필경사의 주방에 있는 걸 썼어요. 양이 많이 필요해서 단지째로 다 쓰고 말았죠. 그걸 다시 채워 놓아야 하는데 어떻게 해야 할지 모르겠네요. 그래서 도움을 받을 만한 분이 없나 찾고 있었어요."

"더스번 경이 땅에 소금을 뿌리던데?"

"아, 보셨군요. 예. 그거예요."

"그런데 왜 네가 그걸 썼다고…… 아니, 됐어."

레초 부인은 시녀에게 모모를 찾아가 사정을 전달하고 처리하게 하라고 명령했다. 시녀가 떠나자 레초 부인은 자신이 봉착한 문제를 깨달았다. 부인은 사란디테의 팔을 급히 붙잡았다.

"아무리 그래도 혼자 있기는 싫어!"

"그러신가요. 방으로 모실게요. 방향을 알려주시겠어요?"

레초 부인은 뒤를 돌아보았고 그녀를 따라 하타시아 성상을 본 사란디테는 고개를 끄덕였다.

"시녀가 똑똑하다면 돌아오라는 명령이 없었어도 돌아오겠지요."

사란디테는 부인을 기도용 방석에 앉히고 자신도 그 옆에 앉았다. 의아해하는 눈으로 성상을 올려다보던 사란디테는 어깨를 으쓱이고는 별장에도 부인을 위한 개인 예배실을 만들어주다니 할라도 백작은 자상하다고 말했다. 레초 부인은 놀랐다.

"그걸 네가 어떻게 알아? 가족이 다 쓰려고 만든 것일 수도 있는데?"

"임사전언에 나오잖아요."

"그 이야기가 나왔다고? 무슨 소리야. 안 나왔어. 너 무슨 말을 하는 거야?"

"……투얄 도련님의 일은 정말 유감이에요. 삼가 고인의 명복을 빕니다."

"너 무슨 이야기를……"

"괜한 이야기를 꺼내는 것이 아니에요. 도련님의 장례식 장면에서 부인께서 관에 머리 장식을 넣는 이야기가 있잖아요."

"그런데……? 그게 왜!"

"정확하게 인용은 못 하지만 '죽음으로 죽음을 덮지 말라'인 거죠? 그래서 하타솀들은 죽은 사람에게 죽은 꽃을 바치지 않죠. 하지만 장례식 참석자들이 숙덕거리는 일이 있거나 할라도 백작을 욕보여선 안 되니까 꽃 모양 머리 장식을 도련님의 관에 넣으신 것이겠죠. 천박한 사람들은 그 가격을 가늠해보느라 바빠서 왜 그냥 꽃을 넣지 않나 하는 생각은 못 할 테고요. 그러니까 이런 식이죠. 할라도 백작 부인은 도련님의 관에 꽃 대신 꽃 모양 머리 장식을 넣었다. 그럴 수도 있죠. 그런데 이곳에 하타시아 성상을 모신 개인 예배실이 있다. 이곳에 하타솀이 있는 것이죠. 하타솀은 고인에게 꽃을 바치지 않는데? 그럼 그 장면의 의미가 달라지죠. 부인은 하타솀이고 그건 하타솀이 선택한 행동이죠. 아마도 친정 집안이 하타솀인 것이겠죠. 할라도 백작께선 본가에 부인을 위한 개인 예배실을 만드셨겠죠. 주변에 부인께서 찾을 하타시아 신전이 없을 테니까. 그리고 이렇게 별장에도 만들어주셨네요."

자신이 풀무 같은 숨소리를 내고 있다는 걸 깨닫지 못한 채 사란디테를 보던 레초 부인이 고개를 돌려 벽감에 놓인 하타시아 성상을 바라보았다.

"한 사람을 위해 신전을 짓지는 않겠다는 각하의 결정엔 나도 완전히 동의했어. 당연한 말이잖아."

"예?"

"나 한 사람 때문에 할라도 백작령에 하타시아 신전을 짓고 신관을 모실 순 없다고. 아까 그 애도 신전에서 정식으로 입교한 하타셈은 아니야. 나 따라다니면서 귀동냥으로 기도문 외운 거지. 할라도에 하타셈은 나 한 명뿐이야."

"그렇군요."

"앞니줄이라는 거 알아? 하타시아 신전에서 파는 과줄인데, 정식 이름은 그게 아니지만 생긴 것이 앞니처럼 생겼다고 하타셈 아이들은 그렇게 불러. 젖니가 빠진 아이가 앞니줄을 먹으면 새 이가 잘 난다고 해. 그것도 생긴 것 때문에 나온 속설이겠지. 하타셈 아이들은 다 좋아해. 나도 좋아했고. 하지만 여기선 살 수가 없어. 하타시아 신전이 없으니까. 그래서 투얄의 젖니가 빠졌을 때는 내가 만들었어. 투얄이 안 좋아해서 딱 한 번만 만들고 관뒀지만. 당연하지. 아무리 해도 내가 아는 그 맛을 낼 수가 없었거든."

레초 부인은 콧물을 한 번 세게 빨아들이곤 입 주위를 훔쳤다. 사란디테는 앞니줄을 좋아하는 어린 하타셈 소녀를 생각했다.

"투얄이 태어났을 때도 신전에 탯줄을 돌려드리지 못했어. 신전이 없으니까. 그 애가 뭘 붙잡고 오솔길을 지났는지 모르겠어. 그리고 그 애 장례식에서도 흙피리 소리가 없었어. 신관이 없으니까. 그런데 투얄의 관에 내 손으로 죽은 꽃까지 놓는 건 정말 싫었어."

"그러셨겠죠, 부인."

숨을 깊이 들이마셨다가 내뱉은 레초 부인이 고개를 기울인 채 웃었다.

"대단하네? 자기는 내가 투얄의 관에 머리 장식을 넣은 장면을 읽고는 각하께서 이 주변에 딱 한 명뿐인 하타셈을 위해 예배실을 만들어주셨다는 것까지 안 거야?"

"가만 생각하면 누구나 알 수 있는 일인데요."

"자기 역시 익더귀구나."

"할라도 백작 부인. 전에도 그 말씀 하신 것 같은데 혹시 이거 그라이만 욕이거나 하타셈 욕인가요? 여자를 개나 닭에 비유하는 경우는 아는데 새매에 비유하는 경우는 처음이라 제 우둔함을 드러내는군요. 그 익더귀라는 말씀 암캐나 암탉 소리 들은 걸로 여기면 될까요?"

"그렇게 되받아치도록 훈련받는 거야? 올코아 부인에게 들었어. 귀족 여자들 체포할 때 움직이는 여자들이 익더귀지? 뭔가 움직이는 것도 안 보였는데, 쉭! 까투리가 사라지는 것처럼 아무도 그 귀족 여자가 어떻게 사라졌는지 보지 못하는 거지?"

사란디테는 작게 신음했다. '아으. 그런 거야?'

"자기는 고아였어? 사생아? 아니면, 전과자? 혹시 살인?"

'성직자를 폭행한 적은 있네요. 비밀스러운 의식에 참여하게 해주겠다는 건 고맙지만 제물 자격으로 그러는 건 좀. 건조물 침입도 몇 건 있군요. 건조물 관리자인 미궁 괴물들의 의사에 반하여 들어갔으니까. 드래곤을 속이기 위해 공주인 척하는 건 왕족 사칭일까요?' 사란디테는 혼란을 가중시킬 대답을 꾹 참았다.

"그런 사람들이 그 익더귀가 되는 모양이군요?"

"절대로 인정하면 안 되는 것이구나."

사란디테가 대답하려 할 때 레초 부인을 부르는 네모파니 올코아의 목소리가 들려왔다. 손에 촛대를 들고 예배실 앞에 나타난 올코아 부인은 시녀와 만나 사정을 듣고는 시녀를 부인의 방으로 보내고 자신이 여기로 온 거라고 설명했다. "부인의 방에도 불을 밝혀둬야 하잖아요. 그래서 내가 모셔갈 테니 먼저 거기로 가라고 했죠." 그러자 레초 부인은 방으로 가겠다고 결정했다.

당나귀를 타고 오소리 옷장 앞에 나타난 세 번째 관원은 호반 도서관에서 온 사서 네롤 에길이라고 예의 바르게 자신을 소개하고 참고로 이 당나귀의 이름은 배추 경이라고 말하는 친근감도 보이면서 자신은 휴름 자작 어스탐 로우의 육필 원고를 수증, 혹은 구매하는 문제에 대해 그 정당한 소유권자와 논의할 수 있기를 바라며 왔다고 방문 목적도 정중하게 밝혔다. 그리하여 호반 도서관의 네롤 에길 사서는 오소리 옷장의 기사와 병사들로부터 왜 평범한 사람인 것이냐는 부당한 불만을 사게 되었다. 스벤터 날바이 백작은 불신이 가득한 시선으로 네롤의 위아래를 훑어보았다.

"사람처럼 보이긴 하는데."

"……감사합니다. 각하. 제 어머님께서 정말 좋아하실 거예요."

"엄마가 있다는 건가."

네롤은 포기했다.

"카쉬넵 백작. 그라이만 사정에 더 밝은 이방인에게 신참 이방인이 조언을 구합니다. 그라이만이 고색창연한 곳이라는 말은 들었는데, 설마 저 지금 보호자가 없다고 핀잔 듣고 있는 겁니까?"

"그건 아닐 거요. 에길 사서. 먼저 온 두 사서가 저렇게 우호적인 모습이다 보니 그쪽도 사교의 대상이 맞는지 의심받고 있는 듯하군."

네롤은 주변을 둘러보는 시늉을 하더니 의아하다는 투로 말했다.

"무슨 사서 말입니까?"

상당수의 사람들은 유와르 사서의 익사체가 내뱉는 폭언에 귀를 막아야 했고 일부 사람들은 어둑이 사서가 내지른 소리 때문에 멀미를 일으켰으며 극소수 예민한 이들은 땅에 두 손을 짚고 토하는 지경에 처했다. 배추 경은 길이 잘 든 건지 광란을 일으키진 않았지만 겁먹은 심경을 드러냈고 네롤은 그런 배추 경을 달랬다.

"배추 경. 저것들은 자기네 자칭 도서관에서도 저러겠죠? 정말 야만스러운 것들이죠?"

그곳에 유와르 사서의 생리에 정통한 이는 없었지만 모두들 유와르 사서가 쓰러질 것처럼 보인다고 생각했다. 어쨌든 익사체는 폭언을 멈췄고 네롤은 곤란하다는 듯이 웃었다.

"각하. 큰 의미 없이 하신 말씀이라는 것은 압니다만 책 보는 곳에서 소음 일으키고 젖은 것 흔들고 어둡게 만들고 하는 것들은 사서가 아닙니다. 오히려 도서관 출입금지를 당할 무뢰배죠. 어쨌든 호반 도서관은 그런 자들의 출입을 환영하진 않을 겁니다. 당관은 책더미 쌓아놓고 도서관이라는 팻말 꽂아놓은 그런 망측한 장소가 아니라 명실상부한 도서관이니까요."

익사체가 게딱지 안 어딘가로 사라지고 주변은 현저하게 밝아졌다. 스벤터 경과 그라이만 장병들은 기적을 보고 있는 것 같았다. 더스번 경은 뚱한 얼굴로 말했다.

"관장이 상호대차 문제로 뭐라 하지 않소?"

"더 받는 쪽이 더 고생하셔야죠. 저는 얼마 못 받는 아랫것이라."

더스번 경은 우리끼리 이야기 좀 하겠다고 말하고 물러났다. 스벤터 경을 부축한 더스번 경이 속삭였다.

"호반 도서관은 일단 한발 물러나 관망할 모양이군요."

처량한 심정으로 침을 뱉던 스벤터 경이 고개를 들었다.

"나한텐 입 열기 전에 탁자에 칼부터 꽂는 태도로 보이던데요."

"휴름 자작의 육필 원고보다 자기네 체면이 더 중요하다는 암시를 해준 걸로 볼 수 있잖습니까. 호반 도서관은 이미 양서로 넘쳐나는 곳이니 이번엔 양보하지 않겠냐는 제안이 가능해지도록 빌미를 선물했죠."

"말은 그럴듯하지만 그럼 아예 안 오는 방법도 있다는 생각이 드는군요. 그러면 체면 상할 일도 없고."

"이곳에 와야 양보하는 모습을 공개적으로 보일 수 있는데?"

"아아, 정치적인 겁니까? 그렇다면, 예. 확실히 빚을 지게 하는ㅡ"

"그리고 누가 가져가는지 알아야 습격 계획을 짜기 용이하죠. 원고 가지고 돌아가는 길에 덮칠 거라면. 어쨌든 현장엔 와야 할 텐데요."

스벤터 경은 유와르 사서와 어둑이 사서, 그리고 말에 못 올라서 당나귀를 타는 건가 싶은 체구의 에길 사서를 차례로 본 다음 힘겹게 더스번 경의 말에 수긍했다. "그렇군요. 강탈하려면."

"일단 질문 좀 하겠습니다. 혹시 그라이만에선 여자한테 상속권이 없습니까?"

"아까 저 여자도 보호자 이야기 꺼내더니 정말…… 세평은 아니까 이해는 하는데 적당히 합시다?"

"이상해서 그럽니다. 세티카 로우는 자신은 원고에 관심이 없으니 할라도 백작이 가지고 싶으면 가져도 된다고 말하더군요. 그런데 그가 원고를 포기하면 그다음은 네모파니 올코아 아닙니까? 줄지 말지는 올코아 부인이 결정할 일 같은데요."

스벤터 경은 무슨 질문인지 알겠다는 얼굴을 했다.

"아, 그건 우리가 고색창연해서. 올코아 부인은 성혼할 때 휴름 자작가의 재산 일부를 지참금으로 받았을 겁니다. 그때 받은 것과 망부에게 물려받은 것까지 본인 명의의 재산이 있을 테지만 많진 않겠죠. 상해 피해자에게 배상금을 지불했으니. 어쨌든 올코아 부인의 상속권은 지참금을 받으면서 이미 행사되었다고 봐야 합니다. 지금 올코아 부인이 상속을 받으면 지참금을 받았을 때와 합쳐서 두 번 상속받는 모양새가 되잖습니까. 그러면 다른 상속권자에게 불공평하죠."

"지참금으로 사전 상속하는 경우군요. 알겠습니다. 그러면 상속권으로 육필 원고의 소유권을 주장할 수 있는 건 세티카 로우 한 명뿐이군요? 금치산으로 판정할 때도 마찬가지입니까?"

"다를 건 없다고 봅니다."

"그렇다면 저 사서들의 목표는 세티카 로우, 혹은 세티카가 자신의 말처럼 포기할 경우 눌드 경이겠군요."

"세티카가 범인이 아니라면."

"예?"

"만에 하나 세티카 로우가 범인이라면, 자신이 죽인 자의 것을 상속받을 순 없으니까 형의 작위와 재산뿐만 아니라 형의 육필 원고도 물려받을 수 없습니다. 당연히 그의 의사로 눌드 경에게 줄 수도 없고요. 그 경우 육필 원고는 로우 가문의 다른 재산과 함께…… 폐하께 귀속될 겁니다."

더스번 경은 혀를 찼다.

"왕이 상대라면 에길 사서도 탁자에 칼 꽂는 정도가 아니라 회담장에 불부터 지를 텐데."

에이바 레초 백작 부인을 방까지 안내하여 시녀의 손에 맡긴 사란디테와 올코아 부인은 백작 부인의 방을 나왔다. 복도에 선 사란디테는 방을 나오기 전 백작 부인께 받은 쌈지를 두 손으로 들고 신기하다는 듯이 바라보았다. 올코아 부인은 그게 아니라 촛대가 필요하지 않겠냐 말했지만 사란디테는 밤눈이 괜찮다며 사양했다. 그러다가 사란디테가 놀라서 말했다.

"잠깐만요. 그런데 휴름 자작은 어떻게 글을 쓰시죠? 혹시 지금 안 쓰고 계신 것 아니에요? 갑자기 이렇게 돼서 아무도 불을 가져다줘야 한다고—"

"탐? 탐은 괜찮아. 지금까지도 밤이고 낮이고 글을 썼는데."

"밤낮없이 글을 쓰신다는 이야기는 들었는데, 누가 불을 가져다드리는 것 아니에요?"

"가져다주는 건 종이와 필기구뿐이야. 밥도, 잠도 필요 없는 것처럼 불빛도 필요 없는 모양이야. 그래서 종이 같은 것들도 그냥 유레솔이 들를 때마다 적당히 보고 보충해주는 모양이야."

사란디테는 초상화를 떠올렸고 거기에 조명 기구가 없었다는 것을 기억해냈다. 그녀는 편리하다는 말이 적절한 표현인지 알 수 없어 조금 머뭇거렸다. 그런데 마찬가지로 머뭇거리던 올코아 부인이 말했다.

"네가 소금을 카쉬넵 백작에게 줬다고?"

"예. 부인 덕분에 거기에 그런 곳이 있다는 걸 알게 되어서."

"그러면 불은 도움이 안 되는 건가?"

"불이요?"

"불을 사양했잖아."

사란디테는 올코아 부인이 조명을 권한 것이 아님을 깨달았다.

"제가 저런 것들에 그렇게 해박한 건 아니지만, 그냥 상식적으로 생각해보자면, 지금 낮이잖아요? 태양도 별문제가 안 되는데 촛불 같은 것이 큰 위협이 될 것 같진 않네요."

올코아 부인은 입을 조금 벌렸다가 실망스럽게 웃었다.

"그건…… 그렇군. 맞네. 그러면 다른 건 뭐 없어? 그 소금처럼. 무슨 액막이 같은 거."

"액막이요."

"호들갑을 떨고 싶지는 않은데 말이야. 아까 백작 부인의 성상을 보니까 나한텐 아무것도 없다는 생각이 들어서."

사란디테는 생각했다. '사막은 세상에 대한 신뢰가 나날이 두터워지는 곳은 아니니, 사막의 시인 레조우 슈라가인은 자신의 과거를 믿지 않는다. 오늘은 어제까지 결코 있은 적 없던 불운이 찾아오는 날이다. 사막의 전사 레조우 슈라가인은 자신의 칼을 믿지 않는다. 그것은 가장 절실한 순간에 부러져 그를 배신할 쇠붙이이다. 사막의 무법자 레조우 슈라가인은 자신의 주먹을 믿지 않는다. 그렇기에 쳐야 할 땐 죽을 힘을 다해서 친다.' 사란디테는 자신의 지식을 검토해보았다.

"소금 껄끄러워 하는 것들은 대개 강철도 싫어하죠. 숯은 조금 어중간하고. 뱀 허물은 뜬금없이 나타나서 사람 놀라게 하는 주제에 막상 구하려면 구하기 어렵고. 역시 강철만 한 것이 없군요. 부엌칼, 편자, 부시 다 좋은 걸로 알아요. 많이들 착각하는 것이 부지깽이인데, 무기로 쓸 수 있을 법한 인상이지만 보통 연철이라서 그런 것들한텐 별로라고 하더군요."

"소금에 부엌칼, 부시? 말하는 것 듣고 있으니 부엌이 제일 좋은 곳 같네."

"예. 보통 집에선 흉흉한 것들이 제일 안 나타나는 장소죠. 친절한 이웃들은 제일 잘 나타나고. 물론 일반적으로 그렇다는 것이지 예외는 많은 걸로 알아요. 부엌에 말 못 할 것이 나타나면 재난이라더군요."

"강철……."

"올코아 부인?"

올코아 부인은 촛대를 창턱에 올려놓았다.

"그럼 이런 건 어때?"

사란디테는 올코아 부인이 꺼내어 뽑아 든 단검을 무표정하게 바라보았다. 제법 고가일 듯한, 날 길이가 한 뼘을 조금 넘는 실팍한 양날 단검. 칼등이 없는 저런 칼은 감자 껍질 벗길 때도 불편하고 나무 깎을 때도 힘들고 생선 손질에 쓰기에도 안 좋다. 용도는 거의 확실하게 하나다.

"검증의 문제가 있군요."

"검증?"

"부엌칼은 매일 수없이 쓰이죠. 그러니 안 좋은 부엌칼은 예전에 부러져서, 혹은 못 써먹겠다는 이유로 버려지고요. 지금 부엌에 있는 부엌칼이라면 좋은 칼이라고 생각해도 되는 거죠. 그런데 어쩌다가 한 번 쓰는 그런 칼은, 흠, 예. 그런 걸 만드는 사람은 대체로 양심적이죠. 상대하는 고객이 그런 게 필요한 사람이니까. 괜찮다고 봅니다. 그래도 그런 물건은 만든 사람을 제가 잘 알거나 제 손으로 써보기 전까지는 확신하기 어렵군요."

올코아 부인은 다시 웃고는 단검을 칼집에 꽂아넣었다.

"너 참 논리적인 아이로군. 태양이 있는데 촛불이 무슨 도움이 되겠냐. 믿을 수 있는 칼은 전사의 허리가 아니라 칼이 매일 쓰이고 망가지는 곳에 있을 것이다. 상대하는 고객이 그런 게 필요한 사람이니 양심적으로 행동할 것이다? 그런데 감정을 감추는 것이 똑똑한 사람으로 보이는 길이라고 믿는 사람은 아닌 것 같은데. 흠. 내가 탑을 찌른 범인을 알려주겠다고 제안했을 때 가볍게 무시한 이유는 뭐지?"

사란디테는 평온하게 대답했다.

"부인이 범인을 아시는데도 범인이 아직 체포되지 않았다면 가능성은 둘뿐이잖아요. 첫째, 부인은 모른다. 둘째, 부인은 범인을 보호하고 있다. 어느 경우에도 제대로 된 대답을 들을 일이 없는데요."

올코아 부인은 콧방귀를 뀌었다. "내가 왜 범인을 보호하지?"

"왜 뻔한 말씀을? 범인이 부인께 소중하거나 어스탐 경이 죽어 마땅하다고 여기시는 것이거나 부인께서 범인이겠죠."

"허. 정말 눈도 깜짝 안 하네."

"저 익더귀 아니에요, 부인."

"응? 그건 알아. 에이바가 무슨 말을 했나 보네. 익더귀들은 대개 싹싹한 척을 잘해. 그 사람들 일을 제일 잘 도와줄 수 있는 게 누구겠어. 체포 대상이지. 넌 익더귀 잘할 것 같긴 하지만 익더귀는 아냐. 응?"

주변이 갑자기 밝아졌다. 사란디테와 올코아 부인은 어이없다는 투로 주변을 바라보았다. 조금 전까지의 어둠 때문에 그리 밝은 것도 아닌데 눈이 조금 부신 느낌마저 들었다. 올코아 부인이 촛대를 보곤 고개를 가로저었다.

"이건 정말 필요 없었네. 하지만 다시 어두워질지 모르니."

촛대를 들어 올린 올코아 부인은 눈인사를 남기고 떠났다. 사란디테는 창턱에 놓여 있는 단검을 보고 뺨에 손바닥을 얹었다.

제 눈이 예쁘긴 하죠, 부인. 하지만 사란디테호(湖)라니. 부끄럽게.

눌드 경은 세티카 로우의 검붉게 변한 얼굴을 걱정스럽게 바라보았다. 세티카는 이런 말을 내뱉는 자신의 혀를 잘라버리고 싶다는 투로 말했다.

"할라도 백작 각하. 제 입으로 두 번이나 뱉었던 말을, 물론 각하께 직접 한 말은 아닙니다만, 그래도 공공연하게 말했던 것을 철회하여 각하를 실망시켜드리게 된 점 정말 송구스럽게 생각합니다. 하지만 제 형제가 죽은 후에도 각하께 범하고 있는 이 형용하기도 싫은 결례를 목격한 저는 저 종잇조각들을 불태워야 한다는 결론에 도달했습니다."

스벤터 경이 눈을 크게 떴다. 엔파 백작의 얼굴을 본 세티카가 두 손을 내저었다.

"아닙니다, 엔파 백작 각하. 저 시체의 경련이 끝나고 각하의 필경사가 일을 마친 후에 그러겠다는 겁니다. 그러니까 저 바깥의 사서들이 가지고 싶어 하는 것을 없애겠다는 말이었습니다. 상속권자인 제가 저 밖으로 나가서 그렇게 말하면 저자들도 돌아갈 수밖에 없겠지요."

더스번 경이 고개를 갸우뚱했다.

"우리 볼일 다 보고 나면 불태울 거다. 헛물켜지 말고 돌아가라?"

"그렇습니다. 카쉬냅 백작 각하."

"그건 좋은 생각이 아닌 것 같소."

"예?"

"저자들이 검열권자에게 보이는 반응도 문화파괴자에게 보이는 반응에 비하면 미지근한 수준일 텐데. 어둑이 사서는…… 아니, 현실성이 없게 들릴지 모르니 좀 온건한 이야기를 하지. 본인이 확인을 거부해서 사실인지는 모르겠지만, 나는 에길 사서가 서적 표지를 훼손한 자의 가죽으로 책을 재장정했다는 이야기를 들은 적이 있소."

괴상한 소리를 낸 스벤터 경이 얼굴을 붉히며 서재 중앙 기둥에 걸려있는 초상화로 시선을 옮겼다. 눌드 경이 반갑다는 듯이 상체를 앞으로 기울였다.

"아! 나도 그 이야기 어디선가 들었습니다. 그 사람이 저 밖에 있는 겁니까?"

초상화 감상자가 한 명 늘었다. 더스번 경은 세티카의 어깨를 한 번 본 다음 눌드 경에게 말했다.

"조금 전에도 말했듯이 본인이 확인을 거부했기 때문에 '그 사람'이 맞다고 대답할 수는 없군요. 눌드 경. 그런 풍문이 있는 사람이 저 밖에 있는 건 맞습니다."

"그렇군요. 경의 질문에 대답하지 않았다면 내가 가서 묻는다고 해서 확인해주진 않겠군요. 미인이시라는 건 나도 압니다만 두 사람 모두 내 조모님은 그만 우러러도 될 것 같습니다. 여기 있는 건 급이 떨어지는 것들이죠. 본가에 더 좋은 작품이 있으니 언제든 방문하면 보여드리죠."

스벤터 경과 세티카가 몹시 복잡한 얼굴빛을 한 채로 회담에 복귀했다. 더스번 경이 말했다.

"그게 사실이든 아니든, 세티카. 분서 이야기를 들으면 저자들이 당신 가죽을 벗기고 싶다는 반응을 보일 거라는 건 확실하오. 그게 침입을 정당화하는 근거라고 판단하면 피곤해질 테고. 문화파괴 선언을 들은 이상 좌시할 수 없으니 어스탐 경의 안전한 집필을 보장하기 위해 실력 행사에 들어가겠다. 이렇게 나올 수 있다는 거요."

세티카는 고개를 떨구었다. 다리 위에 놓인 그의 주먹이 부르르 떨렸다. 세티카가 속삭였다.

"하지만 저건 문화가 아닌데."

더스번 경과 눌드 경, 스벤터 경이 시선을 교환했다. 더스번 경이 목소리를 가다듬었다.

"그래. 하지만 그 도서관들엔 저자가 사람이 아닌 책도 많이 있어. 저 밖에도 사람이 아닌 것이 둘이나 있잖소. 그러니 죽은 사람이 쓴 글이라는 이유는 저자들에겐—"

세티카는 두 손으로 귀를 막고 고함을 질렀다.

"저건 글이 아니라고!"

다시 세 개의 시선이 얽혔고, 아무도 입을 열지 않았다.

"예술엔 절대적인 기준이 없다고? 너무도 자명해서 그런 것이 있다는 걸 깨닫지 못하는 얼간이! 예술엔 절대적인 기준이 있어! 절대적인 기준이 있어야 절대적인 기준을 거부할 수 있다는 걸 왜 몰라!"

네 번째 시선이 높은 곳에서 불타올랐다.

"예술은! 살아있는 자가 창조한 것이어야 합니다. 그게 단 하나뿐인 절대적 기준입니다! 그렇기에, 이미 거기에 절대적 기준이 존재하기에 다른 절대적 기준은 거부되고 배척되고 부정되고 반려되고 각하됩니다. 살아있는 자가 창조했으면 그건 예술입니다! 제 수염을 꼬고 있으면 비평가로 보인다고 믿는 바보들이 무엇은 예술이고 무엇은 예술이 아니라는 헛소리를 할 수 없게 된다고요! 저급한 예술? 넘쳐납니다. 하찮은 예술? 발에 챕니다. 하지만, 감히, 예술이 아니라고? 녹슨 단검으로 가죽을 벗길 만인의 종들, 예술의 기준을 발명하면 예술의 발명자가 될 수 있다고 믿는 자신의 독재자들!"

카쉬냅 백작과 엔파 백작, 할라도 백작은 벌떡 일어선 세티카를 하릴없이 올려다보았다. 저 높은 곳에서, 세티카는 가위가 옷감에 보낼 시선을 눌드 경에게 던졌다.

"세 명의 사서가 앞다투어 요구한다 하여 그게 글이 되는 것은 아닙니다. 할라도 백작 각하! 원컨대 제가 했던 약속의 파기를—"

옷감이 말했다. "세티카 로우. 잠깐만 기다려주겠나?"

"예?"

"방금 세 명의 사서라는 말을 들어서 떠오른 건데, 공교롭게도 여기 백작이 세 명 있군."

더스번 경은 왜 세티카 로우가 자신이 작두 위에 놓여 있음을 알게 된 마른 약초 다발처럼 보이는 건지 궁금해졌다. 눌드 경은 세티카의 가슴 부근을 보며 말했다.

"카쉬냅 백작 더스번 칼파랑. 나는 경에게서 세티카 로우가 휴름 자작 어스탐 로우의 임사전언 육필 원고를 할라도 백작 눌드 레초에게 증여할 거라는 말을 들었습니다. 그리고 엔파 백작 스벤터 날바이. 경 또한 같은 맥락의 말을 더스번 경에게 들었습니다. 맞습니까?"

스벤터 경이 수긍했다. 세티카 로우가 털썩 주저앉는 것을 본 눌드 경이 계속 말했다.

"물론 더스번 경 본인은 세티카 로우에게서 직접 그 말을 들었고."

"그렇습니다만?"

눌드 경이 애석하다는 투로 세티카에게 말했다.

"세티카 로우. 세 명의 백작이 자네의 약속을 들었어."

세티카는 누가 보더라도 대, 중, 소라는 말을 바로 떠올릴 세 백작을 겁에 질려 둘러보다가 말했다.

"두 분은 간접적으로 들은 겁니다. 제가 세 분께 말한 것이 아닙니다!"

"응. 간접적으로 들은 두 명 중 한 명은 그 약속물의 수증자이고 한 명은 성은의 대행자이지만, 틀린 말은 아니야. 부정하지 않겠네. 만약 자네가 끝까지 그렇게 주장한다면 나도 할 말은 없어. 하지만 자네는 세 명의 백작이 자네가 한 약속에 대해 알고 있었다는 걸 자기 자신에게 부정할 수는 없겠지."

세티카 로우는 충격을 받으면 먼지구름을 일으키며 와르륵 무너질 것처럼 보였다. 팔짱을 낀 채 그의 모습을 보고 있던 더스번 경이 좀 부탁한다는 눈길을 보내자 눌드 경이 그에 응했다.

"더스번 경. 내가 알기로 경은 세상의 많은 곳을 주유했지요. 그러니 경은 중요한 약속을 할 때 세 명의 공증인을 세우는 관례가 여러 지역에 있다는 것을 알겠지요."

"압니다."

"역시 나라마다 조금씩 사정은 다를 테지만, 보통 백작은 상당히 강력한 사법권을 가지죠. 대부분의 백작들은 자기 영지의 최고 판사입니다. 더스번 경은 어떻습니까? 사형을 언도할 권한을 가지고 있습니까?"

"가지고 있습니다. 흠. 혹시 외교권도 말할 건가요?"

"그렇죠. 군주에게 서약한 바에 위배되지 않는 범위라는 제한이 있지만, 많은 경우 백작에겐 단독으로 고도의 외교 행위를 수행할 권한이 있습니다."

"예. 자기 영민을 공식적으로 죽일 수 있고 전쟁을 일으켜 이웃 영민도 죽일 수 있는 백작의 위상은 그라이만에서도 대단히 높을 거라는 것은 알겠습니다. 그런 백작 세 명이 세티카 로우의 약속에 대해 들었고요. 명예에 살고 죽는 그라이만 사람들은 잘 아는 멋진 금언이나 경구 같은 것이 있으리라 믿습니다만 내가 성격이 좀 급해서. 세 명의 백작을 부정한 세티카 로우는 무슨 처지에 빠진 겁니까?"

"우리 그라이만 사람들의 시각에서 세 명의 백작이 들은 말을 철회한 자는 사람이 아닙니다. 그자가 자유인의 권리를 잃고 노예가 된다는 말은 아닙니다. 그러니까 이런 거죠. 어떤 하녀는 그자에게 뭔가를 건네주라는 명령을 받았다는 이유로 땅에 누워 비명을 지르며 허공을 찰 수 있습니다."

더스번 경은 확인을 구하듯 스벤터 경을 돌아보았다. 스벤터 경은 관자놀이를 짚은 채 말했다.

"그 경우 하녀의 교육 책임자는, 운이 없다면 가벼운 구두 견책을 받겠군요."

얼마 후 세티카는 자신이 한 약속은 변함이 없을 거라는 말을 힘겹게 꺼내고는 자리를 떠날 것을 허락해달라 요청했다. 그가 비틀비틀 서재를 떠난 후 더스번 경이 말했다.

"수고했습니다. 눌드 경."

"내가 완전히 억지를 부린 건 아닙니다. 더스번 경."

"예. 그렇겠죠. 어쨌든 육필 원고의 소유권자가 거의 결정되었군요. 경이 사서들의 목표가 된다는 건 알고 있는 거죠? 차후의 행동에 참고하기 위해 묻는 건데, 그 원고의 처리에 대한 경의 방침 같은 것이 있습니까?"

"물론 협상할 생각 없습니다."

더스번 경은 입을 벌렸지만 스벤터 경은 그럴 줄 알았다는 듯이 입김을 부는 소리를 냈다. 눌드 경은 선조들의 초상화를 바라보았다.

"더스번 경. 나는 할라도의 백작이며 그라이만의 귀족입니다. 경매장에서 공정하게 경쟁을 하는 경우라면 흔쾌히 포기할 수 있습니다. 하지만 내가 초청하지 않은 자가 내 집에 와서 내 물건을 요구한다? 그게 내 정원수의 시든 나뭇잎 한 장이라도 내줄 수 없습니다. 먼저 사과가 있어야 하고, 나의 수용이 있어야 합니다. 협상은 그다음 일입니다."

"저건 폐하에 대한 시위이지 경에 대한 시위가 아니라는 것은 알고 있죠?"

"글쎄요. 나도 이른바 검열권이 있고 그걸 행사한 적도 있습니다. 내 봉신들과 영민들에게 내 아들에 대한 이야기는 삼가라고 명령한 적이 있지요."

더스번 경은 그게 맞는 소리냐는 말을 할 수도 없었고 노골적으로 짜증 난다는 표정을 지을 수도 없었다. 그래서 더스번 경은 속이 많이 뒤틀린 채로 스벤터 경에게 몸을 기울였다.

"우린 조용한 곳을 찾아야겠군요."

방문이 열리는 소리를 듣고도 눈을 뜨지 않았던 더스번 경은 그의 배 위에 뭔가가 던지듯이 내려 놓아진 후에야 할 수 없이 눈을 떴다. 고개를 들어 불룩한 배 위에 놓인 단검을 본 더스번 경은 눈을 한 번 질끈 감았다가 다시 눈을 뜨고 고개를 돌렸다.

"이게 뭐요?"

더스번 경이 누워있던 침대 가까이로 의자를 가져와 앉은 사란디테가 짜증 난 어조로 말했다.

"몰라요. 올코아 부인이 저한테 떠넘겼어요. 설명 안 해도 칼 맡아주는 호수로 아는 건지 아무 말 없이 첨벙 던지고 갔죠. 더스번 칼파랑 늪에 넘길게요."

"난 왜 늪이야."

"더 찾기 힘들다는 뜻이니까 칭찬이에요."

"당신은 바닥이 훤히 보이는 맑은 호수이고?"

사란디테는 쌈지를 열고 과줄을 오도독 씹었다.

"확실친 않지만 세티카 로우의 물건이라는 직감은 오네요."

"세티카 로우의 냄새가 났나 보군."

"백작님. 가끔 보면 저를 개 취급하는 것 같은데, 그러면 지금 이건 저를 주인님으로 인정한다는 몸짓인가요?"

고통스러운 신음을 짧게 뱉은 후 더스번 경이 말했다.

"세티카 로우는 미혼 여성과의 교제가 파탄 수준이더군."

"응? 어?" 사란디테는 더스번 경의 배 위에 놓인 단검을 보다가 말했다. "세티카 로우에게 문제가 생기면 휴른 자작가가 없어지나요? 임사전언에 없어서 혹시나 하긴 했지만, 정말 이을 사람이 아무도 없어요?"

"육필 원고의 상속에 관한 스벤터 경의 말을 놓고 볼 때 없는 모양이오."

"세티카 로우한테 무슨 일이 생기면 올코아 부인은 많이 곤란하겠군요. 위자료 지불하느라 가진 재산도 별로 없을 텐데."

"위자료? 배상금이 아니라?"

"서로 체면이 있으니까 배상금이라고 했겠지만 그냥 위자료로 이해해야죠. 불까기를 당할 뻔했으니."

단검이 크게 흔들렸다가 위태롭게 다시 자리를 잡았다.

"무슨 비유인가?"

"상대가 입은 정신적 피해가 클 테죠. 직접적인 외상은 없지만 심리적인 원인으로, 이를테면 돛대가 멀쩡한데도 더 이상 돛을 활짝 펼 수 없게 된 범선—"

"누군지 모를 남자에 대해 지킬 의리는 없지만, 그만. 기회가 왔다고 아라모렌드의 비유 억지로 써먹는 짓도 그만. 그 근처를 찔린 거요?"

"본의는 아니었대요. 하지만 그렇게 말하기 어려웠겠죠."

사란디테는 올코아 부인의 복수 시도와 유폐형에 대해 간단히 설명했다. 천장을 보며 사란디테의 말에 귀 기울이던 더스번 경이 말했다.

"내가 본 장부상으론 네모파니 올코아의 씀씀이가 검박한 편은 아니었지만 뭘 빼돌리고 있다고 의심할 정도는 아니었지. 세티카가 나한테 책잡히기 싫어서 꼼꼼하게 챙겨서 그런 걸 수도 있지만."

사란디테는 과줄을 먹으며 어렵없다는 투로 말했다.

"세티카 로우가 느슨해도 못 할 거예요. 부인은 유폐 덕분에 이것저것 다 할 수 있게 되었다고 말하지만 그건 귀부인의 기술들엔 미숙하다는 이야기겠죠. 본인의 똑똑함과 관계없이 그것도 정보와 인맥과 경험이 필요하죠? 그 검박하지 않다는 것도 상인의 덜미를 쥐는 법을 잘 몰라서 그런 것일 테고. 하녀들한테 사신처럼 굴 수는 있겠지만 조카의 재산에 장난을 치긴 어려울 거라고 생각해요."

"그런가. 흠. 뭔가 위험하다는 걸 알게 되어도 자구책을 찾기는 어렵단 말이군."

천장을 보던 더스번 경은 새삼 어이없다는 투로 사란디테에게 시선을 옮겼다.

"그런데 왜 당신한테? 길 가다가 부딪힌 아무개하고 뭐가 달라?"

"제가 익더귀 자질이 있는 여자라고 생각해서?"

"응? 새매가 어쨌다는 거요?"

"아니? 까투리 잡는 익더귀, 그라이만 귀족 여자 체포하는 여자?"

"그라이만 은어인가? 그러면…… 귀족은 머리 빳빳하게 들고 다니고 날아야 할 때도 그리 열심히 날지 않는 꿩이란 소린가 보군. 그래서 장끼와 까투리야? 그러면 그 익더귀라는 사람한테 필요한 건, 대충 알 것 같군."

"그렇죠. 높은 위치에 있다가 낭떠러지에 도달해 곧 모든 것을 잃게 될 여자를, 그런 터지기 직전의 용광로 같은 여자를 잘 다루어 소동 없이 일을 처리할 수 있는 여자. 사람 마음 잘 헤아리면서 수완이 뛰어나고 화강암처럼 단호하면서도 비단처럼 부드럽고 입이 무거우면서도 필요한 순간에 따스한 말 한마디를 할 줄 아는 여자. 나 맞네?"

"진짜 익더귀가 들으면 귀 막고 도망칠 거라는 건 알겠군."

"그런데 진짜 백작님은 왜 그렇게 그라이만에 대해 아는 것이 없으신 거죠? 그라이만이 예스럽다고 하신 건, '내가 아는 건 그것뿐이니 그걸로 대충 대처해볼 심산이다'라는 말씀이겠죠. 그라이만에 대해 실제로 아시는 건 방문객의 행실에 관련된 몇 가지였으니, 여기선 방문객 노릇만 하셨다는 것이군요. 4년이나 됐는데, 왜?"

"내가 4년 동안 여기 이 일에만 매달려 있었나. 당신도 함께 갔으니 잘 알겠지만 그동안 저기 스페란까지 갔던 적도—"

"불쌍한 킬로파이더. 생각만 해도 눈물이 날 것 같아. 죽는 것이 두려워 공주 납치를 포기하느니 공주 납치를 시도하다가 드래곤으로 죽겠다! 드래곤이라면 공주를 납치해야 하니까! 어떻게 끌어낸 용기일지. 그게 드래곤도죠. 에디엘 전하께서도 얼마나 고마워하셨어요. 공주라면 드래곤에게 납치되어야 하니까! 나는 드래곤이 안 노리는 공주는 동업자로 안 친다! 그게 공주도죠. 그런데 그걸 그렇게 잔인하게—"

"여기 스페란 아니다? 그만해라? 그리고 그 외에도 알다시피— 이런저런 일로 바빴소! 여기엔 1년에 한 번꼴로 겨우 올 수 있었지. 그리고 역시 때맞춰 찾아오는 세티카한테 자작의 재산 변동 상황 보고 받고 조치할 것 조치한 다음 바로 떠났고. 그러는 동안 엔파 백작에겐 아직 멀었다는 소리 정도만 들을 수 있었소. 그래. 당신 말마따나 손님의 올바른 행동거지 익힐 시간밖에 없었어."

"여기서 할 일이 그거뿐이라면 휴름으로 바로 가시지 않고 왜 여기에? 자작이 잘 죽어있나 확인?"

"그런 취지도 있고, 그때 다른 사람들도 다 여기로 왔지. 그리고 나처럼 스벤터 경한테 아직 멀었다는 소리 듣고 실망하며 돌아갔고. 구속 상태가 아니니 오가는 건 다들 자유지만, 묵시적으로 다 그때 여기로 모이게 되었소. 그게 그라이만다운 건가 보지."

"아하. 다 오는데 안 오면 모양새가 이상해지겠군요. 범인은 현장으로 돌아오게…… 강제되었군요."

"그렇다고 할 수 있지. 그리고 완결이 가까운 지금은 모두들 찾아와 자발적으로 구속 상태가 되었고. 스벤터 경도 섭정 명령으로 그렇게 하는 배려를 보여주었지. 이 사람들은 지금도 구속 상태나 감금 상태가 아니오."

"섭정의 통행금지 명령 때문에 오소리 옷장을 벗어날 수 없게 된 것뿐이죠." 사란디테는 방글방글 웃었다. "하지만 그분들이 할라도 백작 저택이나 휴름 자작 저택에 계실 땐 모 각하에게 봉사하는 모모의 눈이 그분들을 주목하고 있었겠죠?"

"확인해본 적은 없소."

빈 나뭇잎을 서운하다는 듯 들여다보던 사란디테가 시선을 옮겼.

"그런데 숙녀가 옆에 있는데 언제까지 누워계실 거예요?"

"그거밖에 못 한다 해도 내가 맡은 역할은 잘해야 하잖아."

"천장들은 교활해서 잘 감시하고 있지 않으면 날아간다는 건 상식—"

"유산 관리인. 육필 원고도 유산이고. 범인은 스벤터 경 관할이고 유산은 내 관할이지."

미심쩍다는 듯이 더스번 경을 보던 사란디테가 미간을 찌푸렸다.

"사서들이 밤에 지랄을 할까요?"

"변변찮지만 여기 신경 쇠약부터 받으시죠. 앞으로의 원활한 협상을 위한 중요한 주춧돌입니다. 대비해서 나쁠 건 없지."

"이런. 백작 부인께 걱정하지 말라고 말했는데. 개인이 아니라 장소에 대고 지랄하는 경우는 생각 못 했네. 가세할까요?"

"당신은 할라도 백작이 보호해야 하는 경의 손님이고 그라이만 현지 사정으로 불편을 겪고 있는 외국인이야. 아, 무, 것, 도, 하, 지, 마."

스벤터 경은 거의 어스탐 경의 어깨를 붙잡고 흔들 뻔했다. '써! 어서 쓰라고! 빌어먹을. 나 이대로 나가면 경비병들한테 하극상 당해!'

애초에 집필실로 찾아오지 말았어야 했다. 더스번 경이 충고한 대로 조용한 곳을 찾아 휴식을 취했어야 했다. 바깥의 세 사서는 원고 소유권자의 정신을 말랑하게 만들어두면 추후에 그걸 매만지기 좋을 거라 판단할 수 있고 따라서 밤이 찾아오면 사서류 소동이 일어날 수 있다는 더스번 경의 예측엔 일리가 있다. 스벤터 경은 거기에 동의했다. 누워있던 침대에서 벌떡 일어날 때도 스벤터 경은 그 예측에 동의하고 있었다. 집필실 복도 앞에 나타난 엔파 백작을 목격한 경비병들의 얼굴을 보았을 때 스벤터 경은 다시 침대로 돌아가겠다고 결심했다. 하지만 스벤터 경은 거의 어린아이 무게인 빗장을 들어 올리라고 명령했고, 복도 안쪽 집필실 안에 도달하여 한 번 더 같은 명령을 했고, 집필실 안으로 입장했고, 두 손으로 이마를 짚고 있는 죽은 작가를 다시 보게 되었고, 떨리는 심정으로 원고를 확인했고, 그 직후 머릿속에서 콰이스톨 기사단에 대한 비난 성명을 작성하기 시작했다.

4년 동안 고대해온 순간이었음을 지적한다면 엔파 백작에 대한 변호가 가능할지도 모른다. 섭정에 대한 변호로는 좀 모자라겠지만. 갑자기 떠오른 의혹에 스벤터 경은 소름이 돋았다. 지금 오소리 옷장에 티데이스 왕자가 있다는 걸 아는 사람이 정말 세 명뿐일까? 왕자 자신과 스벤터 경과 눌드 경 외엔 아무도 모른다는 건 명색이 그렇다는 것 아닌가? 그런 건 결국 다 소문이 나지 않나? 경비병들이 왕자한테 보고해서라도 엔파 백작을 말려야겠다고 생각하면 어떻게 하지? 제가 그 존함을 모르는 기사님. 기사님과 아무 상관 없는 이야기지만 제가 답답해서 넋두리를 늘어놓지 않을 수 없어서 그러는데, 혹시 섭정 각하의 추태에 대해 들어보실 생각이 있으신지요.

'여기서 쉰다고 주장해볼까? 여기 조용하잖아!' 즉흥적으로 떠올린 좋은 발상이 대개 그렇듯 좋은 발상이 아니었다. 그건 자작의 집필을 계속 지연시키겠다는 소리다. 확인이 끝났으면 빨리 나가는 것이 그나마 최선이다. 하지만 스벤터 경은 밖으로 나갈 엄두가 나지 않았다. 경은 자신이 계속 노려보면 자작이 인정을 발휘하여 글을 써줄 가능성이 얼마일지 궁리했다. 어쩌면 어스탐 경은 집필을 방해하는 귀찮은 불청객을 쫓아내기 위해 그냥 범인 이름을 바로······.

스벤터 경은 집필실 밖으로 나왔고, 누구와도 눈을 마주치지 않은 채 그곳을 떠났다.

스벤터 경은 고문실을 빠져나온 기분을 느끼진 못했다. 그보단 겨우 고문실을 빠져나와 다른 고문실에 뛰어든 기분에 가깝다. 싸늘한 얼굴을 한 젊은 기사가 경의 앞에 나타나 '섭정 각하. 제가 무시할 수 없는 이야기를 우연히 듣게 되었는데 말이죠.' 같은 말을 꺼내는 미래는 확정되어 있지 않다. 하지만 잠에서 깨어난 필경사가 자기 일을 하기 위해 원고를 가지러 간다는 미래는 확정되어 있다. 그리고 스벤터 경은 유레솔에게 왜 범인 지목이 늦춰진 건지 설명해야 했다.

비자발적으로 어스탐 로우 유사전문가가 된 스벤터 경이 볼 때 거의 확실했다. 오늘 어스탐 경이 범인을 지목할 일은 없다. 어떤 백작이 유례없는 빈도로 집필실을 방문했기 때문이다.

"날바이 섭정—백작 각하. 각하? 괜찮으십니까?"

기사의 느닷없는 호명에 소스라치게 놀라 물러나다가 벽에 발뒤꿈치를 찧은 스벤터 경은 눈물을 훔쳐내고는 앞에 있는 기사가 '그 기사'가 아님을 확인했다.

"나는 괜찮아."

"날바이 섭정—백작 각하께서 발을 다치신 건······."

"괜찮다고. 그리고 그냥 스벤터 경이라고 불러. 군사행동 중이니 호칭은 간결명확해야지. 무슨 일인가?"

기사는 스벤터 경이 소환한 지원 병력으로부터 온 기사, 견습기사, 병사 등등으로 이루어진 장교, 부사관, 전령 등등이 도착했고 그 신원 확인을 모두 완료했다고 보고했다. 스벤터 경은 여기에 있을 명분이 뒤늦게 생긴 것에 속으로 환호하고 그들 모두를 그냥 참모로 통칭하겠다고 결심하며 참모단을 만나러 갔다.

척후를 통해 오소리 옷장의 상황을 파악한 지원 병력은 급속 행군을 감행하여 도착을 완료했다. 현재 도합 천이백여 명의 병력이 오소리 옷장을 시계에 둔 상태에서 느슨한 포위진 같은 것을 펼치고 있었으며 사서들 또한 병력의 도착을 확인했지만 특별히 반응하고 있지는 않다. 상황을 파악한 스벤터 경은 오소리 옷장 주변을 대강 그려놓은 지도를 가리키며 지시를 내렸다.

'이하 편제는 섭정 결정이다. 불만은 서면으로 제출해. 알아들었으면 시작한다. 전부 뭉쳐 섭정 직할 임시 대대 편성. 그래, 대대 편성이야! 여기서 가문? 빠져. 휘장? 올리기만 해봐. 불만은 어떻게 하라고 했지? 좋아. 대대장은 티서 후작. 사백씩 쪼개서 세 중대 편성. 산메지 백작, 무할 후작, 비게슨 백작이 1, 2, 3 중대장. 산메지, 무할, 비게슨! 두 중대는 즉시 오소리 옷장 삼백 보 거리까지 전진하여 여기, 여기 포진하고 한 중대는 여기에 진지를 설영. 한 중대씩 교대하는 방식으로 항상 두 중대가 사서들과 대치한다. 교대 순서와 간격…… 대대장이 결정. 파악 안 되게 알아서 잘하겠지. 사서들은 현재 섭정 명령을 존중하여 경계를 엄수하는 동태를 보이고 있으므로 먼저 마찰을 야기하지는 않는다. 반복. 선제적으로 마찰을 야기하지 않는다. 그러니 사서들의

이상 동태가 없는 한 대치 형태를 유지하며 감시에만 전념한다. 그리고 그 이상 동태는……'

"현재로선 그 형태를 예측할 수 없지만, 적은 야간에 원고 소유권자를 압박하기 위한 모종의 불온 행위를 감행할 수 있다. 반복한다." 어떻게 한다? "적은 야간에 원고 소유권자를 압박하기 위한 모종의 불온 행위를 감행할 수 있다." 어떻게? "원칙적으로 무시한다."

참모들은 당황했다. 그중 한 명이 자신은 배운 사람이라는 어조를 강조하며 조심스럽게 말할 정도로.

"확인 바랍니다. 무시합니까? 저기, 이쪽에서도 뭔가를 하는 것이 아니고요?"

"여러 요건을 놓고 보았을 때 심리적인 타격을 목표로 하는 형태일 가능성이 높다. 시점을 놓고 보더라도 여기선 무대응이 가장 강력한 대응이다. 행동을 한다면 그 시점은 이쪽이 결정하는 거지 저쪽에 맞춰주진 않는다."

말을 꺼낸 참모는 내가 왜 그런 짓을 했나 자책하다 못해 화병이 날 것 같은 기색이었다.

"저희 지휘관이…… 물론 이곳엔 중요한 분들이 많이 계시지만 특별히 중요한 분이 계신다고…… 그러니까," 참모는 장래가 촉망되는 인재였다. "발광하고 있습니다."

"고마워. 발광하지 말라고 전해." 스벤터 경은 퍼뜩 정신을 차렸다. "공격 유도도 금지한다! 무할 후작에게 똑바로 전해. 어쭙잖게 사서들을 도발했다간 스벤터 날바이가 직접 후작의 볼기짝을 물어뜯을 거라고! 알았나?"

"그대로 전하겠습니다."

스벤터 경은 뒤이어 오소리 옷장이나 지원 병력에 직접적인 피해가 발생하거나 그런 사태가 발생할 것이 확실시되는 경우를 제외하면 무슨 일이 있어도 절대 움직이지 말라고 강조했다. 이건 어디까지나 양자가 묵시적으로 동의한 무력 시위다.

스벤터 경의 지시와 당부를 가지고 떠난 참모들은 오소리 옷장의 만찬 시간이 끝날 무렵 숨이 넘어갈 듯한 모습이 되어 오소리 옷장으로 돌아왔다. 눈이 반쯤 뒤집힌 참모들은 스벤터 경에게 '천구를 빼곡하게 뒤덮은 수없이 많은 눈들'은 직접적인 피해에 해당하는지 판단해달라고 긴박하게 요청했다. 대치 상태 유지라는 원칙에는 아무 변함이 없다고 말하는 스벤터 경의 목소리는 꽤 흔들렸다.

실제와는 좀 다를지도 모르는 막 #6

<막이 열린다.>

밤, 오소리 옷장의 복도, 곳곳에서 비명이 들려온다. 사란디테가 무대 좌측에 서서 근심에 빠진 얼굴로 관객 방향을 바라보고 있다. 배경 중앙의 방문이 열리며 의아한 얼굴을 한 유레솔이 방문을 통해 등장한다.

유레솔   (방백한다.) 혹시 누가 범인인지 지목되고 소동이 일어난 건가? 가능성이 낮다고 생각했는데. (사란디테를 발견하고 방백한다.) 저기 아는 얼굴이 있네.

유레솔이 사란디테에게 접근하여 헛기침을 한다. 사란디테가 놀라 유레솔을 돌아본다.

유레솔   (정중하게 고개를 숙인다.) 안녕하세요. 먼발치에서 언뜻 뵌 적은 있지만 이렇게 자기를 소개하는 것은 처음이네요. 저는 유레솔이라고 합니다.

사란디테   아? 유레솔? 그 필경사군요. 저는 사란디테라고 해요. 저기, 유레솔. 창문 쪽은 보지 말— (유레솔이 관객 방향을 본다.) 나 바보!

유레솔이 관객 방향을 물끄러미 본다. 사란디테가 유레솔을 안으려는 듯한 자세를 취한다.

유레솔   (방백한다.) 하늘을 온통 뒤덮은 수백만 개의 눈들이 피눈물을 흘리고 있네. 동그란 건 사람 눈, 저건 늑대 눈, 위로 찢어진 저건 뱀 눈, 저 눈꺼풀은 닭 눈, 동공이 가로인 저건 염소 눈. 저 방사형 동공은 무슨 눈인지 모르겠네. (사란디테를 돌아본다.) 왜 그러시죠?

사란디테   기절하면 부축하려고? (자세를 바꾸며 바로 선다.)

유레솔   방금 통성명한 사람에게 친절하시군요. (작은 비명이 들린다.) 혹시 이 비명들은 저 하늘의 피눈물 흘리는 눈들과 관련된 건가요?

사란디테   (혼란스럽다는 투로) 고향의 익숙한 날씨인가요? 빨래 말리기 힘들었겠어요?

유레솔   (관객 방향을 본다.) 그런 도서관의 그런 사서가 온 것일 테죠. 창의력이 없지만 체력이 좋은 작가가 사서가 된다는 농담은 가혹할 뿐만 아니라 엉터리죠. 필경사를 남의 글 쓰면서 작가 기분 맛보는 가짜 작가라고 하는 것만큼이나 괘씸하고. 왜 우리를 미련 때문에 글 근처를 맴도는 실패한 작가 지망생이라고 생각하는 건지. 아예 다른 직업인데. 필경사는 필경사고 사서는 사서일 뿐이니 이런 비교도 마음에 들진 않지만, 억지로 따진다면 필경사는 작가보단 화가에 가깝다고 생각해요. 사서는 교사에 가깝고.

사란디테   (방백한다.) 응? 그건 독신인 사람은 연애에 실패한 사람이라는 소리와 같은 건가? (유레솔을 향해 흥분하여) 정말 무례한 소리를 하는 사람이 있군요!

유레솔   (놀라 사란디테를 보다가 머뭇머뭇 고개를 숙인다.) 고맙습니다. (관객 방향을 보며) 하지만, 확실히 창의력으로 충만한 광경이라곤 못 하겠네요. 더 괜찮은 것이 보일 것 같지도 않고, 저도 일이 있으니, 이만 실례해야겠군요. 좋은 밤을 가져다줄 좋은 귀마개를 구하길 기원할게요. 저도 일을 하려면 그런 것이 필요할 테니 혹시 쓸 만한 것을 찾으면 보내주시면 좋겠어요. 엔파 백작 각하께 전달을 부탁하면 될 거예요. 저도 찾게 되면 보내드리죠. 그럼.

유레솔이 정중하게 인사하고 사란디테가 엉거주춤 마주 인사한다. 유레솔이 무대 좌측으로 퇴장한다. 그 모습을 보던 사란디테가 몸을 돌려 무대 우측으로 몇 걸음 걸어간다. 멈춰 선 사란디테가 관객 방향을 보다가 다시 무대 좌측을 보다가 다시 관객 방향을 의심스럽다는 듯이 바라본다. 비명 소리가 들려온다.

사란디테   (방백한다.) 귀마개?

다시 몸을 돌린 사란디테가 우측에서 뭔가를 발견한 듯한 표정을 짓더니 무대 우측으로 퇴장한다.

<막이 닫힌다.>

오소리 옷장의 바깥. 하늘을 덮은 눈들이 피눈물을 흘렸다. 자아의 소멸 이후를 형상화한 듯한 둔중한 어둠 속, 하늘에선 거대한 무엇인가가 날개 치는 소리가 울려 퍼졌고 땅 가까운 곳에선 다리가 많은 것들이 기어가는 소리가 부산하게 들려왔다. 세로로 선 한 쌍의 불들이 물을 튀기는 소리를 내며 어둠 속을 질주했다. 눈이 위아래로 달린 야수가 달리는 것처럼. 불어오는 바람에서 불쾌한 갯내음이 풍겼다. 오소리 옷장의 안쪽. 바다에서 아프도록 차고 습한 바람이 솟아올라 옷 아래로 파고들었다. 초의 불꽃들은 제각기 다른 방향으로 기울어졌다. 저벅거리는 발소리가 천장에서 들려왔다. 거꾸로 선 누군가가 거꾸로 걸어가듯. 벽에서 초상화 액자가 쿵 떨어졌다. 모서리로 서서 기묘할 정도로 느리게 회전한 후 바닥에 누운 초상화 속 인물들은 관 속의 시신처럼 보였다. 눈을 뜨고 산 자를 비웃는 시신이다. 문들은 못을 박아놓은 것처럼 잘 움직이지 않거나, 너무 빨리 움직여서 손잡이를 쥔 사람을 홱 끌어당겼다.

땀범벅이 된 스벤터 경은 2층 휴게실 문을 열기 위해 왼손으로 문 손잡이를 쥔 다음 오른손으로 벽을 짚었다. 끌려가지 않기 위해서. 손잡이만 노려본 채. 경이 보고 있지 않은 오른손 손바닥이, 벽을 짚는 대신 무언가 진득하고 물컹거리며 끈적거리는 것을 짚었다. 경은 비명도 신음도 아닌 소리를 내며 몸을 홱 잡아당겼다. 왼손은 손잡이를 여전히 쥔 채로. 뒤로 잡아당긴 기세 그대로 앞으로 다시 튕겨진 스벤터 경은 고꾸라지며 문 앞에 무릎을 꿇었다.

어깨로 숨을 쉬던 스벤터 경이 조금 후 문을 타고 기어오르듯 비척비척 일어났다. 경이 똑바로 서기 직전, 문이 홱 열렸다. 문에 몸을 기대고 있던 스벤터 경은 그대로 열린 문 안으로 쓰러졌다.

휴게실 바닥에 모로 누운 스벤터 경의 눈에 옆으로 선 더스번 경의 모습이 들어왔다.

"터흐퍼……?"

잔뜩 쉬어 생경하게 들리는 자신의 목소리에 스벤터 경은 말을 멈췄다. 뚜벅뚜벅 걸어온 더스번 경은 스벤터 경의 몸을 붙잡아 경을 바닥에 앉혔다.

"허판 꼬루 포홉 캬호슨 헤츠므트마 첸토흐 취마하큰효."

스벤터 경은 눈을 부릅떴다.

〈경의 말을 못 알아듣겠습니다. 내 말도 마찬가지지만. 이렇게 목이 쉴 수가 있나?〉

스벤터 경은 자신의 목소리에 몸을 떨었다. 더스번 경은 잠시 스벤터 경을 바라보다가 숨을 크게 들이마시더니 고래고래 고함을 질렀다.

"경의 목소리엔! 아무 문제가 없습니다! 그냥 말하면 됩니다! 나는 알아듣고 있어요!"

스벤터 경은 눈을 크게 떴다.

〈내 목소리가 안 이상하다고요?〉

"조금 이상하지만! 알아듣는 것엔 문제가 없습니다! 사서들이 감각에! 헤살을 놓고 있는 겁니다!" 더스번 경의 목소리가 확 낮아졌다. "보여야 할 것이 안 보이거나 안 보여야 할 것이 보이거나" 더스번 경이 다시 고함을 질렀다. "들려야 할 것들이 안 들리거나! 안 들려야 할 것이 들리거나!" 더스번 경은 속삭였다. "뭉뚱그려 말하면 그런 겁니다."

〈그럼 경의 청각은 왜 잘 기능하냐고 물었어야 하는 겁니까?〉

더스번 경은 속삭였다. "경험 때문이겠지요. 그러니까" 경은 고함을 질렀다. "배를 처음 탄 사람들은! 낯선 배의 흔들림 속에서! 몸이 지상의 버릇대로!" 경은 속삭였다. "움직이고 느끼니 멀미를 일으키죠. 하지만 배를" 경은 고함을 질렀다. "오래 탄 사람은! 일일이 의식하지 않아도 몸이!" 경은 속삭였다. "알아서 배의 흔들림에 맞춰 움직임과 느낌을" 경은 고함을 질렀다. "조정합니다! 그런 걸 겁니다!"

스벤터 경은 냅다 고함을 질러보기로 했다. "혹시 나도! 소리를 지르면! 어라?"

더스번 경이 속삭였다. "경의 목소리는 내가" 경이 고함을 질렀다. "알아듣고! 있다고 했습니다!"

스벤터 경이 고함을 질렀다. "나도 내 목소리를! 듣고 싶단 말입니다!" 경이 속삭였다. "이거 왜 되는 거야." 경이 비명을 질렀다. "뭐야! 이거!"

더스번 경은 계속해서 속삭임과 고함을 불규칙적으로 오가며 '사람 몸은 어떤 감각이 몸에 들어오기 전부터 평소에 익숙했던 어떤 감각 값을 예상한다. 그런데 실제로 몸에 들어온 감각 값이 기대했던 것과 다를 경우 혼란이 일어난다. 긴 계단에서 하나의 단 높이만 조금 달라도 낙상 사고가 빈발하는 경우와 같다. 평소에 익숙하지 않던 감각 값을 만들어내거나 익숙한 것을 예상할 틈을 안 주면 도움이 될 것이다.'라고 설명했다. 설명을 받아들인 스벤터 경은 곧 말의 고저나 장단을 불규칙하게 바꾸는 법을 익혔다. 또한 그 방식은 듣는 이가 상대방의 말뜻에 집중하게 하여 다른 곳에 주의를 기울일 수 없게 만드는 효과도 있었다. 얼마 지나지 않아 스벤터 경은 정신이 훨씬 편안해지고 감정이 안정되는 것을 느꼈다. '좀 괴상한 것을 보고 들어도 신경을 덜 쓰니 마음도 안 흔들리는 건가.' 그러다 보니 괴상한 현상 자체도 좀 줄어드는 것 같았다. 인식 못 하고 넘어가버리는 것일 수도 있지만. 더스번 경이 말했다.

"아까는 험한 꼴을 볼 것은 각오했지만 정도가 심하다고 말했습니다. 아무래도 사서 둘이 사람이 아니다 보니 자기들이 도를 넘어서고 있다는 것을 모르는 게 아닌가 의심스럽군요."

스벤터 경은 바닥에 나타난 입을 크게 벌린 뱀 얼굴을 아무 생각 없이 밟았다.

"그러니까 요점은 그겁니까? 주변의 익숙하지 않은 것들이 오기 전에 자기가 먼저 익숙하지 않은 방식으로 보내라. 그렇죠? 감사는 뒤로 미루겠습니다. 나는 똑똑한 병사들 골라서 요점 익히게 한 다음 밖으로 보내야겠습니다."

"그것도 좋은데, 말 끝까지 하겠습니다. 사서들에게 지랄도 한도가 있다는 걸 좀 알려야 할 것 같습니다. 다행히 저쪽에서 수고스럽게 끌고 와 준 투석기가 있으니 좀 이른 감이 있지만 날려주도록 하지요. 에길 사서가 사람끼리의 정을 보여줄지 한번 볼까요."

"예?"

더스번 경은 위에서 목젖이 대롱거리는 창문으로 다가가 장막 치우듯 목젖을 옆으로 밀고는 밖을 향해 고함을 질렀다.

"날바이 섭정—백작 각하! 그 자체로 힘을 갖는 어휘라면! 작가에게 유혹적이지 않을까요? 어스탐 경 앞에! 어둑이 사서의 본명을 쓴 종이를 놔두면! 어스탐 경은 그걸 작품에 사용할까요?"

잠시 후 저 멀리서 발악하는 듯한 여성의 고함 소리가 들려왔다.

"카쉬냅 백작! 카쉬냅 백작! 무슨 끔찍한 사전 검열을 하려는 겁니까!"

스벤터 경은 더스번 경이 주먹을 잡아당기는 것을 망연하게 바라보았다.

"작가가 자기가 보고 들은 걸 쓰는 게 뭐가 문제요! 쓸지 안 쓸지는 어스탐 경이 결정할 일인데! 하! 지금 도대체 누가 검열을 하려고 하는 거지!"

"뭐, 뭐요? 억지 부리지 마십시오! 누구한테 그, 그런!"

더스번 경은 창가에서 물러났다. 계속해서 들려오는 '카쉬넵 백작! 카쉬넵 백작!' 하는 외침을 무시하며.

"어떻게 되나 볼까요."

스벤터 경은 침대에 들어가고 싶어졌다. 눈에 들어오는 곳에 그런 것이 있었다면 즉각 뛰어 들어간 다음 눈을 감아 온 세상을 봉인해버렸을 것이다. 하지만 근처 어디에도 그런 것이 없었고, 그래서 스벤터 경은 그제야 눈에 들어온 것을 가리켰다.

"그런데 더스번 경. 그 단검은?"

더스번 경은 허리춤에 꽂아두었던 단검을 내려다보았다.

"이 칼을 압니까?"

다시 스벤터 경을 본 더스번 경은 이 단검이 엔파 백작가 학살 사건에 사용된 물건임이 분명하다는 결론을 내릴 뻔했다. 다행히도 그런 비극은 벌어진 적이 없다. 거대한 혐오감을 담아 단검을 노려보던 스벤터 경이 말했다.

"세티카 로우의 것이고 휴름 자작을 찌른 흉기죠."

이미 확인했던 것이지만 더스번 경은 다시 한번 단검에 소유자의 이름 같은 건 없다는 것을 확인했다. 더스번 경은 단검을 세워서 든 채 스벤터 경에게 묻는 시선을 보냈다. 스벤터 경은 시선으로 물체를 소멸시킬 수 있다고 믿는 사람처럼 단검을 노려보며 말했다.

"오소리 옷장 사람들은 모두 그 칼이 세티카 로우의 것이라는 것을 알고 있었습니다."

"어떻게? 보란 듯이 차고 다녔습니까?"

"보란 듯이 차고 다녔죠. 야지아풍이라고 압니까? 우리 나라에서 고풍스러운 느낌으로 통하는 옷차림인데 그걸 할 땐 배에 칼을 찹니다."

"아, 그런 건 본 적 있습니다. 도구로서보다는 상징적 의미로 단검을 패용하는 경우군요. 나는 성인이다. 나는 자유인이다. 알겠습니다. 4년 전 이곳을 방문했을 때 세티카가 야지아풍 복식을 하고 있었군요?"

"예. 그래서 사건 당일 세티카를 만난 사람들은 모두 그의 배를 쳐다보거나 그의 얼굴을 향해 묻는 표정을 지어 보였죠. 야지아풍에 칼이 없으면 얼굴에 눈이 없는 것만큼 눈에 띄니까. 그리고 세티카가 칼을 잃어버렸다고 말하고 찾는 것을 도와달라고 요청할 때도 칼에 대해 뭘 설명할 필요는 없었죠. '아, 그거라면 어떻게 생겼는지 내가 잘 알지. 보면 바로 알려드리지.' 이런 식이었죠. 그게 연극이었을까요? 범행에 자기 칼을 쓸 필요성이 있어서 사전에 그걸 잃어버린 척한다? 도대체 그 필요성이 뭡니까? 계획 범행이라면 그냥 아무도 소유자를 모르는 칼 한 자루 준비하고 말지. 그러니까 이런 문제인 겁니다. 우발적 범행이면 자기 칼을 쓸 수 있어요. 하지만 그 경우 사전 준비는 없었어야 합니다. 사전에 준비한 계획 범행이라면, 그따위 사전 준비는 말이 안 됩니다. 다른 칼이 쓰였어야 합니다. 모순이죠. 그렇다면?"

"누가 범행에 쓰기 위해 세티카의 단검을 훔쳤다고 생각하는 것이 합리적이군요."

"그렇죠. 누가 세티카를 모함하기 위해서. 그리고 그게 바로 진범 세티카 로우가 노린 바였을 수도 있고요. 야지아풍 옷 한 벌로 모든 사람을 홀린 마술이었을까요?"

더스번 경은 방어적인 신음을 흘렸다. "흠." 스벤터 경은 자신이 숨소리를 크게 내고 있다는 것을 눈치채지 못한 채 말했다.

"계속할 테니 들어보십시오. 내가 언젠가 거의 모든 사람에게 어스탐 경의 피가 묻었다고 했죠. 그런데 몸이나 옷 어디에도 피가 묻지 않은 것이 확실한 사람이 딱 한 사람 있습니다. 세티카 로우죠."

"어떻게?"

"당연하지 않습니까. 그 칼이 세티카 로우의 것이라는 건 이 별장의 모두가 알고 있었다니까요? 그러니 세티카가 현장에 도착했을 때 먼저 와 있던 사람들의 시선이 모조리 그에게로 향했죠. 입들은 별로 움직이지 않았을지도 모르지만 '무언가'를 찾는 눈들의 움직임은 대단했을 겁니다."

더스번 경은 감탄했다. "아하."

"눌드 경은 세티카가 자작에게 접근하는 것도 금지했습니다. 당연한 처사지요. 그 칼을 본 세티카도 명예롭게 그런 대우를 수용했고. 하지만 세티카가 현장에 나타났을 때 입고 있던 옷에 있던 건 사건이 일어나기 전 만찬에서 취한 어스탐 경이 술을 엎질렀을 때 튄 얼룩뿐이었지요. 예. 그 옷은 사건 전부터 세티카가 입고 있던 옷이 맞고 같은 옷이 두 벌인 건 아니었습니다. 하지만 눌드 경은 여러 사람을 시켜 세티카의 몸과 머리카락도 조사하게 했고 아무 핏자국도 없으며 최근에

젖지 않았다는 것도 확인했죠. 세티카의 방에서 붉게 물든 수건이나 가구에 배어든 거무튀튀한 흔적이 발견되지도 않았고."

더스번 경은 단검을 살펴보았다.

"이런 걸로 심장을 건드렸는데 피가 안 튀긴 쉽지 않겠지만, 그래도 피해자의 옷이 말려 들어가 상처를 막았을 가능성은?"

"칼날을 더 자세히 보시죠."

더스번 경은 그 말을 따랐다.

"쯧. 비틀었군요."

"확실히 끝내기로 작정한 전문가가 위험을 각오하고 그런 건지, 초심자라서 손이 흔들린 건지, 피해자의 급격한 움직임 때문에 그렇게 된 건지, 그 외 다른 이유가 있었던 건지는 모르겠습니다만 단검이 회전했습니다. 갈비뼈나 복장뼈에 부딪힌 것이겠지요. 어쨌든 그걸로 멀리서 던졌을 가능성도 없어집니다."

더스번 경은 미소 짓지 않을 수 없었다.

"수사관이라면 그래야겠죠. 예. 단 한 번의 시도로 반드시 죽일 수 있다고 믿으며 이런 칼을 던지진 않을 겁니다."

"예. 찌르며 회전한 것이고, 칼날이 뼈에 걸리면서 지렛대처럼 상처를 벌렸죠. 그러면 피가 튑니다. 사람들에게 그렇게 피가 묻은 것도 그 때문이고요. 상처가 열려 있었던 거죠. 그 사람들이 무턱대고 칼을 뽑은 것이 아니라, 사실 칼을 뽑은 건 자작입니다."

"하, 정말. 어스탐 경이라고요?"

"의자에 앉혀주었더니 탁자나 팔에 칼자루가 계속 부딪히는 것이 싫었는지 자기가 뽑아서 던져버렸다더군요. 피가 폭포처럼 쏟아져 나오진 않았다고 합니다. 그땐 피를 거의 다 흘린 상태여서."

더스번 경은 상황을 정리해보자는 듯이 말했다.

"알겠습니다. 좋습니다. 그러면 흉기는 세티카 로우의 것인데, 그렇기 때문에 세티카 로우는 자작을 찔렀을 가능성이 가장 낮은 사람이 되었군요. 그런 일에 자기 걸 쓰겠냐 같은 이유도 있지만 무엇보다 그의 칼이라서 사건 직후의 혼란스러운 상황에서도 그가 면밀한 관찰과 조사를 받았기 때문에. 꼴이 우습긴 하군요."

"그렇죠. 그렇습니다. 그리고 어스탐 경은 임사전언에서 고도로 복잡한 살인은 예술이 되는 세상에 대해 쓰고 있습니다……."

더스번 경은 뒷목을 쓸어 만졌다.

"흠, 흠. 뭐랄까, 독자를 잘못된 방향으로 유도하려고……?"

더스번 경은 자신이 그리 도움이 되지 않는 말을 했음을 알게 되었다. 스벤터 경은 이를 부득부득 갈았다.

"바로 그 가능성이 나를 미치게 한다고요옵. 그 인간이 자기 동생의 옷차림을 묘사하면서억, 무슨 짓을 했는지 압니까압? 새터네이 단검에 대한 농담을 써놓았어요옷. 하지만 그때의 새터네이 단검은 경고의 의미익, 아니, 경고는 경고인데 조심하라는, 도와주려는 의도의 경고옵, 그러니까 꼭 세티카가 형한테 진짜 살인자를 조심하라고 알려주는 장면처럼도 보인다고요옷. 하지만 새터네이 단검에 대한 해석으은, 온갖 방식이 가능하잖습니까압. 그 살인자는 바로 나이고옷, 나는 미리 경고를 했다느은, 일종의 공정성 확보에 대한 이야기가 아니라고옷, 그건 절대 아니라고 단정할 수가아악! 살인을 무슨 시합인 양 생각하는 반사회적인 살인자의 모습이이익! 왜 그럴 듯하냐고오오오옥!"

더스번 경은 입을 다물고 알았으니 진정하라는 몸짓만 계속하기로 했다. 심호흡을 거듭한 스벤터 경이 잠시 후 보다 안정된 목소리로 말했다.

"잘못된 방향으로 유도하는 척하고 그게 올바른 방향이었음을 숨기는 속임수일지도 모른다는 의심을 일으켜서 잘못된 방향으로 유도하여 올바른 방향을……"

목소리만 안정된 상태였던 스벤터 경이 정신까지 안정시킨 건 시간이 좀 더 지난 후의 일이었다.

"미안합니다. 더스번 경."

"아니요. 많이 힘들었던 거 몰라서 미안합니다. 스벤터 경."

"아뇨, 됐습니다. 살인 사건의 수사관이 들어야 할 건 욕뿐입니다."

"예? 욕이요?"

"생사람 잡는다는 욕설이 수사관에겐 피살자를 위해 일 잘하고 있다는 칭찬입니다. 죽여버린다는 범인의 욕설은 일 잘했다는 증거이고. 유족한테 감사받을 일도 없습니다. 그 사람들은 정의가 바로 선 거라고 생각하면 되는 거지 수사관이 똑똑했다고 생각하면 안 됩니다. 정의는 반드시 이루어진다. 예. 그런 믿음이 수사관에게 최고의 우군입니다. 그런 믿음은 나 같은 사람에게 있지도 않은 대단한 관찰력과 통찰력과 분석력 같은 것이 있는 것처럼 보이게 해주지요."

더스번 경은 감탄했다. "허. 무슨 말인지 알겠습니다. 존경을—"

스벤터 경은 격분했다. "그런데 어떻게 피살자가! 어떻게!"

다시 한번 원숙하고 자신의 일에 진지하고 엔파의 지배자이기까지 한 인물이 완전히 자기를 잃어버리는 안타까운 광경이 펼쳐졌다. 이 참상에 더스번 경은 꺼내지 않으려 했던 말까지 꺼내고 말았다.

"저기, 경이라면 분명히 알고 있을 거라 생각하는데⋯⋯ 피가 문제라면 자작으로 피를 가리는 방법도 있긴 합니다만⋯⋯"

"압니다!"

"예. 아는군요. 그렇죠. 물론 쉽지 않습니다. 내가 멍청한 소리를."

"쉽지 않은 것이 문제가 아닙니다. 그러면 문제가 줄어드는 것이 아니라 늘어납니다."

"어, 늘어납니까?"

스벤터 경은 실언했다는 표정을 지어 더스번 경의 추궁을 막았다.

"어쨌든, 예. 그래서 세티카 로우는 4년 전에 체포되지 않은 겁니다. 그의 칼이라는 걸 모두가 알고, 그가 칼을 잃었다는 것도 모두가 알고, 그에게 아무런 살인의 흔적이 없다는 것도 모두가 확인했기에. 그리고 어스탐 경은 저기서 '이야, 그걸 믿네.' 같은 소리를 하고 있고, 나는 저 인간이 그런 소리를 다 하기를 기다려야 하고. 대강 그렇게 된 겁니다." 스벤터 경이 어쩔 수 없다는 듯 손바닥을 내밀었다. "그럼 이제 그 증거 3호가 왜 경의 허리에 있었는지 들을 차례군요."

더스번 경은 단검을 스벤터 경에게 건네며 질문했다.

"1호는 시신일 테고 2호는 뭡니까? 아, 강력 증거?"

"사실 1호가 임사전언입니다. 2호가 어스탐 경이고. 아직 시신이라고 확정할 수가 없으니 1호라고 부를 수가— 관두죠. 유치하다고 놀려도 신경 안 쓸 겁니다. 강력 증거에 1호를 붙이지 않을 수 없었습니다."

"놀릴 마음 없습니다. 사실 놀림은 내가 받게 될 것 같군요. 젠장. 늪의 도리 같은 소릴 해야 하다니. 그래서 호수니 하는 소리를 한 건가."

"늪이라고요? 호수?"

"어흠. 그러니까, 늪은 사연을 묻지 않고 던지는 칼을 받아주며 혹여나 그 칼이 햇빛 아래 다시 드러나게 된다 해도 늪은 던진 자에 대해 함구합니다. 그것이 늪의 도리…… 으윽."

더스번 경은 덥수룩한 턱수염을 마구잡이로 헝클었다. 냉랭하게 더스번 경을 바라보던 스벤터 경이 두 손으로 든 단검으로 시선을 옮겼다.

"이걸 마지막으로 본 것이 언제인지 기억나지 않습니다. 꼴도 보기 싫은 물건인 데다 어디 들여다볼 일이 있어야. 어쩌면, 1년? 아니, 2년? 최근 2년 내 어느 시점에 이게 보관해둔 곳에서 사라진 것인지 짐작이 안 되는군요. 그리고 그게 도리를 아는 늪을 통해 돌아왔단 말이군요."

"저기, 칼을 너무 오래 처박아둔 것 아닙니까. 증거로 법정에 제출하려고 꺼냈는데 녹이 벌겋게 슬어 있으면 어쩌려고."

"잘 보관해뒀습니다. 녹 안 슬도록 이렇게 피까지 잘 닦아서…… 인정하죠. 1호에 너무 열중하고 있었습니다. 피해자가 범인을 지목할 텐데 다른 증거가 왜 필요하냐는 거죠. 그리고 이건…… 소유주가 명백한 살해 도구인데 범인이 누군지 알려주는 것이 아니라 범인이 될 수 없는 사람만 알려주고 있는 이 가증스러운 건……" 더스번 경은 불안감을 느꼈지만 스벤터 경은 간신히 자신을 다잡았다. "다시 말하지만 꼴 보기 싫은 증거입니다. 나한텐 예쁜 1호가 있잖습니까. 1호만 있으면 3호는 정말로 지금 당장 늪에 가라앉아도 아쉽지가 않아요. 아무래도 내 마음이 그렇게 움직였나 봅니다." 스벤터 경은 단검을 품속에 넣었다. "일단 불문에 부치겠습니다. 그리고 축하드리죠."

"축하요?"

스벤터 경이 고개를 젖히고 손바닥으로 얼굴을 덮었다.

"4년 만에 이런 이야기 나누면서 굳이 말벗 노릇 해준 경의 노고가 결실을 맺었다고요. 이젠 저런 걸 봐도 비명이 튀어나오지 않는군요. 그런데 이게 기뻐해야 하는 일인지."

더스번 경은 뒤를 돌아보았다. 그리곤 창밖의 어둠 속에 둥둥 떠 있는 시체를 보곤 혀를 차며 몸을 일으켰다.

"뭐요, 유와르 사서? 경계를 넘은 거요?"

"부정한 무저갱에서 뿜어져 나와 젖을 시게 만들고 술을 식초로 바꾸는 역겨운 증기! 착실함에 몸부림의 화인을 찍고 근면함에 패배자의 작위를 서품하는 가시 돋친 허무! 배신의 진창에서 뒹굴며 무고한 희생자의 내장을 폭식하는 종기투성이 수퇘지!"

더스번 경은 천장의 도주를 염려하기 시작했다. 스벤터 경이 손을 치우고 일어났다.

"뭔가, 유와르 사서? 경계를 넘은 건가?"

유와르 사서의 익사체는 드래곤 같은 비행의 권능을 부여받은 족

속들이나 그런 족속에 대한 모방 심리의 표출을 두려워하지 않는 자들이 말하는 영공이라는 맹랑한 개념은 법도를 알고 전통을 중시하는 그라이만에서는 받아들여지고 있지 않을 거라고 말했다. 스벤터 경은 그 말을 유와르 사서가 돌담 밖에 서서 촉수만 창가로 뻗은 거라는 의미로 받아들이고 용건이 뭐냐고 물었다.

"이 몸의 진심을 담보할 것을 갈구하며 고하노니 스벤터 날바이 섭정—백작은 이를 자격 없는 자들이 그 이름을 거론할 수 없는 도서관의 충고로 여겨도 무방한데 고발하고 기술하는 기록자의 표현을 제한하는 사후 검열과 관찰하고 경청하는 목격자의 경험을 제한하는 사전 검열은 미상불 그 경중을 논하는 것조차 가소로우나 쓰는 자는 모두 보는 자이되 보는 자는 모두 쓰는 자가 아니매 작금의 유별난 상황에 이르러 이는—"

"오늘 밤은 슬슬 선처해줄 것을 기대해도 될까, 유와르 사서?"

촉수에 휘감긴 시체가 둥실 떠오르더니 암흑 속으로 스르륵 사라졌다. 작은 백작은 큰 백작을 보지 않은 채 말했다. "해석 좀 부탁해도 되겠습니까?"

큰 백작도 작은 백작을 보지 않았다. "토라졌나 봅니다."

"학술용어엔 약한데."

"두고 보죠."

세티카는 호흡을 가다듬은 다음 오소리 옷장의 대식당 문을 열었다. 세티카의 눈썹이 꿈틀거렸다. 주변을 둘러보던 그가 결심한 듯 한쪽 방향으로 빠르게 걸어갔다. 그가 도달한 벽엔 팔이 튀어나와 있었다. 그 팔엔 살갗이 없어 근육 위에 혈관이 드러난 모습이었고 그 손이 쥐고 있는 끈엔 물고기가 매달려 있어 낚시꾼의 전리품처럼 보였다. 보통의 경우 다른 점은 두 가지. 물고기는 꼬리지느러미를 하늘로 향한 채 위쪽으로 매달려 있었고 물고기의 몸속에 미약한 광원이 있는 듯 끈이 통과하고 있는 아가리와 아가미에서 은은한 푸른빛이 새어 나오고 있었다. 물고기는 육식성인 듯 날카로운 이빨들이 안쪽에서 나오는 빛을 예리하게 찢고 있었다.

상체를 이리저리 옮기며 팔과 물고기를 살피던 세티카가 얼굴을 찌푸리더니 다시 몸을 움직였다. 피 웅덩이를 찰박찰박 밟으며 걸어간 세티카는 커다란 접시가 놓여 있는 식탁에 도달했다. 접시 안의 광경이 흥미롭다. 풀 한 포기 없는 황무지 위로 보리알만 한 사람들이 벌거벗은 채 이리저리 도망치고 있고 위에선 커다란 하얀 나비 한 마리가 나풀나풀 날고 있다. 접시 위의 허공을 그렇게 날아다니던 나비가 아래로 날아가 조그마한 사람 하나를 낚아채서 다시 날아올랐다. 그러자 달음박질치던 사람들이 걸음을 늦추고 하늘을 응시했다. 하얀 나비는 낚아챈 사람을 떨어뜨렸고 바닥에 떨어진 이가 피투성이가 된 곳으로 사람들이 달려왔다. 시체에 도달한 사람들은 즉시 땅에 두 손을 짚고 개처럼 죽은 이의 피와 살덩이를 먹어 치웠다. 배불리 먹은 조그마한 사람들은 땅에 무릎을 꿇고 두 팔을 높이 들어 나비를 찬양했다. 그러자 나비는 서서히 검게 변하더니 위로 날아오르다가 어둠의 일부가 되어 사라졌다. 사람들은 바닥에 주저앉아 부른 배를 두드렸지만 곧 그들의 시선이 죽은 자가 추락한 장소로 향했다. 슬슬 일어나 거리를 두는 자들도 있었다. 이윽고 죽은 자가 추락한 장소에서 땅이 갈라지며 긴 다리가 나오고 더듬이를 흔드는 나비의 머리가 솟아오르자 사람들은 모두 멀찌감치 도망쳤다. 세티카는 팔짱을 단단히 낀 채 땅을 헤치고 나온 나비가 그곳에 서서 젖은 날개를 천천히 펼치는 광경을 유심히 바라보았다.

"보통 어디에 매달리던데. 날개가 저절로 펼쳐질 수 있도록. 땅에 저렇게 앉아서 날개를 펼 수 있나?"

세티카가 불만스러운 소리를 내곤 옆을 째려보았다.

"미네골 숲의 사란디테. 좋은 시간 보내고 있으신지요. 제가 뭘 도와드릴까요? 참고삼아 말씀드리자면 저는 소위 임사전언이라 불리는 그것을 읽지 않았습니다. 그러니 설령 바라신다 해도 그 주제로 대화는 할 수 없습니다."

"어머? 저기, 일단 하나씩. 편하게 말씀하시죠. 도련님. 그리고 도련님이 그걸 읽지 않으셨다는 건 저도 알고 있어요."

"세티카라 불러주십시오. 당신은 할라도 백작 각하의 손님입니다. 저도 죽는 것이 서툰 형제 때문에 당신에게 도움을 받았고요."

"그래도 자작가의 자제분이신데."

"오신 곳에선 어떨지 모르겠습니다만 자작 따위, 태생부터가 아랫사람이죠."

"아랫사람이오?"

"남작은 남작령의 지배자이지만 자작은 원래 백작의 보좌니까. 누군가의 부림을 받는 자들이죠. 누군가를 부린다 해도 백작을 대신해서 그러는 것이고."

"전 자작님이면 백작님 다음 가는 높은 귀족이라고 생각했는데요."

"자작은 그냥 백작의 마름입니다. 마름이 소작인 앞에서 품을 재봐야…… 지주가 보기엔 그놈이 그놈이죠. 어쨌든 절 도련님이라고 부를 필요는 없습니다. 제가 부끄럽습니다."

"그러면 작가님?"

"……요즘은 아무나 글만 쓰면 작가라고 하는 것 같고 그걸 일일이 반박하고 싶은 마음은 추호도 없지만 옛사람들이 필자나 기자 같은 말을 쓴 데는 이유가 있지요. 제 생각에 작가라고 불리려면 다른 글쟁이들한테 '씨발, 글 좆나 잘 쓰네.' 소리를 들을 수 있어야 합니다. 부적절한 언사 사과드립니다."

"기준이 너무 높은 것 아닌가요?"

"기준은 낮은 것보단 높은 것이 좋지 않을까요."

"틀린 말씀은 아니네요."

"제가 그걸 읽지 않았다는 걸 안다고 하셨는데, 그러면 제게 무슨 용건이 있는 건지요?"

"혹시 다른 사람들은 형에 대해 이야기하기 위해서만 동생을 찾나요?"

세티카는 사란디테를 잠시 바라보다가 다시 접시로 시선을 옮겼다. 그때 접시가 사라졌다. 세티카는 주변을 둘러보다가 저쪽으로 가도 되겠냐는 손짓을 해 보였다. 사란디테가 고개를 끄덕이자 세티카는 앞서 나가 거미줄을 걷어내며 움직였다.

"그자의 글을 읽은 직후에 저를 찾는 사람들은 상당수가 그렇더군요."

"아아. 설득도 하고 변호도 하고 그러나요?"

"⋯⋯예. 그런 사람들도 있죠. '이 내가 감동했으니 그건 좋은 것이다. 넌 그 동생이면서 왜 인정하지 않는 거냐. 이 내가 좋아하는데.' 놀랍게도, 진짜 있습니다."

"그게 감동이라는 것 아닐까요?"

"감동의 정당화, 감동의 집단화, 감동의 세력화 정도는 되겠군요. 왜 그렇게 자기에게 자신이 없는 건지. 나를 넓힐 생각을 못 하고 내 편을 넓힐 생각만 하고. 그렇게 해서 자기를 더 큰 우리의 일부로 만든 다음 더 행복해하면서 더 사나워지고. 그러면서 사실은 더 불행해지고 더 나약해지고. 보기 좋진 않습니다."

사란디테는 어깨를 움츠렸다.

"아하하. 그런가요. 좋아하는 글이나 작가 추천하는 사람들 별로 안 좋아하시겠네요."

"내 편이 되라는 의도로 그러는 경우엔. 내 방패가 되고 내 검이 되고 내 차꼬가 되라는 요구일 경우엔."

"흠? 아! 그러면 당신이 좋으니까 내가 좋아하는 걸 당신과 나누고 싶다고 말하는 경우엔?"

세티카가 냉소했다.

"예쁜 포장이죠. 그 '당신이 좋으니까'의 악취는 '너 잘되라고'에 버금

간다고 생각합니다."

"윽."

"죄송합니다. 한시라도 제 잘난 척을 하지 않으면 죽어버리는 비루한 자와 대화하는 고통을 안으실 필요가 없는데. 정말 관대하시군요. 아니면 정말 할 일이 없으시거나."

"저도 제 관심사에 충실한 것뿐인데요. 어스탐 경이 제시한 용의자들을 실제로 만나 이야기할 수 있는데 그걸 마다할 필요는 없으니."

세티카는 걸음을 멈추고 뼈로 만든 의자에 앉아 뜨개질을 하는 노파를 내려다보았다. 두건을 깊이 눌러쓰고 있었지만 복장이나 검버섯 핀 깡마른 팔 같은 것을 통해 노파라는 걸 알 수 있었다. 하지만 두건을 젖혀도 노파의 얼굴이 나올지는 확실치 않다. 그녀가 다루고 있는 실이 두건 아래에서 나오고 있었으므로.

노파에 시선을 둔 채 세티카가 지나가듯 말했다.

"그걸 읽지는 않았습니다만 저도 눈치는 있습니다. 엔파 백작 각하께서는 속이 뻔히 들여다보이는 분이 아닙니다만 4년이라는 시간이 있었으니. 그리고 백작 각하보다 자기 단속에 능하지 못한 다른 사람들도 있었고. 용의자는 저와 할라도 백작 부부. 이렇게 세 명인가요?"

"사실 올코아 부인까지 네 명이에요."

"예? 고모님이요?" 세티카는 이를 드러냈다. "추깃물을 더 더럽게 흘리는 재주가 있는 놈! 안 좋아하시는 거 자기도 잘 알면서 그 사건을 굳이—"

"그런 말씀은 하시면 안 되죠."

세티카가 몸을 휙 돌리더니 공격적으로 한 걸음 내디뎠다. "제가 동생이라고 그자 편에 서야 한다는 무식한—"

사란디테는 움직이지 않았다. "형제의 것이라도 본인이 안 읽은 글에 대해 넘겨짚어 말씀하시면 안 된다고요. 기본적인 예의 같은데요."

세티카는 느닷없이 뺨을 맞은 듯한 표정이 되었다. 잠시 후 그의 얼굴이 조명이 희박한 대식당의 어둠 속에서도 명백히 알아볼 만큼 시뻘겋게 변했다. 몇 번의 괴로운 헛기침 후 세티카가 말했다.

"죄송합니다. 미네골 숲의 사란디테. 이자가 심각한 결례를 범했습니다."

"저는 괜찮아요."

"정말 죄송합니다. 어떻게 사과드려야 할지 가늠하기도 어렵습니다."

사란디테는 노파를 향해 몸을 구부렸다. 그녀는 실이 나오는 두건을 보며 말했다.

"젖히면 커다란 누에 머리가 나오는 건가?"

"……누에? 그거 흥미롭군요. 저는 사람 머리만 한 실 꾸러미를 생각했는데."

"젖혀볼까요?"

"저렇게 덮어놓은 예술가의 의도가 있겠죠. 물론 젖혀보라는 의도일 수도 있지만 모험은 하고 싶지 않습니다."

"예술인가요."

"무슨 문제라도?"

"아니요. 예술은 무용한 것 아닌가 하는 생각이 들어서. 여기엔 사람을 겁준다는 전술적인 용도가 있는 것 같은데요.”

“예. 겁준다. 보는 이의 감정을 움직인다. 맞잖습니까.”

“아하.”

“예술이 무용한 건 맞지만 직업 예술가에겐 생계 수단입니다. 현실적인 용도가 있죠. 사서들의 목적이 협상에 있든 어디에 있든 지금 그들이 목표로 하는 건 이쪽의 감정입니다. 그러니까, 전투 분장 같은 경우군요. 이건 예술 행위입니다.” 세티카는 뺨을 쓰다듬었다. “탁월한 예술이라고 하긴 힘들지만.”

“그럼 4년 전 야지아풍 복식을 하신 것도 예술 행위인가요? 도굴에 관련된 정신 나간 소리를 하면 새터네이 단검을 맞는다는 암시가 목적이었고 목표는 형님의 감정이었으니까?”

“예에? 어, 혹시 거기에……”

“그런 이야기가 나와요.”

“그 새끼가 진짜…… 온 세상이 자기를 중심으로 도는 줄 알지. 은혜를 입은 후원자에 대한 예의를 갖춘 겁니다. 아까 작가님이라는 말을 꺼내신 건 제 책을 봤다는 이야기겠죠. 할라도 백작 각하께서 출판을 후원해주셨다는 것도 아시고? 그렇군요. 각하께서 어스탐 로우를 후원할 수 없어 대신 다른 로우를 후원하신 거라도 그게 제가 예의를 잊을 이유는 안 됩니다.”

사란디테는 세티카를 잠시 보았다가 다시 노파에게 시선을 옮겼다.

“그렇게 생각하세요?”

“그렇게 생각합니다.”

"왜 어스탐 로우를 후원할 수— 아. 이미 잘 팔리는 작가여서."

"그나마 다행이죠. 후원을 받고 도굴로 보답했다면 꼴이 어떻게 되었겠습니까. 요즘 같은 시대에 자결은 좀 그렇지만— 아니, 그치가 부끄러움 같은 걸 알 것 같진 않군요."

"어스탐 경이 삽을 든 건 아니지 않나요."

"글쟁이가 들지 않는 건 많지요."

노파가 홀연히 사라지고 뼈 의자는 평범한 식당 의자로 변했다. 세티카와 사란디테는 주변을 둘러보았고 대식당을 악몽의 전당으로 만들고 있던 것들이 모두 사라졌음을 확인했다. 사란디테는 어깨를 으쓱였다.

"섬세한 예술혼을 짓밟은 잔인한 비평가는 누굴까요."

"안녕히 주무세요. 미네골 숲의 사란디테."

세티카는 예법에 맞게, 하지만 예의엔 맞지 않게 인사하고 그대로 대식당을 떠났다. 사란디테는 한숨을 내쉬다가 멈췄다. 그녀는 눈을 감고 턱을 조금 들어 올렸다.

"하나 남았나?"

실제와는 좀 다를지도 모르는 막 #7

<막이 열린다.>

밤, 오소리 옷장의 복도, 무대 우측에 에이바가 서서 겁에 질려 사방을 바라보고 있다.

에이바   (방백한다.) 예배실에 가야 해. 아, 제발. 제발 아무것도 나타나지 마! 하타시아여, 부디 저를 버리지 말아주옵소서!

에이바가 한 걸음을 내디딜 때마다 바닥이 꺼질까 염려하는 사람처럼 바닥을 살펴보고 조심스럽게 발을 디디며 느릿느릿 무대 좌측으로 이동한다. 잠시 후 무대 우측에서 오른쪽 허리에 검을 찬 눌드가 등장한다. 눌드가 똑바로 서서 에이바의 뒷모습을 본다.

눌드   (방백한다.) 역시 예배실로 가는 건가. 거기까지 가는 동안 제발 아무것도 나타나지 않았으면 좋겠군.

눌드가 한 걸음 내딛곤 가만히 서 있다가 다시 한 걸음 내딛는 식으로 천천히 에이바의 뒤를 따라간다. 에이바가 벽을 짚으며 털썩 무릎을 꿇는다.

에이바   (벽에 몸을 기대고 흐느끼듯 방백한다.) 너무 무서워. 무서워!

무의식적으로 에이바에게 다가가려던 눌드가 멈칫한다. 눌드가 앞으로 뻗은 자신의 두 손을 보다가 다시 에이바를 본다. 눌드가 어찌해야 좋을지 모르겠다는 듯이 머리를 감싸 쥐고 하늘을 본다.

에이바   (방백한다.) 그자가 문제야. 모든 게 다 그자 때문이야. 심장을 칼로 찔렀잖아. 죽고 끝나야 하잖아. 오솔길을 따라가라고! 왜 여기서? 아직도 고독해? 외롭다는 외침이 부족해? 그래서 이런 끔찍한 것들을 불러낸다고? 도대체 어떤 시간, 어떤 장소에서 태어나면 그렇게 밉살스럽고 독살스럽고 남과 자기에게 해만 끼칠 수 있는 거지?

눌드   (방백한다.) 내가 뭘 해야 하는지 알아. 내가 무슨 말을 해야 하는지 알아. 하지만 난 아무것도 할 수 없어. 아무것도 말할 수 없어. 내가 저지른 불륜. 닫힌 문밖에서 그녀가 나를 부를 때 난 내 책들과 끌어안고 뒹굴었지. 그녀에겐 하타시아가 있으니 괜찮다고 말하면서.

에이바   (무대 좌측을 보고 기겁하여) 저게 뭐야? 저, 저 소름 끼치는 것은! (비명을 지른다.)

무대 좌측에서 끔찍한 괴물이 그려진 커다란 판이 등장한다. 머리끝부터 발끝까지 복도 벽과 똑같은 색깔의 옷차림을 한 여섯 명의 단원들이 벽에 몸을 최대한 붙인 채 여섯 개의 손잡이로 괴물이 그려진 판을 이동시키고 있다. 괴물이 그려진 판이 위협적으로 좌우로 뒤뚱거리며 에이바를 향해 다가간다.

괴물이 그려진 판과 에이바가 움직임을 멈춘다. 눌드가 오른손으로 칼집을 쥐고 왼손으로 칼자루를 쥔 채 빠르게 달려 나간다. 괴물이 그려진 판과 에이바 사이에 선 눌드가 검을 빠르게 뽑아 그대로 휘두른다. 눌드가 다시 검을 꽂는 순간 괴물이 그려진 판이 여섯 조각으로 갈라지고 에이바가 다시 움직이기 시작한다. 손잡이 달린 조각을 하나씩 든 여섯 명의 단원들이 조각을 빙글빙글 돌리며 이리저리 움직이다가 무대 좌우로 흩어져 퇴장한다.

눌드   (방백한다.) 허깨비군. 그리 위험한 건 아니었나. (에이바의 방향을 보지만 시선은 많이 어긋난 채) 저기, 책 읽는데 비명이 들려 나와본 겁니다. 그러니까, 예. 사용인이라고 생각하고서. 설마 부인이 체통도 없이 그런 소리를 낼 리가 없으니. (관객을 보며 방백한다.) 이런, 멍청이! 누가 제발 내 입을 막아줘!

비틀비틀 일어난 에이바가 눌드를 향해 한 걸음 다가간다. 그러다가 에이바는 눌드의 어깨 너머로 무대 좌측을 보곤 어찌할 바를 모르겠다는 투로 주위를 두리번거리다가 품에서 꺼낸 쌈지를 눌드에게 강제로 건네듯 건네고 무대 우측으로 급하게 퇴장한다.

눌드   (방백한다.) 또 과줄인가. 가서 입 닫고 책이나 보라는 건가. 제기랄! (쌈지를 품속에 감춘다.)

무대 좌측에서 사란디테가 등장한다.

사란디테   (방백한다.) 이런. 잘못된 시간에 도착한 건가. 어떡하지. 바보짓이라도 해야 하나. (거창하게 박수를 친다.) 대단하세요, 각하! 임사전언에서 읽었지만, 정말 엄청난 검객이시네요!

눌드   (방백한다.) 그래. 차라리 고맙군. 이 길잡이를 따라갈까. (사란디테를 가리킨다.) 자네는 무적과 필살과 만능을 언급했지. 그리고 그중 둘과 면식이 있고. 만능경의 대답을 가지고 무적경과 함께 왔다면, 혹시 셋 다 아는 거 아닌가?

사란디테   예, 알아요. 그거한테선 항상 '어? 아는 얼굴인데.' 같은 인사밖에 못 받지만.

눌드   (방백한다.) 그거? 잘못 들었나? (사란디테에게) 아베란 네피림 자작은 사람을 잘 기억하지 못하나?

사란디테   성장 환경이 그렇다 보니 사람 구분은 아베란 경의 특기가 아니에요.

눌드   아아, 성장 환경. 그렇군. 그러면 자넨 그런 아베란 경이 얼굴을 기억할 정도로 자작을 잘 안다는 말인데, 그런 사람이 하는 칭찬에 내가 기뻐해야 할 것 같진 않군.

사란디테   (못마땅하다는 투로) 임사전언 읽을 때도 그런 생각을 했는데, 사람을 그런 거하고 비교하면 안 되죠.

눌드   (당혹한 기세로 방백한다.) 잘못 들은 게 아니었나. (사란디테에게) 그런 거라니?

사란디테   (짜증 난다는 듯이) 그렇잖아요. 외상으로 베는 칼잡이라니. 그런 거 소리가 안 나올 수가 있나.

눌드   (사란디테를 잠시 바라보다가 뒤로 몇 걸음 물러나서) 외상으로 벤다?

사란디테   아베란 경은 칼을 뽑기 전에 상대를 벨 수 있으니까요. 그러니

낮에 (턱으로 여기저기를 쿡쿡 찍는 시늉을 하며) 외상으로 이것 저것 베어놓고는 밤에 (뭔가를 급하게 흔드는 시늉을 하고) 몰아서 정산한 다음 자러 가요.

눌드 (사란디테를 좀 더 길게 바라보다가 다시 몇 걸음 물러나서) 아아, 그래? 그 정도로 빠른가. 먼저 베고 나중에 휘두른다고?

사란디테 다른 것들과 마찬가지로 그것도 착각 때문에 그런 거예요. 소설을 검술 교범이라고 착각해서 뛰어난 검객은 칼이 칼집에서 나오기도 전에 상대를 벤다는 소리가 진짜인 줄 알고 죽어라 연습하다 보니 이제는 칼집에서 칼을 뽑기 이틀 전에 상대를 벨 수 있게 된 거죠. 역시 성장 환경은 중요해요.

눌드 부모를 선택할 수야 없— 아니, 가능한가? 그렇군. 먼저 태어난 다음에 어머니를 선택하면 되는 건가. 아하, 그럼 자작이 드래곤을 어머니로 고른 거였군. 드래곤이 고아가 된 인간 아기를 거둔 것이 아니라. 이제 알겠군. 그럼 난 바빠서 이만.

눌드가 무대 우측으로 퇴장한다. 홀로 남은 사란디테가 관객을 향해 선다.

사란디테 (방백한다.) 왜 그거 이야기만 하면 사람들이 이해 못 할 농담을 하는 거지?

사란디테가 무대 좌측으로 퇴장한다. 잠시 후 중앙의 문을 열고 스벤터가 등장한다. 스벤터가 무대 좌측을 멍하니 바라본다.

스벤터 : (방백한다.) 외상 검객이라고? 허!

짧게 폭소한 스벤터가 다시 문으로 퇴장한다.

<막이 닫힌다.>

새벽녘, 유레솔의 주방에서 수프를 떠먹던 더스번 경이 고개를 갸웃했다.

"외상 검객? 그게 뭡니까?"

곁에서 함께 수프를 먹던 스벤터 경이 재미있다는 듯이 말했다.

"그 드래곤의 양자는 칼이 너무도 신속해서 발도하기 이틀 전에 상대가 쓰러진다면서요. 그래서 외상으로 벤다고? 그 정도면 확실히 필살경이라 할 만하군요."

"사란디테가 무슨 소릴 했나 보군요. 틀린 이야기입니다."

"아, 그렇습니까?"

"예. 내가 알기로 최근 아베란 경은 사흘 전까지 수월하게 베고, 성공률은 낮은 편이지만 가끔은 나흘 전까지 베는 경지에 이르렀습니다. 사람이 한 우물을 파야 하는 이유가 있죠."

"오, 그렇군요. 내가 일단 돈부터 펑펑 쓰고 죽기 직전에 한꺼번에 벌면 되는 경지에 도달하지 못한 이유를 이제서야 알게 되었습니다. 한 우물을 팠어야 하는 건데."

더스번 경은 왜 아베란 경 이야기만 하면 사람들이 영문 모를 농담을 꺼내는 건지 모르겠다고 생각했다.

"그리고 혹 당사자를 만날 일이 있다면 드래곤의 양자라는 표현은 피하는 것이 좋습니다."

"그런 말을 싫어합니까?"

"아베란 경은 사람은 여자가 아기를 낳고 드래곤은 바닷가에서 아기를 줍는다고 알고 있습니다. 그게 자연 법칙이라는 거죠. 아베란 경한테 '히어퓨릿데가 자기 섬에 표류해온 아기였던 당신을 주워 아들로 삼은 거다.'라고 말하면 경은 '응. 원래 그렇잖아. 그런데?'라는 식으로 반응합니다. 그래서 양자라는 말을 들으면 혼란을 일으키죠. 자신은 히어퓨릿데가 직접 바닷가에서 주운 히어퓨릿데의 친자니까. 그걸 굳이 설명하려고 하면 이쪽이 도덕적으로 문제가 있는 자가 되는 것 같고."

스벤터 경은 즐거운 어조로 예상했어야 했던 일이라고 말했다. 더스번 경이 질문했다.

"그런데 자작 이야기는 왜 꺼낸 겁니까?"

"임사전언에 할라도 백작은 그라이만의 아베란 경이라는 묘사가 있지요. 눌드 경의 한쪽 눈을 보라색으로 바꿔놓은 이유는 굉장히 신경 쓰였지만 그 말엔 나도 그리 신경 쓰지 않았습니다. 맞는 말이라고 생각해서. 하지만 실제 아베란 경이 그 정도라면 내가, 그리고 휴름 자작이 뭘 잘 모르고 있었나 보군요."

"검객으로서 눌드 경의 명성이 높은가 보군요."

더스번 경의 수식어들을 떠올린 스벤터 경은 이 말에 동의해도 되는 건지 의심스러워졌다. 그때 접시를 비운 더스번 경이 탁자 맞은편에 있던 유레솔에게 고개를 숙였다.

"잘 먹었소, 유레솔. 수고를 끼쳤소."

"아니요. 저 먹을 것 만들 때 좀 더 만든 것뿐인데요. 매일 혼자 먹다가 이렇게 여럿이 먹으니 저도 신선하네요. 그 자작님 이야기도 재미있었고요."

"그런데 당신 예전에 그런 도서관에서 작업을 한 적이 있소?"

스벤터 경이 놀라 유레솔을 바라보았고 유레솔은 미소를 지었다. 더스번 경이 말했다.

"유달리 침착해 보여서. 그리고 생각해보니 그런 곳에서도 필경 같은 걸 할 일이 있겠지. 사서들이 맡아서 할 수 없는 경우도 있을 테고. 예를 들어 그 글을 쓴 사람은 사서의 자격을 잃게 되는 글이라든가, 특정 날짜에 태어난 사람만 안전하게 쓸 수 있는 글인데 당신 생일이 그 날이라거나, 장차 그 이름이 유로 시작해서 솔로 끝나는 여인이 와서 이 글을 베껴 쓸 것이라고 쓰여 있는 예언서라든가ㅡ"

스벤터 경은 참지 못했다. "도서관 소장 도서의 사본을 만들어도 된다는 허락을 받은 외부 연구자가 필경사를 고용한다거나?"

"그런 경우도 있음직하군요. 어떻소?"

"비밀유지계약이 있다고 말하면 한 적 있다고 고백하는 것이 되겠죠. 예. 그 외엔 아무것도 말할 수 없어요."

"혹시 저 바깥에 있는 사서들 중에 구면이 있는지는 말해줄 수 있소?"

"죄송합니다. 각하."

"아니, 신경 쓰지 마시오. 아껴둘까 했던 패를 써버려서 써먹을 것이 또 있나 두리번거린 것에 불과하니. 괜한 질문으로 불편하게 해서 미안하오. 휴름 자작의 원고 상황은 어떤지 물어도 되겠소?"

"어제는 많이 짧더군요. 아직 범인 지목은 멀었다고 생각해요. 엔파 백작 각하? 혹시 집필실에 여러 번 들어가셨어요?"

스벤터 경이 얼굴을 붉히며 유죄를 시인했다. 유레솔은 누구라도 충분히 이해할 수 있을 거라는 표정을 지으며 스벤터 경에게 철퇴를 휘둘렀다.

"고양이는 간혹 자기가 낳은 새끼를 잡아먹는대요."

"뭐?"

"출산할 때 주변이 소란스러우면 정신이 이상해져서 그런다고 들었어요. 극도로 예민해져 있어서."

더스번 경이 동조했다. "그런 동물이 몇몇 있지."

유레솔이 돌아보았다. "고양이만 그러는 것이 아니었군요?"

스벤터 경은 겁에 질렸다.

"이봐…… 어스탐 경이 집필을 때려치운다는 소리를 하는 거야? 주변이 소란스러워서?"

유레솔은 몸을 좌우로 천천히 흔들며 말했다.

"창작을 출산에 비유하는 건 낡디낡은 비유이지만…… 요즘 문득 문득 그런 생각이 들어요. 자작 혼자 있는 방을 상상해보면, 아, 제가 밤에 혼자 작업하잖아요. 그래서 감정 이입이 잘 되는 것 같아요. 어쨌든 그런 방을 상상해보면 꼭 개나 고양이가 새끼 낳을 때 같다는 생각이 떠올라요. 걔들은 사람 손을 타지 않는 어두컴컴한 곳을 찾잖아요. 예. 어두컴컴한 곳. 자작의 방을 상상하다 보면 전 제 방의 불을 보면서 생각하게 돼요. 의식하긴 어렵지만 불은 굉장히 중요한 집필 도구였네? 그런데 자작님 집필실엔 그게 없네? 그러다 보면 점점 더 창작보다 출산에 가깝다는 느낌이 들어요. 아무도 없는 깜깜한 곳에서 이루어지는 것."

더스번 경은 탁자 위에 놓인 등불을 바라보다가 식기들을 모으기 시작했다. 유레솔이 일어나려 했지만 경은 신경 쓰지 말고 계속 말하라는 몸짓을 했다.

"예. 그러다 보니 그런 생각도 드는 거죠. 출산인가. 그런데 출산의 경우엔 유산도 있는데? 그리고 또 생각하죠. 출산이라면 지금이 가장 예민할 때겠네. 그럴 때 고양이는 자기 새끼를 잡아먹기도 하는데. 아, 고양이 말고 다른 동물도."

스벤터 경이 바람 빠지는 소리를 냈다. "허히?"

"휴름 자작이 주위에 완전히 무관심하다고 말할 수는 없을 거예요. 방에 사람이 들어가면 안 쓴다는 것도 분명히 주변 상황에 대한 반응이니까. 너무 번거롭게 하지 않는 게 좋지 않을까요?"

스벤터 경은 자신이 정신없이 한쪽 다리를 떨고 있다는 걸 깨닫고는 발뒤꿈치를 바닥에 붙이고 무릎을 손으로 눌렀다. 하지만 다리가 계속해서 떨리고 있는 듯한 이상한 감각이 느껴졌다. 스벤터 경은 무릎을 후려치고 싶은 것을 참았다. 그리고 스벤터 경은 더스번 경이 설거지통에서 접시들을 부시면서 '그건 쓸 만할지도 모르겠는데. 활발한 사서 친구들. 사산아 보고 싶은 거 아니면 산실 주변에선 조용히 놀자? 유와르 사서의 취향일 것 같은데. 억지일까?' 같은 소리를 하는 것을 들으며 이 천하태평한 작자에 대한 격분을 느꼈다. 물론 부당한 분노이고 더스번 경도 사태의 관리를 위해 애쓰고 있는 것이라는 것을 알기에 스벤터 경은 분노의 물꼬를 터뜨릴 수 없었고, 그러자 안쪽 수위가 급상승하며 경은 익사할 것 같은 느낌을 받았다. 절박함 속에서 스벤터 경은 유레솔에게 내일 밤엔 집필실로 가지 말라고 외치듯이 말했다.

"그러니까 오늘 밤이요?"

"오늘 밤이든 내일 밤이든. 무슨 말인지 알잖아. 하루 쉬어. 나도 집필실에 안 들어갈 테고, 누구도 안 들어간다. 통행금지 기간은 사흘이야. 여유는 있어. 어차피 4년을 기다렸어. 유산? 미친 소리. 농담이라도 범죄야. 끝장을 볼 때까지 아무도 방해하지 말고 계속 쓰게 해!"

잠에서 깬 사란디테는 그대로 잠자리를 벗어나는 대신 몸을 뒤집어 다시 잠을 청했다. 피로했다기보다는 조금 전까지의 수면이 마음에 든 것에 가깝다. 어제 만찬 이후 시작된 사서들의 공격은 그리 오래 지속되지는 않았고 밤의 나머지 시간들은 평온했다. 그러니까 사란디테의 기준으로. 몽롱한 정신 속에서 사란디테는 오소리 옷장 내에는 언제 다시 괴기스러운 일들이 시작될지 모른다는 두려움에 잠을 제대로 이루지 못한 이들도 많았을 거라 생각했다.

'아마도 사서들은 오소리 옷장에 대한 위협 행위를 중단한다는 결정을 내리는 것이 쉬웠겠지. 여운으로도 효과가 클 거라는 것을 알 테니. 그리고 자기들은 쉬고 싶은 만큼 쉬었을 테고?'

사란디테는 못마땅한 표정으로 일어나 기지개를 켰다.

몸단장을 마치고 밖으로 나온 사란디테는 아직 어둑한 복도를 걸었다. 그리고 당혹했다. 사용인의 아침은 빠르다. 박명에 푸른 기운이 완연해지는 이런 시각에 땔감 때는 소리와 물 끓이는 소리, 걸렸던 빗장이 탁탁 넘어가는 소리와 밤새 차가워졌던 돌쩌귀가 비벼지는 소리, 강제로 쫓겨나는 밤이 투덜거리는 소리가 들려왔다. 그러니까, 들려와야 할 소리들이 잘 들려오고 있었다. 사란디테는 이해할 수 없었다.

사란디테는 계단에 거대한 그림자가 앉아있는 것을 보았다. 인부들이 죽을힘을 다해 거기까지 끌어올렸다가 포기하는 바람에 거기 내버려진 석상처럼 보인다. 처치 곤란한…… 사란디테는 그 곁으로 다가가 계단에 나란히 앉았다.

"잘 잤소, 사란디테?"

"잘 깨어 계셨나요. 드디어 오늘 범인이 지목되고 체포가 이루어지는 건가요, 백작님?"

"그런 일이 일어날 수 있는 가장 빠른 시각은 내일 저녁이오."

"예? 내일 저녁?"

"정확히 말하자면 내일 저녁 필경사가 깨어나 집필실에 들어가 원고를 읽은 직후라고 해야겠지. 스벤터 경이 오늘은 건너뛰기로 했거든. 경은 휴름 자작이 어미 고양이로 변해서 원고를 잡아먹을까 염려하게 됐소."

더스번 경은 유레솔의 주방에서 있었던 대화에 대해 간략히 설명했다. 사란디테는 납득했다.

"그런 일이 일어날 근거가 없다고 해도, 4년 기다린 후에 하루 더 참는 거니까, 예. 저라도 그러겠어요."

"그리고 스벤터 경이 늪에서 단검을 꺼내 갔고."

"이런 믿음직스럽지 못한 늪. 호수는 실망이 커요."

"세티카 로우의 단검이고 휴름 자작을 찌른 물건이었소. 스벤터 경이 2년 전까진 확실히 보관하고 있던 증거품이었고."

더스번 경은 세티카의 단검과 그가 4년 전에 체포되지 않은 이유에 대해 설명했다. 사란디테는 어리둥절해졌다.

"피가 한 방울도 묻지 않았다? 그게 어쨌다는 거죠? 피는 자작으로 가리면 되잖아요."

더스번 경은 피식 웃었다. "그렇지."

"예. 어디 보자." 사란디테는 두 팔을 움직이며 말했다. "손엔 장갑 끼고 단검은 왼손에 거꾸로 쥐고, 뒤에서 다가가 오른손으로 자작의 입과 턱을 붙잡아 뒤로 젖히면, 자작은 두 손을 들어 이쪽 오른손을 잡으려고 할 테니, 그때 자작의 왼쪽 겨드랑이를 통해 왼손을 돌려, 복장뼈 피해 비스듬히 심장을 찌르고, 이후에 바로 칼 놓고 곧장 뒤로 물러나서, 그리고 피 묻은 장갑 처리하면, 그러면 피 문제는 깨끗이 해결되는데요?"

"두 손은 바꾸는 편이, 그리고 허파와 간을 차례로 찌르는 경로가 더 좋아 보이지만 그렇게 심장을 찌른다고 해서 안 될 것은 없겠지. 왼손잡이고 피가 묻을 가능성을 줄이기 위해 한 번만 찌를 작정이었다면 그것도 좋을지도."

"제가 뭘 놓쳤죠? 그러고 보니 백작님이 스벤터 경에게 그 말씀을 안 하신 건?"

"말을 할 뻔하긴 했지…… 글쎄. 우리가 별난 것이 문제라고 해야 하나."

"예?"

더스번 경은 푸석푸석한 머리카락을 들쑤셨다.

"사란디테. 내가 알기로 보통 사람들은 뒤에서 찌를 수 있는 여건이면 대부분 상대의 등을 바로 찔러. 그게 안전해 보이고 죄책감도 덜하다나. 그래서 등에 비수를 꽂는다는 말도 있는 것이겠지. 하지만 안아서 가슴을 찌른다는 말은 없소. 그래. 죽일 상대에게 그렇게 자기 몸을 밀착시키고, 죽일 상대를 그렇게 안아서, 칼과 자신 사이에 상대가 있다지만 어쨌든 칼끝이 자기 쪽을 향하고 있는데 한 번에 심장을 찌를 만큼 서슴없이 잡아당길 수 있는 건, 특수한 사람들이지."

"아." 사란디테는 눈을 질끈 감고는 폐부로부터 신음을 흘렸다. "아……"

"스벤터 경도 알아. 그래서 그런 살인자는 일단 고려하지 않는 것이 거나, 혹은 고려하고 있더라도 확실한 증거가 생길 때까진 언급하지 않으려는 것일 테고. 이제 보니 이유도 알 것 같군."

"백작님. 저 정말 망한 것 같아요. 신부 들러리는커녕 결혼식장에서 쫓겨나겠어요. 그러고 보니 나 눈 뜨자마자 무슨 소릴 하고 있어……."

사란디테는 두 무릎을 세우고 책상에 엎드리듯 무릎 위에 두 팔을 뻗고 이마를 얹었다. 그리고 앞으로 뻗은 두 손은 무엇인가를 할퀴고 잡아뜯듯 세차게 꿈틀거렸다. 잠시 후 뒤통수에서 말이 흘러나왔다. "엔파 백작께서 함구하신 이유는 뭔가요?"

"들어보니 여기 고명한 검객이 있는 모양이오."

"할라도 백작. 임사전언에서 그거한테 비유했더라고요. 어스탐 경은 그게 욕인 줄도 모르고."

"욕이라니."

사란디테가 머리를 들었다. "절 죽일 뻔했어요!"

"그래. 완전히 주관적인 평가잖아. 그리고 죽이려고 한 것도 아니었고. 그 반대였다면 모를까."

"그게 그거예요." 사란디테는 어떠한 토론도 거부한다는 표정으로 단언한 다음 말했다. "할라도 백작이 고명한 검객이어서? 특수하다고요?"

"특수하지. 이야기가 복잡해. 그 칼이 세티카의 것이라서 모두들 세티카를 주목했지 눌드 경을 주목하진 않았거든. 만약 눌드 경이 피 한 방울 안 튄 깨끗한 모습이었다면 바로 그 때문에 그가 범인일 가능성이 높다고 볼 수 있소. 그리고 스벤터 경이 그렇게 말하면 사람들은 머리 옆에서 손가락을 돌리고 싶은 충동을 느끼게 될 테고. 깨끗하니까 범인이라고?"

"우와. 엔파 백작 불쌍해요. 어떻게 아직까지 쓰러지지 않으신 거지? 엔파 백작께선 할라도 백작이 왼손잡이라는 것도 아실 텐데. 제가 봤는데 할라도 백작께선 왼손으로 검을 쥐시더군요."

더스번 경은 신음했다. "그래서 늘어나는 건가."

"예?"

"스벤터 경이 대강 그런 느낌으로 말했소. 범인이 뒤에서 찔렀다고 가정하면 문제가 늘어난다고. 용의자가 세티카로 좁혀지는 것이 아니라 눌드 경까지 늘어난다는 말이었군. 왼손잡이에, 특수한."

"그렇군요. 할라도 백작의 동기도 뚜렷하고. 엔파 백작께선 동기를 싫어하지만."

"동기라."

"예?"

더스번 경은 입을 크게 벌리고 하품을 했다. 사란디테는 저 모습을 보면 공황을 일으킬 괴물이 몇일까 하는 생각을 잠깐 해봤다.

"어우움, 그게, 글쎄…… 나는 작가가 아니라서 머리로는 그럴 수 있겠다고 생각해도 체감은 못 하는 것 같아. 눌드 경이 어스탐 경에게 끔찍한 평을 들었다는 건 알겠소. 하지만 유명 작가를 초대해서 대접한 후에 자기가 쓴 글을 보여준다는 것도, 뭐랄까. 좀 속 보인다? 그게 인간적인 거라고 말해도 반대는 하지 않겠지만. 눌드 경은 속이 많이 아프긴 하겠지. 그래. 그건 알겠소. 그래도 먹은 나이가 있는데 자기가 뭘 하고 있는지 정도는 알았을 듯한데. 그냥 뜨끔하고 말지 않았을까? 물론 사람은 얼마나 익었는지 겉으로 봐선 알기 힘든 과일이고 살인은 그보다 훨씬 가벼운 이유로도 일어나지만."

사란디테가 물끄러미 더스번 경을 바라보았다. 더스번 경이 '뭐?' 하는 표정을 짓자 사란디테가 한숨을 쉬었다.

"임사전언을 안 읽으셔서. 백작님, 그건 할라도 백작의 동기가 아니에요. 그런 소리를 할 수 있다는 것이 동기인 거죠. 자기가 자기 글을 없애는 거. 어스탐 경은 자기는 자기 글을 없애도 되고 없앨 수 있다고 생각하는 사람이라는 거."

"뭐?"

"피곤하실 테니 간단히 말하자면, 할라도 백작은 어스탐 경의 글을 좋아하시는 거예요. 어스탐 경을 좋아하는 것이 아니라. 그러니까 지금도 여전히 애호가죠."

"어, 그건 나도 아는데. 눌드 경이 비슷한 소릴 하는 건 들었소. 작가가 죽었든 살았든 나는 상관없다. 글은 글이고 작가는 작가다? 아…… 함. 그래서 그게—"

"어스탐 경은 어스탐 경의 글을 죽일 수 있어요. 그러니 어스탐 경의 글을 구하려면 할라도 백작은 어스탐 경을 죽여야 해요."

잠시 정적이 흐른 후 더스번 경이 고개를 떨구었다. 더스번 경은 앞으로 두 팔을 뻗더니 무엇인가를 할퀴고 잡아 뜯듯 손가락을 세차게 움직였다. 사란디테는 계단 아래를 지나가며 위쪽을 훔쳐보는 하녀들을 향해 방긋방긋 웃었다. 그리고 사란디테는 하녀들 중 몇 명이 마주 웃어오는 모습에 놀랐다. 그때 더스번 경이 고개를 숙인 채 말했다.

"이거 크게 도움 되는 것 같지는 않소."

"들어가서 주무세요. 제가 보고 있을게요."

"아무것도 하지 마."

"보고 있을게요."

쑤신 몸을 이리저리 비틀던 네롤 에길 사서가 생각해보니 괘씸하다는 듯이 오소리 옷장 본관을 노려보았다. 그녀는 노숙을 낯설어하는 사람은 아니었지만 안에 멀쩡히 사람들이 있는 멀쩡한 건물들을 놓고서 그 앞에서 노숙을 하는 건 확실히 멀쩡한 일 같지 않았다. 여행자 대접이 너무한 거 아니냐는 시선을 보내던 네롤은 오소리 옷장 마당에서 지난밤을 보낸 기사와 병사들을 보곤 화를 누그러뜨렸다. 그들의 경우엔 교대로 일어나 사서들에 대한 감시까지 해야 했고, 감시 업무를 벗어났을 때도—바로 잠에 빠져드는 관록을 보여준 기사와 병사들이 없었던 건 아니지만—상당수가 제대로 잠들지 못했다.

네 다리를 구부리고 큼직한 머리를 땅에 꽂은 듯이 한 채 잠들어 있는 배추 경을 일별한 네롤은 그 안장 주머니를 바라보며 아침을 어떻게 할까 고민했다. 그때 본관 정문에서 한 여인이 밖으로 나왔다. 여인은 건물 안에서부터 목표를 결정하고 있었는지 병사들을 지나쳐 네롤이 있는 방향으로 똑바로 걸어왔다. 어쩔까 고민하던 네롤은 일어나서 마중하듯 돌담으로 다가갔다.

돌담 안쪽, 네롤의 정면에 멈춰 선 여인이 그녀를 향해 고개를 숙였다.

"안녕하세요. 저는 아네지 세도웬이라고 해요. 할라도 백작 눌드 레초 각하께서 호의로 체류를 허락해주셔서 잠시 오소리 옷장의 환대를 받고 있습니다."

"호반 도서관의 사서 네롤 에길이라고 합니다. 휴름 자작 어스탐 로우의 육필 원고를 입수할 수 있기를 바라며 찾아왔습니다만 유감스럽게도 어떤 호의나 환대를 누리고 있지는 못하고 있군요."

"날바이 섭정―백작 각하께서 당소의 출입……을 금하셨지요. 유감이군요. 다른 분도 있다고 들었는데 혼자 계시네요?"

"유와르라는 자는 몸에 소금기가 떨어진 것 같다는 소리를 하더니 어딘가에 암염이 있을 것 같으니 찾아보고 오겠다는 말을 남기고 지난밤에 떠났습니다. 병사 일부가 따라간 것으로 아니 문의하시면 알 수 있을 겁니다. 불결한 이름을 가진 자는 소금 이야기가 마음에 들지 않았는지 그때부터 보이지 않는군요. 근처 어딘가에 있을지 모르겠습니다만. 사실 여기에 있었던 적이 있는지도 명확히 말하기 어려운 자이긴 하죠."

"그런가요. 그럼 고를 것도 없네요. 잘됐다면 잘됐네요."

"예? 무슨 말씀인지."

"당신이 전향해야겠군요. 에길 사서."

입을 벌린 채 아네지 세도웬을 보던 네롤은 배추 경에게로 시선을 옮겼다.

"과분한 영광이군요. 너무 과분해서 그런지 무슨 소린지도 모르겠군요. 아네지 세도웬."

"어려운 말 아니라고 생각하는데요. 에길 사서. 사서패에 끼어있는 아네지패가 되시라고요. 어차피 당신들 한패도 아니잖아요. 서로 경쟁자니까. 전향이라고 할 수도 없군요."

"경쟁자가 아닌 경우에도 사서패는 어불성설입니다. 자칭 사서가 둘 있을 뿐 사서는 한 명뿐이니까요. 그걸 보통 패라고 하진 않죠."

"그건 제가 실수했군요. 노숙자패로 정정하죠."

"험. 허험. 그러시죠. 어, 고대의 율법에 따르면 채용 제안에는 업무 설명과 임금 제시가 있어야 한다고 하더군요. 참고로 저는 '업무의 상세한 내용은 밝힐 수 없지만 막대한 보상을 보장함' 같은 소리 안 좋아합니다. 아네지패로서 제가 누리게 되는 의무와 지게 되는 권리는 뭡니까?"

"업무의 상세한 내용은 밝힐 수 없으며 보상도 가치가 불확실한데요."

"매혹적이야…… 아, 젠장! 이래서 싫어."

"저는 오늘 아침에 하녀들이 웃는 것을 봤어요."

네롤은 거의 입술을 깨물 뻔했다. 아네지는 그런 네롤의 얼굴을 주의 깊게 살피며 말을 이었다.

"오늘 아침 잠에서 깰 때 저는 공황에 빠진 사용인들을 보게 될지 모른다고 생각했죠. 별장 내 분위기가 말이 아닐 거라고 예상했죠. 그런데 아니었어요. 좀 앉아서 생각을 해봤는데, 이건 위험하다는 느낌이 들더군요. 미안하지만 제가 스스로 이해할 수 있게 풀어서 말할 테니 참아주세요. 어젯밤 당신들은 너무 세게 시작했고, 그리고 그걸 너무 갑작스럽게 중단했어요. 전 처음에 공포의 여운만으로 충분할 거라 생각하고 공연히 기운 빼지 않은 거라고 생각했는데 그게 아니더라고요. 결국 그건 왁! 하고 한 번 크게 놀래준 것처럼 된 거죠? 그거 잘하면 상대방을 기절할 정도로 놀라게 할 수도 있어요. 하지만 제 경험을 돌아보니 그런 경우 사람들은 대개 회복이 빠르더라고요? 얼마 있지 않아 하하호호 할 수 있게 되죠. 이거 무슨 원리인지 혹시 아시나요?"

네롤은 머리를 감싸고 도망치고 싶었다. 그건 꼴사나운 패배 선언이 될 것이다. 게다가 네롤이 보기에 아네지는 승리를 확인받으러 온 것이 아니었다. 그래서 네롤은 친절한 사서가 되기로 했다.

"흠. 아네지 세도웬. 해로운 것들이 정말 큰 해악을 끼치는 건 대개 적당한 수준으로 오랫동안 반복되는 경우입니다. 공포뿐만 아니라 고통, 슬픔, 외로움 다 마찬가지죠. 예를 들어 독방 수감은 언제 어디서든 무서운 벌입니다. 사람은 오랫동안 혼자 있으면 고독에 더 잘 적응하는 것이 아니거든요? 반대입니다. 고독을 견디는 힘이 점점 약해지죠. 그래서 독방의 죄수는 벽의 얼룩을 이용해서 상상의 친구를 만들어 내고, 밖에서라면 신경도 쓰지 않고 밟아버릴 벌레한테 말을 걸게 됩니다."

"오."

"혹시 이전에 사람의 무한한 적응력 같은 소리를 들으셨다면, 잊어버리세요. 아네지 세도웬. 사람은 오랫동안 지속되는 해로운 것에 적응하지 못합니다. 반대로 점점 약해지죠. 그런데 단발적인 경우엔 이야기가 다릅니다. 말씀하시면서 어느 정도 암시하셨지만, 너무 크고 단발적인 두려움은 즐거움으로 바뀔 수 있습니다. 두근거리는 느낌이 좋다고 할 때의 그거죠. 그렇게 되면? 사람은 그 두려움을 느끼려고 일부러 위험한 걸 찾아다니게 될 수도 있습니다. 그런 사람들이 있잖습니까? 높은 곳에 오르고, 사나운 짐승과 싸우고, 저주받았다는 곳들을 기웃거리고. 이걸 두려움에 적응한 것으로 많이들 착각하지만, 아니요. 그건 두려움에 적응한 것이 아니라 두려움이 즐거움으로 바뀐 겁니다. 머릿속이 개변된 거죠."

"그렇게 잘 아시면서 어젯밤엔 왜?"

네롤은 고통스러워하는 시늉을 했다.

"아프군요······. 변명을 하자면, 일단 한 가지 묻죠. 대단히 기이한 일이 벌어지고 있는 이곳의 여러분은 기이에 약해지셨을까요, 강해지셨을까요?"

"적당한 수준의 지속성 해악이 약하게 만드는 것이고 강한 수준의 단발성 해악은 외려 강하게 만들 수 있다고 하셨죠? 이곳은 후자겠군요. 기이한 일이 벌어지고 있다고 하셨지만 사실 기겁할 일은 처음 한 번이었고 그다음엔 줄곧······ 이것도 이상한 말이지만, 평온했으니."

"그럴 거라 생각했습니다. 적당히 놀라고 두려워할 일이 계속 이어졌다면 놀람과 두려움에 많이 약해지겠지만 여기선 그렇지 않았죠. 그래서 여기 계신 분들은 기이에 대단히 강한 저항력을 가진 분들일 거라 예측했습니다. 예. 처음부터 적당히 할 생각이 없었던 것 고백하겠습니다. 그런데 여기엔 사태를 더욱 악화시키는 인물이 있습니다. 그 때문에 제 무기고의 절반이 무용지물이 되었지요."

"혹시 카쉬냅 백작 더스번 칼파랑인가요?"

"정답입니다. 아네지 세도웬. 카쉬냅 백작은 우리 셋을 압니다. 그건 고약한 일입니다. 왜냐하면 여기서 우리는 신비스럽기도, 불가해하기도, 경외심을 불러일으키기도 힘들거든요. 더스번 경 앞에선 우리가 원만한 교섭을 위해 애용하는 것들이 무용지물이 된다는 말입니다. 그런데 그 협상 대상은 기이에 대한 내성이 강한 사람들이고. 그러니 잘 안 쓰던 칼 뽑아서 녹슬었는지 확인도 못 하고 막 휘두르게 되는 거죠. 아니, 나무망치가 없어서 쇠망치를 쓰게 된 목공장에 가깝겠군요. 보통 장인들은 그런 경우 모재가 상한다고 아주 질색을 하죠."

"아하."

"결국 인간이 아니었던 유와르라는 자와 불결한 이름을 가진 자가 선을 넘어버린 겁니다. 그리고 카쉬냅 백작에게 적당히 해라 소리를 듣게 되었고요. 그땐 저도 각하를 좀 거들었습니다. 그래서 그자들은 자기들이 실수했다는 걸 알게 되었죠. 급히 멈출 수밖에 없었죠. 이후의 상황은 당신이 잘 설명했습니다. 너무 세게 시작해서 너무 빨리 끝난 결과 오소리 옷장 여러분을 상대로 가슴 두근두근하는 신나는 장난 쳐준 꼴이 되었죠. 그 둘은 저 보기 부끄러워서 자리를 비운 걸 겁니다. 이쪽은 별로 비난하고 싶은 생각이 없는데도. 제가 그 둘보다 자제할 수 있었던 건 제가 더 똑똑해서 그랬던 것이 아니라 제가 우연히 인간이었기 때문입니다. 그런 걸로 무슨 우위를 내세우고 비난을 하겠습니까. 성별을 자랑하고 나이를 자랑하는 짓이나 마찬가진데. 그렇잖아도 자격지심 가득할 자칭 사서들에게 사서가 그러면 안 되죠." 아네지는 지독하다는 심정을 드러내고 말했다. 네롤은 신경 쓰지 않았다.

"흠. 그리고 당신은 위험하다고 느꼈다고요?"

"그것도 당신이 설명해 줄 수 있을 것 같은데요."

"그럴 수 있을 것 같군요. 당신은 이쪽이 성대하게 실패했다는 것을 어렴풋이 알게 된 거죠. 예. 그 둘, 돌아왔을 땐 더 강력한 수단을 쓸 수밖에 없다고 자신을 납득시킨 상태일지도 모르죠."

"실패했으니 온건책으로 전향하는 경우는 기대하기 어려운 건가요?"

네롤은 잠시 대답을 미루더니 질책의 형태를 가지고 있지만 묘하게 호의를 닮은 시선으로 아네지 너머 오소리 옷장을 노려보았다.

"도대체 왜 여기 와서."

"에길 사서?"

"뭐, 여기 와서 이쪽을 방해한 대가는 톡톡히 받아낼 겁니다. 그리고 카쉬냅 백작은 계산이 안 맞다는 소리는 하실 수 없을 테고. 온건책이요? 그럴 리 없다고 하진 않겠습니다. 하지만 마찬가지입니다. 실패했다는 사실 때문에 온건책도 강력하게 시행할 테니. 이런 예를 들어볼까요. 낯선 사람하고 친해지려면 보통 이야기도 나누고 뭘 같이 먹기도 하면서 시작하겠죠? 혹시 이런 사람 상상해볼 수 있을까요? 빠르고 확실한 결과를 얻기 위해 친구가 되어주지 않으면 눈알을 뽑아버리겠다고 협박을 하는 겁니다. 그리고 그건 선을 넘은 거라고 알려주자 노선을 바꾸죠. 이제 빠른 결과는 이미 틀렸습니다. 낭비한 시간을 벌충하기 위해선 더 강력해야 합니다. 그러니 말하죠. 마음에 드는 연인을 선물할 테니 말만 하면 바로 납치해오겠다고. 이건 온건책이라면 온건책이겠지요?"

아네지는 맥없이 웃었다. "예. 강력한 온건책이군요. 그리고 농담한 게 아닌 것 같군요."

"예. 애석하게도. 아마 노선을 바꿔 온다면 그런 식일 겁니다. 높은 확률로 실패할 테고, 그럼 다시 강건책으로 돌아가겠죠. 아네지 세도웬. 말이 되는 온건책 같은 걸 기대했다면 자칭 도서관들은 인선을 턱없이 잘못했습니다. 하지만 어차피 모든 경우에 대처할 수 있는 만능의 수단 같은 건 없죠."

아네지 세도웬은 생각에 잠겨서 돌담 표면을 내려다보다가 고개를 끄덕였다.

"제가 잘 온 것 같네요. 역시 당신은 아네지패가 되어야겠어요."

"역시라니. 노숙자패보다 듣기 좋다는 건 인정합니다."

"에길 사서. 저는 대단한 걸 바라는 것이 아니에요. 그저 안쪽에 우려하고 있는 사람이 있다는 것을 알고 있는 바깥쪽 사람이 있으면 좋겠어요. 그것뿐이죠."

"흠. 그렇습니까?"

"아네지패의 기본 방침은 우려하며 바라보기예요. 그러니 당신이 누리게 될 의무는 우려하기, 그리고 당신이 지게 될 권리는 바라보기예요. 안 될까요?"

아네지를 가만히 보던 네롤이 한쪽 손을 가슴에 얹고 다른 팔을 옆으로 조금 펼쳤다.

"바라보기입니까? 내 권리가?"

"당신이 원할 때, 내가 당신을 보죠."

아네지는 뚫어질 듯한 시선으로 네롤을 응시했다. 네롤이 엄숙하게 고개를 숙였다.

"거기서 티끌거울 경 표절이 아니었으면 좋았을 텐데."

"뭅!"

"당신이 누군지 알 것 같군요." 네롤은 가슴에 얹은 손의 손가락을 의미심장하게 까딱거려 상대방의 눈썹을 치솟게 만들었다. "재미있는 목걸이를 걸고 있을 것 같은데."

"야, 야? 너 입조심해라? 엉?"

"어, 이년이? 너울 걷는 거 너무 급진적이다?"

"허? 인피에 마름질하는 잡년이 지금 어디다 대고?"

"왜? 책 되고 싶어? 개가죽은 써본 적 없는데 벼룩은 어떻게 처리하지?"

전술적 우위나 최소한 교착 상태가 될 것임을 의심치 않았던 네롤은, 그러나 곧 상황을 재평가할 필요를 느꼈다. 상대는 우렁차게 친족 호칭과 생식기의 은어와 회계학 용어 등이 뒤섞인 기상천외하지만 전반적으로 요령부득인 일종의 서사시를 낭독했는데, 그 파격적인 전개에도 불구하고 청중이 예사롭지 않은 감동을 느끼는 듯했다. 이쪽을 향한 채 미동도 않는 기사들과 병사들의 얼굴을 본 네롤은 급히 사란디테의 입을 막는 시늉을 했다.

"야이, 씨. 너무하잖아, 이 짐승아! 입 좀 닫아! 내가 잘못했어. 사과할게! 상처뿐인 승리가 그렇게 좋아?"

"일단 좋긴 한데, 저기, 뒤에서 다 나 쳐다보고 있어?"

"그걸 말이라고. 얼굴에 불 안 난 채로 본관까지 돌아갈 수 있길 빌지."

"잠깐, 그래서?"

"뭐?"

"아네지패!"

네롤은 씩 웃었다.

"그래. 까짓거." 네롤이 자신을 가리켰다. "현시점부로 아네지패 1호."

"무슨? 내가 1호지."

"내가 선점하고 선언했어. 넌 2호."

"이익!"

만면에 웃음을 지어 보였던 네롤은 곧 웃음이 사라지는 광경을 보게 되었다. 아네지패 2호는 몸을 홱 돌리더니 네롤을 가리키며 처절하게 외쳤다.

"저 호랑말코 같은 년 때문에 우리 가엾은 남동생이! 복상사를! 으흐흑!"

아네지패 2호는 두 손으로 얼굴을 가리고 본관을 향해 달려갔다.

오소리 옷장은 만찬은 대개 시행하지만 조찬과 오찬은 특별한 경우에만 시행하며 조식과 중식, 간식 등은 대체로 개별적으로 자유롭게 행하는 그라이만 고위 귀족가의 식사 규칙을 따르고 있었다. 고위 귀족의 경우에도 일반적으로는 별장에서 시행하기 버거운 배식 형태지만 (보통 본가보다 사용인이 적게 마련인 별장에서는 여느 집처럼 조찬, 오찬, 만찬으로 모든 사람들을 한꺼번에 처리하는 편이 편리하다.) 오소리 옷장은 작은 도서관에 육박하는 커다란 서재도 있고 작가들과 그 동행자들 일체를 맞이하여 접대할 수 있는 대식당도 있는 거대한 규모에 사용인도 넉넉했기에 그런 배식이 가능했다. 스벤터 경이 배치한 병력의 급양은 독자적으로 처리되고 있으므로 오소리 옷장의 배식에 부담이 되진 않았다.

따라서 눌드 경은 혼자서, 혹은 다른 남성 한두 명과 함께 소식당에서 조식을 들곤 했다. 스벤터 경과 더스번 경, 그리고 세티카가 구성을 바꿔가며 동석하는 것이다. 가끔 레초 가문을 섬기는 할라도의 기사 중 누군가가 동석할 때가 있긴 하지만 이들은 방문객이 아니기에 자주 그러지는 않으며, 여성들의 경우 일찍감치 하루를 시작하는 사용인이나 병사들에게 일찍감치 보고를 받거나 명령을 내리거나 할 일이 적으므로 조식이 늦은 편이고 자신의 방에서 먹기도 하기 때문에 눌드 경의 조식 풍경에 나타나는 일은 전무하다 할 정도였다. 그런데 오늘 아침 눌드 경의 조식 동반자는 레초 부인 한 명이었다. 이례적인 일이었다.

레초 부인의 사정은 이러했다. 조찬이나 오찬 모임이 없는 보통의 경우 오전의 적당한 시간에 자신의 방에서 시녀가 가져다주는 것으로 조식 겸 중식을 먹는 편이었던 레초 부인은 오늘 일찍 일어나는 바람에 소식당에 내려가 뭘 좀 먹어야겠다고 결정했다. 그런데 스벤터 경과 더스번 경은 새벽까지 바깥의 병력들과 연락을 주고받고 이상 현상의 재발을 경계하다가 잠들었고 세티카는 원래도 눌드 경과 조식 시간이 잘 맞는 편은 아니었으며 올코아 부인과 사란디테 또한 여느 때와 마찬가지로 나타나지 않았다. 그래서 눌드 경은 이런 경우 대개 그러하듯 혼자서 조식을 들기 시작했는데 그곳에 레초 부인이 들어서게 된 것이다. 그리하여 할라도 백작부부는 소식당에서 둘이서 함께 아침을 들게 되었다.

눌드 경이 소식당 입구에게 말했다. "일찍 기침하셨군요. 부인. 혹 작야의 불쾌한 경험 탓에 침소가 편치 않으셨던 것 아닌가 염려됩니다."

레초 부인이 식탁에게 말했다. "흐트러진 모습 보인 것 용서를 구합니다. 그때는 크게 놀라고 경황이 없었습니다만 각하를 뵌 후 방으로 돌아가자 긴장이 풀린 듯 그대로 깜빡 잠이 들어 새벽까지 잠들었습니다. 그래서 잠은 모자라지 않습니다."

"그러셨군요. 그리고 용서라니요. 당치도 않습니다. 부인께서 그런 험한 것을 목도하시게 되어 유감스럽습니다."

"수고롭게 도움을 베풀어주셨는데 적절하게 감사드리지 못한 것 또한 송구스럽습니다."

"아니, 아니요. 지난밤 독서할 때도 부인께서 주신 그 과줄 감사히 즐겼습니다. 그리고—"

눌드 경은 식전에 연락받은 대로 이틀 동안 아무도 집필실에 출입하지 않을 것이며 어스탐 경이 범인을 지목했는지 확인하는 것은 내일 저녁이 될 거라고 레초 부인에게 설명했다. 통행금지와 사서들의 장난 등으로 겪게 된 고초를 감안하여 오소리 옷장으로 올 때마다 사용인들에게 지불하던 특별 상여금을 이번엔 인상하기로 결정했다는 말도 덧붙였다. 그 증액 소식이 전달되면 지난밤의 일로 위축되었을 사용인들의 사기가 진작되지 않을까 기대한다고 백작이 말했을 때 백작 부인이 웃음을 터뜨렸다. 눌드 경의 눈이 휘둥그레졌다.

"부인?"

"아, 죄송합니다. 각하. 갑자기 모든 것이 비현실적으로 현실적이라는 생각이 들어서. 어젯밤 이곳은 귀신 들린 저택이라는 말로도 모자란 곳이었는데, 오늘 아침 각하께선 사용인들에게 줄 상여금을 말씀하시고 계시네요? 예. 인과는 맞는 것 같은데. 이건, 그렇군요. 그러니까 이건 그냥 하인들 용돈 좀 쥐여주면 되는 일이군요. 그런데 왠지 그 사람들도 그렇게 생각하고 있을 것 같아서요. 용돈 받을 일 생겼구나 하고…… 오늘 아침에 좋아하고 있지 않을까 하는 어리석은 생각이 들어서……. 죄송합니다. 심기를 어지럽혀드렸습니다. 결코 각하를 희롱하려는 것이 아니었습니다."

밝게 시작했다가 점점 작아지는 레초 부인의 음정 변화가 얼마나 극적이었는지 그녀의 말이 끝났을 때 눌드 경은 식탁에 상체를 붙이다시피 하고 있었다. 눌드 경이 급히 자세를 바로 한 다음 소식당 벽에게 횡설수설하기 시작했다.

"예. 그렇, 그렇군요. 부인의 말씀이 맞습니다. 그러니까 이건, 오, 세상에. 우리가 하품하는 관객들이었다니. 난 배우들에게 그런 비정한 짓을 해도 된다고 배운 사람이 아닌데. 좀 더 놀라고 당황하는 것이 예의…… 아니, 그래도 공격을 받은 셈이니 예의는 아니고 인정……일까요?"

레초 부인이 턱을 가슴에 확 묻고는 어깨를 떨었다. 그녀는 조금 후 고개를 들지 않은 채 말했다.

"각하께서 여러 작가들을 위해 건설하신 곳을 4년 동안 독차지하고 있는 자 때문에 우리 모두 현실감에 문제가 생긴 듯하군요."

갑작스레 눌드 경은 오소리 옷장의 식사 규칙이 왜 이렇게 정해졌는지 떠올렸다. 오소리 옷장은 경이 작가들을 초대하여 접대하기 위해 조성한 공간이다. 어부나 농부나 성직자처럼 규칙적으로 살지는 않는 작가들을 위해 눌드 경은 그라이만에서 가장 관대한 식사 규칙을 오소리 옷장에 도입했다. 그리고 완공 이후 이 별장을 이용한 작가는 한 명이다. 그 작가는 4년 동안 아무것도 먹지 않았다.

눌드 경은 화를 삼켰다. 4년 동안 어스탐 경이 아무것도 먹지 않은 것은 맞다. 하지만 휴름에서 어스탐 경의 시간에 맞춰 살았던 네모파니 올코아와 세티카 로우가 여기 있다. 백작 자신과 백작 부인도 본가와 비슷한 느낌으로 이곳에서 체류할 수 있었다. 만약 이곳에 올 때마다 생활이 바뀐다면 오소리 옷장에 오는 건 떳떳함을 드러내는 것 외엔 아무런 소득이 없는데 불편하고 번거로운 일이 되었을 것이다. 특별히 손해랄 것은 없다. 하지만 약이 오르긴 한다. 눌드 경은 식탁에게 말했다.

"조만간 끝나겠지요. 그리고 다른 작가들을 초대하여 교분을 나누며 이곳을 원래의 취지대로 이용할 수 있을 겁니다. 흠. 어쩌면 휴름 자작에게 고마워할 수도 있겠군요. 어스탐 로우가 죽은 채 글을 썼던 곳을 직접 보고 싶어 할 사람들이 적지는 않을 테지요."

레초 부인은 소식당 천장에게 말했다. "아…… 그렇군요. 많은 작가들이 영감을 찾아 이곳에 올지도 모르겠군요. 감축드립니다."

"축하라 하심은?"

"작가들이 각하의 초대를 서로 과시하고 질시하게 될 것도, 각하께서 문학사적으로 뜻깊은 곳을 소유하시게 된 것도요. 지나고 보면 다 좋은 일이라더니, 정말 그렇군요."

눌드 경은 부인의 예측에 놀랐다. 작가들이 내 초대를 서로 자랑하고 질투? 그럴 법하다. 눌드 경은 할라도 백작의 문장이 잘 보이게끔 서간을 약간 높이 든 채 동업자들의 귀에 잘 들리도록 '거, 참. 이쪽도 다 자기 사정이 있는데. 사람 난처하게.'라며 불평하는 모모의 모습을 그려볼 수 있었다. 오소리 옷장이 문학계의 명소가 될 수 있다는 말도 터무니없는 과장으로 들리진 않는다.

눌드 경의 놀라움은, 그러니까 전혀 예상하지 않았던 결과를 보는 놀라움이다. 이런 건 생각한 적 없다. 아들의 죽음을 잊기 위해 책에 매달리다가, 그러다 생긴 인연을 성의껏 관리하다가, 자신의 신분이 높다는 것에 생각이 미쳐 상대들을 접대해야겠다고 생각했고, 그럴 장소가 적당치 않다는 생각에 그냥 별장을 만든 건데, 어느새 경은 문학계의 유명 인사에 문학적 명소의 소유자로 자리매김할 처지에 처해 있었다. 처음부터 그런 목표를 세우고 애써 노력하는 자들도 도달하기 쉽지 않은 위치에, 아무 생각도 없었던 자신이, 목전의 일을 그냥 하나하나 대처하다가. 이러다가 별생각도 없이 문학사적 거물이 되고 오소리 옷장은 후대에 무슨 관용적 표현 같은 것이 되어버리겠어. 누가 좀 말려야겠는데.

눌드 경은 자신이 무슨 말을 하는지 거의 모르는 채로 멍하게 말했다.

"어스탐 경을 찌른 자는 내게 좋은 일을 해준 셈이군요."

"……제가 그 영예를 누릴 수 있을지도 모르겠네요. 그자의 글에 따르면 제가 각하를 위해 그자를 찌른 것일지도 모른다죠? 그거 정말 극진한 내조군요."

"아, 그런 건가요?"

"예?"

"그건 안주인에게 바치는 뒤틀린 작가의 칭찬이었던 걸까요? 어스탐 로우 방식의. 가상의 인물이 아니라서 고생한다고 생각했는데, 그렇게 보니 그것도 실제 인물을 가지고 할 수 있는 최대의— 흐음."

"……그러면 각하께서 그자를 찔렀을 가능성을 내비치는 부분은 문학을 사랑하고 서적을 귀하게 여기는 주인에게 바치는 방문객의 상찬이 되는 건가요? 그자 방식의?"

"그게 그렇게 해석이 되는군요……."

눌드 경은 접시 위의 콩들을 긁어모으면서 생각에 잠겼다. 그런가.

그렇게 해석해야 하나. 그렇다면 세티카 로우의 경우엔 그의 높은 의식을 칭찬하는 것이고 올코아 부인은 단호함을…… 아니다. 사람 죽일 자라고 주장하고서 그건 살인을 일으킬 정도로 진지하고 투철하다는 칭찬이었다는 소리는…… 취향이 고약하다? 아니, 격이 낮다? 그래. 그게 맞는 말인 듯하다. 저급하다. 어스탐 로우는 죽었다는 사실에 전혀 유감이 느껴지지 않는 개자식이지만, 그래도 자기 글을 저급하게 만드는 개자식은 아니다. 세티카라면 반대할 테지만. 작가의 존재 자체로 저급하다고 말하려나. 눌드 경은 자신의 말을 철회하기 위해 손을 멈추고 고개를 들었다.

레초 부인의 모습이 보이지 않았다.

당혹하던 눌드 경은 멀리서 들려오는 쿵, 쿵 소리에 고개를 돌렸다. 어제 유와르 사서가 올 때 들렸던 소리였다. 그런데 어제보다 속도가 좀 빠른 듯했다.

눌드 경은 미간을 찡그린 채 즉시 소식당을 빠져나갔다.

실제와는 좀 다를지도 모르는 막 #8

<막이 열린다.>

아침, 오소리 옷장의 대식당. 세티카가 벽에 붙은 횃불꽃이를 더듬고 있다. 횃불꽃이 안쪽을 샅샅이 뒤진 세티카가 분노와 절망이 섞인 표정으로 손을 내린다.

세티카 (방백한다.) 어젯밤에 환각 때문에 잘못 본 것이 아니었다고? 정말 없어? 빌어먹을! (횃불꽃이를 가리키며 방백한다.) 이건 장식품이야. 비교적 신축 건물인 이곳을 오래된 건물처럼 보이게 하려고 붙여놓은 장식품! 아무 용도도 없는 장식품에 어떤 하녀가 손을 대지? 손을 대야 할 곳도 안 댈 방도가 없나 매일 궁리하는 것이 사용인인데! 완벽한 은닉 장소였어. 그런데 왜?

세티카가 무대 좌우로 오락가락하다가 멈춰 서서 당혹한 표정을 짓는다.

세티카 (방백한다.) 설마 사란디테가? 어젯밤 그 여자의 눈길을 눈치채지 못한 척한 것이 서툴렀나? 혹시 그녀가 말을 걸었을 때 내 대응이 이상했나? 그래서 저걸 조사했다고? (횃불꽃이를 노려보다가 잠시 후 고개를 가로젓는다.) 아니다. 다른 사람들과 달리 그 여자는 그게 뭔지 모른다는 식으로, 그런 식으로 생각해선 안 돼. 그녀도 그걸 읽었어. 그걸 잘 아는 다른 사람들과 마찬가지라고 봐야 해. 그런데, (양손으로 사방을 가리키는 시늉을 한다.) 오소리 옷장은 고요하고 스벤터 경이 내게 병사들을 보내지도 않았어. 다른 사람이다. 언제나 나를 보는 사람. 그 사람이 내가 숨기는 것을 보고서 꺼내간 다음 함구하고 있는 것이다.

네모파니 (무대 좌측에서 소리만 들린다.) 세티카? 이슬도 덜 마른 시각에, 여기서 뭐 하는 거니?

네모파니가 무대 좌측에서 등장하여 세티카에게 다가간다. 세티카가 만면에 미소를 지으며 반갑게 네모파니에게 인사한다.

세티카 안녕히 주무셨어요, 고모님? 잠 설치진 않으셨고요?

네모파니 (자상하게 미소를 지으며) 고마워. 몇 시간 정도는 어떻게 눈을 붙였어. 좀 묘하다고 생각해. 어젠 비명이 그렇게 울렸는데 오늘 아침엔 만나는 사람들이 다 차분해 보이는구나. 너도 그렇고.

세티카 진짜 무서우면 비명도 잘 안 나오지 않습니까? 뭐라고 할지, 사서들이 좀 서툴더군요. 힘은 좋은데 그걸 어떻게 써야 할지 모르는 사람 같다고 할까요. 그 눈들은 다 뭐고 그 환각들은 다 뭔지.

네모파니 내가 어릴 적 들었던 이야기가 생각나는구나. 장식을 너무 많이 달고 그게 모두 출렁거리도록 허리를 접으며 웃는 규수들은, 재미있어하는 규수가 아니라 조바심 내고 안달하는 규수로 보인다지.

세티카   예. 바로 그거군요, 고모님. 정확합니다. (딴청을 피우듯이 네모파니에게서 슬쩍 떨어지며) 그런데 아둔해서 그런 걸 보면 자기가 정말 재미있는 사람이라고 믿는 도령들도 있어서 할 수 없이 그러는 규수들도 있겠죠. 봉사활동 삼아서. 그렇잖을까요?

네모파니 (세티카에게 한 발 다가서며) 그런데 넌 대관절 여기서 무엇을?

세티카   여기서 무얼 좀 잃어버린 것 같아서요. 찾고 있는데 보이지 않는군요.

네모파니 (이마를 짚으며) 세티카! 너는 4년 전에도 여기서 칼 잃어버리고 그 난리를 벌이더니, 어떻게 배운 게 없는 것이니. 그래서 그때 결국 어떻게 됐어?

세티카   정말 입이 열 개라도 할 말이 없군요. 그래서 4년 동안 고모님께도 불편을······.

세티카가 뭔가 떠올랐다는 표정을 짓더니 좌우를 두리번거리고 네모파니에게 몸을 조금 기울인다.

세티카   저기, 고모님. 정말로 기가 막혀서 화도 제대로 못 내겠는데, 그걸 읽은 사란디테에게 들은 것이 있습니다. 아무래도 어스탐은 지금 쓰고 있는 글에서 고모님도 용의자처럼 써둔 모양입니다. (자기 배를 뭔가로 찌르는 시늉을 하곤 두 손을 펼치며) 그러니까 고모가 조카를 찌른 것일지도 모른다는 거죠!

네모파니 (자신을 가리키며) 내가?

세티카   미친놈! 정말이지 어이가 없어서. 그래서 엔파 백작은 고모님도 꼭 여기로 와야 된다는 투로 말했던 것이었군요. 전 철석같이 4년 전 여기에 있던 사람은 다 와야 해서 그랬다고 생각했는데.

네모파니　(지친 어조로) 그래. 놀랄 일도 아니네. 여기에 있던 단 한 명의 진짜 전과자인데. 제외하면 오히려 이상하겠지. 나야 글은 잘 모르지만 이야기가 되려면 그렇게 되어야겠네.

세티카　(답답하다는 투로) 무수히 반복했던 말을 또 해야 하다니. 고모님께선 그 녀석한테 진짜 너무 무르세요! 이젠 그렇게까지 그 녀석의 더러운 성질 맞추어주려고 고생하실 필요가 없습니다. 그놈은 죽었습니다! 멍청한 놈이 살인도 제대로 못 당해서. 결국 상해랍니다!

네모파니　뭐라고? 상해?

세티카　예. 스벤터 경한테 들었습니다. 저건 상해로 처리될 겁니다. 사망 증명서가 안 나오니까. 왕실 가족을 다치게 하는 것 같은 천인공노할 경우가 아니라면 그라이만에서 상해로는 절대 사형이 나오지 않습니다. 그러니 어스탐을 찌른 자는 사형당할 일이 없는 겁니다. (부드럽게 달래는 어조로) 그러니 고모님께선 제가 체포에 저항하려고 칼 휘두르다가 죽게 될까 봐 걱정하실 필요는 없습니다.

네모파니가 말없이 세티카를 주시한다. 잠시 후 세티카가 말한다.

세티카　고모님께선 그걸 염려하신 거죠? 그래서 제가 숨긴 단검 치우신 것이고?

네모파니 (한숨을 내쉬고) 듣기 좋은 소리를 해주는구나. 세티카.

세티카 예? 듣기 좋은 소리요?

네모파니 보통은 그러지 않겠어? '나는 내가 아니라는 걸 알고, 그러니 다른 사람 중 누가 범인일까?' 그런데 넌 '고모는 고모가 아니라는 걸 알 테고, 그럼 고모는 누굴 의심할까?'라고 생각하는 거지. 그러니까 '나인가 보다.' 같은 결론을 내리는 것이고. 고모가 범인일 거라는 생각은 절대 안 한다는 거잖아. 예전에 진짜 사람을 해치고 벌도 받은 사람인데.

세티카 (고개를 갸웃하며) 그건 좋은 사람이라는 증거가 아닌데요. 제가 어스탐을 찔렀다면 고모님께서 고모님 자신을 용의자에서 배제힐 수 있는 건 당연하지 않습니까?

네모파니 (세티카를 가리킨다.) 네가 아니니까 그렇지.

세티카 그건 고모님께서 범인일 경우에만 자신 있게 하실 수 있는 말씀이죠. 이거 쳇바퀴 도는 것 같군요. (횃불꽂이를 가리키며) 그 단검을 꺼내 가셨나요?

네모파니 그래. 하지만 그건 이미 내 손을 떠났어.

세티카 떠났다고요? 원래 있던 곳에 돌려놓으셨나 보군요. 스벤터 경은 그게 잠깐 없어졌던 것도 몰랐고. 그래서 조용한 것이군요. 알겠습니다.

네모파니 (세티카의 두 손을 불잡는다.) 세티카! 나는 네가 탐을 찔렀다고 생각하지 않아.

세티카　(네모파니에게 고개를 숙인다.) 예. 알고 있습니다. 만에 하나라는 것이 있을 뿐이죠. 저도 고모님께 불평하는 것이 아닙니다. 오히려 저를 생각해서 행동해주신 것 고맙게 생각하고 있습니다. 저는—

무대 우측에서 커다란 쿵, 쿵 하는 소리가 들려온다. 세티카가 네모파니를 보호하려는 듯 두 팔로 감싸며 무대 우측을 노려본다. 네모파니 역시 세티카를 안으려는 듯한 몸짓을 한다.

세티카　고모님! 일단 방으로 돌아가세요. 이 이야기는 이따가 하죠.

쿵, 쿵 소리가 계속 들리는 가운데 네모파니와 세티카가 서로를 보호하며 황급히 무대 좌측으로 퇴장한다. 잠시 후 무대 우측에서 사란디테가 등장한다. 무대 중앙에 선 사란디테가 오른손으로 턱을 쥐고 왼손으로 오른쪽 팔꿈치를 쥔 채 무대 좌측을 응시한다.

사란디테　(방백한다.) 전형적인 폭군 아버지, 힘없는 엄마, 반항적인 아들? 아니면 좀 뒤틀어서 오만한 아들, 초라한 아버지, 분노하는 딸? 어느 쪽이든, 그게 그건가.

사란디테가 고개를 끄덕이다가 소음이 들려오는 무대 우측을 노려본다. 사란디테가 머리카락을 쓸어넘기고는 무대 우측으로 달려서 퇴장한다.

<막이 닫힌다.>

스벤터 경은 자신을 깨우러 왔던 그 기사에게 복용하거나 흡입하지 말아야 할 물질에 대한 비밀스러운 기호가 있을지 모른다는 의혹을 떨쳐낼 수 있어서 기뻤다. 자고 있는 섭정 각하를 난폭하게 흔들어 깨운 기사가 그런 몽롱한 얼굴을 하고 있었던 건, 물론 표정만이 아니라 그 행동도 충분히 기괴했지만, 충분히 이해할 수 있는 일이었다. 그 이유라는 것이 도통 이해가 되지 않는 물건이었지만.

이해가 되지 않는 것으로 따진다면 스벤터 경은 자신의 머리가 왜 이렇게 돌아가는지도 이해할 수 없었다. 스벤터 경은 그자에게 그게 무슨 헛소리냐고, 그렇게 할 일이 없거든 나가서 산보나 하라고, 최소한 그건 건강에 도움이 될 거라고 외쳐주고 싶었다. 하지만 그런 스벤터 경의 기분도 아랑곳하지 않고 경의 머릿속에 있는 어떤 상종하고 싶지 않은 스벤터 날바이는 극도로 흥분한 채 '저건 보석이 아니다! 보암? 보괴? 그런 이름으로 불러야 하는 물건이다!' 같은 횡소리를 반복하고 있었다.

어쩔 수 없이 스벤터 경은 신조어의 필요성이 느껴질 만큼 그 보석이 크긴 하다는 것을 인정했다. 오소리 옷장 앞에 늠름하게 선 유와르 사서가 세 촉수를 써서 자랑스럽게 들고 있는 보석은…… 보수적으로 가늠해도 참외 크기를 넘어서는 듯했다. '호박 크기다! 유와르 사서가 너무 커서 작아 보이는 거다!' '좀 닥쳐! 스벤터 날바이 이 유치한 망나니 놈아, 좀 닥치라고! 제발!'

유와르 사서의 빨판이 가득한 촉수에는 진주가 더 어울렸을지도 모르지만 녹주석 계통으로 보이는 그 불타는 녹색 보석도 바다를 연상시키는 차고 시린 빛을 뿜고 있어 도저히 불만을 말할 수 없었다. 너른 마당에 우르르 몰려나와 그 녹주석 계통으로 보이는 보석을 보기 위해 목을 잔뜩 뽑아 올리는 오소리 옷장 사람들을 본 유와르 사서는—잔인하게도—자신이 얼마나 친절한지 알려주기로 했다. 유와르 사서는 모든 사람들이 이 놀라운 물건을 감상할 수 있게 해주겠다는 듯이 보석을 붙잡은 촉수 세 개를 오소리 옷장의 마당 위쪽으로, 그러니까 넋을 놓고 올려다보고 있는 기사들과 병사들과 사용인들의 머리 위로 뻗었다.

대강 두 길 높이에서 녹주석 계통으로 보이는 거대한 보석이 허공을 순회했다.

무슨 수작인지 당장 눈치챌 수 있었지만 스벤터 경은 오소리 옷장 마당에 선 모든 사람들이 머리를 뒤로 잔뜩 꺾은 채 제자리에서 천천히 빙빙 도는 것을 보고만 있을 수밖에 없었다. 경 자신도 본관 바로 앞에 서 있지 않았다면 그랬을지 모른다. 어쩔 수 없이 그것이 참외보다는 호박에 가깝다는 것을 인정하며 스벤터 경은 소망했다. '제발, 제발 제자리에서 펄쩍 뛰면서 위로 손 뻗지 마. 부탁이야!' 거기엔 자제력이라는 말이 사어라고 믿게 된 것 같은 얼굴의 어린 병사들이나 어린 하녀들도 제법 많이 있었으므로 스벤터 경의 두려움은 꽤 현실적인 것이었다. 고맙게도 촉수들의 인상이 너무 강력해서인지 그런 망동을 일으키는 사람은 없었다.

목가적인 분위기를 내기 위해 오소리 옷장의 마당은 전통적인 그라이만 농가 양식, 그러니까 달구지들이 자유로이 오갈 수 있고 약간 무리하면 삼밧줄도 꼴 수 있는 널찍한 넓이로 조성되어 있었기에 녹주석 계통으로 보이는 보석이 그 위를 주유하는 데 제법 시간이 걸렸고 스벤터 경의 인상으론 지나치게 시간이 걸렸지만, 결국 녹주석 계통으로 보이는 보석은 순회를 마치고 다시 대문 앞쪽에 선 유와르 사서의 가슴께 근처로 돌아갔다. 한숨 소리들이 우레처럼 들려오는 가운데 스벤터 경은 녹주석 계통으로 보이는 보석을 응시하며 아직 제대로 입지 못한 외투 소매에 팔을 끼워 넣었다. 여기서 한 가지 흥미로운 점은 스벤터 경이 고집스럽게 그것을 녹주석 계통으로 보이는 보석이라고 부르고 있다는 점이다. 그러니까 스벤터 경은 그것이 남옥일 가능성을 필사적으로 열어두고 있었다. 그러나 경의 내부에 있는 보다 낭만적이고 긍정적이며 색깔 구분도 잘하는 스벤터 날바이는 아까부터 단호한 어조로 그걸 녹옥이라고 부르고 있었다. '저건 호박 크기의,

가격을 매기려면 국가 예산을 단위로 써야 할 녹옥이다!'

스벤터 경은 외투 자락을 휘날리며 마당을 가로질러 대문으로 다가갔다. 지금 유와르 사서에게 다가간다는 것은 그렇게 유쾌한 일은 아니었다. 그 과정에서 넋이 나간 병사를 거칠게 옆으로 밀어내면서 그렇게 해야 해서 더욱 그러했다. 적절한 위치에 선 스벤터 경은 과장되게 눈을 비비고 기지개까지 한 번 켠 다음 졸린 목소리가 제대로 나오길 소망하며 말했다.

"흐음, 그래. 유와르 사서. 좋은 것 보여준 건 고마운데, 그래서?"

네 번째 촉수가 어딘가에서 익사체를 꺼냈다. 익사체는 머리와 팔다리를 축 늘어뜨린 모습과 놀랍도록 대비되는 사근사근한 목소리로 말했다.

"이 몸은 숙고 끝에 휴름 자작 어스탐 로우의 임사전언 육필 원고에 대한 정당한 소유권을 보유한 자가 그 소유권의 포기를 통해 얻게 될 대가를 제시하고 검측하게끔 허용하는 도정을 거치는 것이 자격 없는 자들이 그 이름을 거론할 수 없는 도서관의 성의와 관용을 드러내는 일이자 양자 모두에게 공정하여 양자 모두가 만족할 수 있는 협상이 이루어짐에 있어서 필수적인 과정이 될 것이라 판단했다."

아직 머리가 충분히 맑지 않았지만 무슨 말을 들을지 예상하고 있었기에 스벤터 경은 유와르 사서의 말을 이해했다. '그러니까 저게 육필 원고에 대해 그 도서관이 매긴 값이라고? 혹시 덤으로 할라도나 그라이만을 원하고 있는 건가?' 스벤터 경은 이런 시도를 해야 한다는 것에 불만스러워하며 은근슬쩍 네롤 에길 사서를 찾았다. 뭔가 도움

될 (인간의) 표정이라도 얻어보기 위해. 하지만 네롤은 꽤 멀리 떨어진 곳에 있었고 게다가 이쪽으로 등을 향한 채 땅에 앉아있었다.

스벤터 경이 '다른 사서의 협상 과정에 관심을 두지 않는 것이 사서의 예의인가.' 하는 약간 흐리멍덩한 생각을 하고 있을 때 대화를 잘 듣기 위해 침묵하던 사람들이 약간의 소음을 냈다. 스벤터 경은 뒤를 돌아보았고, 조금 전 자신이 서 있던 본관 정문 앞 돌계단에 눌드 경이 서 있는 것을 보곤 메마른 입술을 핥았다.

눌드 경은 대다수의 사용인들이 밖으로 나와버렸기에 어쩔 수 없이 밖으로 나온 주인의 모습을 보여주려고 애쓰고 있었다. 그게 어떤 모습이어야 하는지 말하기도 어렵고, 그래서 경의 시도가 성공적인지 평하기도 어려웠지만, 경의 마음을 이해하는 사람들에겐 눌드 경의 태도가 분명하게 읽혔다. 이어서 들려온 눌드 경의 말도 그들의 추측을 뒷받침했다.

"이게 무슨 점잖지 못한 소동인가. 섭정 각하께서 통행을 금지하고 각자의 장소에서 소임에 열중하라 명령하신 것을 잊었는가. 이런 태도는 섭정 각하의 명령에 대한 불충한 거역으로 비춰질 수 있다. 자신을 단속하도록. 그리고—"

피할 수야 없다. 눌드 경은 계단을 내려와 대문을 향해 걸으며 목소리를 높였다.

"대문 앞에 선 경이로운 모습의 그대, 나는 그대가 무명 도서관에서 온 유와르 사서라고 들었다. 나는 이곳 오소리 옷장의 주인 할라도 백작 눌드 레초다. 그대는 무슨 용건이 있기에 그 돌을 들고 그곳에 서서 내 사람들과 그라이만의 용맹한 장병들을 혼란스럽게 만들고 있는 것인가."

"이 몸에게 사서의 직함을 하사하고 관원의 봉사를 요구하는 곳은 무명 도서관이 아니라 자격 없는 자들이 그 이름을 거론할 수 없는 도서관이다. 할라도 백작 눌드 레초."

"내가 그 이름을 부를 수 없다면 그건 내게 무명이다. 이름을 부를 자를 그쪽에서 고르겠다면 그건 동시에 어떤 이에겐 무명으로 남겠다는 선언이지 않은가. 불만은 없을 것이다. 무명 도서관의 유와르 사서."

"이 몸은 할라도 백작 눌드 레초의 논리에서 현저한 오류를 발견할 수 없는바 잠정적으로 그 호명을 용인한다." 눌드 경의 승리는 아니었다. "할라도 백작 눌드 레초에겐 무명 도서관이지만 호명할 자격을 입증하고 호명할 권리를 부여받아 자격 있는 자들을 대상으로 언제 어디서든 당당하게 호명할 수 있는 유와르 사서에겐 결코 무명이 될 수 없는 도서관에서 이 몸에 부여한 소명에 따라—" 이어서 유와르 사서는 육필 원고의 소유권자에게 그가 누릴 행운을 알려주고 싶다는 뜻을 전달했다. 스벤터 경의 곁에 선 눌드 경이 말했다.

"원고의 소유자는 작가 자신이다. 그리고 우리가 아는바 그것은 탈고되지도 않았다. 출판계에선 탈고되지 않은 글에 대한 고료를 작가에게 지불하는 경우도 있다는 것은 알지만 도서관에서도 그러는지는 몰랐군."

스벤터 경은 글과 그 업계 사정에 해박한 눌드 경이 예리하게 파고들었다고 생각하고 감탄했다. 출판계라면 고료의 선불 지급은 아무 문제가 안 된다. 출판업자가 작가와 도급 계약을 맺는 것이니까. 하지만 도서관이라면 이야기가 달라진다. 그건 도서관이 작가에게 어떠한 글이 쓰이길 요구하고 지시하는 것이 될 수 있다. 억지를 좀 부린다면 일종의 검열로 볼 여지도 있는 것이다.

그러나 유와르 사서는 곧장 그 소위 '탈고되지도 않은 글'을 작가의 명시적 동의 없이 그 주변인들이 멋대로 돌려 보고 그 사본까지 제작하여 배포한 일이 이곳에서 벌어지지 않았냐고 지적했다. 즉 그들 자신이 어스탐 경의 저작권을 무시하겠다고 선언한 것이나 다름없다는 것이 유와르 사서의 요지였다. 아뿔싸 소리가 나오는 반박이었다. 이것을 자연인과 저작권의 문제로 몰아간다면, 자칫 잘못하면 구정물을 뒤집어쓰는 것은 이쪽이다.

스벤터 경은 '아뿔싸.'라고 생각해보았다. 아무 도움도 되지 않았다.

마당이 잘 보이는 복도 창가에 서서 마당의 광경을 흥미롭게 바라보던 사란디테는 이상한 낌새에 고개를 돌렸다. 그녀의 눈에 들어온 건 복도의 바닥이었다. 사란디테는 고개를 갸웃했다. 나무로 된 단단한 복도 바닥이 들썩거리고 있었다. 전혀 그럴 수 없는 모습으로.

낯선 광경은 아니다. 낯이 익어서 문제다. 그건 두더지가 땅을 파헤치고 나오기 전의 모습이었다.

흙이라면 그럴 수 있지만 나무는 저런 식으로 출렁거리거나 움찔거릴 수가 없다. 사란디테가 다른 사람한테 들려줄 땐 이 현상을 어떻게 묘사할까 고민하고 있을 때 복도 바닥에 구멍이 생기더니 두더지가 머리를 내밀었다. 큼직한 두 앞발로 구멍 가장자리를 붙잡은 두더지는 사란디테 쪽을 보더니 입에 물고 있던 쪽지를 떨어뜨렸다. 다시 머리가 구멍 속으로 사라졌고 두 앞발이 부스러진 복도 표면을 긁어모았다. 조금 후 복도는 본래의 단단한 나무의 모습으로 돌아갔고 그 표면엔 두 번 접은 쪽지만 놓여 있었다. 사란디테는 '보아주지.' 하는 표정을 짓고는 허리를 숙여 쪽지를 집어 들어 펼쳤다. 그녀는 빙긋 웃었다.

"우리 1호는 재미있는 재주가 있네."

사란디테는 다시 쪽지를 접은 다음 복도를 좀 빠른 속력으로 걷기 시작했다. 잠시 후 그 쪽지는 쿵, 쿵 소리와 저택을 달음박질치는 사람들의 발소리 때문에 쪽잠에서 깬 후 침대에 앉아 기지개를 켜던 더스번 경의 손에서 다시 펼쳐졌다.

2호에게.
경사스럽게도 어떤 사서가 시집갔음.
귀하는 설명을 구할 상대를 알고 있음.
1호가.
추신 : 호반 도서관에 꼭 한번 방문해라.

더스번 경은 눈을 끔뻑였다. "아무것도 하지 말라고 했는데."

"예. 이 2호라는 사람이 무슨 일을 했나 봐요. 이게 무슨 소릴까요?"

더스번 경은 끙 소릴 내며 쪽지를 돌려주었다. 사란디테는 불태울 것을 찾듯 주위를 둘러보다가 그냥 쪽지를 구겼다. 그러자 쪽지는 즉시 검고 고운 가루로 변해 흩어졌다. 사란디테는 기특하다는 투로 빈 손을 내려다보다가 더스번 경에게 두 손바닥을 보였고 더스번 경은 고개를 끄덕였다.

"괜찮네. 당신도 예상했겠지만 성혼을 통해 여성의 성이 달라지는 것을 이용한 비유 같소. 어둑이 사서의 본명에 모종의 조치가 취해졌다는 말인 것 같군. 아직 전적으로 믿을 순 없으니 확인해볼 순 없지만 만약 그렇다면 내가 알고 있는 어둑이 사서의 본명을 말하거나 써도 아무 일도 일어나지 않을 거요. 어젯밤엔 어스탐 경이 원고에 그 이름을 쓰게 유도해서 임사전언을 저주받은 원고로 만들겠다고 협박했는데 이젠 협박이 안 통하게 됐군."

"그건— 음."

"그렇소. 저쪽이 진짜 압박을 받고 있다고 받아들였다면 이쪽으로도 진짜 거북한 것이 날아올 수 있다는 말이겠지."

"거북하다…… 지금 뭔가 반짝반짝 날아오고 있긴 한데, 그걸 그렇게 표현하는 것이 맞을지 모르겠네요."

사란디테는 방 바깥을 가리키곤 먼저 복도로 나갔다. 바로 움직일 수 있는 옷차림으로 자고 있던 더스번 경은 그대로 침대를 빠져나와 얼굴을 문지르며 복도로 나갔다. 창문 앞에 서 있던 사란디테의 곁으로 다가간 더스번 경은 바깥을 보았다. 잠시 후 경이 맥빠진 목소리로 유와르 사서가 든 보석을 감정했다.

"장신구 만들면 구속 도구 되겠네."

"저게 진짜일까요?"

"환영이나 모조품 같은 것이냐는 질문이라면, 아닐 거요. 도서관에선 책에 대해 엉터리 대가를 지불하진 않아. 자기들도 속아서 그럴 수는 있겠지만 가능성은 극히 낮지. 광부가 캔 거냐고 물은 거라면, 모르겠소. 저 크기로는…… 하지만 그렇지 않다 해도 당신의 그것만큼 진짜겠지. 그래. 경우에 따라선 땅에서 나온 것들을 냇가에 굴러다니는 돌멩이로 만들 정도로 값진 것일 수도 있어."

사란디테는 가슴에 손을 얹으며 유와르 사서의 보석을 바라보았다. 더스번 경이 뚱한 얼굴로 말했다.

"기분이 별로군. 어둑이 사서는 자기 이름을 단속하고 나섰고 유와르 사서는 저따위 물건을 내놓는다? 도서관의 관점에서 육필 원고가 정말 특별한 것 아닌가 하는 생각이 슬슬 드는군. 아니, 특이하긴 하지. 시체가 쓰고 있으니까. 그런데 그게 그렇게까지…… 아, 젠장. 이거 어떻게 말로 표현할 수가 없네. 별나다고 다 귀한 건가? 이것도 딱 들어맞는 말 같진 않고. 사란디테. 당신은 그걸 다 읽었지. 그게 정말 엄청난 내용이었소? 재미있으니까 최고라는 말은 제발 하지 말고."

사란디테는 유감스럽다는 듯이 고개를 가로저었다.

"저는 어스탐 경이 묘사하고 있는 그 헬리보리계가 진짜 존재하는 세상이며 그건 죽은 사람만이 알 수 있는 일이라서 사서들이 산 자에게 그 지식이 전파되지 못하도록 신경 쓰고 있다는 가설밖에 못 떠올리겠는데요. 응? 그 눈길 뭐예요?"

"이 정도는 감수해야지."

"그럴 듯은 하잖아요. 별세계 같은 건 절대로 존재하지 않는다고—"

"부정할 마음은 없소. 나도 당신도 누군가에겐 별세계 사람일 가능성까지 포함해서. 쳇. 카쉬냅에서는 가이너 카쉬냅이 별세계에서 왔다는 소리는 주장이 아니라 거의 공리로 통해. 나도 다른 세상에서 왔다고 주장하는 것들과 얽힌 적이 있고. 난 그 말이 검열주의자의 것 같다는 걸 말하고 싶은 거요. 세상에는 특별한 지식이 있고, 그건 특별한 사람들이 다루어야 한다."

"……자기모순에서 완전히 자유롭긴 어렵잖아요."

"그건 그래." 더스번 경은 간단히 동의했다. "저 도서관들에서도 열람신청서 한 장 썼다고 사람 잡아먹는 맹서를 덜컥 내주지는 않겠지. 하지만 도서관들이 자기모순을 무릅쓰고서라도 통제해야 하는 위험한 정보가 정말 있다면 저자들이 움직인 것이 한 4년 정도 늦지 않았나 싶은데. 스벤터 경은 사본의 제작과 배포를 너무 쉽게 한 것 같고."

"하아. 그렇죠."

눌드 경은 유와르 사서가 파놓은 허방다리에 발을 빠트리는 대신 (경은 그것이 보고 피하라는 식으로 파인 허방다리임을 정직하게 인정했다.) 임사전언의 사본이 제작될 수 있는 근거를 제시했다.

"그건 범죄 해결을 위한 수사 활동이었다. 문제는 없다. 수사관이 저작권을 보호하기 위해 피해자의 자필 진술서를 회람하거나 복제하지 말아야 한다는 것인가. 그렇다면 수사관은 어떻게 전문 의견을 구한단 말인가."

"할라도 백작 눌드 레초에겐 무명 도서관이지만 호명할 자격을 입증하고 호명할 권리를 부여받아 자격 있는 자들을 대상으로 언제 어디서든 당당하게 호명할 수 있는 유와르 사서에겐 결코 무명이 될 수 없는 도서관이 바라는 것은 그 범죄 수사를 위해 작성된 자필 진술서의 구매다. 문제는 없다. 수사관이 수사를 위한 목적으로 취득하게 된 자필 진술서를 수사 종료 후 개인 소장할 수 있다는 말인가. 그렇지 않다면 그라이만에서는 공문서를 판매할 수 있다는 것인가."

스벤터 경은 유와르 사서가 저작권 이야기는 집어치우고 육필 원고, 어스탐 경이 글을 쓴 종이 그 자체에 대해 이야기하자고 말한 것이라 판단했다. 거부하기 힘든 요구였다. 여기서 어스탐 경이 살아있고 원고의 소유자라고 끝까지 주장한다면 그들이 한 행동들은 저작권 위반에 간당간당하다. 따라서 문제의 육필 원고는 눌드 경이 잽싸게 깨닫고 선언한 것처럼 어디까지나 자필 진술서여야 한다. 그렇다면 그건 공문서이며, 그 경우 원칙적으론 수사가 끝나도 돌려줄 필요가 없으며 유와르 사서의 말처럼 판매할 수도 없다. 만약 판매의 가능성이 발생한다면 그건 수사기관이 수사가 끝난 후 그걸 공문서에서 해제하고 유묵으로서 유족에게 반환하는 경우다. 그러니까 자필 진술서가 아니라 고인이 글을 쓴 종이로서. 그리고 도서관이 유족에게 수사 기관으로부터 받을 유묵의 구매를 사전 제안하는 건…… 정말로 아무 문제가 없다. 스벤터 경은 순식간에 거기까지 깨달았다. (그리고 왜 진작 이런 생각들을 못 했나 자신을 비난했다. '시간이 그렇게 많았는데!')

눌드 경은 한발 물러나기로 했다. 눌드 경은 아직 육필 원고의 소유권자가 결정되지 않았으며 지금 유와르 사서가 하고 있는 일은 육필 원고의 잠정적 소유자들 사이에 반목의 씨앗을 던지는 것에 지나지 않는다고 지적했다. 전승에 나오는 불화의 열매를 던지는 여신과 같으며, 이는 그리 적절하지 않다는 눌드 경의 비난에 대해 시체가 방향이 약간 다른 듯한 반박을 보냈다.

"이 몸이 들은바 할라도 백작 눌드 레초는 휴름 자작 어스탐 로우의 임사전언 육필 원고의 잠정적 소유자를 복수로 취급하여 말하고 있는데 이것이 그라이만 귀족이 따르는 도리에 적절한 일인지 의심스럽다. 이 몸이 알기로 휴름 자작 어스탐 로우의 상속인은 한 명뿐이다. 할라도 백작 눌드 레초는 상속 순위에 대한 지식, 혹은 존중심이 없는 것인가? 가정하여 말하는 것임을 전제하고 묻는데 후자의 부재는 혹이 녹옥과 관련이 있는 것인가?"

눌드 경은 가까스로 격분하지 않은 채 세티카 로우는 육필 원고를 자신에게 양보하겠다는 의사를 천명했고 세 명의 백작이 그 증인이라고 설명할 수 있었다. 그곳에 있던 많은 사람들은 해마 얼굴이 그토록 나른하고 음험한 미소를 잘 지을 수 있다는 사실에 놀랐다.

"그러한가. 그렇다면 이 몸이 상속 순위에 대한 지식에 기대어 예상했던 것과 달리 이 몸이 흔연한 마음으로 전달할 행운의 대상은 세티카 로우가 아니라 할라도 백작 눌드 레초라고 보아도 무방하다는 말이군."

눌드 경은 투덜거렸다. "알고 보니 여기서 제일 운 좋은 놈이 너였냐고 말한 거라면, 나는 그 논리에서 현저한 오류는 발견하지 못했다. 그러나 그대가 알아두어야 할 것이 있는데, 이것도 가정하여 말하는 것인데, 만약 세티카 로우가―"

"휴름 자작 어스탐 로우가 임사전언을 통해 지적하게 될 범인이며 그 진술의 증거 능력을 인정한 법정에 의해 세티카 로우가 친족 살해자로 처벌받게 되는 경우 그는 피상속인의 유산에 대한 상속권을 상실하게 될 터이고 따라서 자신의 소유물이 아닌 것을 그대에게 증여할 수 없다는 말인가? 여기서 또 하나의 가정을 제시할 수 있는데 만약 휴름 자작 어스탐 로우가 임사전언을 통해 지적하게 될 범인이 그대이고 그 진술의 증거 능력을 인정한 법정에 의해 그대가 휴름 자작 어스탐 로우를 살해한 자로 처벌받게 되는 경우 세티카 로우는 자신의 친족을 살해한 자에 대한 증여 약속을 아무 불명예 없이 파기할 수 있다는 건가?"

"박식하군. 그래서 원고의 소유권자는 아직 결정되지 않았다는 거다. 그대가 성급함을 경계하는 격언들을 충분히 들었기를 바라며―"

"이 몸은 지금 이곳에서 그대와 대화하고 있는 것처럼 지금 이곳에서 세티카 로우와 대화할 수 있기를 바라니 그로 하여금 이 요구에 응할 의사가 자신에게 있는지 확인하게끔 하라."

"내가 왜 너를 위해 내 손님을―"

유와르 사서가 들고 있던 녹옥이 그 의도를 충분히 느낄 수 있는 방식으로 좌우로 살짝살짝 회전하며 발끈하는 눌드 경의 입을 막았다.

"이 몸이 볼 때 방문객이 취할 수 있는 행운에 대한 정보를 차단하는 것이 주인의 권리에 속하는 일이라고 여겨지지는 않는데. 혹 그것을 주인의 배려라 주장하고자 한다면 이 몸은 열린 마음으로 그 주장의 타당성을 검토할 테니 즉시 들려주기를 청한다."

 조금 시간이 지난 후 눌드 경은 가까이 있던 레초 가문 병사에게 세티카 로우에게 이곳에 나와 유와르 사서와 대화할 용의가 있는지 물어보라고 명령했다. 그리고 못마땅한 어조로 선택은 그의 자유이나 그리해주면 자신이 예를 표할 거라고도 말하라고 덧붙였다. 병사가 달려가는 모습을 본 유와르 사서가 말했다.

 "시간을 낭비할 필요는 없으니 지금 그대에게 묻겠다. 그 일련의 과정을 굳이 이 몸이 설명할 필요는 없는 과정을 통하여 그대가 휴름 자작 어스탐 로우의 임사전언 육필 원고의 소유권자가 될 경우를 가정하여 묻겠다. 그대는—"

 "그것과 바꾸겠냐고?"

 "그대가 저어하는 바와 삼가는 연유를 이 몸 또한 능히 짐작할 수 있으나 할라도 백작—(중략)—없는 도서관의 명예를 걸고 이 몸이 분명히 말하노니 그대가 그 의사를 미리 밝혀주면 많은 이에게 커다란 도움이 될 것이다."

 눌드 경은 놀란 기색을 명백하게 드러냈다. "무명 도서관의 명예를?"

 "그대가 요청하는 그 무엇에도 걸 수 있으나 그대는 이미 이 몸의 뜻을 이해했을 것으로 사료된다. 덧붙여 말하겠는데 그 경우 그대가 이 녹옥에 대해 가지는 것은 완벽한 소유권이 될 것이다. 그대의 의사에 반하여 그 소유권이 변경되는 일이 일어날 가능성은 지극히 적어 무시해도 무방할 정도다."

"음? 거기에 소유권을 보호하는 강력한 뭔가가 있다는 건가? 왜 그런 게? 아니, 그러고 보니 필요할 것 같기도……"

"이 몸이 아는 바에 따르면 과거 할라도 백작―(중략)―없는 도서관은 어떤 이로부터 생명보다 값진 것은 없으니 드래곤이 복수로 날아올 물건은 가지는 것이 아니라는 대답과 함께 협상 결렬을 통고받은 일이 있다. 미숙함이 야기한 참담한 실패로 치부한다면 수치심에 떠올리기 싫은 경험이 될 터이나 우연의 은혜로 얻은 현인의 가르침으로 여긴다면 이는 더없는 행운이자 앞날의 길잡이니, 그리하여 헤아리기 힘들 정도로 많은 자원이 투입된 연구 및 실험이 있었고, 이제 할라도 백작―(중략)―없는 도서관은 이 녹옥에 그 강탈자를 파괴하는 권능을 부여할 수 있게 되었다. 확신을 담아 말하는데 그 파괴력이 부족할 일은 여간해선 없을 것이다. 미상불 강탈자가 드래곤 여러 개체라 하더라도."

스벤터 경은 정신이 아득해지는 감각에 헛웃음이 나올 것 같았다. 무기이기도 하다고? 조건부이긴 하지만 드래곤에게 사전 예약 없이 자유 방문이라고 말해줄 수 있는? 그런 정신 나간 무기라고?

그리하여 스벤터 경은 자신이 무슨 역할을 맡았는지 알게 되었다. 스벤터 경은 헛기침으로 눌드 경의 주의를 끌었다.

"저렇게까지 설명했는데 대답해주는 것이 선의겠군요."

"방금 선의라고 했습니까, 스벤터 경?"

"물정에 어두운 여행자가 자신의 목표에 얼마나 다가갔는지 알려주는 것은 토착민이 외로운 나그네에게 베푸는 친절이자 선의가 될 수 있겠지요."

스벤터 경은 눌드 경이 머릿속으로 자신의 해부도를 그리고 있다는 것을 의심치 않았다. 그렇잖다면 눌드 경의 시선이 그의 눈이나 얼굴 주위가 아니라 그보다 아래, 그러니까 경동맥과 심장과 간 부근을 빠르게 훑었다는 사실이 잘 설명되지 않는다. 그리고 스벤터 경은 자신의 사인이 할라도 백작이 되진 않으리라는 것도 확신했다. 눌드 경은 시뻘게진 얼굴을 쓰다듬으며 호흡을 가라앉혔다. 경은 유와르 사서를 향해 똑바로 서서 목소리를 가다듬었다.

"그래. 가정하여 말하겠다. 이건 가정이다. 만약 내가…… 다시 한 번 말해두는데 이것은 순수한 가정에 기반한 대답이며 사고 실험의 결과에 지나지 않으므로 곧 있을 나의 대답을 통해 내 인격을 단정하려는 어떠한 시도가 차후에 발생한다면 나는 강철과 불을 준비할 것이다. 가정하여 말하는데 만약 내가…… 만약 내가 휴름 자작의 육필 원고를…… 소유하게 된다면……."

스벤터 경은 생각했다. '답이야 뻔하지.' 눌드 경은 눈빛만으로 유와르 사서가 들고 있던 것을 같은 크기의 부엽토 더미로 바꿔놓으며 말했다.

"나는 그 육필 원고를 무명 도서관의 모든 책과도 바꾸지 않겠다. 강제로 네게 넘겨줘야 할 상황이 된다면 나는 그것을 끌어안고 내 몸에 불을 지르겠다."

스벤터 경은 고개를 끄덕이면서 만족의 눈물을 슬쩍 훔쳤다. 그라 이만 만세.

사란디테가 더스번 경의 소매를 붙잡고 다급하게 흔들었다. 경이 돌아보자 사란디테는 발뒤꿈치를 들었다 놨다 하며 안절부절못하는 표정으로 더스번 경을 보며 다른 손으로 눌드 경을 삿대질했다. 그녀의 말을 기다리던 더스번 경이 결국 입을 뗐다.

"뭘 어쩌라고!"

"저도 모르니까! 어, 백작님께서 달려나가서 눌드 경의 뺨을 한 대 후려치면 어떨까요? 그러니까, 남자의 방식으로!"

"언제 이렇게 거물이 되었어. 전쟁 사주도 다 하고."

사란디테는 두 손으로 머리를 부여잡고 상체를 흔들었다. "내가 다 아까워 미치겠네. 정말."

더스번 경이 입술을 비죽 내밀었다.

"이유는 정반대일지 모르지만 나는 저 판단에 찬성하오. 부담스러워."

"저걸 가지고 있으면 드래곤'들'도 안 무섭다잖아요!"

"세상에 그런 물건이 어디 있어. 아니, 내 말은 그렇게 강력한 물건이 없다는 뜻이 아니라 그렇게 좋기만 한 물건은 없다는 거요. 유와르 사서의 말은 사실이겠지. 그런 능력이 있을 거요. 하지만 더 머리 좋고 더 집요하고 더 앞뒤 안 가리는 도둑을 끌어들이는 물건이지."

"인생이 더 재미있어지겠네!"

"동의하지만 눌드 경은 할라도의 통치자잖아. 자기 재미만 어떻게 생각해. 만약 드래곤'들'이 날아와서 할라도를 한쪽 끝에서부터 착착 불태우면서 눌드 경을 가만히 바라보기만 하면 어쩔 거야? 절대로 보석 이야기는 꺼내지 않으면서?"

"어? 그것도 강, 강, 강탈? 강탈……?"

"모르지. 보석이 너무도 똑똑해서 그것도 강탈로 판단하고 대처할지도. 그런데 그런 똑똑한 보석 소유하고 싶을지 모르겠네. 자기 주인을 파괴할 희한한 논리를 만들어낼지도 모르는데. 게다가 이건 내가 그냥 적당히 떠올려본 예시일 뿐이고 의지가 더 확고하고 머리가 더 잘 돌아가는 도둑이라면 훨씬 세련된 방식을 떠올릴 수도 있겠지. 어떻게 보든 책임 있는 사람이 관심 가질 물건이 아니야."

"으으, 재미없어!" 사란디테는 우아하게 거부하는 손짓을 해 보였다. "재미있는 생각할래요. 그러니까 도서관에겐 어스탐 경의 육필 원고가 확실히 중요한 거죠?"

"쏩. 맞는 것 같소. 사실 책이라면 가만있어도 받을 수 있지. 완결되면 그런 곳들을 위해 한정판 만들어서 납본도 해줄 생각이었으니까. 저쪽도 내가 그럴 작정이라는 건 어느 정도 예상하고 있을 테고. 그러니까 내용이 아니라 원고 자체라는 건데. 서지학적인 문제인 건가? 영문을 모르겠네."

사란디테가 눈을 커다랗게 떴다.

"설마! 내용은 아무래도 상관없다? 죽은 사람이 쓴 장편 아홉 권짜리 원고엔 어떤 놀라운 힘이…… 그 원고가 열 권에 도달하면!"

"십진법에선 자릿수가 올라가지. 십이진법이라면, 기분상으론 10시 무렵인가."

"잉!"

233

"가끔 그런 의문 느끼게 해주는 사람들이 있더군. 저자들은 진법이 약속이라는 걸 정말 모르는 건가 하는. 자기들도 일상에서 여러 진법 쓰면서 무슨 맞아떨어지는 숫자 같은 소릴 하는 건지."

"알아요, 알아요, 알아요! 좀! 죽은 사람이 쓴 충분히 많은 양의 원고에는 무슨 힘이 있을지도 모른다. 이건 어때요?"

"그건 당장 반박할 것이 떠오르지 않는 가설인데 그래서인지 뭘 알려주지도 않는데. 무슨 힘? 이 경우 그건 만고에 해로운 건 아니겠지. 그게 누구에게나 해로운 것이라면 사서들은 훨씬 이전에 와서 자작의 집필을 중단시켰을 테니까. 그 경우 사서가 아니라 만신전의 기사들이나 마법사가 이끄는 집필 저지대 같은 것이 왔어야 더 어울리겠다는 생각이 들긴 하지만. 어쨌든 완결이 몇 달도, 며칠도 아닌 몇십 시간밖에 남지 않았을지도 모르는 시점에 저자들이 왔다는 건 사서들 관점에선 그건 완결되어야 한다는 거 아니오. 그 힘이라는 것이 필요하다거나 필요해질 수 있다는 것이겠지. 그게 뭘까?"

사란디테가 눈을 가늘게 떴다. "설마 살인자?"

"뭐?"

"몇십 시간…… 완결…… 우리가 지금 뭘 기다리고 있죠?"

더스번 경은 사란디테를 바라보다가 머리를 세차게 긁었다.

"원고가 아니라, 살인자라고? 잠깐. 그러면 원고를 왜 구입하려고 하는 건데? 살인자를 원한다면, 아니, 도서관에서 살인자를 뭣 하러—"

"조오옴! 살인자의 이름이 원고에 쓰이잖아요! 물론 네 사람의 이름은 지금껏 몇백 번 이상 원고에 쓰였지만, 완결 부분에서 쓰이는 건

드디어 밝혀진 살인자의 이름이잖아요. 죽은 자가 고발하는 이름 말이에요. 이건 결국 임사전언이죠? 그런데 원래 임사전언은 뭐죠? 무엇이 임사전언을 임사전언으로 만들죠?"

더스번 경은 끄으으 하는 바람 새는 소리를 냈다. 원래 임사전언은 피살자가 고발하는 살인자의 이름이다.

눌드 경을 물끄러미 내려다보던 해마 얼굴이 고개를 갸웃거렸다. 그리고 익사체에서 말이 흘러나왔다.

"이 몸은 할라도 백작 눌드 레초가 할라도 백작―(중략)―없는 도서관의 소장 도서 전체의 가치를 파악할 수 있으리라 결코 믿을 수 없으나 그대가 말하고자 한 바가 정량적인 문제에 있지 않음은 안다고 생각한다. 그대가 그대에게 거래의 대가로 제시된 이 녹옥이 아닌 할라도 백작―(중략)―없는 도서관의 소장 도서 전체를 언급한 이유 또한 안다고 생각한다. 그 대답은 이 몸이 이해할 수 있는 가장 확실한 거부를 표현하기 위한 그대 나름의 궁리와 어휘 선택의 결과일 것이다. 그대는 이 몸이 그 강력한 거부의 근원을 탐구하고 이해하는 것을 도와줄 수 있을까?"

"도와주지. 나는 네게 환대를 약속한 적 없다. 그런데 너는 네게 환대를 약속하지 않은 곳에 찾아왔다. 나는 네 재주를 보는 것에 동의한 적 없다. 그런데 너는 추하고 소름 끼치는 것을 보여줄 수 있는 네 재주를 나와 내 사람들에게 선보였다. 이제 네가 그 촉수로 내밀 수 있는 것이 우주 전체라 해도 협상은 없다. 원한다면 내 불탄 시체를 걷어차는 것은 네 자유다. 거기에 대해 내가 불평을 말할 처지는 아닐 테니."

유와르 사서가 그 대답에 대해 생각하고 있을 때 사람들이 소음으로써 두 백작에게 세티카 로우가 건물에서 나왔음을 알려주었다. 잠시 후 두 백작의 근처에 도달한 세티카에게, 유와르 사서는 녹옥에 대해 설명하고 그것이 육필 원고와 교환될 수 있다고 알려주었다. 세티카는 영문을 모르겠다는 표정을 지었다.

"사정을 알면서 그걸 나한테 왜 묻나? 나는 그걸 할라도 백작 각하께 양도하겠다는 의사를 밝혔는데."

"가정하여 말하는 것임을 전제하고 묻는데 할라도 백작 눌드 레초가 휴름 자작 어스탐 로우의 살해자일 경우, 자신의 친족을 살해한 자와 맺은 증여 약속을 파기하는 것은 결코 불명예가 아니니—"

"불태울 생각이다."

익사체가 춤 연습을 하는 건가 싶은 모습으로 머리와 사지를 이상하게 흔들었다. 스벤터 경은 그 주인이 충격 때문에 혼란스러워서 그런 것 아닐까 추측했다. 비슷한 추측을 한 세티카가 부연했다.

"내가 그걸 소유하게 된다면 불태우겠다. 원래는 양이 있으니 불쏘시개로 오랫동안 쓸까 생각했지만 이젠 그냥 한꺼번에 싹 다 불태우기로 마음먹었다. 이제 내 가죽을 벗기고 싶어졌나?"

시체가 자신을 가다듬었다. 엄밀히 말하자면 자신을 가다듬은 자는 다른 자이겠지만.

"이 몸이 이런 걸 지적하는 건 인간의 지능에 대한 모독이 될까 저어되나 상황이 불가피하니 어쩔 수 없이 지적하는데, 소각할 것이라면 판매해도 무방하지 않은가. 그편이—"

"내겐 이득이라고? 그런데 그러면 너희들은 다른 자들에게 그걸 보여주며 이 물건으로 말할 것 같으면 가치를 헤아릴 수 없는 보석을 주고 입수한 것이라고 말할 수 있게 되겠지? 그게 사실이니까? 그러면 또 다른 자들이 그 물건을 탐내게 되겠지? 가치를 헤아릴 수 없는 보석과 교환된 적 있는 물건이라는 보증서가 딸려 있으니까? 그리고 나는 이 사기극에 눈을 가린 방조자, 고개를 돌린 종범이 되어 그 보석을 얻는 것이고? 아니, 사실상 주범이라고 해도 되겠군. 거절한다."

유와르 사서는 대들보 크기의 성게 가시를 율동적으로 눕혔다 세웠다 했는데, 위협적인 외양에도 불구하고 스벤터 경은 어쩐지 숙고하는 모습 같다고 느꼈다. 조개껍질들이 조금씩 열렸다 닫혔다 하는 모습 또한 그런 인상에 일조하는 것 같았다. 잠시 후 유와르 사서의 시체가 다시 말을 시작했다.

"자격 없는 자들이 그 이름을 거론할 수 없는 도서관은 다른 도서관들과 마찬가지로 후의에 따른 기증을 진심으로 환영한다."

"기증? 아아, 기증. 내 손으로, 그걸, 부디 많은 사람들이 봤으면 좋겠다는 뜻을 담아, 기증한다?" 세티카가 유해할 정도의 경멸을 담아 말했다. "내가 변태냐?"

이는 사실 할라도 백작에 대한 심각한 모욕이 될 수 있는 발언이지만 눌드 경을 포함하여 그곳에서 그런 생각을 떠올린 사람은 없었다. 아니, 정확하게 말하자면 그 발언에 문제의 소지가 있다는 걸 알아챈 사람들은 많았지만 그걸 정말로 문제 삼아야 한다는 생각을 한 사람은 없었다. 사람이 주변인에게 초지일관하다는 평을 얻을 수 있으면 가지게 되는 장점이라 하겠다. 그러나 유와르 사서는 즉각 눌드 경에게 해마 얼굴뿐만 아니라 시체까지 돌렸다. 의아하여 시선을 옮긴 세티카의 얼굴이 잠시 후 허옇게 변했다.

"할라도 백작 각하. 저는 결단코 각하께—" "됐네, 세티카. 됐으니까 말하지 마."

스벤터 경은 눌드 경의 시선이 세티카의 신장 부근을 훑는 것을 보며 무의식에 대해 잠시 생각했다. 유와르 사서의 시체가 좀 느린 어조로 말했다.

"이 몸이 알기로 어느 누구에게나 자신의 견해를 가질 자유가 있으니 형제의 원고에 대해 그대가 자신의 견해를 가지는 것을 가리켜 부적절하다 말하는 것은 부적절한 일이 될 것이다."

대화의 여러 국면에서 그런 사실을 시사하는 부분들이 언뜻언뜻 엿보이긴 했지만, 동생이 형의 글을 역겨워한다는 사실을 쉽게 받아들이는 유와르 사서의 모습을 보며 스벤터 경은 역시 사본의 사본이 제작된 거라고 확신했다. 하긴 그런 일이 결코 벌어지지 않았을 거라고 믿는 것도 순진하다 소릴 들을 일이다. '어쩌면 요약본 정도일지도 모르지만, 어쨌든 저 종합 해산물은 그 안에 묘사된 용의자 세티카 로우를 안다 이거겠지?'

종합 해산물이 세티카 로우에게 익사체를 홱 내밀었다.

눌드 경이 괴성을 지르며 몸을 홱 돌렸다. 눌드 경에게 지시를 받고 세티카를 부르러 갔던 병사는 '예를 표한다'는 레초 가문의 암호는 이 경우 손님의 안전을 위해 무장하겠다는 눌드 경의 의사 표현이라고 해석해야 된다고 보았다. 그래서 눌드 경의 검을 찾아 등 뒤에 숨긴 채 슬금슬금 인파 사이를 가로질러 다가오던 병사는, 눌드 경이 소리를 지르자 아직 거리가 멀다고 판단하고는 제 주인을 얼마나 믿는지 검을 냅다 집어던졌다. 그런데 그 주인은 한술 더 떴다. 눌드 경은 허공의 칼집에서 그냥 검을 홱 잡아 뽑았고 칼집은 그대로 경을 지나쳐 날아갔다. 남다른 강완과 비상한 협응력이 없다면 시도할 생각도 하기 힘든, 날아가는 칼집의 품에서 칼을 훔쳐내는 묘기였다.

던지는 건가 싶은 기세로 날아온 시체가 허공에서 턱 멈췄다. 충분한 거리를 두고 멈추긴 했지만 익사체에서 튄 물방울들이 세티카에게 후두둑 뿌려졌다. 세티카가 숨 막히는 소리를 내고는 얼굴과 몸을 훔치며 물러났고 눌드 경은 이게 옳은 목표인지 의심하면서 검으로 시체를 겨누었다. 그때 관성으로 팔다리를 출렁이던 시체가 이곳에 온 이후 처음으로 머리를 들었다. 퉁퉁 부은 익사체의 얼굴에서 짓무른 눈알들이 각자 제멋대로 구르는 것을 보며 스벤터 경은 아랫배에 힘을 주었다. 스벤터 경의 오른손은 어느샌가 올라가 있었고 활과 창을 움켜쥔 기사와 병사들이 그 손을 주목했다.

눈알을 이리저리 굴리며 시체가 말했다.

"그러나 자기 안위라는 말을 이해할 수 있는 지능을 보유했음을 입증하고 싶다면 세티카 로우는 이 사실을 기억하고 결코 망각하지 말아야 할 것이다. 세상에서 가장 강력한 독들 대부분은 밀물과 썰물로 호흡하는 잔혹한 어머니의 수중에 있다는 사실을. 이 몸은 인간의 가

죽을 다루는 것에는 견문이나 조예가 없으며 그것을 취미나 장기로 삼을 계획도 현재로선 보유하고 있지 않다. 그러나 이 몸은 세티카 로우가 스스로 자기 가죽을 다루게 할 수 있다. 발광할 것 같은 고통에 목쉰 비명을 지르며 제 손톱으로 흐물거리는 제 살갗을 뜯어내게 할 수 있다는 말이며, 이는 적절한 독을 사용할 경우 언제든 수월하게 성취될 수 있는 결과이다. 그러니 그대 세티카 로우는 자신의 견해를 현실에서 실천하기 전에 이 사실을 상기하길 바란다. 그리고 앞으로 이 몸이나 다른 도서관원의 면전에서 지적 존재의 정신 노동이 빚어낸 결과물을 불태운다는 모진 언사를 입에 담을 일이 또 생기거든 그 입을 열기 전에 세 번 생각할 것을 제안한다."

익사체가 다시 머리를 떨어뜨리더니 뒤로 물러났다. 스벤터 경은 침도 제대로 삼키기 어려웠지만 정확한 신호를 보낼 순 있었다. '쉬어.' 스벤터 경의 수신호에 따라 올라가 있던 화살촉들이 아래로 내려오고 누워있던 창날들은 위로 올라갔다.

유와르 사서는 몸 한 곳의 조개껍질을 열어 그 안에 녹옥을 집어넣더니 다른 촉수 하나로 작은 성게 가시 하나를 휘감았다. 너무 쉽게 빠지는 것처럼 가시가 뽑혀 나왔고 가시를 휘감은 촉수는 조금 전보다는 훨씬 우호적인 속도로 눌드 경을 향해 뻗어왔다. 눌드 경은 촉수가 성게 가시를 자기 앞쪽에 떨어뜨리고 다시 물러나는 동안 거의 움직이지 않았다. 한두 번 정도 해버릴까 하는 표정을 짓긴 했지만. 다른 가시들과 함께 있을 땐 상대적으로 작아 보였던 가시였지만 땅에 놓인 모습을 보니 어지간한 사냥창 길이에 육박하는 크기의 가시였다.

유와르 사서가 말했다.

"이 몸은 많은 경이에 익숙한 눈에도 생경하다 말할 수밖에 없는 경이로운 기예를 배견할 수 있었던 것에 감사하면서 이곳의 주인을 놀라고 언짢게 만든 것에 대해 불청객이 바치는 사과의 뜻을 아울러 표하기를 바라며 할라도 백작 눌드 레초에게 그것을 증정한다."

"……이걸 만지면 내 살갗을 내가 잡아 뜯게 되는 건 아니겠지?"

유와르 사서의 해마 머리가 옆으로 갸웃하더니 촉수 하나가 훨씬 크고 우람한 가시 하나를 휘감았다. 그리고 다른 촉수 하나가 눌드 경 앞에 있는 가시를 향해 뻗어왔다. 눌드 경이 급히 말했다.

"아니! 바꿔 줄 필요 없어. 선물에 어떻게 교환을 요구할까. 감사히 받도록 하지."

두 촉수가 다시 원래의 위치로 돌아갔다. 스벤터 경은 도저히 해답을 알 수 없을 듯한 수수께끼에 벌써부터 머리가 지끈거리는 것 같았다. 이게 유와르 사서의 장난인 건가, 아닌 건가. 유와르 사서의 해마 얼굴은 괘씸하게도 '난 인간의 표정 같은 건 몰라요'라는 듯한 얼굴을 하고 있었다. 그리고 시체는, 그냥 시체처럼 말했다. 이게 타당한 묘사인진 확실치 않지만.

"이 몸은 휴름 자작 어스탐 로우의 임사전언 육필 원고를 소유할 현실적인 가능성이 있는 자들이 그 소유권을 행사함에 있어 어떤 방침을 따를 것인지 진술하게 밝혀준 것에 감사하나 그 방침이라고 하는 것들이 이 몸에게 있어 심히 불만족스러운 것이라는 사실 또한 언급하지 않을 수 없다." 해마 머리가 뒤편으로 조금 돌아갔다. "저 호반 도서관의 밉살스러운 것이 자신은 애초부터 이 몸의 실패를 예상하고 있었다는 것을 표방하기 위해 선택한 저 조야하고 저급한 방식이 성공적인 결과를 거두고 있다는 것을 인정해야 한다는 사실은 이 몸으로 하여금 가일층 불쾌한 기분에 빠져들게 만든다."

스벤터 경은 저쪽에 앉아있는 에길 사서가 여전히 완강하게 등만 보이고 있는 것을 보며 눈을 질끈 감고 싶은 기분을 느꼈다. '보나 마나 실패해. 네가 성공할까 겁나서 초조하게 쳐다볼까? 그럴 일 없지.'라는 건가. 유와르 사서는 두 사람의 답변으로 조성된 현 상황을 검토하고 그 개선을 추구할 방도에 대해 숙고해보겠다고 말하고는 쿵, 쿵 소리를 내며 오소리 옷장 대문과 저 멀리 있는 지원병 대열의 중간쯤 되는 위치까지 물러나더니 그 자리에 천천히 엎드렸다. 곧 유와르 사서는 성게 가시가 잔뜩 돋은 거북이가 머리와 팔다리를 웅크리고 있는 것과 비슷한 모습이 되었다. 그 주변에서 촉수들이 꿈틀거리고 조개들이 입을 열었다 닫았다 하는 모습이 좀 정신 사나웠다.

저 멀리서 가시 돋은 바위 비슷한 모습이 된 유와르 사서를 보던 더스번 경은 눈가를 비볐다. 움직이는 것에 무리는 없지만 역시 상쾌한 기분을 느낄 만큼 푹 잤다고 말하긴 어렵다. 경은 이름에 대해 생각했다. 죽은 자가 고발하는 이름이라. 더스번 경의 입술이 수염 속에서 꿈틀거렸다.

"보통 허구에 나오는 임사전언들엔 말하지 않고 넘어가는 부분들이 있지."

"백작님?"

"이름. 그래. 보통 살인자의 이름뿐이오. 암호처럼 쓰였든 읽기 힘들게 쓰였든 결국 그건 하나의 이름이지. 그리고 우린 그 이름만 보면서 피살자의 의도를 넘겨짚어. 피살자는 이자의 처벌을 바라는구나. 그런데 가만 봐. 거기에 그런 것이 있나?"

"어, 처벌을 바라는 것이 아니라면 피살자가 왜 이름을 남기겠냐는 질문을 해야 할 것 같네요."

"그래. 당연한 일이라서 작가는 그런 이야기는 하지 않지. 그런데 여기에는 당연하다고 생각하면서 넘어가버리는 부분이 또 있거든. 거기엔 피살자가 보기에 이 사건이 처벌이 이루어져야 하는 일, 그러니까 피살자는 이것이 부당한 일이라고 생각한다는 숨은 전제가 있소."

사란디테는 턱을 떨어뜨렸다. "하아?"

"사람은 당연히 그런 거 아니냐는 질문을 해줄 줄 알았는데."

"그것도 하기 싫을 정도라서. 백작님. 사람은, 아니, 생물은 그런 면에선 타협이 없어서 누가 날 찔렀다면 그게 어떻게 해서 벌어진 일이든 무조건 부당하다고 생각하지 않나요? 그러니까, 예. 설령 자기가 살인을 저지르려다가 거꾸로 상대한테 찔려서 죽은 자라고 해도 그자가 죽기 전에 상대의 이름을 썼다면, 사람들은 그걸 보면서 얘는 부끄러운 줄도 모르고 이런 건 왜 썼냐는 소리 같은 건…… 뭐, 말로는 할 수 있을지 모르지만 진짜 그렇게 생각하진 않을 것 같은데요? 당연히 쓸 법하다고 생각하겠죠. 아니, 그런 생각도 안 한다는 편에 가깝겠군요. 백작님 말씀처럼 '그냥 넘어가겠네요.'"

"좋은 비유 고맙소. 그러면 어스탐 경이 쓰고 있는 건 도대체 뭐지?"

"예?"

"스벤터 경은 다가올 결말을 개연성 있는 것으로 만드는 복선이나 암시에 대해 말했지. 일반적인 소설이라면 작가는 그런 걸 마련해야겠지. 독자가 결말을 납득할 수 있도록. 그런데 어스탐 경은? 어스탐 경이 갑자기 글재주가 확 떨어져서, 심장에 칼을 맞았으니 그렇게 됐다 해도 이해할 수 있는 일이지. 어쨌든 그렇게 돼서 살인자에 대한 묘사를 개떡같이 하고 개연성을 엉망으로 만들었다 해도 상관없어. 복선과 암시가 믿을 수 없을 정도로 조악해도 돼. 그래도 이건 작가의 결말에 동의할 수밖에 없는 소설이야. '찔렀잖아. 그러면 악당이지. 작가 말이 맞아.'"

"어라? 백작님 말씀은 그러니까, 어스탐 경은 비평가에 대한 무적의 방패를 얻은 작가라는 건가요? 자기 목숨을 지불하고서?"

"대충 그런 느낌이었소. 내 경우엔, 그래. 흐음. 내가 무조건 동의할 수밖에 없는 글 힘들게 읽어서 뭣하나. 결말만 보면 되지. 대강 그런 생각을 하고 있었던 것 같소. 반박할 수 없는 이야기엔 관심이 없다고 말하면 뼛속까지 반골인 작자의 말처럼 들리겠지만……"

"아니, 백작님이 무슨 말씀을 하시는 건지 알겠어요. 이성이 결국 신앙과 척을 질 수밖에 없는 부분이 거기잖아요. 반박할 수 없으면 사유할 수 없다. 사유의 대상이 아니다. 이 경우엔 읽을 맘도 안 든다. 아하, 그렇게 된 것이군요."

"그런데 당신한테서 별세계 이야기를 들으니 좀 이상하더라고."

"그래요? 그게 왜?"

"거긴 사람 죽이는 것도 예술로 통하는 곳이라면서? 그러니까 다른 윤리와 규범의 가능성? 물론 그런 건 알아. 동물을 길러도 되는 나이라면 그런 건 알아야지. 하지만 임사전언에서? 이게 도대체 뭐 하는 짓인가 싶더군. 누구에게나 당연한 도덕, 그러니까 나를 찔렀으면 무조건 악당이라는 그 단순하고 본능적이어서 뒤집기 더럽게 힘든 도덕을 발판으로 삼기 때문에 그냥 아무 말 없이 이름만 휘갈겨도 되는 것이 임사전언인데, 일부러 다른 도덕을 보여준다고? 보통의 임사전언이 숨겨놓는 전제를 뒤집는 짓이지. 어스탐 경은 배짱을 부리는 건가? 내가 다른 관점을 제공하여 범인의 동기를 약화시킨다 하더라도 너희들은 여전히 내 결말을 받아들일 수밖에 없다는, 뭐 그런 작가의 패악질인가?"

"오호. 이러고도 나는 나를 찌른 놈, 혹은 년을 이 소설의 악당으로 만들 수 있다? 너희들은 그렇게 받아들여야 한다? 안 그러면 어쩔 건데? 찔린 건 난데? 패악질이라고 해도 되겠네요."

더스번 경은 성의 없이 고개를 끄덕이다가 멈췄다. 경은 사란디테를 곁눈질하며 말했다.

"만약 용서라면?"

"예?"

"용서하는 유언장이란 말이 있지."

더스번 경은 그 내용에 대해 간략히 설명했다.

"그건 법은 개인을 보호하고 개인을 존중하지만 개인을 추종하지는 않는다는 이야기지만, 그냥 그 말 그대로 받아들인다면 방금 우리가 나눴던 이야기에 대한 좋은 설명 아니오? 악당으로 만들려는 것이 아니라는 거지. 우리가 범인을 볼 수 있는 다른 관점을 제공하는 거지. 별세계 이야기까지 하면서 어떻게든 우리가 범인에 공감하게끔 노력했다는 거지. 그러니까 그건 사실 임사전언이 아니라 살인자를 위한 변론서였다는 거지. 자신을 죽인 사람을 용서하게 된 자작이 우리들을 상대로 살인자를 변호하기 위해……?"

더스번 경은 사란디테의 얼굴을 보며 말끝을 흐렸다. 대단히 희귀한 표정이라곤 할 수 없지만 볼 거라 예상하기 어려웠던 표정이었기에 그걸 읽기가 쉽지 않았다. 그러나 혼란은 곧 가셨고 더스번 경은 단순한 문장으로 사란디테의 얼굴을 묘사할 수 있게 되었다.

사란디테는 '에이, 지지!' 하는 얼굴을 하고 있었다.

장병들에게 대기 명령을 내리고 몸을 돌린 스벤터 경이 얼굴을 찌푸렸다. 스벤터 경의 짜증 섞인 신음을 들은 눌드 경이 미안해하는 미소를 짓곤 들고 있던 가시를 조금 흔들었다. 스벤터 경은 눌드 경의 손과 가시 사이에 있는 손수건에 불신의 시선을 보냈다.

"나라면 장갑 끼고 집게를 쓸 것 같습니다만. 쯧. 지나간 일이군요. 그게 뭘까요? 조금 전까지 이야기 나누던 작자의 몸에 달려있던 거라 말하긴 좀 그렇지만, 대단히 진귀한 요리 재료 같은 걸까요? 그런데 성게 가시도 요리 재료인가."

눌드 경은 스벤터 경의 아무렇게나 한 말에 진지하게 대응했다.

"성게가 진미라는 말은 나도 어디서 들었습니다만 역시 가시 이야기는 아니었던 건 같은데요. 그러고 보니 밤도 그렇고 메기도 그렇고 가시를 먹는 경우는 안 떠오르는군요. 하긴 상식적으로 방어 무기가 맛있으면 안 될 것 같군요."

자신의 옷에 무슨 냄새가 뱄나 확인하던 세티카가 끼어들었다.

"그러면 원래 용도대로 무기로 쓰라는 걸까요? 각하의 검술을 칭송하지 않았습니까."

가시의 전반적인 생김새를 다시 살펴본 눌드 경은 의혹을 드러냈다. 앞쪽이 섬뜩할 정도로 뾰족하긴 하다. 길이도 훌륭하다 할 정도이고. 하지만 전체적으로 원추형이어서 뒤쪽은 손으로 쥐기 거북할 정도로 굵어 적당한 파지법이 잘 떠오르지 않는 모습이다. 그러니까 사람의 손엔 잘 안 맞는다. 뒤쪽을 깎아내어 극도로 단순한 창 같은 걸 만들 수는 있겠지만 여전히 문제가 있었다. 눌드 경은 자신이 한 손으로 그걸 쉽게 다루고 있는 모습을 강조해 보였다.

"가벼운데. 신비한 물건이라서 가벼우면서도 단단하다? 글쎄. 어딜 슬쩍 치기만 해도 부러지거나 꺾일 것 같은 느낌인데. 시험해보려고 해도 선물 받은 걸 받자마자 망가뜨리는 건 시빗거리를 만드는 짓이 될까 염려스럽고."

스벤터 경이 동의했다. "예. 잘 보관해뒀다가 그런 걸 잘 아는 사람에게 물어보면 될 겁니다." 눌드 경이 가시를 다시 땅에 내려놓자 스벤터 경이 화제를 바꿨다. "나는 처음 겪는 일이라서 이게 통상적인 일인지 아닌지 모르겠습니다만, 아무래도 그럴 것 같진 않군요. 그랬다면 이야기하길 좋아하는 자들이 이미 예전에 수십 배로 과장해서 우리 모두에게 들려줬을 테니. 신비한 도서관의 사서가 가져오는 놀라운 보물에 대한 이야기 말입니다."

"무슨 말인지 알겠습니다. 어스탐 경의 육필 원고는 신비한 도서관의 관점에서도 극히 이례적인 무엇인가 봅니다. 하긴. 나도 사란디테가 지적해줘서 알게 되었는데, 이런 걸 일상적인 일로 여겨선 안 되겠죠."

세 사람은 모두 본관의 집필실 방향을 쳐다보았다. 시체가 글을 쓰고 있는 곳을 바라보는 세 사람의 얼굴 모두에 편안한 기색은 없었지만 특히 과격한 얼굴은 있었다. 욕설을 참는 얼굴을 하고 있던 세티카가 말했다.

"죄송합니다만, 각하. 직접 읽으면 되지 않냐고 하셔도 할 말이 없습니다만, 괜찮으시다면 저 자식이 그 더러운 것에서 제 고모님을 어떻게 표현했는지 알려주실 수 있을까요?"

눌드 경이 도움을 구하듯이 스벤터 경을 돌아보았다. 스벤터 경은 그 눈길에 담긴 그라이만 귀족의 질문을 어렵잖게 이해했다. '경이 잘 알듯이 나도 용의자 중 한 명인데, 그런 내 입장에서 다른 용의자가 어떻게 묘사되었는지 말하는 건 어떻게 보든 이상하지 않겠습니까?' 스벤터 경은 이 멍에를 받아 들었다.

"세티카. 그러니까, 이렇게 말하면 어떨까. 자작이 제시하는…… 제기랄. 그래. 자작이 제시하는 용의자는 네 명이야. 그렇다면 어스탐 경은 그중 세 사람에 대해선 그야말로 모욕이라고밖에 말할 수 없는 억측과 거짓 의혹을 늘어놓고 있는 셈이야. 어쨌든 나는 그렇게 이해했어. 그러니 거기서 뭐라고 묘사되었든 범인이 아니라면 그건 그저 이야기를 위해—"

기사 한 명이 짧고 강한 외침으로 스벤터 경의 주의를 촉구했다. 기사의 다급한 손길에 따라 몸을 돌린 스벤터 경은 네롤 에길이 당나귀에 올라탄 채 오소리 옷장을 향해 다가오고 있는 모습을 발견하곤 엔파 백작가 저택에 엎드려 누운 채 양쪽 손바닥으로 바닥을 때리며 악을 쓰던 딸의 모습을 떠올렸다. '나도 그렇게 해 보면 화가 좀 풀리지 않을까? 응? 괜찮지 않을까?' 땅에 떨어졌던 칼집을 집어든 눌드 경이 그 안에 검을 꽂아넣으며 아무리 힘들어도 재미를 찾아야 하는 법 아니겠냐는 투로 말했다.

"차례대로 방문할 모양이군요. 자기들끼리 제비를 뽑았을까요? 이번엔 어떤 대단한 볼거리를 보여줄지 기대해볼까요."

스벤터 경은 끙끙거리며 장병들에게 준비하라는 모호한 손짓을 보냈다. 사실 뭘 준비해야 할지 알 수가 없어 지시가 모호할 수밖에 없었고, 그래서 기사와 병사들도 각자 자신이 생각하는 준비 태세를 갖췄다. 그러는 동안 네롤이 대문 앞에, 조금 전 유와르 사서가 있던 곳에 도달했다. 배추 경에서 내린 네롤이 고삐를 쥔 채 대문으로 더 다가왔고 규모가 바뀐 탓에 조금 전보단 거리가 가까워질 필요가 있다는 것을 깨달은 스벤터 경과 눌드 경, 그리고 세티카 또한 마중을 나가듯 걸어가서 대문을 사이에 두고 보다 인간적인 거리에 멈춰 섰다.

오소리 옷장의 대문이라는 건 그냥 돌담의 일부가 끊어진 것처럼 뻥 뚫려 있는 공간이었고 문짝 같은 것도 없었다. 아무래도 섭정의 통금 명령도 있고 사서들까지 왔으니 거길 좀 막아야 하지 않겠냐는 일부의 의견이 있었지만 오소리 옷장을 두른 돌담 자체가 워낙 낮아 사람이 오가는 것을 못 막을 지경인지라 스벤터 경은 방어 진지를 설치하지 않기로 한 결정과 같은 맥락에서 대문 또한 원래대로 개방해두기로 결정했다. 그 덕분에 바깥쪽의 한 사람과 안쪽의 세 사람은 돌담의 연장선에 해당하는 가상의 선을 사이에 둔 채 서게 되었을 때 서로를 완전히 볼 수 있었다. 스벤터 경이 다른 두 사람을 네롤에게, 그리고 네롤을 두 사람에게 소개했고 세 사람이 인사를 교환한 후 네롤이 안쪽의 땅바닥에 놓여 있던 성게 가시를 가리켰다.

"제가 그 안으로 들어갈 순 없겠죠? 가까이서 볼 수 있게 해주시겠습니까?"

스벤터 경과 눈빛을 교환한 눌드 경이 다시 걸어가 손수건으로 가시를 붙잡아 집어 들었다. 대문 근처로 돌아온 눌드 경이 그걸 들어 보이자 네롤은 뚫어지게 관찰한 후 혀를 찼다.

"생각이 있는 건지 없는 건지. 일단 그걸 만지는 건 문제 없을 겁니다. 주의할 건 뾰족하니까 찔리지 않도록 조심해야 하는 것 정도? 지금 당장은 벽에 걸어놓고 장식품으로 쓰는 수밖에 없을 것 같은데, 그건 아깝겠지요. 미친 마법사가 지나가길 기다린다는 건 나무 밑에 불피워놓고 다람쥐 떨어지길 기다리겠다는 소리고, 시도해볼 수 있는 현실적이고 안전한 방도는 한 가지뿐인 것 같습니다. 훗날 시간을 내어 만신전에 가져가십시오. 그쪽에서 알아서 처리해주거나 아무것도 안 해 줄 겁니다. 그 기사들에 대해서는 이렇게밖에 말 못 하겠군요."

눌드 경이 미소를 지었다. "콰이스톨 기사가 처리해줄 경우엔 어떻게 되는 거요?"

"쓸 만한 검이 나올 거라 예상합니다."

"오. 그런데 생각이 없다고 한 건?"

"볼 줄 아는 사람은 그 안에 뭐가 들어있다는 걸 알 텐데, 그걸 꺼내려다가 실수하면 모든 수중 생물의 원한을 사게 된다는 것까지 알아볼 사람은 그리 많지 않을 겁니다."

"……보통 그런 건 물가에 가지만 않으면 괜찮은, 그런 식이 아니던데."

"잘 아시는군요. 각하. 수중 생물이라는 건 꽤 엉터리 같은 분류죠. 저라면 냇물에서 첨벙첨벙 뛰던 개가 물려고 덤벼들거나 목욕탕에서 사람이 뛰쳐나와 죽이겠다고 덤벼드는 일이 벌어질 것까지 각오할 겁니다. 그러니까 그냥 안 꺼낸다는 말입니다."

눌드 경은 조언에 감사하며 명심하겠다고 말했다. 네롤은 스벤터 경을 향해 돌아섰다.

"아마 그게 궁금하실 테니 말씀드리죠. 각하. 제가 마지막입니다. 유와르 사서가 물러나고 나서 불결한 이름을 가진 자가 움직이길 기다렸는데, 움직이지 않는군요. 그래서 이렇게 온 겁니다."

"당신이 말하는 불결한 이름을 가진 자는 더스번 경이 어둑이 사서라고 부르는 그자인 것 같은데, 그러면 그자는 육필 원고의 입수를 포기했다는 말이오?"

"아니요. 일단 말해두겠는데, 지금부터 제가 드리는 말에서 불결한 이름을 가진 자의 행동에 대한 부분들은 대부분 추측이 될 겁니다. 그자와 제가 흉허물 없이 지내는 사이는 아니라서. 불결한 이름을 가진 자도 여전히 육필 원고의 입수를 원하고 있을 겁니다. 그런데 그자에겐 저나 유와르라는 자와는 다른 특징이라고 해야 할지 극성이라고 해야 할지, 어쨌든 그런 것이 있습니다. 먼저 질문을 한 가지 드리겠습니다. 혹시 불결한 이름을 가진 자가 적을 두고 있는 자칭 도서관의 이름을 아십니까?"

"더스번 경에게 듣기론 이름이 없다고 하던데. 그냥 도서관이라고." 스벤터 경은 눌드 경 쪽을 곁눈질하며 피식 웃었다. "진짜로 무명 도서관이라고 하더군."

"예. 그자들은 자기네 장소를 그렇게 부르지요. 그리고 불결한 이름을 가진 자에겐 이름이 있지만, 그 불결한 이름을 호명하거나 기명하는 건 화를 부르는 짓이며 어지간한 원수가 아니라면 타인에게 권할 일도 아닙니다. 거기 있는 자들 중 상당수는 이름에 대한 견해나 반응이…… 다른 자들과 많이 다릅니다. 지금은 이런 이야기를 할 시간이 아니니 간단히 말씀드리겠습니다. 그러니까 다른 자들의 경우엔 꼭 이름이 있어야 할 때도, 그게 없으면 모든 것이 무의미해지는 때도 그자들은 없으면 없는 대로 헤쳐나갈 수 있다는 식으로 반응한다고 이해해주시면 좋겠습니다."

스벤터 경은 자신들이 무엇을 기다리고 있는지 잊어버리진 않았다.

"이름에 대한 이야기가 계속 나오는데, 혹시 지금 이 이야기, 나 또한 기다리고 있는 어떤 이름과 관련이 있는 거요?"

"그렇습니다. 각하. 저는 그 이름이 적시되길 원합니다. 그 이름이 없다면 그 글은 아무것도 아닙니다."

스벤터 경이 생각하기에도 임사전언에 범인의 이름이 없다면 이상할 것 같았다. '아니, 이상한 정도가 아니잖아. 원래 임사전언이라는 건 범인의 이름이지? 그런데 그게 없다면, 본말전도도 이만저만이 아니군.' 네롤은 정말 약 오른다는 얼굴을 했다.

"불결한 이름을 가진 자도 이름이 쓰여 있는 쪽을 선호할 겁니다. 그래서 어젯밤엔 유와르라는 자와 함께 날뛰었던 거지요. 그런데 안 움직이는 것을 보니 어제 이후로 생각을 바꾼 모양입니다. 아무래도 불결한 이름을 가진 자는 이름이 없어도 어찌어찌 감당할 수 있다고 생각하나 봅니다. 솔직히 그게 어떻게 '어찌어찌 감당할 수 있다'는 건지 저는 도저히 이해할 수도, 납득할 수도 없습니다. 다리가 없어도 어찌어찌 달릴 수 있다는 소리로, 눈이 없어도 어찌어찌 볼 수 있다는 소리로밖에 들리지 않습니다. 그런데 그자는 정말 그렇습니다. 그러니…… 그냥 받아들일 수밖에 없습니다. 살다 보면 가끔 맞닥뜨려서 사람을 의기소침하게 만드는, 그냥 그대로 받아들일 수밖에 없는 그런 이야기죠."

스벤터 경은 신경질적으로 머리를 쓸어넘기고 옷 앞섶을 두어 번 잡아당겼다.

"알겠소. 이렇게 이해하면 되겠소? 둘은 완전한 육필 원고를 원하고, 하나는 결격 사유가 있는 육필 원고라도 감수할 수 있다고 생각한다? 그런데 난 아직도 이 모든 이야기가 어떻게 엮여 있는 건지 모르겠는데. 조금 전까진 안다고 생각했소. 그러니까 당신들은 진심으로 그 육필 원고를 원한다는 것이겠지. 유와르 사서가 보여준 보석의 진정한 가치 같은 건 내가 절대 가늠할 수 없겠지만 거기서 진정성을 느끼는 것은 어렵지 않소. 그래서 나는 당신도 그 비슷한 것을 보여줄 거라 예상했지. 그런데 당신은 육필 원고의 무결성을 원한다는 이야기부터 하는군? 그래. 물론 그건 중요한 이야기겠지. 하지만, 그래도 이건 공연한 이야기를 하는 것 같지 않소? 왜냐하면 나도 그걸 원하거든? 정말 간절하게? 그걸 짐작할 수 없는 거요?"

네롤은 빙긋 웃었다.

"충분히 짐작할 수 있습니다. 하지만 전 여기 서 있습니다."

스벤터 경은 네롤이 서 있는 곳을 보다가 좌우의 돌담을 한 번씩 쳐다보았다. 미심쩍은 시선으로 네롤을 보던 스벤터 경이 '그래서?'라는 듯한 표정을 지었다. 네롤이 말했다.

"저는 완전한 육필 원고를 확보하기 위해 제가 필요하다고 생각하는 행동을 할 권리를 원한다는 말을 하려는 겁니다. 유와르라는 자가 원하는 것도 아마 마찬가지일 테고. 조금 전 유와르라는 자가 여러분께 말했어야 했지만 하지 않은 말은 이런 겁니다. 그 육필 원고의 잠재적 최종 소유자가 되면 그 집필을 방해하거나 저지하려는 시도가 있을 경우 재산권 방어를 명분으로 개입할 수 있게 된다."

"허……?"

"여긴 막히는 것이 없어서인지 저한테도 그럭저럭 들리더군요. '그대가 그 의사를 미리 밝혀주면 많은 이에게 커다란 도움이 될 것이다.'

그건 그런 말입니다. 저 유와르라는 자의 윤리관에 제가 정통한 건 아니지만 어쩌면 이거 아닐까 싶은 정도의 설명은 있습니다. 어쩌면 유와르라는 자는 그런 설명이 엔파 백작에 대한 무례가 되거나 심지어 반발을 불러올지 모른다고 생각했을 수 있습니다. 현재 원고의 완결에 대한 책임이 있는 사람은, 작가 자신이라는 뻔한 소리는 하지 않기로 한다면, 역시 각하라고 보아야 되겠죠?"

스벤터 경은 뱃속이 서늘해지는 기분을 느꼈다. 잠도 부족한 판국이라 정말 불쾌한 느낌이었다. 스벤터 경은 경이 유레솔이 아니라는 이유로 싫어하는 경비병들을 떠올렸다. 그자들이 4년 동안 거기 있다가 그렇게 되어버린 근본적인 이유는 당연히 임사전언의 안전한 집필이다. 스벤터 경은 자신이 더스번 경에게 했던 말도 떠올렸다. '범인의 관점에선 결말 부분만 못 쓰이게 방해하거나 파괴하는 것이 더 효율적이고 안전하다고 생각할 수도 있지.' 그리고 지금 쓰이고 있는 것이 바로 그 결말 부분이다.

스벤터 경은 섭정 권한으로 특정한 네 사람을 마흔 시간에서 쉰 시간 정도 포박해두는 것이 가능한가 급히 궁리해보았다. 그러니까 죽은 자가 안심하고 임사전언을 쓸 수 있게끔. 수면 부족의 여파가 미미하진 않았다고 보아야 할 것이다.

실제와는 좀 다를지도 모르는 막 #9

<막이 열린다.>

시간과 장소가 불명. 배경은 전체적으로 요란한 색깔인데, 온갖 빛깔의 물감통을 가져와 마구 뿌리고 그 위를 온갖 빛깔의 물감이 묻은 여러 가지 크기의 맨발들이 이리저리 뛰어다닌 듯한 모습이다. (제작 중 흥이 올라서 그럴까 봐 걱정되어 명기해두는데 손바닥이나 다른 건 사용하지 말 것. 발바닥뿐임. 가능하다면 무대 바닥도 같은 모습이면 좋겠음. 난점은 알지만 무대 감독의 고려 바람.) 배경에 문이 몇 개 있는데 크기와 형태가 제각각에 모두 비뚤어져 있고 위치도 뒤죽박죽이다. 무대엔 일정한 간격으로 의자 네 개가 놓여 있는데 좌측 세 개의 의자는 고급스럽고 위풍당당한 팔걸이 의자이며 거기엔 정체불명의 인물 세 명이 팔걸이에 두 팔을 얹고 앉아있다. 성별과 연령을 알 수 없으며 온갖 빛깔의 물감을 뿌린 옷과 가면을 착용하고 있다. 네 번째 의자는 훨씬 초라하고, 팔걸이는 없고 등받이는 작으며, 비어있다.

무대 좌측에서 어스탐이 등장한다. 평상복 차림에 머리엔 보관을 쓰고 있고 양손에는 검과 방패를 들고 있다. 보관을 쓴 어스탐이 방패로 앞을 가리고 검을 그 옆에 내민 채 엉거주춤한 모습으로 천천히 무대 우측으로 이동한다.

어스탐이 첫 번째 정체불명의 인물 근처에 도달했을 때 정체불명의 인물이 벌떡 일어난다. 정체불명의 인물이 어스탐의 보관을 빼앗아 자신이 쓴다. 어스탐이 놀라서 바라보지만 저항하거나 되찾으려 시도하지는 않는다.

잠시 후 어스탐이 우측으로 천천히 이동한다. 보관을 쓴 정체불명의 인물이 그 뒷모습을 따라 천천히 제자리에서 돈다.

어스탐이 두 번째 정체불명의 인물 근처에 도달했을 때 정체불명의 인물이 벌떡 일어난다. 정체불명의 인물이 어스탐의 방패를 빼앗아 왼손에 든다. 어스탐이 놀라서 바라보지만 저항하거나 되찾으려 시도하지는 않는다.

잠시 후 어스탐이 우측으로 천천히 이동한다. 방패를 든 정체불명의 인물이 그 뒷모습을 따라 천천히 제자리에서 돈다.

어스탐이 세 번째 정체불명의 인물 근처에 도달했을 때 정체불명의 인물이 벌떡 일어난다. 정체불명의 인물이 어스탐의 검을 빼앗아 오른손에 세워 든다. 어스탐이 놀라서 바라보지만 저항하거나 되찾으려 시도하지는 않는다.

잠시 후 어스탐이 우측으로 천천히 이동한다. 검을 든 정체불명의 인물이 그 뒷모습을 따라 천천히 제자리에서 돈다.

초라한 빈 의자 옆에 도달한 어스탐이 그것을 이상하다는 듯이 내려다본다.

무대 우측에서 네 번째 정체불명의 인물이 등장한다. 앞선 세 명의 정체불명의 인물과 같은 모습이다. 네 번째 정체불명의 인물이 비어있던 네 번째 의자로 걸어와 앉는다.

어스탐이 의자에 앉은 네 번째 정체불명의 인물을 보다가 자신의 머리를 만졌다 몸을 만졌다 하며 무엇인가를 찾는 듯한 모습을 보여준다. 가지고 있는 것이 아무것도 없다는 것을 깨닫고 어스탐이 난처한 듯, 미안한 듯한 얼굴이 된다.

네 번째 정체불명의 인물이 의자에서 일어난다. 미안하다는 얼굴로 마주 보는 어스탐을 보던 네 번째 정체불명의 인물이 한쪽 무릎을 꿇고 고개를 숙이며 어스탐에게 경의를 표한다. 어스탐이 놀라 그 모습을 보다가 말리려는 듯 두 손을 엉거주춤 내민다. 어스탐이 다시 두 손을 끌어당기더니 고개를 숙이고 두 손으로 얼굴을 가린다.
네 번째 정체불명의 인물이 일어나 어스탐을 부드럽게 포옹한다. 조금 후 어스탐이 네 번째 정체불명의 인물을 포옹한다.
세 명의 정체불명의 인물들이 그 모습을 보며 손을 거칠게 내뻗어 휘두르고 몸을 흔들며 비난하는 듯한 사나운 몸짓을 한다.
네 번째 정체불명의 인물이 어스탐을 놓고는 세 명의 정체불명의 인물 앞을 지나쳐 무대 좌측으로 달려간다. 네 번째 정체불명의 인물이 무대 좌측으로 퇴장한다.
세 명의 정체불명의 인물들이 좌측으로 달려갈 듯 두어 걸음 움직이다가 멈춘다. 세 명의 정체불명의 인물들이 머리를 돌려 어스탐을 본다.
어스탐이 네 번째 의자에 앉는다.
세 명의 정체불명의 인물들이 우측으로 달려갈 듯 두어 걸음 움직이다가 멈춘다. 세 명의 정체불명의 인물들이 무대 좌측과 의자에 앉은 어스탐을 번갈아 바라본다. 어느 쪽으로 달려가야 할지 갈피를 잡을 수 없어 혼란스러워하는 모습이다. 그러다가 세 명의 정체불명의 인물이 의자에 앉은 어스탐에게 다가간다.
검을 든 정체불명의 인물이 의자 뒤편으로 돌아가 어스탐을 내려다보며 칼날을 어스탐의 오른쪽 어깨에 세워 얹는다. 보관을 쓴 정체불명의 인물과 방패를 든 정체불명의 인물이 어스탐의 좌우에서 어스탐의 양쪽 손목을 하나씩 억류하듯 붙잡고 한쪽 무릎을 꿇어 검을 든 정체불명의 인물에게 방해되지 않도록 몸을 낮추고 상체를 뒤로 젖힌다.

어스탐이 양 손목을 잡은 정체불명의 인물들을 한 번씩 쳐다보고 몸을 뒤틀어 검을 든 정체불명의 인물까지 본 다음 관객 방향을 본다. 어스탐이 뒤틀린 미소를 짓는다.

어스탐   이거 참, 폐를 끼치는군. (머리를 왼쪽으로 잔뜩 기울이며) 해 봐, 더러운 새끼들아!

검을 든 정체불명의 인물이 검을 높이 들어 올린다.

<막이 닫힌다.>

 사란디테는 동정심을 담아 더스번 경을 바라보는 만행까지 서슴지 않았다.
 "아무래도 그건 아니다. 백작님. 역시 읽지를 않으셔서. 어스탐 경은 네 사람을 변호하고 있지 않아요. 저는 그렇게 생각하기 힘들어요. 읽어보셨으면 아실 텐데. 변호하려면 누구나 공감할 수 있는 이유여야 하잖아요. 하지만 네 사람은 개인적인 이유로 어스탐 경을 죽여요. 어, 물론 모든 사람은 개인이긴 하지만 공감할 수 있다는 말은—"
 손을 들어 사란디테의 말을 멈춘 더스번 경이 창밖을 응시했다. "에길 사서라면 별문제는 없겠지." 더스번 경은 사란디테에게 따라오라는 손짓을 하고는 방 안으로 들어갔다. 경을 따라 방으로 들어간 사란디테는 의자 등받이를 잡고 있는 더스번 경을 보곤 어깨를 한 번 으쓱이고는 그 의자에 앉았다. 탁자를 돌아 맞은편 의자에 앉은 더스번 경이 말했다.

"그 '읽어봤다면'이라는 말이 앞으로 싫어질 것 같아. 하지만 지금 그걸 읽고 있을 시간도 없으니 당신이 무지렁이 기사를 속성으로 교화해주면 감사하겠소. 그 네 사람의 동기가 뭐요?"

"감사는 마시기 힘들던데. 요즘 몸이 좀 약해졌나 봐요. 더 순한 건 없어요?"

"……콰이스톨 포도주 한 통."

"큰 통? 큰 통이에요?"

"중간 통."

"흐음. 불만을 말하긴 어렵겠네요. 좋아요. 누구부터 들려드릴까요?"

네 명의 이름을 머릿속에 놓고 고민하던 더스번 경은 사란디테가 시선을 피한 채 입을 크게 움직이며 소리 없이 어떤 이름을 반복적으로 말하고 있는 모습을 보곤 손바닥으로 얼굴을 덮었다.

"일단 올코아 부인부터 묻지. 부인의 동기는 뭐요? 왜 조카를 죽이는데?"

"조카가 죽을까 봐!"

"……고모들은 그게 문제지."

"혹시 할라도 백작 부인께서 아드님의 관에 꽃 모양 머리 장식을 넣으신 건 아세요?"

더스번 경이 얼굴을 덮었던 손을 내렸다.

"머리 장식? 관? 혹시 도굴 사건과 관련된 거요? 할라도에서 과거 도굴 사건이 있었다는 건 알고 있소. 그리고 내가 아는 건 그 단어가 전부라고 해도 좋고. 언급하지 않는 분위기이기에 캐묻지 않았어. 좋은 주제도 아니고."

"정말 예의 바른 방문객이셨구나. 좋아요. 할라도 백작부부의 하나뿐인 아드님이셨던 투얄 레초 도련님께선 어린 나이에 병으로 돌아가셨어요."

"그건 알아."

"그 장례식장에서 일이 좀 있었죠. 다른 사람들이 관에 꽃을 넣을 때 백작 부인은 꽃 모양 머리 장식을 넣으셨어요." 사란디테는 그 이유를 설명했다. "그런데 그 장례식에 참석했던 어스탐 경이 그 모습에서 글감 냄새를 맡았나 봐요. 자기 소설에 차용했죠. 자신의 딸임을 인지할 수 없었던 사생아의 관에 장신구를 넣은 아버지의 이야기를 썼어요. 제목은 『조화 속의 꽃장식』. 호화로운 묘사와 끈적한 전개로 읽는 이의 뇌리에 남는 이야기였대요. 그리고 어스탐 로우는 유명 작가이고. 책은 널리 팔렸고, 많은 사람이 알게 되었고, 소설의 소재가 된 실제 사건이 뭔지도 다 알려졌죠. 그동안 소문은 머리 장식의 가치를 엄청나게 부풀려 놓았고. 그리고 도굴꾼들이 도련님의 묘를 파헤쳤어요."

"그런 일이었군……."

"머리 장식은 비싼 것이었지만 무책임한 사람들이 떠들던 말도 안 되는 물건에는 한참 모자라는 물건이었죠. 그래서 그랬는지 도굴꾼들은 도련님의 유골도 가져갔대요. 아직 잡히지 않아서 회수하지 못했고요. 매장한 지 얼마 안 된 시체라면 수련 의사한테 파는 경우도 있겠지만 유골은? 마법사? 마녀인가요?"

"아무 때나 그자들부터 의심하면 마녀와 마법사도 서운할 텐데. 그걸 볼모로 가지고 있어야 원혼이 자기한테 해코지를 못 한다고 믿는 것들도 있다고 들었소. 그걸 가지고 유령을 통제하겠다는 거지."

사란디테는 욕설을 내뱉었다. "그런데 그게 돼요?"

"난 그쪽 전문은 아니니 꼭 알고 싶으면 밖의 사서들한테 좋은 관련 도서가 있는지 물어보시오. 어둑이 사서한테 곧장 가진 말고. 자긴 유령이 아니라면서 항의할 테니. 어쨌든 시작은 백작 부인이 장례식장에서 대중에게 노출한 행동이었고 마지막에 삽 들고 무덤을 파헤친 건 도굴꾼들이란 것이군."

"예. 그런 말씀을 하고 싶으신 거라면, 그래요. 레초 가문으로부터 어스탐 경에게 전달된 공식적인 항의나 유감 표명은 없었어요. 실제로 자작은 이곳이 완공되자마자 초대도 받았죠."

"초대를 받았군."

"그리고 올코아 부인은 그 초대가 어스탐 경을 죽이려고 백작 부인이 계획한 거라고 생각했죠."

"뭐? 무슨 소리야. 레초 부인이 입에 칼을 물고 어스탐 경의 침실을 습격한다고? 아니면 어스탐 경의 술잔에 독을 넣어?"

"아뇨. 공개적으로 죽일 수 있는 합법적인 수단이 있어요. 올코아 부인은 농담이라고 생각할 수 없는."

"……결투? 눌드 경이 대전사?"

"레초 부인의 자랑스러운 부군 할라도 백작이 그라이만의 그거시잖아요. 반면 어스탐 경은, 엔파 백작의 표현에 따르면 범부들이 자기 통찰력을 과시할 모습이고, 누가 봐도 배당률이 낮지 않을까요. 물론 어스탐 경을 찍으면 초고배당이고."

"그래서? 방문객에게 시비를 걸어 심한 모욕을 당한다? 그리고 남편에게 저자를 죽여달라고 소리 높여 요구하고? 아니, 요구하지 않아도 이 경우 눌드 경은 나설 수밖에 없다? 말은 되는 것 같지만, 그게 그렇게 되겠소? 그 이야기를 들은 사람들이 어떻게 반응하겠어. 모욕을 받았다는 건 꾸며낸 거짓말이고 할라도 백작이 행한 건 더러운 모살이라고 말하겠지. 엄밀하게 말하면 도의적 책임밖에 없는 어스탐 경에게 공연한 분풀이를 해서 주인의 의무를—"

"예. 할라도 백작은 지금도 어스탐 경의 애호가죠. 정확하게 말하자면 어스탐 경의 글의 애호가지만."

더스번 경은 사란디테를 뚫어지게 바라보았다.

"밉살스러운 인간을 제거하고 그 인간의 애독자인 쾌씸한 남편에게는 자기 손으로 죽였다는 고통과 세상에 퍼져나갈 오명을 준다?"

"초고배당이 터져도 상관없고. 이걸 도박 용어로 뭐라고 하더라."

"당신……"

"올코아 부인! 올코아 부인!"

"……흠."

"올코아 부인은 에이바 레초뿐만이 아니라 에이바 에클리오도 봤어요. 에클리오 가문의 장원에서 유폐형을 치렀거든요. 아직 어려서 남의 손이 필요했을 소녀, 어쩌면 정신적으로 아직 미숙해서 자기중심적이고, 툭하면 억지를 부리고, 주변 사람에게 말도 안 되는 요구를 일삼는 소녀를 봤을지도 모르죠. 물론 에이바 에클리오가 남달리 조숙한 소녀였을 수도 있지만 그때 올코아 부인은 유폐형을 받느라 자기 손으로 자기를 돌보고 있었겠죠. 두 사람의 모습은 뚜렷하게 대비가 되었을 거예요. 한쪽은 에클리오 가문의 영애, 한쪽은 귀족이라 감옥에 안 간 반죄수. 기억에 많이 남았겠죠. 어렸을 때 본 상대를 어른으로 쉽게 받아들이는 사람은 많지 않죠? '얼마 전까지 요만했는데!' 하는 사람이 더 많죠. 전 어제 올코아 부인이 실수로 백작 부인을 에이바라고 말하는 걸 봤어요."

"그래서 올코아 부인은 '고 앙칼진 에이바 계집애가 칼질 잘하는 제 서방한테 내 조카 죽이라고 떼를 쓸 거야. 그러려고 부른 거야. 척 보면 알 수 있는 거지!'라고 생각했다고? 그리고 '만에 하나 제 서방이 죽게 되더라도 고 못된 계집애는 속도 없는 멍청이가 잘 죽었다고 좋아할 테지! 그러니 할 거야, 하고 말고!'라고도?"

"와, 가끔 보면 사람 마음을 아는 것처럼 보이기도 하고 그러는데."

"반응 안 할 거요. 그래서? 남다른 혜안으로 조카가 사지로 들어왔다는 걸 꿰뚫어 본 네모파니 올코아는 뭘 어떻게 하지?"

"간단하죠. 어스탐 경을 죽이면 돼요. 그럼 어스탐 경이 결투로 죽을 일이 없어요."

"명안이네."

더스번 경은 목 옆쪽을 긁적였다.

"당신은 올코아 부인이 어스탐 경이 아닌 세티카를 더 좋아한다고 생각하는 거요?"

"임사전언의 암시들을 염두에 두고 상황을 본다면 그렇게 해석할 수 있다는 거예요. 그리고 상황이라는 건 이런 거죠. 올코아 부인은 세티카는 세티카라고 부르지만 자작은 탐이라고 불러요. 애정이 깊은 것이라기엔 떨어져 있던 시간이 길죠. 올코아 가문으로 떠났고, 유폐형을 치르느라. 애정이 있는 척하고 있는 거라면 애정이 없다는 말이고, 자작을 내심 애새끼라 여기는 거라면 애칭은 좋은 가림막이네요."

"……그래서, 올코아 부인은 세티카 로우를 선택했다는 건가?"

"그런 거죠. '저거 저거, 주인을 모욕하고 만찬에서 술에 취해 난동을 부리고, 죽이겠다는 사람들 도와주고 있네. 틀렸어. 이젠 틀렸어. 탐은 이미 죽은 거나 다름없어. 그러나 결투에서 죽어선 안 돼.' 그러면 올코아 부인이 죽은 남편을 위해 그 살해자를 공격했던 것처럼 세티카 로우도 죽은 형을 위해 그라이만의 그거에 도전해야 하죠. 복수의 연쇄. 예스러운 땅이라 일어나는 일이라 말하면 불공평하겠죠. 예스러운 땅에선 보다 확실하게 일어난다고 해야겠죠. 어쨌든 그리되면 세티카 로우도 죽게 되죠. 올코아 부인에겐 그게 다 보였을 테고, 그리고 다시 나락으로 떨어지는 자신도 보았을지 모르죠. 그러니 이미 죽은 탐을 포기하고 대신 세티카 로우를 구하는 거예요."

더스번 경은 손가락으로 탁자를 두드리며 사란디테의 말에 대해 생각해보다가 손가락을 멈췄다.

"그러면 레초 부인의 동기는 진범을 잡지 못한 도굴 사건에 대한 화풀이? 하지만 이상하잖아. 그게 레초 부인의 동기라면 그 경우 어스탐 경을 죽이는 수단은 대전사 눌드 경이어야 하는 거 아니오? 훔친 세티카의 단검이 아니라."

"아니, 그건 레초 부인의 동기가 아니에요. 정반대죠. 레초 부인은 눌드 경이 결투로 어스탐 경을 죽이는 걸 막으려는 거예요. 역시 어스탐 경이 죽이면, 어스탐 경이 결투로 죽을 일은 없다."

"와우, 그래야지! 최고네! 좋아, 가보자고!"

사란디테는 차가운 눈으로 더스번 경을 노려보았고 잠시 저항하던 더스번 경은 결국 고개를 숙였다.

"그냥 답답한 나머지 몸부림을 친 걸로 여겨주시오. 그러니까, 다시 말해서 레초 부인의 동기는?"

"할라도 백작이 좋아하는 작가를 자기 손으로 죽이는 것을 막으려는 거죠. 할라도 백작이 좋아하는 건 어스탐 경의 글이지만 보통 사람들은 그걸 잘 구분하지 못하죠. 저도 사실 어떻게 그렇게 딱딱 구분할 수 있는 건지 모르겠어요."

"왜 할라도 백작이 좋아하는 작가를 자기 손으로 죽이는데?"

"결투형 자살이라는 말이 있는지 모르겠네요. 남의 손을 이용한 자살이라는 말은 들어봤는데."

"뭐…… 어스탐 경이 죽고 싶어서 눌드 경에게 결투를 신청한다고?"

"다른 사람이 쓴 글을 보고서 그런 말을 대놓고 하는 사람을 뭐라고 부르고 싶으세요? 특히 그 상대방이 그라이만에선 모르는 사람이 없는 칼잡이라면?"

"자살 기도자라고? 아니, 그건 과장법이지. 아까 새벽에 했던 말 같은데. 어스탐 경은 별장에 초대해서 대접하고서 글 좀 봐달라고 하는 걸 보니 좋은 말 기대하는 것 같은데 그렇겐 못 해주겠다고, 작가의 반골 정신이랄까, 그러니까 성깔을 부린 것이라 보는 편이 낫지 않겠소?"

"그리고 그 상대방의 죽은 아들이 도굴범에게 수모를 당하게 된 이유가 자신이 쓴 글 때문이라면?"

"아."

"그리고 이 사람으로 말할 것 같으면 휴름 자작이며 큰 성공을 거둔 작가인데 부모도 아내도 아닌 고모와 남동생과 살고 있네요. 남의 이야기를, 살아있을 때 만난 적도 없는 생판 남의 이야기를 이러쿵저러쿵하고 싶진 않지만 객관적 사실들을 늘어놓아 볼 수는 있겠죠. 그리고 그 결과는 질문이 되죠. 이 사람은 사랑하는 사람이 있긴 할까요? 부모도 없고, 반려와 자식은 원래 없고, 이 사람의 하나뿐인 동생은 형을 문학적 구더기라고 생각하고 있죠? 만에 하나 우화할 수 있게 된다 해도 문학적 파리가 될 거라고? 백작님. 이 사람, 외로울 것 같지 않나요?"

"……객관적 사실들일 뿐이야. 외로움은 주관적인 문제이고."

"그 문학적 구더기와 문학적 파리 이야기는 임사전언의 인용이에요. 제가 일상적으로 쓸 만한 말 같진 않죠? 그다음에 날아온 책에 파리가 철썩 맞아 죽는 인상 깊은 장면도 있어요."

"우라질."

"그건 백작님답네요. 자, 이건 어디까지나 임사전언에 나오는 어스탐 로우예요. 극적인 효과를 위해 실제보다 더 비참하게 묘사했을지도 모르죠. 그렇군요. 올코아 부인 이야기할 때도 그런 이야기가 지나갔던 것 같지만 한 번 확인은 해두어야겠네요. 지금 제가 말하는 누군가의 감정, 누군가의 해석, 누군가의 동기 같은 건 임사전언에 그렇게 나와 있거나 암시되어 있다는 이야기예요. 지금 바로 찾아가 만날 수 있는 실제의 인물들은 전혀 그렇게 생각하지도 느끼지도 않을지 몰라요."

"알겠소. 유념해둬야겠군. 그래서? 임사전언에서 레초 부인은 어스탐 경이 자기 파멸적임을 꿰뚫어 보았다? 그래서 부단한 관찰 끝에 어스탐 경이 자기 남편을 이용해서 파멸 소망을 성취하려 하고 있음을 간파했다? 못 할 소리지만 그 경우 레초 부인이 해야 할 건 잘해보라는 응원 아니오? 올코아 부인 이야기에선— 그건 올코아 부인이 생각하는 레초 부인이라는 건가?"

"정확히 그렇죠. 올코아 부인은 백작 부인이 아니죠. 아들을 잃은 후 소원해진 남편과 말라비틀어진 결혼 생활을 한 적이 없어요. 그러면 그런 생활을 했던 백작 부인의 관점에서 보죠. 레초 부인에겐 하타시아의 성상이 놓인 예배실이 있어요. 그리고 눌드 경에겐, 사실 책들이 있는 커다란 서재가 있다고 말해야 정확한 것이지만, 레초 부인은 어스탐 로우가 있다고 생각했죠. 그런데 아들을 잃은 남편이 자기 손으로 좋아하는 작가까지 죽이고 나면 어떻게 될까요. 그걸 상상하고 싶을까요? 이미 도굴 사건으로 어스탐 경에겐 앙심도 있어요. 그리고 그 어스탐 경은 남편을 영원히 낚아채 갈 낚시를 드리우고 있죠."

"……그렇게 죽고 싶다면 내 손으로 죽여주지? 내 남편은 놔둬?"

"비슷하지만 조금은 달라요." 사란디테는 목소리를 조금 바꿨다.

"아하, 그렇구나. 그래서 네 육친이 그 칼을 가져온 것이구나. 그건 새터네이 단검이었구나. 그래. 좋아. 내가 해주지. 넌 이미 내게서 시체를 한 번 훔쳐갔지. 내 반려 시체도 훔쳐갈 수 있다고 믿느냐? 어림도 없다. 네가 진정으로 원하는 것을 네게 주마."

"내 반려 시— 잠깐만. 임사전언에 그렇게 나온다고? 그건 이미 범행 성명에 진배없잖아. 스벤터 경이 왜 레초 부인을 체포하지 않은 건데? 최소한 감금은 해야 할 것 같은데."

"그건 레초 부인의 범행 성명이 아니거든요. 작가의 재주죠. 방금 제가 말한 건 칠흑의 아네지가 한 말이에요."

"칠—!"

"칠흑의 아네지가 '시체를 한 번 훔쳐갔다'고 한 건 진짜 시체 도둑질을 말해요. 부장품에 대해 묘사한 소설을 써서 도굴 사건을 야기했다는 말이 아니라. '새터네이 단검'이라는 말도 헬리보리계의 말을 랏트아계의 말로 번역한 거예요. 친절한 번역가 어스탐 경은 우리가 발음하기 힘든 헬리보리계의 말을 랏트아계의 말로 번역하면서 많은 고유명사들도 랏트아계의 것으로 바꿔주었거든요. 칠흑의 아네지가 말한 '내 반려 시체'도 소원해진 남편, 껍데기만 남아 있는 남편을 가리키는 말이 아니라 진짜 시체죠. 헬리보리계엔 애완동물처럼 애완시체가 있거든요. 그리고 이 모든 건 은유법이나 대유법, 우의법 같은 것이 될 수 있겠죠. 사서들에게 물어보면 뭐가 무엇인지 알려줄까요? 아니, 사서니까 좋은 수사법 책을 알려주려나."

더스번 경은 소리 없이 비명을 지르고 몸부림을 쳤다.

더스번 경이 진정할 동안 생각에 잠겼던 사란디테가 고개를 끄덕였다.

"그러고 보니 어스탐 경이 자신을 거울로 만든 것도 신경 쓰이는군요. 사람은 거울을 보지만, 거울을 보는 사람은 없죠. 거울 속의 자기를 보지. 거울은 자기를 똑바로 보지만 자기를 보지는 않는 사람들 때문에 외로운 걸까요."

"스벤터 경의 괴로움을 어느 정도는 이해하겠군. 분명히 '어느 정도'겠지. 아무래도 다음에 콰이스톨 포도주 한 통 보내야겠어."

"중간 통이죠? 혹시 큰 통?"

"당신하곤 관계없소. 어쨌든, 그게 레초 부인의 동기군. 올코아 부인과 마찬가지로 어스탐 경을 죽여야 어스탐 경이 결투에서 죽지 않는다. 설마 계속되는 거야? 아니, 눌드 경의 동기는 달랐는데."

"글이 살려면 작가가 죽어야 한다."

"미리 들어두지. 세티카 로우의 동기는?"

"글이 살려면 작가가 죽어야 한다."

더스번 경은 이를 갈며 미소를 지었다.

"흐으, 그래, 좋아. 소설이라 이거지. 흐으, 짠 것처럼 맞아떨어진다고? 당연하지. 맞아떨어지게 짰으니까. 좋다고. 그 두 문장, 어쩐지 의미가 다를 것 같은데."

"예. 할라도 백작의 경우엔 '어스탐 로우의 글이 살려면 작가 어스탐 로우가 죽어야 한다'이고 세티카 로우의 경우엔 '세티카 로우의 글이 살려면 작가 어스탐 로우가 죽어야 한다'죠. 두 부인의 이야기를 하면서 필요한 내용을 대강 말했으니 두 남자의 이야기는 짧게 할 수 있을 것 같네요."

"찬성하는 바요."

"어스탐 경은 할라도 백작에게, 요약해서 말하자면 '그따위 글 태워버려라. 나도 내 글 금서로 처리하겠다. 왕의 출판물 검열관이 되어서. 그 왜, 당신 아들 무덤이 도굴당하게 된 원인이 되었다고 모자란 사람들이 떠들던 그 글 있잖냐. 내가 그걸 없애주겠다. 도굴은 그 흉악한 것들이 저지른 일일 뿐이고 나는 책임질 것이 아무것도 없지만, 관대한 내가 그렇게 해줄 테니 기뻐해라.'라는 취지로 말했죠."

더스번 경이 신음했다.

"왜 죽이고 싶은지 당장 이해가 되네."

"그렇죠. 그저 도굴 사건을 일으킨 자기 책을 없애서 자기 이름을 깨끗이 하고 싶은 것뿐이면서 눌드 경에겐 자기가 큰 희생을 치를 테니 고맙게 여기고 앞으로 나한테 불평하지 말라고 요구한 거죠. 그 책을 없앤다고? 아니, 그건 안 되죠. 『조화 속의 꽃장식』은 도굴 사건이 일어나게 된 원인으로 세상에 남아있어야 해요. 그 책이 없어진다면 도굴은 도대체 왜 일어난 거죠? 도련님의 무덤은 왜 파헤쳐진 거죠? 아드님의 유골까지 잃은 할라도 백작 부부는 왜 고통받아야 하는 거죠?"

"⋯⋯그냥 결투를 벌여서 끝장내지 않은 건, 역시 모살자 소리를 들을 수는 없어서? 그러면 자신뿐만 아니라 부인에게도 피해가 갈 수 있으니까?"

"그렇기도 하지만, 보다 형이상학적인 이유를 댄다면, 사람은 짐승과 결투하지 않으니까."

"허. 그러면, 글이 살려면 작가가 죽어야 한다는 말은 그『조화 속의 꽃장식』을 도굴 사건의 원인으로 세상에 남겨놓기 위해서 어스탐 경을 죽인다는 말인가."

"올코아 부인이 두려워한 것처럼 어스탐 경이 도굴 사건이 일어나게 된 진짜 원인이라고 여기고 미워하고 있었는데 앙갚음을 결행할 좋은 이유를 발견한 것일 수도 있어요. 그 점에서 백작 부부는 비슷해요. 바싹 마른 땔감이 가득했는데 거기에 불씨가 떨어졌다는 거죠."

"그러면 눌드 경이 세티카의 단검을 훔친 이유는 뭐지? 눌드 경에게 그런 건 얼마든지 구할 수 있는 물건일 텐데. 모든 사람이 누구 것인지 아는 것을 선택해서 자신에게 올 의심을 피하려 했다는 거요? 세티카에게 형제 살해자의 누명을 씌우는 건 상관없다는 건가?"

"훔쳤을까요, 제공받았을까요."

"뭐?"

"호잘리스의 기사 트리아와 세도웬의 공주 아네지는 두 세계도 갈라놓지 못한 연인. 아무런 말이 없어도 서로의 흉중을 책 읽듯 읽는 두 사람. 아네지가 모든 사람들이 볼 수 있도록 단검을 배에 차고 다니다가 어느 날 모든 사람에게 그걸 잃었다고 말했습니다. 트리아가 자기 침소에서 그 단검을 발견했습니다. 트리아는 단검을 가만히 들여다보다가 결심한 듯한 표정을 짓습니다. 이건 어스탐 경의 임사전언이 아니라 사란디테의 각색판이에요. 아니, 2차 창작. 임사전언의 내용은 훨씬 복잡하고 방대해서 그냥 알기 쉽게 바꿨죠."

"흐음……"

"이왕이니 2차 창작 계속해볼까요. 발견된 시신에는 아네지가 잃은 단검이 꽂혀 있었지만 당연히 아네지의 몸에는 어떤 피도 묻지 않았고, 트리아는 만인이 그 사실을 분명히 알 수 있도록 아네지를 꼼꼼하게 조사하라는 명령을 내리죠. 그러니 아네지의 단검엔 세 가지 용도가 있죠. 범인이 피해자에게 사용할 살인 도구이며, 범인을 감추는 위장 도구이며, 내 혈육을 죽여도 좋다는 승인 도구."

"무언의 승인이라. 무언의 공범이라고 해도 되겠군."

"이건 눌드 경 본인으로부터 들은 건데 세티카 로우는 눌드 경에게 큰 빚이 있다고 여긴다고 해요. 세티카가 자기 글을 출판할 수 있도록 눌드 경이 출판비를 댔는데 그게 쫄딱 망했거든요. 저는 출판비를 댈 정도로 눌드 경은 세티카의 글을 마음에 들어 한 것 아닌가 추측했는데 세티카의 견해는 달랐어요. 세티카는 눌드 경이 이미 유명 작가인 어스탐 로우를 후원할 수 없어서 대신 다른 로우를 후원한 것이라고 말하더군요. 이 사람들, 겉모습만 보면 낭만극 속의 잠정적 연인들이 보일 모습 그대로 보여주고 있지 않나요? 로우 형제를 로우 자매로 바꾸고 눌드 경은 칼 잘 쓰고 부유한 백작인 건 그대로 둔 채 독신에 쌀쌀맞은 성격으로 바꾸면, 그냥 정통 규수 문학인데요."

"어이."

"농담을 하긴 했지만…… 역시 작가가 그려놓은 세상에선 작가 냄새가 난다는 거죠. 저한테는 그 냄새가 뺐고." 사란디테는 자신의 몸을 털어냈다. "그럼 다시 돌아가서, 예. 눌드 경이 아무것도 암시하지 않았음에도 경이 바라는 것을 꿰뚫어 본 세티카로부터 승인을 받아, 눌드 경은 작가를 찌르고 글을 구하죠. 승인이 아닌 신청, 부추김이라고 해석해도 될 테고."

"부추기는 것에 머물지 않고 직접 나섰다면? 세티카 로우의 동기는 뭐요? 왜 형을 죽이는 것이 자기 글을 구하는 것이 되는데?"

"일단 세티카 로우의 형에 대한 경멸감부터 말할까요. 그 감정 자체가 아니라 그걸 표현하는 방식을 말하는 건데, 그런 경멸감을 특수한 사람한테, 예를 들어 백작님 같은 사람한테 표현할 수 있을까요?"

"고전적인 이야기인가 보군. 못난 인간 엄마한테 대든다고?"

"백작님도 말씀하신 거지만 사람은 자기한테 어떻게 하지 못하는 상대에게 난폭해지죠. 그걸 상대에게 상냥해질 이유로 여기면 좋을 텐데도. 어쨌든, 우리는 세티카 로우가 자기 형한테 막말을 할 수 있는 건 예술에 대한 그의 드높은 의식 덕분이 아니라 형이 자기를 어떻게 할 수 없다는 믿음 덕분이라고 냉소적으로 말할 수 있다는 거죠. 그리고 그건 사실이에요. 으스탐 경의 육친은 둘이죠. 그런데 올코아 부인은 으스탐 경의 부모님 장례식에도 불참했죠. 비정해서 그런 것이 아니라 사정이 있었지만. 반면 세티카 로우는 으스탐 로우와 같은 것을 잃었고 그 상황도 함께 지나왔죠. 아마 으스탐 로우의 인생을 증거해주는 사람은 세티카 로우뿐일 거예요. 서로 마찬가지랄 수도 있지만, 글쎄. 형과 동생은 다르잖아요."

더스번 경은 눌드 경에게 들었던 형제의 입장 차이를 떠올렸다.

"그래. 다르지. 그리고 그 상황은 영원히 바뀌지 않는 모양이던데."

"그 상황은 바뀌지 않아요. 문제는 세티카 로우예요."

"허수아비를 때리다가 자아가 비대해졌나?"

"감당할 수 없다면 비대해진 것이 맞겠죠. 아무나 들이받아도 될 정도로 자기 뿔이 단단하다고 믿는 염소가 되었다면."

"그러다가 이 건방진 염소가 늑대를 만나게 되오?"

사란디테는 더스번 경에게 눈을 한 번 흘겼다.

"염소는 양만큼 늑대를 무서워하진 않아요. 절벽을 타고 달리면서 늑대 우울하게 만드는 짓도 하고. 다른 비유를 들까요. 아까 백작님은 엄마한테 대드는 못난 인간 이야기를 하셨는데, 그런데, 어, 음, 으으! 그거 이야기라서 짜증나지만, 아베란 경은 엄마 입김 한 번이면 자기가 잿더미로 변할 수 있다는 걸 잘 알고 있었겠죠?"

"아닐걸? 히어퓨릿데가 상대를 잿더미로 만드는 경우는 별로 없어. 쟤는 용도가 제한적이니까. 히어퓨릿데는, 글쎄, 다음에 언제 쓸지 몰라 같은 소리를 하면서 뭘 버리지 못하는 사람 같다고 할까. 그래서 거슬리는 상대는 그냥 얼려버리는 걸 선호한다고 알고 있는데. 어릴 때 아베란 경은 엄마의 냉동궁에서—"

"아베란 경은 엄마한테 센 척할 수 있는 아들은 아니었겠죠? 어느 날 갑자기 우리 엄마가 사실은 드래곤이었다는 것을 깨닫고 기겁하는 일도 없었을 테고?"

"그건 그럴지도. 음? 어스탐 로우가 늑대도 아닌 드래곤이라는 걸 세티카 로우가 알게 된다고?"

"세상의 모든 사람들 중에 저 인간만큼은 자기를 어떻게 할 수 없다고 생각하던 그 인간이었으니, 예. 충격받은 정도를 본다면 늑대도 아닌 드래곤이 맞는 말이겠네요."

"어떻게? 꼴 보기 싫으니까 내 집에서 꺼지라고 말하나?"

"세티카 로우와 같은 소재로 글을 쓰겠다고 말하죠."

"아?"

"어스탐 경은 세티카 로우의 쫄딱 망한 책을 보고는 이 책이 안 팔리는 건 몹시 애석한 일이라 한탄한 다음 그런 일을 좌시해선 안 되니 형이 동생의 홍보를 위해 발 벗고 나서겠다고 말했죠. 그건 역사 소설이었어요. 같은 사건과 같은 인물을 쓸 수 있죠. 세티카 로우가 선택한, 다른 곳에선 다루어진 적이 한 번도 없는 역사적 사건의 경우에도. 예. 누구의 눈에도 집필 의도가 뻔히 보이겠죠. 모두가 집필 의도에 놀아나게 될 거라고 해야 하나. 호사가들은 구하기도 힘든 세티카 로우의 책을 악착같이 찾아내서 한 줄 한 줄 비교할 테고. 그러므로 그건 홍보 활동이죠. 어떤 사람은 공개 처형이라고 말할 테고."

"……눌드 경은 어스탐 경이 실화 기반으로 잘 쓰는 작가는 아니었다고 하던데."

"그래요? 더 문제네요."

"……아."

"왜 세티카가 고른 것이 역사 소설인지도 설명되는 것 같네요. 저도 작가가 아니라서 그냥 짐작만 하는 거지만, 팔리지 않았다는 건 어찌 보면 위안일 수도 있겠어요. 그러니까 조리돌림에 비한다면."

"죽도록 무서운 일인 건가? 아니, 죽이도록?"

"자기 뿔을 맹신하고 그런 뿔을 가진 자신을 숭배하는 염소에겐 그럴지도."

"그러면 아닐지도—"

"그러고 보니 이거 꼭 헬리보리계의 암살자 같네요. '모두에게 이것이 내 칼이라는 것을 똑똑히 알려준 다음 그 칼로 상대를 찌르지만, 아무도 나에게 뭐라 할 수 없다.' 그 범죄성에 대해 잠시 눈 감기로 한다면 이거 정말 한 번쯤 꼭 경험해보고 싶은 일 아니에요? 보는 사람들을 모조리 입 꾹 다문 채 씩씩거리는 바보로 만드는 이런 건? 실행하기도 전에 너무나도 잘난 자신에 미리 취해버릴 것 같네요. 엄청난 자아의 위기였는데, 그게 갑자기 자아를 엄청나게 고취시키는 일로 바뀌는군요."

더스번 경은 납득하고 싶다고 느끼는 자신에게 저항하기로 했다.
"하지만—"

"그리고 그 상대는 그가 죽으면 그의 모든 것을 내가 얻게 된다는 것을 모두가 아는 상대.' 와, 정말 세도웬의 아내지 같네. 예. 백작님. 잊지 않으셨죠? 작위와 땅과 집과 인세 및 그 외 자산도 있어요. 동생들이 형들을 죽일 때 갖춰야 하는 것으로는 손색이 없어 보이는군요. 세티카 로우는 준비된 남자네요."

카쉬넙 백작은 엔파 백작에게 콰이스톨 포도주를 두 통 보내겠다고 결심했다. 사란디테가 두 팔을 펼쳐 보였다.

"이게 임사전언에서 말하는 네 용의자의 네 가지 동기예요. 위태로운 생존을 위해, 차가워진 사랑을 위해, 증오스러운 글을 위해, 자기를 짓누른 자아를 위해 네 사람은 어스탐 로우를 죽여야 하죠. 백작님. 이건 변호가 아니에요. 제겐 그렇게 보이지 않아요."

답답함과 분노 때문에 떠올린 쓸데없는 잡념이었을 뿐이다. 스벤터 경은 네 명의 용의자를 포박해둔다는 것은 스스로가 납득할 수 없는 일임을 자신에게 인정했다. 동기는 경이 따를 수 있는 이유가 아니다.

'내가 원래부터 동기를 싫어한다는 건 인정해. 하지만 이게 도대체 뭐야? 다른 사람은 이런 동기를 이해할 수 있다는 건가? 유레솔이나 사란디테는 납득하는 모양인데. 눌드 경도 그런 것 같고. 하지만 나는 모르겠어. 그런 면에선 세티카가 참 고맙군. 자아 보호 같은 건 모르겠지만, 유산은 정말 명쾌하잖아.'

그리고 스벤터 경은—살해 도구가 세티카 로우의 것이라는, 대단히 의미심장할 수도 있는 사실에도 불구하고—자신이 4년 동안 세티카 로우를 다른 자들과 똑같이 대한 이유를 잊지 않았다. 스벤터 경에겐 자신이 이해하고 납득할 수 있는 동기조차도 판단의 이유가 아니다. 모든 사람은 자신의 견해를 가질 권리가 있다는 말을 바꿔 말한다면 모든 사람에겐 자신의 동기를 가질 권리가 있다는 말도 된다. 수사관 스벤터 경은 그 사실을 받아들인다.

그리고 정직한 스벤터 경은 자신에게 야유를 보냈다. '헛소리하지 마. 가만있었던 이유? 그거야 뻔하지. 강력 증거, 증거 1호!'

네롤 에길이 전혀 궁금하지 않다는 태도로 물어보는 재주를 선보였다.

"한 가지 여쭙겠는데 유와르라는 자가 내놓은 것이 뭐였습니까? 형태만 설명해주셔도 됩니다."

스벤터 경은 피식 웃을 수밖에 없었다. 한번 훔쳐보지도 않았다고? 아, 그래. 스벤터 경은 자신 내부의 어떤 명랑한 스벤터가 뛰쳐나오려 하는 것을 억누르며 자신이 보았던 녹옥에 대해 건조하게 설명했다. 네롤이 고개를 끄덕였다.

"역시. 그래서 드래곤이 어쩌니 하는 소리가 들렸던 것이군요. 흥정꾼 소질을 타고난 자는 아니죠. 저라면 그 녹옥의 제일 좋은 점이 남에게 뺏기지 않는 것이라고 말하지는 않았을 겁니다. 아, 그렇군요. 그자는 자기가 수명에 대해 그다지 생각하지 않다 보니 다른 사람도 별로 생각하지 않을 거라 여기나 보군요. 확실히 그럴 수 있겠군요."

세 사람은 입을 쩍 벌린 채 네롤을 보았지만 네롤은 냉혹하게도 대화의 방향을 바꿨다.

"그런 걸 보셨다면 저한테도 뭔가를 기대하실지 모르겠군요. 죄송합니다만 저는 뭔가를 내놓지는 않을 겁니다."

스벤터 경은 자꾸만 유와르 사서가 있는 방향으로 향하는 눈길을 끌어당기며 말했다.

"어, 흠. 거래 잘한다는 말 많이 듣는 편이오?"

"제가 원하는 것에는 이해가 같다는 걸로 충분하다고 생각하거든요."

"음?"

"제 생각에 거래를 하려면 일단 물건이 제대로 만들어져야 합니다. 거래는 그 이후의 일이죠. 그러니 후려치고 올려치고 하는 건 물건이 완성된 후에 실컷 하기로 하고 지금은 그 완성을 위해 서로 힘을 합쳐 볼 수 있지 않습니까? 이건 양쪽이 공감할 수 있는 이야기잖습니까. 제가 드리고 싶은 말은 그런 말입니다. 그래서, 제가 요청하는 건 우선 협상 대상자의 지위입니다."

"우선 협상 대상자?"

"예. 그 정도면 제가 개입할 명분이 됩니다. 완전한 육필 원고의 탄생을 위해 제가 필요하다고 생각하는 일을 할 수 있게 되지요."

네롤은 유와르 사서 쪽을 슬쩍 돌아보곤 애석하다는 투로 고개를 가로저었다.

"그게 저 유와르라는 자가 떠올려야 했던 말이었죠. 하지만 저자는 최종 소유자 자격 생각밖에 못 했을 겁니다. 그리고 그런 대단한 걸 내놓으면 그 자격은 간단히 얻을 수 있다 정도로 생각했겠죠. 하아. 이건 다른 누군가에게도 한 말이지만, 정말이지 저 자칭 도서관들의 인선이 아쉽습니다. 하나는 완성 안 되면 어때 같은 소리를 하는 작자고 하나는 자기가 무슨 말을 하고 싶은지도 잘 모르는 작자라니."

눌드 경이 말했다. "다 합리적으로 들리는데, 바로 그렇기에 이 점을 묻지 않을 수가 없군. 왜 어제 도착하자마자 그렇게 말하지 않은 거요?"

스벤터 경이 놀라 눌드 경을 돌아보았다. 칼자루에 손을 얹은 눌드 경은 찌푸린 눈으로 네롤을 보고 있었다.

"지금 당신이 한 말 어제 했더라도 똑같이 설득력이 있었을 텐데. '당신들도 그걸 완성시키길 바랄 테지만 우리 입장에서도 물건을 사려면 그게 완성되어야 한다. 그러니 양쪽의 이해는 일치한다. 서로 돕자.' 흠잡을 데가 없게 들려. 왜 그걸 지금 말하는 거요?"

"게다가 사서가 도대체 뭘 돕겠다는 건지도 모르겠군요."

뒤이어 의혹을 드러낸 것은 세티카였다. 세티카는 고개를 한쪽으로 기울였다가 반대쪽으로 기울이며 말했다.

"입장 설명은 잘 들었는데, 예. 정말 고개가 끄덕여지는군요. 그런데 제일 중요한 부분이 두루뭉술한 것 같군요. 당신이 필요하다고 생각하는 일? 그게 뭡니까? 이 안에 들어와서 그 방 앞에 병사들과 함께 서서 지켜주겠다는 겁니까? 당신은 몰라도 저 유와르 사서라는 자는 자기 몸이 많이 거추장스럽겠군요. 아무래도 그런 건 아닐 테고, 설마 용의자들을 당신이 억류하고 싶다는 겁니까? 원고가 완성될 때까지?"

스벤터 경은 뜨끔하는 심정을 겨우 감출 수 있었다. 그런데 네롤은 실소했다.

"용의자? 하! 아니요. 그런 건 전혀 원하지 않습니다."

눌드 경이 당황했다. "그런 거라니. 누가 하던 말 같군."

"죄송합니다. 예. 그 네 명의 용의자를 말씀하시는 것이군요? 그렇군요. 여러분에겐 중요한 문제겠지요. 하지만 제가 신경 쓰고 있는 건 그쪽이 아니라 다른 쪽입니다. 제가 걱정하는 건 검열자입니다." 네롤은 인정하지 않을 수 없다는 얼굴이 되었다. "우리가 걱정하는 자로 바꾸겠습니다. 유와르라는 자와 불결한 이름을 가진 자가 움직인 이유도

같을 테니까."

스벤터 경이 눈을 가늘게 떴다. "설마 지금 폐하를 욕보이려 하는 거요?"

"아니요, 아니요! 이건 그라이만의 국왕과는 아무 관련이 없습니다! 하아, 이거 참." 네롤은 양쪽 관자놀이를 세게 움켜쥐었다가 말했다. "좋습니다. 이렇게 말해보죠. 보시다시피 여기에 그 원고를 원하는 자가 셋 나타났습니다. 혹시 이 셋이 올 줄 알고 계셨습니까?"

세 남자는 서로를 쳐다보다가 네롤에게 부정의 몸짓을 했다.

"그렇죠? 음. 각하께선 그 원고의 완성을 원하실 겁니다. 범인을 체포해야 하니까. 그런데 각하께선 자신의 이유로 그 원고의 완성을 원하는 다른 자들이 있을 거라는 생각은 못 하셨죠? 이렇게 눈앞에 나타나기 전까진? 이 점을 염두에 두시길 바라며 계속 말하겠습니다. 혹시 그런 자는 없을까요? 눈앞에 나타나기 전까진 각하께서 그 존재를 예상할 수 없는 자, 하지만 자신의 이유로 그 원고가 완성되지 않기를 바라는 자가?"

눌드 경이 갑시는 소리를 냈다. 뒤이어 스벤터 경과 세티카도 뭔가를 깨달았다는 얼굴이 되었다. 눌드 경이 말했다.

"설마 당신들에겐 당신들의 적이 따로 있다는, 그런 말인 건가? 그게 그 검열자?"

"예. 그렇습니다. 저는 사서이지 수사관이 아닙니다. 제 상대는 범죄자가 아니라 검열자입니다."

네롤의 모습이 갑자기 암흑으로 바뀌었다.

스벤터 경은 눈앞의 광경을 이해할 수 없었다. 스벤터 경이 보기엔 네롤이 있던 시야 한 곳에 갑자기 경계가 불확실한 새카만 동그라미가 나타난 것처럼 보였다. 눌드 경과 세티카, 그리고 스벤터 경은 당황하여 몸을 이리저리 움직이다가 그게 아무래도 원이 아니라 구 같다고 생각했다. 뒤쪽의 풍경이 가려지는 모습을 통해, 그리고 머리와 목과 가슴 일부분이 사라진 당나귀의 모습을 통해 내린 판단이었다. 그러니까 네롤 에길과 배추 경의 일부는 모든 빛을 삼켜버리며 아무것도 내보내지 않는 암흑의 구 같은 것에 삼켜진 것이었다. 그들이 볼 수 있는 당나귀의 남은 부분들은 뭔가 이상하다는 듯 주춤주춤 움직였는데 다행히 움직임에 문제가 있는 것 같진 않았다. 꼭 그렇게 보이긴 했지만, 암흑의 구가 배추 경의 머리를 꽉 물고 있는 건 아닌 것 같았다. 눌드 경이 확신 없는 모습으로 칼을 뽑아 들었다.

"혹시 구출해야 하는……?"

그 말에 놀란 스벤터 경과 세티카가 앞으로 한 발 내디뎠을 때 암흑이 사라지며 네롤과 사라졌던 배추 경의 일부가 다시 나타났다.

다시 나타난 네롤은 사방을 노려보고 싶은데 눈이 두 개뿐이라 원통해하는 사람처럼 보였다. 그녀의 손 또한 뭔가 흉한 손짓을 하고 싶은데 그걸 어디로 향해야 할지 몰라 분한 것처럼 이리저리 움직였다. 놀란 배추 경이 사방을 두리번거리는 것은 네롤을 더욱 힘들게 만들었다. 고삐가 잡아 당겨질 때마다 휘청거리게 되는 것이다. 결국 네롤은 포기하고 고삐를 당나귀 방향으로 집어 던졌다. 상황은 악화되었다. 네롤은 도망치는 당나귀의 꽁무니를 향해 악을 썼다.

"거기 서요, 배추 경!"

놀랍게도 배추 경은 저만치 떨어진 곳에 멈춰 섰다. 하지만 배추 경은 이리 오라는 네롤의 손짓에 당나귀 특유의 성격이 드러나는 모습으로 거부 의사를 피력했다. 당나귀는 고개를 홱 돌려버렸다. 세 사람에게 등을 보인 채 분을 삭이던 네롤이 크게 심호흡한 후 다시 이쪽으로 돌아섰다. 네롤은 여유로운 태도로 흐트러진 머리카락을 쓸어넘겼고 세 사람은 그 손가락과 입술이 분노로 떨리는 것을 못 본 척하기로 했다.

"이거 참, 우스운 꼴을. 흠. 각하. 조금 전 보신 아름답지 못한 광경은 불결한 이름을 가진 자가, 음, 제게 어떤 자에 대해 너무 언급하지 말라고 경고하는 모습이었습니다. 움직이지 않는다고 생각했는데 괘씸하게도 근처에서 엿듣고 있었나 보군요."

"그런 거요? 음, 그, 유감이오. 이렇게 말하는 것이 맞는지 모르겠지만. 어제 그자를 처음 봤을 땐 안개나 연기 같았는데 훨씬, 그러니까, 진해질 수도 있나 보군."

네롤이 눌드 경을 향해 말했다.

"왜 어제 말하지 않았냐고 물으셨죠? 검열자에 대해 말하게 될 가능성이……" 네롤은 주변을 홱홱 둘러보며 경계하는 모습을 보여주다가 말했다. "예. 저도 그다지 말하고 싶지 않습니다. 그냥 제겐 원고의 입수에 있어서 공정한 경쟁자뿐만이 아니라 배제해야 하는 적도 있다고 생각해 주십시오. 특별한 글이라서 나타나는 특별한 적입니다. 상호 협조를 제안하면 그 적에 대해서도 고백하게 될 수 있습니다. 아니,

고백해야죠. 이쪽의 문제를 숨기고 손을 잡을 순 없으니까. 불결한 이름을 가진 자가 가만히 있는 걸 보니 자기가 보기에도 여기까지는 어쩔 수 없다고 생각하나 보군요."

뒤이어 네롤은 그 적에 대해 언급하지 않고서도 육필 원고를 얻거나 그 소유권을 넘기겠다는 약속 내지 내락 같은 것을 얻을 수 있기를 소망했지만 가증스러운 카쉬넵 백작의 존재 때문에 자신들의 수단이 많이 열화되었고 결국 어젯밤엔 훌륭하게 실패했다는 것까지 고백했다.

"우선적으로 협상하겠다는 약속이면 충분합니다. 아니, 그걸로 충분하다고 말할 수는 없지만, 예. 배는 아니라도 구명대는 됩니다. 당장 물에 빠져 죽지는 않게 되고 방도를 강구해 볼 수 있게 되는 겁니다. 만약 확고한 소유권자가 호반 도서관에 소유권을 넘기겠다는 정식 계약서를 쓸 수만 있다면 더할 나위가 없을 겁니다. 다시 비유하자면 그 경우 저는 함대를 동원할 수 있습니다. 하지만 애석하게도 현시점에선 꿈 같은 이야기겠지요. 첫째, 그건 소유권자에게 공정하지가 않습니다. 전적으로 이쪽 사정에 맞춰달라는 이야기니까요. 그 불공정성 때문에 함대 동원이 불가능해질 겁니다. 둘째, 현재 확고한 소유권자가 없는 상태죠? 예. 그러니 별도리가 없습니다. 그게 최선입니다. 그걸 받을 가능성이 있는 분들 모두가 각자의 이름으로 '내가 임사전언 육필 원고를 받게 되고 그걸 판매하게 된다면 그 우선 협상 대상자는 호반 도서관'이라고 말씀해주시면 됩니다. 그 정도면 효력이 있을 정도로 공정하리라고 생각합니다."

네롤은 잠시 주춤했다가 탐탁잖다는 듯이 덧붙였다.

"상호신뢰를 해치는 기망이 있어선 안 되니까 말해두겠는데, 우선 협상 대상자는 다수라도 됩니다. 다른 경쟁입찰과 마찬가지입니다. 여러분들 각자가 자신이 원하는 만큼 선정할 수 있습니다."

세 사람은 먼 곳에 있는 유와르 사서를 흘끔 바라보지 않을 수 없었다. 네롤은 그들의 그런 시선을 못 본 체하며 말을 맺었다.

"예. 그럼 할 말은 다 한 것 같군요. 생각해보실 시간이 필요하겠지요. 점심시간 이후에 돌아오겠습니다."

실제와는 좀 다를지도 모르는 막 #10

<막이 열린다.>

시간과 장소가 불명. 배경은 막 #9와 같다. 무대 한가운데 가슴에 단검이 꽂힌 어스탐이 발을 관객 쪽으로 향한 채 누워있다. 단검이 꽂힌 가슴엔 핏자국이 좀 있지만 그렇게 과도하지는 않다. 그 뒤편으로 네 개의 똑같은 의자가 어스탐의 시신을 감상하기 위해 배치해 놓은 것처럼 일정 간격을 두고 배치되어 있다.
무대 좌측에서 네모파니와 눌드가, 무대 우측에서 에이바와 세티카가 등장한다. 어스탐을 향해 걸어가던 네 사람이 좌측에서부터 눌드, 네모파니, 에이바, 그리고 세티카의 순서로 의자에 앉는다. 네 사람 모두 팔짱을 낀 채 쓰러져 있는 어스탐을 바라본다.

눌드 (못마땅하다는 투로) 언제까지 누워있을 거요, 어스탐 경! 우리 다 왔소!

어스탐이 벌떡 일어난다. 허둥지둥 일어난 어스탐이 네 사람에게 아첨하는 미소와 사과하는 몸짓을 보이며 계속해서 고개를 숙여 보인다.

어스탐 죄송합니다, 여러분! 깜빡 죽어 있느라 그만. 죽어서 움직인다는 게 쉬운 일이 아닌지라 이렇게 못 배운 모습을 보여드리고 말았습니다. 제발, 제발 그러면 살아있을 땐 예의를 잘 챙기고 사리 분별을 잘 하던 놈이었냐고 묻지는 말아주십시오! 죽은 놈이 부끄러움에 또 죽는 꼴을 보고 싶으신 것이 아니라면! 부디 관용을!

팔짱을 풀고 편안한 모습이 된 네 사람이 그런 어스탐을 보며 딱하다는 표정이나 한심하다는 표정 등을 짓지만 모두 가볍게 핀잔을 주는 듯하다. 재주가 서툰 광대를 보는 것에 가깝다.

눌드   (헛기침을 하고) 그러면 어떻게? 숙녀 우선?

어스탐   괜찮으시다면 각하부터 시작하면 어떨까요? 왼쪽에서 오른쪽으로.

눌드   나는 상관없소. 다른 분들은?

다른 세 사람이 동의의 몸짓을 하는 것을 확인한 어스탐이 무대 우측으로 종종걸음으로 달려가 우측으로 퇴장한다. 곧 어스탐이 굵은 올가미 네 개를 왼팔에 걸친 채 무대 우측에서 다시 등장한다. 종종걸음으로 달려온 어스탐이 눌드의 곁으로 다가가 이마의 땀을 닦는 시늉을 하곤 의자 옆에 약간 허리를 숙인 채 선다. 팔뚝에 수건을 걸치고 주인이 뭘 요구할지 들으려 하는 시종의 모습이다.

눌드   (목소리를 가다듬은 다음 심각하게) 나는 경이 감히 내 글을 모독하고 내 아들의 도굴 사건에서 경의 몫을 부정하려 했기 때문에 경을 죽였소.

어스탐   (황당하다는 표정을 과장되게 지으며) 어이가 없군요. 각하께서

이 버러지를 짓눌러버리고 싶으셨다면 본인의 별장으로 초대할 필요가 없죠! 왜 자진해서 보호의 의무를 집니까? 그냥 별장 아닌 다른 곳 아무 곳에서나 사람들 보는 곳에서 이 쥐새끼에게 술 한 잔만 뿌리시면 되는데. 그리고 이 추물이 결투를 요구하면 한 칼에 꼬치로 만드시는 겁니다!

놀드 아니, 그러니까 그 일이 일어난 것이 내 별장이었던 거요. 그러니까 원래 경을 죽일 생각이 아니있는데 그런 일들이 벌어지는 바람에 그렇게 되었다는 거지. 그러니까 우발적인—

어스탐 (어리둥절하여) 우발적으로 세티카의 단검을 훔치신다고요?

놀드 (손가락을 세워 올린다.) 바로 그거요! 내가 훔치는 것이 아니거든? 세티카가 넌지시 넘겨주는 거지! 그걸 내가 본 순간 갑자기 모든 것이 결정되어 버린 거요. 뭘 해야 하는지, 어떻게 해야 하는지, 그리고 어떻게 빠져나갈지! 그러니 안 할 수가 없지. 그러니까 내겐 그런 변명도 있는 거요. 모든 건 세티카가 획책한 것이다. 세티카가 흑막이고 나는 그 하수인, 실행자에 불과한 것이다. 아무래도 부담감이 덜어지지 않겠소? 부부가 고통을 나누는 벗이라면 공범은 죄의식을 나누는 벗이지.

어스탐 (오른손 손등을 이마에 얹고 고통스러워한다.) 아, 이런. 살인 인형이라니! 첫 번째부터 어떻게! 이건 어쩔 수 없군요.

어스탐이 정중하게 놀드의 목에 훈장을 걸듯 올가미를 걸어준다. 놀드가 흡족한 표정으로 그것을 내려다보다가 올가미 끝을 들어 기특하다는 듯 살펴본다. 나머지 세 사람이 부러워하는 기색으로 보며 가볍게 박수를 치고 환한 얼굴이 된 눌드가 세 사람에게 허리를 몇 번 가볍게 숙여 보이며 감사를 표한다.

어스탐이 눌드에게 고개를 숙여 보이곤 네모파니의 곁으로 다가간다. 네모파니가 손을 들어 장난스럽게 어스탐을 칠 듯한 동작을 하고 어스탐이 익살스럽게 질겁한 시늉을 한다. 어스탐이 조금 전과 비슷한 모습으로 네모파니의 곁에 선다.

네모파니 (목소리를 가다듬은 다음 무서운 어조로) 나는 예전에 실제로 사람을 찌른 적이 있어.

어스탐 (빈정거리는 어조로) 예에, 예. 가족의 원한을 절대로 잊지 않는 그라이만 귀족으로서 그러셨죠. 그런 고모님이 거꾸로 가족을 찌른다고요? 이 조카를? 말씀은 좀 말씀같이 하셔야죠. 더 들을 것도 없군요. 그러면 고모님. 다른 분들도 기다리고 계시니 저는 이만—

네모파니 (머리로 어스탐을 들이받을 듯한 시늉을 한다.) 어딜 은근슬쩍 눙치려고! 똑바로 말 못 해?

어스탐 (오른손을 입에 쑤셔 넣는 시늉을 했다가 빼고 분하다는 듯이) 쳇…… 상대를 찌른다고 해서 죽은 고모부님께서 살아 돌아오진 않는다. 하지만 고모님이 가족의 원한을 절대로 잊지 않는 그라이만 귀족이 될 수 있다. 다른 사람이 보기에 어엿한 그라이만 귀족이 된다.

네모파니 (의기양양하게 고개를 끄덕인다.) 그럼, 빈털터리 과부인 내가 이름만 귀족이 아닌 휴름 자작 저택의 가장 손윗사람이라는 실체가 있는 귀족이 되려면? 다른 사람 눈에 어엿한 그라이만 귀족으로 여생을 보내려면?

어스탐 (패배에 화난 듯 발을 구르고 제자리에서 좌우로 돈다.) 휴름 자작이 존재해야 한다. 이 경우 휴름 자작은 어스탐 경이든 세티카 경이든 관계없다. 어쨌든 한 명은 꼭 있어야 한다! 아, 정말!

패배감에 몸부림치던 어스탐이 포기하고 네모파니에게 올가미를 걸어준다. 네모파니가 해냈다는 몸짓을 크게 하고 다른 세 사람이 환한 얼굴로 박수를 친다. 네모파니가 호들갑스럽게 세 사람에게 고마움을 표현한다.
어스탐이 네모파니에게 고개를 숙여 보이곤 에이바에게 다가간다. 다가오는 어스탐을 지그시 바라보던 에이바가 고개를 홱 돌려 외면한다. 어쩔 줄 몰라 하는 모습으로 굽신거리던 어스탐이 조금 전과 비슷한 모습으로 에이바의 곁에 선다.

에이바 (빠른 어조로) 나는 경의 고독은 경의 책임이지 각하의 책임은 아니라고 보오. 살면서 끝내 사랑하는 이를 만들지 못한 자에겐 자기를 죽일 이를 고를 권리가 생기기라도 한단 말이오? 어림도 없는 소리. 더군다나 각하께선 경의 애호가요! 어찌 골라도 감히 그런 분을! 자신의 손으로 끝을 볼 용기조차 없어 다른 이의 손을 더럽혀야 한다면 각하의 귀한 손이 아니라 내가 직접—

어스탐 (몹시 송구스럽다는 듯이) 예. 그래서 존귀한 백작 부인께서 자택을 방문 중인 미혼 남성의 방에 한밤중에 숨어 들어가셨죠······.

에이바 (기겁하여 어스탐을 돌아본다.) 무, 무슨 망측한 소릴 하려고!

어스탐 (연거푸 고개를 숙이곤 달래듯이) 세티카의 단검을 입수하시려면 그렇게 하실 수밖에 없지 않습니까. 그런데 만약 누군가의 몹쓸 눈이 그 모습을 보게 된다면 어떻게 될까요. 그렇잖아도 부부의 방에 고드름이 늘어질 지경이라는 이야기는 더 이상 이야기 대접도 못 받는 모양인데. 험.

에이바 (믿을 수 없다는 투로) 어머, 어찌, 아니, 진짜 기가 막혀서! 왜 나한테만 이래요!

어스탐 (쾌재를 올리고 싶은 표정으로) 보십시오! 레초 부인껜 세티카의 단검을 훔칠 이유가 없습니다. 위험만 가득한데 얻으시는 것은 도대체 뭡니까? 방패막이? 그게 왜 필요합니까. 백작 각하께선 그런 게 필요할 수도 있죠. 고명한 검객이시니까 바로 의심의 시선을 받습니다. 하지만 백작 부인께서 왜 의심을 받는단 말입니까?

에이바 (쾌재를 올리고 싶은 표정으로) 역시 그렇게 나오는군! (겁도 먹고 화도 난 철부지 소녀처럼) 나쁜 건 투얄의 관에 머리 장식을 넣은 내가 아냐! 그걸 떠벌린 그자야! 내가 아니라고! 전부 그자가 나쁜 거야! (다시 성숙한 여성이 되어 이죽거린다.) 사람들이 정말 이 정도의 책임 전가도 못 떠올린다고? 흔해빠진 이야기인데? 그런데 내가 의심을 안 받아?

어스탐 (일격을 먹었다는 듯) 으윽! 최고의 찬사를 드릴 수밖에. 비열하

싶니다! 흐트러진 척하시다니! 제가 흐트러지게끔 꾀했지만!

후련하기까지 한 패배에 도저히 할 말이 없다는 투로 어스탐이 에이바에게 올가미를 걸어준다. 두 팔을 펼치고 자랑스럽게 올가미를 받는 에이바에게 세 사람이 따스하게 박수를 쳐준다. 에이바가 세 사람에게 차례로 입맞춤을 날린다.
어스탐이 에이바에게 고개를 숙여 보이곤 세티카에게 다가간다. 세티카가 다리를 확 벌리고 한쪽 팔꿈치를 무릎에 괴고 머리를 기울여 불량한 자세를 취한다. 어스탐이 반항적인 동생이 창피하다는 투로 고개를 가로젓고는 조금 전과는 다른 딱딱한 자세로 동생을 내려다본다.

세티카   (자신만만하게) 아아, 뭐. 입 아프게 설명하고 자시고 할 것 있습니까, 형님. 작위와 재산, 끝. 그럼 여기? 거셔야지? (자신의 목을 가리키며 올가미를 본다.)

어스탐   (다른 사람들의 눈치를 살피며) 다른 분들 보기에 창피하지도 않냐! 로우 가문이 건달 소굴이냐! 성의를 보여!

세티카   (대들듯이) 아니, 형님! 식상하다거나 진부하다는 건 바꿔 말하면 그게 대부분의 경우 진리라는 말 아닙니까? 그걸 부정하실 겁니까?

어스탐   멍청아! 그건 맞지만 (관객석을 가리킨다.) 그러면 저분들이 허구를 왜 감상하시냐!

세티카가 관객을 보고 깜짝 놀라 몸가짐을 바로 한다. 어스탐이 다시 고개를 가로젓고는 시종의 자세를 취한다.

세티카 (감정을 변화시키기 위해 집중하는 듯한 모습을 보여주다가 냉소적으로) 흐음. 저는 도저히 인정할 수 없는 형 때문에 영문 모를 열등감을 가지고 있어야 한다는 강요를 지긋지긋하게 당한 동생입니다. 그런 어이없는 꼴을 오래 당했으면 아무래도 그 보상이 있어야죠.

어스탑 (가소롭다는 듯) 그래. 넌 나를 경멸하고 있지. 그런데, 아우여. 살인은 자기를 보호하기 위해 일어나는 거란다. 자기의 위기일 때 살인이 일어나지.

세티카 하지만 누군가를 경멸할 땐 외려 자기를 느끼게 된다고요?

어스탑 그렇지. 그래서 경멸은 살인의 이유가 안 돼. 경멸하는 대상은 나의 근거니까. 간혹 나타나는, 자기랑 아무 관계도 없는 유명 인물을 경멸스럽다고 비난하고 심지어 공격하는 자들? 그자들은 자기 감정을 경멸이라고 말하지만 그건 사실 영웅심이야. 역시 자기 보호지. 다시 말하지만 경멸은 살인의 이유가 아니고 넌 네가 경멸하고 혐오하고 얕잡아볼 이 내가 절실하게 필요해. 너는 나를 죽일 수 없어.

세티카 (빙그레 웃는다.) 누구나 제 것이라는 걸 아는 칼로 형님의 심장을 찌르고도 모두가 손톱만 질경거리고 있게 만들 수 있는데도?

어스탑 (경악하여 입을 쩍 벌린 채 세티카를 보다가) 빌어먹을! 반영웅! 아아…… 이건 항의의 여지가 없군!

어스탐이 자랑스럽다는 얼굴로 세티카에게 올가미를 걸어준다. 겸손하게 올가미를 받은 세티카가 그 끝을 붙잡고 가볍게 돌린다. 세 사람이 미소와 박수를 보낸다. 어스탐이 무대 우측으로 조금 이동하여 네 사람 모두를 볼 수 있는 위치에 선다. 네 사람이 자리에서 일어난다.

어스탐   여러분의 부단한 노고가 없었다면 결코 있을 수 없었던 오늘의 이 놀라운 결과에 이 초라한 놈의 가슴이 한없이 벅차오릅니다. 아니, 아닙니다. 제 형편없는 언사로 여러분이 걸어갈 장도의 서막을 치장할 수 있다 믿는 것은 가당찮은 오만이겠지요. 그건 여러분의 위대한 여정을 지체시키는 백해무익한 장광설에 지나지 않을 터! 그러니 이제 저는 입을 닫고 그저 최대의 경의로써 여러분을 전송하겠습니다. 좋은 여행을!

어스탐이 무대 우측을 향해 왼팔을 뻗고 오른팔은 가슴 앞에 구부리며 허리를 크게 숙인다. 자신의 올가미를 뿌듯하게 보거나 자랑스레 내보이고 서로의 올가미를 관심 있게 구경하고 칭찬하는 몸짓을 하며 네 사람이 어스탐을 지나친다. 몸을 세운 어스탐이 그 뒷모습을 보며 손뼉을 치는 가운데 네 사람이 화기애애한 모습으로 무대 우측으로 퇴장한다.
무대 우측을 바라보던 어스탐이 눈시울을 훔치는 시늉을 한 후 가슴에 손을 얹다가 단검 칼자루를 건드리고 질겁한다. 고개를 숙여 불만스럽게 칼자루를 보던 어스탐이 혀를 차곤 무대 중앙으로 이동하여 관객을 향해 서서 표정을 가다듬는다.

어스탐	어떻습니까? 이 정도면 그래도 나쁘지 않지요? 물론 더할 나위 없다고 말하진 않겠습니다. 하지만 부디 제가 감내해야 했던 것들을 가늠해주십시오. 애매하게 죽은 놈이 협조성이라곤 전혀 없는 실제 인물을 가지고 만든 것치곤 그래도 욕먹을 정도는 아니지 않습니까. 아, 저는 만족합니다. 이제 저는—

어스탐이 무슨 소리를 들은 듯 급히 무대 좌측을 본다. 무대 좌측을 보던 어스탐의 얼굴이 의아함과 놀라움을 거쳐 짜증 섞인 두려움으로 바뀐다.

어스탐	(무대 좌측을 향해 손을 내저으며 주춤주춤 뒷걸음질 친다.) 아, 아, 안 돼! 아직 멀었다고!

무대 좌측에서 막 #9에 등장했던 정체불명의 인물이 달려 나온다. 정체불명의 인물은 뒷걸음질 치던 어스탐의 손을 붙잡고 그대로 잡아끌며 무대 우측으로 도망치려 한다. 어스탐은 무대 좌측을 돌아보며 겁에 질려 함께 도망치려 한다. 두 인물이 좌측을 경계하며 다급하게 우측으로 도망치는 그 자세 그대로 조각상처럼 멈춘다.

정체불명의 목소리	(무대 좌측으로부터) 검열하라!

멈췄던 두 인물이 다시 움직이기 시작한다. 정체불명의 인물이 어스탐을 놓치고 몇 번 비틀거리다가 뒤를 돌아본다. 정체불명의 인물을 뿌리친 어스탐이 정체불명의 인물과 무대 좌측을 번갈아 쳐

다본다. 정체불명의 인물이 다시 손을 내밀며 다가서지만 어스탐이 두 손바닥을 내밀어 단호하게 거부하는 자세를 취한다.

정체불명의 (무대 좌측으로부터) 검열하라!
목소리
어스탐   (무대 좌측을 향해 활기차게) 거역하라!

어스탐이 정체불명의 인물을 보며 무대 우측을 가리킨다. 정체불명의 인물이 고개를 가로젓지만 어스탐이 다시 무대 우측을 강하게 가리키며 강권하는 표정을 짓는다.

정체불명의 (무대 좌측으로부터) 검열하라!
목소리
어스탐   (무대 좌측을 향해 두 손으로 감자를 날리며) 거역하라! (무대 좌측으로 달려간다.) 거역, 거역, 거역이다! 거역, 거역, 거역한다! 거역하라! 거역하라! 거역하라!

고함을 지르며 어스탐이 무대 좌측으로 퇴장한다. 정체불명의 인물이 몸을 약간 앞으로 기울인 채 멈춰 서서 무대 좌측을 물끄러미 바라본다. 잠시 후 정체불명의 인물이 몸을 돌려 무대 우측으로 달려가 퇴장한다.

<막이 닫힌다.>

대단한 속도로 비운 음식 그릇과 접시를 사용인이 가져가게 한 다음 빈 식탁에 두 팔뚝을 얹고 몸을 앞으로 기울여 깊은 관심을 표명하면서 스벤터 경의 말을 경청하던 더스번 경은, 스벤터 경의 질문에 아무렇지 않게 모른다고 대답함으로써 사란디테의 눈썹을 꿈틀거리게 만들었다. 더스번 경은 고개를 갸웃했다.

"왜? 내가 모르면 안 되는 거야?"

사란디테는 씹던 음식을 급히 삼켰다.

"그 도서관들에 대해 다 알고 저 사서들의 이름도 다 아시면서 사서의 적은 모르신다고요? 그자의 적이 누구냐 하는 건, 누군가에 대한 정보 중에 제일 중요한 건 아니라도 상당히 중요한 것일 텐데요?"

"일단 바로 그렇기 때문에 어떤 주도면밀한 사람들은 자기 적을 잘 숨긴다는 것부터 말해두지. 어떤 때 적은 가족만큼이나 골치 아픈 인질이 될 수도 있으니까. 그리고 이 상황에 해당하는 이유라면 스벤터 경이 다 말해줬잖아."

숟가락을 내리던 스벤터 경이 깜짝 놀라 그릇을 탕 때리고 말았다. "내가요?" 더스번 경은 뜨악하여 스벤터 경을 보았다.

"사서들이 그 검열자라는 것에 대해 거론하길 꺼렸다면서요. 둘 중에서 어둑이 사서 쪽이 상대적으로 더 강한 반응을 보였고? 어둑이 사서 본인이 그러니까 잘 안다는 것이겠죠. 아마 그 상대를 언급하는 것이 자신에게 해롭거나 상대를 이롭게 만드는, 그런 특징이나 성격 같은 것이 있는 적인가 보군요. 내가 모르는 것도 그 때문이 아닐까 싶고."

사란디테는 입술을 동그랗게 만들었고 스벤터 경도 수긍하는 얼굴이 되었다.

"허어. 그렇군요. 나를 해롭게 하거나 적을 이롭게 한다. 그렇다면 이 경우엔 후자인 것 같군요. 그걸 염두에 두고 생각해보니 어둑이 사서의 행동은 섣불리 너를 해롭게 하지 말라는 친절한 경고보다는 함부로 적을 이롭게 만들지 말라는 따끔한 질책 같습니다. 그자들의 따사로운 관계를 고려해보더라도 그렇고."

"나도 그쪽이 끌리는군요. 흐음. 그래도 정보가 좀 필요하긴 한데. 아무래도 사서의 적이라고 부르는 건 별로겠지요. 자칫 우리완 상관없다는 인상을 조장할 수 있으니까."

스벤터 경이 깊은 우울감을 드러냈다. 네롤에게 이야기를 들었을 때부터 스벤터 경 또한 인식하고 있었던 사실이다. 그 검열자라는 존재가 원하는 것이 원고의 미완성이라면, 그건 사서의 적일 뿐만 아니라 스벤터 경의 적이기도 하다. 그리고 스벤터 경을 정말 우울하게 만드는 건 알지 못했던 적의 존재가 아니라 그 적의 불가침성이었다.

"그런데 정보를 줘서 이쪽이 뭔가를 할 수 있다면 뭐라도 좀 줬겠죠? 그러니까 이건 저쪽 세계의 일인 거죠? 별세계 이야기를 하는 것이 아니라 범죄계, 뒷세계 같은 말을 할 때의 그런 경우를 말하는 겁니다. 이건 도서관계의 일인 거죠? 젠장. 이것도 말이 딱 맞는 느낌은 아니군. 어쨌든 이건 세계가 달라서 내가 뭘 대처하거나 할 수 있는 것이 아닌 거죠?"

더스번 경이 느리게 고개를 끄덕였다. "예…… 그랬다면 에길 사서도 경에게 도움을 청했겠죠. 섭정이시니 이 근방에서 제일 지위가 높고 실력을 보더라도 이 주변에서 가장 많은 병력을 거느리고 있는데."

"그렇다면 결국 이런 겁니까? 저쪽이 알아서 잘하길 바란다? 저쪽 세계의 규칙이니 상식이니 싸우는 법이니 하는 건 저쪽이 잘 알 테니까? 이쪽에선 응원밖에 할 것이 없다?"

"저쪽이 원하는 걸 지원할 수는 있는 모양인데요. 우선 협상 대상자 지위."

"하아. 이런 상황에서 안 줄 수가 없잖습니까. 어째서인지 모르겠지만 그게 필요하다는데. 말하고 있자니 정말 무력감밖에 안 드는군요."

사란디테를 마지막으로 조식 겸 중식, 보통 아점이라고 부르는 세 사람의 식사가 모두 끝났다. 하지만 더스번 경과 사란디테는 소식당을 떠나지 못했다. 스벤터 경의 우울감 표출이 충분하지 않았기에. 전혀 그렇지가 못했다. 그리고 사란디테와 더스번 경은 그것이 슬슬 분노로 바뀌는 것을 보았다.

"이거 정말 너무하지 않습니까? 이게 이야기라면 어떻게 되는 겁니까? 고생고생해서 겨우 목표 근처에 도달했는데 갑자기 어떤 재수 없게 생긴 작자가 앞에 나타나서 이렇게 말하는 거죠? 사실 네가 전혀 알지 못했던 위험한 적이 있고 너는 거기에 손도 댈 수 없다? 내가 처리해줄 테니 넌 응원이나 해라? 네가 갈 길 잘 가게 해주니 고마워해야지? 와, 정말. 진짜로 고맙다고 해야 하나, 이걸. 아, 그래요. 내가 무슨 이야기의 주인공이라고 생각하면서 살지는 않았습니다. 그런 건 살다 보면 그냥 알게 되는 거지. 하지만, 제기랄, 그래도 4년입니다. 좀 일찍 와서 말해주면 안 됩니까?"

"예. 좀 비인간적인 처사군요. 어쩌면 사서들도 그 적이 출현할 거라는 걸 최근에 알게 된 것 아닐까요? 특별한 글이라서 나타나는 특별한 적이라면서요. 아마 사서들도 예상할 수 없었던 것인가 보죠."

더스번 경의 합리적인 가설은 스벤터 경의 분노 해소엔 그리 도움되지 않았다. 스벤터 경은 뭐 시원하게 깨부술 것이 없나 두리번거리는 것처럼 눈을 굴렸다.

"나는 지금껏 네 명의 용의자만 생각하고 있었단 말입니다. 네 명의 용의자! 그 사람들 중 누가 마지막에 무슨 짓을 저지르지 않나, 그것만 생각하고 있었다고요. 임사전언의 완결을 저지할 사람이 있다면 그 넷 중 하나여야 합니다. 그런데 네 사람은 꿈쩍도 하지 않아요! 임사전언은 네 사람을 의심하라고 하는데, 내가 실제로 보는 네 사람은 이보다 더 떳떳한 사람이 없어. 지금도 거리낄 것 없다는 듯이 찾아와 섭정의 통금 명령에 순응하고 있는 모습들 좀 보십쇼. 뭐냐고, 이게. 아침에 충혈된 눈을 하고 나타나는 사람도 없고 손톱에 물어뜯은 흔적이 잔뜩 있는 사람도 없어요. 손에 든 기름통이 뭔지 설명하지 못해 횡설수설하는 사람은커녕 만찬 중에 손이 떨려 물잔을 떨어뜨리는 사람도 없어요! 도대체 뭡니까? 그런데 실제로 임사전언을 중단시키는 건 미지의 적이라고? 하! 그래서 진범은 그렇게 태평하게……."

말끝을 흐린 스벤터 경이 튀어나올 듯 눈을 크게 뜨더니 끄으…… 하는 소리를 냈다.

발작이라고 판단한 사란디테와 더스번 경이 경악하여 일어났을 때 스벤터 경이 두 손으로 식탁을 짚으며 자신을 다잡았다. 더스번 경은 머리를 숙인 채 거칠게 숨을 몰아쉬는 스벤터 경의 곁에서 경이 쓰러질 것에 대비했고 사란디테는 달려가 주전자와 물잔을 가져왔다. 잠시 후 엔파 백작은 더스번 경과 사란디테와 여러 명의 사용인들에 급히 달려온 기사 두 명까지 포함된 인파의 염려스러워하는 시선 속에서 얼굴을 붉힌 채 물을 마시게 되었다. 스벤터 경은 부끄러우니 자리를 비워달라고 요구하여 기사들과 사용인들을 물러가게 했고 더스번 경과 사란디테에게도 앉아 달라 요구했다. 두 사람이 머뭇머뭇 그 요구를 따르는 것을 본 후 스벤터 경은 목을 가다듬었다.

"조금 전 내 오래된 궁금증을 풀어줄 가설이 하나 보였습니다. 그러니까 '진범은 왜 이다지도 조용한 것인가.' 내가 보기엔 정말 말도 안 되는 상황이었어요. 그게 드디어 말이 되는 것처럼 보였습니다. 그런데 머리가 좀 차가워진 다음에 생각해보니 이건 비약과 억측이 심하다는 느낌이 드는군요."

"범인은 그 미지의 적이 올 걸 알고 있었다는 겁니까? 흐음. 하긴."

"예. 그렇— 예? 방금 '하긴'이라고 했습니까?"

"그 사람들이 무언가와 접촉할 기회라면 차고 넘칠 만큼 있었다는 생각이 들어서요."

"더스번 경?"

"그 사람들이 4년 내내 이곳에서 감금 생활을 했던 건 아니지 않습니까. 사실 여기 오는 건 1년에 한 번꼴이었죠. 그 외의 모든 시간엔 각자 자유롭게 저 바깥을 돌아다녔고. 그 시간에 그 사람들이 무엇과 접촉하고 무슨 이야기를 나눴는지는 알 도리가 없죠."

스벤터 경은 이를 꽉 깨문 채 말했다.

"더스번 경. 부탁인데 경은 타인의 생각을 읽을 줄 안다고 고백해주십시오. 그래서 방금 전 내가 했던 생각을 그대로 말할 수 있는 거라고. 내가 뻔한 사람이라는 소리는, 그건 물론 사실이겠지만 그래도 그 난리를 친 직후에 듣고 싶지는 않습니다."

더스번 경은 가만히 스벤터 경을 보다가 조용히 시선을 옮김으로써 엔파 백작을 좌절시켰다. 사란디테가 급히 끼어들었다.

"그게 그렇게 뻔한 사람 소릴 들을 생각 같지는 않은데요, 각하. 아니, 반대로 놀랍다고 해도 될 것 같아요. 상황을 잘 설명하는 이야기 아닌가요? 진범은 누군가에게서 임사전언이 완결되지 않는다는 보장을 이미 받았기 때문에 다른 세 사람과 똑같이 행동할 수 있는 것이다. 정말 그럴듯하게 들리는데요?"

"사람 매달리고 싶게 만들지 마시오, 사란디테……. 그렇게 안 보일지 몰라도 나 여차하면 정말 철면피하게 매달릴 수 있어. 못 믿겠으면 엔파 백작 부인한테 어떻게 해서 엔파 백작 부인이 됐는지 물어봐도 돼."

사란디테는 아하하 웃음으로써 스벤터 경을 다시 좌절시켰다. 스벤터 경은 씩씩거렸다.

"역시 말도 안 된다고 생각하고 있군. 내가 그 이유를 말해볼까? 그 미지의 적이 진범을 만나 그런 보장을 하고 다닐 시간이 있었다면 그 시간에 여기 와서 자기가 해주겠다고 한 일을 그냥 하면 된다는 거지? 사서들이 오기 전에, 내가 그런 것이 있다는 걸 알기 전에 찾아와서 어스탐 경의 집필을 중단시키면 된다는 거지?"

"아뇨. 각하. 충분히 말이 된다고 생각해요. 말씀하신 문제도 대응하는 가설을 세워볼 수 있을 것 같은데요. 제가 알기로 위험한 것들은 꼭 제물이니 의식이니 하는 걸 요구하더라고요. 이걸 좀 일상적인 말로 바꿔본다면, 어쩌면 그 미지의 적은 여기에 오려면 내부에 협조자가 필요한 걸지도 모르죠."

스벤터 경은 '매달리고 싶어!'라고 생각한다는 것을 숨김없이 드러냈다.

몇 군데를 놓고 고민하던 눌드 경은 유와르 사서의 성게 가시를 놓아두기에 적절한 곳은 응접실이라고 판단했다. 소문을 들은 손님들이 구경하고 싶어 할지도 모르는데 침실 같은 곳에 둘 수는 없었고 가끔 대취한 사람도 나타나곤 하는 대식당에 이런 첨예한 물건을 두는 건 좀 위험해 보였다. 하지만 신비한 도서관의 관원이 준 물건이자 글과 관련된 일로 얻게 된 물건이라는 점에서 서재는 꽤 괜찮은 대답 같았다. 경이 그것을 본가로 가져가지 않기로 한 것도, 그러니까 콰이스톨 기사의 도움을 받아 검으로 변하기 전까지는 이곳 오소리 옷장에 두겠다고 결정한 것도 그런 유래 때문이었다.

하지만 눌드 경은 응접실이 맞다고 판단했고, 그래서 난감한 기분을 느꼈다. 눌드 경이 보기에 서재는 경의 공간이었지만 응접실은 레초 부인의 공간이었고 따라서 응접실에 무엇을 놓을지 말지 결정하는 건 부인의 권한이었다. 결국 경은 탐탁잖은 기분을 억누르고 사용인을 시켜 레초 부인에게 괜찮다면 응접실로 행차해주시면 좋겠다는 요청을 전달했다.

잠시 후 눌드 경이 창을 세워 들듯 거대한 가시를 세워 들고 있는 응접실로 레초 부인이 들어섰다. 그날만 두 번째로 부인과 같은 공간에 있게 된 눌드 경은 그만 사레가 들릴 뻔했다. '왜 시녀가 없지? 여긴 식당도 아닌데?' 하지만 눌드 경은 충격을 잘 감춘 채 정중하게 가시에 대해 설명하고 이곳에 두면 어떨까 하는데 부인의 생각은 어떤지 선반에게 질문했다. 레초 부인은 경이 떠올렸던 것과 똑같은 이유를 들며 왜 서재가 아니냐고 벽난로에게 질문했다.

눌드 경이 선반에게 말했다. "흔치 않은 물건이니 부인들께서 끽다하며 담소를 나누실 때 그럭저럭 이야깃거리가 되지 않을까 하는 생각이 들어서요."

레초 부인이 벽난로에게 말했다. "혹시 제가 어스탐 경을 찔렀다고 생각하세요, 각하?"

눌드 경이 경악하여 레초 부인을 돌아보았다. "부인?" 그러자 레초 부인도 비틀어져 있던 시선을 바로 폈다.

"제겐 뾰족한 것이 어울린다는 말씀이신가 해서요. 각하."

"부인. 임사전언에서 무슨 중상을 당했다고 해서 괘념할 필요는 없습니다. 작가는 그저 범인을 숨기기 위해 다른 세 사람에게 누명을 씌운 것뿐입니다. 이야기를 위해 그런 거죠. 보통 이상으로 심하게 그러긴 했지만, 작가가 보통 상태는 아니죠."

"각하께선 그렇게 생각하시는군요. 한 명만 빼고 나머지 세 명의 동기니 이유니 하는 건 전부 엉터리다."

"네 명 다 엉터리일 수도 있다고 생각합니다. 자작이 범인 속을 어떻게 압니까. 그럴 거라고 미루어 짐작하는 것에 불과하지. 피살자라고 해서 살인자를 이해할 수는 없어요. 아니, 이해했다면 찔릴 일이 없었겠지. 그래요. 진상이 밝혀진 후 다시 살펴보면 자작이 살인자에 대해 제일 터무니없는 이야기를 썼다는 걸 알게 될지도 모릅니다."

"사실 관계는 정확하지 않나요?"

"사실에 대한 해석은 온갖 방식으로 가능합니다. 부인께서도 조금 전 어처구니없게도 이것을 비난의 도구로 해석하지 않으셨습니까. 나는 그저 이곳을 방문한 어느 소심한 부인이나 규수가 소문으로 들은 물건을 보고 싶은데 주인의 서재에 들어가는 건 부담스러워서 난감할까 봐, 그래서 그런 것뿐인데."

"아아, 그렇군요. 채신머리없는 여자들이 서재를 들락거리고, 심지어 부끄러운 줄도 모르고 함께 수다를 떨자고 요구하고 그러면 거부하기도 힘드시고…… 책 보시는 것에 심히 방해가 되겠군요. 제가 우둔하여 깨닫지 못했습니다."

바로 어제 사란디테와 함께 서재에서 임사전언을 돌려 읽고 대화도 나누었던 눌드 경에게 이것은 모함처럼 느껴지는 말이었다. '내가 여자들을 응대하는 데 시간을 뺏길 것을 걱정한다고? 여기가 손님 응대하려고 만든 곳인데 그게 도대체 무슨 소리야.'

"부인께서도 잘 아시지 않습니까. 손님을 초대했다면 자신의 시간 전부는 아닐지 몰라도 대부분의 시간은 손님을 위해 쓸 마음가짐이 되어 있어야 합니다. 내 요청에 의해 자신의 장소가 아닌 곳에 있게 된 사람을 편안하게 지내게끔 배려해야 합니다. 초대를 해놓고 방해를 사양하다니, 그게 무슨 경우에 맞지 않는 소리입니까."

"그래서 어스탐 경 그자가 무슨 말을 하든, 심지어 저렇게 이곳의 주인 부부에 대한 허튼소리를 늘어놓으며 공공연하게 모욕하고 있어도 그냥 놔두시는 겁니까? 손님은 자기 집에서 말하는 것처럼 말하고 행동하는 것처럼 행동할 수 있어야 한다. 그것이 그라이만 귀족의 손님맞이다?"

"아니, 부인! 이건 범죄 사건이고 그 수사 활동이잖습니까. 설령 그렇지 않다 하더라도 죽어가는 자가 세상에 말을 남기고 싶어 한다면, 그건 마땅히 입을 닫고 귀를 기울여야 하는 일 아닙니까. 그것이 욕설이든 망언이든. 어차피 죽어가는 자가 하는 말은 대부분 조리에 맞지 않는 헛소리입니다. 들을 가치가 있는 말을 하는 경우는 별로 없어요. 살아있을 때도 남이 귀담아들을 말을 입에 올리는 사람이 귀한데.”

레초 부인의 눈길이 험악해졌다.

“제가 생각 없이 떠드는 말들이 각하의 귀를 너무 어지럽히고 있나 보군요.”

눌드 경은 눈앞이 어두워지는 것을 느꼈다. 부인의 얼굴이, 몸짓이, 그 옷차림까지도 너무나도 보기가 싫었다. 가시를 쥔 손아귀에 힘이 빠지는 것 같았다. 아니, 반대로 힘이 들어가고 있는 것인지도 모른다. 이자는 왜 이러는 거야. 도대체 왜. 내가 뭘 어쨌다고. 칠흑의 아네지가 반려 시체에게…….

반려 시체?

자신이 기적을 목격하고 있다는 것을 깨달은 눌드 경이 세차게 숨을 들이마셨다.

“후어업!” 하는 소리가 명백히 나는 바람에 레초 부인의 눈이 동그래질 정도로 거세게 공기를 빨아들인 눌드 경은, 그런 자신의 모습에 전혀 신경 쓰지 않았다. 도저히 믿을 수가 없었다. '아까부터 일어나고 있던 일이었는데 이제서야! 어스탐 경이 도와줘서 겨우?' 갑작스러운 의혹에 눌드 경은 공포감을 느꼈다. '잠깐만! 아까가 아니고, 설마 아침부터였나? 맙소사. 자작이 나를 살린 건가?' 눌드 경은 인정했다. '어스탐 로우 그 개자식은, 내 취향에 잘 맞는 글을 쓸 줄 아는 개자식이지.'

“각하?”

"칠흑의 아네지는 반려 시체와 말다툼을 하지요."

"……예?"

"예. 그렇다더군요. 나 개인은 그런 경험이 없지만, 아니면 오래되어 잊어버린 건지도 모르지만, 간혹 어떤 아이들은 자기 인형이나 유령친구와 싸우기도 한다고 그러더군요. 즐거운 대화만 하는 것이 아니라. 어찌 보면 말이 안 되는 이야기죠. 상대가 이쪽을 자극할 리가 없는데. 상대가 듣기 좋은 말만 한다고 얼마든지 상상할 수 있는데. 예. 감정이 없는 자들은 칠흑의 아네지가 반려 시체에게 화를 내고 비난하고 또 자기가 상처받는 그 장면이 이해가 되지 않겠죠. 하지만 그렇지 않은, 그게 충분히 말이 되는 장면이라고 느끼는 자들이 더 많겠지요. 우리는 그걸 알지요. 그 아이들은, 예. 어른들도 제대로 설명하기 힘들어하는 것을 선천적으로 아는 것처럼, 그런 아이들은 자기 인형과 싸운다지요."

레초 부인은 눌드 경의 눈에서 눈물이 주르륵 흐르는 것을 보고 "히이입!" 하는 소리를 냈다. 부인은 두 손을 내밀고 경을 향해 주춤다가섰다.

"가, 각하? 아니, 무슨? 괜찮으세요? 각하!"

"예전에……" 눌드 경은 목이 메어서 몇 번 괴롭게 목을 꿈틀거린 후에 말을 이었다. "예전에 이랬던 때가 있다는 것이 떠올랐습니다. 아니, 그때는 훨씬 심했지요. 비교한다는 것이 우습지요. 그때 말입니다. 우리는 서로에게 상처를 입히지 못해 안달하는 사람처럼 굴었지요. 세상에서 그게 제일 중요한 일인 것처럼 싸웠지요."

에스더 경의 인사전언
인물 관계도 및 메모

인물 관계도를 그리거나 메모를 통해 책을 더 재미있게 읽어보세요.

다스벤 칼파랑
카시날 백작

샤란디테
미네랄 술 출신,
다스벤 칼파랑의 지인

에이바 레초
할리도 백작부인,
결혼 전 성은 에블리오.

스벤터 남바이
엠피 백작, 수사관

에스탐 포루
훔름 자작

세티카 포루
에스탐의 동생

돌드 레초
할리도 백작

네모파니 올코아
에스탐의 고모

유레솔
필경사

네룰 에길
훔반 도서관 사서

배훈 경
체스키다 7세 그라이민의 국왕

유왈트 사서

에시피터 부세인 무힐 후작

어독이 사서

체스키다 7세 그라이민의 왕자

티클가를 파이스톨 기사단 단장

티테이오스 그라이민의 왕자

비게슨 백작

산메지 백작

*『에스더 경의 인사전언』을 읽다 경시 걸을 읽은 그대에게, 유독버 블람스님의 유왈트 사서,
작품 소개 영상을 보며 참선하세요.

에스탐 경의 임사전언

방황을 잃었을 때 꺼내보는 나침반

등장인물 외 연급되는 인물들

아베란 네피림 자작: 필설경, 외상검객, 드래곤의 양자
히어류릿데: 아기인 아베란을 주워 키운 드래곤
투알: 헐란도 백작 부부의 죽은 아들

용어 설명

그라이만: 작중 무대가 되는 나라, 참고로 더스번과 사란디테는 외국인
익다라: 그라이만에서 여성 귀족을 체포하는 여성을 일컫는 용어
하탄시아교: 하탄시아 신을 받드는 종교, 하탄셈은 교인을 뜻함
아지아통: 고풍스러운 느낌의 옷차림
세타에이 단검: 아지아족 고사에 나오는 단검

에스탐 로우 소설 속 인물/용어

아네지 / 바다뱀의 거울 / 양지프 울탄 마제스남
레초우 슈라가인 / 트리아 / 얼로이다 마라스타
호즐리스 / 세도벨 / 핫트아케아 헬리포리게

도입부 줄거리

4년 전, 인기 작가 에스탐 로우는 함라도 백작 부인 레조우 조청을 받아 그의 별장인 '오소리 웃장'에 방문한다. 그러나 누군가 에스탐 로우의 심장에 단도를 꽂아 살해하고, 놀랍게도 에스탐 로우의 육신은 죽지 않은 채, 혼자인 떼 떼 겐을 들어 작품을 집필하는 기이한 현상이 별어진다. 그렇게 주지도 살지도 않은 채 자신의 살해와 관련된 용의자를 가명으로 등장시키 약 6좋 권에 내하 장편소설이 마무리될 즈음, 사란디테가 판신전의 파이스통가시단 단장 티몬거울 명으로부터 에스탐 로우가 언비드입기가 아닌가 하단 접보에 떠한 답변을 듣고 오소리 웃장에 찾아온다. 에스탐 로우가 유스팬리인으로 임명된 카서님의 백작 마스번 쥴과장, 왕국의 수사관으로서 에스탐 로우가 남긴 임사전언에서 드디어 밝혀진 범인을 체포하기 위해 준비하던 엔과 백작 스벤탄 남바이, 에스탐 로우를 따라 오소리 웃장에 객으로 머물던 남동생 세티카 로우와 코모 네모꾸나 부인, 에스탐 로우의 조청자인 백작부부가 한자리에 모여 만신전에 남을 듣게 되면서 이야기가 시작된다.

전작 단편의 연급된 인물/드래곤 외에도 이름만 한 번 언급된 드래곤이 있음.

레초 부인이 입을 틀어막았다. 입안에 손을 넣을 기세로. 눌드 경은 눈물이 흐르는 것에 대해 아무런 조치도 취하지 않은 채 젖은 목소리로 말했다.

"우리가 잃어서는 안 되는 것을 잃었을 때."

레초 부인이 얼굴을 확 떨어뜨리고 두 손바닥으로 얼굴을 가렸다. 아까부터 가시가 파르르 떨리고 있었지만 그 사실을 전혀 깨닫지 못한 채, 그리고 자신이 지팡이를 쥐듯 거기에 몸을 상당히 맡기고 있음에도 가시가 아무렇지 않게 버티고 있다는 것도 알아차리지 못한 채 눌드 경이 말했다.

"에두르는 말들, 비꼬는 말들, 차가운 말들…… 그냥 모조리 비틀고 또 비틀어서 모든 것을 무관심이나 무신경함이나 무정함으로 만들려고 했었지요. 한때 그런 때가 있었지요……."

레초 부인의 어깨가 크게 위아래로 두어 번 움직이더니 레초 부인이 쪼그리고 앉았다. 눌드 경은 가시를 쥐고 있지 않은 손을 부인을 향해 엉거주춤 들어 올렸지만 시야가 너무 답답했다. 그래서 경은 그대로 팔을 들어 팔뚝으로 눈 주위를 훔쳤다. 호흡도 너무 답답했다. 눌드 경은 크게 숨을 들이마셨다.

"내가 싸움을 걸…… 그런 자가 되었습니까? 부인께?"

레초 부인이 고개를 들어 올렸다. 두 손 위로 올라온 건 눈뿐이었고 위쪽을 향해 한껏 치켜뜬 그 눈들은 겁에 질린 자의 것인지 환호하고 싶은 자의 것인지 말하기가 어려웠다. 눌드 경이 쥐어짜내듯이 말했다.

"다시?"

레초 부인이 몸을 일으키더니 그 동작 그대로 달음박질쳤다.

부인은 두 손으로 얼굴을 가린 채 가시 옆을 돌아 눌드 경을 지나치더니 그대로 통로로 달려갔다. 눌드 경은 가시를 놓고 몸을 돌렸고 가시는 가벼운 탕 소리를 내고 바닥에서 한 번 튀었다가 데구르르 굴렀다. 그 소리는 멀어지는 레초 부인의 발소리와 뒤섞이며 묘한 박자감을 만들어냈다.

오소리 옷장으로 온 것은 네롤 에길이 아니었다. 점심시간 이후도 아니었다.

그 출현을 처음 알아차린 건 오소리 옷장에서 삼백 보 거리를 두고 사서들과 대치하던 병력에서 살짝 빠져나와 근처의 나무 뒤편에서 소변을 보고 있던 병사였다. 나무에서 무언가 묵직한 것이 떨어져 투구를 치고 뒤로 떨어졌을 때도 충분히 놀랐지만, 몸을 돌려 자신의 머리를 친 것이 무엇이었는지 확인하게 되자 병사는 비명도 못 지른 채 뒤로 물러나다가 바짓자락에 걸려 주저앉고 말았다. 만약 그것을 본 사람이 그 병사 한 명뿐이었다면 병사는 미친 자 취급을 받게 되었을 테지만 다행히도 병사가 볼일을 보고 물러나면 그 괜찮은 자리를 차지하려고 주목하고 있던 견습기사 한 명도 그것을 보았다. 견습기사는 바람직하게도 훌륭한 비명을 지를 수 있었고, 그래서 더 많은 목격자를 만들어낼 수도 있었다.

"저기!" "저게 뭐지?" "어? 저것 봐!" "으악!"

분류를 해야 한다면 벌레에 해당할 것 같았다. 다른 벌레들의 의견을 완전히 묵살하기로 한다면. 생김새는 다르지만 메뚜기와 어느 정도 비슷한 인상을 풍기는 건 뒤쪽 두 다리가 유달리 강력하고 컸기 때문이다. 움직이는 방식도 메뚜기와 다소간 비슷했다. 뒷다리 두 개로 땅을 박차며 이동했고, 간혹 이상하게 생긴 날개를 확 펼쳐 짧게 활공하기도 했다. 그러나 오래 날지는 못했는데 그건 당연한 일이었다. 몸통 크기가 거의 개 크기였으니까. 긴 뒷다리를 전부 펼쳐 몸길이를 잰다면 어지간한 사람 신장에 필적할 듯했다.

그 벌레는 높이 날아오르지도 못해서 신경을 못 썼다면 놓칠 수도 있었겠지만 일단 보게 되면 계속 관찰하는 것은 어렵지 않았다. 그것이 출현한 쪽을 담당하던 중대의 지휘관은 그것이 오소리 옷장 방향으로 접근하는 것을 보며 급히 대처를 궁리했다. 하지만 처음부터 운신의 폭이 좁다고 말할 수밖에 없었다. 기이하고 불길하긴 하지만 어쨌든 괴물 한 마리이고 그것 때문에 사서들과 충돌하는 것을 감수할 수 있는지는 불확실했다. 결국 중대장은 중대원들에게 오소리 옷장 방향으로 주의를 요망하는 고함을 지르라고 명령했다.

병사들의 고함 소리에 몸을 돌린 유와르 사서가 벌레를 발견했다. 유와르 사서가 즉시 촉수를 휘둘렀지만 그건 채찍으로, 아니, 철퇴로 모기를 잡으려는 시도와 완벽히 같았다. 맞기만 했다면 파괴력이 모자랄 일이 추호도 없겠지만 맞출 수가 없었다. 그래도 그 공격들은 땅에 누워 하늘을 보며 조금 후에 있을 회담에 대해 생각하던 네롤 에길을 기겁하여 일어나게 하는 효과는 있었다. 유와르 사서가 왜 갑자기 땅을 저리도 학대하나 의아해하던 네롤이 먼지구름 사이에서 활강하는 벌레를 발견했다.

네롤은 급히 배추 경에 올랐다. 그동안 벌레는 유와르 사서를 지나쳐 계속 오소리 옷장으로 달려갔고 약이 잔뜩 올랐다는 것이 누구의 눈에도 명백한 유와르 사서도 그 뒤를 쫓아 움직였다. 하지만 유와르 사서의 그 거대한 몸은 달리기에 최적화되어 있다고 말하긴 어려웠다. 걷는 것만으로도 대단한 속도로 움직일 수는 있었지만 활강까지 가능할 정도로 가벼운 벌레가 강력한 뒷다리로 도약하는 것을 따라잡는 것은 불가능했다. 유와르 사서가 서서히 속도를 늦추는 것을 확인한 네롤은 계속 당나귀를 달리게 하며 오소리 옷장을 보았다. 오소리 옷장 안쪽의 병사들이 다가오는 벌레를 확인하곤 창과 검을 쥔 채 돌담으로 다가오고 있었다. 네롤은 문제의 소지는 없다고 판단했다. 저건 병사들이 어렵잖게 다룰 수 있을 것이다.

네롤이 예상한 것과는 다른 방식이었지만 어쨌든 해결이 되긴 했다. 벌레가 다시 오소리 옷장 대문을 향해 도약한 순간 벼락이 꽂히는 기세로 내리꽂힌 곡괭이 날은 벌레를 그대로 허공에서 확 끌어내려 바닥에 쾅 부딪히게 만들었다. 벌레는 정확히 양쪽 돌담의 연장선, 대문 중앙에 곡괭이 날로 고정되었다. 벌레의 뒷다리 하나가 경련을 일으키며 땅에 탁탁탁 부딪히는 소리가 불길하게 울려 퍼졌다.

곡괭이를 놓은 더스번 경이 시선을 옮겨 가까이 다가온 네롤을 보았다. 네롤은 탐탁잖은 얼굴로 배추 경에서 내려 고삐를 끌고 다가와선 허리를 구부려 땅에 고정된 벌레를 내려다보았다. 네롤의 정수리를 보던 더스번 경은 그녀가 관찰을 마칠 때까지 기다리기로 결정했다. 하지만 바닥에 한쪽 무릎을 꿇고 벌레의 주둥이로 손을 가져가는 네롤의 모습을 보자 경은 입을 열 수밖에 없었다.

"뱀은 대가리만 남아도 위험하다고 하던데."

더스번 경은 그 벌레가 메뚜기와 가장 다른 점을 지적하고 있었다. 날개도 곤충보다는 박쥐의 피막 같았고 등과 다리에 난 털들도 메뚜기라기엔 기묘했지만 그 머리가 무엇보다 이목을 끌었다. 외골격 같은 것으로 덮혀있긴 하지만 아무리 보더라도 뱀의 그것이었다. 힘없이 벌어져 있는 입 안쪽엔 독니로 보이는 이빨도 두 개 솟아있었다. 하지만 네롤은 이상하게 들리는 대답을 했다.

"그래서요."

그리고 네롤은 손을 뻗어 이빨로 손가락 끝을 살짝 찔렀다. 보고 있던 병사들이 신음하고 더스번 경은 이맛살을 찌푸렸다. 네롤은 금방 손을 떼더니 손을 쥐었다 폈다 했다. 조금 후 네롤은 두 손으로 목을 움켜쥐더니 눈을 뒤집기 시작했다. 더스번 경이 엄숙하게 말했다.

"명복을 비오."

네롤이 목에서 손을 떼고 방긋 웃었다. "독은 없군요."

"그래, 뭔가 믿는 게 있었소?"

"세상엔 괘씸하게도 책을 암살 도구로 쓰는 말종들이 있죠. 각하."

"그렇군. 손에 침을 묻혀 책장을 넘기는 습관을 이용하는 이야기는 들어봤소."

"그 외에도 여러 가지가 있습니다. 도서관에 그런 책이 우연히 반입될 수도 있어서 저는 이런저런 대비가 되어 있습니다. 그리고 여기엔 예상했던 대로 아무 독이 없고요. 만에 하나를 위해 확인해본 겁니다."

"예상했다고?"

"아래쪽으로 아무것도 안 흘러나오는 것을 보고. 곡괭이를 뽑아보십시오. 각하. 괜찮습니다."

네롤의 말을 따른 더스번 경은 위화감을 느꼈다. 벌레가 곡괭이 날에 꽂힌 채 따라 올라왔는데 무게감이 이상했다. 처음 때렸을 때보다 훨씬 가벼워진 것 같았다. 어쩔까 하던 더스번 경은 다른 손 주먹으로 곡괭이 자루를 탕 쳤다. 벌레 시체는 곡괭이에서 쏙 빠져나오더니 허수아비인 양 가볍게 툭 떨어졌다. 더스번 경은 땅에 곡괭이가 꽂혔던 자국은 있지만 거기에 무슨 체액 같은 것이 흐른 흔적은 없다는 것을 확인했다. 그러고 보니 곡괭이에도 아무것도 묻어 있지 않았다. 더스번 경은 네롤과 눈빛을 교환한 후 직접 벌레 사체를 들어보았는데 이제는 외투 정도의 무게밖에 느껴지지 않았다. 그런데 그 무게마저 점점 사라지더니 곧 벌레 사체가 희미해졌다. 더스번 경이 손을 놓자 벌레는 아래로 떨어지는 시늉도 제대로 못하고 그냥 사라져버렸다. 네롤이 말했다.

"죽으면 얼마 후엔 없어지나 보군요. 아니, '기능을 잃으면'이라고 해야 하는 건가."

"잘 알지는 못하나 보군."

"예. 이런 모양일 줄은 몰랐습니다."

"그렇다면 이건 당신들의 적이 아닐 수도 있고?"

"아니요. 그건 맞습니다. 그 척후 같은 것, 아니, 그냥 제일 먼저 나타난 놈이라고 봐야, 아니, 그것도 아니군. 정말로 제일 처음 온 놈들은 어딘가에 숨어있고 이건 모습을 들킨 첫 번째 놈일 수도 있겠군요."

"요약하자면 더 온다는 말이군." 더스번 경은 그 움직임을 보며 떠올렸던 안 좋은 예상을 그냥 말했다. "혹시 억 단위로 오는 거요?"

"죄송하지만 형태를 가늠할 수 없었던 것처럼 숫자도 정확하게 가늠하긴 어렵습니다. 하지만 아주 많을 거라고 예상하긴 합니다."

"아주 많다······. 이빨이 뾰족하긴 했지만 독이 없다면 그건 그렇게 큰 문제는 아닌데. 다른 곳들도 특별히 위험해 보이는 부분은 없었던 것 같고."

"아니요. 전부 그렇게 생기진 않았을 겁니다. 송곳니나 발톱, 뿔, 가시, 어쩌면 손? 사람에게 해로운 온갖 형태를 다 상정 범위에 넣을 수 있습니다."

더스번 경은 네롤을 뚫어지게 보다가 말했다.

"잠시 기다려주시오. 섭정을 데려오겠소."

네롤은 오래 기다릴 필요가 없었다. 거의 직후라고 해도 될 정도의 간격을 두고 스벤터 경이 병사들을 헤치고 나타났으므로. 스벤터 경은 그 벌레가 없어졌다는 소리에 않는 소리를 냈고 더스번 경에게서 그리 위험하진 않았다는 말을 듣자 얼굴을 폈지만 뒤이어 네롤에게 '사람에게 해로운 온갖 형태' 이야기를 듣게 되자 격분에 가까운 충격을 드러냈다.

"잠깐만! 그러면 무수히 많은 맹수 같은 것이 오는 것과 같다고 생각해도 되는 거요?"

"흐음. 예. 실용적인 관점에선 그렇게 봐도 무방할 겁니다."

"그리고 그건 당신들한테 덤벼드는 것이 아니라 오소리 옷장으로 곧장 왔고?"

"예? 그건 당연한 일 아닙니까? 집필이 이루어지고 있는 곳은 여기인데. 그것이 원하는 건 임사전언의 미완성이라고 말했던 것 같은데요. 사서의 목숨이 아니라."

스벤터 경은 영문도 모르고 뺨을 맞은 사람처럼 보였다.

"그건 그런데…… 아니, 잠깐만! 당신은 아까 '이쪽 문제'라고 말했잖아! 당신들이 다 감당하고 해결해야 하는 일인 것처럼! 그래서 난 이게 서로 다른 세계, 그러니까, 관할이 다른 이야기인 거라고…… 도서관과 그 적의 이야기라고 생각했는데. 하지만 맹수들이 오소리 옷장으로 달려오는 거라면, 그건 완벽하게 우리 문제인데? 우리가 감당하고 우리가 해결해야 하는 일 아니오?"

네롤은 영문을 모르겠다는 얼굴이 되었다.

"어째서? 그게 왜…… 그냥 옆으로 비켜서면, 그러니까 오소리 옷장을 비우면 되는 일인데요?"

"뭐라고?"

"각하. 다시 말씀드리지만 그것이 원하는 건 임사전언의 미완성입니다. 그리고 각하께선 그저 달려오는 그것과 임사전언 사이에 서 계실 뿐이고요. 예. 그저 광차가 궤도를 따라 달려오고 있을 뿐입니다. 그런데 왜 궤도에 서 계신단 말입니까. 옆으로 비켜서셔야죠. 그러면 우선 협상 대상자 자격을 얻은 제가 그것을 막거나 혹은 막는 데 실패하는 것이고요. 완전히 '이쪽' 문제입니다."

스벤터 경은 어딘가를 세게 긁고 싶은데 정확히 어디를 그렇게 해야 할지 알 수 없는 기묘한 간지러움에 신경질이 치미는 것 같았다. 말은 서로 문제없이 통하고 있는데 말이 전혀 통하고 있지를 않았다. 네롤의 말은 다 맞는 말처럼 들리는데 다시 보니 맞는 것이 없었다.

"그건 방기잖아! 유기고! 내가 4년 동안 지켜온 걸, 그런 걸 그냥 내팽개치고 모른 체한다고? 위험한 것이 온다는 이유만으로? 내가 그렇게 할 수 있다고? 당신은 책임감이나 의무감이라는 말을 모르는 거요?"

스벤터 경에게 위안이 되는 것이 있다면 네롤 또한 현재의 상황에 어리둥절함과 답답함을 느끼고 있는 것처럼 보인다는 점이었다. 네롤은 눈앞에 있는 이 사람이 지금 무슨 말을 하는 건지 모르겠다는 얼굴을 하고 있었는데 다른 때라면 그럴 리가 없겠지만 지금은 그 표정이 제법 고맙게 느껴졌다.

"위험이 온다는 이유만이라니……. 위험한 것이 오면 피하는 게 당연한 일 아닙니까. 이게 무슨, 설마 각하께선 지금 선장은 침몰하는 배와 함께 죽어야 한다는 말씀을 하고 계신 겁니까? 여기가 그렇게 고색창연한 곳입니까?"

"뭐?"

네롤은 고개를 홰홰 저었다.

"예. 뭐, 좋습니다. 그렇게 생각할 수도 있겠죠. 다른 사람의 직업 정신이니까. 뭐, 배가 선장의 모든 것이고 선장의 하나뿐인 세계라면. 납득은 안 되지만 그럴 수 있다고 치죠. 하지만 그렇다고 배에 있던 다른 사람들도 선장과 함께 죽어야 합니까? 세상에 그런 정신 나간 선장이 어디 있습니까. 선장이라면 당연히 퇴선 명령을 내려야죠. 다른 선원들과 승객들을 한 명도 빠트리지 않고 배 밖으로 도망치게 한 다음에, 그다음에 자기 신조에 따라 침몰하는 배와 함께 빠져죽든가 말든가 하면 되는 것이고요. 책임감과 의무감에 대해 말씀하셨는데 죄송하지만 제 생각엔 그게 선장의 책임이자 의무인 것 같은데요?"

말이 되는데 말이 안 되는 소리의 반복에 스벤터 경은 현기증이 날 것 같았다. 그런데 이번엔 뭔가 와닿는 것이 조금 있는 듯했다. 궤도를 따라 달려오는 광차에, 이젠 침몰선? 조금만 생각해보면 바로 혼란과 갈등을 타파할 답이 나올 것 같았다. 그러나 이해하기 어렵다는 답답함과 어쩐지 자신에 대한 불신과 조소를 접하고 있는 듯한 분노 때문에 스벤터 경은 마지막 한 걸음을 내딛기 전 네롤이 사용한 비유에 시원하게 편승해버렸다. 비유가 가진 커다란 문제점을 잘 보여주는 듯한 장면이었다.

"그래! 선장이라면 한 명도 빠지지 않고 구해야지! 임사전언도! 임사전언이 바로 내 승객이라고! 제일 중요한 승객! 그런데 그걸 내팽개치라니! 우리가 무엇 때문에 4년 동안 항해를 하고 있었는데!"

"승— 임사전언이?"

옆에서 가만히 듣고 있던 입장이라는 유리함 때문에 여기서 무슨 일이 벌어지고 있는 건지 알게 됐다고 생각한 더스번 경이 중재의 몸짓을 하며 나서려 했다. 그러나 네롤이 눈을 활활 불태우며 입을 열기 전에 그러지는 못했다. 네롤이 예의의 흔적도 잘 느껴지지 않는 태도로 거칠게 말했다.

"몇 명?"

"뭐?"

네롤이 자신을 약간 추스렸다. "몇 명까지 가능합니까, 각하?"

스벤터 경이 으르렁거렸다. "무슨 소리야?"

"각하께선 죽은 자를 위해 몇 명까지 죽일 수 있습니까? 살인자 한 명을 찾아낼 때까지 몇 명이 죽어도 되는 겁니까!"

스벤터 경은 공성추에 강타당하는 성문을 온몸으로 이해하게 되었다. 위대한 영웅이나 이름 없는 병사에 바치는 진혼가를 쓴 이는 많지만 공성추에 허리가 꺾여버린 성문에 바치는 진혼가를 쓴 시인은 떠올리기 힘들다니. 실로 비인도적인 일이다. 네롤은 머리카락을 계속해서 신경질적으로 쓸어넘겼고 그래서 그 머리카락은 계속 흐트러졌다.

"지금 보니 혹시 천 명이 훨씬 넘는 인원이라도 문제없다고 생각하시는 겁니까? 살인자 한 명 찾아내자고 천 명, 이천 명이 떼죽음? 그리고 그 부모, 형제, 반려, 자녀 일만 명의 통곡 축제? 와! 그라이만의 법치주의, 정말 대단합니다. 하늘이 무너져도 법은 바로 세우라고 했다지요? 말 그대로군요!"

박수까지 치기 시작한 네롤을 보자 더스번 경이 결국 제지에 나섰다.

"에길 사서."

네롤은 손뼉을 치는 것을 멈추고 더스번 경을 보았다. 카쉬냅 백작은 고개를 가로저은 다음 네롤을 물끄러미 주시했다. 네롤은 이를 악문 채 입술을 말아 올리더니 땅을 쾅 밟았다.

"엔파 백작 각하. 제 생각은 다릅니다. 한 명부터 이미 많습니다. 죽은 자를 위해 죽는 건 한 사람도 이미 너무 많은 거라고 생각합니다!"

네롤은 더 기다릴 수 없고 그러기도 싫으니 즉각 할라도 백작과 세티카 로우를 데려와 호반 도서관을 임사전언 보유 시 판매 우선 협상 대상자로 지명하게 하라고 요구했다. 숫제 강요의 형태였고 본인 또한 그걸 잘 알면서 그러는 것이 명백히 보였다. 그리고 그녀가 요구하는 것이 판매를 약속하라는 것도 아니라 판매를 위한 협상을 하겠다는 약속이니만큼 그걸 과도한 요구라 말하는 건 어려웠다. 선정 취소 시 발생하는 이쪽의 불이익에 대해서도 한마디를 하지 않았고 그런 걸 요구하겠다는 기색도 보이지 않았으니 이는 관대한, 최고로 낮춰 부른다 해도 충분히 합리적인 제안이었다. 그건 아침에 네롤이 처음 요구 사항을 말했을 때부터 스벤터 경 및 다른 사람들도 잘 파악하고 있는 일이었다. 스벤터 경은 거절할 수 없었다.

불려 온 두 사람이 나타나자 스벤터 경은 이는 어디까지나 두 사람의 자유로운 의지로 결정할 일이라고 말했다. 하지만 눌드 경과 세티카도 여기서 거부를 말할 이유를 알 수 없었다. 하나 세티카는 약간의 의혹을 드러내는 건 필요하다고 생각했다.

"이쪽이 모르는 세부 사항이나 호반 도서관은 잘 아는 관례 같은 것이 있는 건 아닙니까? 만약 이 계약을 맺은 후 선정을 취소하고 싶다면 나는 어떻게 해야 합니까?"

"선정을 취소한다고 말하면 됩니다. 물론 혼자서 벽에 대고 그러시거나 꿈에서 그러시면 안 되고 저나 다른 호반 도서관의 관원이 들을 수 있도록 해주셔야 합니다."

자기 혼자 다른 계절에 서 있는 것 같은 네롤의 모습에 세티카도 말문이 좀 막혔다.

"……그걸로 끝입니까?"

"끝입니다."

"좋습니다. 단검으로 손끝을 찌를까요?"

네롤이 세티카를 물끄러미 바라보았고 세티카는 고개를 돌리지 않았다. 눌드 경이 입을 열었다.

"세티카. 순서가 그래선 안 될 것 같지만, 자네가 양해해준다면 내가 먼저 했으면 하는데. 괜찮겠나."

세티카는 문제없다는 듯이 고개를 숙였다. 눌드 경이 헛기침을 하곤 대문 앞에 선 네롤을 향해 똑바로 섰다.

"나 할라도 백작 눌드 레초는 선언한다. 내가 통칭 휴름 자작 어스탐 로우의 임사전언이라 불리는 원고의 완성된 형태를 소유하게 되고 그것의 판매를 고려하게 될 경우를 상정하여 나는 호반 도서관을 그 우선 협상 대상자로 선정한다." 눌드 경이 조금 머뭇거렸다가 말했다. "호반 도서관에 대한 나의 불비함에 대한 사죄가 되길 바라며 말하는데 세 명의 백작이 내 선언의 증인이다."

대다수의 사람들이 잘못된 세 명을 떠올렸고 상당수의 사람들이 그 셋 중 한 명은 약속의 당사자인데 포함시켜도 되는 건가 의심했다. 하지만 남보다 적은 것을 말하기에 많은 것을 듣게 되는 극소수와 스벤터 경은 속으로 킥 하는 소리를 내고 말았다. 그들에겐 또 하나의 공통점이 있었는데 결코 '어떤 젊은 기사' 쪽으로 시선을 보내지 않았다는 점이다. 그 기사가 어쩌면 어딘가의 백작일 수도 있고 심지어 어딘가의 왕자일 수도 있다는 자신의 맹랑한 의혹을 드러내지 않기 위해서. 드러냈다면 참으로 맹랑한 의혹이 아닐 수 없었을 것이다.

　"1급 정사서 네롤 에길이 호반 도서관을 대리하여 이 영광을 받아들이겠습니다. 감사합니다. 향후 협상이 이루어지게 된다면 호반 도서관은 성의를 다해 그것에 임하여 선정의 온당함이 드러나게끔 최선을 다할 것을 약속합니다."

　대답을 마친 네롤이 고개를 돌리자 세티카는 불만스러운 한숨을 한 번 쉬곤 빠르게 말했다.

　"나 세티카 로우가 호반 도서관에 약속합니다. 어스탐 로우의 임사 전언을 할라도 백작 각하께 증여하겠다고 했던 나의 이전 약속을 부득이하게 파기하게 될 경우, 그런 이유로 그것을 보유하게 된 내가 판매를 고려하게 된다면 나의 우선 협상 대상자는 호반 도서관이 될 것입니다. 세 명의 백작이 내 증인입니다."

　"호반 도서관은 이 선정에 감사드립니다. 그리고 이 협상이 실제로 시작되게 될 경우 호반 도서관은 양자에게 만족스러운 협상이 되도록 노력을 아끼지 않을 것입니다."

이런 순간 갑자기 하늘의 구름이 갈라지며 광선이 떨어지거나 광풍과 함께 꽃잎들이 휘날리는 일이 결코 일어나선 안 된다는, 그저 아무 일도 일어나지 않아야 한다고 믿는 현실주의적인 사람들을 실망시키는 일이 벌어졌다. 그러니까 네롤이 말을 마친 순간 무슨 일이 일어나 버렸다. 그게 쿵쾅거리는, 왠지 모르게 조급하게 들리는 유와르 사서의 발소리라는 점은 사람들에게 썩 만족스럽진 않았다.

다가오는 유와르 사서의 모습을 보며 더스번 경은 어쩐지 그 용건을 알 것 같다는 생각에 고개를 갸웃했다. 그리고 경은 우선 협상 대상자 지위를 요구하는 유와르 사서의 — 익사체의 — 목소리를 들으며 눌드 경의 태도를 예의 주시했다. 너한테 내주느니 껴안고 불타 죽겠다던 눌드 경의 말을 기억하는 더스번 경은 아무리 요식 행위라 해도 눌드 경이 이걸 받아들일 수 있는지 조금 의문스러웠다. 그러나 더스번 경은 알아보지 못했지만 그라이만 사람의 관점에서 그 문제는 이미 해결된 것이었다. 눌드 경이 성게 가시를 받아들였을 때, 그러니까 불청객이 내놓은 선물을 받아들였을 때 이미 경은 사과를 받아들인 것이 되었고 따라서 뒤끝이 있는 것으로 해석될 행동을 하기도 조심스러워진 것이다. 더스번 경의 의혹을 눈치채고 상황을 설명해준 스벤터 경이 중얼거렸다.

"그러니까 이건 규모의 문제이기 이전에 가치의 문제였군요."

더스번 경은 눌드 경이 유와르 사서의 요구에 응하는 것을 보며 말했다.

"가치의 문제요?"

스벤터 경은 더스번 경과 같은 곳을 보며 말했다.

"에길 사서는 그렇게 생각한 거지요. 오소리 옷장에 대한 위협이 훨씬 작은 규모, 이를테면 임사전언의 집필을 저지하라는 진범의 사주를 받은 불한당 십여 명의 공격 같은 것이라 해도 그게 시체 한 구를 지키기 위한 것이라고 본다면 맞서 싸운다는 건 도무지 말이 안 된다는 거죠. 시체 한 구를 지키기 위해 병사 한 명이 숨진다고 해도 유감스러운 일이라는 거지요. 그리고 저자가 그걸 그렇게 보는 건, 임사전언을 미완성시키는 방법은 결국 어스탐 경을 파괴하는 것이니까요."

"흠. 계속 그렇게 말한 셈이군요. 에길 사서가 '임사전언의 미완성'이라고 말했을 때 그건 '어스탐 경의 파괴'였군요. 하긴 왜 미리 그리 말하지 않았냐고 따지기도 뭣하군요. 당연한 말이니."

"그리고 에길 사서는 외형적인 측면에서만 그리 생각한 것이 아니라 의미의 측면에서도 그리 생각한 것이겠지요. 이건 어느 때라도 살인자를 찾아 처벌하여 정의를 실현하는 문제가 될 수 없다. 그저 한결같이 시체 한 구를 지키는 일이다. 왜냐하면 살인자 한 명을 찾기 위해 천 명이 죽고 만 명이 울게 되는 걸 정의 실현이라 하긴 힘드니까."

"그러니까 이건 규모의 문제이기도 하군요. 에길 사서는 그것이 여기 온다면 경이 반드시 우리가 다 죽게 된다고 판단할 테고 반드시 물러날 거라고 생각했다는 말이군요. 침몰이 목전에 임박한 배와 같다. 물을 퍼낸다거나 하는 건 생각도 할 수 없다. 퇴선 명령만이 상식적인 판단이다."

스벤터 경이 이를 갈았다.

"그리고 신비한 도서관의 대단한 사서는 바닥에 구멍이 난 배라도 문제없이 몰 수 있는 탁월한 항해술을 가지고 있다 이거죠?"

"남다른 수완이 있긴 할 겁니다. 그런 도서관에 있는 특별한 책을 노리는 마법사나 광신자, 도둑들은 간혹 진짜 정신 나간 짓도 서슴지 않는다더군요. 미친 자들을 상대하는 건 쉬운 일이 아닐 테죠. 어긋난 자들을 상대해야 하는 수사관이 그걸 잘 알지 않을까요? 그리고 도서관에 자기 약점이 기록된 책이 있다거나 자기 사촌이 봉인된 책이 있다거나 하면서 꼭지가 돌아서 찾아오는 거북한 것들은, 흠. 그다지 상상하고 싶지 않군요."

스벤터 경은 더스번 경을 돌아볼 수밖에 없었다. "거북한 것들이요."

"예. 세상엔 가끔 진짜 거북하고 피곤한 것들이 나타나곤 하죠. 아무래도 여기로 온다는 것도 그런 부류인 것 같고."

스벤터 경은 어느샌가 대문 앞에 나타난 어둑이 사서가 뱃속을 울리게 하는 저음을 뿜어내는 것을 들으며 거북하다는 말에 대해 생각해보았다. 일반적인 말의 형태로 뭔가를 전달받은 것은 아니었지만 눌드 경과 세티카는 무슨 말을 해야 하는지 알 것 같은 기분을 느꼈다. 다행히 유와르 사서의 경우를 거치면서 지칭하기 힘든 도서관을 어떻게 지칭해야 하는지는 이미 파악해둔 상태였다. '당신을 파견한 도서관'이라는 표현에는 시적 흥취가 없을지 몰라도 문제될 것도 별로 없었다.

그리하여 오소리 옷장에 찾아온 세 명의 사서는 모두 눌드 경과 세티카로부터 우선 협상 대상자의 지위를 얻게 되었다. 이런 경우 뭔가 의례나 축하 행사 같은 것이 있어야 한다고 믿는 형식주의적인 자들은 만족하게 되었다. 네롤이 몸가짐을 바로 하고 무슨 말을 하려 했을 때 뒤편에 있던 유와르 사서가 촉수를 홱 집어 던졌다.

날아간 촉수는 저편의 관목 뒤편에서 뭔가를 낚아채 집어 들었다. 촉수가 휘리릭 감기며 위로 솟아오르자 사람들은 유와르 사서가 사람을 붙잡았다 생각하고 비명을 질렀다. 그러나 비명은 곧 사그라들고 대신 두려운 정적이 흘렀다. 그 정적 속에서 우지끈하는 불쾌한 소리가 울려 퍼지더니 유와르 사서의 촉수에 감겨 버둥거리고 있던 것이 축 늘어졌다.

유와르 사서가 유화적인 태도가 드러나는 속도로 촉수를 돌담 위로 뻗었다. 스벤터 경은 이를 다 드러낸 채 유와르 사서가 마당에 시신을 내려놓는 것을 보다가 성큼성큼 거기로 걸어갔다. 스벤터 경은 입을 꽉 다문 채 시신을 살폈고, 다른 사람들도 하나둘 다가서며 시신을 둥그렇게 에워쌌다.

그건 보행에 쓰이는 듯한 뒷다리 둘과 환경 조작에 쓰일 듯한 앞다리 둘을 가진, 그러니까 그다지 과학적이지는 않은 분류인 '인간형'이라는 표현을 쓸 수 있을 외양을 가지고 있었다. 유와르 사서에게 거친 대접을 받은 지금은 좀 왜소해 보이지만 원래는 성인 남성의 평균을 조금 상회하는 체구인 것 같다. 곳곳에 철사와 노끈과 힘줄이 꿰맨 자국처럼 노출된 피부는 그 재질이 명확지 않았다. 발이 좀 컸는데 두 발가락이 다른 세 발가락과 마주할 수 있을 것 같아서 발로도 환경 조작이 가능할 것 같았다. 커다란 손도 같은 형태였는데 스벤터 경은 그 손이 쥐고 있는 흉측한 물건이 무엇인지 알 수 없었지만 전혀 마음에 들지 않는다고 생각했다. '머리도 없는 것이 복잡한 금속제 물건을 만들어 써?' 눈이 양쪽에 튀어나온 것처럼 달려있고 중앙에 숨구멍인가 싶은 구멍이 하나 있는 그 낮은 둔덕 비슷한 뭔가는 확실히 머리라 부르기엔 부족해 보이긴 했다. 입은 가슴에 달려있는 것처럼 보였다.

더스번 경이 말했다. "벌목꾼인가. 왜 통나무 집게를 들고 있지."

스벤터 경이 투덜거렸다. "아, 남의 머리를 뽑을 때 쓰는 도구가 아니었군요? 불쌍한 머리 달린 자들을 구제하기 위해 저런 걸 만들었나 생각했는데."

스벤터 경의 안색을 조금 살핀 후 더스번 경이 말했다.

"경의 생각도 재미있습니다만 저건 통나무를 잡아서 나를 때 쓰는 물건이 맞을 겁니다. 동일한 물건은 이전에 본 적 없지만 그렇게 쓰는 물건 같군요. 기묘하군요. 난 이놈이 뭔지 모르겠습니다."

더스번 경이 먼저 시선을 옮겼고 뒤이어 다른 이들도 그리했다. 사람들의 주목에 네롤은 확실한 동작으로 고개를 끄덕였다. 다시 고개를 돌린 사람들은 시신이 희미해지는 것을 발견하고 불편한 신음을 흘렸다. 곧 시신이, 그리고 스벤터 경이 아직도 마음속으로 머리 뽑개라고 부르는 것도 함께 사라졌다.

실제와는 좀 다를지도 모르는 막 #11

<막이 열린다.>

낮, 오소리 옷장의 복도. 무대 가운데 선 사란디테가 바닥에 놓여 있는 접은 쪽지를 내려다보고 있다. 그 옆에는 머리끝부터 발끝까지 복도 벽과 똑같은 색깔을 한 단원이 벽에 몸을 바짝 붙인 채 서 있다. 잠시 후 사란디테가 허리를 숙여 쪽지를 집어 들어 편다.

사란디테   (쪽지를 읽으며 방백한다.) 2호에게. 아네지패 해단에 관한 귀하의 의견을 구함. 해단을 원할 시 오른손에, 거부할 시 왼손에 뭔가를 쥔 모습을 노출할 것. 1호가. 추신 : 도망치면 가만 안 둔다. (조소한다.)

사란디테가 쪽지를 구겨 떨어뜨리는 시늉을 할 때 단원이 손을 내밀어 재빨리 쪽지를 받아낸다. 사란디테가 공중에서 없어지는 쪽지에 기특하다는 표정을 짓는다. 사란디테가 무대 좌측으로 퇴장한다. 잠시 후 무대 좌측으로부터 양손에 접은 부채를 든 사란디테가 등장한다. 무대 중앙으로 걸어간 사란디테가 관객 방향을 향해 몸을 약간 내민 채 양손에 든 부채를 자랑스럽게 펼친다. 환한 미소를 머금은 사란디테가 부채들을 좌우에서 따로 흔들었다 왼쪽에서 함께 흔들었다 오른쪽에서 함께 흔들었다 하다가 춤을 춘다. 이때 사란디테의 뒤편에서 단원이 접은 쪽지를 꺼내 바닥에 던진다. 사란디테가 무슨 소리를 들은 듯 춤을 멈추고 뒤를 돌아보다가 잠시 후 빙 돌아 움직여 쪽지를 관객에게 노출시킨다. 사란디테가 부채들을 접어 겨드랑이에 끼고 쪽지를 집어 들어 편다.

사란디테　(쪽지를 읽으며 방백한다.) 2호에게. 아네지패 유지 의사 확인. 귀하의 투철한 참여 의지에 경의를 표함. 1호가. 추신 : 도대체 누가 데려갈지. (격분한다.)

사란디테가 쪽지를 구겨 떨어뜨리는 시늉을 할 때 단원이 손을 내밀어 재빨리 쪽지를 받아낸다. 험악한 얼굴을 한 사란디테가 다시 관객석으로 몸을 조금 내밀고 접은 부채를 공격적으로 흔들다가 그걸로 목을 긋는 시늉을 하고 머리 양쪽에 차례로 콱 콱 꽂는 시늉을 하고 배를 찌르는 시늉을 하다가 부채 하나를 투창처럼 들고 위아래로 슬쩍슬쩍 흔들며 집어 던질 듯한 자세를 취한다. 이때 사란디테의 뒤편에서 단원이 접은 쪽지를 꺼내 바닥에 던진다. 사란디테가 무슨 소리를 들은 듯 뒤를 돌아보다가 잠시 후 빙 돌아 움직여 쪽지를 관객에게 노출시킨다. 사란디테가 접은 부채들을 겨드랑이에 끼고 쪽지를 집어 들어 편다.

사란디테　(쪽지를 읽으며 방백한다.) 2호에게. 원고 마감이 신호임. 주변의 완전 제압을 실시할 것. 1호가. 추신 : 절대 잊지 마. (긴장한다.)

사란디테가 쪽지를 구겨 떨어뜨리는 시늉을 할 때 단원이 손을 내밀어 재빨리 쪽지를 받아낸다. 사란디테가 부채들을 몸 앞에 모아 쥐고 그걸로 양쪽 뺨을 받친 채 생각에 잠긴 얼굴로 관객석을 바라본다. 잠시 후 사란디테가 몸을 돌려 무대 우측으로 퇴장한다.

<막이 닫힌다.>

　네롤은 형태나 크기가 제각각이라 한 종류로 보이진 않을 테지만, 그래도 보면 '그런 것들'이라는 것을 눈치챌 수 있는 것들이 오소리 옷장 주변에 하나둘 나타날 테고, 그건 낙오병의 반대 개념 정도로 이해해야 할 것이라고 설명했다. 다른 것들과 보조를 맞출 줄 몰라서 단독으로 행동한다거나, 그냥 성격이 급하다거나, 시간을 잘 못 맞춘다거나. 그 형태만큼 다양한, 다 예상할 수는 없는 이유들이 있을 테니 신경 쓰지 않는 것이 좋다는 것이 네롤의 조언이었다. 그리고 네롤은 보다 건설적인 제안을 내놓았다. 더스번 경에게 이미 말했듯이 지금 보이는 것들은 가장 먼저 온 것들이 아니라 가장 먼저 탄로 난 것들일 수 있으니 오소리 옷장을 수색하여 기이한 것이 없는지 한 번 확인해 보라는 말에 스벤터 경은 시든 만족감 같은 것을 느꼈다. 할 일이 생겼군. 기뻐해야 하나. 그러나 네롤이 생각하기에 스벤터 경이 할 일은 그것이 아니었다.

"군사 행동에 대해선 각하께서 전문가시겠지요. 지금 당장 오소리 옷장을 소개하라고 하면 받아들이지 않으실 거라 생각합니다. 저는 그편이 좋다고 생각합니다만 무리한 요구로 시간을 잡아먹지는 않겠습니다. 필수적이지 않은 인원은 미리 소개시키고 나머지 인원들도 필요한 경우 안전하고 신속하게 오소리 옷장을 빠져나갈 방도를 강구해주시면 좋겠습니다. 장소는 저기, 각하의 병사들이 진지를 만들어둔 곳이 좋겠지요. 이런 게 한둘 나타나기 시작했으니 아무래도 본 행사는 오늘 밤 개막하게 될 것 같습니다. 어두운 상황에서 혼란 없이 사람들을 이동시키는 것이 쉽진 않겠지요. 그 방도도 한번 생각해주시면 좋겠습니다. 그리고 정말 유감입니다."

스벤터 경은 치켜뜬 눈으로 네롤을 보려 했다. 하지만 네롤은 스벤터 경을 훤칠한 신장으로 만드는 체구를 자랑했기에 체면을 포기하는 자세를 취하지 않고서는 올려다보는 각도를 만들어내는 것이 쉽지 않았다. 스벤터 경은 포기하고 그냥 똑바로 바라보았다.

"예. 그 생각을 했어야 합니다. 4년 동안의 항해. 그렇습니다. 이건 각하께서 전부 이끌어온 일이었는데, 마지막에 타륜을 다른 사람한테 넘기고 배에서 뛰어내리라고 말한 것이군요. 항구가 바로 저 앞인데. 그게 현명한 일이라고…… 끔찍한 말입니다. 제가 어리석어서 그 생각을 못 했습니다. 부디 제가 상처에 소금을 뿌리는 악습이 있는 사람이라고 여기진 말아 주십시오."

"됐소. 넘겨짚는 거지만 확신하는데, 당신은 그게 현명한 일이라는 생각을 바꾸지 않을 테지?"

"그렇습니다."

"그렇다면 자기 정의에 따라 행동하는 건데. 사과할 일은 아니지. 이런 비유가 당신한테 어떻게 들릴지 모르지만 사형 집행인은 보통 사형수한테 유감이라고 말하지 않소."

"아…… 예. 그렇군요. 왜 그런지 알겠습니다. 좋은 말씀 감사합니다."

"그리고 나 아직 당신 말대로 하겠다고 한 적도 없고."

"물론입니다."

"쳇. 왜 전대 엔파 백작 부인 같은 얼굴로 물론이라고 말하는 거요. 내가 큰코다칠 아들 같잖아."

네롤은 웃었다. "그렇군요. 그런데 제가 더 미인이죠?" 입을 벌린 채 네롤을 보던 스벤터가 '허!' 소리를 내고는 몸을 돌렸다. 빙그레 웃던 네롤 사서는 대문 앞을 떠나기 위해 몸을 돌렸고 자신의 바로 뒤편에 둥둥 떠 있던 익사체를 보곤 기겁했다. "오모나, 깜짝이야! 뭡니까?"

"이 몸은 오소리 옷장 내부의 인간들이 검열자의 목표가 휴름 자작 어스탐 로우의 임사전언의 미완성에 한정된 것으로 인식하게끔 유도하는 그대의 언사에 어떤 숨겨진 동기가 있는지 의심하고 있으며 동시에 그 동기를 어떻게 평가해야 할지 고민하고 있음을 그대에게 고지한다."

네롤은 뜨악하여 익사체를 보다가 배추 경에 올랐다. 그녀는 머리를 까딱여 따라오라는 시늉을 하곤 당나귀를 출발시켰다. 익사체가 그 곁에 떠서 나란히 움직였고 뒤이어 유와르 사서 또한 걸음을 옮겼다. 네롤이 헛기침을 했다.

"검열자의 목표는—" 네롤은 급히 고개를 내저어야 했다. "알았어요, 알았습니다! 유와르라는 자여. 저 불결한 이름을 가진 자가 싫어하니까 우리 그걸 그냥 그것이라고 부릅시다. 불결한 이름을 가진 자는 별명을 붙이는 것도 곤란하다는 입장인 것 같으니까. 괜찮겠죠? 좋습니다. 그것의 목표는 임사전언의 미완성 맞잖습니까. 혹시 그것은 그 이후에 임사전언을 읽은 자들도 다 죽이려고 들지 모른다는 것까지 말했어야 했다는 겁니까? 그걸 말하지 않는 건 그걸 깨닫지 못하는 것에 편승하는 짓이다? 그래서 유도라는 말을 쓴 겁니까? 유와르라는 자여. 오히려 나는 이렇게 묻고 싶은데요. 독자가 없으면 글은 아무 의미가 없다는 것을 왜 깨닫지 못하냐고."

"이 몸이 알기로 알고자 하지 않는 자는 자신이 모른다는 것을 모르는 자다."

"아아, 철학의 가장 심오한 주제. 오지랖은 도대체 어디까지 허용되어야 하는가. 여기서 이런 걸 하게 될 줄은 몰랐는데. 그래요. 한번 물어봅시다. 유와르라는 자여. 그러면 도대체 누구에게 어디까지 말해야 합니까? 그것은 임사전언을 읽은 자들도 다 죽이려고 할 테고, 임사전언이 쓰이게 만든 자들도 다 죽이려고 할 테고, 임사전언의 존재를 아는 자들도 다 죽이려고 할 테고, 그러고도 여유 시간이 남으면 온 세상 사람들을 다 죽이려고 할 텐데. 그렇지 않습니까? 그리고 모든 것이 이전보다 훨씬 나아졌다고 흡족해하거나 반대로 왜 자기가 이렇게 하도록 내버려뒀냐고 화를 내고 울고불고할 텐데. 온 세상 사람들에게 그 걸 알려줘야 합니까? 글쎄요. 누가 당신한테 나를 귀찮게 할 권리를 줬 냐고 물으면 대답할 말이 곤궁할 것 같은데."

"이 몸이 알기로 모든 자를 도울 수 없다고 말하는 자는 많은 경우 자신을 돕길 주저하는 자다."

네롤이 사나운 눈길로 익사체를 돌아보았고, 자신이 거둔 성취에 절망했다. 네롤은 급히 고개를 들어 저 위쪽에 있는 해마 얼굴을 노려 보려 했다. 하지만 이번의 시도 또한 성과가 미약했다. 거리가 너무 멀 면 흡족할 만큼 노려보는 것도 쉽지가 않다. 익사체가 여전히 고개를 푹 떨군 채 시체처럼 말했다.

"이 몸이 그대와 마찬가지로 예측하건대 그것은 조만간 이곳 오소 리 옷장에 출현할 것이고 이곳에는 그것을 읽은 자들이 있다. 엔파 백 작 스벤터 날바이는 필경 가장 집중하여 읽은 임사전언의 가장 권위 있는 전문가일 것이며 또한 그것을 한 자 한 자 베껴 쓴 이도 있는 것 으로 알고 있다. 네 명의 용의자라 일컬어지는 자들 또한 자신의 명예 와 안위가 그것에 걸려 있기에 일심으로 그것을 읽어 혼에 새겼을 것 이 자명하니 이들 여섯 명은 이 몸이 보기에 극히 위험하다. 이는 여섯 명의 후속 필자와도 같고 여섯 질의 예비 완결본과도 같으니 그것이 쉬 업신여길 수 있는 자들이 아니다."

유와르 사서의 염려를 이해한 네롤은 당황했다.

"아니, 세상에. 인간을 과대평가해 줘서 고맙다고 말해야 하나. 아 무리 열심히 읽었다 해도 사람이 어떻게 다른 사람의 글을 쉽게 이어

받아 쓸 수 있— 어? 잠깐. 혹시 그쪽에는 그런 책이 많이 있는 겁니까? 출판사가 젊은 작가에게 죽은 대가의 명작 후속편이나 미완성 원고를 마저 쓰게 한, 그런 책?"

"이 몸은 그대의 어조와 태도에서 희미하게나마 불신과 혐오를 포착했다고 생각한다. 그건 혹시 흔하지 않거나 바람직하지 않은 일인 건가?"

"……인간이 미안합니다. 그건 흔하지 않은 일인 건 맞고, 바람직하냐 아니냐는 개인 의견일 것 같군요. 그리고 인간이 군집 생물이라서 다른 개체를 쉽게 이해하고 그 유지를 쉽게 이을 수 있는 그런 엄청난 초능력을 가지고 있을 거라고 혼자서 종인 생물로서 추측한 거라면, 그건 절대 아닙니다. 우리가 서로를 그렇게 쉽게 이해하고 이을 수 있다면 자기 마음 좀 알아달라고, 기억해달라고 외치는 책들이 왜 그렇게 많이 쓰이겠습니까."

저 위쪽에서 기이한 고래 울음소리 같은 것이 슬쩍 들려왔다. 조금 후 유와르 사서는 '모모에 반대하며'나 '모모를 변호하며'나 그 외 수없이 이루어지는 '2차 창작' 같은 경우들은 '후속작 창조력'이라고 불러야 할 인간이 보유한 초능력의 증거 아니냐고 질문하여 네롤을 한층 곤혹스럽게 만들었다. 결국 네롤은 억지에 가까운 방식으로 대화를 원래 방향으로 옮겨놓았다.

"어쨌든 그것의 최우선 목표는 완결을 막는 겁니다. 그걸 읽은 자의 제거는 그것에게 있어 부차적인 겁니다. 그리고 그런 일이 일어난다면 그건 내가 실패했다는 뜻일 텐데, 흠. 그것은 나를 싸게 먹히는 사람이라고 말하진 못할 겁니다. 내 자존심을 걸고 말하는데 그것은 도끼질 한두 번 남은 나무 꼴이 되어 있을 테고 그 마지막 도끼질을 해줄 사람은…… 젠장. 있잖습니까. 아니! 됐어요. 말할 필요 없습니다. 또 그 많은 폭언들이라면. 그냥 내가 말하지. 카쉬넵 백작이 있잖습니까."

애석하게도 유와르 사서는 더스번 경에 대한 폭언을 그냥 쏟아냄으로써 네롤의 극기를 무위로 만들어버렸다. 입을 꾹 닫고 배추 경의 큼직한 두 귀 중 어느 쪽이 반대편보다 더 큰가 관찰하며 유와르 사서의 다채롭지만 지루한 욕설을 참아낸 네롤이 이윽고 입을 열었다.

"나도 욕은 하고 싶지만 당신이 충분히 해준 것 같으니 그냥 의문만 표시하죠. 정말이지 왜 이렇게 빨리 움직인 건지 모르겠군요. 유산 관리인은 사망 판정이 나야 움직이는 거 아닌가? 여기에 와서 완결을 기다리고 그 후 어스탐 경이 죽나 안 죽나 확인한다? 그런 일을 하고 있을 만큼 한가한 사람이 아닐 텐데."

어두운 안개가 네롤의 귀를 스쳤다. 움찔하며 모기를 잡듯 귀 가까이로 손을 가져갔던 네롤이 잠시 손을 거기에 둔 채 기다렸다. 조금 후 네롤이 눈을 크게 떴다.

"아니, 그래서 만신전에 문의했다고? 지금에 와서? 이건…… 정말 생각을 못 했군요. 4년 만에 그런 의문을 표시하다니. 누가? 응? …… 지금 에이바 레초라고 했습니까? 백작 부인? ……허! 일이 이렇게도 흘러가는군요. 그래서 카쉬넵 백작이 이 순간 여기에 있게 되었다……. 흐음. 알려줘서 고맙습니다. 불결한 이름을 가진 자여."

네롤은 입을 닫고 방금 알게 된 사실에 대해 생각해보고 싶었지만 옆에서 익사체가 위아래로 흔들거리며 조바심을 보였기에 할 수 없이 그쪽으로 주의를 돌렸다.

"무슨 이야기를 하고 있었더라. 아, 그렇지. 예. 설령 내가 실패한다 하더라도 카쉬넵 백작이 있으니 사람들이 죽어 나가는 일은 없을⋯⋯ 아니요! 그 여섯 사람을 따로 빼내서 보호할 필요는 없어요. 정말로 괜찮습니다. 그것은 임사전언의 완결을 막아도 앞부분을 읽은 자들을 놔두면 계속해서 임사전언이 재탄생하는, 그런 불사조 같은 일이 벌어질 것을 걱정하진 않을 겁니다. 그건 그런 식으로 되는 게 아닙니다."

유와르 사서의 촉수 두 개가 허공을 빠르게 갈랐다. 잠시 후 배추경을 멈춰 세운 네롤은 역겹다는 표정으로 유와르 사서가 바닥에 짓이겨놓은 벌레를 내려다보았다. 더듬이인가 싶은 것과 다리였나 싶은 것들이 두어 개 보이긴 했지만 모조리 납작하게 뒤섞여서 형태를 알아볼 만한 것이 별로 남아있지 않았다. 유와르 사서의 익사체가 약간의 흡족함을 드러내는 어조로 말했다.

"이렇게 간헐적으로 출현하는 것이 이 몸에겐 연습의 기회를 제공하므로 유익하다고 간주해도 될 듯하다. 그래. 육상을 걸을 경우가 발생할 때 항상 이러했다. 문제의 근원은 물의 저항에 익숙한 몸이 자기도 모르게 그것을 예상한 속도로 움직이는 것이다." 유와르 사서는 허공에서 촉수 몇 개를 다양한 속도로 휘둘렀다. "더 급작스럽게 시작해도 무방하다는 거지. 머리로는 알고 있지만 몸이 머리의 지식에 순응하는 것에는 항상 다소의 시간이 소요된다. 수중에서 그런 식으로 즉발적인 움직임을 취하면 불쾌한 상황에 처할 수 있다는 것을 몸이 알고 있으니까. 그러나 시간만 있다면 해결되는 문제다. 연습을 한다면 더 빠르게 익숙해질 테고."

"그건 다행이군요. 축하합니다."

"그렇다면 그대는 그것이 그 외의 모든 것에 대해 시선이나 관심을 주지 않은 채 오직 임사전언을 향해, 혹은 휴름 자작 어스탐 로우를 향해 직진할 거라고 예상하는 것인가? 그렇다면 오소리 옷장에 있는 자들의 무사안전은 그것의 무관심에 의해 성립할 수 있을 것 같군."

"그러면 좀 곤란하죠."

허공에서 홱홱 움직이던 촉수들이 그대로 멈췄다. 해마 머리가 아래쪽의 작은 사서에게로 돌아갔지만 역시 거리가 너무 멀었다. 그래서 유와르 사서는 익사체의 고개를 들어 올려 고개를 숙인 채 생각에 잠긴 네롤의 옆얼굴을 보게 했다. 바닥에 뭉개진 벌레를 보며 네롤은 고민스럽다는 얼굴을 하고 있었다.

"그것이 한눈팔지 않고 임사전언에만 집중하면 내 일이 너무 힘들어집니다."

스벤터 경은 물러날 수 없다고 딱 잘라 말했다. 자신의 눈으로 직접 보고 스스로 판단한 후 앞으로도 절대 그 판단을 의심하지 않으리라는 확신을 얻기 전까지는 결코 오소리 옷장에서 물러나지 않겠다는 것이 경의 결정이었다. '지금 물러나면 도대체 폐하께 뭐라고 말해야 합니까? 난생처음 보는 자가 뭔가 무서운 것이 오고 있으며 자기가 그걸 막을 수 있다고 말하기에 사건의 피해자 겸 고발인을 그자에게 떠넘기고 도망쳤습니다?' 엔파 백작의 입장을 이해하는 것에 어려움을 느끼는 사람은 없었다. 그리고 눌드 경의 경우에도 마찬가지였다. 눌드 경은 이곳의 주인이었고 어스탐 경은 아직까지 눌드 경의 손님 지위를 가지고 있다. 자신의 집이나 손님을 남에게 맡기려면 어지간히 무거운 이유가 아니고선 어려운데 난생처음 보는 사서의 말에 담긴 무게라면 뻔하다고 할 수밖에 없다.

올코아 부인의 방에서 고모에게 두 사람의 상황을 설명한 세티카가 얼굴을 찡그렸다.

"저도 있어야 하고요. 왜냐하면 자기가 죽인 자의 작위와 재산을 물려받을 수 없듯이 죽게 내버려둔 자의 작위와 재산도 물려받을 수 없거든요. 상속권 상실 사유입니다."

"그게 그렇게 되는 거니?"

"예. 사서의 말은 결국 휴름 자작에 대한 공격이 임박했다는 말이거든요. 제가 그 말에 따라 움직인다면 그건 결국 제가 공격이 있을 것을 알면서 휴름 자작을 버린 것이 됩니다. 아버지의 성이 공격당할 걸 알면서 도망친 베서릭과 같게 되는 거죠. 하지만 불효자 베서릭과 달리 제 경우엔 우리의 휴름 자작께서 타계하신 지가 이미 4년이라는 정말 어처구니가 없는 부분이 있죠. 하지만, 정말 억울하지만, 사망 판정이 없었다는 사실은 어떻게 할 수가 없습니다. 그러니 저 역시 마지막까지 버텨야 합니다. 그러니까 두 각하의 판단이 제게도 절실하다는 거죠. 각자 수사 책임자이자 이곳의 주인인데도 피해자나 자신의 방문객을 남에게 맡기고 물러날 수밖에 없다고 결정해야 합니다. 죽었다는 소리도 제대로 못 듣는 그 한심한 놈 때문에. 그러니 고모님 혼자 가셔야겠습니다."

올코아 부인이 무덤덤하게 조카의 말을 반복했다. "나 혼자."

"예. 로우 가문의 사용인들을 데리고 함께 진지로 가세요. 군대와 함께 있으면 안전할 겁니다. 사서도 거길 추천했나 봅니다."

올코아 부인은 생각에 잠긴 표정으로 벽걸이를 보다가 씩 웃었다.

"이모저모 생각을 잘하면서 꼭 한 군데가 허술하지. 세티카."

"예?"

"그렇다면 내가 여기 있어야지."

"그게…… 무슨 말씀이십니까? 그렇다면이라니요."

올코아 부인이 소리 없이 웃었다.

"보살펴야 하는 고모님이 계셔서 물러난 거라는 소리를 하려면."

세티카의 눈이 휘둥그레졌다. 올코아 부인은 두 손을 들어 천칭 흉내를 냈다.

"한쪽이 물러날 수 없는 이유라면 반대편엔 물러나야 하는 이유. 무게를 잘 맞춰야 제대로 기울어지지. 자, 한쪽엔 수사관의 의무나 주인의 의무 같은 것이 놓여 있는데 반대편에는, 사서들이 걱정하는 이상한 괴물? 이건 너무하네. 차라리 사람을 마구 잡아먹는 괴물 같은 게 낫지. 그라이만 사람들을 바로 입 다물게 만드는 이유는 그런 것이 아니지. 여자가 있어야 해."

"……여자요."

"물론이지. 내 생각이지만 에이— 레초 부인께서 영민하시다면 역시 여기 있겠다고 하실걸. 눌드 경을 위해 여기서 물러날 이유가 되셔야 하니까. 그 경우 스벤터 경이 불쌍해지는군. 혼자 여자가— 아? 유레솔을 내세워볼까? 아니면 사란디테?"

세티카가 진정하자는 듯이 미소를 지었다. "고모님."

"곁길로 좀 새긴 했지만 중요한 부분은 말했는데. 알아들었지?"

"예…… 이 괴물이라는 것이 누구나 들으면 바로 알 수 있는 드래곤 같은 것이 아니라 사서들만 아는 괴물인 데다 심지어 그 사서들도 제대로 언급하려 하지 않는 괴물이라서…… 다른 사람들에겐 피부로 와 닿지가 않을 거라는 말씀이군요. 명분으로는 뭔가 아쉽게 느껴진다?"

"시체가 바로 없어진다니 그거 정말 너무하는군. 사람 겁쟁이 만들기로 작정한 것 같은 괴물이네."

"괜찮을 겁니다. 증거는 없어도 증인이 있잖습니까. 밖에서 천 명이 넘는 목격자가 보고 있을 겁니다. 그 안엔 고위 귀족들도 많이 있고. 문제가 되지 않을 겁니다."

"그것도 그렇게 좋지는 않아. 사람이 많으면 내가 보기엔 별거 아니던데 소리를 할 사람도 더 많아지니까. 자기들이 상대적으로 안전할 땐 더 그렇겠지. 스벤터 경이나 눌드 경은 바로 그 사람들 눈 때문에 쉽게 움직이기 어려울걸."

세티카는 '윽.'이라고 생각했다. 틀린 말이 아니었다.

올코아 부인의 예상과는 달리 스벤터 경에겐 세티카나 눌드 경의 그것보다 월등히 강력한 '물러날 이유'가 있었다. 그리고 다른 이들과 함께 나가라는 스벤터 경의 요구에 티데이스 왕자는 곧바로 자신이 그것임을 지적했다. 왕자는 만약의 순간 스벤터 경이 좀 더 홀가분하게 이곳에서 빠져나가려면 자신이 여기 있는 것이 낫다고 말하고 엔파 백작과 함께 오소리 옷장에 머무르겠다고 주장했다. 스벤터 경은 생각지도 못했던 왕자의 총애에 감격하는 대신 네롤이 뿌린 씨앗들이 너무 빨리 자란다고 생각했다.

'그러니까 시체 한 구 때문에 위험을 감수할 필요가 없다는 거지. 그런 꼴을 당해선 안 되니까 당신께서 도와주시겠다는 말씀이고.' 스벤터 경은 힘겹게 농담조를 끌어낼 수 있었다.

"안 됩니다. 그 경우 무할 후작 각하께서 제 각을 뜨려고 들 테니까."

"어른들의 일인가 해서 입 닫고 있었지만 이젠 나도 나이가 있는데 그냥 좀 물어봅시다. 후작과는 왜 그렇게 티격태격하는 겁니까? 겉으로만 그러는 것도 아니고 진짜 안 좋은 것 같던데. 내가 알기론 정적도 아니고 다른 문제가 있는 것도 아니고. 혹시 내가 뭘 모르고 하는 소리라면 꼭 대답할—"

"아뇨, 아뇨. 하문하셔도 괜찮습니다. 전하. 정말 유치한 이유라서 모르시는 겁니다. 그리고 하문할 상대는 잘 고르셨습니다. 후작 각하께서 틀림없이 그게 아니라고 주장하실 테지만, 그분은 저 때문에 만년 2위 소리를 듣는 것이 싫으신 겁니다."

"아……?" 티데이스 왕자는 이해하며 동시에 어리둥절해졌다. "후작이 진지하다는 건 아는데. 흐음. 나는 정실주의 소리 들을까 무서워 후작을 차마 10위권 안에는 못 놓을 것 같은— 아." 그리고 왕자는 이해했다. 스벤터 경은 어깨를 으쓱였고 티데이스 왕자는 낯뜨거워했다.

"내가 다 미안하군요. 백작. 그 주제에 2위라니. 그래도 도저히 1위 소리는 못 하겠고, 그래서 자기를 그렇게 만드는 1위가 더 싫다 이거군요. 나 원, 정말 생질 민망하게 하는 외숙부군요."

"예. 그러면 이제 이유를 아셨으니─"

"예. 무할 후작이 속이 터진다 해도 인정할 수밖에 없는 1위 옆에 있어야겠지요. 그게 안전하겠군요."

부드럽지만 단호한 태도로 왕자는 대화를 끝냈다. 왕자의 표정을 보고 어떻게 해볼 수 없다는 것을 깨달은 스벤터 경은 그냥 물러날 수밖에 없었다.

별관을 빠져나온 스벤터 경은 잠시 건물 벽에 기대어 서서 본관 방향을 바라보았다. 모르는 사람의 눈엔 이 오소리 옷장은 할라도 백작 부부의 별장이 아닌 스벤터 경의 별장으로 보일지도 모른다. 경이 4년 내내 이곳에 상주한 건 아니지만 평균을 낸다면 사흘에 하루꼴은 이곳에 있었고 최근에는 그야말로 상주 중이다. 스벤터 경은 자신이 그 위치를 너무도 잘 아는 집필실 방향을 바라보았다.

참기 힘든, 당장 뒤로 돌아서서 벽이라도 한번 후려갈기고 싶은 울화가 치밀었다.

'시체 한 구?'

스벤터 경은 당장 집필실로 달려가 병사들에게 문을 열라고 고함을 지르고 싶었다. 그 안으로 들어가 원고에 촛불을 들이대고 똑똑히 적혀 있는 범인의 이름을 드러내고 싶었다. 지금 가면 분명히 써두었을 것이다. 그렇지 않을 리가 없다. 그러면 스벤터 경은 집필실 밖으로 나와 병사들과 함께 범인의 이름을 우렁차게 부르며 그/그녀에게 달려갈 것이다. 피살자의 지목을 받아 당당히 살인자를 체포한 뒤 이 지긋지긋한 곳을 떠나는 것이다. 경이 그토록……

'쓰여 있을 리가 없지. 그걸 막기 위한 본대가 아직 오지 않았어.'

스벤터 경이 머리를 젖혔다. 뒤통수가 벽에 닿는 느낌이 서늘했다. 오후의 하늘이 익어가고, 저편에 이제 슬슬 익숙해지는 쾅 소리가 들려왔다. 유와르 사서가 벌레를 잡고 있다.

하늘을 보던 스벤터 경이 눈을 감았다. 벌어진 그의 입에서 신음 비슷한 작은 소리가 길게 흘러나왔다. "크으으어이우오오아아아—" 계속 입술과 혀를 불규칙적으로 움직이며 스벤터 경은 벽에 대고 머리를 좌우로 크게, 크게 굴렸다. 꺼끌꺼끌한 벽의 감각을 양쪽 귀로 계속해서 느껴야 하는 사람처럼. "—이우으이에아아으으오오아윽!" 스벤터 경은 눈을 떴다.

턱을 쥔 채 깊은 생각에 잠겨 바라보고 있는 유레솔의 얼굴을 본 스벤터 경은 자신도 죽어서 글을 쓸 수 있을지 궁금해졌다. 여건은 곧 갖춰질 것 같은데.

스벤터 경의 정면에 서서 대단히 빠른 속도로 벌겋게 변하는 경을 보던 유레솔이 턱을 놓았다.

"전 보통 책상에 엎드려서 해요. 각하."

"……오."

"아쉽지만 머리카락이 방해가 될 테니 저는 그건 좀 힘들 것 같네요."

"그렇군."

"조금 전에 누가 깨우더니 나갈 준비를 하라고 하더군요. 오늘 밤에 사서의 적이 여기를 습격한다고요?"

"응." 저편에서 들리는 쾅 소리에 스벤터 경은 고개를 돌렸다. "지금도 하나둘씩 오고 있고."

"나가기 싫으세요?"

"시체 한 구 때문에 산 사람이 죽어선 안 되겠지."

유레솔이 어리둥절한 얼굴을 했다. "시체 한 구? 자작이오?"

"응?"

"글 아니었어요?"

"뭐?"

"예. 자작은 시체죠. 뭘 해주거나 할 수 없어요. 자작을 위해선 촛불 하나 켜 줄 필요가 없죠. 지키고 있던 건 글 아니었어요?"

"……그건 그렇지."

"글이죠."

"글이지."

건성으로 대답하며 스벤터 경은 유레솔의 등 뒤 풍경에 나타난, 말 그대로 눈을 뗄 수 없는 모습을 하고 있는 더스번 경을 주목했다. 어떻게 하면 저게 가능한 건지 스벤터 경은 도무지 이해할 수가 없었다. 어떻게 하면 곡괭이의 자루가? 저 먼 곳에서 본관 옆으로 돌아가고 있는 더스번 경은 한 손으로 쥔 곡괭이를 비스듬히 앞으로 내뻗고 있었고 그 자루는 다리를 버둥거리는 벌레의 몸통을 관통하고 있었다. 그리고 벌레의 몸통 뒤편으로 나온 곡괭이 끝에선 날 두 개가 서로 반대 방향으로 뻗어 있었다. 곡괭이라면 응당 그래야 하는 모습으로. '어떻게 해서 그럴 마음을 먹었는지도 모르겠지만 그냥 정면으로 뚫었다면, 그 경우 날에 의해 대상이 찢어져야 하지 않나? 어떻게 관통할 때는 날이 없었던 것처럼 저렇게 꿰뚫고 있지? 도대체 어쩌다 보면 저런 모습이 되는 거지?' 그때 더스번 경이 본관의 벽 뒤로 들어서며 스벤터 경의 시야에서 사라졌다. 스벤터 경은 당장 저 벽 뒤로 달려가고 싶은 마음과 절대로 그쪽으론 가지 않겠다는 마음이 충돌하는 것을 느꼈다. 다행히 스벤터 경은 더 급한 용건을 찾을 수 있었다.

"유레솔. 아까 말했듯이 지금도 오고 있어. 어서 움직여."

유레솔이 고개를 세차게 도리질 치더니 스벤터 경을 똑바로 바라보았다.

"글이에요!"

"뭐? 어, 그래. 글이지. 글이야. 맞아."

유레솔이 고개를 홱 돌렸다. 그녀는 돌담 너머로 멀리 보이는 유와르 사서의 모습에 눈을 고정시켰다.

"매일 벽돌 나르듯 그걸 나르고 쌓고 꽂고 하다 보니 무감각해져서 책이 그냥 나온다고 생각한다? 그럴 수도 있겠지. 이해는 해. 하지만 책 이전에 글이야. 한 자 한 자 쓰는 기분이 어떨 거 같아? 책 한 권 만들려면 팔이 얼마나 움직여야 한다고 생각해?"

유레솔은 다시 스벤터 경을 돌아보았다. 잠시 갈등하듯 스벤터 경을 보던 유레솔이 고개를 꾸벅 숙였다. 그러더니 유레솔은 뒤로 돌아

본관으로 성큼성큼 걸어갔다.

스벤터 경은 영문을 알 수 없지만 기분 나쁜 예감을 느꼈다. 이유가 없다. 오늘 밤엔 일도 하지 말라고 했다. 그런데, 그런데 왜 유레솔이 오소리 옷장을 떠나지 않을 거라는 거지?

태양이 남은 거리를 재고 장차 떨어질 위치를 가늠하고 있는 듯한 시각, 오소리 옷장 부지 이곳저곳을 돌아다니며 수색하고 있던 더스번 경에게 눌드 경이 찾아왔다. 눌드 경은 건물 안쪽은 거의 확실하게 수색을 마쳤고 더 수색한다 해도 큰 의미는 없을 것 같으니 지금 바로 레초 가문과 로우 가문의 사용인들 대부분, 그리고 그들을 호위할 몇 명의 레초 가문 기사들이 진지로 출발하게 될 거라 말한 다음 더스번 경의 의향을 물었다. 더스번 경은 대답하기 전에 레초 부인 이야기가 왜 없는지 질문했다.

눌드 경은 병사들을 대상으로 병력 배치를 지휘하는 기사들을 감독하고 있는 스벤터 경에 대한 지대한 관심을 드러내기 시작했다. 그런 눌드 경을 보고 있던 더스번 경은, 그래서 이 시선의 연쇄가 약간 번잡하다는 느낌을 받았다.

"백작 부인은 마지막에 함께 나갈 거라는 연락을 받았습니다. 흉적이 온다는데 주인이 손님을 두고 먼저 집을 비우는 건 도리가 아니라고 생각하는 것 같습니다. 세티카와 올코아 부인도 여기 있겠다고 했으니."

"그렇군요. 나는 여기 있을 겁니다. 사서들이 뭘 착각하고 있는지 착각하겠다고 결정한 건진 모르겠습니다만 그 육필 원고의 관리 책임은 나한테 있습니다."

"유산 관리인이오. 사란디테는?"

"자기는 원고 마감을 기다려야 한다고 하더군요. 그게 무슨 말인지. 어쨌든 있을 겁니다."

눌드 경은 괜찮을지 물었고 더스번 경은 자신은 사란디테의 안전에 대해선 걱정하지 않는다 말했다. 눌드 경이 어쩐지 알 것 같다는 표정으로 고개를 끄덕였다.

"예사 사람은 아닌 것 같더군요. 주변 사람을 보면 그 사람을 알 수 있다고들 하죠."

"예. 친구도, 적도 그 사람을 알려주는데 그자들을 다 뭉뚱그리면 주변 사람이죠."

더스번 경은 들고 있던 곡괭이를 내려다보았다. 눌드 경은 '왜 그걸?' 이라는 표정을 지었지만 더스번 경은 생각에 잠겨 말했다.

"사란디테에게 네 사람의 동기에 대해 들었습니다."

"그렇군요."

"경은 그걸 다 읽은 걸로 아는데, 경의 생각은 어떻습니까. 그럴듯하다고 봅니까?"

눌드 경은 난처한 얼굴이 되었지만 이번엔 경을 구해줄 스벤터 경이 없었다. 눌드 경은 헛기침을 했다.

"더스번 경. 나도 용의자입니다. 내 감상이나 해석은 임사전언의 신빙성에 문제를 야기하려는 시도가 될 수 있습니다."

"신빙성? 그게 무슨 상관입니까. 곧 이름이 나올 텐데. 그건 결과적으로 어스탐 경이 앞부분을 엉망으로 썼다는 증거가 될지도 모르지만, 상관없습니다. 필요한 건 이름이니까."

"예?"

"그러니까 마지막에 살인자는 도박빚에 시달리던 어떤 하인이었다고 해도 된다는 겁니다. 처지가 그렇다 보니 방문객이 보란 듯이 차고 다니는 단검에서 눈을 떼기가 어려웠던 거죠. 그래서 그걸 덜컥 훔쳤는데 그 방문객의 형에게 그걸 가지고 있는 모습을 들킨 겁니다. 그래서 엉겁결에 사고를 쳐버린 것이고. 이런 결말이라도 아무 상관 없습니다. 구성이 너무 끔찍하다는 이유로 진술서가 증거 능력을 잃는 건 아닐 테니. 우리는 그냥 하인을 처벌한 다음 여유가 되면 어스탐 경을 위한 변명을 생각해보면 되는 거죠. 자기 죽음이 어이없었던 자작이 '차라리 이랬다면!' 하는 심정으로 이야기를 꾸며봤다? 이 정도면 괜찮을까요?"

설득력이 느껴지면서도 동시에 사용할 수 있는 모든 단어로 부정하고 싶은 이야기에 눌드 경은 그만 어안이 벙벙해졌다. 경 자신도 부인에게 네 용의자의 설명이 다 틀렸을 가능성을 제시한 적이 있지만 그래도 그것과 이건 말이 다르다. 네 사람의 용의자를 그냥 다 무시하겠다니. 그런 결말이라도 아무 상관이 없다니.

"그건…… 잠깐만요. 더스번 경. 그건 작가에 대한 지나친…… 끔찍한 모욕이 될 것 같습니다. 그러니까 작가의 구성 능력을 전혀 믿지 않겠다고…… 신용하지 않겠다고……"

"이건 임사전언입니다. 구성과 아무 상관 없이 무조건 결말이 정당성을 가지는. 결말이 독립적으로 성립하는. 나 같은 사람도 알 수 있는데 작가가 그걸 모를까요. 그렇군요. 어스탐 경을 위한 이런 변명, 아니, 설명도 가능하겠군요. 작가는 자신의 희한한 상태에서만 쓸 수 있는 희한한 글을 써 보고 싶었을지도 모르죠. 전개와 결말이 완전히 따로 놀아도 되는 작품. 그리고 그건 충분히 현실 반영일 수 있을 겁니다. 왕왕 일어나는 일이니까. 바로 지금도 그렇고."

"예? 예?"

더스번 경은 육중한 곡괭이를 가느다란 잔가지인 양 손안에서 회전시켜 거꾸로 쥔 다음 그 자루 부분을 지휘봉처럼 뻗어 스벤터 경을 가리켰다.

"엔파 백작은 훌륭한 사람이군요. 체스키다 폐하께서 이런 일을 맡길 기사로 선택하신 이유를 알고도 남겠습니다. 나라면 일단 술부터 찾을 것 같은데 저기 저렇게 의연하게 서 있군요. 스벤터 경이 지난 4년 동안 그려왔을 이 마지막 날의 풍경은 절대로 이렇지는 않았겠죠?"

땅을 때리는 소리가 멀리서 들려왔다. 눌드 경은 저 먼 곳에서 촉수로 땅을 누르고 있는 유와르 사서의 모습을 보았다. 시야를 좀 당겨오자 병사들이 장교들의 지휘를 받으며 유와르 사서가 왔을 때는 설치를 포기했던 엄폐물들을 세우고 있는 모습이 보였다. 지원 병력으로부터 인원 파견이 있었기에 속도가 빨랐다. 낮은 돌담 뒤쪽으로 목책과 방책 따위가 속속 늘어서며 오소리 옷장은 간이 진지 비슷한 것으로 변모하고 있었다. 원래 전장에서 저런 물건들은 대개 주변의 민가들을 때려 부숴서 그 재료를 충당하게 되는, 그래서 꽤나 고약한 물건이지만 유와르 사서가 사전 통고를 보낸 덕분에 그런 불쾌한 준비 과정 없이 재료들도 마련될 수 있었다. 그리고 스벤터 경은 빈틈없는 눈길로 그 모습을 보며 활 보관함에서 활을 꺼내고 있었다.

다른 모습들도 그러했지만 부려놓은 활을 다리 사이에 끼우는 스벤터 경의 모습이 특히 눌드 경의 심금을 울렸다. '활이라니.' 억지를 부린다면 그것도 범인 체포를 위해 수사관이 갖춰야 할 장비일 수 있다. 수사관이 그런 걸 들고 산으로 도망친 범인을 추적하는 모습을 상상하는 것이 불가능하지는 않다. 하지만 오소리 옷장에서? 용의자들이 제 발로 찾아와 통금 명령을 받아들이는 이곳에서? 확실히 스벤터 경은 오늘 이곳에서 자신이 활을 얹고 있을 거라는 생각은 못 했을 것이다. 더스번 경은 그게 좀 어색하다고 생각했지만.

"보관함을 보니 본인 활인가 본데 왜 가져온 걸까요?"

"최근에 거의 이곳에 상주하게 되어서 가져온 것입니다. 가끔 몸 풀고 싶을 때 쏘려고. 내 생각이지만 화병을 다스리고 싶을 때라고 말하는 것이 더 적절하지 않나 싶군요."

눌드 경이 칼자루에 손을 얹은 채 멍하니 생각했다. 그래. 활잡이가 칼잡이보다 좋은 점이 있지. 정신을 가다듬을 필요가 생겨도 온몸이 땀범벅이 될 각오는 적게 해도 된다는 거. 더스번 경도 이해했다.

"쓸 일이 생겨서 기뻐하고 있을 거라고 생각하긴 어렵군요."

"그렇겠지요……."

활이 잘 얹혀졌는지 확인하기 위해 그걸 당겨보고 있는 스벤터 경의 얼굴은 침울했다. 눌드 경은 스벤터 경이 그걸 냅다 땅에 팽개쳐도 이해할 수 있을 것 같았다. 더스번 경은 곡괭이 날로 머리를 긁적거리는 거침없는 연장 활용법을 선보이며 말했다.

"그래서, 경은 어스탐 경이 임사전언에서 한 소리가 말이 된다고 생각합니까? 그렇게 저어된다면 다른 사람에 대해선 말하지 않아도 됩니다. 본인의 동기에 대한 감상만 말해보십시오."

눌드 경은 기가 막혔다.

"아니, 더스번 경. 자기 동기라니. 일반적으로는 그게 제일 믿기 어려운 이야기잖습니까. 차라리 다른 사람의 동기에 대해 어떻게 생각하냐고 묻는 것이, 뭐랄까, 좀 수사관다운 모습 아닙니까?"

"난 수사관이 아닌데요. 그리고 말했듯이 아무 상관이 없습니다. 경이 진범이라면 그저 내일 살인자 겸 거짓말쟁이가 되는 것뿐입니다. 겸임이 어렵진 않은 걸로 압니다."

눌드 경은 고개를 가로젓고는 목청을 가다듬었다. 좀 과도하게 그러던 눌드 경이 갑자기 포기한 듯이 몸에 힘을 빼고 가볍게 말했다.

"허튼소리입니다. 그 책이 금서가 되든 말든 나는 아무 상관 없어요. 여기 내 서가에 자작의 다른 책들과 함께 이미 꽂혀 있습니다. 본가의 서가에도 있고."

더스번 경이 아랫입술을 좀 말아 내렸다.

"아…… 그렇습니까? 아, 흠. 예. 그렇군요. 그라이만 사정을 몰라 무식한 소릴 한다고 생각해도 됩니다. 그라이만에서 왕의 출판물 검열관은 백작의 소유물을 압수할 수 없습니까?"

"폐하 자신이라도 해도 안 됩니다. 서약을 파기하겠다는 말씀이 되죠. 물론 앞으로 더 출판될 수 없게 할 수야 있겠지만, 여기서 애서가의 악덕을 하나 고백하자면 그걸 내심 반기는 애서가도 있습니다."

"오? 오…… 그렇군요. 무슨 말인지 알겠습니다."

눌드 경은 칼자루를 다시 만지작거리다가 경멸스럽다는 듯이 말했다.

"내가 왜 남의 손에 놀아나야 합니까. 그자가 살아있는 꼴을 내가 죽어도 볼 수 없었다면 그냥 내 손으로 공개된 장소에서 술 한 잔 끼얹고 말 겁니다. 훨씬 명쾌하고 공평하죠. 내가 죽더라도 안 보게 되는 건 마찬가지니까."

더스번 경이 고개를 갸웃했다.

"명쾌는 맞는데 공평은 어떨까요. 고명한 검객인데. 아, 바로 그렇기에 상대나 입회자가 칼 말고 다른 걸 지정할 수도 있다? 하지만 그건 이쪽의 고명함에 겁먹은 걸로 보일 위험이 있는데."

눌드 경이 눈살을 찌푸리더니 목소리를 낮추자는 투로 말했다.

"아베란 경을 아는 사람이 말할 때도 참 듣기 그랬지만 내가 아는 스벤터 경이 저기 저러고 있는데 고명하니 어쩌니 하는 말을 들으니 낯뜨겁다는 말도 모자라는군요."

"허, 그렇습니까?"

"예…… 전사의 격은 그자가 어떤 길을 걷느냐에 따라 결정될 테지만, 그래도 전장에 함께 서 있을 때 더 든든한 사람이나 덜 든든한 사람은 어쩔 수 없이 나눠지지요. 그리고 내가 생각하기에 무사 귀향을 소원하는 보통의 병사라면 자기 옆에 나 같은 자 다섯 명이 서 있는 것보다 스벤터 경 한 명이 서 있길 바랄 겁니다."

더스번 경은 궁체를 이리저리 가다듬어 보고 있는 스벤터 경을 보다가 다시 눌드 경에게 시선을 옮겼다. 눌드 경이 그 시선에 응했다.

"나는 활을 들고 있는 스벤터 경은 무섭지 않습니다."

"아하. 그러면 경이 말하는 건 무용이 아니라—"

"중요한 건 경이 화살을 몇 대 가지고 있느냐니까."

더스번 경은 수긍하지 않을 수 없었다. "옳으신 말씀."

"화살은 값비싼 물건이죠. 한 번만 쓰고 버리는 걸 각오해야 하는 물건인데, 그걸 제작하는 데 드는 공을 생각하면 낭비도 이런 낭비가 없는 것처럼 보이죠. 그만한 효과가 있으니까 참아줄 수 있는 고가의 병기입니다. 경도 잘 알고 있을 이야기를 굳이 늘어놓은 건 그래서 이런 말이 나온다는 것을 말하기 위해서입니다. 엔파 백작이 화살 열 대를 요구하면 일곱 대만 줘도 된다."

"예?"

"그래서 궁상맞다는 소리도 듣는 것일 테고. 예. 스벤터 경을 궁상맞은 궁수라고 부르는 자도 있죠."

"궁상맞은 궁수요?"

"사냥철에 경과 함께 다녀본 사람들은 모두 아는데, 스벤터 경은 항상 가지고 있던 화살보다 더 많은 사냥감을 쓰러뜨립니다. 어째서 그런지 모르겠는데 항상 그래요. 참…… 궁상맞죠."

더스번 경은 자신의 익숙함에 어떤 감정을 느껴야 할지 알 수 없어 약간 당혹스러웠다. 그러니까 이걸 기뻐해야 하는지 우울해해야 하는지 알 수 없었다. "아아, 그런 부류군요. 알겠습니다."

"예. 그러니 내 어설픈 칼재주 때문에 나를 필살경의 그라이만판 같은 걸로 오해할 필요는 없습니다. 다른 사람이 그런다 해도 나는 못 합니다."

더스번 경은 받아들이기로 했다. 본인이 그렇다면야.

미심쩍은 시선으로 하타시아의 성상을 바라보던 사란디테가 성상에 바짝 다가섰다. 그때까지 어렵잖게 참을 수 있었던 레초 부인은, 사란디테가 성상 여기저기에 대고 코를 쿵쿵거리기 시작하자 더 참지 못했다.

"저기, 사란디테?"

사란디테는 성상에 얼굴을 부딪힐 뻔했다. 심장이 튀어나올 지경이 되었다는 것을 온몸으로 보여주며 돌아선 사란디테는 예배실 입구에 서 있던 레초 부인을 발견했다.

"부, 레초 부인?"

"놀라게 해서 미안해. 열중하고 있는 것 같아서 방해하지 않으려고 가만히 있었는데, 방금 그건—"

"아는 사람 같아서요."

"응? 뭐?"

사란디테가 몸을 반만 돌려 성상을 곁눈질하다가 자신의 모습을 깨닫곤 급히 성상에서 멀리 물러났다. 바구니를 들고 치마바지 차림을 한 레초 부인이 예배실 안으로 들어서자 사란디테는 충분히 경의를 보일 만한 거리에 서서 성상을 보며 설명했다.

"이 성상 말이에요. 처음 여기 왔을 때 어두웠지만 왠지 낯이 익다는 느낌이 들었어요. 그때는 그냥 성상 제작자가 모두에게 친근해 보이는 모습으로 만들다 보니 저한테도 친근하게 느껴진 거 아닐까 정도로 생각했어요. 그런데 조금 전 이 앞을 지나가다가 다시 봤는데 그 느낌이 더 강해지더라고요. 그래서 안에 아무도 안 계시기에 예의도 모르고 슬쩍 실례하고 말았어요. 죄송합니다."

"아니, 괜찮아. 신전이라고 해도 상관이 없는데 여긴 집 안의 예배실이고 자긴 이 집의 손님이잖아. 여기 들어오는 건 아무 문제 없어." 레초 부인은 냄새를 맡는 부분은 어떨까 순간 고민했지만 그냥 언급하지 않기로 했다. "그렇구나. 자기가 아는 사람 같다고? 누구 떠오르는 사람이 있어?"

레초 부인이 바구니를 내려놓고 방석을 가져와 앉았다. 사란디테가 주위를 둘러보는 시늉을 하자 레초 부인은 시녀는 다른 사용인들과 함께 내보냈다고 설명했다. 그런가 하는 얼굴을 하고 부인의 곁에 앉은 사란디테는 다시 성상을 올려다보며 고개를 갸웃거렸다.

"그게 정말 이상해요. 아무리 생각해봐도 분명히 모르는 얼굴이거든요. 아는 사람 중에 느낌이 비슷한 사람이라든가, 그런 사람도 떠오르지 않아요. 보면 볼수록 처음 보는 얼굴이라는 것이 점점 확실해져요. 그런데 낯익다는 느낌도 강해지는 것 같아요. 혹시 이거 실존 인물을 대상으로 만든 건가요?"

레초 부인은 할라도에 하타시아를 새길 석공이 없기에 하타시아 교단에 의뢰해서 배달받은 물건이라 자신도 그 세세한 유래는 알지 못한다고 대답했다. 부인은 원한다면 석공의 이름을 알아봐줄 수 있다고 제안했지만 사란디테는 그 정도로 번거롭게 해드릴 일은 아니라며 사양했다.

"그냥 가끔 있는 일이겠지요. 기시감 비슷한 그런 거겠죠."

레초 부인은 바구니에서 수틀을 꺼내더니 웃으며 보란 듯이 그것을 들어 보였다. 부인에게 했던 농담을 떠올린 사란디테가 미소 지은 다음 초에 불을 붙일까 질문했다. 잠시 후 보다 밝아진 예배실 안에서 레초 부인은 놓고 있던 자수의 진척 상황을 확인하며 설명했다.

"난 나가게 되기 전까진 여기에 계속 있을 생각이야."

사란디테는 부인이 왜 치마바지 차림을 하고 있는지 이해했다. 섭정이 나간다는 결정을 내리면 바로 말에 오를 수 있는 모습인 것이다. 레초 부인은 갑자기 불안해진 듯 주변을 두리번거렸다.

"여기저기서 이상한 벌레가 나온다는데 시녀도 없이 혼자 방에 있기는 좀 그래서. 사람만 한 벌레라고? 끔찍해." 레초 부인은 진저리를 쳤고 사란디테는 의아해했다. "그럼 부인 곁에 병사라도 한 명 있어야 하는 거—"

사란디테는 예배실 문 앞으로 슬쩍 기울어지며 나타났다가 다시 사라지는 창을 보고 고개를 끄덕였다. 레초 부인은 문 앞에 있는 병사가 안에 들어오는 건 사양했지만 부르면 언제든 들어올 것을 약속했다고 설명했다. 사란디테가 어깨를 움츠렸다.

"역시 제가 이상한 거죠? 이교도이면서 막 들어오고 그러는 거."

"아냐. 아까도 말했듯이 하타시아 신전이라도 들어오는 건 아무 문제 없어. 할라도에 하타셈이 좀 있으면 여기 사람들도 알 텐데, 모르다 보니 다들 들어오면 큰 결례가 되는 줄 알고 사양하네."

사란디테는 저기 있다면 스벤터 경의 수사단 소속 병사가 아니라 레초 가문 소속 병사일 텐데 그래도 모르는 건가 의아해하다가 평소 병사가 개인 예배실을 지킬 일은 없다는 것을 깨닫고는 수긍했다.

"큰 결례가 되는 곳들도 있으니까요. 경내는 들어오게 허락하더라도 본당이랄까, 부르는 이름은 제각각이지만, 어쨌든 제일 중요한 곳엔 외부인의 접근을 불허하는 곳이 많죠. 아예 전체 출입 금지인 곳들도 적지 않고. 여긴 성상이 놓여 있는 것이 바로 보이니까 아무래도 조심스럽죠."

"난 하타셈으로 태어난 셈이라 왜 그러는지 잘 모르겠어. 우리는 안 그렇거든. 그냥 교단의 제일 중요한 보물이 있으니까, 그러니까 왕을 지키듯이 지키는 건가 정도로 생각해."

"성상이 아니라 사람인 경우도 드물게 있으니까 그 경우엔 확실히 왕을 지키듯 보호해야겠네요. 예. 성녀라든가."

더스번 경이 팔비노 교와 어떻게 불구대천의 원수가 되었는지 떠올린 사란디테는 웃음을 터뜨릴 뻔했다. 카쉬냅 백작 각하. 어떻게 팔비노 교의 성소에서 성녀를 욕보일 수 있습니까. 예? 그건 외부에 그런 걸로 해두고 붙잡혀서 성녀 취급을 강요받고 있던 처녀를 도망치게 해 준 거라고요? 예. 그 덕분에 제가 여기까지 와야 했죠. 그런데 실제로 폽 하는 소리를 낸 건 레초 부인이었다. 사란디테가 묻는 표정을 짓자 부인이 황급히 설명했다.

"아니, 그러면 어스탐 경이 오소리 옷장의 성상이고 집필실이 본당인가 하는 방정맞은 생각이 들어서."

사란디테도 약간 이상한 소리를 내고 말았다. 종교 농담은 다른 곳에서도 부적절한 경우가 많지만 예배실에서 그러는 건 더욱 부적절할 것 같았다. 아무리 하타시아가 관대하다 하더라도. 그리고 가끔 엄숙해야 한다는 점 때문에 웃음이 나올 것 같아 힘들어지는 경우가 있다. 그런데 어스탐 경이 하고 있는 일을 떠올리자 신탁에 관한 농담까지 바로 떠오르는 것이 여간 곤란한 것이 아니었다. 무녀 유레솔은 또 어떤가. 레초 부인의 얼굴을 본 사란디테는 상대도 바로 그런 상태임을 깨달았고, 그래서 두 사람은 얼굴을 찌푸린 채 힘들게 웃음을 참는 상태에 빠졌다. 서로의 얼굴 때문에 악순환이 가속될 조짐이 보였기에 사란디테가 급히 말했다.

"그런데 저를 이곳으로 오게 한 건 부인이신가요?"

사란디테는 충분한 성과를 얻게 되었다. 레초 부인의 얼굴에서 만발하던 웃음의 싹이 순식간에 시들었다. 실패와 바늘을 집어 든 부인은 바늘에 실을 꿰는 것에 집중하며 왜 그리 생각하느냐 질문했다.

"제가 이곳에 오자마자 친히 찾아오셔서 말씀하셨잖아요. 어스탐 경이 부인을 살인자로 몰고 있다고. 그리고 제가 만신전에 전달한 질문은 어스탐 경이 언데드인가 아닌가 하는 거였죠. 거짓말로 무고한 사람을 파멸시키려 하는 언데드인가 아닌가."

레초 부인은 수틀에 바늘을 가져가려다가 그것을 다시 무릎에 내려놓고 목소리를 조금 돋우었다.

"자기의 영민함에 예를 갖춰야겠네."

개인 예배실의 문이 닫혔다. 사란디테는 바깥으로부터 의도적으로 내는 큰 발소리가 들려오더니 점점 멀어지는 것을 느꼈다. '레초 가문의 암호에 따라 저는 듣지 않겠습니다. 들리지 않을 위치로 이동 중이니 편히 말씀 나누십시오.' 상황이 비교적 명료해서 사란디테는 쉽게 내막을 짐작할 수 있었다. 다른 자들의 귀도 차단하려면 계속 열어두었던 예배실의 문을 닫아야 했기에 병사가 세련된 대응을 포기했다는 것까지 포함해서. 레초 부인이 사란디테를 똑바로 바라보며 목소리를 조금 낮춰 말했다.

"그대로 믿어주는 거야?"

사란디테도 목소리를 낮췄다. "안 믿을 이유가 있나요?"

"내가 설명해야 해?"

"아뇨. 그리고 제가 부인을 믿는다고 말해도 그 말을 곧이곧대로 받아들이시긴 힘드실 것 같네요. 살살 꼬드기려고 영악한 익더귀가 재주를 부리고 있는 건지도 모르는데."

수틀 속의 붓꽃을 들여다보며 사란디테의 말을 생각해본 레초 부인이 수긍하는 표정을 지었다.

"그런 말 알아? 제대로 속이려면 열에 아홉은 사실을 말하고 딱 하나만 거짓말을 해야 한다지?"

"들어봤어요." 사란디테는 자신의 입술을 톡톡 두드렸다. 놀라움을 최소한으로 드러내기 위해. "정말 믿기 어렵네요. 부인이 살인자라는 주장에 대해 그 말이 맞다고 말씀하시는 격이 되는 것 같아서. 혹시, 부인. 임사전언에서 부인에 대해 한 말이 대부분 참말이라고 지금 말씀하시는 건가요? 그러니까 열에 아홉은?"

레초 부인은 사란디테의 얼굴이 어떻게 생겼는지 확실히 알아두고 싶은 사람처럼 그녀의 얼굴 곳곳에 시선을 보냈다.

"나는 그자가 할라도 백작 각하에 대해 쓴 것은 받아들이지를 못하겠어. 각하께서 남의 손에 조종당해서 사람을 죽인다고? 그 세티카한테 조종을? 나는 상상하기 힘들어. 세티카나 올코아 부인에 대해선, 솔직히 말할게. 모르겠어. 나보다는 자작이 두 사람을 잘 알 테니까. 내가 더 잘 안다고 말하는 건 주제넘은 일이겠지. 그런데 나는 내 이야기는 확실히 말할 수 있어. 그리고 나에 대한 그자의 이야기는…… 어스탐 경은 나에 대해 사실대로 썼어."

"사실대로라는 건, 어떤 말씀인가요?"

"혹시 이것도 알아보겠어? 임사전언에서 다른 세 사람의 어스탐 경과 나머지 한 사람의 어스탐 경이 좀 다르다는 거."

잠시 생각해본 사란디테가 고개를 주억거렸다.

"다른 분들의 어스탐 경은 다른 사람이나 다른 사물…… 그러니까 외부에 있는 것을 파괴하려고 하지만 백작 부인의 어스탐 경이 바라는 건 자기 파괴군요. 예. 혼자 성격이 다르네요."

"그래. 나는 그자가 고독하다는 걸 알아."

"그러신가요?"

"그렇게 많은 시간을 함께 보낸 건 아니지만, 그런데도 볼 때마다 언제나 말이 준비가 안 된 사람처럼 보여. 이쪽 말을 따라오려면 항상 시간이 걸려. 다른 사람 말 잘 못 알아듣는 그런 경우를 말하는 게 아냐. 작가가 그렇지는 않겠지? 이해는 잘해. '진짜 날카롭네. 이런 사람이 글을 쓰는구나.' 하는 느낌을 분명히 줘. 그런데 말은 느리고, 문득문득 내가 왜 이런 상황에 처했나 하는 얼굴을 해. 좀 심하게 말하면 느닷없이 '여기가 어디지?' 하는 사람처럼 보여. 그런 모습들을 보면서 이상해하다가 어느 날 갑자기 깨달은 거야. 그 남자는 외롭구나. 어스탐로우는 고독하구나. 이건 내가 보고 느낀 거라서 자기는 이해가 안 될지 모르지만."

"아뇨. 무슨 말씀을 하시는 건지 알 것 같아요." 사란디테는 정말로 그렇게 생각했다. "부인께서 보셨다는 것이 중요한 것 같네요. 고독한 사람은 눈으로 찾는 거지 귀로 찾는 게 아니죠. 봐야만 알 수 있죠. 들어서는 알기 어려울 거예요."

"봐야 알 수 있다?"

"듣는다는 건 저쪽에서 이미 이쪽으로 뭔가를 보내오고 있다는 뜻이니까……. 그러니까 맨날 외롭다고, 쓸쓸하다고 떠드는 사람 중엔 진짜 심각하게 그런 사람은 별로 없다는 거죠. 진짜로 그런 사람은 이쪽에 말 들을 사람이 있다는 것도 모르거나 믿지 않으니까. 그건 봐야 보이는 거겠죠."

레초 부인은 사란디테의 말을 생각하며 수틀을 들여다보았다. 수틀에 걸린 천 위의 붓꽃은 아직 꽃잎이 수놓아져 있지 않아서 꽃술

뿐이다.

"그래. 나는 봤어. 외로운 사람을 봤어. 그런데 내가 봤다는 걸 그자가 어떻게 안 건지 모르겠어. 고독하다고? 그래서 뭐? 내가 그 남자를 도와줘야 해? 봤다는 책임으로? 그자는 투얄의 관에 머리 장식을 넣는 나를 보고서 그걸 어떤 식으로 책임져줬지? 난 자작에게 아무것도 하지 않았어. 위로 한마디 한 적 없어. 그러니까 나는 안다는 걸 알려준 적 없어. 그런데 어떻게 그자는 내가 안다는 걸 안 걸까. 내가 나도 모르게 측은해하는 표정이라도 지었던 걸까? 안쓰러워하면서 우월감을 느끼는, 그런 눈빛을 했던 걸까? 모르겠어. 그런 건 이쪽은 몰라도 저쪽은 예민하게 느껴지기도 하겠지."

사란디테는 말없이 수긍했다. 레초 부인이 자신의 어깨를 감싸 줘었다.

"각하께선 임사전언에서 묘사된 네 사람은 전부 엉터리일 수도 있다고 하셨지. 그런데 내 이야기라서 내 눈엔 보이거든. 나에 대해서는 사실대로 묘사되어 있어. 그러니까, 점점 참을 수가 없게 되는 거야. 사실만을 말하다가 사소한 거짓말 하나를 섞어서 나를 옭아매려는 짓처럼 보였어. 그러면 확실히 속일 수 있으니까. 이자가 왜 나를 모함하려는 건지 도무지 이해가 안 됐어. 하지만, 이해가 안 되는 걸로 따지면 이것 전부가 다 말이 안 되잖아? 이게 다 뭐 하는 짓이야. 그냥 살인자의 이름을 쓰면 그만이잖아. 임사전언인데. 아니, 그러면, 이건 혹시 임사전언이 아닌가? 혹시 그런 건가? 감히 자기를 동정하고 측은하게 여겼던 내가 미웠던 건가? 고독하다는 걸 알아봤다는 게, 자기 치부를 보인 것처럼 싫고 끔찍했던 건가? 죽을 때 죽더라도 그 여자는 데려가 겠다고 생각한 건가? 고독한 자기를 아는 사람을? 그걸 생각하니 더 무서웠어. 그리고……."

레초 부인은 사란디테로부터 몸을 잔뜩 비틀어 그녀를 외면했다.

"그리고 이 말을 들은 너는 이렇게 말하고 싶겠지. 내가 살인자니까 나만 사실대로 적혀 있는 것 아니냐고. 사실이니까 그게 바로 거짓말을 하려고 한 증거라니. 본인은 기발한 변명을 생각해냈다고 믿는 거냐고. 그렇지?"

사란디테는 생각했다. 왜 하필 시녀가 없냐고. 물론 상황이 그 포로의 불만에 귀 기울여주는 일은 없기에 사란디테는 포기하고 다정한 임시 시녀가 되기로 했다. 물론 그녀 방식으로 그러지 말라는 법은 없다.

사란디테는 백작 부인을 포옹하며 그녀의 귀에 부드럽게 속삭였다. "까투리 잡았다." 뻣뻣하게 굳었던 백작 부인의 몸이 잠시 후 사란디테의 품으로 무너져내렸다.

실제와는 좀 다를지도 모르는 막 #12

<막이 열린다.>

오후 늦은 시각, 오소리 옷장의 복도. 무대 중앙에 큼직한 괘도가 놓여 있다. 괘도 가운데 원이 하나 그려져 있고 4분면 중 2분면에 원이 하나, 4분면에 원이 하나 그려져 있어 대각선으로 원 셋이 나란히 그려진 듯한 모습이다. 2분면의 원보다 4분면의 원이 중앙의 원에서 더 멀다. 중앙의 원과 2분면의 원 중간쯤엔 굵은 선 둘이 가운데가 끊어진 선 같은 느낌으로 그려져 있고 그 선들과 중앙의 원 사이엔 작은 원 셋이 뭉쳐져 그려져 있다. 왼쪽엔 괘도를 보는 듯한 위치에 의자가 하나 놓여 있다.
무대 좌측에서 지시봉을 든 더스번이, 무대 우측에서 사란디테가 등장한다. 더스번이 괘도 옆에 서고 사란디테가 의자에 앉는다. 더스번이 지시봉을 괘도로 가져간다.

더스번   (지시봉으로 2분면의 원을 가리키며) 오소리 옷장에서 빠져나간 사람들과 대기 중대가 있는 진지, (굵은 선들을 가리키며) 사서와 대치 중인 중대 둘, (뭉쳐진 원 셋을 가리키며) 사서들, (중앙의 원을 가리키며) 오소리 옷장, (4분면의 원을 가리키며) 그리고 척후병의 보고에 따르면 이 지점에 적들이 집결하고 있는 것 같다고 하오. 오소리 옷장과의 거리는 이천오백 보가량. 아, 그래서 이건 실제 거리 비율은 아니오. 위치도 좀 대강 그린 것이고. 척후병은 숫자를 세기 어려운 벌레들의 숫자는 넉넉잡아 이천에서 오천 사이로 봤고 사람처럼 생긴 놈들은 삼, 사백 정도라고 봤어. 그리고 척후병이 받은 인상으론 말코손바닥사슴이 떠오르는 것들이 열대여섯 정도 나타났다고 하오.

사란디테   말코손바닥사슴이요? 와. 잘하면 불곰도 죽이는 애들인데.

더스번   그래도 여기서 스벤터 경이 가장 소름 끼치는 것으로 받아들일 단어는 말코손바닥사슴이 아니라 '집결'일 테지. (지시봉으로 사방에서 중앙의 원으로 뭔가가 다가오는 시늉을 한다.) 보통 짐승이라면 노리는 것을 향해 똑바로 달려오겠지? 그런데 (4분면의 원을 가리킨다.) 원하는 것이 아닌, 거기서 좀 떨어진 곳에 모여서 먼저 세를 형성한다? 이건 충격적인 고지능의 존재를 나타내는 증거지. 최소치로 본다 해도 무리 사냥을 하는 늑대 수준이야.

사란디테   (살짝 불쾌하다는 투로) 왜 최소치의 기준이 늑대예요.

더스번   앞의 충격적인 고지능에 좀 집중하시오. 정말 대단한 거요. 그리고 이천오백 보라는 거리도 흉흉해. 시간대와 지형을 감안했을 때 이쪽의 전술 기동을 경계하면서 안전하게 집결해서 바로 작전에 들어갈 수 있는 좋은 위치야. 장악력이 있는 지휘관 같은 개체가 나타난 건지, 아니면 이것들이 일정 숫자가 모이면 지능이 상승하는 부류인지는 모르겠지만 어쨌든 이젠 (4분면의 원을 친다.) 똑똑한 인간 지휘관을 상대하는 정도의 각오를 해야겠어. 지금 스벤터 경이 자신을 두 번째 어스탐 경이라고 느끼고 있대도 난 놀라지 않을걸.

사란디테   (걱정스럽다는 듯이) 많이 힘드실까요?

더스번   어떤 병사들은 절대로 안 믿겠다 말할 테지만, 그런 병사들에게도 옆을 둘러보면 저거 믿고 싸워야 하나 싶은 치 떨리는 동료 안 보이냐고 물어보면 결국 마지못해 동의하는데, 지휘관 중에도 좋은 사람들은 있소. 그자들은 평소에도 자기가 맡은 생명의 무게로 힘들어하고 이런 순간엔 말 그대로 자기 수명을 깎아먹게 되지. 그런데 지금 스벤터 경이 상대해야 하는 건 사람도 아니거든. 속을 알 수가 없어. 고통이 기하급수적으로 증가하고 있을 테지만 어쨌든 그런 경이 지금 당장 피를 토하고 쓰러지지 않는다면 취할 수 있는 대처를 한번 생각해 봅시다.

더스번이 2분면의 원과 굵은 선 둘을 차례로 친다.

더스번   다 끌어모아서 (중앙의 원과 4분면의 원 사이를 막듯 선을 그린다.) 싸울 준비. 이건 뒤가 없어. 이기든 지든 그걸로 끝이니 사생결단이야. 그렇다면 (4분면의 원을 가리킨다.) 모여서 그대로 공격? 세가 완전히 형성되기 전에? 이미 말했듯이 거리가 저쪽에 좋아. 선제공격의 이점을 살리기 쉽지 않을걸. 시간을 봐도 그렇고, 이동 중에 거꾸로 당할 가능성까지 생각하면 이건 하지하로 보여. 그렇다면 (중앙의 원을 가리킨다.) 오소리 옷장에 집결시킨다? 심리적인 이점은 있겠지. 건물이라는 건 사람한테 안정감을 주니까. 하지만 그게 전부일걸. 이곳 돌담을 보시오. 여긴 전투용이 아니라 접대용 별장이야. 오락용이라는 거지. 지금 여러 가지를 설치하긴 했지만 괄목할 만한 방어력 상승은 기대하기 힘들어. 그리고 역시 사생결단이고.

더스번이 중앙의 원과 2분면의 원을 잇는 선을 그린다.

더스번　사서들한테 다 맡겨두고 전원 진지로 집결. 보통의 경우라면 이것도 나쁘진 않아. 병력을 모아서 추이를 보다가 다시 개입할 수 있으니까. 하지만 그 적이 노리는 것이 오직 임사전언뿐이라면 전술적으론 실패지. 적이 원하는 걸 주는 거니까. 그러나 이건 아군의 피해를 최소화한다는 훌륭한 의미가 있어. 상식적으로 보면 이게 최상책이야. 이건 경의 영역이 아니라는 걸 인정하고 전술적 실패를 감수하는 거지. 에길 사서도 그래서 스벤터 경이 이런 판단을 내릴 거라고 믿어 의심치 않는 것일 테고.

사란디테　(두 팔을 내뻗는다.) 제가 보더라도 너무 약이 오르는데!

더스번　약 오르는 걸 생각하면 한이 없어. 알면 보인다고들 하잖아. 그리고 보이면 더 괴롭고. 예를 들어 지금 스벤터 경에겐 대대 병력이 있소. 참모진을 둘 수 있는 단위니까 똑똑한 전술가가 드디어 날개를 펼쳐볼 만하다고 말할 병력이지. 지금 모인 다른 귀족들도 스벤터 경이 잘 고른 거라면 확실하게 받쳐줄 수 있는 사람들일 테고. 그러니 시간만 있다면 내가 대충 말한 것보다 훨씬 복잡하고 화려한 뭔가를 강구해볼 수 있을 거요. 하지만 에길 사서는 밤이라고 했어. 그러니 시간이 없어. 지금 당장 결정을 해야 해.

무대 좌측에서 병사 한 명이 달려와 더스번에게 귓속말을 한 다음 다시 무대 좌측으로 퇴장한다.

| 더스번 | (눈살을 찌푸린다.) 안 좋군. (4분면의 원을 가리킨다.) 계속 늘어나고 있는 모양이오. 최신 정보에 따르면 아까의 두 배를 훌쩍 넘는다는군. 아무래도 스벤터 경의 선택지가 거의 결정 난 것 같소. |

더스번과 사란디테가 우울하다는 듯이 고개를 가로젓는다. 사란디테가 의자에서 일어나더니 더스번에게 다가간다. 마뜩잖다는 듯이 서로를 보던 두 사람이 다시 고개를 떨어뜨리고 괴로워한다.

| 사란디테 | 알면서 하려니 죽을 맛이군요. |
| 더스번 | 그러게 말이오. |

사란디테와 더스번이 악수를 한다. 더스번이 무대 좌측으로, 사란디테가 무대 우측으로 퇴장한다.

<막이 닫힌다.>

사양이 사위를 사르는 사이에, 검열자가 움직이기 시작했다.

제일 작은 것들은 그 크기 탓에 지표면 가장 가까운 곳에 자리 잡고 있는 중형견 크기의 벌레들. 다리는 일반적으로 여섯 개인 경우가 많아 보였지만 엄격한 규칙이 있는 것은 아닌지 네 개나 여덟 개인 경우도 있었고 홀수인 경우도 적지 않았다. 간혹 나비나 나방처럼 뒤로 접히지 않는 커다란 날개를 가진 것들도 있었고 날개가 없는 경우도 충분히 많았지만 뒤로 접혀 몸과 나란하게 되는 날개를 가지고 있는 것이 이 벌레들에겐 보통의 모습으로 여겨지는 것 같다. 머리의 경우 벌레로 느껴지는 것이 외려 적은 편이었다. 뱀이나 박쥐, 물고기, 개구리를 떠올리게 하는 것들이 외골격으로 덮여 있었고 그중엔 동물 중에선 비교할 것이 없어 식물에서 비슷한 것을 찾아보고 싶어지는 머리도 있었다. 그러니까 머리가 아니라 열매다. 눈코입이 없이 가시나 잔

털 같은 것이 돋아있는 둥그스름한 무엇. 이들의 숫자는 기만에 도달해 있는 듯했다.

중간 것들은 사람과 비슷한 형태에 그 크기는 평균을 내어보면 성인 여성 정도일 듯한 이족 보행 짐승들이었다. 머리 대신 낮은 둔덕 같은 것이 달린 것들이 주를 이루는 듯했지만 이들이 과반수를 주장하긴 어려울 것 같다. 머릿수의 평균을 내어보고 싶은 충동을 느끼게 하는, 머리가 둘이나 셋 달린 것들도 적지 않았으므로. 팔 숫자 역시 통계학도를 괴롭히고 싶은 듯 둘이나 셋, 넷 등 다양했고 왜 그래야 하는지 합리적인 이유를 떠올리기 어렵지만 앞뒤로 달린 것들도 있었다. 공통점이 있다면 손 달린 팔이 있다는 것이고, 그래야 하는 이유는 어렵잖게 알아차릴 수 있었다. 모두들 각양각색의 물건들을 들고 있었다. 검, 봉, 철퇴, 도끼, 창 같은 건 무기가 명백했고 자귀나 닻, 갈고리, 호미, 낫, 망치 등등은 조심해야 하는 급조 무기 정도로 취급할 수 있을 테지만 두루마리나 항아리, 먼지떨이, 천, 수레바퀴, 문짝, 육현금 등은 왜 들고 있는지 짐작하려면 아주 혼란스러운 상상을 해야 할 듯하고 물잔이나 문진, 밥그릇, 피리, 나막신, 붓, 종 같은 것들은…… 던지는 경우 조심해야 할 듯하다. 이들의 숫자는 기천에 도달해 있는 듯했다.

가장 큰 놈들을 본 최초의 척후병이 말코손바닥사슴을 떠올린 것은 그 압도적인 크기와 거대한 뿔 같은 것이 있다는 점에서만 정당화될 수 있다. 이것들에 비하면 말코손바닥사슴은 미의 상징도 될 수 있을 것 같다. 왜 달려있는지 모를, 그냥 달려서 덜렁거리고 있는 것이 전

부인 부속지들이 대여섯 개 이상 더 달려 있는 경우가 대부분이라 이걸 네발짐승으로 분류해야 하는지 멈칫하게 되지만 이동할 때 사용되는 다리는 대부분 넷이었다. 그러나 다리를 셋만 쓰면서 그 조건을 이상한 방식으로 이용하고 있는 놈도 있어 자기 자신과 옆에서 함께 걷는 것들의 공황이 우려되는 경우도 있었다. 머리 같은 부분을 계속 몸 주위로 돌리며 일종의 회전식 이동을 하고 있었다. 팽이가 전진하고 있는 것 같다고 할까. 어지러움을 해소하기 위해 그러는 건지 모르지만 회전 방향은 간혹 바뀌고 있었다. 그것들의 머리 같은 부분에 달려 있는 거대한 뿔들은 자세히 보면 사슴의 뿔보다는 나무나 산호 같은 느낌에 가까웠다. 이마 가운데서 하나가 솟아 사방으로 가지를 퍼뜨리는 경우도 많았고 둘인 경우에도 좌우대칭인 경우는 없었다. 어린 나무들처럼 서너 개가 밀집하여 솟아난 것들도 있었고. 이들의 숫자는 기백에 도달해 있는 듯했다.

  그리고 정말 꺼림칙한 점은, 이것들이 인원 점검이나 보고, 사기를 북돋는 연설 같은 걸 모른다는 점이었다. 검열자가 이동하는 동안에도 집결은 계속 진행되고 있었다. 오소리 옷장으로 이동하는 검열자 무리에는 계속해서 다른 것들이 합류하고 있어 이동하면서 그 규모가 계속 커지고 있었다.

  척후병들의 급박한 보고를 듣던 스벤터 경이 결국 결정을 내렸다. 대부분의 사람들이 예상하던 결정이었다. 오소리 옷장 사람들은 지금 당장 이곳을 떠나 진지로 이동하라는 섭정의 통고를 받게 되었다.

  그때까지 남아있던 스벤터 경의 장병들과 레초 가문의 사병들이 일제히 오소리 옷장의 대문에 설치한 장애물들을 치우고 그곳을 빠져나가기 시작했다. 본관 앞에서 굳은 얼굴을 한 채 장병들이 빠져나가는 모습을 보던 스벤터 경은 올코아 부인이 세티카가 탄 말 옆에서 머뭇거리는 것을 보고는 들고 있던 활을 잠시 어깨에 끼우고 승마에 서툰 부인이 말에 오르는 것을 직접 도와주었다. 옆안장으로 자신 앞에 앉은 올코아 부인을 세티카가 꼭 붙잡았다. 그 곁에서 자신이 직접 말을 몰고 있던 레초 부인은 안타까운 표정으로 대문 쪽을 보고 있었다. 대문 옆에는 역시 말에 오른 눌드 경이 모든 사람이 나간 후 마지막에 따라나가겠다는, 끝까지 손님을 배웅하는 주인의 모습으로 있을 거라는 것을 몸으로 선언하며 서 있었다. 스벤터 경은 세티카 로우와 레초 부인이 함께 대문을 통과할 때 눌드 경과 백작 부인이 서로를 외면하는 것을 보며 혀를 차고 싶은 기분을 느꼈다.

다시 활을 손에 쥔 스벤터 경은 돌벽을 따라 놓인 방어 설비들을 둘러보며 다시 한번 참기 힘든 짜증을 느꼈다. '빌어먹을. 아무짝에도 쓸모없는 짓을 했군.' 스벤터 경은 그 뒤편으로 유와르 사서가 쿵쿵거리며 오소리 옷장 옆을 크게 돌아 남동쪽으로 이동하는 것을 보았다. 검열자들이 다가오고 있는 방향이다. 그 조금 뒤편에서 당나귀에 탄 네롤 사서가 같이 움직이고 있었다. 스벤터 경은 이쪽을 쳐다보기만 하면 바로 외면해주겠다고 생각했지만 네롤은 그러지 않았다. 네롤의 모습이 뒷모습이 될 때까지 노려보던 스벤터 경은 전통에 든 화살들에서 절그럭거리는 소리가 나도록 몸을 홱 돌렸고, 정문 돌계단에 앉아있는 더스번 경을 보고 고개를 갸웃했다.

"더스번 경? 말에 오르지 않고 뭐 합니까?"

더스번 경은 어깨를 으쓱이더니 자신은 떠나지 않을 거라고 대답하여 다가가던 스벤터 경을 옆으로 쓰러질 뻔하게 만들었다. 대단히 요란한 모습으로 중심을 되찾는 스벤터 경을 보며 더스번 경은 박수를 쳐야 하나 고민된다는 표정을 지었다. 스벤터 경은 헐떡이다가 말했다.

"방금 뭐라고 했습니까?"

"나는 그라이만의 국왕께 충성을 서약한 적이 없습니다."

스벤터 경은 활을 들고 있던 손으로 자기를 가리키려다가 코를 찌를 뻔했다.

"그래서? 그 섭정 명령에도 따를 의무가 없다고? 지금 그걸 입증하기 위해 목숨을 걸겠다는 소리를 하고 있는 건 아닐 테죠?"

"유산 관리인의 의무입니다. 난 그 유산에 책임이 있습니다. 육필 원고요. 경은 체스키다 폐하를 대리할지언정 그 육필 원고를 대리하진 않습니다."

문득 스벤터 경은 지독하리만큼 분명한 사실을 직시하게 되었다. 그와 더스번 경은 서로 관할이 완전히 다르며 사실상 아무 관계도 없다. 임사전언으로 묶여있는 듯하지만 그건 외견일 뿐이다. 스벤터 경이 책임지고 있는 부분은 그 정보이며 더스번 경이 책임지고 있는 건 그 매체이다. 더스번 경에겐 그 정보가 무엇이든 상관이 없다. 그 정보에 따라 유산의 분배가 달라지기야 하겠지만 업무의 본질이 달라지진 않는다. 누가 범인으로 지목되든 스벤터 경이 할 일이 똑같이 체포인 것처럼. 엔파 백작은 카쉬넵 백작에게 아무런 강제력도 없다.

지금 더스번 경은 지극히 응당한 말을 하고 있다. 그리고 그 정당성이 스벤터 경을 화나게 만들었다. 스벤터 경은 무서운 표정을 지었다.

"무적경에겐 적이 없다는 겁니까? 이런 때도 절대로 안 죽는다고요?"

더스번 경은 이맛살을 찌푸렸다.

"왜 묶이게 된 건지도 납득이 안 돼서 어쩌다 이 넓은 세상 어딘가에서 마주치게 되면 반가운 기분보다 마땅찮은 기분부터 먼저 느껴야 하는 그 세 기사의 공통점이 있다면, 전부 자기 별명이 가당찮다고 말한다는 점이겠지. 무적이라니. 세상에 그런 것이 어디 있습니까, 스벤터 경. 그런 것이 있었으면 하고 바라는 사람들의 마음은 알지만 난 그걸 내 책임으로 받아들일 마음은 추호도 없습니다. 예. 나도 경과 같습니다. 도저히 안 되겠다 싶은 순간이 오면 난 뒤도 돌아보지 않고 도망칠 겁니다. 그런데 그 시점은 내가 정합니다. 경이 아니라. 경은 그걸 나 대신 정해줄 수 없습니다."

갑자기 스벤터 경은 더스번 경이 미혼이라는 굉장히 생뚱맞게 느껴지는 정보를 떠올렸다. 스벤터 경이 확실히 알기로 더스번 경이 드래곤과 싸운 끝에 안전해진 공주가 한 명도 아닌 두 명이다. 나리메 공주와 에디엘 공주. 어쩌면 더 있을지도 모르고. 그런데도 '그리고 기사는 공주님과 결혼'하는 일은 없었던 것이다. 그리고 스벤터 경은 그 사실이 모든 것을 설명하는 듯한 기분을 느꼈다.

"어서 가십시오. 경은 내게 아무런 책임이 없습니다. 그런 걸 느껴주겠다고 말하면 언제 내 부친과 결혼했냐는 식의 반응을 보게 될 테고요. 무슨 말인지 아시겠죠.”

어쩔 수 없이 걸음을 옮기기 전, 도저히 안 할 수가 없어서 스벤터 경은 더스번 경이 옆에 내려놓고 있던 곡괭이를 가리키며 질문했다.

“그런데 그건 도대체 뭡니까?”

더스번 경은 땅 찍을 일 있을 땐 곡괭이 아니냐고 대답했다. 칼로 땅 가까이에 있는 벌레 찌르다가 칼끝 망가뜨리거나 통째로 부러뜨릴까 염려된다는 경의 대답은 합리적이었다. 그 합리성에 스벤터 경은 자신의 건강을 염려하게 되었다. 이렇게 계속 화가 치밀다간 정말 문제가 생길 것 같았다.

그곳이 응접실이었고 왼손으로 안락의자 등받이를 붙잡고 있었던 덕분에 스벤터 경은 사란디테가 날린 치명타에도 쓰러지지 않았다. 아직 적절하게 설치하지 못해서 눌드 경이 끝에 병마개 하나 꽂아놓고 응접실 벽에 기대어 놓았던 유와르 사서의 가시를 흥미진진하게 관찰하던 사란디테는 지나가는 말처럼 자신은 떠나지 않을 거라고 대답했다. 여전히 가시만 바라보면서. 왜냐고 묻는 스벤터 경의 어조는 알아듣기 어려웠지만 사란디테는 맥락으로 파악했다.

“원고 마감을 기다려야 해서요. 흠. 이거 의외로 단단한 것 같은데.”

“당신이 왜? 수사관도 아니고 유산 관리인도 아닌데?”

“제가 속한 비밀 결사가 있는데 거기서 내려진 결정이에요. 제가 발기인인데 무시할 수가 없네요.”

‘비밀 결사?’ 전도유망하게 들리는 말에 스벤터 경은 희망을 품어보았다. ‘뭔가 제3, 아니, 제4인가? 젠장! 몇 번째인지도 헷갈리네. 어쨌든 그런 것이 마지막 순간에 개입하는 건가?' 그러나 사란디테는 스벤터 경에게 시체를 걷어차는 식의 행동을 했다. 사란디테는 그 비밀 결사가 총원 두 명의 거대 조직이고 나머지 구성원은 밖에 있다고 설명했다.

"그러니까 쉽게 말하면 그냥 사서들이랑 같이 행동하는 거라고 생각하셔도 돼요. 사서들은 여기 있을 거죠?"

"당신, 도서관 쪽 사람이었어?"

"눈곱만큼도 관련이 없어요. 여기서 임시로 그렇게 됐을 뿐이지. 저도 이 정도면 충분하다고 생각되는 시점까지만 손을 잡을 생각이에요. 아직까진 딱히 손을 놓을 이유가 없어 보이네요."

"아, 죽게 된다는 건 별로 대단한 이유가 아냐?"

고개를 푹 떨구는 사란디테의 모습을, 스벤터 경은 비애라고 생각했다. 그러나 사란디테를 보다 자세히 살펴본 스벤터 경은 어리둥절해졌다. 그건 비애는 비애인데—

"이건 정말 결혼식 초대장 받기 힘들어진 사람의 꼬락서니군요. 각하. 죽인다는 말에 익숙해진 사람은 어떤 삶을 산 걸까요? 가만 생각해보면 그런 말은 한 번만 듣는다 해도 심히 위험해 보이지 않나요? 그런데 한 번도 안 한 사람은 있어도 한 번만 하는 사람은 어쩌고 하는 말처럼 죽인다는 말도 딱 한 번만 듣고 마는 경우는 없나 봐요. 아, 우울해."

스벤터 경은 사란디테가 더스번 경의 지인이라는 사실을 떠올렸다. 그냥 모든 의문이 해소되는 듯한 느낌이었다. 아니, 의문을 가져선 안 될 것 같은 느낌이었다. 그리고 스벤터 경은 만신전의 사람이고 도서관의 사람으로 볼 경우 사란디테를 강제할 방도가 없었다. 그라이만이 보호해야 하는 자국 내 외국인이라는 조건이 하나 있긴 하지만 그건 근본도 모를 괴물 수만 마리도 움직이지 못한 사란디테를 움직이기엔 역부족일 것이다.

그리고 스벤터 경은 잠긴 유레솔의 방문을 붙잡고 고함을 지를 시간이 없었다. 그럴 시간이 있어도 고함이 제대로 나왔을지 의심스럽지만. 어이가 없어 말도 하기 힘든 상태로 방문을 노려보던 스벤터 경은 잠깐 동안 그걸 부수고 들어가는 것을 고민해보았다. 하지만 스벤터 경은 이런 경우 활잡이가 처하게 되는 난국에 처해 있었다. 어떻게 방문을 부수고 들어간다 한들 그 안의 사람을 제압하는 데 쓸 손이 하나밖에 없는 것이다. 조금 전 올코아 부인의 탑승을 도와주었을 때처럼 하는 건 반항할지도 모르는 사람을 대상으로 쓸 방법이 아니었고 자칫하면 활을 상할 수도 있다.

즉시 포기한 스벤터 경은 아직 충분한 병사들이 남아있기를 바라며 급히 정문을 향해 달려갔다. 필경사의 방문을 부수고 안에 있는 필경사를 둘러메고 오든 어떻게 하든 무조건 붙잡아 오라는 명령을 어떻게 병사들에게 간단명료하게 전달할지 고민하며 본관 정문에 도달한 스벤터 경은, 거기서 더스번 경을 붙잡고 유산 관리인 자격을 박탈한다고 고함을 지르고 있는 눌드 경의 몹시도 안타까운 — 조금도 그라이만 귀족답지 않은 — 모습을 목격하게 되었다.

더스번 경은 스벤터 경이 바로 예상할 수 있는 대답을 했다. 이게 무슨 말 같잖은 소리냐. 상속인이 될지 모르는 인물이 유산 관리인을 교체하겠다니. 그러면 그라이만에서는 상속인이 자기 입맛에 맞는 방식으로 유산을 분배해줄 때까지 유산 관리인을 계속 교체할 수 있다는 말이냐. 그게 그라이만의 법도냐. 더스번 경이 한 마디 한 마디 할 때마다 눌드 경의 여명이 툭툭 잘려나가는 모습이 눈에 보이는 듯했다. 스벤터 경은 그냥 예의와 눌드 경의 팔을 교환하기로 했다.

휘청거리는 눌드 경을 돌계단 위로 끌고 올라와 정문 옆의 벽에 밀어붙인 스벤터 경은 눌드 경에게 귀를 요구하는 손짓을 한 다음 속삭였다. '됐으니까 저 별호가 어마어마한 작자는 잊어버리고 할라도 백작께서는 그분이나 안전하게 모시고 어서 여길 떠나라'는 내용의 말을 전해 들은 눌드 경은 눈코입이 허물어져 내리는 듯한 표정을 지었다. 스벤터 경은 눌드 경이 당혹감 때문에 지능이 일시적으로 떨어져서 '그분'이 누군지도 알아차리지 못하나 의심했다. 그러나 눌드 경이 당황한 것은 그 때문이 아니었다.

"잠깐만요. 이게 무슨 소리입니까. 설마 경은 안 나간다는 겁니까?"

"예? 당연하잖습니까?"

대답하던 스벤터 경은 갑작스럽게 더스번 경이나 사란디테를 보고 있을 때 자기 얼굴이 어땠는지 알게 되었다. 그리고 눌드 경의 얼굴을 보며 설명하던 스벤터 경은 그때 더스번 경이나 사란디테가 이런 기분이었나 하는 달갑잖은 의혹을 떠올렸다. 스벤터 경은 지금 집필실 문 앞을 지키고 있는 세 명의 경비병들은 하늘이 두 쪽 나도 오늘 밤 내내 그곳을 지키고 있어야 하는데 그 세 명을 두고 자신이 어떻게 오소리 옷장을 떠나냐고 말했다. 그리고 왜 하늘이 두 쪽 나도 오늘 밤 세 명의 경비병이 집필실 앞을 지켜야 하냐는 눌드 경의 질문에 스벤터 경은 중간에 한 명이 화장실에 갈 일도 있으니까 세 명이어야 하지 않냐고 대답하여 눌드 경을 발광할 것 같은 기분에 빠져들게 만들었다.

눌드 경은 고함을 지르고 싶은 것을 필사적으로 억누른다는 것을 잘 알 수 있는 목소리로 말했다.

"스벤터 경. 아둔하여 경의 심사를 거듭 번잡하게 만드는 점 진심으로 사과하며 묻는데, 왜 하늘이 두 쪽 나도, 그 어떤 경우에라도 두 명의 경비병은 집필실 앞을 지켜야 하는 겁니까?"

스벤터 경은 그제야 눌드 경이 무슨 뜻으로 질문을 하는 건지 이해했고, 그래서 비록 넋을 잃을 것 같은 충격을 느끼면서도 올바른 대답을 할 수 있었다.

"증거 오염이오! 맙소사, 눌드 경! 복수의 인원으로 증거 능력을 입증해야 하지 않습니까!"

눌드 경의 눈이 휘둥그레졌다. "아……?" 그리고 눌드 경은 어렴풋이 깨달았다. 흥미진진하다는 얼굴로 뒤를 돌아보는 더스번 경에게 험악한 표정을 지어 보인 스벤터 경이 빠르게 말했다.

"증거가 오염되면 그걸 쓸 수가 없어요! 세상에, 그걸 알려줘야 하는 겁니까? 거기 있는 건 무겁긴 더럽게 무겁지만 결국 빗장이지 자물쇠가 아닙니다. 사실 자물쇠도 그리 믿음직하진 않아요. 변호사들이 자물쇠를 얼마나 쉽게 변절자로 만드는데. 무조건 범인의 이름이 적시되는 순간 그 문 앞에는 권위 있는 당국자가 있어야 합니다. 그게 없다면 증거 1호가! 강력증거가 오염된단 말입니다! 오늘 밤 그 앞에 단 10분이라도 내 수사단원이 없었던 순간이 발생하면 바로 끝장입니다. 그리고 사서들은 내 수사단원이 아닙니다. 제기랄, 그라이만 사람도 아니라고요! 젠장, 둘은 사람도 아니네! 그자들은 아무도 집필실에 드나들지 않았다는 걸 법정에서 충분하게 증언해줄 수 없습니다. 오, 빌어먹을. 법정에 오지도 못하겠네. 떠나버리면 소환도 못 할 테니. 소재지를 아나, 뭘 아나!"

폭우처럼 쏟아지는 수사관의 불평을 온몸으로 맞으며 눌드 경은 합리적인 인간으로 남기 위해 무진 애를 썼다. "비, 빗장에 보, 봉인을…… 빗장과 빗장걸이가 만나는 부분에 밀랍을?" 이로써 눌드 경은 스벤터 경이 정말 많은 것을 고려해봤다는 것을 알게 되었다.

"쓸모없습니다. 밀랍만 부으면 의미가 없겠지요. 떼내고 다시 부으면 그만이니. 인장을 찍거나 지문을 찍어야 할 텐데, 그것도 현장 주변에서 전투가 벌어지면 의미가 다 없어져요. 시체에서 반지를 빼내든 손가락을 자르든 위조할 기회나 방도가 많이 생기기 때문에. 곰곰이 고민해보면 무슨 방법이 있을지 모르지만 지금 그런 걸 하고 있을 시간이 없습니다." 스벤터 경은 눌드 경의 어깨에 팔을 걸고는 경의 귀에 더 가까이 입을 가져갔다. "비현실적인 소리로 시간 잡아먹지 말고 왕자님이나 잘 챙겨서 어서 나가세요! 그러고 보니 왕자님도 내가 여길 정말 떠날 수 있기나 한 것처럼 말씀하시더니 혹시 모르시는 건가? 허, 이런! 왕자님께서 헛소리를 하실지 모르니 잘 부탁합니다."

그리고 스벤터 경은 마당 여기저기서 어정쩡한 자세로 서서 미심쩍은 눈으로 본관 정문 쪽을 바라보고 있는 기사와 병사들을 향해 돌계단을 뛰어 내려갔다. 애석하지만 적절한 행동이라고 할 수 없었다. 왜냐하면 조금 전 스벤터 경은 하지 말았어야 하는 말을 했기 때문에.

스벤터 경의 뒤편에서 눌드 경이 숨을 들이마셨다.

유와르 사서에게 육필 원고와 함께 불타 죽겠다고 말했을 때 눌드 경은 그런 경우 거짓말을 하지 않는 그라이만 귀족이었다. 그리고 조금 전 눌드 경은 스벤터 경으로부터 '시체에서 반지를 빼내든, 손가락을 자르든'이라는 말을 들었다. 그러니까 경은 자신의 집에서 죽을 거라 말하는 방문객의 선언을 들었다. 그건 주인이 용납할 수 있는 일이 아니다. 여기가 누구 집인데? 여기서 제 마음대로 죽겠다고? 누가 그걸 허락했는데? 그러니 주인은 어서 떠나라고? 방금 나한테 그렇게 말했나?

계단을 내려서던 스벤터 경은 갑자기 터져 나온 눌드 경의 고함 소리에 다시 휘청거리게 되었다.

"할라도의 기사들은 방문객을 지켜라!"

마당에 있던 스벤터 경의 장병들 사이로 레초 가문을 섬기는 기사들이 즉각 반응하여 움직였다. 저 멀리서 할라도 백작의 고함을 듣고 급히 말을 돌려 오소리 옷장으로 돌아오는 기사의 모습도 인상적이었지만 즉각 검을 뽑아 들고 돌계단 아래에 멈춰 선 스벤터 경의 곁으로 달라붙는 기사의 모습도, 자기가 군대라고 생각하는 건지 바로 남동쪽 돌담으로 달려가는 기사들의 모습도 볼만했다.

더스번 경을 휙 지나 돌계단을 성큼성큼 내려온 눌드 경은 허를 찔린 표정을 하는 스벤터 경 또한 지나쳤다. 스벤터 경의 지휘 체계에 속해 있어서 역시 어쩔 줄 모르는 모습으로 서 있던 젊은 기사는 눌드 경이 접근하자 항의하려는 듯한 몸짓을 했다. 하지만 눌드 경은 입 앞에 손가락을 세운 후 젊은 기사의 귀에 대고 귓속말을 하기 시작했다. 잠시 후 젊은 기사는 어쩔 수 없다는 표정으로 움직이기 시작했다.

스벤터 경은 젊은 기사가 다른 이들에게 움직이라는 명령과 손짓을 하는 것을 보고 가슴이 쿵쾅거리는 것을 느꼈다. 몇몇 장교들이 문의하는 시선을 보냈을 때 스벤터 경은 간신히 고개를 끄덕일 수 있었고, 그러자 그때까지 남아있던 스벤터 경의 장병들이 젊은 기사의 지휘를 받으며 오소리 옷장을 빠져나가기 시작했다. 그때 가까이 다가온 눌드 경이 스벤터 경 옆에 서 있던 할라도 기사에게 명령했다.

"이 방문객은 내가 보호하겠다. 다른 기사들과 함께 남동쪽 돌담으로 가라. 거기서 다음 지시를 기다려라."

기사가 달려가고 주변이 비워지자 눌드 경은 스벤터 경에게 턱을 내민 채 단호하게 말했다.

"예. 요청받은 대로 했습니다. 스벤터 경. 그 젊은 기사에게 여길 떠나야 할 확실한 이유를 제시했습니다. 경도, 나도 안 가면 누가 장병들을 인솔해서 진지로 떠나야 합니까? 그래서 그 젊은 기사가 떠났습니다. 뭐 더 필요하신 것 있습니까? 말씀만 하십시오."

스벤터 경이 이를 북북 갈았다.

"예. 고결한 할라도의 기사들을 데리고 여기서 당장 꺼져주십시오."

눌드 경은 애석해하는 미소를 지었다. 당혹감 때문에 지능이 일시적으로 떨어져서 그런다는 거 잘 이해하겠다는 눌드 경의 미소에 스벤터 경은 피가 거꾸로 솟는 것 같았다. 그러나 경은 항의할 수 없었다. 그게 사실이었으므로.

"잘 이해를 못 하는군요. 스벤터 경. 내가 가면 어떤 젊은 기사의 이유가 없어진다니까요."

스벤터 경은 앞섶을 움켜잡았다. 그래도 된다면 그냥 옷을 쥐어뜯고 싶었다. 빨리 손을 놓았어야 했다. 자신이 아직 필경사의 문제를 적절하게 처리하지 못했음을 깨달은 스벤터 경은 결국 옷에 단추 하나가 떨어진 백작답지 못한 모습이 되고 말았다.

세티카는 진지를 향해 말을 몰며 초조한 표정으로 뒤를 돌아보았다. 주변이 많이 어두워졌지만 오소리 옷장을 빠져나오는 무리가 끝났다는 건 어렵잖게 확인할 수 있었다. 얼마 전부터 더는 그곳을 나오는 사람이 없다. 조금 전 마지막으로 빠져나온 무리가 빠르게 이쪽으로 접근하고 있었지만 그 안에는 스벤터 경이나 눌드 경이라고 확신할 수 있는 사람이 없었다. 그리고 더스번 경이나 사란디테라고 여겨지는 사람들도.

세티카는 뭔가 잘못되었다고 생각하며 올코아 부인을 안은 팔에 다시 힘을 주며 자신과 비슷한 모습을 하고 있는 사람에게로 시선을 옮겼다. 진지 방향으로 향하고 있는 말의 머리와 정반대 방향으로 머리를 향한 채 레초 부인은 입술을 잘근잘근 씹고 있었는데, 세티카의 시선을 느끼자마자 그가 그다지 듣고 싶지 않았던 질문을 했다.

"세티카? 혹시 백작 각하의 모습을 봤어? 나는 안 보이는데."

거기엔 백작이 셋이나 있었지만 세티카는 백작 부인이 어느 백작을 지칭하는 것인지 짐작하는 것에는 별문제가 없었고, 어쨌든 한 명도 보이지 않았기에 대답하는 것 또한 문제가 없었다.

"죄송합니다. 백작 부인. 저도 보지 못했습니다."

"더 안 나오는 것 같은데."

"그렇군요."

세티카는 걱정스러운 표정으로 다시 고개를 돌렸고, 하마터면 말고삐를 확 잡아챌 뻔했다.

오소리 옷장 너머 저편, 남동쪽 멀리 떨어진 얕은 구릉 위쪽에서 그날의 마지막 햇빛을 받은 먼지구름이 살짝 빛났다. 일단 거기에 그런 것이 있다는 것을 확인하자 세티카는 어두컴컴한 남동쪽 하늘 아래에서도 먼지구름의 규모를 어렵잖게 파악할 수 있었는데, 그것은 거대했다. 눌드 경은 농토를 밀어버리고 농민을 핍박하면서 작가를 접대하기 위한 별장을 조성하지는 않았다. 경이 별장을 짓기로 한 이 주변은 풍경은 좋은 편이었지만 그 토질은 농토로 쓰기엔 차지 못했다. 그런 건조한 흙 위로 수십만, 수백만 개의 발이 거침없이 움직이면서 거대한 먼지구름을 만들어내고 있었다. 세티카는 문득 떠올린 그 숫자가 정확할 거라는 사실에 전율했다. 수십만, 수백만 개의 발이다. 그 발들이 오소리 옷장으로 다가오고 있다.

그리고 세티카가 뚫어지게 바라보고 있던 구릉 위쪽이 갑자기 꿈틀거리기 시작했을 때— 해가 저물었다.

날카로운 고함 소리에 세티카가 움찔했다. 뒤이은 말발굽 소리. 세티카는 꼬리가 떠오르도록 달리는 말의 꽁무니와 그 양쪽에서 나풀거리는 치마바지 자락, 그리고 그 위에 탄 백작 부인의 등을 망연히 바라보았다. 무슨 일이 벌어지고 있는 건지 판단하기 힘들 정도로 혼란한 그의 귀에 올코아 부인의 혀를 차는 듯한 목소리가 들려왔다.

"에이바 저 애는 항상 저러는구나."

세티카는 급히 주변을 둘러보고는 고모를 더 바짝 끌어안았다.

"고모님?"

올코아 부인이 자신을 수습했다. 부인은 한쪽 팔을 조카의 허리에 단단히 감았다.

"난 백작 부인을 알다가도 모르겠어. 어떤 땐 왜 저렇게 머뭇거리시나 싶은데, 어떤 땐 이상할 정도로 빨리 움직이셔. 지금껏 백작 각하와 데면데면하신 모습 보고 있으면 이쪽이 발을 구르고 싶어지지 않아? 그런데 지금 저렇게 달려가시는 모습은…… 그럴 거면 진작 움직이실 것이지 왜 지금이냔 말이야."

세티카는 급히 판단했다. 자신이 뭘 제대로 판단하는지 조금도 확신하지 못한 채.

"고모님. 다른 기사에게―"

"집어치워. 우리는 이대로 간다. 네가 가서 뭘 어쩌겠다고? 넌 저기서 아무 쓸모가 없어."

세티카는 이 가혹한 진실에 머리로 피가 쏠렸지만, 말문 또한 막혀 버렸다. 올코아 부인이 매정함을 가장하며 말했다.

"넌 고모를 지켜. 나를 쓸모 있게 만들어. 그리고 내 쓸모가 돼."

이런 때 이런 것을 느낀다는 것이 대단히 기묘하게 느껴졌지만 세티카 로우는 갑자기 자기 인생의 한 장이 끝나는 것을 느꼈다. 그건 몇 년 전에 대해서도, 며칠 전에 대해서도, 5분 전에 대해서도 똑같이 통하는 말이긴 하지만 그럼에도 불구하고 그런 걸 볼 때면 세티카는 목구멍이 메말라 오고 자신의 심장 박동을 급히 느껴보고 싶어진다고 생각했다. 이제는 결코 돌아갈 수 없는 자신의 한 시기가 저기 멀어져 가는 것이 보일 때.

세티카 로우는 어스탐 로우의 시체가 있는 방향으로부터 고개를 돌렸다. 그는 고모를 끌어안은 채 말을 출발시켰다. 저 앞쪽에서 손에 횃불을 든 병사들이 진지에서 우르르 쏟아져나오고 있었다.

남동쪽에서 다가오는 것들의 움직임을 확인한 네롤은 오소리 옷장이 확실히 비었는지 확인하기 위해 고개를 돌렸다. 그리고 오소리 옷장의 마당에서 아직도 뭔가가 움직이고 있는 것을 보곤 신음을 흘렸다. 그녀는 급히 당나귀를 몰아 돌담으로 달려왔다. 돌담 앞에 도달하기 전부터 외치는 네롤의 고함 소리에 응하여 스벤터 경이 돌담 쪽으로 달려왔다. 밖에 선 네롤을 똑바로 보며 스벤터 경은 침울하면서도 묘하게 생기가 제법 느껴지는 이상한 어조로 엔파 백작 스벤터 날바이와 할라도 백작 눌드 레초, 카쉬냅 백작 더스번 칼파랑, 사란디테, 유레솔, 그리고 집필실 문 앞을 지킬 수사단 소속 병사 셋과 할라도의 기사 네 명이 오소리 옷장에 남게 되었다고 설명했다. 네롤은 비명을 질렀다.

"열 명이 남는다고요? 왜! 아니, 싸우겠다는 거면 다 남든가! 앞뒤가 안 맞잖아. 이게 뭡니까!"

스벤터 경과 함께 달려왔던 눌드 경은 계산이 안 맞는다고 생각했다. 그 자신이 이미 헤아려보았으므로. '열두 명 아닌가? 당혹감으로 인한 일시적 지능 저하인가? 그냥 어림해서 말한 건가?' 한편 스벤터 경은 자신이 남아야 하는 이유를 빠르게 설명했다. 눈이 휘둥그레진 채 듣던 네롤이 입을 가렸다.

"증……거 능력? 증거 능력 말입니까? 아, 아, 그걸……"

눌드 경은 네롤이 그걸 생각도 하지 못했다는 걸 확실히 알 수 있었다. 하긴 할라도의 최고 판사인 눌드 경도 미처 깨닫지 못했으니 사서인 그녀가 깨닫지 못한 건 충분히 용납될 일이었다. 사실 눌드 경은 그 때문에 좀 창피해하는 중이었다. 스벤터 경이 착잡하게 말했다.

"그래. 수사단장이면서 나는 결국 어스탐 경의 신병을 당신네에게 맡겼소. 하지만 임사전언의 증거 능력은 당신들이 어떻게 해줄 수 있는 것이 아냐. 그러니 부디 어스탐 경을 구할 수 있다고 자신한 그 사서의 수완으로 나와 이 바보 백작들, 그리고 그 백작들에게 휘말린 불쌍한 이들도 좀 지켜주시오. 안전을 구걸하오."

네롤이 손바닥을 앞으로 내흔들었다.

"좀! 각하, 좀! 아까 제가 잘못했다고 사과했잖아요. 젠장. 1급 정사서 자진 포기해야 하나. 도대체 뭐가 이렇게 엉망진창…… 저건 또 뭐야!"

네롤이 앙칼지다는 말 외에 다른 표현을 찾기 힘든 고함을 지르며 등자를 밟고 안장 위에서 벌떡 일어났다. 그리고 눌드 경도 다가오는 말발굽 소리를 듣고 몸을 돌렸다.

밤낮이 바뀌며 일어나는 바람이 눌드 경의 앞머리를 잡아 흔들었다. 아직 박명이 희미하게 남아있는 그쪽 하늘에 대비된 탓에 땅 위를 달려오는 그림자는 더욱 검어 도저히 기수를 확인할 수 없었다. 그러나 눌드 경은 오소리 옷장을 향해 달려오는 사람이 누군지 알 것 같고, 그래서 심장이 철렁했다.

눌드 경은 앞으로 고꾸라질 기세로 오소리 옷장의 대문을 향해 달려가며 속으로 부정의 말을 반복했다. 그러나 오소리 옷장으로 달려오는 검은 그림자는 순식간에 경이 잘 아는 형태로 바뀌었다. 대문을 바람처럼 통과한 후 질주의 여운이 남은 말을 마당에서 제자리걸음 하게 하던 할라도 백작 부인은 그럴 경우 그렇게 되는 모습으로, 그러니까 무용수가 그러듯 머리를 홱, 홱 돌리며 헐떡거리는 남편을 마주 보며 입술을 움찔거리다가— 다시 홱. 백작 부인은 뒤따라 도착한 스벤터 경을 향해 고함을 질렀다.

"도대체 여태까지 여기서 뭐 하시는 겁니까! 엔파 백작 각하! 뭘 지체하시는 거죠?"

스벤터 경은 '야!' 소리가 나올 것 같다고 느꼈다. 그는 눌드 경이 어쩌나 살폈고 눌드 경은 백작 부인이 탄 말의 고삐를 붙잡아 진정시키는 것에 집중하려는 듯한 모습을 보여주었다. 또 한 번의 '야!' 충동을 잘 참아낸 스벤터 경이 말했다.

"장차 여유 있게 이야기를 나눌 시간이 꼭 있었으면 좋겠습니다. 지금은 상황이 다급하니 일단 안으로 들어가십시오. 백작 부인."

스벤터 경은 네롤이 있는 방향을 살펴보았지만 네롤은 넌더리를 내며 떠나버린 후였다. 스벤터 경은 눌드 경에게 일단 백작 부인과 할라도의 기사들과 함께 건물 안으로 피신하라 말했고 경이 그 말을 따르는 모습을 보며 그 뒤를 따라 걸었다. 여전히 돌계단에 앉아서 다른 사람들이 곁을 지나치는 것을 보던 더스번 경은 스벤터 경이 도착했을 때 몸을 일으켰다. 더스번 경은 어깨에 곡괭이를 메고 남동쪽 돌담 방향으로 걷기 시작했다. 잠시 후 더스번 경이 말했다.

"경은 안 들어갈 겁니까?"

더스번 경과 함께 걷고 있던 스벤터 경이 활을 들어보였다. '궁수가 실내에서 뭘 하라고?' 창문으로 쏘면 되지 않나 생각했던 더스번 경은 곧 상황을 이해했다. 저쪽에 궁병 같은 것은 없을 테니 스벤터 경은 엄폐물 대신 넓은 시야와 약간이라도 더 가까운 거리를 선택할 수 있다. 그리고 그건 핑계일 테고. 스벤터 경은 빌어먹을 사서들이 도대체 어떻게 해서 어스탐 경을 보호하고 그럼으로써 자신들 또한 보호해줄지 가까이서 똑똑히 보고 싶을 것이다. 돌담에 도달한 더스번 경이 그곳에 있던 방책들을 치우고 걸리적거리는 건 바로 곡괭이로 부술 때도 스벤터 경은 반대하지 않았으며 그걸 돕기까지 했다. 그리하여 낮은 돌담 뒤에서 큰 백작과 작은 백작이 나란히 서서, 저 먼 곳에서 다가오는 유와르 사서와 조그마한 네롤 사서, 그리고 그 뒤편의 검열자를 보게 되었다.

달이 없는 밤이 빠르게 어두워지고 있었다. 사용인들이 모두 빠져

나간 오소리 옷장에 불을 밝힐 사람도 없었다. 기사 한 명이 불붙은 촛대 하나를 마련했고 눌드 경과 레초 부인, 그리고 네 명의 할라도 기사들은 그 빛에 의지하여 움직였다. 뭔가 결정하지도 않았는데 레초 부인은 자신이 어디로 가야 하는지 아는 사람처럼 앞서 움직였고 눌드 경은 그곳이 개인 예배실 방향임을 알아차렸다.

예배실 안에 있던 많은 초들에 불이 붙는 것을 보며 눌드 경이 부인에게 말하는 것인지 불분명하게 문을 잠그고 안에 있으라고 말했다. 레초 부인이 말했다.

"각하. 예배실 문엔 잠금장치가 없습니다."

"그렇…… 군요. 알겠습니다. 문을 닫고 계십시오. 밖에서 기사들이 지킬 겁니다."

"기사들이? 각하께서는?"

"나는 일단 밖으로 나갈 겁니다. 스벤터 경을 지켜야 하므로. 경을 데리고 다시 돌아오겠습니다."

"그렇다면 기사들을 다 데리고 가십시오."

"안 됩—"

"그리고 다 데리고 다시 와주세요. 제가 미련스레 돌아와서 각하의 곁을 지킬 이들을 뺏었다고 생각하게 하지 마십시오."

눌드 경은 이 말에 반대하기 어려웠다. 갑작스럽게 격정에 차서 눌드 경은 두 손으로 백작 부인의 오른손을 붙잡았다. 그리고 놀란 눈으로 보는 백작 부인의 얼굴 대신 움켜쥔 손을 보면서 눌드 경이 말했다.

"돌아오겠습니다."

눌드 경과 기사들이 예배실을 떠났다. 예배실 문이 닫히는 것을 본 레초 부인이 천천히 바닥의 방석에 앉았다. 왼손으로 오른손을 붙잡은 채 닫힌 문을 바라보던 레초 부인이 두 손을 그대로 가슴 위에 포갰다. 레초 부인의 심장이 거칠게 뛰고 있었다.

촛대를 들고 네 명의 기사들과 함께 복도를 달려 계단에 도달한 눌드 경은 기묘한 것을 보았다. 오소리 옷장의 현관을 천장이 높은 모습으로 만들기 위해 그 중앙 계단은 현관 양쪽으로 두 개가 놓여 있었는데 눌드 경과 기사들이 내려간 곳은 왼쪽 계단이었다. 그런데 저쪽 오른쪽 계단에서 사란디테가 2층으로 올라가고 있었다. 유와르 사서의 가시를 어깨에 걸친 채. 눌드 경은 그쪽을 향해 고함을 질렀다.

"사란디테! 개인 예배실을 좀 부탁하네!"

걸음을 멈춘 사란디테가 이쪽을 돌아보더니 들고 있던 가시가 창인 것처럼 팔을 받쳐 세워 들며 기사의 예를 취했다. 어디 한 군데도 어울리는 부분이라곤 없었지만 눌드 경은 대단한 신뢰감을 느꼈다. 눌드 경은 사란디테를 향해 고개를 꾸벅이곤 그대로 기사들과 함께 달려가다가— 현관에 도달했을 때 깜짝 놀랐다. '가시보다는 촛대가 필요한 것 아냐? 저 여자는 왜 불도 없이 저렇게 어두운 건물 안을 돌아다니는 거지?' 그러나 돌아보기엔 이미 늦었기에 눌드 경은 그대로 정문 밖으로 나왔다.

잠시 후 중간 백작이 큰 백작과 작은 백작의 곁에 도달했다. 스벤터 경은 부인 곁에 있지 뭐 하러 왔냐고 말하진 않았지만 정확히 그렇게 번역될 수 있는 시선을 눌드 경에게 한 번 던진 다음 다시 고개를 돌렸다. 그리고 이곳에 도달하자마자 더스번 경에게 사란디테가 얼마나 믿을 수 있는 사람인지 질문하려 했던 눌드 경은 눈앞의 광경에 말문이 막혔다. 아니, 뭔가를 본 것은 아니니까 그렇게 말할 순 없다. 눌드 경의 말문을 막히게 한 것은 소리들이었다. 무수히 많은 크고 작은 발소리, 날개 바스락거리는 소리, 뭔가가 절그럭거리는 소리, 그리고 그 속에 섞여 있는 분노한 듯한 숨소리들. 눌드 경이 본 것은 오소리 옷장으로 거침없이 다가오는, 신음하고 헐떡이고 으르렁거리는 거대한 어둠이었다.

그리고 어떤 이름이 들려왔다.

"앙지프 욜탄 마레스납!"

오소리 옷장 주변 수천 보 범위로 퍼져나간 그 목소리를 들은 사람들은 어째서인지 바로 깨닫게 되었다. 제일 작은 놈들이 앙지프다. 중간 놈들이 욜탄이다. 그리고 제일 큰 놈들이 마레스납이다. 그 뜻은 찌르는 것, 할퀴는 것, 무는 것이다. 어떤 언어에도 그런 의미를 가진 그런 어휘는 없지만. 그리고 그것들이 앙지프, 욜탄, 그리고 마레스납인 것이 아니라 앙지프 욜탄 마레스납이며, 그것이다. 여럿이지만 전부 하나다. 동시에 그 소리를 들은 사람들은 이것이 불려서는 안 되는 이름을 가진 사서의 힘, 혹은 능력인 것도 알게 되었다. 불려서는 안 되는 이름을 가진 사서는 이름을 알고, 이름을 부를 수 있다.

어둠 속에서 유와르 사서가 촉수 하나를 뒤쪽 방향을 향해 뻗었다. 구조적으로 말이 안 되는 길이까지 뻗어나간 촉수 끝에는 익사체가 쥐어져 있었다. 유와르 사서가 몸을 세차게 뒤틀며 촉수를 무지막지한 기세로 잡아당기며 거북이 다리로 땅을 꽝 밟았다.

익사체가 벼락같은 속도로 날아가 다가오는 앙지프들을 박살내고 욜탄들을 날려버리고 마레스납을 쓰러뜨렸다. 유와르 사서는 촉수를 사방으로 펼치고 그 몸 곳곳에서 야광충의 그것 같은 부드러운 빛을 내뿜었다. 대낮의 햇빛 속에선 보이지도 않았겠지만 이 어둠 속에서 그 빛들은 잘 보였다. 유와르 사서가 거대한 나팔고둥으로 만든 대라 같은 소리를 길게 내뿜었다.

휘파람을 불고 싶었지만 몸을 덜덜 떨리게 만드는 진동 때문에 계속 실패한 네롤 에길 사서가 유와르 사서를 흘겨보았다. 그녀는 품에서 작은 종이를 꺼내 왼쪽 손바닥에 놓고 그 지면 위에서 오른쪽 집게 손가락을 움직였다. 그러자 쪽지 위엔 글자들이 나타났다. 네롤은 쪽지를 두 번 접어 그대로 떨어뜨렸고 쪽지를 접는 동안 땅을 헤치고 나온 두더지가 떨어진 쪽지를 입에 물고 다시 땅속으로 들어갔다. 네롤은 배추 경의 목을 쓰다듬으면서 초조함과 압박감을 완전히 지우진 못한 어조로 말했다.

"조명 문제가 심각하긴 하군. 책을 볼 때도, 다른 때도 적절한 조명이 중요하지. 갑시다, 배추 경!"

배추 경은 자기가 말이라고 생각했는지 두 앞다리를 들어 올리며 허공에 발을 굴렀다. "이 정신 나간 당나귀가!" 네롤이 다급하게 그 목을 끌어안자 배추 경은 자기가 새라고 생각했는지 그대로 허공을 밟으며 하늘로 달려가기 시작했다.

어둠 속에서 갑자기 보름달이 나타났다. 스벤터 경은 그렇게밖에 표현할 수 없었다. 보름달이 언제부터 땅에서 솟아올랐는지 알 수 없었지만 그것은 빠르게 솟아오르며 사방에 무지막지한 빛을 뿌렸고 곧 사방은 흐린 날의 낮에 비견할 정도로 밝아졌다. 그리하여 돌담에 있던 세 백작과 네 기사는 앙지프 욜탄 마레스납을 똑똑히 보게 되었다. 그러나 그 모습을 똑똑히 보기에 앞서 스벤터 경과 눌드 경은 서로를 쳐다볼 수밖에 없었다. 눌드 경이 얼빠진 목소리로 중얼거렸다.

"앙지프 욜탄 마레스납? 그게 왜 여기 나오는 거죠? 그런데 해적이자 도박사이자 고고학자인 남자가 아니라고? 앙지프, 욜탄, 그리고 마레스납이라고?"

독자의 호기심이 아닌 수사관의 책임감으로 그러긴 했지만 눌드 경과 마찬가지로 임사전언을 통독한 스벤터 경은 눌드 경이 무슨 말을 하는 건지 이해할 수 있었다. 임사전언 속의 앙지프 욜탄 마레스납은 세 가지 면모를 가지고 있지만 한 사람이다. 백작이며 수사관이며 계절에 따라 출중한 사냥꾼(그리고 무할 후작 에시피터 부세인이 믿기로 그 자신보다 뛰어난 단 한 명의 그라이만 궁수)도 되는 스벤터 경이 보기엔 그렇게 과한 것 같지도 않았다. 어딘가에 진짜 그런 사람이 있다 해도 충분히 받아들일 수 있는 한 명의 남자였다. 그리고 결코 존재해서는 안 되는 남자이기도 하다. 그 남자는 어스탐 경이 임사전언에서 창조한 가상의 인물이니까. 이 세상에 소설의 등장인물이 자기 이름을 내걸고 돌아다녀선 안 되니까. 그런데 더스번 경이 어둑이 사서라고 부르고 네롤 에길 사서가 불결한 이름을 가진 자라 부르는 존재는 그 이름을 말했다. 그런데 그건 남자도 아니었으며, 하나도 아니었다. 앙지프이며, 욜탄이며, 마레스납이다. 그러나 그것은 앙지프 욜탄 마레스납이다.

이제 대단한 높이로 솟아오른 보름달이 역겨운 벌레 같은 괴물, 비틀어진 인간 비슷한 괴물, 병든 사슴 같은 괴물을 똑똑히 드러냈다. 날개를 비비며 기이한 소리를 퍼뜨리는 앙지프는 수백만에 달하는 숫자였고 보름달을 향해 손에 든 물건을 휘두르고 흔드는 욜탄들은 수십만에 달했다. 마레스납은 수천 정도였고, 광란하듯 뿔을 흔들며 주변에 있는 욜탄을 쓰러뜨리고 앙지프들을 터뜨리고 있었다. 욜탄과 앙지프들은 이 처우에 항의하기보단 보름달에 분노를 표현하는 것이 우선인 듯했다. 끔찍한 광경이었고, 무서운 광경이었다. 저것들이 그대로 달려든다면 오소리 옷장은 산사태에 휩쓸린 닭장과 비슷한 형국이 될 것이다. 스벤터 경은 절망에 차서 돌담을 부여잡고 보름달을 보았다. 어떻게 할 거야? 저걸 도대체 어떻게 할 거냐고?

네롤이 자신의 주위를 감싼 거대한 빛의 구, 그러니까 가짜 보름달을 하늘에 던져두고 그 안에서 뛰쳐나왔다. 하늘을 달리는 당나귀는 기수의 명에 따라 유와르 사서를 향해 내리달았다. 환해진 지상을 내려다보며 네롤은 모든 것을 감안하려 애쓰면서 단 한 가지만 생각했다. 언제?

'아, 그래. 좋아. 바로 달려오는 대신 한곳에 모인다고? 정말 좋아. 무조건 임사전언으로 달려가진 않는다는 거지? 더할 나위 없이 좋아. 앙지프 욜탄 마레스납. 단 한 번뿐이야. 딱 한 번만 할 수 있는 거니까 부디 최대한 거창하게 호응해줘. 그렇게도 언급하지 않으려고 하면서 숫자를 줄이려고 했는데 이렇게까지 몰려왔다면, 부탁해. 군중 심리가 뭔지 제대로 보여줘! 군중이 아니라도!'

유와르 사서의 모습이 지척으로 다가왔다. 그리고 네롤은 지금이 그때라고 결정했다. 앙지프 욜탄 마레스납이 가짜 보름달에 대한 무익한 분노 표현을 그만두고 오소리 옷장을 향해 쇄도하기로 결정했다. 바로 지금이다.

네롤은 목청껏 고함쳤다.

"유와르라는 자여! 푸른 환희를 꺼내요! 꺼내서 높이 들어! 그걸 탐내게 해!"

유와르 사서의 해마 머리가 네롤을 향하더니 그 가시 전부가 부르르 떨렸다. 유와르 사서는 급히 조개껍질을 열어 녹옥을 꺼내 위로 높이 들어 올렸고 네롤이 뭐라 중얼거리며 그 녹옥을 가리켰다. 그러자 녹옥과 그것을 붙잡고 있는 유와르 사서의 촉수 주변에 은은한 빛이 서렸다. 보석을 보석답게 만드는 요인은 여럿이겠지만 그중 가장 황홀한 것을 꼽자면 역시 그 내부 반사라 해야 할 것이다. 빛을 표면에서 바로 반사하는 것이 아니라 한 번 받아들인 후에 안에서 몇 번 반사한 후 다시 밖으로 내보내는 보석의 힘을, 녹옥은 좀 심각한 수준으로 발휘했다. 내부 반사가 아니라 내부 증폭이라고 불러야 할 정도로. 높이 솟은 보석에서 뿜어져 나온 놀라운 녹색 빛이 주변을 밝히자 유와르 사서의 모습은 보름달 아래에 선 기괴한 모습의 녹색 등대가 된 것 같았다. 네롤은 급히 앙지프 욜탄 마레스납을 살폈다. '자, 한눈을 팔아!'

그렇게 되었다.

네롤이 녹옥과 유와르 사서의 촉수에 붙여둔 것은 순수한 빛만은 아니었다. 거기에는 빛 외에도…… 만약 네롤이 그걸 상품화해서 판매하기 시작하면 그 즉시 전 세계의 스벤터 경들이 하던 일을 모두 중단하고 호반 도서관의 사서 네롤 에길에 대한 추적에 착수하게 될 위험한 것들이 다소 섞여 있었다. 그 때문에 앙지프 욜탄 마레스납을 사로잡은 것은 죽은 자도 눈을 뜨고 정신없이 바라볼 휘황찬란한 빛이 되고 말았다. 오소리 옷장으로 움직이기 시작했던 모든 앙지프 욜탄 마레스납이 제자리에 멈춰 선 채 녹색 등대를 뚫어져라 보고 있는 것을 확인한 네롤은 속으로 환호했다. 그리고 네롤은 등대가 달려선 안 될 게 뭐냐는, 선박의 운항 안전을 지극히 저해하는 입장을 취하기로 했다.

"저쪽으로 달려가요! 저쪽으로!"

네롤이 지시한 위치는 남쪽이었다. 유와르 사서는 즉시 그 말에 따랐다. 쿵쾅거리는 소리를 내며 녹색 등대가 오소리 옷장에서 멀어지는 방향으로 달려갔다. 앞에 있던 욜탄을 짓밟고 마레스납을 걷어차며. 그러자 앙지프 욜탄 마레스납이 외쳤다.

내놔!

하타시아의 성상을 향해 무릎을 꿇고 땅울림과 모든 기괴한 소리를 잊기 위해 기도에 열중하고 있던 레초 부인이 깜짝 놀라 고개를 들었다. 사람의 목소리는 아니었다. 지금껏 들려오던 것과 똑같은 땅울림과 발소리와 그 근원을 일일이 가늠하기 힘든 복잡한 소음들이었다.

그런데 레초 부인은 그 소음에서 의미를 느낄 수 있었다. '내놔? 내놓으라고?' 레초 부인은 자신이 들은 것이 맞는지 물어보듯 성상을 바라보았지만 하타시아는 당연히 아무런 반응도 보이지 않았다. 그런데 다른 것이 레초 부인의 질문에 답했다.

예배실 문이 열리는 소리에 기겁한 레초 부인이 몸을 돌렸다. 그런데 바깥의 복도가 밝았다. 그곳에 녹색 보름달빛이라고 불러야 할 것 같은 영문 모를 빛이 가득했고 그래서 레초 부인은 문 앞에 선 사람을 한 번에 알아볼 수 있었다.

"사란디테?"

사란디테는 문의 크기를 살피더니 손에 든 가시를 들고 안으로 들어가기엔 번거롭다고 판단한 듯 복도에 선 채 이쪽으로 오라는 듯이 손을 흔들었다. 레초 부인은 가까이 있던 촛대 하나를 집어 들려다가 복도가 밝은 것을 다시 확인하곤 그냥 문으로 다가갔다. 그러자 뒤로 한 걸음 물러선 사란디테가 복도 가운데 섰다.

문에 도달하여 사란디테의 얼굴을 제대로 보게 되자 레초 부인은 의아함을 느꼈다. 사란디테의 얼굴이 기묘했다. 얼굴의 어딘가가 달라진 건 아닌데 표정이 풍부하던 얼굴에 아무 표정이 없어 분위기가 지극히 달랐다. 그녀의 뒤편 복도 창문으로 쏟아져 들어오고 있는 기묘한 빛도 사란디테의 인상을 변모시키는 한 요인인 듯했다. 그래서 레초 부인의 두 번째 호명은 확인 비슷한 것이 되었다.

"⋯⋯사란디테?"

그때 사란디테가 가시를 뾰족한 쪽이 위로 가도록 들더니 위아래로 세게 두어 번 흔들었다.

가시 아래쪽에서 뭔가가 툭 떨어지더니 덜그럭 소리를 내며 바닥에 누웠다. 관형 보관함에서 내용물을 꺼낼 때 흔히 볼 수 있는 너무도 익숙한 모습이었고, 레초 부인은 어쩐지 몰상식하다는 느낌마저 조금 들어 당혹스러웠다. 사란디테의 다음 행동은 더욱 상식에 대해 공격적이었으며— 상식적이었다. 사란디테는 바닥에 가시를 놓더니 발로 몇 번 밟고 누르고 밀었으며 그러자 가시가 납작한 삼각형(엄밀히 말하면 원호)으로 변했다. 납작해진 가시를 뾰족한 부분이 안쪽으로 들어가도록 둘둘 말듯이 접는 사란디테의 모습을 보며 레초 부인은 왜 자신이 비평가가 되고 싶은 충동을 느끼는지 모르겠다고 생각했다. (오래된 탓에, 그리고 겉모습이 너무 달라 일어난 레초 부인의 착각이었다. 그건 사실 '아들이 하는 정리정돈'이라는 이름의 소환진 제작을 보는 어머니의 기분이었다.) 찌그러진 모습이지만 어쨌든 그럭저럭 정리된 가시를 옆으로 치워놓은 사란디테는 조금 전 가시 안쪽에서 떨어진 물건을 집어 들었다.

레초 부인은 한쪽 무릎을 꿇은 사란디테가 두 손으로 받쳐 든 검을 보았다가 다시 사란디테의 얼굴을 보았다. 사란디테는 무표정한 얼굴로 레초 부인을 올려다보며 말했다.

"추신. 존귀하신 할라도 백작 부인께. 어느 관대한 귀부인의 지시에 따라 미력하나마 백작 부인께 봉사할 수 있게 된 것, 더할 나위 없는 영광으로 생각합니다."

지금껏 이어진 놀랍지만 어쩐지 맥빠지는 모습들에 방심 상태였던 레초 부인이 경악했다. 부인은 그 목소리를 알고 있었다. 사란디테가 오소리 옷장에 온 첫날 들은 티끌거울 경의 목소리였다. 그리고 그 목소리는 레초 부인이 아무런 의심이나 주저 없이 검을 덥석 집어 들게 만들었다.

사란디테의 얼굴에 표정이 돌아왔다.

사란디테는 눈을 동그랗게 뜬 채 레초 부인을 올려다보았고 그래서 레초 부인은 죄책감마저 느꼈다. 뭔가를 바라는 것 같은데 아무것도 줄 것이 없었다. 레초 부인이 방금 받은 검을 돌려줘야 하는 어처구니없는 충동을 느꼈을 때 사란디테가 벌떡 일어났다.

사란디테는 발을 구르며 분노하기 시작했다.

"추신이라니. 또 추신이라니! 하여튼 추신 쓰는 것들 진짜! 그거 본문에 글 다 못 썼다는 뜻이라는 건 알아? 자기 머리는 한 번에 모든 걸 못 떠올린다는 고백이라고! 무슨 놈의 추신!"

레초 부인은 어쩔 수 없이 세 번째로 불렀다. "사란디테?" 그러자 상황에 대해 설명할 책임을 상대적으로 더 많이 가진 자가 누군지 떠올린 사란디테가 자신을 수습했다.

"만능경께서 보내는 답변서에 부인께 따로 드리는 말이 남아 있었나 보네요. 아니면 방금 생긴 건지. 그건 확실치가 않네요. 저는 아직 이곳에 체류 중인 답변서—" 사란디테가 갑자기 두렵다는 듯이 자신의 머리를 양손으로 움켜쥐었다. "혹시 더 넣어두고 그러는, 그건 아니겠지? 어, 진짜 아니지? 레초 부인. 이번엔 제가 답변서가 되기로 한 거니까 항의는 할 수 없겠지만, 그래도 그러는 거 아니죠? 다른 사람 머리 함부로 비망록으로 쓰고 그러면 안 되는 거죠?"

"아, 그렇지. 남의 머리는 남의 배타적 소유물— 그런데 이게 뭐지?"

"칼처럼 보이네요. 죄송하지만 저한테 뭘 물어보셔도 전 아무것도 몰라요. 그냥 저 가시가 원래 무엇이었는지 정도만 떠오르네요."

"저것? 저건 유와르 사서라는 자가 각하께—"

그때 계속해서 이어지는 진동에도 불구하고 확연히 들을 수 있는 이상한 소리가 가까이에서 들려왔다. 깜짝 놀라 고개를 돌린 레초 부인은 영문을 알 수 없는 광경을 보았다. 그건, 복도의 나무 바닥을 뚫고 나오는 두더지였다. 두더지는 머리를 내밀자마자 쪽지를 퉤 뱉어놓고는 다시 아래로 사라졌다. 그리고 복도는 다시 복도가 되었다.

레초 부인은 아무렇지도 않다는 듯이 허리를 숙여 쪽지를 집어 드는 사란디테의 모습에 자기도 모르게 그녀에게 바싹 달라붙었다. 사란디테는 이 접근에 조금 놀랐지만 내색하지 않은 채 쪽지를 펼쳐 창문으로 들어오는 빛에 비추었다. 사란디테에게 몸을 붙인 채 쪽지를 들여다본 레초 부인은 숨을 멈췄다.

2호에게.

물어.

1호가.

추신 : 곽.

레초 부인은 설명을 요구하는 눈으로 사란디테를 보았지만 사란디테는 대답하는 대신 쪽지를 거세게 움켜쥐었고, 그러자 쪽지는 새카만 가루가 되며 그녀의 손에서 폭발적으로 흩어져 날아갔다. 손을 허공에 터는 사란디테의 눈에 불꽃이 튀었고 그 입가에선 차가운 미소가 불타올랐다.

"책으로 죽인다. 그래! 그거 정말 좋은 생각이네. 너는 책으로 죽인다. 호반 도서관엔 사서를 죽인 책이 전시될 거야. 정말 교육적이겠네. 후배 사서들에게 많은 교훈이 되겠어."

레초 부인은 오늘 밤 자신이 도대체 몇 번이나 이 말을 해야 하는 건가 당혹하며 말했다. "사란디테?" 이번에는 소득이 제일 좋지 않았다. 사란디테는 레초 부인에게 커다란 미소를 보낸 다음 그대로 레초 부인을 남겨두고 달려가버렸다. 두 손으로 쥔 검을 품에 안은 채 그 뒷모습을 멍하니 바라보던 레초 부인이 문득 복도 좌우를 살폈다. 백작 부인은 다시 예배실 안으로 들어가 하타시아의 성상을 보았고, 그 후 품에 안은 검을 내려다보았다.

왜 그런 생각이 드는지 레초 부인은 이해할 수 없었다. 그러나 레초 부인은 그 검에 이름이 붙여질 거라는 확신을 느꼈고 그 이름이 무엇일지도 알 것 같았다. 하타시아의 성상을 보며 레초 부인은 확신과 불신을 섞어 속삭였다. "아투얄?"

투얄은 부르는 힘이라는 뜻이다.

아투얄은 불러들이는 힘이다.

진동이 아무렇지도 않다는 듯이 더스번 경이 휘파람을 불었다. 오소리 옷장으로 몰아치는 해일이 되려던 앙지프 욜탄 마레스납이 움직이는 등대를 따라 그 방향을 뒤틀었다. 내놔! 누구라도 이해할 소음으로 자신의 의사를 명백히 드러내며 앙지프와 율탄과 마레스납이 유와르 사서의 녹옥에 시선을 고정한 채 괴성을 지르며 쇄도했다. 지금까지와 비교도 하기 힘든 수준의 땅 흔들림은 마레스납의 눈먼 다급함을 보여주는 듯했고 삽시간에 뜨거워지는 듯한 공기의 흔들림은 율탄의 끝없는 탐욕을 보여주는 것 같았다. 앙지프들은 집착하고 강요하는 안개가 되어 유와르 사서에게 날아들었다. 그 때문에 돌벽에서 보고 있던 이들은 유와르 사서가 파도를 가르며 바다에서 걷고 있는 듯한 느낌을 받았다.

    그리고 그건 유와르 사서에겐 익숙한 움직임이었다. 몸 아래쪽에 대단한 저항이 밀어닥쳤지만 유와르 사서는 아무렇지 않게 앙지프 율탄 마레스납을 가르며 움직였다. 그동안에도 마레스납들이 그 가시에 찔리는 것을 겁내지 않는 기세로 유와르 사서에게 쿵, 쾅 부딪혔고 마레스납과 서로의 몸을 타고 기어오른 율탄들은 날카로운 조개껍질에 베이는 것을 아랑곳하지 않으며 유와르 사서의 몸을 타고 올랐다. 유와르 사서는 절대 뺏기지 않겠다는 듯이 촉수들로 녹옥을 휘감았지만 촉수와 녹옥 그 자체에 빛이 어려있었기에, 즉 녹옥을 뒤덮은 것 자체가 발광체이고 녹옥 또한 발광체가 되어 있었기에 녹옥은 그 상황에서도 내부 반사를 멈추지 않았고, 그리하여 녹색 빛이 촉수의 틈 사이로 날카롭게 새어나오는 모습은 앙지프들을 더 애타게, 더 간절하게, 더 집요하게 만들었다. 날아오른 앙지프들이 유와르 사서의 몸을, 혹은 율탄을 걷어차며 다시 날아올랐다. 그러다가 조개에 터지고 성게 가시에 찢기는 것들이 허다했지만 아랑곳하지 않고 오직 녹옥을 향해 앙지프들이 날아올랐다. 내놔!

유와르 사서의 모습은 이제 앙지프 욜탄 마레스납으로 뒤덮인 거대한 언덕 같은 꼴이 되었다. 그리고 계속해서 달려드는 앙지프 욜탄 마레스납 때문에 그 언덕은 점점 커졌다. 마침내 그 언덕 안쪽 어딘가에서, 가장 성공적인 성과를 달성한 앙지프의 발 하나가 촉수 사이를 비집고 들어가 녹옥의 표면에 닿았다.

보이지 않는 소용돌이의 폭발이 앙지프 욜탄 마레스납을 강타했다. 유와르 사서 주변에 있던 마레스납의 발들이 순식간에 접지력을 잃어버린 채 휙 떠오르고 그 몸이 이리저리 뒤집히며 가속하듯 회전하는 모습이 영락없이 강력한 소용돌이에 휩쓸린 모습이었다. 그리고 그런 마레스납들에게 보이지 않는 꼬치고기와 곰치와 청새치와 뱀상어와 범고래와 향유고래가 달려들었다. 단검 같은 이빨들과 장검 같은 주둥이가 마레스납들을 난자하고 육상의 동물과는 차원이 다른 수중 거수들의 몸이 마레스납들을 들이받았다. 보이지 않는 바다 맹수들은 앙지프에겐 덤벼들지 않았는데, 앙지프들은 최초의 충격에 그냥 일제히 다 터져버려서 허공을 나부끼는 가루가 되어 있었으므로 공격하고 말고 할 것이 없었다. 어떻게 존재하는지 설명할 수 없는 부력에 의해 떠오른 채 빠르게 회전하던, 몸이 조각나거나 내부가 곤죽이 되지 않았던 일부 욜탄들이 갑자기 느리게 발버둥쳤다. 심해 밑바닥, 죽을힘을 다해 헤엄친다 해도 저 먼 수면에 도달하려면 시간이 아니라 날짜를 헤아려야 할 것 같은 깊고 어두운 곳에 느닷없이 내팽개쳐진 듯한 모습이다. 욜탄들과 마레스납들은 그 몸에 작용하는 끔찍한 압력을 드러내며 몸 곳곳이 짓눌리는 가운데 느릿느릿 몸을 비틀고 사지를 천천히 버둥거리다가 움직임을 멈췄다.

결국 유와르 사서에게서 대략 이백 보 거리 안쪽에 있던 앙지프 욜탄 마레스납은 모조리 있지도 않은 소용돌이에 쓸려 파괴되고, 보이지 않는 바다 맹수들에게 해체되고, 있을 리 없는 수압으로 붕괴되고, 공기가 가득한 허공에서 익사해버렸다. 엉망이 된 사체들이 부력 같은 건 전혀 느낄 수 없는 모습으로 추락하여 바닥과 차례로 충돌하는 모습을 하늘에서 내려다보던 네롤이 평가했다.

"그래. 방범 대책이 이 정도는 되어야지. 8할인가? 9할?"

희망 섞인 평가라고 봐야 할 것이다. 그 단 한 번의 공격에 의해 앙지프 욜탄 마레스납이 입은 피해는, 7할보다는 8할에 훨씬 가깝긴 하지만, 엄밀히 8할 미만이었으므로. 하지만 대단한 공격이 아닐 수 없었다. 그것이 보통의 전투였다면 모든 전사가들이 고민할 것도 없이 앙지프 욜탄 마레스납의 전멸로 판정했을 것이다. 그러나 네롤은 이 시점에 전멸은 말 그대로의 의미여야 한다고 생각하고 있었고 또한 그것을 간절히 바라고 있었으므로 녹옥이 일으킨 파괴 범위가 정말 9할이었다 해도 만족할 수는 없었을 것이다. 오소리 옷장을 돌아보며 네롤은 만약 눌드 경이 들었다면 다시금 그녀의 수리 지능을 의심할 소리를 중얼거렸다.

"저기 열한 명이 있단 말이지. 그럼, 제길. 이제 시작이라고 봐야 하나?"

한편 사체의 잔해 속에 우뚝 서서 주변을 둘러보던 유와르 사서의 해마 머리는 흡족한 표정을 지었다. 그러다가 상대적으로 뒤편에 있는 바람에 녹옥의 파괴에 휘말리지 않은 앙지프와 욜탄과 마레스납을 본 유와르 사서는 그쪽으로 녹옥을 기울였다. 하지만 앙지프 욜탄 마레스납은 달려오는 대신 뒤로 주춤 물러났다. 유와르 사서의 해마 머리가 옆으로 기우뚱했다. 유와르 사서는 잘 보라는 듯이 녹옥을 위아래 좌우로 흔들었지만 그 행동은 적절한 보답을 받지 못했다. 유와르 사서는 조급함을 드러내며 앙지프 욜탄 마레스납을 향해 쿵쿵 걸어가며 녹옥을 잔뜩 내밀었다. 그러자 앙지프 욜탄 마레스납의 물러나는 속도가 더 빨라졌다. 배추 경 위에서 네롤은 믿을 수 없다는 표정으로 유와르 사서를 바라보았다.

"그 꼴을 보고 설마 또 뺏으려고 하겠…… 그만해! 자칫하면 당신이 주는 것이 된다고! 강탈이 아니라! 그만 내밀어!"

유와르 사서에게서 물러나던 앙지프 욜탄 마레스납이 원래의 목표를 떠올린 듯 오소리 옷장 쪽으로 달려왔다. 아직도 남은 숫자는 충분히 위협적이었고 따라서 경계심을 품어야 할 테지만 조금 전에 목격한 초현실적인 파괴 장면 때문에 아직 그러기 힘들었던 눌드 경은 이마에 손을 짚은 채 그라이만 귀족의 명예를 수렁에 내동댕이치는 소리를 중얼거렸다.

"그냥 저거 받을 걸 그랬나 하는 생각이 드는데."

그 말을 명백히 들었지만 스벤터 경은 눌드 경을 비난할 마음이 전혀 들지 않았다. 아니, 비난하고 싶었다. 저걸 왜 안 받았냐고. 이리하여 또 한 명 분의 그라이만 귀족의 명예가 입수하게 되었지만 그 사실을 모르는 더스번 경은 곡괭이를 등 뒤로 넘겨 양손으로 잡아당기며 허리를 뒤틀었다. 그러다가 몸을 크게 뒤튼 더스번 경은 정문을 박차듯이 하며 뛰쳐나온 사란디테를 보고 그대로 몸을 멈췄다. 사란디테는 대단한 기세로 달려왔고 돌담에 도달하기 한참 전부터 고함을 지르기 시작했다.

"네롤 에길! 어디 있어요! 그 사서!"

가르쳐주려던 더스번 경은 문득 그게 옳은 일인지 의심스러워졌다. 그리고 사란디테의 성난 기세도 돌담에 가까워지면서 다가오는 앙지프 율탄 마레스납을 보게 되자 점차 사그라들었다.

"저게 다 뭐야?" 사란디테는 자신이 왜 그 이름을 아는지 혼란스러워하며 중얼거렸다. "앙지프 율탄 마레스납? 술을 물처럼 마시며 청어 절임을 씹는 해적이 아니라고? 이슬이 맺힐 것처럼 차가운 손을 가진 도박사가 아냐? 양쪽 팔뚝에 여러 단위계의 자 문신이 있는 고고학자도 아니고? 앙지프와 율탄과 마레스납이라고? 그런데 앙지프 율탄 마레스납? 어째서?"

스벤터 경과 눌드 경은 어쩐지 변명을 해야 할 것 같은 기분을 느꼈다. 그러나 앙지프 율탄 마레스납의 접근이 코앞이었기에 그럴 겨를이 없었다. 그리고 그 때문에 스벤터 경이 보기에 사란디테는 이곳에 있어서는 안 되었다. 경은 화살을 꺼내며 다급하게 말했다.

"자, 사란디테, 착하지? 내 말 잘 들어. 저것들은—"

그건 사란디테가 침착해지는 것에 꽤 도움이 되었다. "네. 날바이 아씨께서 일곱 살이시라고요? 넘어가드리죠."

"흐음. 내가 침착을 잃었군. 진심으로 사과하오. 마음이 급해—"

사란디테가 한쪽 손바닥을 스벤터 경에게 내밀어 경의 말을 막았다. 다가오는 앙지프 욜탄 마레스납을 보던 사란디테가 혀를 찼다. "아, 그래?" 그리고 스벤터 경과 눌드 경, 그리고 네 명의 할라도 기사들은 말문이 막히는 광경을 보았다. 여섯 사람이 고개를 돌려 외면해야 한다는 생각을 떠올렸을 땐 이미 모든 것이 끝나 있었다. 그러니까 사란디테는 자기 가슴께에 손을 집어넣어 보석 걸린 목걸이를 꺼낸 다음 그걸 눈앞으로 들어 올려 보석을 들여다본 것이다.

그 보석의 이름은 로히람의 달. 오랜 세월 로히람 호수에 쏟아진 달빛이 굳어져 탄생했다고 알려진 월장석이다. 그 전설의 진위 여부는 확실치 않으나 그 월장석은 보름달의 빛을 초월할 듯 빛나고 있는 네롤의 가짜 보름달도 할 수 없는 일을 할 수 있다.

사란디테의 몸이 부풀어 오르더니 두 발로 선 거대한 늑대로 바뀌었다.

늑대인간이 머리를 뒤로 젖히더니 길게 끄는 울부짖음을 내뿜었다. 아우우우…… 순간 다가오던 앙지프 욜탄 마레스납과 유와르 사서가 일으키고 있던 모든 괴성과 소음들이 사라지는 듯했다. 고개를 돌린 사람들은 앙지프와 욜탄과 마레스납이 정말로 걸음을 멈춘 것을 확인했다. 저 멀리서 달려오던 유와르 사서마저 놀란 모습을 여실히 드러내고 있었다. 심해에서 온 사서는 앙지프 욜탄 마레스납의 후위를 향해 휘두르려던 촉수를 허공에 멈춘 채 꿈쩍도 하지 않으며 몸의 모든 조개들만 정신없이 열었다 닫았다 하고 있었다.

길게 이어지던 울부짖음을 끝마친 사란디테가 가볍게 뛰어 돌담에 올라섰다. 그리고 앙지프 율탄 마레스납에게 당당하게 도전의 선언을 날렸다.

"뭐가 뭔지 모르겠지만, 좋아, 덤벼! 나는 아베란 네피럼의 칼을 이틀 전에 피했던 사람이야. 아베란 경은 필살이 아니라는 살아있는 증거지!"

"그 진술엔 의문이 많은데."

눌드 경과 스벤터 경은 더스번 경을 돌아보았다. 그리고 역시 경을 돌아본 사란디테는 늑대라고는 도저히 생각할 수 없는 확실한 표정을 지어 보였는데, 어떻게 보더라도 그게 무슨 소리냐는 항의 섞인 의문이었다. 더스번 경이 어깨에 곡괭이를 걸치고 돌담에 오르면서 말을 이었다.

"아베란 경이 당신을 죽이려고 한 것은 아니잖소."

늑대인간이 으르렁거렸다. "이틀 전에 피한 건 맞잖아요!"

"그것도 그래. 아베란 경은 늑대인간의 귀를 조금 자르려고 했던 건데 이틀 전의 당신이 그보다 훨씬 작은 인간 여자여서 칼날이 위로 지나간 거였잖소. 기술적으로 그건 피한 거라 보기 어려워."

"피한 거예요! 이틀 전에! 누구 귀를 마음대로 잘라? 뭐? 표시? 표시라고?"

더스번 경은 머리를 아래로 가로젓다가 힘겹게 말했다.

"나 이런 말 하기 정말 죽도록 싫지만, 그건 경의 호의였소. 안 그래도 얼굴 구분에 자신이 없는데 늑대니까 더 헷갈릴까 봐 안 죽여도 되는 늑대를 표시…… 아, 젠장. 집어치워. 할 도리는 다 했어. 야, 씨발, 덤벼! 아니, 내가 간다! 기체 미령하게 만들어드리지!"

더스번 경이 돌담에서 뛰어내렸다. 사란디테가 격분했다.

"숙녀 우선도 모르는 무식한 백작이!"

사란디테가 돌담에서 날아오르는 기세로 뛰어올라 더스번 경을 맹렬히 추격했다. 스벤터 경은 건강 염려증 발병을 염려하는 안타까운 상황에 처하게 되었다. '내 정신 건강을 지나치게 걱정하는 병이 생길까 봐 걱정된다고? 이게 맞는 건가?' 그때 무엇인가가 경을 홱 낚아챘다.

체면을 많이 잃을 소리를 내고 버둥거리다가 정신을 차린 스벤터 경은 자신이 당나귀의 등에, 에길 사서의 앞쪽에 엎드린 자세로 올라타 있다는 것을 알게 되었다. 그것만으로도 이미 유쾌한 기사의 위치라고 하기 어려웠지만 이건 숫제 불쾌한 수준이다. 그 당나귀의 위치가 일반적으로는 위치라고 인식되기 어려운 위치였기 때문에. 스벤터 경은 외치지 않을 수 없었다.

"이 당나귀 조상이 도대체 어떻게 되는 거요? 왜 허공을 달리는 건데!"

"아, 전부 유명한 고집쟁이들이었지요! 그리고 배추 경은 그들의 자랑스러운 후손이고요! 배추 경이 땅이라고 고집을 부리면 그건 땅입니다!"

"아, 당나귀 고집? 그건 나도 잘 알지! 그런데—"

애석하게도 스벤터 경에겐 더 이상 그 문제에 대해 파고들 시간이 없었다. 오소리 옷장 본관 지붕의 제일 높은 곳에 도달한 네롤은 그곳에서 스벤터 경에게 다시 내리라고 요구했다. '그래, 허공을 달리는 당나귀 등보다는 지붕이 백배 낫지.' 스벤터 경이 지붕 위에 서자 네롤이 외쳤다.

"활을 가지고 계시기에 제 맘대로 위치를 정해드렸습니다! 그럼 잘 부탁합니다!"

그렇게 스벤터 경을 지붕 위에 유기한 네롤은 숨돌릴 틈도 없이 배추 경의 옆구리를 걷어차더니 놀란 얼굴로 이쪽을 올려다보고 있는 눌드 경과 네 명의 기사들을 향해 다시 달려갔다. 스벤터 경은 고개를 가로젓고는 전통에서 화살을 뽑아들었다. 목표를 찾으려 했던 스벤터 경은, 그러나 아무것도 찾지 못했다.

스벤터 경은 당황하여 주위를 두리번거렸다. 아무것도 보이지 않았다. 가짜 보름달이 비추는 빛은커녕 별빛 한 점 보이지 않았다. 모든 것이 캄캄했다. 이전에 객관적인 입장에서 이 모습을 본 적이 없었다면 극도로 당혹했을 것이다. 하지만 스벤터 경은 자신이 무슨 상황에 처해있는지 알 것 같았다. 경을 둘러싼 암흑이 경의 추측에 동의했다.

〈당신인가? 그, 어둑이 사서?〉

스벤터 경은 자신이 말을 제대로 했는지 알 수 없었지만 의사는 제대로 전달한 것 같았다. 어둠이 좀 노여워하는 것 같은 느낌을 전달해 왔다. 스벤터 경은 어깨를 으쓱였다.

〈유감이지만 내가 지금 바쁜데. 저 아래에서 무적경이랑 늑대인간이 싸우고— 응?〉

스벤터 경은 상대가 자신을 좀 이상하게 지칭한다고 느꼈다. 그래서 스벤터 경은 정정하기로 했다.

〈왕의 수사관이…… 뭐? 응? 어사? 그게 뭐요? 그런 말은 모르는데.〉

이런 표현이라면 더 알아듣기 쉽지 않냐는 듯한 어둠. 스벤터 경은 알 수 없었다.

〈아니, 모르오. 그 두 개가 같은 거요? 암행어사? 어쨌든 그건 아닌데.〉

끈기 있게 구체적인 이해를 도모하는 어둠. 스벤터 경은 수긍했다.

〈그래. 그렇게 말할 수 있지. 왕의 명을 받들어 정의를 실현한다고 할까.〉

갈림길을 열어 보이는 어둠. 스벤터 경은 뜨악한 기분을 느꼈다.

〈그걸 꼭 그렇게 구분해야 하나? 뭐라고? 왕의 종인가, 정의의 종인가?〉

부드럽지만 단호하게 선택을 요구하는 어둠. 스벤터 경은 혼란스러웠다.

〈글쎄. 왜 그래야 하는지 모르겠지만, 음. 그게 중요한 거요?〉

결정을 필요로 하는 자신을 양해해줄 것을 부탁하는 어둠. 스벤터 경은 포기했다.

〈알았소. 나는 왕의 종이오.〉

의심을 표현하는 어둠. 스벤터 경은 어리둥절해졌다.

〈아니. 왕의 종 맞소. 내가 어떻게 정의의 종이 되나.〉

회의를 드러내는 어둠. 스벤터 경은 의심스러워졌다.

〈진짜라니까! 나는 왕의 종이며 정의는 내 주인이 아냐. 아, 왜?〉

협박을 가하며 의혹을 강요하는 어둠. 스벤터 경은 분노했다.

〈이…… 쌍! 이 세상의 모든 후미진 곳을 하나도 빼놓지 말고 샅샅이 뒤져봐! 알아서 일하는 정의가 있는지! 스스로 이루어지는 정의가 있는지! 어디에서도 찾아낼 수 없을걸? 정의가 얼마나 게을러터진 놈인데. 내버려두면 절대 아무것도 안 해. 절대로! 사람들이 바로 옆에서 울고 화내고 비명을 질러도! 그 인정머리 없는 녀석은 걷어차고 채찍질을 해서라도 억지로 일을 시켜야 하는 근성 나쁜 노예라고! 그런 주제에 성질은 얼마나 야비하고 간사한지. 걸핏하면 사람 위에 군림하는 폭군 노릇을 하려고 하지! 사람들이 서로의 목에 정의의 노예 목줄을 채우게끔 하고 잘나고 똑똑해서 눈꼴신 놈이 보이면 그걸 홱 잡아당겨 보라고 유혹하지. 켁켁 소릴 내면서 허리를 확 구부리는 꼴을 보면 진짜 재미있고 우쭐해지니까 그러라고 하지! 나는 그런 것의 종이 아냐. 내가 정의를 부린다. 정의가 나를 부리진 않아! 나는 정의의 주인이야!〉

스벤터 경은 자신이 무엇을 표현했는지 거의 알지 못했지만 올바른 표현을 했다는 느낌만은 분명히 느꼈고 그것은 충족감이 되어 그를 감쌌다. 그리고 경을 감싼 것은 그것만이 아니었다. 음울한 환희와 선한 악의로 가득한 어둠이 스벤터 경을 휘감았다. 경은 어두운 농담을 들었다.

"응? 정의는 여신이라고? 험, 그 걷어차고 채찍질한다는 부분— 내가 지금 무슨 말을 하는 거지?"

스벤터 경은 자신이 무슨 말을 하고 있는지 알 수 없었지만 상관없었다. 곧 스벤터 경은 없어졌으므로. 스벤터 경이 있던 자리를 대신한 건 어두운 스벤터 경이었다.

어두운 스벤터 경이 어두운 미소를 지었다.

어두운 스벤터 경은 모든 이름을 알았다. 모든 이름을. 다른 자들은 알지도 못하는 이름을. 그런 이름이 있다거나, 있을 수 있다거나, 있게 될 거라는 것조차 생각할 수 없는 이름을.

어두운 스벤터 경은 특정한 순간 특정한 궤도로 날아간 한 대의 화살이 야기한 때늦은 회피 시도가 연쇄적인 충돌로 이어져 파괴적인 결과를 불러올 수 있는 가능성이 무한한 불확정 요소의 훼방을 감수하면서도 사수에게 유의미하게 다가올 수 있는 시공간의 이름을 안다. 그야말로 어두운 비밀 같은 이름.

자신이 그 이름을 아는 때—곳으로 어두운 스벤터 경이 화살을 날렸다.

화살은 아무것도 맞추지 못하고 땅에 꽂혔다. 놀라서 발을 들어 올리다가 균형을 잃고 옆에 있던 마레스납의 어떤 부속지를 잡아당긴 율탄이 시작이었다. 그리고 순차적으로 그 주변의 앙지프 율탄 마레스납들이 무더기로 쓰러지고 뒹굴고 나동그라지고 치이고 튕겨 오르고 짓밟혔다. 그것은 거대한 장애물을 만들어내면서 다른 지점의 흐름들을 뒤틀었고, 어두운 스벤터 경은 자신이 그 이름을 아는 다른 때—곳을 보게 되었다. 그 이름을 알면 볼 수 있는 때—곳들로 다시 화살들이 날아갔다. 그리고 어두운 스벤터 경은 그 이름을 알면 왜 해야 하는지도, 어떻게 해야 하는지도 알 수 있는 행동들을 했다. 당연한 말이지만 이름이 곧 성공 가능성을 말하지는 않는다. 하지만 시도는 가능해진다. 어두운 스벤터 경이라면 아마 이렇게 설명할 것이다. '임신이라는 말을 안다고 해서 아이를 반드시 가질 수야 없겠지. 하지만 시도를 가능하게 하잖아. 원한다면 아주아주 많은 시도들을.' 그리하여 어두운 스벤터 경은 시도했다. 즐겁게 시도했다. 기세 좋게 시도했다. 그리고—
회임했다. 숨 돌릴 틈도 없이, 실로 대단한 아이가 태어났다.

눌드 경은 입을 떡 벌린 채 지붕 위쪽과 다가오는 앙지프 율탄 마레스납을 번갈아 쳐다보았다. 암흑의 구에 의해 사라졌다가 돌아온 스벤터 경은 네롤의 경우와 달리 이전보다 훨씬 색감이 어두워진 듯한 기묘한 모습을 하고 있었다. 그런데 그건 가장 기묘한 점이 아니었다. 스벤터 경이 다가오는 앙지프 율탄 마레스납을 향해 화살을 날릴 때마다 언어도단이라고밖에 말할 수 없는 일들이 일어났다.
어떻게 해서 그런 일이 벌어진 것인지 명쾌하게 설명하려면 대단히 많은 필경사들과 대단히 많은 종이와 대단히 많은 시간이 필요할 것 같은 복잡한 과정을 통해, 마레스납 넷이 허공으로 세 길 이상 높이로 튕겨져 올랐다. 마레스납들의 추락은 더 파란만장한 과정을 촉발시켰다. 화살 한 대가 일으키기엔 너무도 거대해서 궁상맞아도 이렇게 궁상맞을 순 없다 말할 장관이었다. 그때 눌드 경은 뒤쪽에서 들려오는 환호를 들었다.

"인선 탁월하네! 인사의 묘에 찬사를 보내며 준도서관 격상이다!"

눌드 경과 네 명의 할라도 기사는 땅에 내려서는 당나귀와 그 위의 네롤 사서를 보게 되었다. 네롤이 배추 경에서 뛰어내리며 말했다.

"자! 넓은 곳에서 날뛰는 것이 좋은 사람들은 그렇게 놔두고 우리는 안으로 들어가죠!"

"안으로?"

"그게 좋습니다. 작두질할 일이 있고 쪽가위질할 일이 있죠. 역할이 서로 다른 것이니 마음 상할 필요 없습니다."

"아니, 그건 나도— 알았소."

눌드 경은 기사들에게 따르라 명령하고 네롤과 함께 본관으로 달려갔다. 눌드 경이 곁눈으로 보니 당나귀는 제 혼자서 허공을 밟으며 어딘가로 달려가 버렸다.

여섯 사람이 본관 정문을 통과하여 현관에 도달했다. 주변을 둘러본 네롤이 혀를 찼다. "여기도 조명이 열악하군." 눌드 경은 아까에 비하면 훨씬 괜찮지 않나 생각했지만 다시 보니 창문으로 들어오는 빛이 닿지 않는 그늘진 곳은 역시 어두웠다. 네롤이 뭐라 중얼거리며 눌드 경과 기사들을 차례로 가리켰고, 그러자 다섯 사람은 자신의 두 팔이 발광체가 된 것을 보게 되었다. 눈이 부실 정도는 아니었으나 주변을 확실하게 밝혀주는 빛이었다.

"그 방은 어디 있습니까? 어스탐 경이 있는?"

눌드 경이 엄한 얼굴을 했다. "집필실엔 들어갈 수 없소."

"안 들어갑니다! 스벤터 경이 바라는 것처럼 아무도 못 들어가게 하려는 거죠. 저 바깥의 작두들이 흘리는 것들, 그것들은 우리가 막아야 합니다. 하여튼 숫자가 많은 것들은 이게 문제야. 가끔은 드래곤 같은 것보다 더 성가시지. 응? 왜 그러십니까?"

가슴이 철렁하는 얼굴을 한 채 위쪽을 올려다보던 눌드 경이 다시 고개를 내렸다. 눌드 경은 네롤의 시선을 피하며 더듬더듬 말했다.

"나, 나도 용의자요. 내가 가까이 가면 경비병들은 의심할지도……몰라."

"예? 이곳의 주인이잖습니까!"

"그래도, 그, 나는 한 번도 집필실 가까이에……"

눌드 경은 자신이 형편없는 변명을, 더러운 거짓말을 하고 있다는 걸 잘 알고 있었다. 사실만을 말하고 있지만 전부 허위다. 집필실 경비병들은 분명히 이런 혼란한 시점에, 어쩌면 범인의 이름이 기록되고 있을지도 모르는 순간에 중요 용의자가 휘하의 병력과 함께 다가오는 것을 경계할 수 있다. 논리적으로 보면 그건 분명히 일어날 수 있는 일이다. 하지만 이곳에 스벤터 경이 없을 경우 집필실 경비병들에게 권위를 보일 만한 인물이 눌드 경 외에 도대체 누가—

"제가 안내하죠."

눌드 경은 촛대를 들고 2층에서 내려오는 사람을 보며 환호하고 싶어졌다. 집필실 경비병들이 명령 체계와 무관하게 집필실에 들어갈 정당한 자격이 있는 사람으로 받아들이는 유일한 인물이 빠른 걸음으로 내려오고 있었다. 유레솔은 촛대를 들지 않은 손으로 2층을 모호하게 가리키며 눌드 경에게 말했다.

"괜찮으시면 모시고 합류해 주시면 좋겠어요. 그래도 그라이만의 아베란 경이 있으면 좋을 테니."

눌드 경은 이 별명에 대해 아무 말도 하지 않기로 했다. 경은 급히 기사들에게 필경사와 사서를 호위하고 집필실로 가서 집필실 경비병들을 도와 아무도 그곳에 들어가지 못하게 사수하라고 명령했다. 꺼리는 기색을 보이던 기사 하나가 다급하게 말했다.

"모시지 않아도 되겠습니까?"

눌드 경은 단호하게 말했다. "내 명예가 거기 있다."

할라도 기사들은 더 묻지 않고 유레솔의 인도를 받아 집필실 방향으로 달려갔다. 그리고 눌드 경은 계단을 두 개씩, 세 개씩 뛰어올랐다.

다시 날아온 화살이 궁술의 역사에서 이전에 한 번도 있었던 적이 없고 미래에 재현이 이루어질 거라 예상하기도 힘든 재난을 일으키는 것을 보며 앙지프 율탄 마레스납은 격분했다. 앙지프가 혐오하고 율탄이 폄하하고 마레스납이 비난했다. 어느샌가 뒤쪽으로 다가와 촉수로 휘감고 발로 걷어차고 있는 유와르 사서의 모습은 앙지프 율탄 마레스납이 보기에 폭압하는 폭군이었고 학대하는 학살자였으며— 괴상한 괴물이었다. 어쩌면 모든 괴물들이 그러할지도 모르지만, 그것은 자신을 괴물이라 여기지 않았다. 앙지프 율탄 마레스납은 자신을 괴물이라 부르려는 모든 시도에 동등하게 최대로 비소할 것이다. 앙지프도 괴물이 아니며 욜탄도 괴물이 아니며 마레스납도 괴물이 아니다. 그것이 원하는 것은 검열이다. 듣지 말 것을, 읽지 말 것을 규정하는 지혜는 말할 수 있는 자, 쓸 수 있는 자의 것 아닌가. 그런데 말하고 쓰는 괴물이 어디 있는가. 앙지프 욜탄 마레스납이 보기에 검열은 발언의 자유에 보내는 최대의 지지이며 가장 신뢰할 수 있는 맹방이며 성립 근거다.

괴물은 저것들이다. 곡괭이를 들고 날뛰는 기사와 가짜 보름달 아래에서 춤추는 늑대인간. 아무것도 창조해내지 않고 있으며 그 무엇도 검열하지 않는다. 앙지프를 가르는 늑대인간의 발톱은 원시적인 투쟁 본능을 부끄러움 없이 드러내고 있고 욜탄을 꿰뚫는 곡괭이 날은 몰이해를 숭상하는 배타성을 무절제하게 노출하고 있다. 걷잡을 수 없는 야만이 마레스납을 휘감아 쓰러뜨렸다.

말해야 알 수 있다고? 허튼소리! 옳은 소리! 반편이 소리! 말하여야 한다면, 말하지 않을 수도 있어야 한다. 문장은 문장이 되지 않은 모든 것들과 함께 문장이다. 왜 모든 건축가들이 그토록 공간에 대해 말하는가. 공간은 아무것도 없다는 뜻이다. 건축가들이 가장 사랑하고 흠모하는 최고의 건축 재료는 아무것도 없음이다. 이와 같은 이치로 모든 문장가들이 죽을 때까지 갈고닦는 기술은 쓰지 않음이다. 쓰인 모든 것들을 무너뜨릴 수도 있기에, 어떤 것들은 결코 쓰이지 않아야 한다.

검열하라!

소음이 의미가 되었다. 의미가 행위가 되었다. 많은 경우 그러하듯, 앙지프 욜탄 마레스납은 움직이기 시작한 후에야 왜 자신이 움직이지 않았는지 깨달았고 다시 한번 밉살스러운 늑대인간과 기사에게 경멸의 시선을 보냈다. 경멸은 이해이다. 이제 앙지프 율탄 마레스납은 그것들을 이해했다. 날 잡아봐라, 날 짓눌러봐라, 내 시체를 내려다보며 침을 뱉는 것을 가장 소망해봐라.

검열을 잊어봐라.

앙지프 율탄 마레스납은 움직였다. 많은 경우 그러하듯, 움직이기 시작한 후에야 그것은 자신이 어디로 가야 하는지 알게 되었고 다시 한번 오소리 옷장의 본관에 한없는 집착을 보냈다. 앙지프 율탄 마레스납은 집필하는 자에게 가야 한다. 쓸 것 못 쓸 것을 가릴 줄 모르는 자에게 가야 한다. 화살의 사전적 의미를 개찬하는 화살에 희롱당하는 것은 앙지프의 일이 아니다. 물의 족쇄를 벗어던지고 날뛰는 촉수에 조롱당하는 것은 율탄의 일이 아니다. 죽이고 싶지만 죽일 수 없는 기사와 늑대인간에게 번롱당하는 것은 마레스납의 일이 아니다. 이 밤, 앙지프 율탄 마레스납의 일은 검열이다.

검열하라!

더스번 경이 호통쳤다. "엄마가 부르냐! 여기서 나랑 더 놀자고!"

앙지프 율탄 마레스납은 돌아설 뻔했다. 거의.

집필실 복도로 통하는 문에는 평소와 달리 빗장이 질러져 있지 않았다. 스벤터 경에게 끝까지 집필실을 지키겠다고 맹세한 세 명의 경비병들은 자신들이 도망칠 마음이 들지 않도록 복도에도 빗장을 걸라고 요구했지만 스벤터 경은 그건 너무 가혹하다고 생각했고, 그래서 스벤터 경은 그들이 한 맹세를 믿지 못하겠다고 말하는 짓이 된다며 그것을 거절했다. 유레솔은 간단히 복도 문을 열고 안으로 들어섰고 그 뒤로 네롤과 네 명의 기사들이 따랐다.

집필실의 경비병들은 익숙한 사람이 익숙한 시간대에 나타나자 반가움을 드러냈지만 그 뒤로 다른 이들이 보이자 약간 당황했다. 친근한 이들 사이에서 더 큰 의미를 가지는 표정을 지으며 유레솔은 안심하라는 듯이 손을 들어 보였다.

"엔파 백작 각하께 이미 들었겠지만 오늘 들어가진 않을 거예요. 이 분들은 여러분이 이곳을 지키는 것을 도우러 온 것이고 저는 이분들의 신원을 보증하러 온 거예요. 이분들 중 누구도 집필실 문에는 접근하지 않을 거예요. 저와 여러분이 다니는 쪽 말고 저기 복도의 반대편, 저쪽은 제가 알기로 못으로 박아 복도 문을 고정해두었다고 알고 있는데 맞나요?"

경비병들이 수긍하자 유레솔은 네롤을 보았고 네롤은 결정했다. 밖에 빗장이 달린 문을 안에서 잠글 방법은 없었다. 사서는 못이 박힌 쪽은 일단 포기하고 네 명의 기사들이 복도를 가로지른 벽이 되어 그들이 들어온 방향을 막아달라고 요청했다. 기사들이 복도에 늘어선 창문들을 가리키자 네롤은 그건 자신이 어떻게 할 테니 복도 입구로 들어오는 것에만 집중해 달라고 재차 요구했다. 기사들이 그 요구를 받아들여 적당히 위치를 잡자 네롤은 집필실 경비병들을 안심시키기 위해 집필실 문에서 떨어져 복도의 반대편, 창들이 있는 부분에 기대 섰다. 그리고 그 곁에 유레솔이 섰다.

잠시 후 네롤이 집필실 문을 바라보며 낮게 중얼거렸다.

"말해도 돼. 안 들리게 했어. 그래도 너무 크게 하진 말고. 당신도 여기 남아 있었다니. 도대체가 여기 사람들은 왜 이 모양인지. 덕분에 도움받았네. 고마워."

유레솔이 집필실을 바라보며 속삭였다. "수고가 많으시네요."

"증거 능력이라니. 그걸 생각 못 한 건 불찰이야. 실수를 인정해. 하지만 어떻게 그런 걸 생각하겠어."

"무슨 말씀이죠?"

네롤은 의아한 얼굴로 증거 능력에 대해 설명했고 유레솔은 이해했다.

"그런 뜻이군요. 하긴 그렇군요. 아무도 안 들어갔다는 걸 입증할 당국자. 필요하겠네요."

"그럼 당신은…… 당신은 여기 왜 남아있었던 건데? 내가 마지막에 이렇게 당신 도움을 필요로 할까 봐? 설마 거기까지 내다봤다는 소릴 나보고 믿으라고?"

"설마. 그런 생각 요만큼도 안 했어요."

"그럼 왜?"

"그냥 아니꼬워서요."

"허?"

"당신들은 가끔 그런 태도를 보여요. 작가와 도서관 사이엔 아무도 없다는 식으로."

"뭐? 있어선 안 되지! 검열은 절대로—"

"바로 그거. 검열에 대해 너무 신경 쓰다 보니 작가와 자기들 사이에 누가 들어서는 걸 너무 싫어하고, 그러다 보니 자기들이 작가의 목적지라고 착각해요. 혼란을 일으킬 수 있죠. 작가가 죽은 후에도 그 작품은 당신들이 천년만년 지켜주니까. 그러다 보니 도서관이, 당신들의 서가가, 당신들의 수장고가 작가의 최종 목적지인 양 오해할 수 있죠. 당신들 대단한 도서관들은 특히 그럴 소지가 많다는 거 이해는 해요. 무서운 자들로부터 책을 지켜야 하니까. 자기들이 작가가 도달해야 하는 최후의 성채 같은 거라고 생각할 수 있겠죠. 하지만, 그렇지 않아요. 당신들도 저나 저기 서 계신 분들과 똑같이 두 사람의 사용인이에요."

"두 사람의 사용인?"

"작가와 독자."

네롤은 아랫입술을 깨물었다. 유레솔의 말이 이어졌다.

"도서관은 천년만년 이어질 작가 최후의 목적지가 아니라 미래의 독자와 작가가 함께 이용하는 심부름꾼일 뿐이에요. 작가의 최종 목적지는 언제나 독자니까."

"……다 아는 이야기야."

"거의 항상 그렇죠. 건강하고 의미 있고 행복하게 사는 방법을 모르는 사람이 어디 있나요. 정말 자기들이 작가가 괴발개발 써놓은 글을 팔 빠져라 정서해야 하는 필경사나 납 증기 들이마시면서 눈 빠져라 일하는 식자공과 똑같다고 생각하세요? 그런 자들보다는 약간 더 고상하다고 생각하진 않으시고?"

"아아, 그래서? 내가 여기 있을 만큼 당신도 여기 있을 권리가 있다고? 똑같은 사용인이니까? 그게 다야?"

"대강 그렇죠."

네롤은 신음했다. "너무하잖아, 이거. 그래. 우리가 더 고상하다고 말하진 않을게. 하지만 사용할 수 있는 수단은 더 다종다양해. 여기에 카쉬넵 백작과 사란디테만 있었다면 일이 얼마나 쉬웠을지 당신 상상이나 해? 아니, 아예 그 두 사람도 처음부터 없으면 훨씬 쉬웠을 거야. 이런 번거롭고 어정쩡한 방식이 아니라 훨씬 단도직입적이고 화끈한—"

"예, 예. 도서관에 자기보다 열 배는 더 고약한 자기 선조를 부활시킬 책이 있다면서, 혹은 자기를 선조보다 백배는 더 고약해질 수 있게 만들어줄 수 있는 책이 있다면서 찾아오는 그런 자들에게 당신들이 날려주곤 하는 그런 거 말이죠."

네롤이 도달할 전망이 보이지 않는 소망에 대한 간절함을 듬뿍 담아 말했다. "나 진짜로 한번 써보고 싶어."

"아무래도 그럴 기회가 오길 기원한다고 말하는 건 어렵겠군요."

"소망은 좋은 거야."

"좋은 건 소망까지예요. 그리고 아까 말하다가 말이 샜는데, 대강 그렇다는 거지 그게 전부는 아니에요."

"아냐?"

유레솔은 조용히 집필실 문을 바라보았다.

"당신이 오든 안 오든 어차피 이 시간쯤에 한번 여기 와볼 생각이었어요. 얼마 전부터 사산이 일어날지도 모른다는 불안한 생각이 들었거든요."

네롤이 흠칫했다. 그때 본관을 향해 달려오는 포악한 발소리가 들려왔다.

네롤은 급히 보이는 모든 창문에게 완강해지라고 명령했다.

2층에 도달하여 개인 예배실 방향을 보았을 때, 눌드 경은 정말 하고 싶지 않은 결정을 내렸다. 그대로 달려가는 대신 눌드 경은 몸을 돌려 자신이 올라온 계단을 내려다보며 실로 유서 깊은 질문을 떠올렸다. 문을 잠갔던가?

온갖 욕설이 동시에 떠올라서 뭐 한 가지를 제대로 고를 수가 없었다. 거기에 사람이 여섯 명이나 있었는데 아무도 정문을 잠글 생각을 못 했다니, 믿을 수가 없었다. 보다 차분한 상태였다면 눌드 경은 자신에게 호의적이고 다른 다섯 명에게도 그러한 설명을 떠올릴 수 있었을 것이다. 한두 사람일 경우 자신이 해야 하는 일을 바로 떠올리지만 숫자가 일정 이상이 되면 그러지 못하는 일은 왕왕 일어난다. 계단을 급히 내려가면서 눌드 경은 자신이 올바른 방향으로 움직이고 있다는 확신을 전혀 느낄 수 없었다. 지금 도로 내려가서 정문을 잠근다는 것이 의미가 있을까? 다 집어치우고 개인 예배실로 가야 하는 것 아닐까? 그러나 정문에 다가서기 전 다가오는 발소리를 느끼고 걸음을 멈췄을 때, 그리고 정문이 벌컥 열렸을 때, 눌드 경은 자신이 옳은 방향으로 움직였다는 것을 알게 되었다. 집필실로 보낼 수는 없다.

눌드 경은 빛나는 팔을 세차게 흔들며 적절한 요청을 내뱉었다. "오지 마!" 그리고 눌드 경은 자신의 말을 거역하는 것들에게 흡족함을 느끼며 다시 계단으로 빠르게 후퇴한 다음 그곳에서 응전의 자세를 취했다. 검객이 최고로 선호하는 자세라고 할 순 없다. 뒷걸음질 치며 계단을 오르는 것은. 높은 쪽이 유리하다는 것도 집단 전투에선 확고한 진실이지만 개인전에선 약간 모호하다. 방어가 약한 하체를 상대에게 노출시키는 경향이 있으므로. 그나마 달려 내려가는 입장이라면 중력의 도움을 받을 수 있지만 눌드 경은 뒤로 물러나면서 맞서 싸워야 했다. 올라오는 자들과 똑같은 어려움을, 뒤로 움직이면서 더 느끼게 되는 것이다.

애석하게도 눌드 경이 탁월한 검객이라는 사실도 그다지 도움이 되지 않았다.

이런저런 기준을 이용하여 뛰어난 검객이란 자들을 구분해볼 수 있을 텐데, 만약 그들을 눈이 밝은 자와 꿰뚫어 보는 자로 구분한다면 할라도 백작 눌드 레초는 후자에 가깝다. 물론 검객의 다리와 검객의 팔을 가지고 있어서 기민하게 움직이고 민첩하게 휘두르는 것에선 범인의 수준을 훌륭하게 뛰어넘지만 검객으로서 눌드 경의 장점은 상대의 심리를 읽는 것에 있다. 많은 경우 이것이 상대방의 모든 움직임을 절대 놓치지 않고 즉각적으로 반응하는 '밝은 눈'보다 더 무서운 장기라는 것에 대다수 검객들이 동의할 것이다.

하나 애석하게도 그건 앙지프 욜탄 마레스납을 상대로는 쓸모없는 장기였다. 이렇게 움직이면 저렇게 움직이고 이렇게 공격하면 저렇게 반격한다는 것이 하나도 없었다. 계단이나 그 옆 벽을 따라 기면서 눌드 경에게 달려드는 앙지프는 파리의 비행 궤도를 예측할 수 없는 것처럼 제멋대로 움직였다. 율탄은 이상한 거리에서 공격을 했는데 거리상 위장 공격일 수밖에 없는 경우에도 진심으로 휘둘러서 오히려 빈틈을 잡기가 어색했다. 한두 마리씩 나타나는 마레스납은 크기부터가 불공정 사유였다. 알아도 어떻게 반응하기가 어려운 것이다.

눌드 경에게 있어 정말 다행스럽게도, 그 때문에 그들은 서로에게도 탁월한 방해물이 되고 있었다. 율탄은 앙지프에게 발이 걸려 넘어지고 앙지프는 마레스납에게 짓밟혔으며 마레스납은 율탄이 휘두르는 각양각색의 물건들에 다리를 맞거나 몸통이 찔리는 일이 부지기수였다. 앙지프 율탄 마레스납은 자기애 같은 건 보여주지 않았다. 앙지프 율탄 마레스납은 성질을 부리며 자신을 찌르고 할퀴고 물어뜯었다. 바닥에 쓰러진 그것들의 시신은 점차 무게감을 잃었고, 서서히 사라졌다. 그러나 살아서 움직이고 있을 땐 명백한 무게감을 담아 움직이고 있었고, 자기 학대에 열중하면서도 눌드 경을 무시하지도 않았다. 그것은 계속해서 눌드 경을 찌르고 할퀴고 물어뜯겠다는 의도를 명백히 밝혔으며 그 실현에 매진했다.

펄쩍 뛰어오른 앙지프를 옆으로 쳐내느라 제때 검을 당길 수 없었던 눌드 경은 달려드는 율탄을 그냥 걷어찼다. 그건 용케도 훌륭한 방향으로 날아갔고 계단을 올라오는 앙지프 율탄 마레스납의 기세가 크게 주춤한 틈을 타 눌드 경은 안전하게 2층 복도에 서게 되었다. 반대편 계단을 올라온 것들에게 포위되기 직전에.

차라리 다행이다. 기력이 남아있을 때 어려운 계단 오르기를 끝낸 것은. '이제 지친 다리로 복도에서 같은 짓을 하면 되는군. 만세.'

단련된 다리였지만 어느샌가 믿을 수 없는 것이 되어 있었다. 눌드 경은 적 가까이서 작고 민첩하게 움직이는 대신 크게 물러났다 크게 다가설 수밖에 없었다. 이건 악순환이라는 걸 스스로도 잘 알면서도. 팔은 순식간에 무거워지고 허파는 타들어가는 것 같다. 일단 의식하니 더 힘들어졌다. 그러나 우는소리를 늘어놓는 몸보다 더 괘씸한 것은 앙지프 욜탄 마레스납을 집필실로 보낼 수는 없다고 생각했던 조금 전의 자신이었다. '멍청아. 그래서 여기냐? 지금 어디로 가고 있는 거냐. 방향을 바꿔!' 그러나 개인 예배실 방향 외에 다른 방향이라는 건 없었다. 앙지프 욜탄 마레스납에게 뛰어드는 방향을 제외하곤. 그리고 2층 복도에 도달한 앙지프 욜탄 마레스납의 숫자가 일정 이상이 넘어서자 압력이 갑자기 확 늘어나며 눌드 경의 후퇴 속도는 더 빨라질 수밖에 없었다. 뒤를 돌아볼 틈은 없었지만 눌드 경은 예배실이 순식간에 가까워지고 있다는 걸 알 수 있었다. 눌드 경은 미칠 것 같다고 생각했다. 그러나 곧 미치는 것보다 조금 나은 듯한 발상이 떠올랐다. 아주 조금.

눌드 경은 죽을 때까지 여기 서 있겠다고 결정하고 다리를 고정시켰다. 누구의 눈에도 경의 결심은 확실하게 보였을 것이다. 그 누구에게도.

"눌드!"

이런저런 기준을 이용하여 뛰어난 검객이란 자들을 구분해볼 수 있을 텐데, 그 순간의 할라도 백작 부인 에이바 레초는 어떤 범주에도 들어갈 수가 없었다. 사실 레초 부인을 검객으로 부르는 것도 무리가 있다. 왜냐하면 부인이 사용하고 있는 것이 검이라고 부르기 힘든 물건이기에. 통상적으로 검이라고 하면 그건 점이나 선의 도구이지 면으로 작용하는 도구가 아니다. 그러니까 검은 찌를 수 있고, 벨 수도 있지만, 배 밑바닥을 긁어버리고 찢어버리고 깨트려버리는 암초처럼 작용하지는 않는다. 수없이 반복적으로 휘두르지 않는 바에야 그럴 수 없다. 그러나 눌드 경의 곁을 지나쳐 앞으로 달려 나간 레초 부인은 한 번의 공격으로 앙지프 욜탄 마레스납에게 암초의 타격을 가했다.

 맞지 않으면 된다는 말은 여기서 방어의 제일 원칙이 될 수 없다. 암초의 가장 무서운 점은 보이지 않는다는 점이다. 그래서 암초가 배를 불러들인다 말하는 뱃사람도 많다. 레초 부인은 다섯 살짜리 남자아이가 흥분했을 때 작대기를 쥐어주면 보여줄 듯한 모습으로 검을 휘두르고 있었다. 눌드 경이 보기엔 너무도 형편없는, 상대가 땅에 박힌 말뚝이라도 반격을 당하지 않을까 심히 염려가 되는 공격들이었다. 그러나 레초 부인이 도대체 눈은 뜨고 있는 거냐고 묻고 싶어지는 모습으로 칼을 휘두를 때마다 어김없이 공기 속에 숨어있던 암초가 다가오는 앙지프를 찢고 욜탄을 가르고 마레스납을 너덜너덜하게 만들었다. 레초 부인은 뒤도 돌아보지 않고 칼을 흔드는 것에만 — 베거나 찌르는 것이 절대 아니다. 흔드는 것이다. — 열중하며 외쳤다.

 "각하! 각하!"

 눌드 경은 그 외침이 대단히 절절하고 감격적이지만 동시에 어떤 강요 같다고 느꼈다. 그 순간 눌드 경은 조금 전 들었던 외침을 떠올렸다.

 "방금 나를—" "각하!" "예! 부인!"

 눌드 경은 무엇이 중요한지 아는 사람이었다. 그 시점의 할라도 전체를 뒤져본다 하더라도 눌드 경 이상으로 뛰어난 분별을 보여주는 사람은 쉽게 찾기 어려울 것이다. 경이 자기가 무슨 소리를 하고 있는지도 잘 모른다는 사실은 결코 흠이 될 수 없다.

"여기 할라도 백작이 대령했습니다! 무엇이든 하명하십시오, 부인!"
"예를 지키세요!"

할라도 백작은 목구멍이 순식간에 뜨거워지는 것을 느꼈다. 경은 당연하게도 레초 가문 사람들이 평생 동안 듣지 않기를 바라는 이 암호를 잘 알고 있다. 적들이 사방에 있고 상황은 극도로 위험함. 현 상황에서 그대가 중요시해야 하는 것은 오직 한 가지. 다른 것을 다 포기하고 그대의 생존만을 생각하라. 반드시 살아남아라!

레초 가문 사람이라면 반드시 따라야 하는 명령을, 그래서 백작 부인이 사용한 명령을, 레초 가문의 주인 눌드 레초는 거부하지 않았다. 경은 즉각 그 명령의 수행에 착수했다.

레초 부인은 거의 쓰러질 뻔했지만 간신히 그런 상황을 모면했다. 자세를 회복한 백작 부인은 자기 손목을 잡아끌고 복도를 달리는 눌드 경에게 믿을 수 없다는 눈길을 보냈다.

"지금 뭐 하시는!" 겁니까, 살아남으라고 말하지 않았습니까!
"어, 이렇게 하라고?" 말씀하시지 않으셨습니까. 그래서 그렇게 하고 있는데요?
"그런데 왜!" 혼자 잽싸게 도망치지 않고 이렇게 걸음이 느려지게 하는 멍청한 판단을 내리셨습니까!
"가문이 존속하려면 남자와 여자가?" (하략)

눌드 경을 가리켜 안목이 넓다고 말할 수도 있을 것이다. 그 명령은 결국 살아남아서 가문을 존속시킬 방도를 찾아내라는 뜻일 테니까. 따라서 개인의 생명이 아니라 가문의 존속이라는 관점에서 고려하고 행동하는 것은 타당하다 말할 수도 있을 것이다. 그러나 그 시점에서 과연 타당했는지는 매우 의심스럽다. 결국 레초 부인이 얼굴이 빨개지면서 동시에 웃음이 터져 나올 것 같은 괴로운 상태에 처하게 되었다는 점에서, 그래서 조금 전에는 쓰러지지 않았던 부인이 발을 헛디디고 복도 바닥에 쓰러졌다는 점에서, 그리하여 눌드 경이 괴성을 지르며 부인의 몸을 덮어야 했다는 점에서.

대부분의 검객들이 감격하여 신음하고 일부 검객은 자신이 직접 소리를 내어보기 위해 칼을 들고 조용한 곳으로 달려갈 훌륭한 칼울음이 2층 복도에 연거푸 빠르게 울려 퍼졌다. 그리고 복도를 가득 메우고 레초 부인과 눌드 경에게 쇄도하던 앙지프 율탄 마레스납이 수십만 개의 조각으로 바뀌었다.

앙지프 율탄 마레스납이 오소리 옷장과 그 주변의 모든 사람들이 들을 수 있는 비명을 질렀다. 불가사의하다! 비명이 어쩐지 유와르 사서의 그것 같다고 느낀 사람이 한둘이 아니었다. 그리고 사정을 알았다면 그 주장에 동의할 사람들도 많았을 것이다. 돌개바람 같은 칼울음이 울려 퍼졌을 때 눌드 레초와 에이바 레초 앞쪽 수십 보 이내의 앙지프 율탄 마레스납이 일소되었으므로.

눌드 경과, 어느샌가 눌드 경의 목을 끌어안고 있던 레초 부인이 다시 복도에 주저앉은 모습이 되어 앞쪽의 광경을 바라보았다. 조금 전까지 사납게 아우성치며 달려들던 앙지프 욜탄 마레스납이 아이 손보다 큰 것을 찾기 힘든 핏덩이로 변해 바닥을 구르고 있었다. 그것들은 피를 흘리지 않았고, 바닥이나 벽에도 피가 묻지 않았다.

보는 사람을 바보 취급하는 것처럼 느껴질 정도로 가짜 같은 느낌만 드는 핏덩이들을 걷어차고 부스러뜨리는 소리가 울렸다. 눌드 경과 레초 부인은 저편에서 곡괭이를 든 더스번 경이 계단을 올라오는 것을 보았다. 자신의 상태를 깨달은 레초 부인이 급히 눌드 경의 목을 놓았고 두 사람은 일어서서 더스번 경이 도달하는 것을 보았다. 하지만 더스번 경은 끝까지 오는 대신 두 사람이 무사하다는 것을 확인하자 그대로 멈춰 서더니 자신이 지나온 곳을 돌아보며 탄복했다.

"백작 부부가 보기 좋다고? 왜 항상 사란디테와 반대야?"

눌드 경이 말했다. "더스번 경? 그게 무슨—"

더스번 경이 올라온 곳에서 다시 앙지프 욜탄 마레스납이 달려오는 소리가 들려와서 눌드 경은 말을 맺지 못했다. 잠시 후 계단으로 앙지프와 욜탄과 마레스납이 서로를 찌르고 할퀴고 물어뜯으면서 올라왔다. 머리를 좌우로 한 번씩 꺾은 더스번 경은 그대로 마주 달려들더니 앙지프 욜탄 마레스납 전용 고기 분쇄기로 변하면서 눌드 경을 향해 외쳤다.

"눌드 경! 축하합니다! 경은 살아서 아베란 경을 만나게 되나 보군요. 백작 부인도! 잘됐네요! 그러니 안심하십시오. 눌드 경. 아무 말도, 다시 한번 말하는데 아무 말도 하지 말고 내 말 잘 듣고 그대로 해요. 사흘 뒤, 어쩌면 나흘 뒤, 제기랄, 저리 꺼져! 아니, 몇 달이나 몇 년 뒤일지도! 그 인간이 앞으로 어떻게 될지 내가 어떻게 알아. 그냥 언젠가라고 합시다! 언젠가 경은 부인과 함께 아베란 경을 만나게 될 겁니다. 만나면 내 아내는 당신 아내라고 말하세요. 못 알아들은 척하지 말고! 내 아내는 당신 아내. 알아들었죠? 자식아! 사람 말하고 있다! 아베란 경은 어릴 때 히어퓨릿데가 소장한 이상한 소설 읽고서 그 말이 전사가 전사에게 바칠 수 있는 최고의 경의라고 믿게 되었거든? 고맙게도 경이 섬을 나올 때 히어퓨릿데가 그 말 해선 안 된다고 당부해두었기에 입에 담진 않지만, 이 새끼, 아가리 찢는다! 거봐! 찢어졌지? 자신이 그 말 듣기를 소원하는 마음은 변치 않았습니다. 예! 그러니까 그렇게 해요. 꼭! 부인 뺏길 일 없으니까! 오히려 경을 살려줄, 아니, 살려준, 젠장! 어쨌든 그렇게 말할 때가 올 테니 그때 반드시 말해요! 그러면 아베란 경은 경이 앞으로도 부인의 곁에 있게 해주겠다고 결심할 테고 경을 살려줬던 겁니다! 이런, 빌어먹을! 그 인간 이야기만 하면 시제가 괴상해져서 정말! 명심하십시오! 내 아내는 당신 아내! 그럼!"

말이 끝날 무렵에 이르러 앙지프 율탄 마레스납 전용 이동식 도축장으로 탈바꿈한 더스번 경은 계단을 내려가며 모습을 감췄다. 더스번 경이 시야에서 사라진 후에도 하염없이 그 뒷모습을 좇던 눌드 경과 레초 부인의 눈이 잠시 후 서로를 향했다.

눌드 경이 비명을 질렀다.

"내 아내가 어째서!"

기겁하여 몸을 뒤트는 할라도 백작 부인의 허리를 꼭 끌어안은 할라도 백작의 두 팔은 그라이만 귀족의 명예를 형상화한 듯했다. 그것은 강철처럼 단단하고 성채처럼 굳세었다.

복도에 줄지어 늘어선 창문들은 네롤의 명령을 받아들였다. 밖에서 앙지프 욜탄 마레스납이 거세게 충돌했지만, 그래서 당장이라도 부서질 것처럼 쪼개지고 갈라졌지만, 그러나 흩어지지는 않았고 침입을 완강하게 거부했다. 하지만 아무 명령도 받지 않은 복도의 문은 잠시도 버티지 못했다. 문은 벌컥 열리는 대신 어떤 마레스납에 의해 박살이 나며 뒤로 날아와 버렸고 문짝이 바닥에 탕 탕 튀고 구르는 모습을 보며 복도를 가로막은 할라도 기사들은 신음하며 검을 세워 들었다. 그러나 앙지프 욜탄 마레스납은 그대로 기사들에게 덮쳐드는 대신 갑자기 조각나 버렸다. 어떤 것들은 달려오는 기세 때문에 조각이 되어 날아오기까지 했다. 놀란 기사들은 신비한 도서관의 사서에게 이 공훈의 주인공이 맞냐는 시선을 보냈다. 네롤은 등에 식은땀이 흐른다는 표정을 짓고 있었다.

"이건 아무래도 필살경의 눈먼 은혜인 것 같군요. 하지만 끝은 아닐 테니 계속 긴장—"

창문들에서, 그리고 복도의 반대편 문에서 쿵쾅거리는 소리가 나며 네롤의 말을 뒷받침했다. 네롤은 못이 박혔다는 쪽 문을 걱정스럽게 바라보았다. 조금 전 마레스납이 보여준 것처럼 문은 그 공격에 잠시도 버티지 못했는데 못이 얼마나 도움이 될지 알 수가 없었다. 지금 창문이 보여주고 있는 말도 안 되는 현상을 계속 일으키느라 네롤에겐 적절한 수단이 남아있지 않았다. 그녀가 아무런 확신을 가지고 있지 않은, 그냥 보험 삼아 마련해둔 수단 외에는. 네롤이 외쳤다.

"경비병 두 명! 좀 막아줘요!"

집필실 문 앞에 있던 경비병들이 짧게 상의한 후 두 명이 복도 맞은편을 막기 위해 움직였다. 그때 일을 맡았던 인부가 꽤나 야무지게 일처리를 하는 사람이었음이 밝혀졌다. 문을 고정해둔 못들이 소기의 성과를 달성한 것이다. 저편에 앙지프와 율탄 외에 마레스납이 하나 도착한 순간 문은 바로 찢어졌지만, 못이 튕기고 못머리가 몇 개 치솟긴 했지만, 문의 파편들은 그대로 문을 막은 장애물이 되었다. 율탄과 마레스납이 서로 먼저 그곳을 통과하려고 다투다가 엉켜버렸고 그 때문에 몇 마리의 앙지프만이 복도 안쪽으로 들어설 수 있었다. 경비병들이 창을 내뻗어 그것들을 찌르는 모습을 보던 네롤이 이를 갈았다. 장애물들이 결국 떨어져 나갔고 율탄들이 뛰어들었다. 네롤은 다급하게 다시 반대편을 돌아보았다. 혹시?

네롤의 눈이 커졌다. 사서는 고함을 지르기 위해 숨을 들이마셨다.

"원고—" "마감!"

복도를 가로막은 할라도 기사들의 머리 위를 지나친 늑대인간은 그대로 네롤과 유레솔의 머리 위도 지나쳤다. 두 명의 경비병 사이를 파고든 늑대인간은 달려오는 율탄을 두 동강 내버리고 앙지프를 주둥이로 깨물고는 그대로 그 뒤편에 있던 마레스납의 뿔을 부여잡았다. 늑대인간은 물고 있던 앙지프를 대충 마레스납의 눈이라 생각되는 것에 뱉고는 몸을 뒤틀더니 벽을 달려 올라갔고 그러자 마레스납은 목이 꺾이며 쾅 쓰러졌다. 뿔을 놓은 늑대인간은 공중에서 몸을 뒤집어 네 발로 착지하면서 동시에 마레스납의 꺾인 목을 물어뜯었다. 입에 고깃덩이를 잔뜩 문 채 몸을 홱 젖힌 늑대인간은 그걸 퉤 뱉고는 네롤을 쳐다보았다.

"사서에게 문의하니 얼른 대답해주세요. 호반 도서관에서 제일 딱딱한 책이 뭡니까?"

네롤은 얼굴을 찡그렸다.

"책을 솥받침이나 발받침 같은 걸로 취급하는 무식한 자는 절대로—"

"아니요! 사서의 머리를 깰 때 쓰려고요. 업무 중 순직으로 확실히 처리되겠죠?"

네롤은 불친절한 사서가 되기로 했다. 그녀의 손짓은 늑대인간의 웃음을 폭발시키는 효과를 불러왔다. 늑대인간은 창문 쪽을 한 번 쳐다보았다가 고개를 끄덕이곤 문을 막아선 자연재해가 되기로 작정했다. 놀라운 기세로 욜탄들이 동강 나고 앙지프들이 갈라졌다. 마레스납들도 순간 이상을 잘 버티지 못했다.

고개를 돌린 네롤은 안도했다. 부서진 문 저편으로 더스번 경의 모습이 보였다. 곧 경의 모습은 보이지 않게 되었지만 복도 안쪽으로 흘러 들어오는 앙지프 욜탄 마레스납도 없었다. 그러나 창문을 두드리는 소리들은 여전했다. 더 심해진 것 같았다. 마레스납이 성벽을 들이받는 기세로 부딪히자 쿵 소리가 복도를 울리게 만들고 위쪽에 쌓여 있던 먼지들이 구름을 일으켰다. 앙지프 욜탄 마레스납이 창문과 벽을 두드리는 소리로 외쳤다. 검열하라! 검열하라! 검열하라! 네롤은 화가

치밀어서 창문을 보았다. 그녀가 그건 절대로 안 부서진다는, 다른 사람들과 자기 자신을 위한 고함을 외치기로 작정했을 때 유레솔이 발을 움직였다.

집필실 앞에 있던 한 명의 경비병은 창을 움켜쥔 채 좌우를 두리번거리다가 유레솔의 접근을 확인했다. 경비병은 눈을 크게 떴지만 긴장하지는 않았다. 그는 혹시 들어갈 거냐고 묻는 표정을 지었고 유레솔은 고개를 가로저었다. 유레솔은 문에 손을 짚더니 거기에 얼굴을 가까이 가져갔다.

오소리 옷장 본관이 진동했다. 검열하라!

유레솔이 속삭였다. "태어나버려. 까짓것."

집필실 안에서 어스탐 경의 손이 움직였다.

앙지프 욜탄 마레스납은 부정의 말도 외치지 못했다. 아무것도 밟지도, 두드리지도, 흔들지도 못하게 되었으므로. 앙지프 욜탄 마레스납은 사라졌다.

앙지프 욜탄 마레스납이 사라진 건 범인의 이름이 기록되었다는 의미라는 사란디테의 말을 듣자 스벤터 경은 그대로 의자에서 일어나려 했고, 비명인지 뭔지 모를 소리를 내며 다시 주저앉았다. 사란디테가 걱정스러운 얼굴을 한 채 떨어진 모포를 집어 들었다. 모포가 몸을 덮자 스벤터 경은 감사의 말을 웅얼거렸다.

어둑이 사서와 결합 — 일단 이렇게 부르기로 결정되었다. 본인은 다른 표현을 찾으려고 애쓰고 있지만 그러기엔 적절한 상태가 아니었다. ─ 했다가 다시 결별한 후유증은 스벤터 경에게 오한과 근육통으로 나타나고 있었다. 이곳 서재까지도 제 발로 오지 못할 지경이었지만 다행히 카쉬넵 백작이 엔파 백작을 들어 나를 수 있었다. 서재가 아니라 침실로 보내야 할 것 같았지만 스벤터 경은 아무도 집필실 근처에 가지 않아야 한다고, 모두가 자신이 볼 수 있는 곳에 있어야 한다고 고집했다. 스벤터 경이 누워서 끙끙거리는 침대 옆에 네 명의 용의자가 앉아 있으면 그 모양새가 아름다울 리 없다는 것을 떠올린 할라도 백작이 ─ 어떻게 보더라도 임종 장면처럼 보일 것이다. ─ 급히 서재라고 결정했다. 몸을 덜덜 떠는 스벤터 경을 보고 벽난로가 있는 응접실이 좋지 않을까 하는 의견도 나왔지만 스벤터 경이 반려했다. 응접실은 지나치게 개방적이어서 적절치 않다는 것이었다. 그리하여 스벤터 경과 사란디테, 그리고 네 명의 용의자가 서재로 모이게 되었다.

모포로 몸을 감싸고 조심스럽게 의자 등받이에 몸을 기댄 스벤터 경이 주변을 둘러보았다. 눌드 경, 레초 부인, 세티카 로우, 올코아 부인을 차례로 본 스벤터 경은 왜 아무도 발작을 일으키거나 입에 거품을 머금지 않는 건지 모르겠다는 얼굴을 했는데 비슷한 생각을 하고 있던 다른 이들은 그 복잡한 얼굴을 쉽게 읽을 수 있었다. 둥그렇게 앉은 다섯 사람이 서로를 보려 애쓰면서 동시에 보지 않으려 애쓰고 있는 모습을 보다 못한 사란디테가 입을 열었다.

"아직 날이 밝으려면 멀었고 밤새 이러고 있을 수도 없으니, 그냥 제가 범인을 말하죠."

스벤터 경이 흠칫하며 사란디테를 보았다. 그때 서재 문을 열고 더스번 경이 탕파를 들고 들어섰다. 사란디테는 그쪽으로 달려가 직접 탕파를 받아 들고는 더스번 경에게 눈짓을 보냈다. 더스번 경이 눈을 가늘게 떴다. "뭐?" 사란디테가 한숨을 내쉬었다.

"문을 막으라고요. 그래야 엔파 백작 각하께서 안심— 아니, 됐어요. 그냥 앉으세요."

스벤터 경은 사란디테가 아무래도 자신을 아이처럼 대하기로 작정한 것 아닌가 의심했고, 자신의 품에 탕파를 안겨주고 그걸 고정시키려 애쓰는 사란디테의 모습을 보자 머릿속의 아이가 '병약한 아이'로 바뀌면서 더욱 언짢아졌다. 스벤터 경은 자신이 다룰 수 있다고 말하곤 사란디테가 항의할 수 없도록 재빨리 화제를 바꿨다.

"그걸 다 읽어서 당신은 안다는 거요? 내가 알기로 여기에 그걸 통독한 사람은 세 명이 더 있는데. 아, 그래. 나는 빼도 좋아. 그러면 두 명이라고 하지. 그런데 그 셋 중에서 당신만이 안다고?"

"어느 정도 그렇긴 하지만…… 좋아요. 임사전언의 내용은 되도록 언급하지 않고 말하면 되겠죠? 그러니까 제 생각은 이렇다 정도로 하죠. 판단은 각하께서 하시고요. 그럼 어디 보자."

네 사람을 둘러보던 사란디테가 좋은 생각이 났다는 듯이 레초 부인에게 시선을 옮겼다.

"레초 부인은 살인자가 아니에요. 지금도 무슨 일이 생기면 하타시아를 찾으시잖아요."

레초 부인이 가느다란 목소리로 말했다. "뭐?"

"백작 부인께선 지금도 자신을 하타시아의 도움을 구할 자격이 있는 하타셈이라고 여기신다는 거죠. 그런데 사람을 찔렀다면 어떻게? 제가 알기로 하타시아교엔 이교도를 대상으로 한 살인은 괜찮다든가 하는 가르침은 없어요. 오히려 정반대 아닌가요? 어쨌든 이교도와 결혼을 해도 아무 문제가 없는 건 확실하죠?"

레초 부인의 얼굴이 환해지는 것을 보자 눌드 경은 어떤 기억을 떠올렸다. 죽을 때까지 절대로 잊지 않을 날에 대한 기억이다.

"우리는 두 번 했는데, 아, 혼례식 말이야. 할라도로 돌아와 치른 건 두 번째 혼례였고 첫 번째는 하타시아 신전에서 올렸지. 나는 거기 들어가서 그런 걸 받아도 될 거라고는 생각도 못 했는데, 그쪽에선 오히려 당연히 여기서 혼례식이 이루어지지 않겠냐는 식으로 말해서ㅡ"

사란디테가 웃으며 만류하는 시늉을 했다.

"다른 사람 말을 언제나 진중하게 대해주시는 건 참 보기 좋지만, 각하. 저는 지금 결혼이 가능하냐는 이야기가 아니라 하타셈이 살인을 저지르고도 하타시아에게 얼굴을 들 수 있느냐는 말을 하고 있어요."

"아, 그렇군. 미안하네. 계속 말하게. 아, 한 마디만 덧붙이지. 그건 말도 안 돼."

"예. 말도 안 되죠. 그런데 부인께선 지금도 자신이 떳떳한 하타셈이라고 여기고 계시고요. 그리고 부인께선 제가 온 첫날 자신은 살인자가 아니라고 말씀하셨죠."

의자에 몸을 기대고 두 다리를 뻗으며 더스번 경이 말했다. "혹시 하타시아의 이름을 걸고 그리 말씀하셨단 건가?"

"아니요. 곧 완결이 이루어지고 범인이 지목될 텐데 왜 굳이 처음 보는 사람을 찾아와 대뜸 거짓말을 하냐는 거예요. 그냥 오는 사람마다 붙잡고 그러시는 건가요? 집안 청찬도 이튿날에 해야 하는 그라이만에서? 사실 그건 아무 필요도 없는 행동이었죠. 이건 제 추측이지만 부인께선 익더귀 구경하러 오신 걸 거예요. 어렸을 때 올코아 부인에게 들었던 전설적인 여자들. 그 익더귀가 또 한 번 올코아 부인을 잡으러 온 건가? 예전 일 때문에? 나 잡으러 온 거냐고 다그치면 올코아 부인 때문에 온 거라고 넌지시 암시해줄까?"

더스번 경이 그런가 하듯 고개를 끄덕였다. 사람들이 놀라서 바라보자 레초 부인이 얼굴을 붉혔다. 사란디테가 부인을 구출했다.

"올코아 부인은 무시무시한 고환 사냥꾼이잖아요." 사란디테는 성공적으로 사람들의 주의를 자신에게 집중시켰다. "어쨌든 임사전언에선 거의 그런 식으로 판단하게끔 묘사되어 있어요. 아, 이건 임사전언 내용이지만 아시는 분이 많으니까 괜찮겠죠?"

스벤터 경은 적당히 걸러 들을 테니 그렇게 사소한 것 하나하나 일일이 해명할 필요는 없다고 말했다. 사란디테는 안심하며 말을 이었다.

"임사전언에서 어스탐 경은 고모를 위한 변호는 하지 않았고요. 그 사건엔 약간의 내막이 있었는데, 그걸 빼먹은 거죠. 그리고 레초 부인께서는 연소하셨을 때 수다스러운 시녀나 하녀들이 장원 구석에서 혼자 살고 있는 반죄수에 대한 이런저런 무서운 이야기를 들려주는 걸 들으셨을 테죠. 그리고 레초 부인은 그 사람을 피하지 않으셨죠. 전 예전에 백작 부인과 올코아 부인이 서로 이름을 부를 정도로 접촉하셨지 않나 추측해요. 어쨌든 눌드 경과 함께 경매장에 갔다가 겪었던 일을 들려줄 정도로 접촉한 건 확실해요." 사란디테는 경매장 이야기를 간략히 설명했다. "이게 용감함에 대한 이야기였다면 저도 참 좋겠지만, 아니에요. 제가 보기에 레초 부인은 자기를 부수고 싶어 하는 경향이랄까, 그런 것이 좀 있으시다고 생각해요."

사람들의 눈이 당혹감으로 흔들리고 레초 부인은 놀라 입까지 빼끔거렸다. 사란디테는 사람들에게 상상력을 단속하라는 듯한 손짓을 했다.

"제가 생각하기에 그것 자체는 좋지도 나쁘지도 않은 것 같아요. 칼이 요리도 만들어내고 살인도 수행하는 것처럼, 그냥 도구인 거죠. 그런 경향을 어떻게 표현하냐가 중요한 거죠. 어쩌면 그런 사람이 위험하고 고통스러울 것이 빤한 도전에 주저 없이 뛰어들어서, 그런 도전을 선택하지 않은 사람은 절대로 얻을 수 없는 결과를 손에 쥘 수도 있지 않을까요? 전 백작 부인께서도 그런 식으로 자신의 경향을 괜찮게 사용하신다고 생각해요. 정확한 이유는 댈 수 없지만 태어날 때부터 하타셈이셔서 그런가 정도로 추측해요."

세티카가 생각에 잠긴 표정을 지었고 올코아 부인은 고개를 두어 번 끄덕였다.

"하지만 그런 경향 탓에 자신을 부술 수 있는 것에 흥미를 느끼시는 건 어쩔 수 없죠. 고환 사냥꾼이라든가, 그라이만 귀족 여자의 악몽인 익더귀라든가. 특히 익더귀에 대해선, 이렇게 말하면 어떨지 모르겠지만, 열광하고 싶은 것을 억눌러야 하는 수준이신 것 같아요. 어찌 보면 알 것 같기도 하네요. 아무리 높은 지위에 있어도, 아니, 바로 그렇기에 자기 앞에는 나타날 수도 있는 상대라니. 무섭기도 하네요. 그런데 그렇게 익더귀에 대한 인상이 강한 백작 부인이 만약 살인자였다면 공포도 두 배, 세 배로 느끼고 공황에 빠져야겠죠? 저를 볼 때마다 흠칫한다거나 다가올 파멸에 순응하는 것 같은 표정을 짓는다거나? 어쩌면 저를 공격한다거나? 자기가 부서질 걸 각오하고? 하지만 백작 부인께서 제게 보인 건 흥미뿐이었죠. 이게 살인자의 행동일까요? 할라도 백작께선 임사전언을 보셨죠. 부인의 살인 가능성에 대해 어떻게 생각하세요?"

갑자기 날아온 지적에 놀라 헛기침을 한 눌드 경이 말했다.

"나를 위해 백작 부인이 어스탐 경을 찌른다고? 터무니없는 이야기지. 내겐 거의 농담으로 여겨졌어. 정말로 내가 결투를 벌여 어스탐 경을 죽일 것 같다면 백작 부인은 내게 결투를 하지 말라고 그냥 만류했을 테지. 실제 인물을 가지고 조형하다 보니 무리가 너무 많았던 것이 분명해."

사란디테는 크게, 강조하듯 고개를 끄덕였다.

"예. 분명히 만류하셨겠죠."

눌드 경은 미심쩍은 얼굴이 되었으나 사란디테는 경을 무시하고는 바로 올코아 부인을 거론했다.

"올코아 부인은 범인이 아니에요. 단검을 수중에 넣었는데 굳이 돌려줄 이유가 뭐죠? 잘 간수해 두면 체포당할 순간에 휘두를 수 있는데?"

예상 못 할 이유를 대고 사람들을 악 소리를 내고 싶다는 심정으로 만든 후 사란디테는 스벤터 경을 향해 말했다.

"엔파 백작 각하. 살인 흉기였던 그 단검이, 각하께선 없어졌는지도 몰랐는데 어느샌가 돌아왔죠?"

스벤터 경이 올코아 부인을 주목하며 말했다. "그랬지. 그게?"

"올코아 부인이 가지고 계셨던 거예요. 그런데 올코아 부인은 칼잡이죠. 아, 여기서 말하는 칼잡이는 칼 잘 쓰는 사람을 말하는 것이 아니라 자기 손에 피 묻는 걸 겁내지 않는 사람을 말하는 거예요. 자기 손. 그렇죠. 그건 올코아 부인에겐 중요한 일이에요. 부인께선 여기서도 자기 손으로 간식을 만들고 유레솔의 뒤치다꺼리를 하시죠. 부인. 한두 번 말씀드리고 싶었는데, 이런 곳에선 사용인들에게 맡기는 것도 좋아요. 그 사람들이 평소 하던 일을 계속하면서 평상시의 감각을 유지할 수 있게 도와주는 거죠. 그러니 이런 곳에선 사용인에게 간식 만들어오라고 시켜서 사용인들이 무슨 걸신이 들렸나 하고 자기들끼리 험담하게끔 배려해주는 것도 귀부인의 사람 부리는 법일 수 있죠."

"……그런 생각은 못 했네. 그래서 너 나한테 좀 쌀쌀맞게 군 거였군."

"말과 행동이 맞지 않는다고 느껴졌죠. 왜 그러시는 건지는 알지만. 원래 성격이 유폐 생활을 거치면서 더 굳어진 것이겠죠. 자기 앞가림을 자기가 하겠다는 거니까 그게 나쁜 일이라고 생각하진 않아요. 그냥 다른 사람에게 더 많은 것을 베풀 수 있는 지위에 계신 분에게 있어 아쉬운 일 정도? 제 태도가 무례했다면 사과드리겠어요."

"사과받을 정도는 아니야."

"관대하게 보아주셔서 감사합니다. 그러면 올코아 부인이 예상하고 계셨던 범인은? 글쎄요. 아마 레초 부인이 범인이지 않을까 정도로 생각하고 계셨을 것 같네요. '나는 아니고, 세티카는 동생이고, 할라도 백작은 탐의 애독자잖아. 할라도 백작이라면 그냥 결투를 요구해도 되고. 그럼 레초 부인인가? 탐의 책 때문에 아들 묘가 파헤쳐졌다고 그런 건가?' 말은 되는 것 같군요."

올코아 부인이 뭔가 항의하려는 듯한 몸짓을 하다가 포기했다. 그녀는 레초 부인을 향해 고개를 살짝 숙여 보였고 레초 부인은 황급히 자신 또한 사과해야 한다는 듯한 몸짓을 했다. 사란디테는 올코아 부인에 대한 이야기가 더 이어질 거라는 사람들의 예상을 무시한 채 바로 눌드 경을 돌아보았다.

"할라도 백작 각하는 범인이 아니에요. 눌드 경이 범인이라면 왜 할라도 백작령에 대한 당신의 사법권을 포기하고 폐하에게 사건을 넘기죠? 할라도의 일은 내가 다 좌지우지할 수 있는데."

스벤터 경이 푸흡 하는 소리를 내고 말았다. 그리고 그건 당혹감이 아니라 속내를 들킨 사람의 반응처럼 보였다. 사란디테는 가슴을 좀 내밀어 당당한 자세를 취했다.

"눌드 경께선 그냥 당신의 사법권을 유지한 채로 이렇게 말씀하시면 그만이죠. 어스탐 경은 불운하게도 별장에 숨어 들어온 강도와 맞닥뜨린 거다. 저기서 꿈틀거리고 있는 저거? 강도가 저주에 걸린 단검이라도 가지고 있었나 보군. 재수 없으니 태워라."

눌드 경이 어이없다는 투로 말했다. "……모살자로 불리게 되는 건?"

"할라도 사람들에게 그 주인으로서 여흥을 제공하는 거죠. '아, 우리 백작님께서 그 멍청한 글쟁이 놈을 처리하셨구나. 도련님 일 생각하면 당연하지. 세상에 그런 멍청한 놈이 있나. 죽이려고 부르는 건데 제 발로 거길 찾아가?' 아시는지 모르겠는데 세상엔 행동의 주체가 가진 신분이 행동의 정당성을 강화한다고 여기는 사람들이 있더라고요? 믿기 힘드시죠? 높은 분들이 한 일이니 옳은 일이라는 소리를 진짜 하다니. 높은 분들이 한 일의 부당함을 지적할 땐 더 힘이 드니까 그냥 정당한 걸로 해두는 거래요. 정말 놀랍죠. 이 경이로운 지혜에 따르면 이 경우엔 죽을 만큼 멍청한 놈이 죽은 것이 된대요."

스벤터 경이 참기 어렵다는 투로 말했다. "사란디테. 잘 모르나 본데 세상엔 평민만 있는 것이 아니라 귀족이라는 것도 있소. 모살자라는 지적도 평민이 아니라 다른 귀족들이—"

"다른 귀족들은 생각하겠죠. 어이쿠, 저자가 추문을 지적하면 '불만 있으면 칼 들고 오시오.' 하고 응수하기로 작정했구나. 자식 일로 눈이 돌아갔어. 저런 거 건드리는 거 아니다. 놔두자."

스벤터 경과 눌드 경은 각자 형태는 달랐지만 말문이 막힌 그라이만 귀족의 모습을 잘 보여주었다. 사란디테는 상냥하게 웃어보였다.

"그러니까 할라도 백작 각하께서 정말로 사람을 자기 별장으로 불러서 밥 먹이고 술 먹인 다음 그 심장을 찌를 분이었다면 이 정도로 막나가는 건 문제가 아니었다는 거예요. 그런 분이 아니시니까 어색하고 황당하게 느껴지는 거죠. 사실 임사전언 읽다 보면 헷갈릴 순 있어요. 제가 보기에 눌드 경은 실제 인물과 임사전언 속의 인물이 제일 많이 다른 경우예요."

스벤터 경이 중얼거렸다. "눈 색깔 이야기는 아니겠지."

"눌드 경에게 제일 중요한 건 책이 아니에요. 책을 좋아하는 자기를 좋아하는 어떤 여자죠."

더스번 경이 신음했다. "여기서 통속 연애물을 쓰고 싶다면—"

"각하께선 나이 먹은 남자애예요. 책만 보는 척하는, 좋아하는 여자애한테 아무 관심 없는 척하는, 애가 탄 여자애가 더 못 참고 책만 보지 말고 나도 좀 보라고 칭얼거리는 때가 오기를 끈질기게 기다리는. 에잇! 징그러워. 연애물은 무슨, 괴기물이네, 괴기물."

전 세계 어느 곳에서 온 사람이 보더라도 완전히 어이가 없어졌다는 것을 알아보는 것에 문제가 없을 모습이 된 사람들의 얼굴로 사란디테의 까랑까랑한 목소리가 날아갔다.

"그 경매장에 도서관원이 있다는 걸 모르셨다고요? 저보고 그 말을 믿으라고요? 그 좁은 세상에선 어떤 책이 출품된다는 이야기보다 관원의 출석 여부에 대한 이야기가 더 빨리 퍼질 텐데? 안 퍼지면 관원들이 직접 퍼지게 만들 텐데? 비록 이번엔 세련되게 하진 못했지만, 저 사서들 협상장 분위기 조성에 얼마나 공을 들이던가요. 조금만 보면 사람이 아니라는 걸 바로 알 수 있는 모습? 여기 도서관원 있다고 고함 지르는 수준이었겠죠. 곁에 계셨던 에클리오 아씨도 바로 알아차렸어요. 그런데 자칭 애서가인 눌드 경께서 모르셨다? 그 경매장에서 흥분하신 건 책을 간절히 원해서도, 혈기 때문에 무엇이든 승부라고 생각해서도 아니었죠. 에클리오 아씨가 자기를 만류하게 유도한 거죠.

가느다란 손가락이 옆구리를 콕 찌를 때 어떤 기분이셨을진 여쭙지 않을게요. 체면을 잠시 잊어준 아씨에게 감사를 표하기 위해 준비해둔 멋있는 말을 잘 하셨을진 좀 궁금하네요."

눌드 경의 얼굴이 벌겋다는 수준을 좀 뛰어넘는 수준으로 붉어졌다. 의자에서 반쯤 일어나던 경은 다리에 힘이 없는 사람처럼 다시 풀썩 앉았다. 사란디테는 잔인하게도 그런 눌드 경을 똑바로 보며 말했다.

"상대에게 관심이 없는 척하면서 상대가 만류해야 할 짓에 열중하면 상대가 다가온다. 어떤 짓이든 상관은 없지만 애서가시니까 보통 책 관련으로 그러시겠죠. 물론 이건 무의식적으로 이루어지는 거죠. 아마 자신은 자기 행동을 잘 모를 테죠. 소년들이 자기가 왜 그러는지 모르는 것처럼. 하지만 어스탐 경은 눈치를 좀 챘나 봐요. 완전히 파악하고 그런 건지 아니면 좀 이상하다 싶어서 그랬는지는 모르겠지만 어쨌든 칠흑의 아네지 대신 레조우 슈라가인이 트리아를 만류하게 만들었죠. 알고서 살펴보면 인물을 새로 만들려고 여기저기 누비고 기운 흔적이 보여요."

사람들은 눌드 경에게 크게 감동했다. 눌드 경이 죽어가는 목소리로 '그만'이라고 말하지도, '그래. 어디까지 하나 보자.' 라는 듯이 사란디테를 노려보지도, 자신은 죽었으니 시체는 걷어차지 말라는 표정을 짓지도 않았다는 사실 때문에. 놀랍게도 눌드 경은 사란디테의 말을 곱씹는 것처럼 보였다. 상대방의 말을 진지하게 곱씹는 평소의 모습 그대로.

"눌드 경이 아는 건 이 기술 하나죠. 이런 이야기 다들 들어보셨을 거예요. 사람은 성공을 가져다준 수단에 집착한다. 아시죠? 예. 부인과의 사이를 회복하고 싶으셨을 때도 눌드 경께선 여전히 같은 기술을 동원하셨죠. '나 딴 데만 신경 쓸 거다. 와서 내 옆구리를 찔러라.' 슬픔을 잊기 위해 책에만 열중하는 척하셨겠죠. 그런데 레초 부인께서 이번에는 '나한텐 하타시아가 있지만 각하한테 책이 없으면 뭐가 있나, 책 보게 내버려둬야지.' 하고 생각하셨다는 것이 문제였죠. 처음엔 두 분 다 계속 이렇겠냐 싶으셨겠지만 시간이 흐르다 보니 그만 이 상태가 굳어진 것이겠죠. 나이도 충분히 잡수신 분들이니까 여기까지만 말하죠. 알아서들 하세요. 두 분의 가정사는 저하곤 요만큼도 관련 없는 이야기지만 각하께서 범인이 아닌 이유를 설명해야 해서 제가 별소릴 다 하게 되는군요. 어쨌든 각하는 점점 더 막 나가게 되셨죠. 책을 읽고, 책을 구하고, 출판을 지원하고, 심지어 자기도 글을 써보고, 이런 작가 접대용 별장까지 지어서 작가와 그 가족까지 초대하셨죠. 기념비적인 첫 번째 손님은. 예. 휴름 자작 어스탐 로우요."

사란디테는 그 이름을 좀 묘하게 발음했다.

"책은 책이고 작가는 작가다. 예. 눌드 경께선 어스탐 경의 글은 몰라도 작가 본인에 대해선 불쾌감만 느끼셨겠죠. 어스탐 경은 그런 사람이에요. 경에 대한 세티카 로우의 증언은 주관적인 것이지만, 초대를 받았다고 경이 이곳에 가족을 다 데리고 온 건 객관적 사실이죠. 상냥함과 배려가 있다면 사양해야 하지 않을까요. 세티카는 출판으로 눌드 경에게 큰 손해를 입혔어요. 얼굴 보기 민망할 때 사람들은 가면을 써요. 결국 세티카의 무의식은 세티카에게 야지아풍 복식을 갖춰 입고 자신은 모욕을 받으면 배에 찬 칼로 바로 심판하는 당당한 성인이지 꾸지람 들을 일을 저지른 아이가 아니라는 걸 강조하라고 요구했겠죠."

급히 숨 들이마시는 소리가 났고, 사람들은 그게 누가 낸 소리인지 확인하진 않았다. 사란디테는 어깨를 으쓱였다.

"올코아 부인? 마찬가지죠. 반죄수와 아씨의 사이가 나쁘지 않았다 하더라도 옛날 일을 떠올리게 하는 사람을 굳이 만나고 싶으셨을지 모르겠어요. 게다가 지금 그 상대는 에이바 에클리오가 아니라 에이바 레초, 백작 부인으로 할라도 여자들 중 제일 높은 위치에 있네요. 이런 경우 만남을 회피하는 일은 충분히 있죠."

사람들은 올코아 부인이 쓴 미소를 짓는 것을 보았다.

"하나를 골라야 한다면 저는 두 사람이 이곳에 오기 싫었을 거라는 데 걸겠어요. 어스탐 경이 저보다 머리가 나쁠까요? 글쎄요. 결과만 볼까요. 어스탐 경은 두 사람을 다 데리고 왔어요. 두 사람이 어스탐 경에게 느꼈을 감정에 대해선 말하지 않겠지만, 『조화 속의 꽃장식』을 금서로 지정하겠다는 자작의 말에 각하께서 느끼셨을 감정은 한번 추측해보죠. 경멸감이겠죠. 이자가 제 이름에 튄 얼룩을 닦아내고 싶다는 건가. 그렇다고 자기 책을 스스로 금서로 지정해? 부끄러움도 모르나? 이게 작가인가?"

사란디테는 모두들 잘 알지 않냐는 듯이 사람들의 얼굴을 둘러보았다.

"경멸하는 상대는 죽이지 않아요. 게다가 이 경멸은 각하에겐 쓸모가 있을 것 같네요. 다시 한번 말하지만 할라도 백작의 관심사는 엉뚱한 데 정신을 팔려 있는 자기 옆구리를 백작 부인이 언제 찔러주나 하는 것이었어요. 따라서 이 경우 각하의 올바른 행동은 어스탐 경을 죽이는 것이 아니라 공개된 장소에서 언쟁을 벌이는 것 아닐까요. '작가가 어떻게 자기 책을 금서로 정하나! 이 수치심을 모르는 자야!' 그 모습을 보다 못한 레초 부인께서 '아무리 책이 중요하다 해도 초대한 주인으로서 너무 그러는 거 아니니 참아라.' 하고 옆구릴 찔러주길 기대하겠죠."

사람들은 눌드 경의 심장 건강을 진지하게 염려하기 시작했다. 얼굴이 거렇게 변한 눌드 경이 말했다.

"그 만찬에서 따질 작정이었는데 경이 술을 많이 마신 걸 보고 관뒀네. 난 내가 작가의 이름이 아까운 자를 공개적으로 꾸짖으려 했다고 생각했는데 듣고 보니 내가 진정으로 원한 건 다른 것이었을 수도 있나 보군."

"예. 눌드 경은 범인이 아니에요. 그리고 자신이 범인이 아니라는 걸 아시는 각하께선 아마 세티카 로우가 그나마 범인상에 가깝지 않나 정도로 생각하셨겠죠. 형 욕을 입에 달고 사는 데다 형이 죽으면 작위와 재산을 물려받죠. 논리에 문제가 없죠. 하지만 본인은 전혀 확신이 서질 않았고. 그러니 가지고 계신 유일한 세티카 로우의 책을 표지가 너덜너덜해지도록 읽으면서 이 글을 쓴 인간이 자기 형 심장에 구멍을 낼 인간인가 아닌가 곰곰이 생각하셨겠죠. 정말 재미없는 책인데도."

사람들은 눌드 경에게 세티카의 눈치를 살필 여유도 없다는 것을 알게 되었다. 눌드 경은 턱을 괸 채 혼잣말처럼 말했다.

"어느 정도는 맞는 말인데, 끝까지 못 읽어서 그렇게 된 것이기도 하네. 계속 중도에 포기하고 다시 맨 앞에서부터 보는 일을 반복하다 보니 정도 이상으로 많이 보게 되었지. 포기하는 이유는 '내가 왜 이 고생을 해야 하나. 어차피 어스탐 경이 알려줄 텐데.'라는 것이었고."

"아하. 망할 것이 명백한 글에 대한 출판 지원은 역시 백작 부인을 유도하기 위해서…… 아무리 책에 정신이 팔렸어도 그렇지 도대체 이게 무슨 짓이냐며 옆구리 찌르기?"

"그랬……던 것 같군. 자네 말을 듣고 과거의 나를 되돌아보니 부정을 못 하겠어."

레초 부인이 한 손으로 얼굴을 감싸 쥐더니 사람들이 보든 말든 상관하지 않겠다는 태도로 다른 손을 뻗어 눌드 경의 옆구리를 찔렀다. 눈이 휘둥그레진 눌드 경이 부인을 돌아보자 레초 부인은 여전히 얼굴을 가린 채 세티카 방향을 슬쩍 가리켰다. 눌드 경은 급히 세티카를 돌아보았고, 자신에게 어떤 작가적인 재능이 있음을 알게 되었다. 흔히들 말로 사람을 죽이는 재능이라고 부르는 것이.

사란디테가 사람을 물에 떠밀었으니 구명대는 마땅히 던져 주겠다는 투로 말했다.

"당연히 세티카 로우는 범인이 아니에요. 몸에 피 한 방울 묻지 않았어요."

"그런데 왜 저는 이미 처벌을 받은 것 같죠?"

세티카가 죽어가는 짐승 같은 표정으로 말했다. 스벤터 경은 안쓰럽긴 하지만 직분이 있으니 할 말은 해야 하지 않나 생각했다.

"저기, 피가 문제라면 해결할 방법은 있긴 한데."

"그리고 여자들과 안 놀고 있어요."

스벤터 경이 신음했다. "안 놀고……" 그러나 더스번 경은 고개를 두어 번 끄덕였다.

"복수의 의무가 있으니까." 사란디테가 목소리를 바꿨다. "그 망할 자식. 죽어서까지 사람한테 폐 끼치네. 그래도 그라이만 귀족으로서 형이 살해당했다면 동생이 복수해야 하는 거지? 어떻게 하지. 정식 결투는 논외이고. 할 수 없군. 고모님처럼 다리를 찌르고 몇 년 옥살이를 해야 하나. 아무래도 결혼은 그 뒤로 미뤄야겠군. 약혼도 못 하겠지? 파혼 사유일 테니. 할 수 없군. 자식아, 빨리 좀 써라, 빨리!" 사란디테는 뭔가에 귀 기울이는 시늉을 했다. "뭐라고? 곧 범인 이름이 나온다고? 이제서야! 그럼 준비를 해야겠군. 어디 보자. 엔파 백작이 내 칼을 보관해놓은 곳이 어디였더라. 아무래도 그 칼을 쓰는 것이 예술적이겠지?" 사란디테가 두 손을 펼쳐 보이고 원래 목소리로 말했다. "그런데 자기가 범인이라면 복수를 왜 고민하죠? 규수들과 좋은 시간 보내지. 명분도 확실해요. 로우 가문에 남은 것이 미혼 남성 한 명이니 결혼을 서둘러야죠."

세티카의 놀라워하는 모습을 보던 더스번 경이 어깨를 으쓱였다.

"올코아 부인 이야기할 때 했던 말 다시 하면 어떨까? 그걸 가지고 있다면 체포에 저항할 수 있잖아."

"그 알량한 단검으로 무슨 저항을." 이 뻔뻔함에 질린다는 얼굴을 한 사람들을 무시하며 사란디테가 말을 이었다. "올코아 부인이 저항해야 하는 상대는 여자예요. 이곳에서 여자는 여자만 체포할 수 있는 모양이던데요? 남자가 함부로 손을 대기 어렵죠? 하지만 세티카가 저항해야 하는 건 남자예요. 그것도 궁상맞은 궁수, 엔파 백작 스벤터 날바이가 상대죠. 각하. 그렇게 재미있는 별명을 가지고 계셨을 줄은 몰랐네요." 스벤터 경이 이를 갈고 싶다는 얼굴을 해보였다. "아, 그렇네요. 거기에 그라이만의 아베란 경도 가세할 수 있군요." 아베란 경이 해준? 해줄? 어쨌든 그런 걸 본 눌드 경은 이 별명이 정말 욕 같다고 느꼈다. "제가 살인자였다면 단검이 아니라 용병단을 구할 방법이 없나 진지하게 고민하겠는데요. 살인자가 아니라면 사태를 제대로 가늠하지 못하고 그런 한가한 생각을 할 수 있을지 몰라도."

세티카가 입을 떡 벌린 채 올코아 부인을 돌아보았고 올코아 부인은 어깨를 움츠리더니 계속 들어보자는 표정을 지었다. 사란디테는 그 모습을 보며 빙긋 웃으며 말했다.

"세티카 로우도 임사전언에서 상당히 손질이 되어서 등장하죠. 세티카 로우는 할라도 각하와 정반대죠. 눌드 경께선 글은 글이고 작가는 작가라고 생각하시지만 세티카는 언제나 작품의 뒤쪽을 보죠. 그것을 만든 손을 주목해요. 사서들이 처음 인사를 보내기 시작했을 때 제가 본 세티카는 침착했어요. 전혀 당황한 기색이 아니었죠. 어떻게? 눈앞의 작품이 아닌 그 뒤편을 보니까. 윽박지르려는 사서들의 의도를 바로 보니까 그때부턴 그 의도가 작품에 얼마나 잘 표현되었는지 한번 볼까 하는 식이 될 수 있죠."

세티카는 동의할 수 있다는 표정을 지었고 사란디테는 창밖을 보는 시늉을 했다.

"어찌 보면 사서들도 불쌍하네요. 더스번 경이 여기 있어서 신비로운 도서관에서 온 신비로운 사서 분위기도 못 내니 그냥 단순하게 겁주는 수단을 쓸 수밖에 없는데 그 상대들이 왕이 이런 어려운 일을 맡길 사람으로 선택한 수사관, 부인의 손가락만 기다리는 백작, 그런 도서관에 익숙한 필경사도 있고, 그리고 인생에 풍파가 많은 기사에 그 기사 때문에 인생이 망가진 가엾은 처녀인 걸로 모자라 창작자를 똑바로 보면서 '이 작품을 제작하실 때 어떤 의도를 가지고 계셨습니까?' 같은 소릴 진지하게 할 수 있는 창작자의 대적 칭호가 아깝지 않은 청년까지 있었다니."

"어이. 중간에 인물 묘사 하나가 이상하다?" "창작자의 대적은 뭡니까?"

후자에 대응하기로 한 사란디테가 세티카를 돌아보았다.

"그건 농담조이긴 했지만, 글쎄요. 창작자는 창작물로 말하겠다고 나선 사람인데 왜 창작자한테 말을 시키는 건지 모르겠어요. 이건 어떨까요. 흔히들 자기 농담을 자기가 설명하게 되면 실패라고들 하죠. 왜 그렇죠?"

"예술은! 그 앞과 뒤에 사람이 없다면! 얼룩 있는 종이에 마른 물감 덩어리에 정렬된 바람 소리—"

"알았어요. 이렇게 하죠. 전 도련님이 도련님의 예술관을 지니는 것에 불평하지 않을 테니 제 예술관은 제가 결정하게끔 놔둬 주세요. 그럼 됐나요? 저 지금 도련님 변호하는 중이에요."

세티카가 불만이 가득한 얼굴로 입을 다물자 사란디테는 말을 이었다.

"그런 세티카 로우의 관점에선 훌륭한 작품도 쓰레기가 썼으면 쓰레기예요. 세티카가 어스탐 경의 글을 싫어하는 건 그 글이 나쁘거나 모자라서가 아니에요. 아마 어스탐 경의 이전 글은 전부 다 읽으셨을 거라고 생각해요. 그렇죠? 예. 역시. 욕을 하려면 일단 읽어야 하니까. 안 읽고는 욕도 못 하니까. 그런 분이시죠. 임사전언 같은 건 볼 필요도 없죠. 그건 시체가 쓴 것이며 따라서 문학이 아님. 그걸 보는 건 예술 감상이 아니라 시체성애임. 끝. 읽기도 전에 이미 전부 결정이 되어 있어요. 그런데 이런 사람이 어스탐 경에게서 같은 소재로 글을 쓰겠다는 말을 듣는다면? 잠깐만. 사람이 바뀌는 것이 아니네요? 오히려 다른 사람이 같은 소재로 쓴다고 하면 세티카 로우는 걱정하고 두려워했을지 모르지만 형이 쓴다? 그건 무서워할 일이 아니죠. 작품이 아니라 작가가 문제인 거니까."

세티카가 급하게 숨을 들이마셨다.

"아니, 잠깐. 그게 거기에 나온 제 동기입니까? 그치가 쓰면 더 좋은 작품이 나올까 봐 무서워서 죽인다고? 도대체 그게 무슨 말도 안 되는! 억지를 부려도 분수가 있지."

눌드 경이 '확실히 무리가 있었지.' 같은 표정으로 고개를 끄덕였다.

"정식 결투가 논외인 건 복수 대상이 레초 부인이든 눌드 경이든 똑같이 눌드 경이 결투 대상이기 때문이죠. 이건 그냥 자살이죠. 예. 세티카가 상정하고 있던 용의자는 그 둘이었을 거예요. 그냥 확실히 아니라는 걸 알고 있는 자기를 뺀 나머지 용의자 전부예요. 올코아 부인은 용의자로 생각도 하지 않았죠. 아마 세티카는 범인이 밝혀지는 순간 너였구나! 같은 소리를 하고 범인에게 상처만 입힐 생각이었을 거예요. 어쩌면 그냥 공격 시도만 한 다음 실패할 수도 있고. 도대체 형에 대한 의리가 얼마나 있다고. 중요한 건 사람들이 보는 앞에서 자신이 작위를 물려받을 자격이 충분한 명예로운 그라이만 귀족임을 보이느냐 아니냐 뿐인데. 안정적인 계승. 그건 세티카에게 중요해요. 자작의 작위에 큰 애착은 없지만, 그래야 고모님을 안정적으로 모실 수 있으니까. 하지만 스벤터 경이 보관해둔 단검을 훔치는 세티카를 본 올코아 부인은 세티카가 무슨 생각을 하고 있는 건지 알게 되죠. 과거 본인이 하셨던 일이 있으니까. 그래서 올코아 부인은 그걸 다시 훔쳐낸 거죠."

대화의 방향이 자신에게 다시 돌아오자 올코아 부인이 급히 자세를 가다듬었다.

"응. 그래. 스벤터 경의 보관 장소에 몰래 가져다 놓으려고 했어. 그런데 여의치 않아서. 그걸 그냥 돌려주면 왜 내가 가지고 있는지 설명해야 하잖아. 그러면 세티카가 증거품을 훔쳤다는 걸 시인하게 되고."

"예. 그렇게 주장하실 생각이셨겠죠."

올코아 부인이 눈을 동그랗게 떴다.

"올코아 부인께선 아마 조카를 보며 혀를 찼을 거예요. 저 어리숙한 녀석. 그걸 미리 훔치면 어떻게 하니! 그러면 계획 범죄가 되는데! 즉흥적인 범죄로 보이려면 우연히 가지고 있던 것이나 옆에 놓여 있던 걸 집어서 해야 하는데! 할 수 없지. 내가 관록을 보여주마. 잘 봐라. 애송아. 돌려줄 수 없어서 부득이하게 지니고 있던 단검으로 찌르는 고모의 모습을."

세티카의 입이 조금 전보다 더 크게 벌어졌다. 그는 주변을 둘러보았지만 고개를 끄덕이는 눌드 경이나 그를 외면하는 스벤터 경의 모습은 세티카를 고무시키는 것이 아니었다. 심지어 레초 부인마저 좀 딱하다는 표정으로 세티카를 흘끔흘끔 바라보고 있었다. 사란디테는 올코아 부인을 차분하게 바라보았다.

"과거에도 그런 식이셨을 거라고 생각해요. 아무리 귀족이라도 계획 범죄였다면 유폐형은 어렵겠죠. 감정이 폭발해서 즉흥적으로, 우발적으로 저지른 사건으로 만드셨겠죠. 신장 차이라는 핑계도 준비된 것이었을 테고. 처음부터 다리를 찌를 생각이셨겠죠. 자칫 상대가 죽으면 안 되니까. 이번에도 그렇게 하실 생각이셨겠죠. 역시 자기 손으로 처리하시는 분. 그런데 왜 마음을 바꾸셨어요?"

"고민이 있었어. 또 해야 하나, 말아야 하나."

올코아 부인의 목소리가 좀 바뀌었다. 사람들은 그 목소리를 들으며 늙은 귀족 여인이 아닌 늙은 방랑자를 떠올렸다. 소지품이라고는 놔두고 온 것들과 떠나온 곳들에 대한 기억뿐인.

"가졌던 것 거의 다 잃고 그 비뚤어진 것의 집에 얹혀살면서…… 노력한다고 뭔가를 더 받을 수 있다고 기대하기 힘든 나이인데 손에 쥐고 있는 것은 별로 없는 상태에서…… 내가 한 짓이 의미가 있나 계속 묻게 돼. 내 인생을 스스로 시원하게 망가뜨린 건가 묻게 되지. 그러면 자기한테 외쳐줘. '잘한 거야! 후회한다고 뭐가 바뀌어?' 그래도 질문은 계속 되돌아와. 정말? 내가 정말 잘한 건가. 나는 명예를 지켰어. 그런데 그 명예가 나한테 준 것은 뭐지? 다시 자기에게 외치지. '다시 한번 같은 상황이 와도 너는 똑같이 할 거야! 명예로운 그라이만의 귀족이니까!' 그런 소리는 함부로 하는 게 아닌가 봐. 진짜로 한 번 더 할 기회가 와버리니."

올코아 부인이 피곤한 미소를 지었다.

"고민하고 고민하고 고민하는데 깜짝 놀랄 말이 들려왔어. 태양이 있는데 왜 촛불이 필요하냐는 말. 진짜 죽도록 놀랐어."

"예?"

"난 흉흉한 것들엔 무조건 불이라고 알고 있었거든. 빛은 어둠을 물리치고 사악한 것을 쫓는다?"

"틀린 말씀은 아니네요. 어둑이 사서가 그런 부류가 아니었을 뿐이죠."

"그래. 틀리진 않았어. 그런데 네 말을 듣고 나서야 깨달았어. 정말 그래. 그때 밖에는 태양이 있었어. 그걸로 어떻게 할 수 없는 걸 그 촛불로 어쩌겠다고? 왜 그 생각을 떠올리지 못했는지 스스로 믿을 수가 없었어."

올코아 부인이 한숨을 내쉬었다.

"내가 쥐고 있는 촛대가 너무 한심스러웠고, 그걸 쥐고 있는 내가 한심스러웠어. 그때 단검을 돌려줘야 한다고 결정했어. 이유는 모르겠어. 그냥 그렇게 해야겠다고 결정했지. 스벤터 경에게 찾아가 줄 수도 있었겠지만 그러다 보면 마음이 바뀔 것 같은 불안한 느낌이 들었어. 그래서 앞에 있던 너한테 바로 준 거야. 그때 너는 말없이 넘겨받은 물건은 말없이 처리할 아이로 보였거든. 네가 익더귀가 아니라는 건 알지만, 너를 보고 있으니 내가 만나본 익더귀가 떠올랐어. 어쩌면 그래야 하니까 그렇다고 믿은 것일지도 모르지. 결국 넌 아무 이름도 함께 건네지 않은 채 단검만 스벤터 경에게 건네—"

"더스번 경에게 드렸어요. 누구한테 받았는지 밝히면서. 절 너무 믿으셨네요. 죄송합니다."

올코아 부인은 도저히 생각할 수 없는 배신을 당한 사람의 얼굴이 되었다. 사란디테는 더스번 경을 보지 않은 채 더스번 경을 손가락질하며 말했다.

"더스번 경은 말씀하지 않으셨죠. 저도 올코아 부인처럼 왠지 그렇게 될 거란 생각이 들었어요."

"왠지는 얼어 죽을. 호수랑 늪 이야기는 왜 했는데. 입 닫고 처리하라고 윽박을 지르더니."

사란디테가 더스번 경을 쏘아보자 사람들은 그녀가 '저런 멋도 뭐도 모르는 무식한 백작. 카쉬넵 사람들이 불쌍해서, 정말!'이라고 외친 듯한 기분을 느꼈다. 훗날 누가 물어보면 그런 소릴 분명히 들었다고 확답할 것 같았다. 사란디테는 더스번 경에게 다음에 보자는 눈빛을 던진 다음 다시 스벤터 경에게 말했다.

"예. 올코아 부인은 자기 손으로 처리하시는 분이에요. 만약 어스탐 경이 결투로 죽게 될 거라고 올코아 부인께서 생각하셨다면, 그 경우 세티카를 구할 방법은 어스탐 경을 죽이는 것이 아니라 그냥 자신이 나서는 거예요. 눌드 경에게 우발적으로 상처를 입히려 하시겠죠. 이 경우 눌드 경이라면 눈치껏 안 위험하게 상처를 입어주는 묘기까지 보여주실지도 모르겠네요. '세티카를 구하려고 이러는군. 좋소. 이 정도면 될까?' 아, 상상력이 폭주하고 있네요. 자제할게요. 하지만 상상 하나만 더. 어쩌면 세티카도 올코아 부인이 나설까 봐, 의식한 건지 의식하지 못한 건지는 모르지만 그런 일이 생길까 봐 그 전에 자신이 먼저 행동해야 한다는 생각만으로 머리가 꽉 차서 단검을 훔친 것인지도 모르겠네요. 그러면 계획 범죄가 된다는 생각은 못 하고."

세티카가 머리를 감싸 쥐었다. 사란디테는 스벤터 경에게 말했다.

"올코아 부인과 세티카는 그러니까 단검을 훔치고 훔치면서 자신들이 범인이라면 할 필요가 없는 생각, 그러니까 범인에게 복수를 해야 한다는 생각을 하고 있다는 것을 보여주었어요. 이분들은 범인이 아니에요. 각하. 여기 있는 분들 모두 범인이라면 할 필요가 없는 행동들이나 보일 필요가 없는 모습들만 보여주고 계세요. 각하께서도 어느 정도 짐작하고 계셨겠지만, 여기에 범인은 없어요. 그러니 이제 좀 쉬러 가시면 어떨까요?"

스벤터 경은 사란디테의 이야기에 대해 다시 생각해보았다. 사실 대단히 놀랐다고 말할 순 없었다. 4년의 시간 동안 온갖 생각을 다 해보았던 스벤터 경에게 사란디테의 이야기는 그저 경이 이런저런 상념을 하며 떠올렸던 것들을 정리한 것에 가까웠다. 물론 스벤터 경은 사란디테가 한 일을 폄하하고 싶은 마음은 전혀 없었다. 어딘가 이상하다 싶은 부분들에 경이 미처 떠올리지 못한 것들을 끼워 넣어서 왜 이상한 것인지 설명이 되게 했고, 경이 왜 확신을 가질 수 없는지 알 수 없는 것들에 대해 확신을 가질 수 있는 논리들을 제공하기도 했다. 하지만 스벤터 경은 사란디테의 설명에 칭송을 보낼 순 없었다. 결국 사란디테는 누가 범인인지 말하지 않았으니까.

스벤터 경은 사란디테를 조용히 바라보았고, 사란디테는 얼굴을 찌푸렸다.

"도망은 못 치겠네요. 할 수 없죠. 예. 여기에 범인은 없어요. 있는 건 네 명의 용의자죠. 어스탐 경이 자기를 죽일 이유가 있다고 말한 네 사람. 그러니까 어스탐 경이 보기에 어스탐 로우는 네 사람에게 있어 죽일 놈인 거죠. 날 죽인 놈이 누군지 쓰는 다른 임사전언들과 달리 어스탐 경의 임사전언은 난 어찌하여 죽일 놈인가를 쓰고 있죠."

스벤터 경이 눈을 크게 떴다.

"사란디테?"

"올코아 부인과 세티카 로우는 그냥 고모와 조카라기엔, 그것도 오래 떨어져 지냈던 사이라기엔 돈독해요. 서로를 보호하려고 열심이죠. 두 사람의 집에 서로를 뭉치게 하는 것이 있었다는 말이죠. 내가 저자로부터 이 사람을 보호해야 한다고 느끼게 하는 자. 어스탐 로우. 가문의 주인이고 제 실력으로 식구들을 먹여 살리는 사람인데. 약간만 신경 써도 얼마든지 존경받고 사랑받을 수 있는 유리한 입장인데, 안 그렇네요. 그냥 아버지들이 원래 그렇다고 할까요? 자식이 아니에요. 동생이고 고모죠. 두 사람이 어지간한 쓰레기가 아니라면 내가 저 사람 덕을 보고 있다는 것 정도는 객관적으로 이해하고 고마워할 수 있을 거예요. 그러니까 상대가 제대로 된 사람이라면 말이에요. 그런데 만약 제대로 된 사람이 아니라면? 그렇다면 그건 더 싫어질 이유죠. 자기를 비참하게 만드는 거니까. 어스탐 로우는 제대로 된 사람이 아니었어요. 자기에게 고마움을 느낄 입장에 있는 사람을, 자기를 싫어하게 만드는 사람이었어요. 그리고 그걸 자신도 잘 알고 있었을 거예요."

"알고 있다고?"

"알아요. 알면 고치면 되잖냐는 말씀은 하지 않으시겠죠. 수사관이신데."

"그런 말은 안 할 거요. 하지만 드러나지 않게 조심할 수는 있어. 보통들 그러고."

"나름의 방식으로 어떻게 해보려고 했죠. 글을 썼어요."

"뭐? 글?"

"어스탐 경은 글을 쓰고 싶어서 글을 쓴 것이 아니에요. 작가가 되기 위해 글을 쓴 거죠. 그렇게 이상한 이야기 듣는다는 표정 지으실 필요 없어요. 복수가 하고 싶어서 복수를 한 것이 아니라 귀족이 되기 위해 복수를 하는 사람도 있는걸요."

스벤터 경은 움찔하여 시선을 옮겼다. 그러나 세티카와 올코아 부인 모두 크게 분노하는 기색은 보여주지 않았다.

"……좋소. 무슨 말인지 알겠어. 그런 경우가 드물지 않다는 것도 인정하지. 쳇. 사람을 존중해서 예의를 갖추는 것이 아니라 예의를 아는 사람으로 보이고 싶어서 예의를 갖춘다는 예를 들면 쉽게 벗어날 수 있는 사람이 드물겠지. 그런데 어스탐 경은 왜 작가가 되고 싶었던 거요?"

"눌드 경처럼 글과 작가를 딱딱 구분하는 사람은 드무니까요."

"뭐?"

"다른 것이었어도 아무 상관 없을 거예요. 노래를 잘 불렀다면 가수가 되었을 테고 그림을 잘 그렸다면 화가가 되었겠죠. 글 쓰는 재주가 있으니 글을 쓴 거죠. 효과는 노래가 훨씬 더 좋았을 것 같네요. 분명히 그 목소리나 박자감, 음감 같은 걸 좋아하는 걸 텐데도 자주 그 사람이 좋다고 착각해버리죠."

세티카가 기가 막힌다는 투로 말했다.

"잠깐만. 지금 혹시 예술이…… 사람들이 자기를 좋아하게 하려고…… 그러니까 예술이라는 건 결국 이성을 부르는 새의 지저귐이나 구애의 춤이라는 그 소리를—"

"어스탐 경은 그랬다는 거예요. 어른들의 칭찬을 받고 싶어서 장기 자랑을 하는 아이와 같죠. 그게 재미있어서 하는 것이 아니라. 좋은 건 어른들의 칭찬이죠. 사람들이 좋아할 글을 쓰면 사람들이 자기도 좋아해 줄 거라 생각했던 거죠. 그러니 자기한테 비난이 올 것 같은 글이라면 바로 없애버릴 수 있는 거예요. 애초에 글이 목적이 아니라는 거죠."

스벤터 경이 고개를 끄덕였다.

467

"어려운 이야기는 아니군. 그래. 사람들한테 관심을 받으려고 가진 재주를 부릴 수 있지. 그런 재주를 일부러 연습하기도 하고. 그런데? 그게 뭐 어쨌다는 거요?"

"보통 사람들은 그게 심각한 문제가 될 일은 별로 없어요. 아마 '야, 야! 너 그 재주 좀 부려봐라. 저것 봐! 내가 뭐랬어. 볼만하다고 했지?' 같은 꼴을 당하는 것 정도겠죠. 그럴 때도 기분이 좀 나쁠 수는 있겠지만 하늘이 무너지는 것 같진 않겠죠. 사람들이 좋아하는 건 자기가 아니라 자기 재주라는 것을 갑자기 깨닫게 되더라도."

"어?"

"잠시 개인적인 이야기를 하자면 전 아베란 경을 별로 좋아하지 않아요."

스벤터 경은 이 맥락의 난동에 갈비뼈가 부러질 것 같았다. 경의 살려달라는 표정은 사란디테에게 닿지 못했다.

"사람이랑 못 자라다 보니, 히어퓨릿데가 이모저모 신경을 써줬겠지만 그래도 가끔은 정말 당하는 사람 속을 뒤집는 말이나 행동을 하거든요? 몰라서 그런다는 거 아니까 가까스로 참을 수 있죠. 쳇. 예. 솔직하게 말하죠. 아베란 경이 싫다기보다는 제가 옹졸하고 편협한 사람처럼 느껴지게 되는 것이 싫은 걸 거예요. 무슨 권리로 사람을 그런 기분에 빠지게 하냐고요. 모르는 자의 권리? 와, 나 참. 하지만 전 한 가지는 알아요. 아베란 경은 앞으로도 여러 사람의 속을 뒤집어놓으면서 저 비슷한 피해자를 수없이 만들어내겠지만, 아마 비뚤어지진 않을 거예요. 히어퓨릿데가 있는 이상. 그 모습 그대로 확고하게 사랑해주는 존재가 있거든요. 강대하고, 그래서 사라질 리 없고, 아베란 경보다 오래 살. 어떨 땐 참 부러워요. 아, 더 싫어! 제가 그걸 왜 부러워해야 해요! 정말!"

"저기, 사란디테?"

"하지만 올코아 부인께선 어스탐 경을 비뚤어졌다고 말씀하셨죠. 아마 순화된 표현일 거라 생각해요. 사랑받지 못하고 앞으로도 그럴 가능성이 영영 없을 사람을 표현하는 것이라면."

"뭐…… 그걸 어떻게 안다는 거지?"

"봐서 알죠. 지금 여기에 어스탐 경의 친구나 연인이 있어요? 경을 잃은 것이 마음 아파서, 혹은 그냥 신경이 쓰여 가만히 있을 수 없어서라도 찾아온 사람이 있어요? 지금 이곳에 있는 건 수사관과 유산 관리인과 만신전의 답변서를 제외하면 이른바 네 명의 용의자뿐이군요. 그게 비밀이었다고 하지는 마세요. 4년이에요. 사본도 돌리셨죠. 적어도 문학계에선 다 알고 있을 테죠. 그리고 여기 사용인들은 눈과 귀가 없어요? 아마 온 그라이만이 다 알고 있다고 해도 과언이 아닐 테죠. 그런데도 막상 여기에 온 건 사서 셋뿐이네요. 그것도 임사전언 육필 원고가 목적인. 이곳 오소리 옷장에 죽은 어스탐 로우를 위해 찾아온 사람이 누가 있죠?"

스벤터 경은 당황하여 있지도 않은 사람을 찾아 주변을 둘러보았다. 물론 없던 얼굴이 생겨나진 않았고 서재 문이 열리며 누가 들어서지도 않았다.

"그라이만 대중의 사랑을 한몸에 받은 건 어스탐 경의 글이에요. 어스탐 경이 아니고. 글을 쓰고 싶어서 글을 쓴 것이 아니라 사람한테 관심받고 싶어서 글을 쓴 사람에게 그게 무슨 의미일까요. 잘못된 방법을 고른 거였어요. 그런다고 사람들이 그를 좋아해 주진 않아요. 글이 아닌 그는 못나고 성질 고약하고 피붙이도 싫어하는 사람일 뿐이니까. 앞으로 같은 일을 아무리 반복해도 달라질 건 없죠. 아까 저는 노래가 더 좋을 것 같다고 말했죠. 하지만 그 때문에 훌륭한 가수들은 가끔 끔찍한 일을 겪어야 할 테죠. 전혀 노래를 부르고 싶은 기분이 아닌데도 노래를 불러야 하는 일이 있을 거예요. 고독해 미칠 것 같은데 사랑 노래를 불러야 한다거나. 그럴 때 가수들은 어떤 생각을 할까요. 있는 건 내 노래뿐인가. 나는 도대체 어디 있는가. 그래도 그때 사람들이 가수를 바라보고 귀를 기울이긴 하겠죠. 어쩌면 같이 노래해 줄지도 모르고요. 텅 빈 방에 앉은 작가를 마주 보는 건 하얀 종이뿐인데."

스벤터 경은 모포를 끌어당겼다. 근육통이 더 심해지는 것 같았다. 오한도.

"그런 사실을 인정하기 싫어서 일부러 더 그런 태도를 취했던 걸지도 모르겠네요. 나는 글을 세상에서 말살할 수 있다. 글쓴이는 그걸 태울 수 있다. 작가가 글의 주인이다. 아니요. 작가는 글의 주인이 아니에요. 외로운 것이 싫었으면 다른 방식을 찾아야 했죠. 힘들어도 사람 마음을 알아보려고 노력하고 짐작해보고 여러 가지를 시도해보고 된통 실패해보고 그랬어야죠. 다른 사람들이 다 그러는 것처럼. 그게 싫다고 해서 방 안에 혼자 앉아 글을 쓰지 말고. 재주가 있다고 해서 그러지 말고. 그렇게 성공하지도 말고. 결국 머리가 빠개질 것 같은 기분인 채로 텅 빈 종이를 들여다보고 있어야 하는 시간만 늘어나는데. 사람들과 함께 뭔가를 주고받고 뺏고 뺏길 시간은 더 줄어드는데. 남들이 여명과 함께 줄어드는 것보다 훨씬 빠르게.”

무거운 침묵 속에서 사란디테의 어조는 반대로 무게감을 잃는 것 같았다. 무거운 빗방울이 떨어지는데도 소르륵 피어오르는 물안개 같았다.

“몇 시간 전에 백작 부인이 제게 그런 말씀을 하셨죠. 다른 세 사람의 어스탐 경과 당신의 어스탐 경은 다르다고. 다른 세 사람의 어스탐 경은 외부에 있는 것을 파괴하려고 하죠. 눌드 경의 명예나 아픈 기억, 올코아 부인의 안녕, 세티카의 자아. 그런데 레초 부인의 어스탐 경은 자기를 파괴하려고 하죠. 예. 이런 걸 가리켜 작가가 공정한 시합을 했다고 해도 될지 많이 의심스럽네요. 엄청나게 뒤틀렸는데. 사실 그 글 전부가 다 그렇지만.”

“사란……디테?”

사란디테의 말이 좀 빨라졌다.

“전 그런 것에 대해 상세히 설명하고 싶진 않아요. 잘 알지도 못하면서 남의 이야기를 하는 것 같기도 하고, 또 그런 걸 설명하는 건 그걸 납득하고 허용하는 것 같아서요. 전 그러기가 싫어요. 어스탐 경은 네 사람을 골랐어요. 자기가 같이 살면서 힘들게 만든 피붙이 둘과 자기 때문에 상처 입은 사람 둘. 그 못난 작가에겐 자기 글과 짝짜꿍하면서 자기를 오쟁이 지게 만들고 텅 빈 방 안에 홀로 남겨둔 것들은 알 바 아니었어요. 경에겐 글이 아니라 자신이라는 사람에게 증오의 시선이라도 보내주는, 혹은 보내줄 그 사람들이 중요했어요. 정말 멋대로군요. 눌드 경의 초대를 받았을 때 어스탐 경은 쾌재를 올렸을지도 모르겠네요. 아, 어쩌면 선택은 그때 이루어진 것일 수도 있겠네요. 선후는 중요하지 않아요. 어쨌든 어스탐 경은 세티카와 올코아 부인을 데려왔어요. 네 사람이 모였죠. 임사전언에 거듭 묘사된 것처럼 아마 어스탐 경이 내심 바라던 형태는 결투였을 거예요. 더 쉽게 느껴지고, 그라이만 사람 취향에도 잘 맞고. 그런데 눌드 경과 레초 부인은 정중하게 손님으로 맞이해줬죠. 증오의 눈초리도, 말 속에 담긴 비수도, 준비해둔 것 같은 함정도 보이지 않았어요. 허탈해졌죠. 화가 치밀었고요. 이쪽은 각오를 하고 왔는데. 이게 뭐 하는 짓이냐고. 동생의 배에 있던 단검이 눈에 들어왔어요. 홧김에 그걸 훔쳤죠. 그래도 결행하긴 쉽지 않았어요. 하루가 걸렸죠. 각오를 다지기 위해서일까요? 만찬에서 술도 충분히 마셨어요. 그리고 마침내 혼자 있게 되었죠. 내가 왜 결투 따위를 생각했을까. 이러면 간단한데. 남의 손에 피 묻힐 필요도 없고. 올코아 부인도 그렇고, 세티카도 어설프게 그렇지만, 이 집안엔 아무래도 자기 손으로 처리하는 성향이랄까 핏줄이랄까 그런 게 있나 봐요."

그리고 사란디테는 모든 사람이 기다리던 말을 하는 대신 몸을 휙 돌렸다. 사란디테는 더스번 경을 향해 거침없이 걸어갔다. '오지 마? 진짜 때린다?' 같은 문장으로 쉽게 번역할 수 있는 얼굴을 하고 있던 더스번 경은 사란디테가 멈추지 않자 괴롭게 한숨을 내쉬었다. 그리고 사란디테가 자신의 앞에서 허리를 구부리고 두 손바닥을 내밀자 느릿느릿 두 손바닥을 들어 올렸다. 사란디테는 방글방글 웃으며 더스번 경의 손바닥들에 자기 손바닥들을 부딪친 다음 응원의 몸짓을 한 후 그대로 서재를 나가버렸다.

잠시 후 사람들이 닫힌 서재 문에 꽂혀있던 시선을 뽑아 더스번 경을 겨누자 경은 힘겹게 입을 열었다.

"예. 그런 경우가 있지요. 하기 싫은 말이 있으면 보통 입을 다물어 버리죠. 그냥 모르는 척을 합니다. 하지만 도저히 안 할 수가 없는, 꼭 말해야 하는 그런 고약한 경우도 있잖습니까. 그럴 경우 말이 무진장 늘어지는 경우가 있지요. 말이 계속 오락가락하고 뱅뱅 돌면서…… 다들 아실 만한 분들이니 내가 무슨 말을 하는지 알 겁니다. 쳇. 지금 내가 그러고 있는 것 같군요. 할 수 없죠."

그러고도 더스번 경은 머리를 벅벅 긁고 응접실의 천장을 한 번 쳐다본 후 결국 눌드 경의 아리따운 조모를 향해 말했다.

"어스탐 경은 자살했나 보군요. 경이 쓰고 있던 건 임사전언이 아니라, 아니, 말 그대로의 의미로 임사전언이긴 한데, 그러니까, 아주 이상한 사과문인가 봅니다. 우리가 겪은 그 모든 것 등을 감안해 볼 때, 그, 흠. 정말 하기 싫었나 봅니다."

스벤터 경이 임종 때 들을 수 있을 것 같은 소리를 내며 의자에서 미끄러지며 무릎을 쾅 꿇는 바람에 모든 이들이 기겁하게 되었다. 그러나 우당탕 쓰러지는 의자들에도 레초가의 선조들은 근엄함을 잃지 않았다.

실제와는 좀 다를지도 모르는 막 #13

<막이 열린다.>

시간이 불명. 오소리 옷장의 집필실. 배경 중앙에 문이 있고 그 앞쪽의 탁자에 종이와 필기구가 흩어져 있고 촛대가 놓여 있다. 탁자 오른편엔 쓰러진 의자가 보인다. 의자 앞엔 오래된 피 흔적이 곳곳에 묻은 옷을 입은 어스탐이 관객에게 옆모습을 보인 채 누워있다. 탁자 왼편엔 유레솔이 서서 손에 원고를 들고 들여다보고 있다.

유레솔 (감탄했다는 투로) 엔파 백작 각하께서 정확하게 보셨네? 휴름 자작은 앙지프 욜탄 마레스납이었어. 그리고 바다뱀의 거울이었고. (어스탐을 보며) 앙지프 욜탄 마레스납이 바다뱀의 거울을 깬 것이군.

유레솔이 원고를 왼손과 왼팔로 들고 오른손을 그 지면 위에 얹는다. 유레솔이 눈을 감고 박자에 맞춰 고개를 살짝살짝 끄덕인다. 조금 후 유레솔이 눈을 뜬다.

유레솔 작가가 자기를 죽일 수야 있겠지만, 자기 글을 죽일 수는 없지.

유레솔이 원고를 두 손으로 들고 눈앞에 똑바로 들어 올려 마주 본다.

유레솔	세 사서가 네 탄생을 기다리고 있었단다. 태어나느라 수고했어, 글. 내가 마지막까지 예쁘게 옮겨 써줄게…… 응? 글?

유레솔이 원고와 어스탐을 번갈아 쳐다보다가 원고를 품에 안고는 생각에 잠긴 듯 천천히 고개를 이리저리 움직인다.

유레솔	그래. 잘 태어났는데, 그건 좋은데, 문제가 하나 있네. 보통의 경우 이름은 부모가 붙여주는 거지. 음. 그런데 부모가 (어스탐 쪽을 본다.) 그럴 수 없다면? (다시 원고를 앞으로 들어 바라본다.) 제목을 어떻게 하지?

유레솔이 생각에 잠겨 있을 때 누워있던 어스탐이 스르륵 상체를 일으켜 앉는다.

어스탐	휴름 자작 어스탐 로우의 지리멸렬하고 한심하고 민폐스럽고 장황한 반성문!
유레솔	(어스탐을 보지 않은 채 원고를 보며) 말 그대로 장황해.
어스탐	로우가의 몰락!
유레솔	(눈을 옆으로 치뜨며) 음? 왜 그런지 모르겠지만 그건 위험하게 느껴지는데.
어스탐	인간탈락!
유레솔	(어스탐을 곁눈질하며) 그저 위험성만 더 구체화되는 것뿐인—
어스탐	젊지 않은 어스탐의 슬픔! 소설팔이 아저씨! 덜 죽은 글쟁이는

좀비 양의 꿈을 꾸는가!

유레솔　(다급하게 원고를 앞으로 내밀며) 어스탐 경의 임사전언!

앉아있던 어스탐이 항의하려는 듯 몸을 일으키기 위해 한쪽 무릎을 끌어당기며 한 손으로 바닥을 짚는다. 동시에 유레솔이 어스탐 방향으로 상체를 돌려 입술 앞에 단호하게 손가락을 세운다. 일어나려던 자세 그대로 굳어 있던 어스탐이 잠시 후 슬그머니 무릎을 펴더니 다시 누워 처음 모습으로 돌아간다. 그 모습을 확인한 유레솔이 다시 앞을 보려다가 몸을 홱 돌려 누운 어스탐의 모습을 주목한 후 다시 몸을 돌려 관객을 향해 똑바로 선다. 유레솔이 원고를 눈앞으로 들어 올린다.

유레솔　그래. 일단 가제지만, 넌 어스탐 경의 임사전언이야. 말해 놓고 보니 괜찮은 것 같네. 그야말로 명실상부지. (두 손으로 원고 양쪽을 쥐고 자신의 얼굴 왼편에 들어 올려 보인다.) 그럼, 여러분. 지금 막 탄생에 성공한 『어스탐 경의 임사전언』을 박수로 환영해주세요.

유레솔이 얼굴 왼편에 들었던 원고를 앞으로 내밀며 허리를 깊이 숙인다.
스벤터, 더스번, 세티카, 그리고 눌드가 무대 좌측에서 차례로 등장한다. 에이바, 네모파니, 사란디테, 그리고 손잡이 달린 해마 머리 모형과 손잡이 달린 검은 그림자 머리 모형을 양손에 든 네롤이 무대 우측에서 차례로 등장한다. 등장한 사람들이 그대로 허리를 숙인 유레솔 앞에서 교차하며 남녀 번갈아 일렬로 관객 방향을 향해 선다. 일렬로 선 사람들이 박수를 친다. (※네롤의 경우 눈치를 살피다가 어쩔 수 없다는 듯 손에 든 두 모형을 탁, 탁 부딪히므로 소품 제작 시 봉제인형으로 제작할 것.)

박수를 다 친 인물들이 등장했던 곳과 반대 방향으로 퇴장한 후 허리를 숙이고 있던 유레솔이 몸을 일으킨다. 원고를 품에 안은 유레솔이 의아한 얼굴로 무대 좌우를 보다가 정면을 보며 고개를 갸웃한다.

유레솔   뭐였지?

유레솔이 어깨를 으쓱이곤 원고를 안고 촛대를 집어 든 후 중앙의 문으로 퇴장한다.

<막이 닫힌다.>

 오소리 옷장의 대문 옆 돌담에 등을 기댄 채 땅바닥에 앉아 희푸르게 변한 동쪽 하늘을 노려보던 네롤은 갑자기 옆에서 더스번 경의 커다란 몸이 스윽 나타나는 것을 보았다. 네롤을 지나쳐 앞으로 걸어간 더스번 경이 주위를 두리번거렸다. 네롤은 무슨 일이 일어난 것인지 깨달았다. 오소리 옷장의 낮은 돌담은 마당에서부터 바깥의 풍경을 상당히 많이 볼 수 있게 만들어주므로 네롤처럼 작은 사람이 돌담 바깥쪽에 기대어 앉아 있는 지금 같은 상황에서 마당을 걸어온 사람은 바깥에 사람이 아무도 없는 듯한 인상을 받을 수 있다.
 소리를 내려던 네롤은 이번엔 사란디테가 나타나는 것을 보았다. 사란디테는 네롤이 거기 있다는 걸 알고 있었다는 듯이 뒤로 몸을 휙 돌려 더스번 경을 향해 뒷걸음질 치면서 네롤을 향해 입 앞에 손가락을 세워 보이더니 다시 몸을 뒤집어 똑바로 걸어갔다. 어쩌나 한번 보

자는 심정으로 바라보던 네롤은 사란디테가 소리 없이 더스번 경의 뒤에 달라붙더니 쪼그려 앉으면서 손을 높이 들어 더스번 경의 등을 찌르는 것을 보았다.

더스번 경이 무성의하게 뒤로 주먹을 날렸다. 더스번 경의 주먹이 머리 위로 지나간 다음 쪼그려 앉아있던 사란디테가 어깨 너머로 엄지손가락을 뻗어 네롤을 가리켰다. 다시 일어난 사란디테는 킥킥 웃으며 네롤을 향해 달려오더니 그녀의 옆을 지나쳐 다시 오소리 옷장 안쪽으로 사라졌다. 네롤은 얼굴을 여러 방식으로 일그러뜨리며 땅에서 일어났다.

더스번 경이 네롤을 향해 다가갈 때 동쪽에서 태양이 떠올랐다. 더스번 경보다는 네롤이 좀 더 정통으로 햇빛을 보게 되었고, 똑바로 일어선 네롤은 얼굴을 찌푸리며 눈 위에 손바닥을 세우며 고개를 떨구었다. 그 모습을 본 더스번 경은 적당히 움직여 자신의 커다란 몸이 만들어내는 그림자가 네롤을 덮게 되는 곳에 섰다. 그곳에서 더스번 경은 사물의 발치에서 갑자기 뻗어 나와 서쪽을 찌르는 창끝이나 칼끝 같은 모습이 된 그림자를 보며 어스탐 경과 임사전언에 대해 이야기했다. 네롤은 자신이 아는 대로 대답했고 그러자 더스번 경은 고개를 끄덕였다.

"그러면 어스탐 경은 4년 전에 죽은 거요?"

"예."

더스번 경은 유와르 사서의 익사체를 떠올리며 주변을 다시 두리번거리는 시늉을 했지만 지금 그곳에 유와르 사서가 없다는 것은 경도 잘 알고 있었다. 앙지프 율탄 마레스납도 사라지고 우선 협상 대상자의 지위도 얻었기에 남은 용건이 없다는 것이 확실시되자 유와르 사서는 석별의 정을 나눈다거나 하는 귀찮은 일을 모조리 거절한 채 그대로 떠났다. 더스번 경은 만날 때마다 느끼는 거지만 장황한 언사에 비해 행동은 묘하게 실용주의적이고 질박한 자라고 생각했다. 어쩌면 그저 바다로 빨리 돌아가고 싶었던 건지도 모르겠다. 더스번 경이 질문했다.

"그리고 4년 동안 그 글이 경의 시신을 사용했고?"

"그렇습니다. 태어나려면 필요했으니까."

"왜 태어나고 싶었지?"

"그건 다른 모든 새 생명들과 마찬가지 아닐까요. 그 부모가 원했던 거죠. 어스탐 경의 임사전언은 그걸 알았고요."

"그 부모가 죽이려고 한 거 아니오? 앙지프 율탄 마레스납은……?"

"양가감정이라는 말은 각하께서도 아실 거라 생각합니다."

"그런 건가."

네롤은 밝아진 하늘 아래에서 머리카락을 내려다보며 좀 침울한 표정을 지었다. 밤을 새우고 난 다음 아침에 보는 머릿결이 만족스러울 리가 없다. 오소리 옷장의 동쪽 부분들도 환한 빛 속에서 지난밤의 흔적을 드러냈다. 앙지프 율탄 마레스납은 모두 사라졌지만 두드리고 부수고 흔든 자취는 남아있다. 악몽을 꾼 다음 날 아침의 엉망이 된 침대보처럼. 그러나 사용인의 하루는 시작된 지 오래였고 굴뚝에선 기운차게 솟아오르는 연기가 푸르게 변하는 하늘을 배경으로 빛나고 있다. 더스번 경이 수염을 쓰다듬으며 투덜거렸다.

"그 글이 얼마나 대단한 글이기에? 난 문학적 의미 같은 건 모르니까 뭔가 다른 걸로 비유해서 설명해주지 않겠소?"

"그런 건 별로 필요 없을 것 같은데요? 그냥 글입니다. 보는 사람이 보는 만큼 보이는. 모든 예술에 크든 작든 그런 경향이 있겠지만 보이지 않는 걸 상상해야 하는 글은 특히 그런 경향이 심하죠. 독자에게 제2의 창작자가 되라고 거의 강요하죠. 그것도 그런 글입니다. 읽는 사람이 알아서 능동적으로, 혹은 수동적으로 읽으면 되는."

"쓴 사람도 없이, 음, 무슨 의미인지 알겠지. 그런 사람도 없이 스스로 태어난 글이?"

"아, 그런 의미는 크죠. 그래서 사서가 셋이나 왔잖습니까."

더스번 경은 얼굴을 길게 만들며 네롤을 보았고 네롤은 끄떡도 하지 않았다.

"준사서도 사서니까."

위치를 정확히 말하기 힘든 어딘가에서 불길하고 위협적인 소리가 가늘게 들려왔고, 네롤과 더스번 경은 동시에 약간의 더부룩함을 느끼며 이맛살을 찌푸렸다. 이자는 왜 아직 안 떠난 거냐고 말하려던 네롤은 그런데 이자가 오긴 왔던 건가 하는 어려운 의문을 떠올리며 비난을 포기했다. 그 이름의 문제도 그렇지만 그 소재의 문제에 있어서도 참 언급하기가 여러모로 난감한 자다. 그리고 아직 떠나지 않은 걸로 치면 그녀 자신도 마찬가지다.

"하지만 그건 그냥 글입니다. 다른 글보다 우월하거나 더 귀한 무언가가 태어난 것은 아닙니다. 그냥 창작 과정이 놀랄 만큼 독특하다는 것뿐이죠. 그래서 문학계보다는 도서관들이 주목하게 된 글이고. 그저 사과문이라고만 생각한다면 제정신이냐는 말이 나올 만큼 장황하죠. 각하께서도 잘 아시겠지만 사과문을 쓴다면 나는 누구다, 누군가에게 어떠한 잘못을 저질렀다, 나는 누군가가 입은 피해를 진심으로 미안하게 생각한다, 따라서 그 피해를 이러이러한 방식으로 보상하려고 한다, 이 네 가지만 단순명쾌하게 쓰면 되는 거 아닙니까? 보통의 임사전언식 사과문이라면 그냥 '미안해.' 한 마디면 될 테고. 하지만 그건 실용문의 이야기이거나 운문가의 이야기겠죠. 산문가는 산문가의 방식이 있다고 할 수 있을 겁니다. 그래도 좀 너무하다는 불만은 나올 테지만."

"그러니까 왜 그런 독특한 창작 과정이 발생했냐는 질문인데. 혹시 피하고 있는 거라면 더 캐묻지는 않겠소."

네롤은 조그만 돌멩이가 만들어내는 놀랍도록 긴 그림자를 내려다보았다. 바닥의 경사가 절묘했던 듯하다.

"피하고 있는 것이긴 한데…… 비밀이라기보다는 어떻게 받아들여질지 몰라 조심스러운 이야기라서 그렇습니다." 네롤은 머리카락이 목에 닿는 것이 거슬린다는 듯 뒷머리를 쓸어올렸다가 던지고 머리를 흔들었다. "저는 글이 어스탐 경의 시신을 이용했다고 말했습니다. 그건 사실입니다. 그런데 완결된 글은 어디로 가죠?"

"가? 가다니. 글이 어디로…… 독자? 독자한테 간다고?"

"예."

더스번 경은 그 말에 대해 생각해보았고 우스꽝스러운 결론에 도달했다.

"설마 지금 독자들이……?"

"그 글이 그런 일을 해낸 힘은 어스탐 경에게서 온 것이지만 또한," 네롤은 세계를 직시했다. "예. 독자들에게서 온 것이기도 합니다. 어떻게 보면 잔혹한 이야기입니다. 앙지프 율탄 마레스납이 검열하고 싶었던 것이 어느 것이었는지 모르겠습니다. 독자들에게 어스탐 로우가 사는 것에 실패했다고 폭로하는 글인지, 독자들을 위해 죽은 어스탐 로우를 죽게 내버려두지 않는 글인지. 저는 미처 몰랐지만 그 글도 자기가 태어나도 되는 건지 고민이 많았던 것 같습니다. 이렇게 말하면 뒷맛이 제법 쓴 이야기입니다."

"……하지만 당신들은 왔지. 독자들을 위해서."

"쳇. 여기로 올 때 저는 글을 위해 오는 거라고 생각했고 지금도 그렇게 생각합니다만 이 상황에서 그렇게 말씀하신다 해도 부정하긴 어렵겠군요. 하지만 어차피 작가의 편이라는 건 세상에 한 명도 없습니다."

"없는 건가."

"없습니다. 누군가가 어떤 작가를 옹호한다고 말할 때 그자는 십중팔구 어떤 글을 옹호하는 겁니다. 작가의 방을 나와 세상을 누비며 자기편을 만들거나 자기 적을 만들어내는 건 글입니다. 작가는 방에 남겠다고, 고독하겠다고 결정한 사람입니다. 어스탐 로우가 그걸 몰랐거나 모르겠다고 결정했다 하더라도 그건 어찌할 수 없는 사실입니다.

누군가…… 고맙게도 저 같은 이를 작가와 독자의 사용인이라고 말해줬지요. 그게 틀린 말은 아니지만, 사실 저는 각하께서 방금 지적하셨듯 독자의 사용인에 한없이 가까울 겁니다. 저는 방 안에서 글을 쓰는 고독한 작가에게 아무것도 해줄 수 없습니다. 그럴 수 있는 사람은 아무도 없죠."

"그런가."

네롤은 자신이 세상의 모든 고독한 작가들을 위해 울 수 있나 생각해보았다. 그럴 수 없었다. 네롤은 앙지프 욜탄 마레스납을 저지했고, 검열을 막았고, 독자를 위해 태어나겠다는 글의 탄생을 도왔다. 결정을 내린 것은 글이었지만 결정을 내릴 수 있도록 도왔고, 그 과정에서 그녀의 고려 안에 작가는 없었다. 눈물을 흘린다면 자신의 눈물이 스스로 가증스러울 것이다.

더스번 경이 말했다.

"아무나 독자를 위해 죽은 작가의 시체를 움직일 수 있는 글을 생각해내진 못하겠지."

"네?"

네롤이 놀라 바라보자 더스번 경은 묻는 눈빛을 되보냈다.

"내가 글쓰기에 대해 말할 작자는 아닐 테지만, 그래도 그런 거 아니오? 희한하게도 쓰긴 스스로 썼지만 어쨌든 그 글을 생각해낸 건 어스탐 로우지? 설마 글이 자기 자신을 생각해낸 거요? 그건 이상한데."

"아니요……. 말씀대로입니다. 그 글을 생각해낸 건 어스탐 경입니다."

"그렇군. 어스탐 경은 그런 부류였나 보군."

네롤은 기가 막혀서 더스번 경을 바라보았다. 하지만 화가 난다거나 불만을 느낀 것은 아니다. 사서가 바라보는 더스번 경의 얼굴은 웃고 있지 않았지만 아침 햇살은 동쪽을 보고 있는 기사의 얼굴을 환하게 밝히고 있었다. 눈이 부셔 눈을 가늘게 뜬 채로 더스번 경이 투덜거리듯 말했다.

"가끔 그런 자들이 있더라고."

해가 땅을 박차듯 하늘로 날아올랐다. 서쪽으로 이글거리던 그림자의 검은 불꽃들이 모두 사그라들었고 이제 그림자는 사물에 종속된 듯한 평소의 모습으로 돌아갔다. 세계는 새들의 노래가 들려오는 평화롭고 예측 가능한 곳이 된 척하고 있었다. 다음 장난꾼을 내보내 다음 소동을 벌이는 다음 밤이 올 때까진, 둘도 없이 얌전한 자인 양 그럴 것이다.

네롤은 미소 지었다.

더스번 경은 네롤에게 왜 아직도 오소리 옷장 돌담 옆에 그렇게 있는 거냐고 질문했다. 네롤은 경이로운 일을 경험한 밤 다음에 찾아오는 일출이란 일생에 그렇게 많이 볼 수 있는 것이 아니며 앞으로 남은 생에 대한, 그 신뢰도는 어떨지 몰라도 보기에는 정말 아름다운 약속처럼 보이지 않느냐고 대답했다. 더스번 경은 그 대답에 대해 잠시 생각해본 다음 입을 열었다.

"에길 사서?"

갑자기 네롤 에길은 모든 위엄을 포기한 사람처럼 보였다.

"배추 경이 안 돌아와요. 제기랄. 그놈의 당나귀 성질머리. 밤새 기다렸는데 아직도. 배추 경은 자기가 동의해주거나 말거나 하는 것이지 말처럼 옆구리를 찬다고 무조건 출발하는 건 아니라고 생각해요. 때때로 그걸 분명히 해두고 싶어 해요. 그런데 어젯밤에 저도 모르게 좀 세게 찼나 봐요. 기억도 안 나는데. 아, 진짜. 농담 아니고 최악의 경우 며칠 걸릴지도 몰라요. 그러면 안장이라도 놓고 갈 것이지! 손이 없으면 주둥이로 어떻게 안 돼? 각하. 저 여기서 며칠만 묵을 수 있게 각하께서 좀 도와주실 수 없을까요? 저 배추 경이랑 안장주머니 없으면 진짜 많이 힘들거든요."

더스번 경은 눌드 경에게 환대를 요청해보겠다고 대답했다.

실제와는 좀 다를지도 모르는 막 #14

<막이 열린다.>

낮, 오소리 옷장의 복도, 무대 중앙에 에이바와 눌드가 나란히 서서 관객 방향을 보고 있다.

눌드   (관객 쪽에 시선을 둔 채) 부인. 궁금한 것이 있어 묻습니다. 자기 아내에게 잘 보이고 싶어서 입교하겠다는 입교 희망자에 대한 하타시아 교단의 입장은 어떻습니까? 그건 벌 받을 소리인가요?

에이바   (놀라서 눌드를 돌아보았다가 다시 관객 쪽을 보며) 저는 어릴 적 신관님께 신전에서 파는 과줄을 교도 할인가로 사고 싶다는 이유라도 상관없다고 들었습니다.

눌드   (약간 당혹하여 에이바를 곁눈질하며) 아, 그, 그렇습니까?

에이바   예. 각하. 신관님께선 일단 무슨 이유로든 걸어봐야 자기가 걸을 길인지 아닌지 알 수 있다고 설명하셨습니다. 걸어보지 않으면 알 수 없죠.

눌드   그건 맞는 말씀인 것 같군요. 오, 그렇다면, 혹시 교적에서 빠지는 것이 어려운 겁니까?

에이바   되도록 이중 교적을 가질 것을 권장하지만 본인이 싫다거나 저편에서 반대하는 경우라면 강요하지는 않는다고 알고 있습니다.

놀드   (에이바의 반대편으로 고개를 돌려 헛기침을 한 후) 그렇군요. 이 중 교적을 권장하는군요.

에이바   예. 내 길을 걸어보라고 권하면서 다른 길도 걸어보겠다는 것을 어떻게 말리냐는 것이 하타시아의 입장이라고 들었습니다.

놀드   그렇습니까. 권한다. 그렇군요. 그런데 그런 것치곤, 뭐랄까요. 하타셈들은 포교에 그렇게 열심이진 않은 것 같다는 생각이 듭니다만.

무대 좌우 높은 곳에서 흙피리 소리가 작게 들려온다. 놀드가 의아한 듯 무대 좌우의 위쪽을 살피다가 에이바를 보는 동안 에이바가 말한다.

에이바   저희 교단 내에서 포교 문제는 항상 예민한 문제입니다. 한마디로 포교를 잘하는 사람이 훌륭한 교도라면 벙어리는 결코 훌륭한 교도가 될 수 없냐는 거죠. 하타시아는 성전을 못 보는 장님이라면 흙피리 소리만 들어도 성전을 본 것과 같고 노래를 할 수 없는 귀머거리라면 크게 미소 지으면 성가를 부른 것과 같다고 가르치시죠. 그래서 교도 중엔 몸이 불편한 사람도 많고요. 그런 사람들에게 다른 사람을 상대로 포교를 하라고 요구하는 것은 부당한 강요가 될 수 있을 겁니다. 그래서 교단 내에는 전반적으로 과시적이거나 현시적인 포교 활동을 배격하는, 그런 분위기가 있습니다. 저도 그렇게 배웠고 그렇게 느낍니다. 그래서…… 역시 어릴 적 신관님께 들은 방법을 쓰고 있죠.

눌드	예? 어떤 방법이죠? 아아, 행동과 태도로, 살아가는 모습으로 모범을 보이는 겁니까?
에이바	아뇨. 신관님은 꼭 포교하고 싶은 상대가 있으면 그냥 과즙이나 몇 개 주라고 하셨어요. 그게 뭐가 잘못될 가능성이 제일 낮으니까.

눌드가 관객 반대 방향으로 몸을 크게 돌려 헛기침을 한다. 흙피리 소리가 장난스럽게 이어진다.

<막이 닫힌다.>

— 끝 —

어스탐 경의 임사전언

1판 1쇄 펴냄 2025년 10월 31일
1판 4쇄 펴냄 2025년 11월 27일

지은이 | 이영도
발행인 | 박근섭
편집인 | 김준혁
책임편집 | 김준혁, 장은진, 장미경, 정미리
독자시사 | 곽민주, 김선영, 엄도현, 정희범, 채수련, 편새봄
펴낸곳 | 황금가지

출판등록 | 2009. 10. 8 (제2009-000273호)
주소 | 06027 서울 강남구 도산대로 1길 62 강남출판문화센터 5층
전화 | 영업부 515-2000 편집부 3446-8774 팩시밀리 515-2007
홈페이지 | www.goldenbough.co.kr

도서 파본 등의 이유로 반송이 필요할 경우에는 구매처에서 교환하시고
출판사 교환이 필요할 경우에는 아래 주소로 반송 사유를 적어 도서와 함께 보내주세요.
06027 서울 강남구 도산대로 1길 62 강남출판문화센터 6층 민음인 마케팅부

ⓒ이영도, 2025. Printed in Seoul, Korea
ISBN 979-11-7052-664-3 03810

㈜민음인은 민음사 출판 그룹의 자회사입니다.
황금가지는 ㈜민음인의 픽션 전문 출간 브랜드입니다.

이영도 작가의 소설들

드래곤 라자 (전8권) (오디오북 출시)
퓨처워커 (전4권)
그림자 자국 (오디오북 출시)

눈물을 마시는 새 (전4권) (오디오북 출시)
피를 마시는 새 (전8권) (오디오북 2026년 출시 예정)

폴라리스 랩소디 (전5권)

오버 더 호라이즌 (오디오북 출시)
오버 더 초이스 (오디오북 출시)
어스탐 경의 임사전언 (오디오북 출시)

별뜨기에 관하여 (일부 오디오북 출시)

피를 마시는 새 출판 20주년 일러스트 특별판(전4권) NEW
62점의 일러스트와 패브릭 한정 양장, 읽기용 페이퍼백 4권 증정